Rainer Mauelshagen

Lieb Vaterland …
Gottfried Krahwinkels Erbe

Roman

Danksagung

Ich danke meiner Lektorin Sabine Dreyer über ihre Lektoratsarbeit hinaus für ihre hilfreichen Anregungen und für die konstruktive Kritik, ohne die »Lieb Vaterland ...« niemals in der nun veröffentlichten Form zustande gekommen wäre.

Ich danke Matthias Gerschwitz für sein apodiktisch formuliertes Vorwort und für die sehr kreative Gestaltung des Covers, das in seiner Deutlichkeit und Präsenz wie ein hinweisgebender Fingerzeig ist.

Schlussendlich möchte ich meiner lieben Frau für ihre Geduld und ihr Verständnis dafür danken, dass mich das Manuskript zu diesem Buch über eine recht lange Zeit in Anspruch genommen hat.

In memoriam

August Mauelshagen

April 16., 1888 in Altenkirchen † April 16., 1918 in near Riez du Viena

Frank Hartmut Mauelshagen

Februar 18.,1945 in Mittweida † Mai 4., 1945, 6.15 Uhr in Mannsgereuth / Oberfranken

Bibliografische Information der Deutschen Nationalbibliothek:
Die Deutsche Nationalbibliothek verzeichnet diese Publikation in der Deutschen Nationalbibliografie; detaillierte bibliografische Daten sind im Internet über http://dnb.dnb.de abrufbar.

Dieses Buch ist auch als E-Book erhältlich

Impressum
© April 2018 Rainer Mauelshagen
ISBN: 9783752836226
Cover: Gerschwitz Kommunikation | www.gerschwitz.com
Lektorat, Satz und Redaktion: Sabine Dreyer | www.tat-worte.de
Druck und Herstellung: BoD Norderstedt
Alle Rechte vorbehalten.
Keine unerlaubte Vervielfältigung oder Verbreitung.

»Öffne deinen Mund für den Stummen, für das Recht aller Schwachen!«
Altes Testament, Sprichwörter 31, Vers 8

Dieses Buch ist in erster Linie all den Menschen gewidmet, die Opfer von Krieg, Terror und Gewalt wurden und deren Hilfe- und Schmerzensschreie längst untergegangen sind im fröhlichen Lachen der Gleichgültigkeit.

Überfahrt

Gleichwie der Todesflamme schwarzes Licht in mir die Lebensglut erlischt,
so kommt die Nacht in düsterem Schein, verlassen bin ich – ganz allein.
Hol über, Fährmann – hörst Du nicht? Es eilt, bevor der Tag anbricht.
Schon glänzt der Sonne warmer Schein mir kalt und fröstelnd ins Gebein.
Nun setz die Segel – jag den Wind, zerteil das Tuch der fernen Nebel, verlassen ist der Erden Fluch
und hüte sanft das Jenseitskind,
bis du, bis ich, bis wir – bei all den Toten sind.
R. M.

Vorwort

Als mich mein Neffe vor etwa zehn Jahren fragte, was er über das historische Deutschland wissen müsse, um das heutige zu verstehen – der Geschichtsunterricht in der Schule hatte offensichtlich zu viele Fragen offengelassen –, empfahl ich ihm, sich als Einstieg mit der deutschen Geschichte nach 1871 zu befassen. Zwar gibt es noch zweitausend Jahre mehr, die untrennbar dazugehören, jedoch war mit der Gründung des Deutschen Reichs aus einer Vielzahl von eigenständigen Königreichen, Fürstentümern, Grafschaften und freien Städten etwas gewachsen, das mit Fug und Recht zum ersten Mal »Deutschland« im Sinne einer Nation, eines Nationalstaates genannt werden konnte. Betrachtet man die deutsche Geschichte seit der Kaiserkrönung in Versailles, erscheinen die gesellschaftlichen Zeitläufte bis heute als ein gerader, aufeinander aufbauender und auf sich selbst beziehender Zeitstrahl. Die Hochs und Tiefs der Zeit sind aber nicht nur der Politik anzulasten; es sind mehrheitlich die Menschen, die durch Tun oder Unterlassen den Lauf der Geschichte zwar nicht beeinflusst, so doch ermöglicht haben.

Sich der deutschen Geschichte zu stellen bedeutet, sie in ihrer Gesamtheit zu akzeptieren. Sie nicht zu beschönigen, sie aber auch nicht abzuwerten. Deutschland lebt nach wie vor im Zwiespalt wie auch im geschichtlichen Mit- und Nebeneinander (nicht nur) von Goethe und Goebbels, Kirche und Kaiser, Marktwirtschaft und Mauer, Reformation und Restitution, Wohlstand und Wohlfahrt. In der damit verbundenen Erfahrung liegt eine Chance, aus der Geschichte zu lernen; leider wird sie viel zu selten ergriffen. Stattdessen werden Anfang des 21. Jahrhunderts Worte wie »Schuldkult« oder »Erinnerungskultur« zu Kampfbegriffen in der Deutungshoheit der deutschen Geschichte hochstilisiert. Wer auch nur auf den kleinsten Teil der Geschichte verzichtet, um ein ihm genehmes Bild Deutschlands zu zeichnen, macht es sich zu einfach; wer – in Kenntnis der Zeitläufte – Ereignisse, Entscheidungen oder Entwicklungen der Vergangenheit mit dem heutigen Wissen kommentiert, einordnet oder betrachtet, wer die Vergangenheit vom heutigen Standpunkt aus bewertet, handelt unredlich. Wer seine Geschichte, und damit sich selbst verstehen will, muss sich auf die Reise durch das Leben seiner Vorfahren machen.

»Lieb Vaterland …« von Rainer Mauelshagen ist das Tagebuch einer solchen Reise, die mit Kindheitserfahrungen im Ersten Weltkrieg beginnt, die

Fragilität und Friktionen der Weimarer Republik beschreibt, den Aufstieg und Fall der NS-Zeit mit ihren Millionen ungenannten Opfern nicht ausspart und in der Bundesrepublik der 60er/70er Jahre noch lange nicht endet. Die Handlung beschränkt sich nicht auf Eckdaten der Geschichtsbücher, sondern ist eine fiktive Familiengeschichte, wie sie in den letzten einhundert Jahren millionenfach real stattgefunden hat – und wie sie ebenso millionenfach in diversen Schubladen der Vergessenheit abgelegt wurde. Gottfried Krahwinkels Leben, das hier beschrieben wird, steht archetypisch für den unumkehrbaren und ebenso unwiderlegbaren Weg der Deutschen aus der Vergangenheit in die Gegenwart ... und jeder Versuch, auch nur die kleinste Kurve zu begradigen oder die kleinste Unebenheit zu glätten, käme einem Betrug an der eigenen wie auch der gesamten deutschen Geschichte gleich.

Jenseits aller Aufklärung, jenseits aller libertären Bestrebungen ist der Mensch auch heute nicht so frei, sein Leben nach eigenem Gutdünken zu gestalten. Der »Schmied seines eigenen Glücks«, wie das Sprichwort verheißt, ist auch im 21. Jahrhundert Teil eines Kollektivs, aus dem man sich im Höchstfalle kleinteilig befreien kann, das aber – getreu dem Prinzip der Trägheit der Masse – den Weg des geringsten Widerstands bevorzugt. Und eben dieser hat es dem deutschen Volk ermöglicht, wie der Zeitstrahl der Geschichte zwischen 1871 und 1918 wie auch zwischen 1933 und 1945 deutlich zeigt, selbst ernannte Führerfiguren anzuerkennen, solange sie interessant genug erscheinende Heilsversprechen anzubieten hatten. Der Unterschied zwischen beiden Zeiträumen liegt einzig darin, dass das Deutsche Reich 1871 Nachfolger von ohnehin vorhandenen feudal geprägten Strukturen wurde, während die Beauftragung der Nationalsozialistischen Arbeiterpartei Deutschlands durch politisches Desinteresse des größten Teils der Bevölkerung erfolgte. Spätestens mit dem 18. Juli 1925 hätte man die Ideologie des aufziehenden III. Reiches kennen können; Adolf Hitlers Erstausgabe von »Mein Kampf« zeichnete den Weg auf 720 Seiten minutiös vor.

»Lieb Vaterland ...« sticht insbesondere dadurch hervor, dass der Autor jedem Kapitel ein Zitat aus »Mein Kampf« wie auch eines aus der Bibel voranstellt, die sich zu einer Allegorie des folgenden Abschnitts verweben. Aber schon wie Adam hätte wissen können, ja wissen müssen, dass der Verzehr des Apfels vom Baum der Erkenntnis nicht ohne Folgen bleiben wird, hat sich auch der Großteil des deutschen Volkes 1933 den Versprechungen zur Heilung der Wunden des verlorenen Krieges, der Inflation und der großen Wirtschaftskrise ergeben, ohne sich der Folgen zu vergegenwärtigen, die in der politisch-ideologischen Kampfschrift Hitlers nachzulesen gewesen wären. Der Treibstoff der Zeit hieß Bequemlichkeit, Mitläufertum und Bedacht auf den eigenen Vorteil. Der Erkenntnisgewinn kam erst später. Zu spät. Und auch nicht umfassend, sonst würden sich heute nicht wieder Menschen in unserem Land auf die Ideologie einer vergangen gehofften Zeit berufen. Speziell ihnen sei die Lektüre von »Lieb Vaterland …« empfohlen. Sie entfernt nicht nur nachhaltig den Zuckerguss des »Früher war alles besser«, sondern beschreibt schonungslos, was glühender Patriotismus und überbordende Vaterlandsliebe anzurichten in der Lage sind. Vor allem aber beschreibt sie, dass es in der Geschichte keine plötzlichen Sprünge gibt. Geschichte wiederholt sich nur scheinbar; vielmehr ebnet sie sich immer wieder selbst den Weg. Auch heute noch.

Wer Gottfried Krahwinkel auf seinem Weg durch die deutsche Geschichte begleitet, wird sich nach der Lektüre vielen bislang verdrängten Fragen stellen müssen. Vor allem aber diesen: Wer oder was ist das »Vaterland«? Was bedeutet es? Und woran macht es sich fest?

Matthias Gerschwitz, Mai 2018

Prolog

Mein Name ist Konrad Krahwinkel. Ich bin der Sohn der Eheleute Gottfried und Hetty Krahwinkel, geb. Hallmann. In der nun folgenden Geschichte möchte ich von meinen lieben Eltern erzählen. In vielen Stunden habe ich zusammengetragen, was ich über das Ende des Deutschen Kaiserreiches und dem darauffolgenden sogenannten Dritten Reich gehört, in Dokumentarfilmen gesehen und aus den verschiedensten Quellen gelesen habe. Eigentlich wollte ich mit dem ganzen »Nazizeug« nichts zu tun haben, aber dann ist mir ein Bibelspruch in die Hände gefallen, der da lautet: »Öffne deinen Mund für den Stummen, für das Recht aller Schwachen!« *Altes Testament, Sprichwörter 31, Vers 8*

Diese biblische Aussage ist für mich Anlass genug gewesen, niederzuschreiben, wie es nicht nur meinen Eltern damals als Deutsche ergehen musste. Denn wenn die Schuld schwerer wiegt, als man tragen, ertragen kann, dann muss ich ihnen dabei ein wenig helfen, die Last der ihnen vorgeworfenen Schuld abzunehmen, dachte ich mir. Wie schwer es mir gefallen ist, dabei neutral zu bleiben, musste ich bereits nach den ersten Seiten erfahren, weil das Leben meiner Eltern ja auch mein Leben ist. Vor allem, wenn man von Kindheit an mit ihrer unrühmlichen Vergangenheit aufgewachsen ist. Im weiteren Verlauf meiner Aufzeichnungen habe ich dann festgestellt, dass es faktisch an jenem Weihnachten gewesen war, wo ich als dreizehnjähriger zum ersten Mal bewusst auf den Wahnsinn des Hitler Regimes aufmerksam wurde. Nein, aufmerksam gemacht wurde. Ja, damit sollte meine Geschichte anfangen, beschloss ich. Und als ich am Schreibtisch sitzend sinnierend die Augen schloss, da sah ich mich unversehens, in die Zeit zurückversetzt, als ich damals nach der Christmette erwartungsvoll in meinem Zimmer unterm Dach saß. Alles geschah vor meinem inneren Auge genauso, wie es sich zugetragen hatte.

Unten im Haus wird es allmählich unruhig. Stimmen erheben sich. Gläser klirren. Gekicher, und eine Frauenstimme ruft aufgekratzt: »Leg doch mal 'ne Platte von Heino auf!«

Neugierig schleiche ich die Treppe hinunter. Schon im Flur sehe ich die Spuren der Anwesenheit vieler Leute. Schneematsch taut zu Pfützen auf den

Fliesen, und von aufgespannten Schirmen tropft das winterliche Nass. Mäntel, Pelze und Hüte quellen von der Garderobe. Kartons, weihnachtlich mit Schleifen eingepackt, stapeln sich unter der Treppe. In braunes Packpapier verhüllt, offensichtlich als Geschenk für mich, entdecke ich dort ein BMX-Rad, das ich mir so sehr gewünscht habe. Ich erkenne es an der äußeren Form.

In diesem Moment wird die Wohnzimmertür polternd geöffnet. Vor mir baut sich Onkel Gustav in voller Größe auf. Eingehüllt von Zigarrenrauch und einem Gemisch aus Bier und Weinbranddunst linst er scheel auf mich herab. Sein stattlicher Bauch, auf dem sich die Knöpfe der Weste wie die Munition der fetten Jahre abschussbereit aus den aufgespannten Ösen quetschen, bläht sich bedrohlich.

»Na, du Kadett, hast' auch schön aufgepasst, was der Pastor gepredigt hat?«, fragt er mich schnaufend. Unablässig sehen seine geröteten Schweinsaugen trunken zu mir herab. Die hängenden, feisten Backen, die kleine knollige, rotporige Nase – ich muss unwillkürlich an eine fette Sau im Festanzug denken. Vielleicht sind das die Folgen vom übertriebenen Genuss von Schweinefleisch, schießt es mir durch den Kopf. Eine Seelenwanderung des Borstenviehs sozusagen.

»Was grinst' so blöde, Bengel? Lass dir lieber mal die Haare schneiden! Mit deinen Locken siehst' ja aus wie 'n Mädchen. Mensch Kerl, reiß dich doch zusammen, bei Adolf wärst' längst ins Arbeitslager gesteckt worden. Und wie blass du aussiehst, das kommt bestimmt vom vielen Wichsen … was? So«, sagt er noch, und dabei entfährt seiner Hose ein kräftiger Furz, wobei er ruckartig in die Knie geht, »ich komm gleich wieder!« Dann eilt er schwankend aufs Klosett.

Ich betrete das Wohnzimmer. Mutter, die erhitzt auf mich zugeeilt kommt, streicht mir fahrig die Mähne aus der Stirn. Als sie ihre Fingerspitzen anleckt, um mich damit erneut zu kämmen, verdrücke ich mich angeekelt ins Getümmel, wo ich von einer erhitzten Damenrunde überschwänglich begrüßt werde. Die gute Stube ist wie in jedem Jahr festlich geschmückt. An dem wuchtigen Weihnachtsbaum, der wie ein heiliges Denkmal mitten im Zimmer steht, ergießt sich ein schillernder Wasserfall aus silbernem Lametta. Güldenes Engelshaar überzieht zusätzlich das Grün der Nadeln.

Farbige Kugeln und frostig wirkende Zapfen aus feinstem zerbrechlichem Gebläse zieren die hübsch geschwungenen Äste. Weiße Wachskerzen wippen darauf, noch mit jungfräulichem Docht. Oben im Wipfel der Rauschengel aus Lauscha, seit Generationen weitergegeben und sorgsam gehütet. Unter der Tanne befinden sich bunte Pappteller, liebevoll mit Äpfeln, Apfelsinen, Nüssen, Spekulatius, Pfefferkuchen und je einem in Stanniol verpackten Schokoladenweihnachtsmann bestückt. In den Tellern der Erwachsenen liegt zusätzlich mit Alkohol gefülltes Knickebein.

Heino, der blonde Schlagerbarde, dessen Gesang von störendem Knistern und Knacken aus dem *Loewe Opta* begleitet wird, hat es schwer, gegen das lautstarke Durcheinander ringsum anzusingen. Beinahe die gesamte Verwandtschaft ist zum Fest versammelt. Ich aber finde nur Augen für Sylvia, meiner Cousine, die schon fünfzehn Lenze zählt. Ich kann den Blick nicht abwenden von ihr. Das glänzende brünette Haar, das zu einem frechen Bubikopf geschnitten ist, umrahmt kess ihr Lolita-Gesicht. Mir kommt es in den Sinn, dass sich ihre vollen, sinnlichen Lippen wie Samt anfühlen müssen, wenn man sachte mit der Zunge darüberfährt. Auch sie fixiert mich herausfordernd. Das rote T-Shirt mit der glitzernden Aufschrift T-Rex ist eine Spur zu eng. Die Knospen ihrer Jungmädchenfrüchte stechen spitz ins Oberteil. Ihre knallbunte Hose, die mit dem weiten Schlag im Saum, die sich wie eine zweite Haut an ihren wohlgeformten Körper schmiegt und im Schritt mehr zeigt, als man eigentlich erahnen darf, erweist sich ebenfalls als ein absoluter Hingucker. Durch die hohen Plateauschuhe wirkt sie fast einen Kopf größer als ich, und ihr Lächeln macht mich verlegen.

»Na, du Lausejunge, willst zur Feier des Tages ein Bier mit mir trinken?« Onkel Gustav, der sein Geschäft erledigt hat, klopft mir kumpelhaft auf die Schulter.

»He, was is, nun zier dich nich' so, willst doch mal 'n Mann werden, oder?«

»O nein, Onkel Gustav«, wehre ich ab, »Vater hätte bestimmt etwas dagegen.«

»Wogegen hätte er was? Dass du 'n Mann wirst? Na ja, war ja man bloß 'n Spaß, Junge.«

Er lacht so glucksend, dass sich sein Gesicht blau verfärbt, während er sich prustend in einen Sessel fallen lässt. Dabei schlägt er sich mit der flachen Hand auf seinen gewaltigen Bierbauch, sodass prompt ein Knopf von der Weste abspringt.

Ich krieche umgehend unter den Tisch, pule eifrig das runde Horn zwischen Teppich und Tischbein hervor, und mit meinem Fund versuche ich augenblicklich, die Flucht zu Tante Röschen anzutreten.

»Nä, nä, du Spitzbub, lass mal ... bleib mal ruhig hier, wir haben uns doch gerade so schön unterhalten!«

Zunächst nimmt keiner der Anwesenden Notiz von uns. Die Frauen hocken schwatzend und kichernd beieinander. Sie trinken Persico, Türkischmokka oder Eierlikör. Nach jedem Schlückchen vom süßen Gesöff und bei jedem Bissen vom noch backwarmen Keks lassen sie ihre fleischigen Hände über die ausladenden Hüften gleiten, um sich gegenseitig aufmunternd zu versichern, dass sie sich diesmal aber ganz bestimmt die schlanke Linie ruinieren würden. Des Weiteren reden sie über Königshäuser oder über die High Society, als wären all diese Leute alte Bekannte von ihnen. Zwischendurch ist Mutter geflissentlich damit beschäftigt, Nachschub für das leibliche Wohl aufzutragen. Unterdessen legt Sylvia, ebenfalls unbeachtet von den anderen, Led Zeppelin auf den Plattenteller, und Vater bereitet hoch konzentriert die Bescherung vor.

»Nun sag doch mal ehrlich.« Onkel Gustav zieht mich rigoros zu sich auf die Couch. »Das sieht doch eklig aus, ihr mit euren Gammlerfrisuren. Man weiß ja gar nich' mehr, wer Männlein und wer Weiblein is'?« Er setzt den Bierkrug an, und schon fließt ein ordentlicher Schluck in seine Kehle. Als er ihn absetzt, sieht es aus, als würde er weinen. Die Kohlensäure prickelt ihm in den Augen. Er schüttelt den Kopf, dann rülpst er.

»Daran ist nur der Hitler schuld!«, mischt sich Onkel Wilhelm ein, der bis dahin vis-à-vis vor sich hingedöst hat.

Ich sehe ihn erstaunt an und frage mich, wieso die Spitzen seines kunstvoll gezwirbelten Schnurrbartes in beinahe jeder Situation die gediegene Form behalten. Onkel Wilhelm ist stolz auf seinen Kaiserbart, wie er ihn nennt. Manchmal habe ich den Eindruck, als würde er sich selbst für den Kaiser halten, so oft musste ich mir von ihm schon die abenteuerlichen Geschichten aus der Kaiserzeit anhören. Allerdings vergisst Onkel Wilhelm jedes Mal zu erwähnen, dass er zur Kaiserzeit noch im Kinderwagen lag.

»Mein lieber Scholli, das waren andere Zeiten damals in Deutschland«, erregt er sich plötzlich, »da wusste jeder, wo er hingehörte. Männer waren Männer und Frauen waren Frauen. Deutschland zählte etwas in der Welt, und Europa hatte Respekt vor uns!« Als er bemerkt, dass ich ungeniert sein haariges Kunstwerk über den Lippen bestaune, nickt er zustimmend. »Ja, ja, schau nur genau hin, so einen Bart hat der Kaiser auch getragen!«

»Ach, lass doch den Jungen mit deinen ollen Kamellen in Ruhe«, stöhnt Tante Wilhelmine ungehalten, die sich soeben eine Handvoll Pfeffernüsse aus der Gebäckschale klaubt.

»Ruhig, Minchen, ruhig, es ist ganz gut, wenn die jungen Leute Bescheid wissen, in der Schule lernen sie doch nichts.« Und mir wieder zugewandt, sagt er: »In einem Land, in dem die Sozis regieren, geht doch alles drunter und drüber. Ich sag dir nur eins, Junge, Deutschland geht die Wupper runter, und alles ist der Hitler schuld. Der hat aus Deutschland eine Mördergrube gemacht, seitdem haben die Deutschen Schuldgefühle vor der Welt, deswegen sagen sie zu allem Ja und Amen. Aber ein Volk, das sich selbst aufgibt und vor allem und jedem in den Staub fällt …«

»Wird zum Scheißhaufen«, fährt Onkel Gustav dazwischen, »auf den sich die Schmeißfliegen setzen!«

Doch Onkel Wilhelm lässt sich nicht aus der Ruhe bringen. Unbeirrt fährt in seinen Ausführungen fort: »… gibt sich selber auf. Hinzu kommt, dass das ewige Leugnen der eigenen Kultur und der gewachsenen Werte und Wurzeln den Einzelnen schwächt und somit der gesamten Gesellschaft einen Minderwertigkeitskomplex beschert.«

»Hitler, Hitler … Hitler!«, wehrt Onkel Gustav ab, indem er heftig mit den Armen rudert. »Hätte dein Kaiser damals die Sozis in den Griff bekommen, dann wäre der Krieg nicht unter diesem schändlichen Verrat, den die Vaterlandsverräter 18 Tobak begangen haben, in Berlin entschieden worden, sondern im Schützengraben, und Hitler würde heute in seinem Ansehen statt als Führer eines Großdeutschenreiches vielleicht als Kunstmaler oder, wenn es hochkommt, als Architekt von sich reden machen. Nimm doch nur das Parteiengeplänkel in der Weimarer Republik, Wilhelm. Da haben die Sozis, und hier vor allem Brüning, wieder einmal versagt. Der Brüning hat doch quasi mitgeholfen, den Hitler an die Macht zu bringen. Da, wo der Brüning immer nur versprochen hat, da hat der Hitler etwas getan!«

Onkel Wilhelm nickt. »O ja, versprechen, das können sie, die Sozis.«

Und schadenfroh lachend fügt Onkel Gustav an: »Brüning wollte Hitler an die Wand drücken, bis er quietscht, und dann hat er selbst gequietscht, der Brüning.«

Daraufhin reißt Tante Minchen entnervt die Arme hoch. »Ach, Politik,

Politik!«, krächzt sie, und mit den Augen rollend widmet sie sich wieder wichtigeren Dingen.

Von Onkel Gustavs Einwänden angestachelt, bringt Onkel Wilhelm seinen Gedankengang eine Spur lauter zu Ende, wobei er sich mit gewölbter Brust kerzengerade im Sessel aufrichtete. »Kunstmaler hin, Kunstmaler her, feststeht, dass der Gröfaz Hitler mit seinen Sauereien an den Juden dafür die Schuld trägt, dass sich heutzutage fremde Kulturen in unserem Land vermischen«, japst er sichtlich aufgeregt. »Und das wird eines Tages dazu führen, dass bei einer sozialen Labilität im Lande die jeweiligen ausländischen Gruppierungen Besitzansprüche anmelden! Ich sage nur *Trojanisches Pferd*! Das ganze Toleranzgefasel, das heutzutage von Hinz und Kunz nachgeplappert wird, ist ein einzigartiges Trojanisches Pferd, worin die Parasiten sitzen und darauf warten, in die so entstandenen Machtlücken zu stoßen, die eben nur durch klare staatliche Grenzen kontrollierbar sind. Und dann wird er wieder mit Gebrüll hervor stürmen, der Hitler. Denn der Hitler ist in uns, und wehe, er wird nicht ständig gezähmt. Man muss in der Politik vor allem auf eine gesunde Balance achten. Wenn die nicht ausgewogen ist, bricht die lauernde Bestie aus dem Gefängnis von Anstand und Moral aus.« Mit einem schneidigen Blick zu Onkel Gustav räuspert er sich kurz, um sich vermutlich selbst zu disziplinieren, bevor er wesentlich leiser weiterspricht. »Glaube, mir Junge, Zucht und Vaterlandstreue sind immer noch die praktischen Werkzeuge und die ethische Kraft für ein gutes Gedeihen im Lande. Dazu gehört natürlich auch eine Regierung mit starker Hand, die diese Werte unter der Prämisse von Weitsicht und Sparsamkeit gegenüber seiner Steuerzahler vertritt. Alles andere ist eine Form von Gleichgültigkeit, einer Gleichgültigkeit gegenüber dem ihm anvertrauten Volk. Gleichgültigkeit und falsch verstandene Toleranz ist immer auch Intoleranz gegen sich selbst und gleichzeitig der Todesstoß für das christliche Abendland!«

»Richtig, Wilhelm, richtig!« Plötzlich herrscht Einigkeit zwischen den Brüdern. Onkel Gustav wischt sich rasch den Bierschaum von den Lippen. »Ich hab's doch immer schon gesagt, wenn Proletarier ans Regieren kommen, geht alles die Wupper runter. Denen fehlt der Blick für das Wertvolle, das Konservative, ohne das man blind in den Bankrott steuert. Das sind dann die Ersten, die sich die Taschen vollstopfen und hinterher verschmitzt mit den Schultern zucken und sagen, tut uns leid, die Kassen sind leer. Und alle, die durch ihre Steuerabgaben gezwungen wurden, ein Opfer für die Allgemeinheit zu bringen – *Allgemeinheit*, da steckt schon das Wort *Gemeinheit* drin –, glotzen dann blöd in die Röhre.«

Während ich unter diesem Redebeschuss hilflos zwischen den beiden auf der Couch sitze, gilt mein Interesse wieder Sylvia, die inzwischen mit prallem Gesäß vor dem Plattenschrank hockt.

»Die Verantwortung für sich und das Allgemeinwohl, verbunden mit Fleiß und eisernem Willen, lohnen den Erfolg und führen letztendlich zum Ziel«, plätschert es weiter an meine Ohren.

»Wo glotzt du denn hin, Junge?« Onkel Gustav stößt mich an, und durch den blauen Dunst der Zigarre ruft er Sylvia zu: »Stell doch mal das Gejaule da ab, du verstehst ja doch nichts von dem Kauderwelsch. Es kommt noch so weit, dass in diesem Land Deutsch zur Fremdsprache wird.«

Sylvia verdreht die Augen. Und kurz darauf trällert wieder dieser blonde Barde *Es kommt ein Schiff, geladen*. Nun ist Onkel Gustav wieder an der Reihe, mir seine Lebensweisheiten weiterzugeben. »Als dein Vater, Junge, als Spätheimkehrer aus russischer Gefangenschaft gekommen ist, meinst du, da hätte ihm jemand was geschenkt? Hä, das glaubst du wohl. Die Ärmel hochkrempeln und anfassen hieß es«, schimpft er nun. »Oder direkt nach dem Krieg, alles in Schutt und Asche hier, die Männer getötet, zu Krüppeln geschossen oder in Gefangenschaft. Da mussten die Frauen und Kinder alleine sehen, wie sie klarkamen. Trümmer beseitigen, Steine klopfen. Meinst du, hier ist irgendein Ausländer gekommen, der den Frauen die Ziegelsteine aus den Händen genommen hat, die uns die Befreier als Schutt hinterlassen haben, und hat gesagt: *Bitte Frau, ich machen*? O nein, die Frauen und Kinder haben den Krempel alleine weggeräumt, den auch deine Freunde, die Amerikaner, angerichtet haben. Ich sage nur Dresden, Hamburg, Köln, hier und überall. Die wussten doch genau, dass Dresden voll war von Flüchtlingen. Voll mit Frauen und Kinder aus den Ostgebieten. Rund um die Uhr haben sie gebombt. Die erste Welle verwandelte das Wohngebiet um die Altstadt in ein Flammenmeer. Die zweite Welle hatte mit Sprengbomben das Löschen zu verhindern, damit möglichst viele Menschen in der überfüllten Stadt vom Feuersturm erfasst wurden und verbrannten.« Bei seiner Aufzählung schlägt Onkel Gustav zweimal mit der rechten Faust klatschend in die linke Handfläche. Vielleicht, um mir handfest die zerstörerischen Angriffswellen zu demonstrieren. Dann echauffiert er sich weiter. »Ein dritter Angriff war den noch unversehrten Stadtteilen zugedacht. Diese Welle griff schließlich gezielt mit Bordwaffen die Flüchtlingsmassen an. Wahrscheinlich haben sie sich noch einen Spaß daraus gemacht, die in ihren Augen braune Pest zu jagen. Junge, Junge, da ging's rund, sag ich dir. Danach haben russische Hiwis tagelang auf Schienenrosten die Leichen verbrannt, und der Teufel höchstpersönlich hat mit seiner lodernden Zunge die Seelen aufgeschleckt.« Bevor er weiter palavert, pafft er mir mit zittrigen Lippen den Rauch direkt ins Gesicht. »Aber auch hier in Wuppertal haben die Menschen, nur noch achtzig Zentimeter groß, als lodernde Fackeln im brennenden Asphalt gestanden. Vom Phosphor verunstaltete menschliche Skulpturen.« Nun hält er die Hand knapp über den Teppich, um mir unmissverständlich die Höhe anzuzeigen, wie klein ein Mensch werden kann, wenn er im flüssigen Feuer steht, dabei den Blick vorwurfsvoll auf mich gerichtet, ob ich wohl auch richtig überrascht bin. Er zeigt sich sichtlich zufrieden, denn ich muss wohl ziemlich verdattert aus der Wäsche gucken.

»O ja«, triumphiert er, »die Taktik der Befreier ging auf, erst weichklopfen und später dann *Rosinen* aus dem Himmel werfen. Da fühlte sich der eine Teil der Gedemütigten besiegt und der andere Teil befreit. Die einen so, die anderen so. Doch nach Krieg haben alle gejubelt.« Onkel Gustav wackelt energisch mit dem ausgestreckten Zeigefinger. »Aber weit gefehlt, Junge, weit gefehlt, den Befreiern jubelten sie nicht zu! Sich selbst jubelten sie zu, überlebt zu haben, ihrer Göttin Vita jubelten sie zu.«

Plötzlich sieht Onkel Gustav arg betroffen aus. Mit glasigen Augen stiert er ins Leere. Möglicherweise von Bierseligkeit gerührt, flüstert er fast wehmütig: »Einzelschicksale, Junge, Tausende von Einzelschicksalen. Väter, die um ihre Frauen und Kinder weinten, Frauen, die um ihre Kinder und Männer weinten, Kinder, die um ihre Mütter und Väter weinten, Menschen, die über sich selbst weinten. Hast du verstanden, Junge? Ja, ja, so war es, all die Toten sind heute nur noch Statistik, nackte Zahlen, alles nackte Zahlen, verschwunden in muffigen Akten. Aber multipliziere die Toten mit den flehenden Gebeten ihrer Angst und Verzweiflung, multipliziere die Flut der Tränen, die Hilfeschreie und die Schwüre der ewigen Reue, das alles ergibt, abseits der Statistik, das tatsächliche Leid.« Nach einer stummen Besinnung leert Onkel Gustav bedächtig seinen Bierkrug.

Onkel Wilhelm, der andächtig gelauscht hat, brummt in die Atempause seines Bruders hinein: »Manchmal muss man sich schämen, dass man ein Mensch ist, dass man dazugehört. Es gibt doch nichts Schlimmeres, keine größere Strafe, als die Gabe, die Dummheit und die Einfältigkeit der Menschen zu erkennen und zu durchschauen und dabei völlig hilflos zu sein.«

Ich hingegen sehe Onkel Gustav immer noch entsetzt an. Nein, diese Geschichte habe ich noch nicht gehört. Er scheint meine Bedrücktheit nicht zu übersehen, denn nachdem es aussieht, als wäre jegliche Luft aus einem dicken Ballon entwichen, füllt sich sein Leib erneut mit sichtbarer Energie.

»Da staunst du, du Kadett, was? So was lernt ihr nicht in der Schule? Wie? Was? Immer schön auf die bösen Deutschen, nicht wahr? Immer mit dem Finger auf sie gezeigt, auf diese hässlichen Krauts!«

»Aber die Deutschen haben doch den Krieg angefangen«, entgegne ich vorsichtig.

»Ach was, papperlapapp, was weißt du denn schon!« Erbost nestelt Onkel Gustav den Faden des abgerissenen Knopfes von der Weste. »Im Nachhinein lässt sich alles wunderbar aufdröseln, belegen, beweisen. Da kommen dann die Geschichtsweisen daher und deklarieren, das haben wir schon immer gewusst, und jeder hat plötzlich im Widerstand gearbeitet. Ich wünsche dir nicht, mein Kind, dass die Politik eines Tages vor oder hinter deinem Rücken Dinge entscheidet, die so weitreichend sind, dass du dich später deswegen vor deinen Kindern dafür rechtfertigen musst. Die gesellschaftlichen Umstände, ja der Zeitgeist selbst gebärt den jeweiligen Machtanspruch, in dessen Sog die Schar der Abhängigen mitgerissen wird.« Wie automatisch setzt er wieder den Bierkrug an die Lippen. Und als er bemerkt, dass er leer ist, fügte er enttäuscht an: »Der Einzelne ist doch nur ein Tropfen, er ist nicht die Flut. Zur zerstörerischen Naturkatastrophe wird der Tropfen erst, wenn er zu einer reißenden Flut gesammelt wird. Dann erst wird der Tropfen zum Ereignis.« Als sei ihm eine gute Idee gekommen, hält er den Krug schräg, sodass ein letzter Tropfen Bier vom Krugrand herabrieselt. »Schau genau hin!«, fordert er mich auf. »Hast's gesehen? Eben noch war dieser Tropfen ein halber Liter Bier, und nun, abgeschieden von den vielen anderen Tropfen, tröpfelt er als ein harmloses Tröpfchen lautlos auf den Teppich.« Daraufhin legt er mir seine Hand kameradschaftlich auf meine Schulter. »Man muss doch alles im Zusammenhang sehen, begreifst du das denn nicht, oder willst du es nicht begreifen?«

Man kann ihm seine Enttäuschung ansehen, mit mir einen Dummkopf vor sich zu haben. Abrupt schlägt diese Wahrnehmung in Verärgerung um. »Ich sage immer, wenn man satt ist, kann man gut vom *abnehmen wollen* schwafeln. Weißt du, was ich meine? Die Not hat keine Alternativen. Bevor der Hitler auftauchte, gab es in Deutschland Millionen Arbeitslose, Armut mit all seinen Folgen, verstehst du? Hitler hat den Menschen das gesagt, wovon sie träumten und was sie hören wollten. Er sprach die Parolen aus, die jeder für sich selbst insgeheim in Anspruch nahm. Und richtig, als Hitler an die Macht kam, gab es Arbeit, ein Arbeiter konnte sich auf einmal ein Haus bauen. Das ist das, was auch dein Onkel Wilhelm meint, wenn er davon spricht, dass der sichtbare Beweis vom Schaffen und Zusammenhalt einer Nation Kräfte für Aufschwung und Fortschritt freimacht. Hab ich recht, Wilhelm?« Ohne eine Antwort abzuwarten, schwadroniert Onkel Gustav weiter. »Es ging doch aufwärts in Deutschland. Soll man denn seinen Herrn beißen, der das Futter gibt?« Erneut schaut er Beifall erhaschend zu seinem Bruder hinüber, der ihm allerdings mit einem Fingerzeig auf den Flecken aufmerksam macht, den der Bierschaum auf dem Teppich hinterlassen hat. Und während Onkel Gustav konzentriert mit der Schuhsohle darüberwischt, weil er genau weiß, dass Mutter schimpfen wird, wenn sie sieht, dass er ihren schönen neuen Teppichboden verschmutzt hat, meint er noch: »Als man allerdings spürte, dass sich die Schlinge auch um den eigenen Hals zuzog, war es längst zu spät, weil sich Angst breitgemacht hat. Doch man hatte nicht vor Hitler als Person gekuscht, im Gegenteil, oft wurde *der* hinter vorgehaltener Hand belächelt, er hatte ja auch etwas erstaunenswert Eitles, regelrecht Skurriles an sich. Nein, nein, vor seinen Repressalien allgemein fürchtete man sich. Man war ja vor niemanden mehr sicher. Jeder konnte ein Denunziant gewesen sein. Es war doch ein Leichtes, den unbeliebten Nachbarn, Arbeitskollegen, Vereinsmitglied, Freund oder Feind auf diese Weise loszuwerden. Angst macht stumm mein Junge!«

Während er redet, halten seine Augen nach Mutter Ausschau, die aber in der Küche hantiert. Also redet er weiter. »Nicht jeder ist zum Helden geboren. Sich hinter Gittern freiwillig die Zähne einschlagen zu lassen, einen Genickschuss zu bekommen oder sein Leben durch den Strang zu verlieren. Die Schlinge des Henkers erstickte schon im Vorfeld jeden Schrei des Widerstandes!«

Vermutlich hat der Onkel unzählige Male in seinem Leben diese Entschuldigung für sich selbst und für sein Gewissen geltend gemacht. Aber er hat noch einen Trumpf im Ärmel, den er beinahe beschwörend ausspielt. »Heutzutage wird auf Deubel komm raus lamentiert, man hätte doch etwas dagegen tun müssen! Folglich haben angeblich alle von Anfang an Bescheid gewusst, was Hitler für ein Schurke war. Aber ich sage dir eines: Diese selbstgefälligen Neuzeitapostel hätten damals genauso wenig ausgerichtet. Ohne dergleichen Repressalien befürchten zu müssen, schaffen sie es heute ja noch nicht einmal in ihrer angeblichen Demokratie, sich erfolgreich gegen all den Dreck aufzulehnen, der in ihrem Namen stattfindet. Ich brauche da ja wohl keine Einzelheiten nennen.« Und noch eindringlicher wettert er weiter: »Höre, Junge, aus der Distanz der Jahre heraus, im bequemen Sessel sitzend oder wegen der viel gerühmten Gnade der späten Geburt, in Kenntnis aller Einzelheiten, Beweis für Beweis dokumentiert, da kann man sich leicht zum Richter erheben, da lässt es sich leicht Held sein. Aber da soll man sich nichts vormachen, die wahren Helden haben beim letzten Atemzug den allerletzten Köttel in die Hose geschissen und oben im Himmel hoffentlich ein Dankeschön vom lieben Gott bekommen. Ich aber sage dir, Wachsamkeit und Feigheit, das sind die Waffen des Schwachen, da höre mal drauf, mein Junge, das schreib dir mal hinter die noch grünen Ohren, damit du mir nicht wieder mit solchen Weisheiten kommst, *aber die Deutschen haben doch den Krieg angefangen!* Und ich sag dir noch eins, Junge. Egal ob Juden, Deutsche, Europäer, alle waren Opfer. Ja, da staunst du, was? Alle sind Täter und alle sind Opfer! Täter, weil sie Menschen sind, und gleichzeitig schuldlose Opfer, weil sie belogen, verraten und verkauft wurden! Nein, nein, nein, alle waren Opfer, alle. Auch die, die überlebt haben, denn sie haben entsetzt in die Hölle geschaut, in der ihre ach so verehrten Führer in den goldenen Palästen der Lüge saßen.«

Aus der Lamäng heraus schüttelt Onkel Gustav unmotiviert auflachend den Kopf, dass es mir vorkommt, als sei er jetzt vollends betrunken. Er ringt nach Luft. »Soll ich dir mal was verraten, Junge?«, keucht er, nachdem er wieder einigermaßen zu Atem gekommen ist. Und dann rückt er mit seinem Mund ganz nah an mein Ohr, so nah, dass ich seine säuerliche Fahne riechen muss. »Die Juden litten unter Hitler, die Deutschen litten unter Hitler, ganz Europa litt unter Hitler, die Welt litt unter Hitler, und weißt du, woran Hitler litt? Na? Weißt du es?« Er fasst sich breit grinsend an seinen Bauchspeck. »Hitler litt unter Blähungen! Nun stell dir mal vor, Junge, unter Blähungen litt er! Der große Agitator, Massenmörder und Herrscher eines angestrebten tausendjährigen Reiches, wurde geplagt von vulgären Darmgasen.« Jetzt lacht er noch lauter drauf los. »Nicht zu fassen, nicht zu fassen.« Der Onkel kann sich gar nicht beruhigen.

So bin ich froh, als Tante Minchen wieder an den Tisch kommt. »Du meine Güte, Gustav, was hast du denn mit dem Buben angestellt? Schau doch mal, wie er aussieht, ganz verstört sieht er aus. Immer wieder fängst du mit den alten Geschichten an.« Tante Wilhelmine, die sich noch von den köstlichen Pfeffernüssen holen will, zeigt sich empört. Aber bevor sie ihre allseits bekannte Straflitanei ablässt, erklingt ein feines Glöckchen, und aus dem Lautsprecher des Radios tönt: *Vom Himmel hoch, da komm ich her …*

»Bescherung!«, jauchzt die Mutter. Die künstliche Deckenbeleuchtung wird ausgeschaltet, damit die Weihnachtstanne im hellen Licht erstrahlen kann. Kurz darauf ist es so weit. Der warme Schein des Wachses, das Sprühen der Wunderkerzen und die klaren Stimmen der Regensburger Domspatzen aus dem Radio erfüllen die Herzen der Umstehenden schlagartig mit dem Geist des neugeborenen Heilands.

»Stellt euch doch mal alle um den Baum«, ruft der Vater, »ich möchte ein Foto von euch machen.«

Welch gute Idee, die Seligkeit des Augenblicks festzuhalten, auf einem glänzenden Bild zu bewahren für die ahnungsvoll kommende Tristesse. Und als das Blitzlicht pufft, wird ein jeder sein eigener Schatten. Denn mit dem Verlöschen des Blitzes sind plötzlich alle verschwunden. Dort, wo sie eben noch standen, wo sie sich in der Sicherheit ihrer Gefühle wiegten, zeigt das später entwickelte Foto nur tiefe Schwärze.

Die Wacht am Rhein

Es braust ein Ruf wie Donnerhall
wie Schwertgeklirr und Wogenprall
zum Rhein, zum Rhein zum deutschen Rhein
Wer will des Stromes Hüter sein?
Durch Hunderttausend zuckt es schnell,
und aller Augen blitzen hell;
der Deutsche, bieder, fromm und stark,
beschirmt die heil'ge Landesmark.
Er blickt hinauf in Himmels Au'n
da Heldenväter niederschau'n
und schwört mit stolzer Kampfeslust,
du Rhein bleibst deutsch wie meine Brust!
Solang ein Tropfen Blut noch glüht,
noch eine Faust den Degen zieht,
und noch ein Arm die Büchse spannt,
betritt kein Feind hier deinen Strand.
Der Schwur erschallt, die Woge rinnt
die Fahnen flattern hoch im Wind
am Rhein, am Rhein, am deutschen Rhein,
wir alle wollen Hüter sein.
Refrain:
Lieb Vaterland magst ruhig sein;
fest steht und treu die Wacht,
die Wacht am Rhein!

Text: *Max Schneckenburger 1840* vertont: *Carl Wilhelm 1854*

Aus großer Zeit

Bibel:
»*Der Gottlosen Reden richten Blutvergießen an; aber der Frommen Mund errettet.*«
　Sprüche 12/6

Zitat Kaiser Wilhelm II.:
»*Es muss denn das Schwert nun entscheiden. Mitten im Frieden überfällt uns der Feind. Darum auf, zu den Waffen! Jedes Wanken, jedes Zögern wäre Verrat am Vaterlande. Um Sein oder Nichtsein unseres Reiches handelt es sich, das unsere Väter sich neu gründeten. Um Sein oder Nichtsein deutscher Macht und deutschen Wesens. Wir werden uns wehren bis zum letzten Hauch von Mann und Ross. Und wir werden diesen Kampf bestehen auch gegen eine Welt von Feinden. Noch nie ward Deutschland überwunden, wenn es einig war. Vorwärts mit Gott, der mit uns sein wird, wie er mit den Vätern war.*«

†

28. Juni 1914, was für ein unruhiger Sonntag! Beim Mittagsmahl der Familie Krahwinkel, das wegen der außergewöhnlichen Ereignisse verständlicherweise ein wenig verspätet und diesmal ungewohnt redselig eingenommen wurde, zitierte Gerhard Krahwinkel, während er ungeniert weiter kaute, was sonst bestimmt nicht seine Art war, einen Satz aus Goethes *Osterspaziergang*, den er beim häufigen Studieren des *Faust* in dem Maße verinnerlicht hatte, dass er ihn nun wie eine durchaus gewagte Prophetie abrufen konnte. Mit hochgezogenen Brauen, und dabei ein wenig ironisch wirkend, führte er folgenden Vers geradezu pathetisch an. »Nichts Besseres weiß ich mir an Sonn- und Feiertagen, als ein Gespräch von Krieg und Kriegsgeschrei, wenn hinten, weit in der Türkei, die Völker aufeinanderschlagen.«

　Worauf Mutter erschrocken sagte: »Mal bloß nicht den Teufel an die Wand, lieber Gerhard!«

　Am nächsten Tag, einem recht trüben und den Temperaturen nach frischem Montag, der Juni galt als insgesamt zu kühl für die Jahreszeit, schrien die aufgeregt umher rennenden Zeitungsverkäufer auf der Straße: »Extraausgabe, Extraausgabe.« Dabei hielten sie die Titelseiten ihrer Blätter wedelnd in die Höhe, auf denen in großen Lettern zu lesen, stand, was am Tag zuvor an Unglaublichen geschehen ist. *Erzherzog Franz Ferdinand und Gemahlin in Sarajevo ermordet!* Und so laut, wie die Nachricht verkündet wurde, so leise flüsterte man hinter vorgehaltener Hand: »Das kann ein Krieg werden.« (I. Erklärung siehe Anhang)

Das Kalenderblatt zeigt den 2. August an, ein ausnahmsweise sehr heißer Tag, der einen in allen Belangen gesegneten Sonntag verspricht, als Vater, den Hut bis auf den verschwitzten Hemdkragen in den Nacken geschoben, den Zwickel erwartungsvoll auf die Nasenspitze geklemmt, die Lippen zum verbitterten Strich verschlossen und im Herzen zwiespältig erregt, auf einem noch klebenassen Plakat, das direkt neben dem Eingang am Postamt nachlässig angepappt wurde, von der Mobilmachung liest. Und überall im Land läuten die Kirchenglocken zur ungewohnten Stunde.

Es ist mittlerweile später Nachmittag geworden. Ein sonniger Augusttag hat sich trotz allem, rein äußerlich betrachtet, mit freundlich gestimmter Innigkeit seinem Ende zugeneigt. Gottfried sitzt mit Vater an dem kleinen, liebevoll gedeckten Tisch, den man wie gewohnt an schönen Tagen auf den Balkon stellt, um zu solch milden Stunden das Abendbrot einzunehmen. Während Mutter mit einem Seufzer des Bedauerns die letzten Tomaten vom Strauch herunterschneidet, den sie sich seit geraumen Jahren an einem besonders sonnigen Platz in einem Pflanztopf heranzieht und in der Zeit des Keimens mit Argusaugen bewacht, erklingen von der Straße her kräftige Männerstimmen. Das Lied von der *Wacht am Rhein* erschallt wie eine einzige Stimme bis zu ihnen hoch. Obwohl ihm mahnende Worte nachgerufen werden, er möge gehorsam seinen Platz behalten, rennt Gottfried von Neugier getrieben zum Wohnzimmerfenster, das auf der anderen Seite der Wohnung liegt, von wo aus er die Straße gut überblicken kann. Unten auf dem Bürgersteig haben sich schon etliche Menschen versammelt, die den feldgrau gekleideten Männern zujubeln, die in korrekt eingehaltener Zweierreihe und schneidigem Tritt, die Gesichter einem imaginären Ziel entgegenschauend, vorüberziehen, wobei ihre nagelbesohlten Stiefel das Pflaster wie Trommelschläge erklingen lassen.

Als sich Vater und Mutter ebenfalls von Interesse getrieben neben ihn ans Fenster stellen, bettelt Gottfried Vater aufgeregt an, sofort mit ihm hinunter auf die Straße zu eilen, um sich näher anzusehen, was da vor sich geht. Gottfried braucht nicht lange zu drängen, schon wendet Vater sich zur Garderobe, wo er sich hastig den leichten Sommerhut auf den Kopf setzt. »Komm!«, ruft er seinem Sohn zu, und Mutter verschlägt es für einen Augenblick die Sprache. Eine Weile noch starrt sie die geschlossene Dielentür an.

»Der Tee wird kalt«, bittet sie die beiden zu bleiben, obwohl sie nicht mehr gehört wird.

Vater und Sohn haben Mühe, sich auf dem vorgebauten Entree der Haustüre einigermaßen Platz zu verschaffen, damit sie von dort den Aufmarsch überschauen können. Schulter an Schulter stehen die Schaulustigen. Nicht weit von ihnen entfernt fuchtelt Bärbel, das dralle Nachbarsmädchen, mit einem Strauß Blumen in der Hand herum. In ihrem luftigen Sommerkleidchen macht sie den vorbeiziehenden Soldaten schöne Augen. Trotz ihrer scheinbaren Zuneigung für einen jeden der jungen Burschen wählt sie offenbar mit dem Herzen sorgsam aus, wem sie mit flinken und geschickten Fingern und rot leuchtenden Wangen aufreizend lächelnd eigenhändig gepflücktes Männertreu aus dem Garten in die noch blanken Löcher der aufgerichteten Gewehrläufe steckt.

Die nebenher marschierenden Kommandeure lassen es wohlwollend geschehen, vor allem dann, wenn sie selbst mit einem schmatzenden Kuss von Bärbel bedacht werden. Unter dem frenetischen Applaus der Zuschauer kriecht die Reichswehr wie ein sich windender Lindwurm durch die engen Gassen der Häuser. Und als klebe die Menschenmasse am Schwanz des uniformierten Reptils, werden die begeisterten Zuschauer bis zum Bahnhof hin mitgezogen. Auch Vater und Sohn Krahwinkel können sich dieser allgemeinen Hysterie nicht entziehen. Am Bahnhof angekommen, warten schon die Züge. Es dauert eine Zeit lang, bis die Kolonne von lauten Befehlen begleitet in einzelne Gruppen aufgeteilt ist. Emsige Helfer versorgen die Soldaten mit Essen und Trinken. Auf den Gleisen springen hemdsärmelige Radaubrüder herum, die krakeelend und mit Kreide bewaffnet die Waggons mit aufpeitschenden Parolen bekritzelten. *Volldampf voraus – Ran an den Feind – zum Schützenfest nach Petersburg – Auf in den Kampf, mich juckt die Säbelspitze* und weitere absonderliche Losungen sind danach auf den Seitenwänden der Abteile zu lesen.

Mitte August erhält Vater seinen Stellungsbefehl. Wieder steht Gottfried am Sammelplatz, aber diesmal mit Mutter – die nicht jubelt. Vater weiß nicht, wie er die beiden beim Abschied umarmen soll, denn er trägt einen Pappkarton für die Rücksendung seiner Zivilkleidung unter dem Arm. (II. Erklärung siehe Anhang)

Wenn die Blätter fallen, seid ihr wieder Zuhause, hat der Kaiser zu seinen braven Soldaten gesagt, und dementsprechend fröhlich klingen beim Ausmarsch aus der Heimat ihre Lieder. *In der Heimat, in der Heimat, da gibt's ein Wiedersehn ...* Allgemein wird gesagt, dass jetzt endlich die militärisch eingebläuten Tugenden wie Disziplin, Mannesmut, Ritterlichkeit und Kameradschaftsgeist zum vollen Einsatz kommen werden, die schon in friedlichen Zeiten dem Lebensansporn dienten, zu wahren und zu bewahren, was die Vorfahren zum Wohle kommender Generationen geleistet, erreicht und wofür sie gelitten hatten. Und das drückt sich nun für viele Bürger im Lande eben in Pflichttreue und einem nicht zu leugnenden Kadavergehorsam aus. Kurz gesagt, man dient mit aufrichtigem Herzen den Werten der Traditionen. Man gehorcht der Obrigkeit im absoluten Vertrauen gegenüber dem Staatswesen und den souveränen Trägern der Staatsgewalt, weiß man doch, dass die Herrscher der Welt allein durch ihre Geburt der Führung Gottes anheim liegen. Doch, und das sei angemerkt, es zeigt sich in der Menschheitsgeschichte immer wieder, dass im Wirken der Staatsführungen oft ganz profane Gründe der Herrschaftsmacht eine Rolle spielen, die unter dem Deckmantel der Fürsorge für das eigene Volk, in Wirklichkeit von eigener Herrschsucht, eigenem Wohlstand und persönlicher Anerkennung geleitet sind.

Allzeit gab und gibt es im großen *Deutschen Reich* etwas zu feiern. War es, abgesehen von den regulären christlichen Feiertagen, der Sedanstag, des Kaisers Geburtstag, Paraden oder sonst irgendwas Militärisches, dann wird kurz nach Beginn des Krieges auch noch jede gewonnene Schlacht gefeiert. Die Kirchenglocken läuten, und schwarz-weiß-rote Fahnen wehen von den Häusern. Menschen versammeln sich auf den Plätzen, und allerorts werden lauthals vaterländische Reden geschwungen. Dabei nimmt die Heldenverehrung oftmals skurrile Formen an. Als kurz nach Kriegsbeginn die Nachricht vom Tannenbergsieg die Runde macht, steht Vater, der gerade auf Heimaturlaub ist, mit Gottfried vor dem Schaufenster von Metzger Schmerenbeck. Kopfschüttelnd, mit zackig durchgedrücktem Kreuz und ausgestrecktem Zeigefinger weist Vater seinen Sohn empört an, in die Auslage zu schauen. Genau dorthin, wo Meister Schmerenbeck gerade dabei ist, neben frischem Gehackten und Schmierwurst ein Bild vom Kaiser, den Kronprinzen und das von Hindenburg aufzustellen, dem umjubelten Helden von Tannenberg. *Jeder Schuss ein Russ!* Allerdings, bereits Anfang September '14, seit der missglückten *Schlacht an der Marne*, werden die patriotischen Lieder schon leiser oder verstummen allmählich gänzlich. Nach dem euphorisch erklungenen *Deutschland, Deutschland über alles …* und der *Wacht am Rhein* singt man nun im Gottesdienst flehentlich ergriffen: *Und wenn die Welt voll Teufel wär …* (III. Erklärung siehe Anhang)

Für Gottfried und all die anderen Kinder im Lande fallen immer häufiger die Unterrichtsstunden aus, weil es schwierig wird, geeignete Lehrer zu finden, da viele der wehrtauglichen Pauker inzwischen an der Front kämpfen oder schon gefallen sind. Hinzu kommt, dass etliche Räume in den Schulen des Landes wegen der Vielzahl von Verletzten zu Lazaretten umfunktioniert werden müssen. Schon einmal, gleich zu Beginn der Mobilmachung, als der Andrang Freiwilliger so groß wurde, dass eine ordentliche Kasernierung für alle nicht mehr möglich war, wich man ebenfalls auf die Schulen aus. Nun aber kehren die an Leib und Seele geschunden dahin zurück, wo man sie Jahre zuvor im besten Sinne des Kaisers auf die Bahnen von Zucht und Ordnung gelenkt hatte. Nein, als die ersten Blätter fielen, sind sie nicht nach Hause gekommen, und in ihren Gewehrläufen stecken nun auch keine Blumen mehr.

Anstatt für die Schule zu büffeln, weilte Gottfried zu Anfang des Krieges oft sehr lange in unmittelbarer Nähe des Schultores, um den Rekruten, die noch ihre Zivilkleidung trugen, beim Exerzieren zuzuschauen. Dort, wo vor Kurzem noch die Pausenbrote verzehrt wurden, salutierten nun rotwangige Burschen schweißtriefend die Gewehre. Am Abend dann, wenn er wach in seinem Bett lag und seinen Gedanken nachhing, hörte er, wie der Zapfenstreich geblasen wurde, den er dann am Tage auf seiner Tute nachspielte. Wenn er heute an der Schulmauer vorbeikommt, sitzt dort bei Wind und Wetter ein Invalide in verschlissener Uniform, an die blank geputzte Orden geheftet sind. Müde wirkend, mit dem Rücken an die Ziegelwand gelehnt, harrt *Bruder Schnürschuh* dort Stunde um Stunde. Neben dem ausgestreckten linken Bein liegt nur ein aufgerolltes Hosenbein, und daneben hat er seine Feldmütze mit der Öffnung nach oben abgelegt, in die Passanten hin und wieder eine Münze hineinwerfen. *Rude Krage nix im Mage. Goldene Tresse nix zu fresse.*

Trotz allem empfindet Gottfried den Krieg dennoch als ein ganz großes Abenteuer. Seit vorletzten Weihnachten besitzt er voller Stolz ein Schwert aus Elastolin. Dermaßen herausgeputzt eifert er strammen Schrittes seinen Helden nach. *Generalmajor Erich Ludendorf* und *Generaloberst Paul von Hindenburg* und natürlich seinem Vater. An den Nachmittagen, wenn nicht gerade für die Nothilfe gesammelt werden muss, treffen sich die Jungs der Nachbarschaft nach einem geheimen Pfiff, der konspirativ von Haus zu Haus ertönt, auf der Straße. Ebenfalls mit Uniformen angetan und mit Schwertern und Holzgewehren ausstaffiert, ziehen sie dann johlend hinaus zu Bauer Küsters Wiese, wobei die aus alten Bettlaken geschneiderten Fahnen knatternd über die Köpfe der dahinrennenden »Kompanie« wehen. Aus der Deckung von Strauch und Busch heraus spielen sie am liebsten den Herero Aufstand von 1904 nach, der seinerzeit in Deutsch-Südwestafrika ausgebrochen war. Meist gibt es vorher ein heilloses Gerangel, weil jeder zur kaiserlichen Schutztruppe gehören will. Kriege nachzuspielen finden die Jungens sehr spannend, viel reizvoller als der langweilige Frieden, den die Erwachsenen die *gute alte Zeit* nennen. Gottfried hat nie recht verstanden, was Vater damit meint, wenn er stets belehrend sagt, dass man den Frieden bewusst wahrnehmen muss, um ihn lieben und ehren zu können. Und dass die Menschen, wenn es ihnen zu gut geht, lethargisch gegenüber dem Frieden werden. Denn der größte Feind des Friedens ist die allgemeine Gleichgültigkeit, die sich als Normalität in die Köpfe der Menschen einschleicht. Dort, in dem dumpf brütenden Humus der Normalität, geht der Friede bereits verloren, bevor dann wieder erneut die Faust regiert. Gewohnheit schafft Gleichgültigkeit. Auch der Frieden bedarf des Kampfes. Frieden muss jeden Tag und zu jeder Stunde mit dem liebenden Herzen erkämpft werden, denn wo ein liebendes Herz ist, öffnet sich jede Faust zur reichenden Hand. Und so schön die bunten Tage der Sorglosigkeit auch sein mögen, sie töten das Bewusstsein für die Einmaligkeit des dem Nächsten zugewandten Seins in friedlicher Einheit und Einigkeit täglich ein bisschen mehr, bis das Verlangen nach Zwist und Streit wieder die Oberhand gewinnt. So ist es nicht verwunderlich, fügt er meist eindringlich hinzu, dass es paradoxerweise dennoch der Krieg ist, der wiederum Frieden schafft. Ohne Krieg keinen Frieden und ohne Böse kein Gut. Weiterhin meint er bei jeder passender Gelegenheit, dass, je absoluter die Niederlage ist, desto intensiver wird das Auskosten des Friedens von jedem einzelnen Menschen angenommen, was man auch als Demut gegenüber dem ertragenen Leid bezeichnen kann. Aber leider ist der vermeintliche Sieger häufig erst dann generös bereit Frieden anzubieten, wenn der Gegner restlos gedemütigt ist.

Vaters Worte, so hat sich inzwischen herausgestellt, haben sogar etwas Prophetisches gehabt, denn so ist es bald darauf wirklich gekommen. Bereits am 12. Dezember 1916 hat der Deutsche Kaiser folgendes in Berlin verkündet: *Soldaten! In dem Gefühl des Sieges, den Ihr durch eure Tapferkeit errungen habt, haben ich und die Herrscher der treu verbündeten Staaten dem Feinde ein Friedensangebot gemacht. Ob das damit verbundene Ziel erreicht wird, bleibt dahingestellt. Ihr habt weiterhin mit Gottes Hilfe dem Feinde standzuhalten und ihn zu schlagen.*

Großes Hauptquartier, 12. Dezember 1916 Wilhelm I.R.

Leider wird das Friedensangebot prompt mit Feindschaft, Zerstörung und Armut beantwortet.

Weihnachten 1917, gibt es im Hause Krahwinkel das letzte gemeinsame Festmahl. Als Vorspeise serviert Mutter eine Steckrübensuppe. Der Hauptgang besteht aus einem Steckrübensteak und zum Nachtisch wird Steckrübenpudding gelöffelt, zu dem man Muckefuck aus Steckrübenraspel geröstet trinkt. Für Baba, wie Gottfried seinen Vater immer noch nennt, war das Menü keine große Umstellung, denn den Soldaten an der Front ergeht es in puncto Ernährung nicht wesentlich besser, auch wenn sie, wenn man den Erzählungen Glauben schenken darf, den einen oder anderen treuen Kameraden auffressen, was sich hoffentlich nur auf die Pferde bezieht, wie Gottfried hofft, die im Kugelhagel ebenfalls nicht ungeschoren davonkommen. Darum wundert er sich nicht darüber, das man die Frontsoldaten auch als *Kaldauenfresser* bezeichnet.

Dann ist es soweit, wieder Abschied nehmen. Auf bitterkaltem Bahnsteig stehen sie inmitten von geduldig wartenden und überwiegend leise vor sich hinmurmelnden Menschen. Obwohl sich alles dicht drängt, zittert Gottfried vor Frost und innerer Unruhe. Vater, der sich abrupt abgewendet, reibt sich mit dem Taschentuch die Augen, weil ihn der Ruß aus der Lok quält, wie er beteuert, deren ausgestoßener Dampf wie ein unerbittliches Signal des Aufbruchs fauchend an der Kuppel des Bahnhofs eine grau diesige Wolke bildet. Dabei klingt seine Stimme seltsam heiser. Auch Mutter zückt ihr Tüchlein und schnäuzt schluchzend hinein. Ein flüchtiger Kuss auf die Wange und ein letztes inniges Lebewohl. Kurz darauf reckt sich eine regelrechte Stafette von uniformierten Armen winkend aus den stählernen Waggons, auf denen nicht mehr die in Kreide geschriebenen glorreichen Parolen stehen wie zu anfangs des Krieges. Dann verliert sich ihr stummer Gruß im Schall und Rauch der dahin ratternden Eisenbahn.

Im Westen nichts Neues

Bibel:
»*Ist es möglich, soviel an euch ist, so habt mit allen Menschen Frieden. Rächet euch selber nicht, meine Liebsten, sondern gebet Raum dem Zorn Gottes; denn es steht geschrieben: "Die Rache ist mein; ich will vergelten, spricht der HERR." So nun deinen Feind hungert, so speise ihn; dürstet ihn, so tränke ihn. Wenn du das tust, so wirst du feurige Kohlen auf sein Haupt sammeln. Lass dich nicht vom Bösen überwinden, sondern überwinde das Böse mit Gutem.*«
Roemer 12/18-21

Zitat Kaiser Wilhelm II.:
»*Zu Großem sind wir noch bestimmt, und herrlichen Tagen führe ich Euch noch entgegen. (...) Mein Kurs ist der richtige und er wird weiter gesteuert.*«

†

Nach einem fürchterlich strengen Winter, der inzwischen mit einem gewissen Zynismus von jedermann als *Rübenwinter* bezeichnet wird, ist zu dieser Stunde, dem ersten milden Frühlingsmorgen im Jahre 1918, das spürbare Ende des Krieges wie der betörende Duft eines ahnungsvollen Friedens über Stadt und Land hereingezogen. Als *Rübenwinter* bezeichnet man die Zeit deshalb, da es wegen der Lebensmittelknappheit, unter anderem ausgelöst durch die rigorose Seeblockade Großbritanniens, überwiegend nur noch Steckrüben in jeder abgewandelten Form und Weise zu essen gibt. Nun aber schmecken die frisch erwachten Sinne förmlich mit jedem Atemzug die beglückende Würze des aufkeimenden Lebens ringsum. Jede sich öffnende Knospe, jedes heiter klingende Lied der Amsel verkündet frohlockend von der unerschöpflichen Kraft eines steten Wechsels von Ende und Neubeginn. Man ist es unendlich leid, sich weiterhin der Tristesse eines betrüblichen Vergehens zu ergeben. Die Menschen sehnen sich nach Frieden, Geborgenheit und Wärme, und das spiegelt sich an diesem milden Frühlingsmorgen auch auf ihren Gesichtern wider, deren Sorgenfalten sich mittels eines freundlichen Lächelns im gleißenden Licht der aufgehenden Sonne gnädig verstecken. All die Sorgen der zurückliegenden Jahre scheinen sich von gleichfalls aufwallender Herzenswärme erfüllt in ihrem hoffnungsvollen

Mienenspiel aufzulösen. Und der Sorgen gibt es unleugbar genug, als dass man gewillt ist, sie noch länger stumm und gehorsam zu ertragen. Alles, was in geordneten Zeiten ein einigermaßen geregeltes Leben ausgemacht hat, ist längst nicht mehr verfügbar oder knapp geworden, und für alles und jedes gibt es einen läppischen, beinahe lebensunwürdigen Ersatz. Ja, im Land herrschen bis dato wahrhaftig eisige Zeiten. Nicht nur die abgemagerten, hungrigen Körper der Leidgeprüften haben noch vor wenigen Tagen in den ausgekühlten Stuben gefroren, auch ihre Seelen bibberten im Gemüt erstarrt, da sich die Zukunft bis zu dieser Stunde so hoffnungslos dargeboten hat. Doch man nahm es irgendwie innerlich abgestumpft hin, indem man sagte: »*Die da draußen, die trifft es noch ärger.*« (IV. Erklärung siehe Anhang)

Die da draußen, das sind nach der Meinung vieler die heldenhaften Söhne und Väter, die schon beinahe vier Jahre unerbittlich für ihre Heimat, ihre Mütter, ihre Frauen und ihre Kinder kämpfen. Ja, ja, lang ertragenes Leid macht stumpfsinnig. Doch auch die Feinde kämpfen verbissen, auch sie haben ihre Ideale. Auch sie haben Mütter, Frauen und Kinder, für die sie als Blutzoll ihr Leben einsetzen. Und wer ist in all dem höllischen Kriegsgetümmel so vermessen, bereits jetzt, da noch in allen Winkeln der Welt das Verderben tobt, schon die Grenzen zu erkennen, die irgendwann einmal für alle ein gerechtes Auskommen in Glück, Frieden und Freiheit verheißen werden?

Der inzwischen dreizehnjährige Gottfried nimmt gleich zwei Stufen auf einmal, als er aus der elterlichen Wohnung in den Flur rennt und auf dem Weg vom ersten Stockwerk zur Haustüre vor lauter Übermut beinahe stolpert. Eigentlich hatte er es sich schon über Jahre hinweg zur Gewohnheit gemacht, das Treppengeländer hinunterzurutschen, aber das hätte an diesem Morgen viel zu lange gedauert. Unruhig, von einem Bein auf das andere tretend, hatte er zuvor schon eine ganze Weile am Wohnzimmerfenster gestanden und bei zurückgeworfener Gardine Ausschau nach dem Briefträger gehalten. Da war es ihm beinahe gleichgültig, dass Mutter eventuell schimpfen wird, weil er in seiner ungestümen Wildheit wieder einmal die ordentlich abgesteckten Falten des Stores ruiniert. Sicherlich ist sie heute an meinem Geburtstag nachsichtig mit mir, so dachte er sich vor allem auch, weil er sich nicht wohlfühlt, wie er seiner Mima vorgetäuscht hat. Denn obwohl an diesem Morgen Unterricht stattfindet, hat er keine Lust hinzugehen. Nach ihrer Rückkehr wollen beide gemütlich frühstücken, auch wenn das Mahl, wie gewohnt, karg ausfallen wird. Gleich nachdem sie ihn zärtlich geweckt hatte, ist sie zum Krämer gelaufen, um, wenn sie zeitig genug anstand, etwas von dem klitschigen Ersatzbrot aus nahezu unbekannten Zutaten abzubekommen, das es, wenn überhaupt, nur noch gegen Abgabe von rationierten Brotmarken gab. Wenn sie Pech hat, kommt sie stattdessen mit staubtrockenem Armeezwieback zurück, der entsprechend seiner Qualität als sogenannter Armenzwieback abgetan wird.

Da ist er nun endlich, der lang ersehnte Briefträger! Vater hatte sich seinerzeit den Namen *Marschall* für den jungen Mann ausgedacht, weil er in der Vorkriegszeit dem Generalfeldmarschall Blücher in Haltung und Gehabe nicht unähnlich sah. Und wenn er in seiner schmucken Uniform und ernsten Blickes jeden Brief wie eine alles entscheidende Depesche überreichte, als enthalte sie die Botschaft vom Sieg über Napoleon, dann gab ihm das schon etwas Rühmliches. Aber trotz all seiner straffen Amtlichkeit, und das gab ihm auch wieder etwas Menschliches, machte er einst hier und da einen Scherz, wenn Gottfried eingeschüchtert vor ihm stand, weil er wirklich glaubte, den Generalfeldmarschall vor sich zu haben. Nichtsdestoweniger, dieser im Nachhinein bedauernswerte Staatsdiener hatte nun auch sein Schicksal hinter sich. Mit Beginn der Mobilmachung tauschte er, vom Kaiser laut und drängend gerufen, ebenfalls zu allem entschlossen seine blaue Uniform mit der feldgrauen und verschwand für Jahre.

Jetzt tut er wieder gehorsam seinen Dienst bei der Post und wirkt um Jahre gealtert. Die Haut hat er sich wohl in *Ypern* verbrannt. Die rot entzündeten Augen tränen ihm ständig, und es sieht aus, als würde er immerfort weinen. Einmal fehlte sogar ein Knopf an seiner nunmehr ungewohnt schludrigen Dienstjacke. Nein, da war kein Scherzen mehr angebracht.

Nur gut, dass Mutter jetzt nicht sieht, wie munter ihr Sohn plötzlich ist, als er vor dem sehnsüchtig erwarteten Marschall steht und von einem Bein auf das andere tritt. Erwartungsvoll beobachtet er ihn, wie er da mit seinen narbigen Händen in der großen, ledernen Umhängetasche zwischen all der Post herumkramt, um dann zögerlich, geradezu mit ernstem Blick, einen weißen, schwarz umrandeten Umschlag herauszieht, der so ganz anders aussieht als die Post, die sonst im Kasten steckt. Zuerst will der Beamte den Brief nicht aushändigen, aber als er von Gottfried erfährt, dass seine Mutter nicht zu Hause ist, überreicht er ihn Gottfried dennoch.

Als er die Briefhülle unschlüssig zwischen seinen Fingern dreht, streicht ihm der Überbringer ein wenig verlegen übers Haar. Nach einem Moment der Stille kehrt er dem Jungen kopfschüttelnd den Rücken, und Gottfried schließt mit einem mulmigen Gefühl im Magen die Türe hinter sich zu. So rasch, wie er die Stufen hinuntergenommen hatte, so langsam schleicht er sie nun hinauf. Dabei lässt er den Blick nicht von dem merkwürdigen Umschlag. Ihm ist sofort aufgefallen, dass es nicht Vaters vertraute Handschrift ist. Außerdem, was rappelt so komisch darin? Etwas Hartes tastet er!

Ach, wie sehr hatte er auf einen Geburtstagsgruß von Vater gehofft. Natürlich nicht alleine der Briefmarke und der Karte mit den schönen Bildern wegen, sondern weil es ihm gezeigt hätte, dass sein geliebter Vater in der Ferne an ihn dachte. Und allemal wäre es ein Lebenszeichen von ihm gewesen. Zu lange schon dauerte der Krieg an, und zu viele ehrbare Väter und brave Söhne sind bislang für immer im Feld geblieben. Der Krieg spann sein Netz aus Trauer und Leid von fernher, von den rauchenden Schlachtfeldern bis hin in die vielen Wohnstuben der Heimat, in denen die leidgeprüften Frauen ihre bunten Röcke mit den schwarzen Friedhofskleidern tauschten. In den vergrämten Gesichtern der Ehefrauen und Mütter, die ihm Tag für Tag auf der Straße begegneten, las Gottfried die eigene Angst um seinen Vater. Obwohl er ja ein Held ist. Ihm kann sicherlich nichts Arges geschehen.

Wie hatte Gottfried beim letzten Heimaturlaub das *Eiserne Kreuz* bewundert, das seine schneidige Uniform zierte. Mit diesem Schutzschild an der Brust kann er einfach nicht fallen, das schien ihm unmöglich. Und als Unteroffizier schon gar nicht. Auch wenn Vater nicht mehr so stolz und siegessicher wie zu Beginn des Krieges heimkam und seine Gespräche mit Mima leiser und heimlicher geführt wurden, so zweifelte Gottfried in seiner Vorstellung keinen Augenblick daran, dass sein Vater unsterblich war.

Wieder fällt sein verstörter Blick auf den Briefumschlag. Er weiß nicht, warum, aber am liebsten würde er das Schreiben auf der Stelle verstecken. Unsichtbar machen. Oder besser gleich zerreißen und zwischen dem Abfall verschwinden lassen. Eine bedeutungsvolle Ahnung beschleicht ihn. Stattdessen klemmt er ihn unter den Teller, der schon zeitig für das Frühstück an Mutters Platz eingedeckt wurde. Dabei fühlt sich sein Magen an, als müsse er ihn aus seinem Leib herauswürgen. Vielleicht ist er ja wirklich krank? Eine nicht einzudämmende Influenza wütet zurzeit nicht nur im Land, sondern überall in Europa, die bereits viele, viele Menschen dahingerafft hat!

Erneut geht Gottfried zum Fenster, als habe er allein durch diese Handlung die Möglichkeit, die Uhr noch einmal zurückzudrehen. Einfach an gleicher Stelle wie zuvor verharren und abwarten, was nun geschehen würde. Doch ein flüchtiger Blick auf den gedeckten Frühstückstisch, wo unter dem Tellerrand das fragwürdige Kuvert hervorlugt, verrät, dass das, was er von Herzen gern ungeschehen machen will, schon geschehen ist. Durch die Scheiben des Fensters verliert sich sein Blick gedankenverloren in der Weite, aus der mit einem Male die nagende Einsamkeit wie ein gespenstischer Nebel heraufgezogen kommt und dessen dunstige Gedankenschwaden sich zu skurrilen Bildern formen. Wie kann das angehen? Zwischen Kiosk und Schmiedewerkstatt, mitten auf der belebten Straße, reitet er auf Vaters Rücken als lachender Hoppe-Hoppe-Reiter. Kann es denn wahrhaftig sein, dass er kurz darauf einem papierenen Drachen nachjagt, den Vater atemlos rennend an langer Schnur haltend hinter sich herzieht? Dann wiederum sieht er, wie er, von seiner starken Hand gehalten, fröhlich seiner Wege hüpft. Den nigelnagelneuen Schulranzen trägt er dabei auf dem Rücken, und der gehäkelte Tafellappen, der an langer Schnur heraushängt, scheint mit ihm um die Wette zu tanzen. Nun aber schält sich aus den vermaledeiten Hirngespinsten die Mutter im gewohnt aufrechten Gang leibhaftig heraus. Als sie ihn am Fenster stehend erspäht, winkt sie ihm fröhlich zu.

Nein, Mima ist kein Fantasiegebilde. Gleich wird sie ins Zimmer treten. *Gemütlich wollen wir es uns heute machen*, hatte sie noch frohgemut gestimmt zum Abschied gesagt. Gottfried fährt ruckartig vom Fenster zurück, als habe ihn ein Schuldgefühl vor die Brust gestoßen. Er lauscht angestrengt. Auf der Treppe sind bereits Mutters Schritte zu hören. Rasch ordnet er die Gardine. Keine Falte soll unordentlich sein.

»Ich bin wieder da!«

Er schaut wie ertappt in Richtung Flur. Mit frischem, rosigem Gesicht betritt Mutter lächelnd die Wohnstube. Es ist ihr gewohnt bezauberndes Lächeln, das in den Winkeln ihres liebreizenden Mundes eine stete Zufriedenheit ausdrückt. Ihre braunen Haarsträhnen mit den bereits silberdurchwebten Fäden, die so im völligen Widerspruch zu ihrem frommen Jungmädchengesicht stehen, haben sich in der Morgenfeuchte lustig gekräuselt.

»Du hast dich ja noch gar nicht gekämmt«, sagt sie fast mahnend. Sie hängt den Einkaufsbeutel an die Stuhllehne und zieht ein in Zeitungspapier eingewickeltes, mickriges Stück Brot heraus. Sie überfliegt flüchtig die Meldungen des abgewickelten Blattes, die in dicken Lettern all das bekannt Schreckliche verkünden, das man nun schon seit zu langer Zeit erdulden muss, und sie legt den kostbaren Laib bedacht in den Brotkorb.

»Warum stehst Du da wie angewurzelt?« Dann schaut sie genauer. »Wie blass du bist.«

Sie knüllt den Bogen Zeitungspapier zusammen und steckt es achtlos in ihre Schürzentasche. Gleich darauf steht sie vor ihm und fühlt ihm besorgt die Stirne. »Fieber hast du nicht, ist dir schlecht?«

Gottfried schüttelt den Kopf.

»Nun, dachte ich schon, dass du wirklich krank bist.« Erleichtert tätschelt sie seine Wange und zwinkert ihm verschwörerisch zu. »Sicher bist du traurig, weil Vater heute an deinem Geburtstag nicht hier sein kann. Aber du weißt doch, dass er in der Ferne kämpfen muss, um unser gutes, teures Vaterland zu verteidigen. Wenn er wieder auf Heimaturlaub kommt, wird er dir bestimmt etwas Schönes mitbringen. Denk nur an den hübschen Spazierstock, den er dir im vergangenen Jahr dagelassen hat.«

Mit verträumtem Blick hört er Mutter zu und sie beobachtet ihren Jungen aufmerksam, wie er jetzt so abwesend im Zimmer steht, drückt ihn herzlich an sich und reißt ihn damit gänzlich aus seiner Träumerei.

»Nun aber rasch an den Tisch gesetzt, Purzel! Hast du dir auch die Hände gewaschen? Ich werde uns einen starken Malzkaffee brühen. Nur gut, dass ich noch ein Brot erwischt habe, die Brotmarken können wir schließlich nicht essen.«

Als deute sie noch eine besondere Überraschung an, leckt sie sich demonstrativ die Lippen. Dann geht sie schnurstracks in die Küche und kommt mit einem Glas eingemachtem Holundergelee zurück. »Das hier habe ich für den heutigen Festtag extra aus dem Keller hochgeholt, auch wenn wir als eiserne Reserve nur noch wenige Gläser davon haben. Heute ist doch ein besonderer Tag!« Mit einem Blick über den Tisch überprüft sie, ob alles Notwendige vorhanden ist. Sie nickt zufrieden. Doch da fällt ihr der weiße Umschlag mit dem unheilvollen schwarzen Rand auf. Fragend schaut sie zu ihrem Sohn herüber. »Purzel? Ist denn die Post schon gekommen, während ich fort war?« Das fragt sie so, als brauche sie keine Antwort.

Sie wischt sich beide Hände an der Schürze ab und zieht das Kuvert mit spitzen Fingern unter den Teller hervor, als würde sie befürchten, sich daran zu beschmutzen. Geistesabwesend rückt sie den Stuhl beiseite. Bedächtig, beinahe achtsam lässt sie sich auf den Sitz niedersinken, ohne dabei den Blick von ihrer fein zitternden Hand abzuwenden. Nachdem sie das Kuvert eine Zeit lang wie ein ominöses Menetekel anstarrt, ertastet auch sie einen flachen, harten Gegenstand darin. Die rosige Frische auf ihren Wangen hat sich verloren. Und Gottfried, der sie aufmerksam beobachtet, kommt es so vor, als würden ihre wässrig gewordenen Augen wie eine aufwallende Woge tief in den Augenhöhlen versinken. Ein dunkler Schatten zieht zudem wie eine düstere Wolke über ihr ansonsten lebensfrohes Gesicht. Mit dem Aufstrichmesser ratscht sie phlegmatisch das zusammengeklebte Papier auseinander, worauf ein Stück blankes Metall klimpernd zu Boden fällt. Unverkennbar, ein Orden ist es. Mechanisch tritt sie mit dem Fuß darauf, sodass er unter der Sohle ihrer Hausschuhe verschwindet. Ihre Hände flattern jetzt fahrig, als sie das Schreiben herauszieht. Während sie liest, wirkt ihre Miene versteinert. So hat Gottfried seine Mutter noch nie gesehen. Etwas Schlimmes muss in der Nachricht stehen. Augenblicklich sinkt auch das Stück Papier zu Boden. Wie in Trance steht sie auf. Gerade, stramm aufgerichtet, verlässt sie wortlos das Zimmer. Durch Mutters Verhalten wird die bedrückende Ahnung, die seit Eintreffen des Briefes in ihm schwelt, zur quälenden Gewissheit. Doch er braucht absolute Klarheit. Schwer liegt der Orden auf seiner flachen Hand. Er bestaunt ihn, als läge dort ein tapferes Soldatenherz, in dem noch vor Kurzem das Leben pulsierte. Behutsam legt er das blinkende Metall auf den Tisch. Dann bückt er sich auch nach dem Brief. Jeder einzelne Buchstabe, wird zu einem Wirrwarr aus tanzenden Zeilen, die nur noch schemenhaft den Namen seines Vaters bilden. Dann scheinen sie plötzlich auf dem weißen Papier zu explodieren, und wie scharfkantige Granatsplitter dringen die auseinanderberstenden Lettern in seine Augen, sodass er die Fäuste wie zur Abwehr ins Gesicht presst. Trotz jäh einsetzendem Kopfschmerz liest er und liest er, bis er versteht, was nicht zu verstehen ist. Ihn würgt es abermals, als müsse er den Seelenschmerz hinaus kotzen.

Frau Gerhard Johann Krahwinkel, Meta geb. Kuhlmann

Wer ihn gekannt, weiß was wir verloren. Von seinem Herrn Offizier-Stellvertreter erhielten wir heute die traurige Nachricht, dass unser Kamerad und Unteroffizier Gerhard Johann Krahwinkel, Inhaber des Eisernen Kreuzes 2.

Klasse, am 16. April bei einem Sturmangriff bei »Riez du Vien« den Heldentod erlitten hat.
Frankreich den 20. April 1918

Nein, der Brief, der soeben angekommen ist, ist nicht die gewohnte Feldpost, die sonst eintrifft, in der auf höherem Befehl hin nichts über das wahre Kriegsgeschehen geschrieben werden darf. Briefe, in denen man ansonsten Belanglosigkeiten über die Kameraden oder sonst was schwadronierte. Lektüre, die man während der Kampfpausen in den Schützengräben schreibt, die überdies von einsamen Nachtwachen handeln, in denen die Gedanken der Männer in die Heimat zu Frau und Kind in die Ferne schweifen. Doch Gottfried weiß ohnehin Bescheid. Er weiß längst, wie der Hase wirklich läuft. Aus der Zeitschrift *Weltkrieg – Zum Besten der Kinder im Feld stehender Männer (Kriegs und Ruhmesblätter)*, die Vater noch beizeiten abonniert hat, daher bezieht er seine Informationen, auch wenn er nicht alles glaubt, was darin steht. Oft widersprechen diese Nachrichten dem, was Vater ihm bisher geschrieben hat. Kann denn die Wahrheit unterschiedlich sein?

Doch ganz gleichgültig, ob auf Vaters früheren Grußkarten das nicht Geschriebene die reine Wahrheit ist oder nicht, alle, jede einzelne Karte hat Gottfried sorgsam verwahrt und hütet sie wie einen Schatz. Die erste kam aus Frankreich, aus Aves mit einem Blick auf die Avenue de Keyzer. Weitere folgten mit Ansichten von Laon, Ostende, Bonconville, Chamonille … Und so lässt sich noch eine ganze Reihe von eroberten Städten fortsetzen. Diese zum Teil bunt bebilderten Karten sind für ihn wie Fenster, die für ihn eine noch unentdeckte Welt aufstoßen. Es gibt darunter freilich auch Karten, die man sich mit vor Schauer erhitzten Wangen gegenseitig in den Schulhofpausen zeigt. Darauf werden menschenleere Straßenzüge gezeigt, deren Häuser in Trümmer liegen, zerstörte Ortschaften und rauchende Kriegsschauplätze. Wieder andere zeigen groteske, befremdliche Gestalten mit über dem Kopf gestülpte Gasmasken. *Bei Ypern hat die Luft gequalmt. Maikäfer flieg! Der Vater ist im Krieg. Die Mutter ist im Pulverland. Pulverland ist abgebrannt. Maikäfer flieg!*

Gottfried fragt sich ob er träumt. Nein es ist kein Traum. Vor wenigen Augenblicken ist tatsächlich die allerletzte Nachricht von Vater eingetroffen. *Aus, Ende, vorbei!* Sein geliebter Vater wird nie mehr heimkommen, und er, Gottfried, ist nun einer von vielen Halbwaisen, einer von denen, die keine unbedarften Kinder mehr sein dürfen, weil sie von nun an, in stellvertretender Verantwortung, für sich und ihre Mütter stehen. Außerdem hält ihm das Wort *Heldentod* eine Endgültigkeit vor Augen, die ihm schonungslos zeigt, dass all seine Gebete an Gott, in denen er für die Unversehrtheit seines Vaters betete, wirkungslos geblieben sind. Unbegreiflich, Vaters Nähe und Herzenswärme waren doch immer so selbstverständlich wie das Atmen oder das Amen in der Kirche. Doch nicht nur Wehmut und Traurigkeit steigen in ihm hoch, auch ein zuvor nie gekannter Hass macht sich in ihm breit. Er braucht auch nicht lange zu überlegen, wer die Quelle dieses Hasses ist. Es ist der Erzfeind, der *Franzmann*. Aus seinem Gewehrlauf kam schließlich das Blei herausgeschossen, das nicht nur seinen Vater tötete, sondern auch seine Kinderseele. Vielleicht auch die der Mutter und, wie kann es anders sein, die seines deutschen Vaterlandes, von dem Vater ihm stets gesagt hat, dass man für Volk und Heimat seinen letzten Blutstropfen hergeben muss, damit das für alle Zukunft bewahrt wird, was man als Vaterlandsliebe bezeichnet, für die schon über Jahrhunderte hinweg unzählige mutige Männer gekämpft und gesiegt haben.

Ja, gesiegt! Denn gesiegt haben die tapferen Männer immer, wird gesagt, auch wenn sie dafür mit ihrem Leben bezahlen mussten, weil sie selbst in vollem Bewusstsein des Sterbens an die Richtigkeit ihres Handelns geglaubt haben. *Gott und Kaiser muss man ohne Wenn und Aber die Treue halten, hörst du Junge, die Treue bis in den Tod! Der Mensch braucht Ideale! Und dabei muss man bedenken, dass, wer seine Ideale verrät, vor allem sich selbst verrät.* Meist zitierte Vater dann noch mahnend das Gedicht des siebenbürgisch-sächsischen Dichters Michael Albert. In seinem kostbaren Gedichtband steht es mit Bleistift dick unterstrichen geschrieben, und Gottfried musste es ihm immer dann vorlesen, wenn er vom Schulhof oder von der Straße neumodische Gedanken mit nach Hause brachte, die sich nach der gängigen Meinung der Alten gegen alle guten Sitten und Gebräuche richteten und die besonders in Vaters Augen wie ein verräterischer Schmutz auf den Lippen seines Sohnes hafteten. Auch jetzt, jetzt in der Stunde der schwersten Prüfung, brummelt Gottfried die Verse zwanghaft vor sich hin, als sei es eine reinigende Litanei, die auf mysteriöse Art und Weise dem Sinne und Wollen des nicht anwesenden Vaters entspringen. »*Deiner Sprache, deiner Sitte, deinen Toten bleibe treu, steh in deines Volkes Mitte, was dein Schicksal immer sei ... Deiner Sprache, deiner Sitte, deinen Toten bleibe treu, steh in deines Volkes Mitte, was dein Schicksal immer sei ... Deiner Sprache, deiner Sitte, deinen Toten bleibe treu, steh in deines Volkes Mitte, was dein Schicksal immer sei.*

Niedergeschlagen geht Gottfried in sein Zimmer. Vorsichtig öffnet er den Schrank, in dem er Vaters Stock abgestellt hat. Er holt ihn behutsam hervor und besieht ihn sich lange. Solange besieht er ihn sich, bis er von irgendwoher Vaters Stimme vernimmt, geradeso, wie er sie an dem Tag hörte, als er ihm den Stock überreichte.

»*Den habe ich im Feld in den Kampfpausen für dich geschnitzt, mein Junge.*«

Wie eine heilige Reliquie hatte er ihm den fein säuberlich gearbeiteten Stab überreicht. Am oberen Ende wohl geschwungen, lag er gut in der Hand, und ins blank polierte Holz hatte er mit glühendem Nagel Ort und Zeit seiner Entstehung eingraviert. Hartmannsweilerkopf 1916.

Wenn Du erwachsen bist, hast du eine Erinnerung an mich, und vielleicht kann dir diese Krücke einmal nützlich sein. Ja, so hatte Vater zu ihm gesprochen, und in seinen Worten lag eine gewisse Feierlichkeit.

Das war Sommeranfang im vergangenen Jahr gewesen. In weit vorgeschrittener Nacht war Vater völlig überraschend auf Heimaturlaub angekommen. Aus tiefem Schlaf hatte sie die lärmende Haustürglocke gerissen. Mutter hatte mechanisch die Zudecke beiseite geworfen, und ohne in ihre Pantoffeln zu schlüpfen, war sie zum Fenster geeilt. Zunächst spähte sie nach unten, um im trüben Licht der Gaslaterne den ungestümen Störenfried auszumachen, während sich Gottfried aufrecht im Bett sitzend die Augen rieb. Dann riss Mutter das Fenster auf. *Hatte sie richtig gesehen?* Tatsächlich, da unten stand schwer bepackt ihr geliebter Mann! Schon sputete sie sich, ihm schnell die Türe aufzuschließen. Das Fenster ließ sie in ihrer ungestümen Eile geöffnet, und der laue Wind wehte betörenden Lindenblütenduft in Gottfrieds Nase, dass ihm seltsam weinerlich zumute wurde. Noch bis zum Morgengrauen hatten alle drei, vom Kerzenlicht beschienen, am Küchentisch beisammengesessen. Stundenlang erzählte der Vater, und es schien, als nähme er Frau und Kind gar nicht wahr. Die schrecklichsten Dinge entfuhren seinem Mund, und man konnte den Eindruck gewinnen, als wüsche er mit seiner Beichte die vom Schützengraben beschmutzte Seele rein. Als dann allmählich die Geräusche der erwachenden Stadt von der Straße hoch in die Ohren der Übermüdeten drangen, legte man sich zur Ruhe.

Gottfried war der Erste, der gegen Mittag aufstand und übermütig in Vaters nagelbesohlten Knobelbechern auf dem langen Flur herumstiefelte. Plötzlich stand Vater in der Tür und brüllte los, ob man denn nicht wenigstens in seinen eigenen vier Wänden seine Ruhe haben könne und dass der Junge doch endlich diesen Firlefanz unterlassen solle, bevor es ordentliche Maulschellen gäbe! Gottfried erschrak damals für einen Moment ordentlich, weil ihm der Vater so fremd vorkam. Mutter, die ihren entnervten Gatten umgehend beschwichtigen wollte, wurde nicht minder grantig von ihm angeraunzt.

Nach diesem unschönen Wutausbruch zog sich Vater rasch an und mürrisch, ohne ein freundliches Wort des Lebewohls, schlug er die Wohnungstür hinter sich zu. Nach einem ausgiebigen Spaziergang in der Sommerfrische kam er wie verwandelt zurück. Gepflückte Wiesenblumen brachte er mit, und als er sah, dass Mutter nicht nur über die hängenden Köpfe der halb vertrockneten Blüten lächelte, drückte er sie um Entschuldigung bittend fest an seine Brust. Nachdem verspätet zu Mittag gegessen wurde und Vater mit einem Blick auf das inzwischen zu Brei gegarte Steckrübenmus verschmitzt zu Mutter sagte, dass sie lieber wieder selbst kochen solle, weil Schmalhansküchenmeister ein lausiger Koch wäre, mussten dann doch alle wieder herzlich lachen.

Dieser unschöne Zwischenfall damals war wie ein reinigendes Gewitter gewesen, und von da ab verlief die allzu kurze Zeit des lang ersehnten Zusammenseins in Harmonie und Eintracht. Sogar am Thingstein, ihrem wohl gehüteten Geheimplatz, hatte Gottfried wieder einige Male mit Vater gesessen. Eigentlich hatte es mit dem sogenannten Thingstein, ein im Grunde unbedeutendes Stück schroffen Felsens, der nahe dem Ententeich wie ein abgebrochener Zahn aus dem Erdboden herausragt, nichts Besonderes auf sich, außer dass sie in Friedenszeiten von diesem Platz aus oft und gerne die Enten mit Brotkrusten gefüttert hatten. Außerdem ist es der Platz ihrer gemeinsamen Vertrautheit, von dem Vater sagte, dass Gottfried immer dann dort hingehen sollte, wenn er Sorgen hätte.

Intermezzo

Bibel:
»*Und Er ist gekommen und hat im Evangelium Frieden verkündigt euch, die ihr fern wart, und Frieden denen, die nahem waren.*«
Epheser 2/17

Zitat Kaiser Wilhelm II:
»*In der auswärtigen Politik bin ich entschlossen, Frieden zu halten mit jedermann, so viel an mir liegt. Meine Liebe zum deutschen Heere und meine Stellung zu demselben werden mich niemals in Versuchung führen, dem Lande die Wohltaten des Friedens zu verkümmern, wenn der Krieg nicht eine durch den Angriff auf das Reich oder dessen Verbündete uns aufgedrungene Notwendigkeit ist. Deutschland bedarf weder neuen Kriegsruhms noch irgendwelcher Eroberungen, nachdem es sich die Berechtigung als einige und unabhängige Nation zu bestehen endgültig erkämpft hat.*«

†

Der Tod hatte bei den Krahwinkels gnadenlos angeklopft, aber Gottfried wollte ihn nicht auf Dauer wie einen ungebetenen Gast in sein Herz einziehen lassen. Jegliche Willenskraft wollte Gottfried dagegen aufbringen, um der Finsternis des Seelenschmerzes mutig entgegenzutreten. O nein, dem schmerzvollen Leid wollte der Knabe trotz aller Verzweiflung die Stirn bieten, in dem er seinen Schmerz zu einem närrischen Gefühlspopanz degradierte. *Wie wohl sie nun ruhen, all die Toten.*

Schweigend ertrugen er und seine Mutter, jeder für sich alleine, die geschwundene Hoffnung auf ewigen Seelenfrieden, der mit dem Tod des Vaters und des Gatten für immer zerstört zu sein schien, denn keiner konnte den anderen im Trost genügen, da die Ansprüche ihrer jeweiligen Liebe zu dem, der für die Welt verloren ging, zu unterschiedlich waren, als dass man sich im Kummer gemeinsam hätte treffen können.

Dieses Schweigen hielt so lange an, bis Gottfried – es waren inzwischen Monate verstrichen – plötzlich, während er seine dünne Mittagssuppe isst, Mutter mit forschendem Blick beobachtet, der sie zu durchdringen scheint. Blass und nachdenklich legt er seinen Löffel beiseite.

»Wo ist Vater jetzt?« Mehr sagt er nicht. Er lässt die Frage schweben, als würde er die Antwort einem imaginären Spuk übertragen wollen, der ihm gefälligst zu Diensten sein soll.

Nun legt auch die Mutter den Löffel in den halb geleerten Teller, stützt die Ellenbogen auf die Tischplatte und birgt das Kinn auf die geballten Fäuste. Auch ihr Blick verliert sich ins Grenzenlose, wobei ihre Pupillen unerwartet in kleinen Tränenpfützen schwimmen.

Als habe er mit dieser Frage Schuld auf sich geladen, schaut der Junge verlegen zu seinen Füßen herunter. Die Tränen der Mutter schmerzen ihn. Er hat den selbst auferlegten Bann des Schweigens gebrochen. Der kümmerliche Damm des zwanghaften Verdrängens, hinter dem sich über all die schwere Zeit ein Meer der Trauer angesammelt hat, bricht mit nur einer einzigen Frage in tausend Stücke entzwei. Und wie aus weiter Ferne dringen die barmherzigen Worte an seine Ohren. »Im Himmel!«

Am liebsten würde er empört aufspringen. *Lass mich mit diesen Ammenmärchen vom Himmel in Ruhe*, will er schreien. *Was soll Vater im Himmel, wenn ich ihn hier auf Erden brauche und vermisse?* Und doch fragt er ganz leise und kleinlaut: »Wo hat man ihn begraben?«

Bei dem Wort begraben muss er schlucken, als würde ihm das Wort wie ein Kloß im Hals stecken bleiben.

»Ich weiß es nicht«, kommt es wiederum sanft zurück.

Mit einem scheelen Blick zur Anrichte, wo Vaters Orden zwischen dem guten Porzellan an der Miniatur der Siegesgöttin angelehnt seinen Ehrenplatz gefunden hat, rührt Gottfried stumpfsinnig mit dem Löffel in der Suppe herum. Schließlich klagt er im weinerlichen Tonfall: »Was ist mir denn von Vater geblieben, wenn ich noch nicht einmal an sein Grab gehen kann?«

Mutter hüstelt, als habe sie sich an der Suppe verschluckt. Sie ringt um Antwort. Auch sie wird sich wohl die Frage stellen, was von einem Menschen übrig bleibt, den man einmal bedingungslos in seiner ganzen Person geliebt hat. Alles, einfach alles, sogar seinen vertrauten Duft, der von ihm ausgegangen ist, den man in hingebungsvollen Nächten wie ein himmlisches Geschenk atmen durfte. Die zärtlichen Berührungen, die Blicke und seine liebevolle Stimme. Sie schaut betrübt auf ihren Sohn. Ist er nicht die sichtbare Frucht ihrer Liebe zueinander? Ihr *Purzel* kommt ihr in diesem Moment wie ein Spiegel vor, aus dem Gott sie tröstend ansieht. Ja, sie weiß, dass

Liebe unvergänglich ist.

Sie lässt ihre Tränen fließen, als sie antwortet: »Die Erinnerungen sind es, mein Kind. Sie sind es, die uns bleiben. Sie können wir zu jeder Zeit mit dem unsichtbaren Blut der nie vergehenden Liebe mit neuem Leben erfüllen. Der Mensch braucht die Erinnerungen, sie prägen das Gewissen, hörst Du? Erinnern ist eine Gnade Gottes, denn sich nicht erinnern zu können, verleitet zum Ungehorsam gegen Gott und den Menschen.«

Stille tritt ein. Mutter fragt nicht nach, ob er ihre Worte verstanden hat, und Gottfried sagt nicht, dass er sie nicht verstanden hat.

»Mima?«, fragt er nach einer Weile.

»Ja, Purzel?«

»Mima, wenn es wirklich einen lieben Gott gibt, warum … warum tut er mir dann so weh? Vielleicht ist er ja gar nicht lieb, sondern nur böse!«

Mit der Serviette reibt sich Mutter bestürzt das Gesicht trocken. Dann steht sie auf, stellt sich neben ihren Jungen und drückt ihn innig an ihre Brust.

»Versündige dich nicht, mein Purzel!«, sagt sie beschwörend und streicht ihm liebevoll übers struppige Haar. »Gott kann nicht böse sein, aber die Menschen sind es. Doch Gott liebt sie selbst dann noch, wenn sie sich von ihm abwenden und meinen, sie könnten mit Gewalt mehr erreichen, als er ihnen in seiner übergroßen Liebe ohnehin schenkt.« Sie sieht den zweifelnden Blick des Kindes. »Schau«, ihre Stimme wird drängender, »in den Tagen, als noch Frieden war, in denen dich morgens die liebe Sonne geweckt hat und du fröhlich dem Tag entgegengesehen hast, an dessen Ende du am Abend satt, zufrieden und glücklich in deinem Bett lagst, hast du da gefragt, warum ist Gott so gnädig mit mir? Du hast es einfach hingenommen, als hättest du es verdient, auch wenn du nicht immer brav warst.« Sie lächelt ihn an. Dann wird sie wieder bedrückt, als sie anfügt: »Wenn Vater einmal streng mit dir war, weil du etwas ausgefressen hast, dann hat er dich trotzdem geliebt!«

Gottfried schaut wehleidig an der Mutter hoch. »Warum aber musste Vater dann sterben, wenn Gott ihn liebt?«

»Ach, Kind«, seufzt sie, »würden wir Menschen wissen, was Gott mit uns vorhat, wäre er ein Mensch wie wir, aber Gott ist so mächtig und groß, dass wir uns seinem Willen beugen müssen.« Sie macht eine Pause, in der sie ihren Jungen flehentlich anschaut, um nach einer Weile des Sinnens beinahe flüsternd hinzuzufügen: »Alle müssen sich seinem Willen und Plan beugen, auch die, die nicht an ihn glauben!«

Daraufhin verfällt Gottfried in ein ebenso kurzes, nachdenkliches Schweigen.

»Mima?«

»Ja, Purzel?«

»Mima, warum gibt es Kriege?«

»Ach Purzel«, stöhnt sie gequält. Anstatt ihm zu antworten, beugt sie sich zu dem Suppenteller ihres Sohnes hinunter und kostet angewidert von der Suppe. »Nun ist sie kalt geworden. Soll ich sie dir noch einmal aufwärmen?«

»Nein, ich mag nicht mehr«, antwortet er gereizt. »Ich mag vor allem diese olle Steckrübensuppe nicht mehr. Ich mag nicht mehr, dass mir das Herz wehtut, ich mag nicht mehr, dass ich nicht mehr lachen kann, ich mag nicht, ich mag nicht, ich mag nicht!« Richtig aufgeregt und laut ist er geworden, dass Mutter geradezu erschauert, als sie wie einen dahinhuschenden Schatten etwas Fremdes, Beängstigendes im Gesicht ihres Kindes ausmacht.

»Ich will wissen, warum es Kriege gibt!«, drängt Gottfried unbeirrt.

»Ja, weißt du«, beginnt sie zögernd, während sie sich daranmacht, den Tisch abzuräumen. »Ich weiß nicht, ob du dich an das schlimme Erdbeben in Süddeutschland vor sieben Jahren erinnern kannst, wo sogar bei uns der Boden unter den Füßen geschwankt hat. Du bist damals aus dem Schlaf geweckt worden und hast bitterlich geweint vor Angst.«

Gottfried sieht sie ratlos an. »Was hat das denn mit meiner Frage zu tun?«, fragt er vorwurfsvoll.

»Ach weißt du, Kriege sind auch wie eine Naturgewalt«, beginnt sie. »Geradeso wie ein Erdbeben, wo ebenfalls Massen immer wieder in bestimmten Abständen aneinandergeraten und sich jede fest geglaubte Grenze unter dem gewaltigen Druck unbekannter Energien verschiebt.«

Gottfried schaut sie so an, als habe er ihren Vergleich nicht verstanden.

Mit dem Tablett in der Hand bleibt sie ein wenig fahrig mit dem Rücken zum Spültisch stehen. »Nun ja«, seufzt sie und ihre Stimme beginnt, hastig zu werden. Sie möchte mit diesem Thema rasch zum Ende kommen, das merkt man ihr an. Und als habe sie keine Geduld mehr, sagt sie: »Für mich sind Kriegsausbrüche mit Naturgewalten gleichzusetzen, bei denen man einem übermenschlichen Zeitgeist ausgeliefert ist, ob man will oder nicht. Da mag im Nachhinein jeder gegen den Krieg gewesen sein, und doch sind sie es die Menschen, die mit einem unergründbaren Willen und unter dem Zwang entfesselter Urkräfte die Zeitenkontinente ebenso und nicht anders immer wieder aufs Neue verändern.« Die letzten Worte spricht sie gegen das Rauschen des plätschernden Wassers aus dem Wasserhahn an, den sie weit aufgedreht hat, um die Teller abzuspülen.

Von diesem denkwürdigen Tag an kehrt der Vater als ein Geistwesen in das Leben von Mutter und Sohn zurück. Anstatt an seinem Grab zu trauern, das es sowieso nicht gibt, tragen sie sein Andenken als ein trostreiches Bild in sich. Das nimmt für Gottfried solch groteske Formen an, dass er sich von da ab ständig von Vater beobachtet fühlt. Nichts Verbotenes bleibt Vater nunmehr auf diese Weise verborgen, wie er meint.

Mutter beobachtet wohl mit Erstaunen, dass sich ihr Sohn zum braven und gehorsamen verändert, aber sie betrachtet es gleichzeitig mit einer gewissen Sorge, weil sie es einzig seiner inneren Zerrissenheit zuschreibt, die ihn still und bedrückt macht. Außerdem kann sie wegen der täglichen sorgenvollen Lebensumstände nicht genügend Einfluss auf ihn nehmen, wie sie es gerne tun würde. Zudem gilt es in dieser äußerst schwierigen Zeit zusammenzustehen mit denen, die das Schicksal noch ärger getroffen hat.

In der *Villa Dunkelberg*, das Haus eines namhaften Chemikers, in dem sie einst, noch sehr jung an Jahren, als Hauswirtschafterin angestellt war, hat man vor Wochen ebenfalls ein Lazarett eingerichtet. Nach einer kurzen, aber intensiven Ausbildung zur Krankenschwesterhelferin, geht Meta von nun an täglich dorthin, um ihrerseits zu helfen, wo es nötig ist. Sie wechselt Verbände, sie hilft den an Armen und Beinen Amputierten, den Sterbenden spendet sie Trost, was ihr am schwersten fällt, sieht sie doch in jedem verstümmelten Dahinscheidenden ihren geliebten Mann, der womöglich, ohne ein Wort des Zuspruchs, irgendwo im Dreck eines ihm fremden Landes sein Leben hat ausbluten lassen müssen. Welche Worte oder Gedanken hat er wohl dabei in den für ihn stetig dunkler werdenden Himmel gesandt? Wie viel Angst hat er wohl dem *blauen Auge Gottes* entgegengeschickt, bevor seine Seele endgültig den kümmerlichen Fetzen Fleisch verlassen hat, der nur geboren wurde, um viel zu jung wieder zu Staub zu werden?

Gottfried verhält sich indes schwerfällig und oft übellaunig bemüht, seine Aufgaben und Pflichten zu erfüllen, wenn er nicht gerade zu Hause vor sich hinbrütet oder die große Deutschlandkarte studiert, die er sich an der Schrankwand aufgehängt hat, um mit selbst gefertigten Fähnchen den Frontverlauf Frankreich-Russland zu markieren. Gewaltig kommt ihm dabei das veränderte Deutsche Reich vor. Im Nordosten Ostpreußen, darunter Schlesien, weiter Sachsen und Bayern bis nach Tirol und der Schweiz. Im Westen, vom Süden aufsteigend, das Elsass, Lothringen, Belgien, Luxemburg und die Niederlande bis nach Dänemark mit den natürlichen Grenzen von Nord- und Ostsee. Dann ruht sein Zeigefinger auf einem Punkt des Plans. »Hier, genau hier an dieser Stelle«, sagt er leise vor sich hin, »muss Vater gefallen sein.« Dabei rutscht ihm der Finger kraftlos von der Karte.

An einem dieser Nachmittage stehen seine Freunde Joachim und Hermann feixend vor dem Haus. Sie legen die Hände wie einen Trichter geformt an ihre Münder und schreien seinen Namen. Aber er hat heute keine Lust, zu ihnen zu gehen. Als Vater noch lebte, strolchte er gerne mit ihnen in der Gegend umher. Allerlei Unsinn und Streiche heckten sie aus. Obwohl auch sie kurz hintereinander ihre Väter auf dem Feld der Ehre verloren hatten, war ihr Lebensmut deshalb nicht gesunken. Ach, wie viel Spaß hatten sie noch im vorigen Herbst miteinander gehabt, als sie im Park oder im nahen Wald Bucheckern Kastanien und Eicheln aufgesammelt hatten, die wiederum Verwendung als Öl oder als Nahrung für Mensch und Tier fanden. Manchmal gab es für das Sammeln ein rohes Ei pro Kopf als Belohnung. Das trug man dann wie einen Schatz oder eben wie ein *rohes Ei* behutsam nach Hause. Auch die Mädchen trugen ihren Teil dazu bei, die Kriegsmaschinerie aufrechtzuerhalten. Für die Rote-Kreuz-Sammlungen zum Beispiel bastelten sie Papiermargeriten, die sie dann rotwangig und vor Aufregung kichernd auf der Straße verkauften.

Gottfried riskiert einen scheuen Blick nach unten auf den Fahrweg, wobei er sorgsam darauf achtet, nicht von den Freunden entdeckt zu werden. Erleichtert stellt er fest, dass sie wieder davonziehen. Barfüßig, sich gegenseitig schubsend und lärmend, zeigen sie ihm den Rücken. Noch eine Weile verfolgt sein versonnener Blick die ausgelassen dahinspringenden Buben. Bei der Autowerkstatt, wo seit Neuestem mitten auf dem Bürgersteig eine Benzinzapfanlage steht, machen sie abrupt halt. Früher, noch weit zurück in der Vorkriegszeit, beschlug der Schmied Eisenhut dort die Hufe der Pferde. Heute repariert er hie und da Benzindroschken. Jetzt ist der Werkstatthof feinsäuberlich aufgeräumt, da jeglicher Schrott und beinahe jedes brauchbare Metallteil für die Rüstung hergegeben werden musste. An der Hauswand der Werkstatt hängt noch ein Relikt aus der *guten alten Zeit,* der bei den Kindern begehrte Süßigkeiten-Automat mit der Aufschrift *Stollwerk.* Rot, monströs und reich mit Schmiedekunst verziert ist er. Doch der wird schon lange nicht mehr mit Schokolade bestückt. Außerdem braucht man die Münzen nun dringender für die Gasuhr, damit die Stuben Licht bekommen und sie geheizt werden können.

Gottfrieds Freunde bleiben an dem Automaten stehen. Ganz oben in der Wölbung des Apparates schaut heute wie damals der runde Münzeinwurf wie ein hypnotisierendes Zyklopenauge auf die Kinder herab, um sie unverzüglich zum Halten aufzufordern. Der nicht mehr blanke Spiegel, der rankengeschmückt im Metall eingelassen ist, zeigt enttäuschte Gesichter. Früher lachten sie zufriedenen, wenn nach dem Einwurf einer Münze ein Täfelchen Schokolade in die Auswurfmulde fiel. Obendrein kam man dann noch in den Besitz der hübschen Reklamebildchen, die man als begehrte Tauschobjekte sammelte. Auch die schönen Bilderserien von *Liebigs Fleischextrakt,* auf denen orientalische Motive abgebildet waren, schenkten Gottfried seinerzeit das Fernweh nach einer geheimnisvollen, noch unbekannten Kultur. Er spintisierte dann lange darüber nach, wie es wohl wäre, wenn ihm ganz zufällig Ali Baba mit seinen vierzig Räubern auf der Straße begegnen würde. Doch dieses würde wohl nie geschehen.

Amüsiert beobachtet Gottfried, wie Hermann mit geballter Faust auf den Automaten einschlägt, wohl in der Hoffnung, dass im Gerät eventuell eine Münze feststeckt. Nachdem Joachim, wütend geworden, dem Apparat einen geräuschvollen Tritt versetzt, jagt er schließlich Hermann nach, der schon vorausgeeilt ist. Danach verliert Gottfried die beiden gänzlich aus den Augen. Komischerweise fühlt er sich noch verlassener als zuvor.

Seit Stunden ist er alleine in der Wohnung. Mutter ist immer noch nicht von ihrem Dienst aus der Villa zurückgekehrt. Er läuft mit gesenktem Kopf durch die Räume, als durchquere er in Gedanken eine gottverlassene Wüste, obwohl ihn so viel Vertrautes umgibt. Jedoch es scheint ihm mitunter, als wäre all der Schnickschnack, all die dekorativen Gegenstände, die Bilder, die Möbel, die einmal angeschafft wurden, damit man sich wohl und behaglich fühlt, nur noch ein wertloses Sammelsurium, das darauf wartet, nach Bedarf und Laune ausrangiert zu werden. Als wären es nicht mehr als austauschbare Lebenshülsen, Gleichnisse einer dahinsiechenden Epoche. Was nutzt ihm jetzt noch sein Kinderspielzeug, wo mit jedem Tag ein wenig mehr seine ihm vertraute Welt in Trümmer fällt? Was soll er noch mit dem ganzen Kram anfangen, der sich in den Schränken und Regalen stapelt? Trommel, Tute und Gewehr, Brummkreisel, Dampfmaschine, die ständig im Kreis fahrende Eisenbahn, das hölzerne Schaukelpferd, auf dem er so manche Schlacht ausgefochten hatte? Selbst die einmal so heiß und innig geliebten Zinnsoldaten, die schon vor Monaten von ihm in einen Karton verpackt worden waren, weil er es leid war, sie immer wieder aufs Neue sterben zulassen, sind beinahe über Nacht zu Tand geworden.

Zögerlich besteigt er noch einmal den hölzernen Rücken des Pferdes. »Hüh«, flüstert er und spannt dabei sacht die Zügel an. Und nachdem er kurz darauf gelangweilt absteigt, tätschelt er versonnen den geschnitzten Kopf der Knabenschaukel, als gälte es, für immer Abschied von seinen Kinderträumen zu nehmen. Lustlos streift sein Blick durch die Wohnung. Da steht das Klavier, auf dem Vater so gerne gespielt hat. *Wer die Musik liebt, kann kein böser Mensch sein, mein Junge,* hatte er jedes Mal in einem feierlichen Tonfall gesagt, wenn Gottfried erfolglos versuchte, die ihm bekannten Kinderlieder zu klimpern. Vater hingegen konnte sehr gut spielen. An den Sonntagvormittagen saß er bei geöffnetem Fenster und spielte auswendig, was ihm gerade in den Sinn kam. Dann war Gottfried stolz auf ihn, wenn er beobachtete, wie die Passanten auf dem Bürgersteig stehen blieben und, den Kopf in den Nacken gelegt, andächtig lauschten. Auch Mutter vergaß gelegentlich, von Vater Spielkunst abgelenkt, den Sonntagsbraten mit Fett zu begießen.

»Herrje! Nun hat er eine zu braune Kruste bekommen«, lamentierte sie dann.

Gottfried hatte es allerdings am liebsten, wenn sich Vater zur Schlafenszeit noch einmal ans Klavier setzte und mit ernster Miene und behänden Fingern Melodien erklingen ließ, die mit ihrer dunklen Schwere der kommenden Nacht angemessen waren, indem sie Sanftmut und Behaglichkeit in die finsteren Stunden hineintrugen. Dann lag er mit offenen Augen träumend in seinem warmen Bett und folgte in Gedanken der Melodie auf eine Reise in die Unendlichkeit.

Nun ist das Klavier seit Vaters Tod stumm geblieben, als warte es auf bessere Zeiten. Behutsam hebt Gottfried den Tastendeckel an. Ganz vorsichtig drückt er auf die äußerste linke Taste der Tastatur. Er erschrickt, als der tiefe Ton wie eine düstere Bedrohung in die Stille eindringt. Einen Moment noch horcht Gottfried im innersten angespannt dem allmählich verlöschenden Klang der angeschlagenen Metallseite nach. Als er sich ein wenig seitlich hinab beugt, sieht er Vaters Fingerabdrücke. Eine Melodie erklingt in seinem Kopf. Sie überschreitet die für ihn unüberwindbare Grenze ins Totenreich. Alles ist möglich! Mit lautem Knall fällt der Deckel zu. Dann herrscht wieder Stille.

Er schnalzt mit der Zunge, die ihm am Gaumen klebt. Sein Mund ist ausgetrocknet. Jetzt erst merkt er, wie schnell er in seiner Aufregung geatmet haben musste. Er setzt sich in den Sessel. Er wartet darauf, dass sich seine Unruhe legt.

Als er bemerkt, dass der Regen durch das geöffnete Fenster ins Zimmer sprüht, erhebt er sich schwerfällig, um das Fenster zu schließen. Er sieht zur Standuhr, deren großer Zeiger kurz davor ist, auf die Zwölf vorzurücken. Jeden Moment wird der dunkle Gong siebenmal das wurmstichige Holz des altertümlichen Gehäuses zum Erzittern bringen.

»Um acht werde ich wieder zu Hause sein«, hatte Mutter gesagt, als sie fortgegangen ist. Ohne Schirm ist sie losgelaufen, weil nichts dafürsprach, dass es tagsüber regnen würde. *Am besten ich nehme den Schirm und hole sie von der Villa ab*, überlegt sich Gottfried spontan. Sicher wird sie sich darüber freuen, dass ich sie bei diesem Sauwetter abhole. Augenblicke später steht er im strömenden Regen auf der Straße, die in frühabendliches Dämmerlicht getaucht ist. Die Gaslaternen werden schon seit geraumer Zeit nicht mehr angezündet. Lauwarme, vom Regen gereinigte Luft umweht seine nackten Beine, und um seine Zehen zerteilen sich schäumende Rinnsale, die als kleine Bächlein über das Pflaster fließen. Am liebsten hätte er sich noch das Hemd vom Körper gerissen, so wohl tut ihm das himmlische Reinigungsbad. Die Straße ist wie leergefegt. Auch die Fenster der Nachbarhäuser zeigen sich im schummrigen Zwielicht verdunkelt. Auf irgendeinem Hinterhof kläfft ein Hund, dem trieft sicher auch das Fell vor Nässe.

Ohne den Schirm geöffnet zu haben, marschiert Gottfried in Richtung der Dunkelberg'schen Villa los. Er ist froh, der Einsamkeit im Zimmer entkommen zu sein. Ihm war es da oben vorgekommen, als habe er, von den Wänden eingeschlossen, in eine finstere Gruft geschaut, in der Vater ruhelos klagend umhergewandert ist. Dem ist er nun entronnen! Er will vergessen, auf der Stelle! Und hier auf der Straße kann er frei atmen.

Er wischt sich die klitschnasse Strähne seines roten Haares aus der Stirn. Übermütig patscht er mit den Füßen auf die froschäugigen Regenwasserblasen, die sich in den Pfützen bilden. Nun öffnet er doch den Schirm. Einen Spaß will er sich machen. Dann rennt er wie der fliegende Robert los, dass ihm das Wasser bis hoch an die Oberschenkel spritzt. Er freut sich in diesem Augenblick, dass sein Kopf zum ersten Mal nach langer Zeit frei ist von Traurigkeit, die ihm in gewisser Weise zur Schuld geworden ist. Ja, als trüge er die Schuld an allem, was geschehen ist.

Am Park mit dem Ententeich, wo sich auch der Thingstein befindet, hastet er achtlos vorüber. Ziemlich zum Schluss der Wegstrecke, dort, wo am Ende der Siedlung der Stadtwald beginnt, schält sich mattgelbes Licht aus den grauen Schwaden. Dort liegt die Villa Dunkelberg.

Als Gottfried im Laufschritt das Eingangsportal passiert, bleibt er nach einigen Metern hastig atmend stehen. Er verlässt den Kiesweg und geht nach rechts durch das nasse Gras, das ihm klamm und kühl um die Waden streift. Zum kleinen Teich will er gehen, in dessen Mitte früher ein metallener Fisch auf seiner schuppig ziselierten Flosse tanzte und einen nach oben gepumpten Wasserstrahl in silbrig glitzernden Bogen aus seinem weit geöffneten Maul spritzte. Den Fisch hat man inzwischen abmontiert. *Vielleicht ist er zu einer Kugel eingeschmolzen worden,* denkt er sich. Und er wünscht sich, dass sich diese Kugel in den Hals eines jungen Franzosen gebohrt hat. *Dann hätte der auch eine Fontäne gespuckt, die nicht aus Wasser, aber aus Blut war.* Gottfried schüttelt sich bei dem Gedanken daran.

Neuerdings überkommen ihn öfter solch hässlichen Fantasiebilder, die wie böse Geister Besitz von ihm ergreifen. Er beugt sich vor Anstrengung stöhnend über den steinernen Rand der Wasseranlage, um nachzusehen, ob er vielleicht Molche entdeckt.

»Wo gibt es denn so etwas, ein Junge mit Schirm?«, hört Gottfried plötzlich eine Stimme hinter sich. Vor Schreck verliert er beinahe den Halt. Er rappelt sich auf und sieht direkt in das blasse Gesicht eines jungen Mannes, der noch keine zwanzig sein mochte. Seine Augen blicken unruhig umher, als suchten sie einen Punkt, an dem sie sich festhalten konnten.

Angst ist es, die Gottfried aus seinen melancholischen Augen liest. Zuerst hat er gar nicht dessen Armstummel wahrgenommen, der bis zu der Achsel bandagiert ist. Als der Jüngling den Rest seines Armes in die Höhe reckt, muss Gottfried ein Grinsen unterdrücken, weil es für ihn lustig aussieht, wie der Stumpf dabei wackelt. Beinahe sieht es so aus, als wolle sich das Kriegsopfer jetzt noch ergeben.

»Es regnet doch«, gibt Gottfried empört zurück. Nun ist er ein wenig verärgert, weil der Fremde es ist, der sich über ihn lustig macht. Doch es hatte längst aufgehört zu regnen. Als hätte man ihn bei etwas Verbotenem ertappt, faltet er kleinlaut den Schirm zusammen.

»Da, wo ich herkomme, hätte dir dein Schirm auch nichts genutzt«, lacht sein Gegenüber gequält. »Da, wo ich herkomme, da hat es nämlich Eisen geregnet!«

Abfällig sagt er es, und Gottfried sieht deutlich, wie der Verwundete im Weggehen ausspuckt. Er folgt ihm in Richtung Haus. Der weiße Kies knirscht unter seinen Füßen. Unter dem Vordach der Terrasse haben sich die Verletzten versammelt, die nicht im Bett liegen müssen. Das Stimmengewirr der Männer ergibt einen einheitlichen tiefen Ton, beinahe klingt es wie ein Gebet.

Obwohl er seine Mutter schon öfter abgeholt hat, ist es für ihn jedes Mal ein unwirklicher Anblick, die vielen Verwundeten zu sehen, die so geduldig leiden. Geradezu wie leibhaftige Gespenster, die nach ihrem Schreckensdienst nun sichtbar geworden sind, bewohnen sie ein von Gott verlassenes Spukschloss, das vor noch nicht allzu langer Zeit mit Wärme und Liebe erfüllt war. In dem gelacht und gefeiert wurde und wo man am gefüllten Mittagstisch Gott in sittsamer Manier für das reichliche Mahl dankte. Jetzt hat sich dort der Tod hinter weißen Mullbinden versteckt, und das Leben besteht einzig darin, sich dem Gevatter mit nichts als der Erwartung auf Gesundung zur Wehr zu setzen. Ihre Hoffnung auf Sicherheit, Wohlstand und Frieden haben sie auf den blutigen Schlachtfeldern zurückgelassen.

Während Gottfried eine Zeit lange sinnierend verharrt, belebt sich der Park im rötlichen Licht der allmählich untergehenden Abendsonne. Ihm kommen die fahlen Gespenster in ihren blau-weiß-gestreiften Kitteln und den zum Teil dick verbundenen Köpfen, die ihn plötzlich zu umzingeln scheinen, wie eine Bedrohung vor. Einbeinige sind dabei, die kraftlos in ihren Krücken hängen. Die Blinden gehen ein Stück versetzt hinter den Armverletzten, denen sie, wenn sie noch Hände haben, diese auf die Schultern legen, damit sie nicht über ein Hindernis strauchen. Es ist noch nicht lange her, da marschierten sie alle zackig im Stechschritt. Andere stieren bleich und starr aus den weit geöffneten Fenstern, dass es aussieht, als hätte man Pappkameraden zum Abschuss freigegeben aufgestellt.

Die reinsten Schießbudenfiguren, denkt sich Gottfried, wie man sie auf Jahrmärkten sieht, auf die man lachend zielt. Gott sei Dank, auf der breiten Freitreppe kommt Mima hinunterlaufen, die ihn bereits gesehen hat. Wie ein barmherziger Engel erscheint sie in ihrer Rote-Kreuz-Tracht. Freudig läuft sie ihm entgegen, und in der Hand hält sie eine prall gefüllte Papiertüte. Sie umarmt ihn und will ihn auf die Wange küssen, doch sie trifft sein Ohr, weil er sich, unter Beobachtung der Soldaten wähnend, schamhaft abwendet.

»Schau nur, Purzel, was ich für uns aus der Küche mitgenommen habe!«

Geheimniskrämerisch, damit niemand mitbekommt, was sie da *mitgehen* lässt, öffnet sie einen spaltbreit die Tüte und hält sie ihrem Buben direkt unter die Nase. »Riech!«, fordert sie ihn auf, und ihr Gesicht strahlt. Tief saugt Gottfried den ausströmenden Duft ein. Nach Fisch und Speck duftet es.

»Was sagst du dazu, Purzel? Es sind zwei Bratheringsköpfe drin und eine feine Speckschwarte, die allerdings schon ziemlich ausgekocht ist, aber der Steckrübensuppe, die ich gleich für uns kochen werde, wird sie bestimmt noch ein paar gelbe Fettaugen schenken.«

Gottfried lächelt seine gute Mima dankbar an.

Vor dem Krieg hätte man ihn mit eingelegten Bratheringen jagen können. Er mag die sauren Flossenviecher nicht mehr, seit er in Krämer Mewes Holztonne, worin für gewöhnlich die Heringe mit dem braun gebrutzelten Hautkleid in Essigtunke aufbewahrt werden, eine tote, dick aufgeblähte Maus schwimmen sah. Seitlich lag sie im trüben Sud und starrte ihn einäugig und ein wenig vorwurfsvoll an. Als der Krämer für eine Kundin ein besonders schönes Exemplar von Hering herausfischen wollte, angelte er mit der Holzkelle stiekum die Maus beiseite. Gottfried hatte es genau gesehen, und der Krämer hatte gesehen, dass Gottfried es gesehen hat. Da hatte Gottfried verlangend auf ein mit Rahmbonbons gefülltes Glas gestiert, das vor ihm auf dem Tresen stand. Krämer Mewes wusste sofort, dass es sich dabei um eine stumme Schweigegeldforderung handelte, denn mit einem Griff in den gläsernen Behälter reichte er Gottfried die ersehnte Süßigkeit. Jetzt, nach all den Jahren, hätte er Mima die eklige Geschichte von der in der Essigtunke ertrunkenen Maus ruhig erzählen können, vor allem, weil der Krämer wegen Majestätsbeleidigung schon seit mehreren Monaten im Bendahl einsitzt, aber er will seiner Mima nicht den Appetit auf ein besonderes Abendessen verderben. Die Lebensmittel sind ohnehin knapp genug.

Ende gut alles gut?

Bibel:
»*Darum fällt ihnen ihr Pöbel zu und laufen ihnen zu mit Haufen wie Wasser.*«
Psalm 73/10

Zitat Kaiser Wilhelm II:
»*Ich denke gar nicht daran, abzudanken. Der König von Preußen darf Deutschland nicht untreu werden. Ich denke gar nicht daran, wegen der paarhundert Juden und der tausend Arbeiter den Thron zu verlassen!*«

†

Anfang November 1918 gab es Umsturznachrichten. In Kiel meuterten die Matrosen, weil sie an keinem aussichtslosen Himmelfahrtkommando mehr teilnehmen wollten. Bewaffnete Seeleute zogen marodierend durch die Straßen. *Hol nieder Flagge und Wimpel*, ertönten ihre Befehle als unüberhörbarer Ruf des Aufbegehrens. Wie trockenes Stroh an einem glimmenden Feuerbrand entzündete sich die Idee des aufrührerischen Widerstands. Während die Fronttruppen treu zur schwarz-weißen Kaiserfahne standen, schwenkten in Berlin urplötzlich hasserfüllte kommunistische Umstürzler des Spartakusbundes die rote Blutfahne. Den Offizieren, die ihnen begegneten, wurden gewaltsam die Achselstücke abgerissen und ihre Waffen verhöhnend lachend auf dem Straßenpflaster zerschmettert. Sogar die Gefängnisse öffneten die abgefeimten Sektierer und befreiten die Einsitzenden jeglicher Couleur. Selbst geisteskranke Schwerverbrecher reihte man ohne Skrupel in den *Sicherheitsdienst* des neu gegründeten Soldatenrates ein. (V. Erklärung siehe Anhang)

Mutter Krahwinkel ist sehr besorgt über die undurchschaubaren Ereignisse im Land. Eingepackt in Wintermantel und wollenem Schal sitzt sie an einem der langen, dunklen Abende mit ihrem Sohn nachdenklich, ja beinahe vergrämt am Wohnzimmertisch, ohne dass jedoch ein Wort der Klage über ihre inzwischen schmal gewordenen Lippen kommt. Kein Lichtschein scheint von außen in den schummrigen Raum, da selbst am Mangel gespart wird und auch die Gaslaternen vor dem Haus seit geraumer Zeit nicht mehr entzündet werden.

In Friedenszeiten hatte Gottfried immer gerne dabei zugesehen, wenn der Laternenmann, bei jeder Witterung und immer pünktlich zur gleichen Stunde, seine Runde machte. Die Uhr hätte man danach stellen können. Mit einer langen Stange entzündete er am Abend das Gas, das die Glaskugel hell aufleuchtete, um sie des Morgens wieder zu löschen. Dabei verrutschte dem Laternenmann jedes Mal der Hut, wenn er den Kopf weit in den Nacken legte, was sehr ulkig aussah. Als ihm einmal seine Kopfbedeckung bei einer ungeschickten Bewegung gänzlich vom Kopf auf den Boden fiel und das filzige Ding von einer Windböe angetrieben in einen Haufen saftiger Pferdeäpfel kullerte, schaute er sich ein kleinwenig betreten um, ob auch niemand den Vorfall beobachtet hätte. Als er Gottfried grinsend am Fenster stehend gewahrte, winkte der Laternenmann ihm freundlich zu. Seit diesem Tag schaute der *Herr über das Licht* zuallererst, ob Gottfried am Fenster auf ihn wartete, den er dann mit schwenkendem Hut freundlich begrüßte.

Gottfried hat jetzt die Ellenbogen auf die Tischplatte gestützt und das Kinn in die Handflächen abgelegt. Auch er wirkt abwesend. Gelangweilt schaut er auf einen Nebel, der in eiskristallenen Schwaden vor dem Fenster vorbeizieht.

»Das sind die Geister der Zeit«, sagt Mutter unerwartet in die Stille hinein. »Gerade so kalt und undurchsichtig.« Dann verstummt sie wieder. Nach einem Moment, in dem nur das Ticken der Standuhr zu vernehmen ist, redet sie schließlich weiter. »Nun erstarken ganz andere Feinde.« Sie nickt, als würde sie sich selbst zustimmen. »Die, die ich meine, kommen erst aus ihren Löchern gekrochen, wenn die Zeit für Neuerungen reif ist, um sich mit ihrer fadenscheinigen Ideologie als Weltretter aufzuspielen.« Ohne dass man eine erkennbare Regung in ihrer Stimme ausmachen kann, wiederholt sie: »Und die Zeit ist jetzt reif!«

Als Gottfried sie mit erstauntem Gesicht fixiert, wird sie reger.

»Ja, mein Purzel, diese Geister sind nicht weniger gefährlich als die Feinde, gegen die unsere braven Soldaten an der Front immer noch erbittert mit dem Mut der Verzweiflung kämpfen. Die neuen Feinde, von denen ich rede, sprechen unsere Sprache und leben in unserem Land, unter uns. Diese Bande will eine neue Ordnung in Deutschland erzwingen. Ich weiß nicht, wie diese Ordnung aussehen soll. Ich weiß nur, dass, wenn viele das Sagen haben werden, es keine Ordnung geben wird, nein, geben kann.« Sie stöhnt auf. »Nun ja, was kann man schon von der Gosse erwarten?«

Auf diese mehr oder weniger rhetorisch gestellte Frage erwartet sie vermutlich keine Antwort. Und mehr zu sich selbst sagt sie noch: »Was mögen das wohl für Leute sein, diese Rosa Luxemburg und dieser Karl Liebknecht?«

Geraume Zeit später sieht Gottfried die Bande, von der Mutter gesprochen hatte, mit eigenen Augen. Proletarier nennen sie sich. Die, die er sieht, stehen in kämpferischem Gebaren auf offenen Lastwägen, schwenken sogar Gewehre, Knüppel und rote Wimpel und brüllen Unverständliches gegen den Fahrtwind an. Zumindest für Gottfried ist das, was an Wortfetzen an seine Ohren dringen, unverständlich. Parolen wie »*Nieder mit dem Kaiser, nieder mit dem Kapitalismus, es lebe der Arbeiter und Soldatenrat*« ergeben für ihn keinen verständlichen Sinn. Dem wiederum vorausgegangen waren die markigen Worte des Sozialdemokraten Philipp Scheidemann »*... das alte Morsche ist zusammengebrochen! Es lebe das Neue, es lebe die deutsche Republik!*«, die er, am offenen Fenster des Reichstagsgebäudes stehend, ins jubelnde Volk gerufen hatte. Diese Worte wirkten, so wurde jedenfalls gesagt, wie ein Dolchstoß in den Rücken der unvermindert weiterkämpfenden Soldaten, die unverzagt dabei waren, sich für das alte, morsche Vaterland wie Sündenböcke opfern zu lassen. Zu ihnen hatte man anfangs des Krieges euphorisch gesagt, im Herbst seien sie wieder zu Hause. Ja, sie kamen im Herbst nach Hause. Allerdings vier Jahre später, in dreckig zerlumptem Rock und an Leib und Seele zerschunden. Und nun dieses! Anstelle von Ruhm und Ehre zu erlangen, reißt man dem einen oder anderen, der es nach waghalsiger Rückkehr geschafft hat, seinen Wohnort zu erreichen, mit Abscheu die Kokarden von den Mützen, als wolle man ihm das letzte Fünkchen Würde entreißen. Verwegene Männer in grauen, langen Mänteln und mit umgehängten Gewehren tun es, die ihre Schiebermützen schräg auf dem Kopf tragen. Schergen des Arbeiter- und Soldatenrates.

Hindenburg sorgt schließlich doch noch für eine geordnete Heimführung der mehr oder weniger versprengten Fronttruppen. Gottfried rennt jedes Mal aufgeregt und mit klopfendem Herzen in die Stadt, um die Heimkehrer zu sehen. Schweigend, müde und abgekämpft fahren die Kameraden in ihren verschlissenen Uniformen auf den offenen Ladeflächen der Lastkraftwagen vorüber. Ob früher schlachtreife Schweine auf den Planken transportiert wurden?, fragt er sich. Jene, die per pedes unterwegs sind, marschieren ohne Gleichschritt, aber mit gesenkten Häuptern. In ihren ausgemergelten Gesichtern kann man die Qualen der Hölle herauslesen. Insgeheim hofft er auf ein Wunder, dass vielleicht doch noch sein Vater dabei sein würde, was natürlich in Wahrheit nicht möglich ist.

Nur gut, dass der Kaiser diese verdreckte und verlauste Höllenbrut nicht mehr miterleben muss. In Friedenszeiten hatte man sogar die Häuser abgewaschen, wo der Kaiser und sein Gefolge repräsentierten. Aber diese Kerle jetzt, die er einst zum Ruhme der Geschichte in den Dreck der Gegenwart geschickt hatte, das wäre für ihn nicht der rechte Anblick gewesen. Nein, das Schicksal führt umsichtig Regie. Nun, der Kaiser kann die Jammergestalten auch nicht sehen, das bleibt ihm weiß Gott erspart, denn der hat sich feige nach Holland abgesetzt.

O ja, es ist schon ein arg deprimierendes Bild, wie sich der alte, gescheiterte Regent auf dem trostlos wirkenden Bahnsteig des belgisch-niederländischen Grenzübergangs Eyden von seinem fünfköpfigen Gefolge verabschiedet. Mit der anstehenden Exilfahrt nach dem niederländischen Dorn wird er Deutschland, sein ihm anvertrautes Reich, für immer verlassen. Den Mantelkragen vor dem eisigen Wind, der ihm von vorne durch das Bahnhofsgemäuer anweht, schützend hochgeschlagen und die Schirmmütze tief ins Gesicht gezogen, so steht er da, als habe die Fügung auch ihn endgültig besiegt. Den rechten, gesunden Arm zum Abschiedsgruß ausgestreckt und den verkrüppelten linken, wie gewohnt, um seine Behinderung zu verbergen, in der breiten Manteltasche vergraben. Mit dem letzten Gruß des deutschen Kaisers bedacht, steht ein hoch dekorierter Uniformierter in stolzer und aufrechter Haltung neben ihm. Zwei von fünf weiteren Vasallen, die sich ebenfalls in unmittelbarer Nähe befinden, sind ebenso um zackige Haltung bemüht, doch sie wenden sich nonchalant plaudernd von der Verabschiedung der beiden Männer ab. Für sie, so scheint es, ist der Zug längst abgefahren.

Der Monarch, und das sei vorweggenommen, wird am Morgen des 4. Juni 1941 im Haus Dorn nach einer Lungenembolie versterben. Als letztes Vermächtnis an die Welt ist dann auf seinem Grabstein ein von ihm selbst gewählter Spruch zu lesen: *Lobet mich nicht, denn ich bedarf keines Lobes. Rühmet mich nicht, denn ich bedarf keines Ruhmes. Richtet mich nicht, denn ich werde gerichtet werden.* (VI. Erklärung siehe Anhang)

Noch vor wenigen Stunden hat Gottfried ihn hautnah miterlebt, diesen Hass, der blind macht für alle Menschlichkeit. Ganz aufgeregt ist er gegen Abend tränenverschmiert nach Hause gestürzt und braucht noch eine Zeit lang, um Mutter das zu berichten, was er Schreckliches erlebt hat. Wassertropfen laufen an seinem Flaum sprießenden Kinn hinab, als er das halb geleerte Glas zitternd auf der Tischplatte abstellt.

»Stell dir vor, Mutter«, keucht er mit sich überschlagender Stimme, wie sie jemanden zusteht, der sich im Stimmbruch befindet. Das schweißfeuchte Haar streicht er sich aus der Stirn.

Doch bevor er mit seiner Neuigkeit fortfährt, holt er noch einmal tief Luft, indes Mutter ihn besorgt und drängend ansieht. Jetzt erst bemerkt sie, dass sein Knie blutig aufgeschlagen ist. Vor lauter Anspannung bleibt sie jedoch auf dem Stuhl sitzen, ohne sich die Wunde näher anzusehen.

»Ich bin hingefallen, als ich weggerannt bin«, lächelt er sie beinahe entschuldigend an. »Aber es ist nicht so schlimm«, winkt er tapfer ab, als er die Sorge in Mimas Augen erkennt.

»Nun erzähl doch endlich, Purzel, erzähl, was geschehen ist!«, klagt sie verlangend und umfasst sein Handgelenk, dass ihr die Knöchel an der Hand weiß hervortreten.

»Ich bin in der Stadt gewesen«, beginnt er leise.

»Was wolltest du in der Stadt?«

»Mir die Heimkehrer anschauen«, bekommt sie zur Antwort. »Gerade wollte ich zum Bahnhof gehen, da lief mir ein Trupp Männer in Räuberzivil entgegen. Mir schien, als wären es Altgediente gewesen. Jedenfalls waren einige darunter, die die Kaiserfahne schwenkten und laut riefen: Lang lebe der Kaiser! Andere fuchtelten mit Regenschirmen in der Luft herum und sangen Spottlieder über die Franzosen.«

Gottfried nimmt erneut das Glas und trinkt es in einem Zug leer. Es scheint, als habe er sich ein wenig beruhigt. Ohne ihn zu unterbrechen, lässt Mutter ihn gewähren.

»Nun ja«, fährt er fort, »ich ließ sie an mir vorüberziehen und gedachte dann, meinen Weg zum Bahnhof fortzusetzen. Und in dem Moment, als ich mir nichts weiter dachte, kam in hohem Tempo aus einer Seitenstraße ein LKW gebraust, auf dessen offener Ladefläche diese Genossen standen. Du weißt doch, die, von denen man in letzter Zeit so viel zu hören bekommt.«

Gottfried wartet in seiner Schilderung ab, bis Mutter ihm zunickt.

»Sie reckten rote Fahnen gen Himmel, und der Fahrer des LKW fuhr ohne zu bremsen direkt auf den marschierenden Trupp zu.«

Mutter presst vor Schreck die Hand auf den Mund und ist sichtlich erleichtert, als ihr Junge rasch anfügt, dass die Männer auf der Straße gerade noch zur Seite springen konnten, bevor der Wagen knapp vor einer Hauswand zum Stehen kam.

»Die Genossen auf der Pritsche hatten große Mühe, Gleichgewicht zu halten. Krakeelend packten sie sich gegenseitig an und hatten ihren groben Spaß daran, als sie von der Ladefläche erkannten, dass einer der Männer bei seinem überhasteten Rettungsversuch derart unglücklich mit dem Kopf auf das Straßenpflaster geschlagen war, dass er bewusstlos auf dem Rücken liegen blieb und sich zwischen seinen Haaren zusehends eine Blutlache bildete. Daraufhin schrien die Kaisertreuen drohend zu den Genossen hoch: Dreckschweine, Gesindel, Vaterlandsverräter!«

»O mein Gott, Purzel, und? Was hast du denn da gemacht?«

»Ich habe mich in einen Hauseingang gedrückt und abgewartet, was weiter geschieht. Ich hatte viel zu viel Angst, davonzulaufen und von denen gesehen zu werden.«

»Aber nun sag schon, wie ging es weiter?«

»Also, während drei Männer ihren am Boden liegenden Kameraden notdürftig versorgten, sprangen die Leute vom LKW herunter und gingen unversehens mit Fäusten, Fahnen und Stangen wütend schreiend auf die zunächst völlig überraschten Marschierer los. Im Handumdrehen gab es eine wilde Keilerei, wobei – ich weiß allerdings nicht, von welcher Gruppe zuerst – Pflastersteine aus der Straße gelöst wurden, um diese als Wurfgeschosse zu benutzen.«

»Um Himmels willen, Junge!«, ruft Mutter aus. Sie drückt ihren Sohn beschützend an sich, als müsse er jetzt noch befürchten, von einem Stein getroffen zu werden.

Erregt stößt Gottfried sie zurück. Er jammert. »Du glaubst nicht, wie viel Blut geflossen ist, Mutter! Und die Schreie, die Schreie!« Er hält sich die Ohren zu. Am liebsten würde er auch noch die Augen verschließen. Mit bewegter Stimme berichtet er von einem dickleibigen Kerl, der ihm schon auf dem LKW irgendwie unangenehm aufgefallen war, der grinsend in die Gruppe Prügelnder sprang und jemandem den Schirm aus der Hand riss. Aus dem

Gestell brach er eine Speiche heraus, die er als ein Geschoss in ein Einmachgummi spannte, das er sich vom hochgekrempelten Ärmel heruntergezogen hatte und um die Finger legte.

»Das ging alles sehr schnell, Mutter. Wie Pfeil und Bogen benutze er das Gummi und die Regenschirmspeiche.« Gottfried stockt. Es braucht eine Weile, bis er leise weitersprechen kann. »Und als dann ein junger Mann ... er sah aus, wie ein großer Junge ... gerade einen Pflasterstein in Richtung des Dicken schmeißen wollte ...«, erneut hält Gottfried inne, »da traf ihn der Metallpfeil direkt ins Auge und blieb dort stecken.«

Mutter sieht hilflos zu, wie ihr Junge heulend zusammensinkt. Sie lässt ihn weinen, bis keine Träne mehr kommt. Als sein Weinen in ein Schluchzen übergeht, murmelt sie etwas Unverständliches, das sich anhört wie: »Und du, lieb Vaterland, du schweigst dazu.«

Nur gut, dass Gottfried in dieser wirren Lage nicht bis zum Bahnhof vorgedrungen ist. Denn dort kam es etwa zur gleichen Zeit zu weiteren beklagenswerten Vorgängen. Nachdem die marodierenden Kommunisten schon seit einigen Tagen auf brutale Art und Weise Wahlversammlungen gesprengt haben und immer wieder anderweitig in der Stadt für aufsehenerregende Unruhe sorgten, hat an diesem Vormittag ein beherzter Bahnhofsvorsteher ungewollt für Ausschreitungen gesorgt, indem er rote Plakate der Spartakisten rigoros von den Wänden des Bahnhofsgemäuers riss, weil es seinen Vorschriften nach schlichtweg nicht zulässig ist, diese an bahnamtliche Gebäude anzubringen. Natürlich stellten ihn die empörten Spartakisten nicht gerade zimperlich zur Rede. Und es geschah, womit zunächst keiner gerechnet hat, von irgendwoher fiel ein Schuss. Ein unüberschaubares Durcheinander war die unausweichliche Folge. Eine überreizte Schar von aufgebrachten Revoluzzern drang daraufhin wild entschlossen in das Direktionsgebäude ein, um dieses nach Waffen oder gar nach schießwütigen Gegnern abzusuchen. In dieses Chaos fielen weitere Pistolen- und Gewehrschüsse. Die Kugeln peitschten aus unbestimmbarer Richtung ziellos mal hier und mal dorthin. Da kein direkter Feind auszumachen war, zogen die Spartakisten die Köpfe ein und gaben Fersengeld. Zurück blieben vier getötete Personen, darunter zwei Frauen, die zufällig vorbeigekommen sind. Des Weiteren sind danach fünfzehn verletzte Menschen zu beklagen, die sich jetzt sicher selbst verfluchen, zur falschen Zeit an der falschen Stelle gewesen zu sein. Dieser Zwischenfall war zwar nicht der Auftakt, aber dennoch das berühmte Benzin, das man ins Feuer gießt, dessen sich ausbreitende Flamme eben zu weiteren unerfreulichen Attacken führt. Denn im Laufe des Tages zogen die Spartakisten aus dem nahen Ruhrgebiet und aus Remscheid, Solingen und Cronenberg kräftige Verstärkung zusammen. Die Geschäftsinhaber haben längst vorsorglich die Türen ihrer Geschäfte geschlossen und haben geschwind die Gitter heruntergelassen. Von da ab belagert der zusammengewürfelte Haufen von Störenfrieden die Reichsbahndirektion. Aus dieser prekären Lage heraus beginnt schließlich erneut eine wilde Schießerei. Der Zugverkehr wird eingestellt. Neun Menschen sterben bei dem Gefecht. Vor dem Bahnhof liegt noch bis in den Nachtstunden ein toter Spartakist neben seinem Maschinengewehr.

Als sich am späten Abend die aufgebrachten Gemüter und die Stadt ein wenig beruhigt hat, sitzen Mutter und Gottfried schweigsam zusammen. Jeder geht seinen Gedanken nach. Aus dem Schweigen heraus sagt Mutter mit bekümmertem Blick: »Nun wird es Zeit, mein Purzel, dass wir die Stadt verlassen und zu Großvater ins Oberbergische ziehen.«

Auf eine Reaktion wartend sieht sie ihn fordernd an, und dann lächelt sie zustimmend, als Gottfried ihr mit den Worten antwortet: »Aber nur, wenn du mich nicht mehr Purzel nennst, Mutter!«

Die Vergangenheit hat lange Schatten

Bibel:
»*Krieg hat seine Zeit, und Friede hat seine Zeit.*«
    Prediger 3/8

Zitat Kaiser Wilhelm II.:
»*Das Weltreich, das ich mir geträumt habe, soll darin bestehen, dass, wenn man dereinst vielleicht von einem deutschen Weltreich oder einer Hohenzollern-Weltherrschaft in der Geschichte reden sollte, sie nicht auf Politik begründet sein soll durch das Schwert, sondern durch gegenseitiges Vertrauen der nach gleichen Zielen strebenden Nationen.*«

†

Nach Mutters Ankündigung, die Wohnung aufzugeben und zu Großvater zu ziehen, ist unterdessen geraume Zeit vergangen, aber übermorgen, übermorgen wird er endgültig einen Schlussstrich unter seine Kindheit ziehen müssen! Die Mutter hat das Haus wegen einiger Erledigungen verlassen. Die Arme unter dem Kopf verschränkt und die Beine lang ausgestreckt, liegt Gottfried auf dem Sofa und denkt nach. Das heißt, er denkt gar nicht direkt nach, er lässt die Gedanken kommen und gehen, wie es ihren Launen gefällt. So fragt er sich, ob man es spüren oder anderweitig bemerken wird, wenn man während des Heranwachsens zu einem neuen Menschen heranreift. Wenn man unabdingbar, dem Laufe der Natur preisgegeben, den innerlichen Schritt vom Kind zum Jüngling gehen muss. Aber, wenn es so etwas wie eine Neugeburt ist, dann muss man doch auch die Geburtswehen spüren?

Schmerzlich wird der Abschied jedenfalls werden! Dessen ist er sich sicher. Jetzt, in den Stunden des Unumkehrbaren, möchte er sich zu gerne für immer an seine Kindheit festkrallen. Alles, was ihm vertraut ist, geht nun für immer verloren. Mit dem Untergang des Reiches ist auch seine Kindheit vergangen. Jahre, die nicht nur sorgloses Spiel gewesen sind, sondern auch von Strenge und Disziplin geprägt waren. »*An preußischen Tugenden wird die Welt genesen, mein Junge*«, hatte Vater doch bei jeder sich bietenden Gelegenheit gesagt, während er, was zur morgendlichen Zeremonie gehörte, mit seinem Messer das nach Vorschrift gekochte Frühstücksei »köpfte«. Wenn anschließend Dotter in seinem Bart klebte, schwieg man, bis er sich von alleine mit der Serviette den Mund abtupfte. Machte man ihn leichtfertig darauf aufmerksam, hieß es barsch: »*Kinder haben bei Tisch den Mund zu halten!*«

Auch die schönen Feiertage zum Beispiel, die im Reich immer so fröhlich gefeiert wurden, sind inzwischen passé. Wer von den Leuten gedenkt denn am 2. September noch dem Sedanstag? Mit wie viel Stolz und enthusiastischer Begeisterung der Bevölkerung hatte man an diesem Gedenktag all die Jahre zuvor der Schlacht im 70/71ger Krieg beim Sieg über Frankreich gehuldigt. Und überhaupt ist es ja noch nicht allzu lange her, da hat sich Gottfried über jeden deutschen Sieg gefreut, und das nicht nur, weil es dann schulfrei gab. Darüber hinaus liebt er immer noch das seltsam kribbelnde Gefühl in der Magengegend, einem starken Volk anzugehören! Die Erwachsenen nennen dieses komische Gefühl im Bauch Patriotismus, den Bismarck einmal mit den Worten angestachelt hatte, die Deutschen fürchten Gott und sonst nichts auf der Welt! Und nun das! Deutschland hat den Krieg verloren! Soll nun wirklich alles vorbei sein? Zumindest werden die schönen Stunden nicht wiederkommen, da er mit seinen Eltern bei schönem Wetter schon in aller Frühe im Zoo flanierte, wo zwischen bunt blühenden Dahlien die Musikkapelle aufspielte, das sind jetzt nur noch Erinnerungen. In weißen Hosen und schmucken Jacketts bekleidet, musizierte das schneidige Militär schmissige Märsche oder lustige Operettenmelodien, was von den sonntäglich gewandeten Besuchern mit einem wohlwollenden Applaus honoriert wurde. Später, nach dem Mittagessen, marschierte man in das nahe gelegene Gartenlokal *Schöne Aussicht*, wo echter Bohnenkaffee aufgebrüht wurde und einem der aromatische Duft schon von Weitem in die Nase stieg. Andererseits gab es auch die Möglichkeit, sich den mitgebrachten Kaffee an Ort und Stelle selber zu kochen. Davon jedenfalls kündete das Schild an der Eingangspforte. *Der alte Brauch wird nicht gebrochen, hier dürfen Familien Kaffee kochen!* Zum Abschluss des Tages brachen dann viele der Ausflügler zum sogenannten Verdauungsspaziergang auf. Die Herren, denen man unterwegs begegnete, schlenderten mit Strohhut bedeckt. Die herausgeputzten Köpfe der sie begleitenden Damen, die sich ihres feinen Auftretens sichtlich bewusst waren, wurden von monströsen Fantasiehüten geziert, die mit allerlei bunten und teilweise urkomischen Accessoires geschmückt waren, was manchmal aussah, als trügen sie auf ihrem Haar reifes Marktobst spazieren. Pausenlos lupften die Herren zum Gruß ihre Hüte. Dabei schwenkten sie mit der linken Hand die Spazierstöcke. Die Buben in ihren blauen Matrosenanzügen sprangen ausgelassen umher, und die hübsch bezopften Mädchen in ihren langen, blitzsauberen Kleidern benahmen sich angemessen schicklich. Alles war damals schicklich gewesen, der Mensch hatte sich, von oben verordnet, als gehorsamer Bürger in moralisch frommer Sittsamkeit gekleidet, bis man ihm gewaltsam das zivile Kleid entriss und ihn in eine Uniform steckte. Mit der Montur des Krieges hat der Mensch auch seine Sittsamkeit abgelegt und zerstört. Er hatte bewusst zerstört, wonach er sich ein ganzes Leben lang sehnt: nach Frieden.

Ach ja, die bezopften Mädchen! Plötzlich wird Gottfried bewusst, dass kein Mädchen traurig sein wird, wenn er seine Heimatstadt verlässt. Ein wenig schämt er sich sogar vor sich selbst, weil er noch nie eine *richtige* Freundin hatte. Nun ja, es gibt da schon eine, die ihm ganz gut gefällt, aber er ist fest davon überzeugt, dass sie blöd ist. Elisabeth heißt sie und ist Tochter von Vaters damaligen Chef, dem Fabrikbesitzer Kruse. Er kann sich noch gut daran erinnern, als sie ihm das erste Mal näher begegnet ist. Fabrikant Kruse hatte eines schönen Tages auserwählte Bedienstete nebst ihren Familienangehörigen in seine Villa zum Dinner und anschließendem Tanz mit Ringelpiez eingeladen. Da war dann auch feine Gesellschaft zugange. Gottfried sieht sie direkt wieder vor sich. Die Herren tragen Frack und sitzen, dicke Zigarren rauchend, mit übereinandergeschlagenen Beinen in der Bibliothek. Die Damen präsentierten sich hochnäsig tuend in langen, rauschenden Kleidern und treiben vom Kaffee erhitzt Konversation. Im Salon nebenan sitzen sie auf samtige Polstermöbel, während sie ihr Getränk wie spitzschnäblige Vögelchen aus hauchdünnen Porzellantässchen nippen. Durch die offene Türe erkennt er Elisabeth. Da sie, wie alle Mädchen, getrennt von den Jungen auf die höhere Töchterschule, das Lyzeum, geht, kennt Gottfried sie bisher nur aus der Ferne. Stets trägt sie ihr Haar ordentlich mit einer großen Haarschleife gebunden. Aus diesem Grund gilt Elisabeth bei den Jungs des Viertels als gut erzogen, und doch, als sie hüpfend den Salon verlässt, streckt sie ihm mit frech schielenden Augen die Zunge heraus. Damit war Gottfried damals nur schwer zurechtgekommen. Dürfen denn Mädchen so etwas überhaupt tun? Aber auch Elisabeth ist inzwischen älter und größer geworden. Haarschleifen zieren ihr Haar schon lange nicht mehr. Und wenn Gottfried ihr heute nachpfeift, ärgert er sich auch nicht mehr darüber, wenn sie ihm nun kess die Zunge herausstreckt.

Gottfried seufzt schweren Herzens auf. Er vermisst jetzt schon sein altes Leben. Da mag die Welt, die jetzt in Trümmer gefallen ist, noch so grausam gewesen sein, in seinen Erinnerungen ist die Welt für ihn heil geblieben. Denn die Erinnerungen kann ihm keiner nehmen, keiner zerstören. Die Erinnerungen gehören alleine ihm! Gottfried hat schon beizeiten herausgefunden, dass es in seinem Kopf eine zweite Welt gibt. Eine Welt, der er allerdings manchmal regelrecht ausgeliefert ist. Im besten Fall aber beherrscht er sie! In diese Welt verkriecht er sich oft, wenn es ihm draußen in der Wirklichkeit nicht gefällt. Seine Gedanken, die anscheinend eigene Augen haben, folgen anderen, inneren Wegen, die plötzlich so lebendig werden, als wäre sein Geist völlig unabhängig vom Körper. Er genießt dieses entrückte Eigenleben, warum man ihn schon früh das Träumerle nannte. Und je älter er geworden ist, desto besser hat er dieses In-sich-Hineinschauen geradezu perfektioniert, sodass er manchmal glaubt, zwei Leben zu führen. Zum einen das richtige, das reale Leben und eben das des entrückten Geistes, in deren Welten er hin und her zu springen vermag, gerade wie ihm zumute ist. Vor allem seit Vaters Tod praktiziert er diese zauberhafte Verwandlung immer öfter. Daher empfindet Gottfried Vaters Tod im Herzen auch nicht als Endgültigkeit. Für ihn ist Vater stets anwesend, und er hat sogar ein schlechtes Gewissen ihm gegenüber, wenn er, was ab und zu vorkommt, Mima ungehorsam ist. Obwohl er bei allem, was er tut, das eigenartige Gefühl hat, von Vater beobachtet zu werden, schenkt ihm dieses Gefühl dennoch eine merkwürdige Ruhe und Sicherheit. Natürlich hätte er es viel lieber, wenn er leibhaftig da wäre. Wenn er wieder einmal Vaters Arm auf der Schulter spüren würde, wie es der Fall war, wenn Vater ihm von Mann zu Mann etwas Wichtiges zu erklären hatte. Nein, auch das wird nie mehr geschehen. Dafür durchfährt ihn noch immer ein Schauern, wenn Vater ihn in seinen Träumen mit ernsten Augen aus fernen, durchsichtigen Welten anschaut. Mit seinem kurz geschnittenen, rotbraunen Schnurrbärtchen im schmalen, markanten Gesicht sieht er richtig verwegen aus, auch wenn er im Wesen immer eigenartig nachdenklich und immer eine wenig zerfahren wirkte. O ja, über dieses Zerfahrene, dieses grotesk Geistesabwesende, das man in der Regel weltfremden Professoren nachsagt, haben Mima und er oft schmunzeln müssen. So kam es früher nicht selten vor, dass bei Vater, wenn er aus dem Büro vom Dienst heimkam, ein Bleistift so akkurat hinter seinem Ohr klemmte, als wäre er dort seit Geburt angewachsen. Ebenfalls kam es nicht selten vor, das Mima ihn belustigt darauf hinweisen musste, dass er noch seine Ärmelschoner trug. So war er eben! Auch wenn er nicht direkt einer dieser Helden war wie jene Haudegen, die auf den schmucken Postkarten oder Sammelbildern abgebildet waren, so war und ist er doch sein Held. Er fühlte allein schon Stolz, wenn man auf der Straße den Hut vor ihm zog. Als Bürovorsteher bei Herrn Direktor Kruse, brachte man ihm durchaus Respekt entgegen. Vor allem, wenn er im Schreibsaal auf einem erhöhten Podest saß und gelegentlich von seinen Büchern hochschaute, um mit einem prüfenden Blick über die gebeugten Rücken der Mitarbeiter hinweg festzustellen, ob jeder Einzelne auch ja konzentriert arbeitete.

Alle diese Erlebnisse kommen Gottfried wie ein wertvoller Besitz vor. Auch wenn ihm in Wahrheit nichts gehört, so gehört ihm alleine wegen der Erinnerungen alles und jedes! Sogar die Schwebebahn, der er nun ebenfalls ade sagen muss, sieht er im Geiste als seinen Besitz an, und doch wird er sie bei Großvater in der Realität arg vermissen, diesen eisernen Vogel, der an stählernen Gerüsten hängend durch das Tal der Wupper schwebt. Oft gingen er und Vater an den Sonntagvormittagen zur Wupper hinunter und besahen sich staunend die einzigartige Schwebebahn, die laut quietschend und ratternd über die Köpfe der Passanten dahinfliegt. Selbst der Kaiser war schon mit ihr durch die Luft geschwebt und unter ihm jubelte das Volk. Auf dem Rückweg kamen sie meist am Gefängnis vorbei, was Gottfried jedes Mal zutiefst gruselte, weil er von den Erzählungen her wusste, dass hinter dem großen, mit schweren Riegeln verschlossenem Tor der Richtplatz war, wo die verurteilten Delinquenten mit dem Fallbeil hingerichtet wurden. Da der Weg vom Gericht zum Richtplatz über eine Brücke führt, unter der die Wupper fließt, sagen die Leute nach jeder Hinrichtung: *Da ist wieder einer über die Wupper gegangen!*

Ach ja, die Sonntage, an denen Vater ihm die Welt zeigte, waren für Gottfried überhaupt das Höchste. Gottfried reckt sich. Wo Mutter nur so lange bleibt? Jetzt will er frische Luft atmen. Den Kopf freimachen. Müde geworden betritt er den Balkon. Nun steht er schon eine ganze Weile wie angewurzelt da, aber sein Gemüt und seine Glieder sind immer noch schwer. Die Gedanken haben ihn traurig gemacht. Sein Blick verfängt sich im Grün der Bäume. Er sieht in den Garten hinunter, in dem er oft und gerne als kleiner Junge herumgetollt ist. Unmittelbar unter dem Austritt wird der schmale Rasenweg von einer dichten Hundsrosenhecke begrenzt, die auch als natürlicher Wall zum Nachbargrundstück dient, vor dem schon vor vielen Jahren ein jüdischer Friedhof angelegt wurde, dessen Grabstätten zum Osten hin von einem Wäldchen eingefriedet wird, über dessen ausladenden Kronen oftmals malerische Sonnenaufgänge zu beobachten sind.

Gottfried kratzt sich verlegen am Hinterkopf. Sein Lächeln ist verflogen. Im Nachhinein erinnert er sich von hier oben wieder an die schmerzhafte, aber auch einzige Ohrfeige, die er vor Ewigkeiten von Vater bekommen hat. Schon immer beobachtete er von dieser Stelle gerne die kauzigen Judenmänner, wie sie bei den Gräbern stehen und mit wippenden Oberkörpern beten. Wenn sie wieder fortgehen, legen sie auf den Rand des Grabsteins einen kleinen Stein. Und gerade diese kleinen Steine waren schließlich Mitschuld daran, dass er sich von Vater die schallende Ohrfeige einhandelte. Und das kam so: An einem langweiligen Nachmittag, er war alleine zu Hause, kam ihm die verführerische Idee, diese Steine mit der Zwille beziehungsweise mit einer dafür geeigneten Munition vom Grabstein herunter zu schießen. Quasi als Ansporn und zu Übungszwecken seiner stets zu verbessernden Treffsicherheit. Aber welche Munition galt als geeignet? Nach kurzem Überlegen kamen ihm seine Murmeln in den Sinn. Als geübter Murmelspieler würde er diesen Verlust sicherlich schnell wieder hereinspielen. Gedacht, getan. Und so schoss er mit einem zugekniffenen Auge auf die steinernen Seelentröster und hatte seine helle Freude daran, wenn sie wie von einem Gewehrgeschoss getroffen nach allen Seiten davonflogen. So lange machte er dies, bis es ihn reute, seinen kostbaren Besitz weiterhin zu vergeuden. Eigentlich hätte jene kindische Episode damit beendet sein können, wenn nicht ein oder zwei Tage nach diesem Vorfall einer jener kauzigen Männer mit zwei Händen voll Murmeln vor der Haustüre gestanden wäre, um, nach dem Mutter ihm geöffnet hatte, ihr diese vorwurfsvoll blickend, jedoch schweigend unter die Nase zu halten. Da gab es kein Lügen und kein Leugnen mehr, schnell wurde der eigene Sohn als Täter oder besser gesagt als Schütze ermittelt und mit einer eindringlichen Gardinenpredigt bedacht, sodass er am liebsten auf der Stelle im Erdboden versunken wäre. Am Abend dann, als Vater von der Arbeit nach Hause kam und von der üblen Tat vernehmen musste, war er dementsprechend zornig auf seinen ungezogenen Filius. Abgesehen davon, dass die Juden reiche und angesehene Bürger dieser Stadt seien, wäre es eine grenzenlose Pietätlosigkeit, in solch frechem und ungehörigem Maße die Totenruhe zu stören, die der Grundhaltung eines normal denkenden Menschen nach Anstand und Respekt abverlangt! Peng! Der letzte Satz, der im Tonfall an beträchtlicher Lautstärke zugenommen hatte, wurde dann von ihm, sozusagen als spürbarer Schlusspunkt, mit brennenden fünf Fingern auf seiner Wange eindrucksvoll und nachhaltig unterzeichnet.

»Purzel!« Mutters Stimme klingt besorgt! »Ach, hier bist du, ich suche dich schon überall!«

Wie unsanft aus einem tiefen Schlaf gerissen, dreht sich Gottfried um.

Mima steht in der Balkontür und sieht ihn nachdenklich an. »Ist alles in Ordnung mit dir?«, fragt sie.

Das Kopfnicken ihres Sohnes scheint ihr zu genügen.

»Auf dem Amt habe ich alle Formalitäten erledigt. Die Mietdroschke für übermorgen habe ich auch bestellt. Ich bin nur noch einmal gekommen, um dich zu fragen, ob du mit mir zusammen zu Tante Grete gehen möchtest, um dich noch persönlich von ihr zu verabschieden.« Als sie sieht, wie Gottfried die Augen verdreht, sagt sie bekümmert: »Nun, meinetwegen, dann bleib hier. Ich werde schon eine Ausrede für dich finden. Aber eines sage ich dir im Ernst, gerne tue ich das nicht. Du kannst dich nicht immer davor drücken!«

»Danke, Mima.« Gottfried ist erleichtert. Er besucht seine Tante Grete, Mutters ältere Schwester, nicht gerne. Sie frömmelt ihm zu viel. Ständig will sie ihn belehren, und jedes Mal hält sie ihm die ollen Kamellen aus der Bibel vor, wie er abfällig denkt.

»Wenn du Hunger hast, dann schmier dir ein Salzbrot! Ich werde nicht allzu spät zurück sein.«

»Pass auf dich auf!«, ruft Gottfried ihr nach. Im gleichen Moment fällt hinter ihr die Türe ins Schloss. Dann ist Gottfried wieder alleine. *Schick sieht sie aus*, denkt er sich. Das Haar trägt Mutter seit Neuestem im Nacken ein wenig länger gewellt. Sie erinnert ihn an die bildschöne, blutjunge Schauspielerin Luise Rainer, die er einmal auf einer Glanzillustrierten bestaunt hat.

Er schlendert lustlos in die Wohnung zurück. Seitdem die Möbel mit weißen Betttüchern abgedeckt sind und an den Wänden kein Bild mehr hängt, kommt er sich fremd in der Wohnung vor. Die hellen Flecken auf der nachgedunkelten Tapete unterstreichen sein Gefühl der Verlassenheit. Nur ein Bild hat Mutter nicht abgehängt, als wolle sie es als Botschaft für die künftigen Bewohner zurücklassen. Ein Spruch ist es, der zwischen Rosenranken abgedruckt zum Leitbildbild ihres Alltags geworden ist und der für sie nun an Wert verloren zu haben scheint. *Dein Gut vermehr! Dem Feinde Wehr! Den Fremden bescher, gib Gott die Ehr!* Im Gegensatz zu all den anderen Büchern, die in der Nachbarschaft verschenkt wurden, hat Mutter die Hausbibel allerdings eingepackt. *Die Bibel*, hatte sie bedeutungsvoll gesagt, *die Bibel, das Wort Gottes ist die Sonne, die den Geist erleuchtet und erwärmt. Wir werden dieses Licht brauchen, denn es wird finster und finsterer um uns herum.*

Gottfried hatte nicht verstanden, wie so ein Buch Licht sein kann, aber er hatte auch nicht weiter nachgefragt. Fast war ihm Mutter wie Tante Grete vorgekommen. Er rückt sich den Stuhl zurecht, um sich an den Küchentisch zu setzen. Er weiß nicht, warum, aber er riecht an dem Wachstuch, das über der Tischplatte liegt. Es riecht nach Spültuch. Er wundert sich darüber, dass der Geruch ihm Geborgenheit gibt. Und doch, am liebsten würde er sich verstecken, sich verstecken vor dieser Welt. Eine Tarnkappe möchte er sich überziehen, damit er für alle Welt verschwunden ist und doch alles noch mitbekommt, was um ihn herum passiert.

Die Unruhe treibt ihn vom Stuhl hoch. Jetzt steht er unschlüssig vor der Abstellkammer; jenem dunklen, engen Raum, wohin er sich früher oft geflüchtet hat, wenn ihn die böse Welt zu arg bedrängte. Dort, zwischen Besen, Eimern, Mänteln, Schuhen und was sonst noch allem, konnte er in der abgeschiedenen Stille stets ungestört seinen Gedanken nachgehen und verwegene Pläne schmieden. In diesem Raum trotzte er einst als Siegfried mit dem Schwert sogar dem Feuer speienden Drachen, um sich mit dem vergossenen Drachenblut unsterblich zu machen.

Vorsichtig öffnet Gottfried die Kammertüre. Er tritt in die Dunkelheit und verschließt hinter sich die Türe. Nach einer Weile der Unentschlossenheit hockt er sich in den äußersten Winkel. Er kann die Hand vor Augen nicht erkennen. Als er noch ein kleiner Bub war, da hatte er in ähnlicher Situation und an gleicher Stelle Gespenster gesehen, die haben ihn mit einem sonderbaren Kribbeln im Bauch ordentlich fürchten lassen. Und obwohl

Mima und Vater nur wenige Meter und nur durch die Wände getrennt von ihm entfernt waren, hatte er dennoch nicht nach Hilfe geschrien. Siegfrieds Schwert hatte ihn beschützt. Es war auch schon vorgekommen, dass Vater ihn zur Strafe dort eingesperrt hatte. Er erinnert sich sogar noch an einen bestimmten Tag. Es war der 26. Januar! Gottfried überlegt angestrengt, ob ihm auch noch das Jahr einfällt, aber das fällt ihm nicht mehr ein. Er weiß nur noch so viel, dass es nicht lange nach seiner Einschulung war. An jenem Schultag hatten sie zur Hausaufgabe aufbekommen, ein Gedicht zu Kaisers Geburtstag auswendig zu lernen. Jedoch, so sehr er sich auch anstrengte, ihm wollten die vertrackten Zeilen nicht im Kopf haften bleiben. Als er am Abend Vater das Gedicht vortragen musste, stockte er immer wieder. Vater war darüber sehr ärgerlich geworden. Worauf folgte, dass er seinen Sohn in die dunkle Kammer sperrte, damit dieser endlich lerne, sich besser konzentrieren zu können. Und welch ein Wunder, als man ihn nach endlos erscheinender Zeit endlich aus dem häuslichen Gefängnis herausließ, flossen ihm nicht nur die Tränen aus den Augen, sondern auch die Worte über die zitternden Lippen. Zuerst leise, doch dann lauter und drängender werdend, rezitiert er nun wieder das besagte Gedicht, für dessen fehlerfreies Aufsagen er am nächsten Tag von Lehrer Mademann besonders gelobt wurde.

Der Kaiser ist ein lieber Mann, er wohnt in Berlin,
und wär das nicht so weit von hier, so lauf ich heut noch hin.
Und was ich von dem Kaiser wollt.
Ich gäb ihm meine Hand
und brächt die schönsten Blumen ihm, die ich im Garten fand.
Und spräche dann: Der liebe Gott, der schickt die Blumen Dir,
und dann lief ich geschwinde fort und wär gleich wieder hier.

Als er mit den Versen endet, fühlt er sich mit einem Male beengt; wieder eingesperrt.

Was soll das? Huschen da nicht abermals jene Gespenster der Vergangenheit umher? Warum hat er geweint? Gottfried springt hoch und reißt die Tür auf. Doch anstatt des Gefühls von Freiheit überkommt ihn ein abgrundtiefes Erschrecken. Vor ihm steht Mutter, die seinen Worten gelauscht haben mochte, denn auch ihre Wangen sind tränennass.

Am nächsten Tag macht Gottfried sich in aller Frühe auf den Weg, um von

Vaters »Grab« Abschied zu nehmen. Den Thingstein, ihrer beider Verschwörungsstätte, hatte sich Gottfried dazu auserkoren. Wenn es schon kein richtiges Grab gibt, an dem er um seinen Vater trauern kann, dann musste er sich eben selbst einen Ort ausdenken, an dem dies in ähnlicher Weise möglich war. Und welcher Ort war dafür besser geeignet als der Thingstein, an dem ebenfalls all die schönen Erinnerungen der Kindheit begraben liegen? Allerdings will er einen kleinen Umweg in Kauf nehmen, der ihn an der *Villa Dunkelberg* vorbeiführt. Er will nachsehen, ob die Soldaten noch da sind.

Dort angekommen, sieht er voller Verwunderung, dass sämtliche Fensterscheiben eingeschlagen sind, und auf dem zertretenen Rasen liegen neben einem ausgetretenen Schnürschuh faustgroße Steine verstreut. Wessen Füße mögen diesen Schuh ehemals wohin und woher getragen haben?

Gottfried bleibt für einen Moment stehen, um abzuwarten, ob sich nicht ein verbundener Kopf oder sonst einer der vielen Verletzten in den scheibenlosen Rahmen zeigen würde. Nein, es zeigt sich keiner mehr. Überhaupt ist außer einer streunenden Katze, die sich auf der Fensterbank sitzend genüsslich die Pfote leckt, nichts Lebendiges in näherer Umgebung auszumachen. Hinter den Fensterlöchern, die ihn wie leere, tote Augen beinahe vorwurfsvoll anstarren, nur Schwärze. Nein, hier hat er nichts mehr verloren!

Als er endlich bei dem Thingstein ankommt, verspürt er anstatt Freude, Trauer in seinem Herzen. Ja, genau so muss es sich an Vaters echtem Grab anfühlen. Mit den Händen streicht er sanft über den ruppigen, felsigen Stein, den die frühe Spätherbstsonne bereits erwärmt hat. Ganz nah möchte er dem Stein sein, auf dem Vater und er sooft beisammengesessen sind. Also legt er sich mit dem Rücken darauf. Sein Augenmerk richtet sich auf die am Himmel rasch vorüberziehenden Wolken. Er versucht, sie zu deuten. Gebilde herauszulesen, die ihm eine Botschaft sein könnten. Eine Botschaft von Vater! Aber nur graues Gewölk schiebt sich wie in Tumult geraten über- und untereinander. Da betet er zu Gott, er möge doch einen seiner Engel zu ihm herunterschicken, der ihn sacht empor nehmen soll, um ihn über das schier unüberwindbare Wolkengebirge hinweg in sein einzigartiges Paradies zu tragen, wo Vater bestimmt schon sehnsüchtig auf ihn wartet. Dort würde dann ewiger, richtiger Frieden herrschen. Gedankenverloren wünscht sich Gottfried von Herzen einen ewigen Frieden, wo er ohne Angst zeitlebens

Kind sein darf. Er möchte voller Übermut wieder den bunten Drachen nachrennen. Zu den Leierkastenmännern will er laufen. Und er wünscht sich von Herzen, dass das Leben von nun an ein einziger Jahrmarkt werden würde, mit Orgelspiel und Karussells, mit Schiffschaukel und Duft von gebrannten Mandeln. Ja, das Leben soll als billiger Jakob daherkommen, der jedem Vorüberziehenden Einmaliges feilbietet, nicht nur für fünf, nicht für drei, sondern alles zusammen für eine Mark und nur heute. Wer will noch mal, wer hat noch nicht! Von überall her strömen dann die Menschen unternehmungslustig heran, und die elegant gekleideten Herren auf ihren Hochrädern haben einige Mühe in ihren erhöhten Sitzen die Balance zu halten. Und er stellt sich vor, wie ein jeder zum Zirkus rennt. Ein Zelt, so groß wie ein Haus, das schon von Weitem sichtbar ist, steht auf dem großen Platz mitten in der Stadt. In der Mange kann man sich für fünfzig Pfennig Meerjungfrauen ansehen, die da, wo vernünftige Menschen ihre Beine haben, mit einem schuppigen Fischschwanz wedeln. Aber damit nicht genug, als weitere Attraktion werden sicherlich auch wieder die siamesischen Zwillinge zu bestaunen sein, die an den Bäuchen zusammengewachsen sind. Nach der Vorstellung allerdings hatte er sie damals getrennte Wege gehen sehen. Auch die Zwerge in der Manege möchte er wieder bewundern, wie die kleinen Kerlchen von muskulösen Riesen in die Luft geworfen werden, und wenn sie kreischend aus der Zeltkuppel hinabstürzen und man schon befürchtet, dass sie sich beim Aufprall auf dem harten Sägemehlboden alle Glieder brechen, merkt man schnell, dass sie an einem kaum sichtbaren Gummiband hängen, das sie, kurz bevor sie aufschlagen, erneut wie ein Katapult an die Decke schnellen lässt. Und zwischen all dem spektakulären Durcheinander sieht er die fast barbusigen Negerfrauen in Baströckchen umherspringen. Dabei stampfen sie, von heiseren Schreien begleitet, im Takt imaginärer Trommeln so feste mit den nackten Füßen auf, dass die blanken Knochen, die in ihrem Kraushaar stecken, heftig wackeln, als würden die Gebeine ihres vermeintlich verspeisten Opfers selbst noch im Tod fluchtartig auf und davon springen wollen. Den Häuptling, der noch schwärzer und noch wilder aussieht als die kannibalisch Hüpfenden, den hat man wie einst in einen Gitterkäfig eingesperrt. Mit hasserfüllten Augen und aufgerissenem Wulstmund, dass das Weiß von Auge und Zahn bedrohlich blitzt, rüttelt er an den Gitterstäben, die, wie man beim genauen Hinsehen erkennen kann, aus Gummi sind. Und das alles wird ausnahmsweise und einmalig in dieser Stadt präsentiert, wie der Direktor in feinem Frack und Zylinder lauthals verkündet. Seine sehr beleibte Frau, die zum Schluss der Vorstellung, als die dickste Frau der Welt auftritt, saß zuvor im viel zu engen Kassenhäuschen, aus dem sie marktschreierisch bekannt gab, dass Kinder und Soldaten, von Feldwebel abwärts, nur die Hälfte zahlen. *Hereinspaziert, hereinspaziert, kommen Sie näher, kommen Sie ran.*

Gottfried ist nahe daran zu weinen, weil es die Zeit mit Vater nie mehr geben wird. Nie mehr wird er sein Lachen hören.

Wie all seine Erinnerungen ziehen auch die Wolken vorüber, auf die er stur seinen Blick richtet in der Hoffnung, dass seinem Gebet ein himmlisches Zeichen folgt.

Möglicherweise wäre er in der milden Herbstluft eingeschlummert, wenn nicht doch noch etwas herniedergeflattert wäre.

Gottfried schreckt zusammen. *Sollte es etwa der herbeigewünschte Engel sein?* Zaghaft lugt er seitwärts. Doch es ist kein weiß beflügelter Engel, der da niedergeschwebt ist. Eine pechschwarze Krähe hat sich unweit von ihm auf den äußersten Rand des Steins niedergelassen. Mit schief gelegtem Kopf stiert sie ihn herausfordernd an. Gottfried verhält sich regungslos. Er wartet ab, wie der Vogel sich verhalten wird. Aber ohne Scheu zieht dieser sich geradezu gelangweilt die schwarzen Federn durch den gelben Schnabel. Gottfried hat das Gefühl, dass die listigen Äugelein des Vogels ihn unverfroren fragen, wie er dazu kommt, sich in seinem Revier herumzulümmeln. Doch plötzlich fühlt Gottfried sich von der Krähe bedroht! Er hatte auf ein Zeichen vom Himmel gehofft, und stattdessen brachte ihm der vorwitzige Rabenvogel womöglich einen Gruß direkt aus der Hölle? Hatte er nicht schon davon gehört, dass diese finstere Brut den toten Landsern, die seelenlos auf den Schlachtfeldern lagen, die Augen auspickten oder ihnen gierig das blanke Gedärm aus den aufgerissenen und geplatzten Bäuchen zupften, als zögen sie Würmer aus der Erde?

»Pfui!«, entfährt es seinem vor Abscheu verzerrten Mund, und als reiße ihn eine unsichtbare Hand hoch, springt Gottfried von seinem harten Lager auf. Keuchend vor Wut greift er nach einem Stein und schleudert diesen blindwütig dem Vogel nach, der angesichts des überraschenden Krawalls kreischend davonflattert. Eine Weile noch verfolgt er das aufgescheuchte Tier, bis es sich nur noch als ein schwarzer, undeutlich auszumachender Punkt am Himmel zeigt. Enttäuscht von sich und der Welt sinkt Gottfried nieder. Ihm kommt es als Wahnwitz vor, dass auch das anscheinend Böse im Himmel aus- und eingeht, als wäre es ein gleichwertiger Teil des Guten. Oft schon hatte Gottfried überlegt, ob die Welt im Begriff war unterzugehen. Zeichen gab und gibt es doch zu genüge, wenn man die Kriege, die Seuchen und den allgemeinen Verfall von Moral und Sitte in Betracht zieht. Tante Grete hatte ihn oft vor der biblischen Apokalypse gewarnt! War denn nicht schon der Halleysche Komet 1910 ein untrüglicher Fingerzeig Gottes für den drohenden und unweigerlich kommenden Weltuntergang gewesen?

Andere Zeiten andere Sitten

Bibel:
»*Denn wir haben hier keine bleibende Stadt, sondern die zukünftige suchen wir.*«
  Hebräer 13/14

Zitat Kaiser Wilhelm II:
»*Uns, dem deutschen Volke, sind die großen Ideale zu dauernden Gütern geworden, während sie anderen Völkern mehr oder weniger verloren gegangen sind. Es bleibt nur das deutsche Volk übrig, das an erster Stelle berufen ist, diese großen Ideen zu hüten, zu pflegen, fortzusetzen.*«

†

Mit jedem Kilometer, den sie sich von der Stadt entfernen, ist es Gottfried, als lasse er Ballast hinter sich. Und doch fühlt er sich nicht rundherum wohl in seiner Haut, denn der nasse Nebel, in den die Lok mit ratternder Geschwindigkeit hineinstößt, verdeutlicht ihm umso mehr die undurchsichtige Ungewissheit, in der ihn die unter Volldampf stehenden Räder tragen.

Von den kahlen Ästen der scheinbar vorbeirauschenden Bäume tropft der Tau, als trauerten auch sie einer Zeit nach, in der ihre Blätterkronen von lichter Sonnenwärme durchflutet waren, als gäbe es keinen Herbst, geschweige einen Winter.

Mutter schläft. Ihr Kopf ist ermattet gegen die harte Rückenlehne der Sitzbank gekippt, dabei hat sich ihr putziges Hütchen, ulkig anzuschauen, seitlich über das linke Ohr geschoben. Während Gottfried sie aufmerksam beobachtet, durchzuckt es ihn. Eine Fremdheit ist es, die er auf ihrem Gesicht ausmacht, die auf verhärmte Weise ihre Lippen umspielt. Es ist in diesem Moment nicht mehr der ihm vertraute Mund der Mutter, der ihm einst liebevolle Kinderküsse gab oder Worte von zärtlicher Zuneigung flüsterte. Ihm bietet sich nun ein Mund dar, der in den zurückliegenden Tagen des seligen Schmerzes die Bitternis gekostet hat, als sei damit die Quelle der naiven Unschuld für immer vergiftet. Und während er seinen Gedanken freien Lauf lässt, wird er ebenfalls müde; und hinter seinen geschlossenen Augen vermischt sich die Wirklichkeit zu einem einzigartigen Traumgespinst.

Fromme, artige Mädchengesichter erscheinen ihm, deren rotwangige und blond bezopfte Köpfe auf nackten, vulgär anmutenden Altweiberkörpern befestigt sind, deren lebenslustige Blicke in grässlichem Widerspruch zu den faltig schlaffen Gliedmaßen der vom Leben bereits aufgezehrten Alten stehen. Der Traum ekelt ihn. Schweiß steht ihm auf der Stirn, und er wendet seinen Kopf wie fiebrig hin und her, und hinter den zugepressten Lidern rollen die Augäpfel, als wollten sie dem abscheulich Gesehenen entrinnen. Was bloß sollen die Bilder bedeuten? Liegt es an ihm, schon in Bälde diese Disharmonie von dem, was war und was kommen wird, wieder ins rechte Lot zu setzen? Aber in dem stillen Raum seiner unerschöpflichen Zukunft bedarf es seiner Meinung nach keiner hässlichen, aufgebrauchten Vergangenheit. Und am liebsten würde er laut schreien, um seine Vision zu vertreiben. Seinem Wunsche nach soll die Zukunft einzig blond bezopft auf einem festen, runden Mädchenleib daherkommen.

»Was ist mit dir, Junge?« Mutter rüttelt besorgt an seine Schulter. Mit der Hand wischt sie ihm über die verschwitzte Stirn.

»Es ist schon gut, es ist schon gut«, sagt er ein wenig erschrocken und hält ihre Hand fest. Er sträubt sich auf einmal gegen den wohlmeinenden Akt mütterlicher Fürsorge. Und für einen klitzekleinen Augenblick hat er den Eindruck, als packe eine der Alten nach ihm, die in seinem Trugbild schon vom Tod gezeichnet war.

»Ich habe nur schlecht geträumt!«

Damit gibt Mutter sich zufrieden. In Sorge, ob man ihn eventuell beobachtet hat, schaut Gottfried aufgeschreckt umher. Doch inzwischen befinden sich nur noch wenige Mitreisende in dem Abteil. Links von ihm, in seitlicher Richtung, sitzt eine uralte Frau mit ihrer kleinen, blond bezopften Enkelin, die ihre Großmutter immerzu um irgendetwas anbettelt. Nein, die beiden haben anscheinend keine Notiz von dem vor Scham erhitzten Jungen genommen.

Er drückt seine vor Wallung brennende Wange an die kühle Fensterscheibe und verfolgt, wiederum schläfrig geworden, die vorbeiziehende Landschaft. Über gründlich abgeerntete Äcker geht sein grübelnder Blick, aus deren öd schwarzen Furchen Trostlosigkeit, ja, geradezu Hoffnungslosigkeit zu keimen scheint, wie er meint. Ausgebeutet kommt ihm das Land vor. Und im Schleier des heraufziehenden Jahreswechsels sieht es aus, als trüge bereits die ganze Erde einen Trauerflor. Noch vor einigen Jahren, an gleicher Stelle sitzend, in Zeiten des sonnigen Friedens, da schwangen auf den Feldern hemdsärmelige Bauern ihre Sensen, sodass das goldene Getreide, in schweren Ähren hängend, zur Seite kippte. Und über ihre Lippen kam Erntedank anstatt Kriegsgeschrei. Dahinter banden gebückte, schwarz gekleidete Frauen mit großen Strohhüten die Garben, und über ihnen, wo jetzt in diesem Augenblick die Nebelkrähen kreischen, tirilierten die Lerchen. Die neuerlichen Gedankenbilder, die im gleichbleibenden Tempo des Zuges mit der Landschaft dahinziehen, und das Ruckeln des Abteils versetzen ihn plötzlich in Wohlbehagen. Erst das Mädchen weckt ihn aus seinem Dösen. Aufgeregt hüpft sie im Gang umher und fordert ihre Großmutter lauthals auf, endlich aufzustehen, da der Zug schon langsamer fahre und die Bahnstation bereits in Sicht wäre.

Ja, es ist an der Zeit, sich zum Ausstieg bereitzumachen. Nur gut, dass man nur das Handgepäck dabei hat. Alles Übrige war bereits in großen Kisten und Kästen verpackt, vor Tagen schon abgeholt und per Autotransport und Eisenbahn verschickt worden.

Mutter, die vom Radau der Kleinen gleichfalls munter geworden ist, rückt ihre Kopfbedeckung zurecht, ordnet mit einer geübten Handbewegung das abstehende Nackenhaar, hievt daraufhin die beiden Koffer und eine Reisetasche aus dem Gepäcknetz, die Gottfried in Empfang nimmt. Beinahe hätte er das Mädchen mit dem Koffer am Kopf getroffen. Unter ihrer goldblonden Haarsträhne strahlen ihn ihre blauen Augen belustigt an. Er kommt sich ziemlich blöd vor in seinem alten Matrosenanzug, in dem er sich als ein kleiner Junge entlarvt fühlt. Mutter wollte längst Putzlappen daraus gemacht haben, denn für sie ist der Matrosenanzug inzwischen zu einem Symbol für den Niedergang des Reiches geworden.

Während der Fahrt hat Gottfried gar nicht bemerkt, dass es sich draußen etwas aufgehellt hat. Als er die Abteiltüre öffnet, schlägt ihm feuchte, aber ungewöhnlich milde Luft entgegen. Zu seiner Enttäuschung wartet niemand auf sie. Mutter steht ratlos auf dem Bahnsteig und schaut sich verzweifelt um. Sollte Großvater tatsächlich vergessen haben, dass sie heute ankommen?

»Sieh doch den Mann dahinten!«, ruft Gottfried und deutet mit dem Finger in die Richtung, wo ein großer, breitschultriger Kerl neben einem Ochsengespann steht und zu ihnen herüberwinkt. Die beiden schnappen sich zunächst zaudernd das Gepäck und überqueren unsicheren Fußes die Gleise. Schon kommt ihnen der Fremde mit ausdrucksloser Miene entgegen und nimmt ihnen wortlos die unhandliche Bagage ab. Mutter stöhnt erleichtert auf und bedankt sich, ohne dass der Mann ihren Dank erwidert. Den Rotz seiner rotporigen Nase zieht er geräuschvoll hoch, und mit Schwung wird das Gepäck auf die Ladefläche des Anhängers geworfen, vor dem der muskulöse, schweifwedelnde Ochse eingespannt ist. Außer dem zugeladenen Gepäck befindet sich nur noch ein Stapel leerer Jutesäcke auf den Holzplanken, die dem penetranten Geruch und dem schäbigen Aussehen nach schon alles transportiert haben mochten, was ein Bauernhof so hergibt.

»Kommen Sie, junge Frau!«, befiehlt der Mann in einem beinahe barschen Ton. Dennoch zur Hilfestellung bereit, reicht er Meta seine derbe, schmutzige Landmannhand, damit sie über einen an der Seitenwand befindlichen Eisenbügel klettern kann. Neben ihrem Hab und Gut lässt sie sich nieder. Der Stapel zusammengelegter Säcke dient ihr dabei als eine einigermaßen bequeme Sitzgelegenheit. Ohne dass Sie fragt, wer er ist und ob alles mit rechten Dingen zugeht, folgt sie seinen schroffen Anweisungen. Gottfried indes möchte vorne auf dem Kutscherbock sitzen. Noch bevor der schweigsame Hüne dem Ochsen einen kräftigen Schlag mit der Gerte auf das ausladende Hinterteil gibt, damit sich das Tier in Bewegung setzt, murmelt er leise und mit kaum verständlichen Worten den Grund seines Kommens.

Aus seinem Getuschel erfahren Mutter und Sohn, dass Großvater ihn gebeten hat, sie abzuholen, weil er sowieso eine Ladung Kartoffeln zum Bahnhof bringen muss. Gottfried weiß, dass bis zum Haus des Großvaters noch eine ziemlich weite Wegstrecke vor ihnen liegt. Da es aber momentan nicht mehr regnet und die Sonne zudem noch einmal zaghaft durch das heraufziehende Abendgewölk linst, freut er sich auf die Fahrt, die ihn an hügeligen Wiesen und weiten, finsteren Wäldern vorüberführen wird. Durch verschlungene Pfade, sogenannte Siefen, die sich über Jahrhunderte hinweg ihren Weg durch die Landschaft gebahnt haben. Siefen, das hat Gottfried bereits bei seinem ersten Besuch von Großvater gelernt, sind Täler, die nicht nur den Lauf unzähliger Bäche vorgeben, sondern auch in vielerlei Wortvarianten den Bestandteil der meisten Ortsnamen in der Umgebung bilden. *Des Herrgotts Pinkelecke* nennt Großvater diese morastigen, von Bächen durchtränkten Bodenflächen, die den Charakter der Landschaft bestimmen.

Und über allem schweben an den brütenden Sommertagen die Schwalben mit leichtem Flügelschlag.

Die streng riechende Ausdünstung des schweißigen Ochsen, die sich mit dem schweren Duft der dunklen, feuchten Scholle vermischt, steigt Gottfried vertraut in die Nase. So wird er ganz eins mit der Natur und spürt, ohne dass man es ihn mit einer vergleichbaren Schulweisheit hätte lehren können, was Leben wirklich bedeutet. Tief atmet er diese Erkenntnis ein, und der Kutscher schaut ihn erstaunt von der Seite an. Alles Unbehagen scheint aus ihm geflohen zu sein. Jetzt schon freut er sich auf die Zeit mit Großvater und Tante Bertha. Er sieht die Apfelbäume, die prall gefüllt mit Obst an der Chaussee zu Großvaters Haus stehen. Äpfel durfte er essen, so viel er vertrug. Das Wasser läuft ihm im Mund zusammen, wenn er daran denkt, wie er für Tante Bertha Heidelbeeren im Wald sammeln musste, damit sie ihm eine köstliche Suppe davon kochen konnte. Seine schwarze Zunge verriet, dass nicht alle Beeren im Krug gelandet sind.

Das, was ihn bald erwarten wird, steht völlig im Gegensatz zu der Welt, die er vor Stunden verlassen musste und die ihm im Nachhinein betrachtet viel Kummer, Leid und Schmerz gebracht hatte. Nach all den gefahrvollen Bedrohungen, die er erleben musste, kommt Großvater ihm jetzt schon wie ein Fels in der Brandung vor. Aber auch dem Großvater haben die Gezeiten des Lebens oft und heftig angebraust. Den lahmen Arm zum Beispiel, den er mit einer gewissen Genugtuung mit dem Kaiser gemeinsam erdulden muss, nur, dass er diese Behinderung nicht von Geburt an hat, wie es bei dem Prinzipalen gewesen ist, sondern die bekam er vom Feind, dem Franzmann, verpasst, dessen kampfeslustiger Untertan ihm 70/71 lachend das Bajonett ins Fleisch stieß und ihn somit zum Krüppel degradierte. Gottfried erinnert sich, als Großvater ihm bei seinem letzten Besuch von der Zeit vorschwärmte, als er anno 1870 Soldat war. Von wüstem Hauen und Stechen war da die Rede gewesen. Von aufgepflanzten Bajonetten, die auf dem Felde der Ehre Mann gegen Mann zum Einsatz kamen. Immer wieder blieb er während eines Spaziergangs stehen, um Luft zu schöpfen.

»Wie blind habe ich im Durcheinander des Pulverdampfs zugeschlagen, das reinste Gemetzel«, sagte er stolz. Die blanken Säbel teilten die rauchgeschwängerte Luft, um gleich darauf auf die Köpfe des Feindes niederzusausen. Reihenweise stolperten die bestiefelten Füße über die am Boden liegenden Leiber der Toten und Verletzten. »Du kannst es dir nicht vorstellen,

Junge, du kannst es dir nicht vorstellen!« Mit dem Taschentuch hatte sich Großvater das Schweißband seines Hutes trockengerieben. »Und all die abgeschlachteten Pferde«, begann er erneut. »Die Pferde brauchte man ja nicht nur zum Reiten. Sie mussten auch die Lafetten mit den Kanonen und den Soldaten ziehen, die sich neben den Geschützen auf den Protzen klammerten, wenn das Tempo forciert wurde, sodass man per pedes nicht mehr Schritt halten konnte. Grölend wetteiferten wir darum, wer den Feind als Erstes vernichten würde. Uns alle, alle ohne Ausnahme, peitschte der Tod mit knöcherner Klaue eigenhändig voran. Nach der Sedan-Schlacht«, so bekam es Gottfried ebenfalls zu hören, »wurde Napoleon III. fest- und in Gewahrsam genommen. Daraufhin ist er mit dem Zug nach Kassel gebracht geworden. Somit stand für uns der Weg nach Paris offen. Und jedes Mal, wenn wir dem Feind eine Niederlage beigebracht haben, riefen wir hämisch: Ab nach Kassel! O ja, wir haben den Franzosen ordentlich Zunder gegeben. Wenn es nach Bismarck gegangen wäre, hätten wir Paris gleich mit der Artillerie kurz und klein geballert, damit der Franzmann für lange Zeit partout keinen Krieg mehr anzetteln konnte, aber der König hatte ja Mitleid mit der Zivilbevölkerung und wollte sie vor einem derartig zerstörerischen Beschuss bewahren. Aushungern hieß stattdessen die Devise. Auf diese Weise wollte der König den Feind mürbemachen, damit er bei einem Angriff, zur passenden Zeit, vor lauter Schwäche nicht mehr den Arsch hochbekommt.« Er hatte tatsächlich Arsch gesagt! »Sei es drum, geschadet haben wir uns nur selber«, resümierte Großvater. »Denn die Monate der Belagerung wurden auch für uns hart. Untereinander traten Spannungen auf, und den widrigen Umständen in den Lagern war es zuschulden, dass Krankheiten und Seuchen ausbrachen. Es gab einfach keine richtigen Waschgelegenheiten und die Notdurft wurde auf behelfsmäßig zusammengeschusterten Donnerbalken verrichtet. Pfui Deibel!«, fluchte er da. Und bei dem Wort Donnerbalken spuckte er angewidert aus. »Weißt du übrigens, was Motten in der Lunge sind?«, fuhr er dann in seiner Schilderung fort.

Da konnte Gottfried nur den Kopf schütteln, das wusste er nicht.

»Tuberkulose heißt die Krankheit!« Und um dem Enkel zu verdeutlichen, was es bedeutet, an solch einer schlimmen Seuche zu leiden, röchelte er eindrucksvoll und schlug sich dabei mit der Faust auf die Brust, als wolle er einen imaginären Falter aus seiner Lunge vertreiben.

»Und«, hatte Gottfried daraufhin nur gefragt, »haben sich die Franzosen auf diese Weise ergeben?«

»Auf diese Weise nicht«, gab Großvater schmunzelnd zur Antwort. »Aber da man befürchten musste, dass sich in der Zeit der Belagerung der Feind klammheimlich wieder formieren würde und somit erstarken könnte, erließ Bismarck, wenn ich mich recht erinnere am 25. Januar 71, dann doch noch den Befehl an Moltke, Paris mit schwerem Geschütz zu bombardieren, worauf die Franzosen ein paar Tage später demoralisiert kapitulierten.«

Diesmal nahm Großvater mit würdevoller Miene seinen Hut vom Kopf und hielt sich diesen in Höhe seines Herzens andächtig vor die Brust. Gottfried, der damals noch keinen Krieg kennengelernt hatte, dachte hingegen darüber nach, dass der Krieg ein rechter Irrsinn wäre. Er unterbrach Großvater mit den Worten: »Sag, Großvater, warum führen die Menschen eigentlich Kriege? Warum können sie nicht immer in Frieden leben? Ist es denn nicht der Wunsch aller Menschen, in Frieden zu leben?«

Da blieb Großvater stehen, drehte seine lange Bartspitze und antwortet mitleidig lächelnd: »Frieden, mein Junge, Frieden ist zunächst nur ein frommer Wunsch. Aber sich ihn nur zu wünschen, reicht nicht aus, man muss ihn auch wirklich und wahrhaftig von ganzem Herzen wollen! Doch solange es bei einem Krieg nicht nur Verlierer, sondern immer auch Sieger gibt, solange gibt es keinen andauernden Frieden.«

Er hatte auf den nachdenklich gestimmten Buben heruntergesehen und angefügt: »Und im Glauben, dass immer nur die anderen verlieren, kommt man allen anderen zuvor, um als Erstes mit Gewalt seine Schäfchen ins Trockene zu bringen.

»Und«, hatte Gottfried kleinlaut zurückgefragt, »werden sie dann geschlachtet, wenn sie im Trockenen sind?«

»Wie, geschlachtet? Wer, geschlachtet?« Großvater verstand nicht gleich. »Ach so, nein, geschlachtet werden nur die, die man im Regen stehen gelassen hat, die im Trockenen, die werden bloß nackt geschoren! Aber nun lass uns sehen, dass wir rasch nach Hause kommen. Bertha hat bestimmt einen leckeren Kuchen für uns gebacken!« Und damit war für ihn alles gesagt.

Großvaters Kriegserlebnisse waren aber nur einer jener Umstände, die, alles zusammengenommen, arg an seiner inneren Kraft und den Glauben schlechthin gezehrt haben, sodass er schon mutmaßte, Gott hätte ihn mit Hiob verwechselt. Ebenso wie bei Hiob war es nämlich der Tod, der ihm viel abverlangte und der immer dann kam, wenn er nicht damit rechnete. Denn dem Tod ist es gleichgültig, ob der Mensch gerade Frieden oder Krieg hält, er nimmt keine Rücksicht auf die Wünsche der Menschen, er kommt und holt den und wen, wann es ihm passt. Einem unermüdlichen Schnitter gleich, eilt der Tod zu allen Zeiten im Sauseschritt von Haus zu Haus, um emsig zu ernten, was in seinen Augen reif ist; und nie wird er eine Erklärung darüber abgeben, auch wenn der Mensch ihn flehentlich fragt, warum? Warum musste der Gevatter Großvater alle fünf Kinder nehmen? Warum musste er bei vier von ihnen gerade dann Mumps ins Haus schicken, um Petra, Luise, Gerold und Bert zu sich zu holen, als die Freuden der Kindheit für sie am größten waren? Warum nur musste er, der Unersättliche, nicht viel später auch noch Caroline, seine Frau von der Welt hinweg nehmen? Und nicht zuletzt holte er sich Gottfrieds Vater, den von Großvater mit Verzicht und vielen Entbehrungen großgezogenen Sohn. Dabei hatte sich Großvater in vielen Gebeten bei Gott für dessen Überleben bedankt, ihn gelobt und gepriesen. Doch dann, wie zum Trotz, als Ehemann und Vater, in der Blüte seines Lebens stehend, da gebrauchte der Tod fern ab der Heimat eine schnöde, eiserne Kugel, um schließlich doch noch an Gerhard seine kalte Macht auszuüben.

Doch das Schicksal nimmt nicht nur, nein, das Schicksal gibt auch. Und welcher Mensch kann oder darf sich anmaßen, in gerechter Weise darüber zu urteilen, was richtig und was falsch ist? Als Großvaters Lebensmut und Lebenswille zerbrachen und er sich dazu hinreißen ließ, in den unmenschlichen Prüfungen ein Gottesgericht zu erkennen und er sich anschickte, Gott ketzerisch anzuklagen, da kam von heute auf morgen seine verwitwete, aber kinderlos gebliebene Schwester Bertha in sein Haus, die ihn von Stunde an rührend versorgte, umsorgte, beistand und christlichen Trost gab. »Die Tränen vertrocknen und der Kummer verkümmert«, sagte sie, wann immer ihr Bruder ins Grübeln verfiel. So gesehen meinte es das Schicksal doch noch gut mit dem am Herzen gebrochenen Mann. Gottfried liebte diese herzensgute Frau vom ersten Tag an, an dem er ihr begegnete. Da Tante Bertha ein ziemlich monströses Hinterteil aufwies, das man ohne Übertreibung als ausgesprochen dick bezeichnen konnte, glaubte Gottfried insgeheim, dass man nach ihr die neu entwickelte Kanone aus der *Krupp-Schmiede* benannt hatte, die im hinlänglichen Jargon des gerade beendeten Krieges als *dicke Bertha* bezeichnet wird, mit der man seinerzeit den bis dato uneinnehmbaren Festungsring von Lüttich zusammengeballert hat. So behäbig Tante Berthas Bewegungen auch waren, emsig verrichtete sie ohne zu Stöhnen stets gut gelaunt ihr Tagwerk. Unermüdlich zeigte sie sich mit irgendetwas beschäftigt. Da musste sie neben kochen und putzen, auch mit dem mit Holzkohle beheizten Plätteisen die Wäsche und Hemden bügeln, die sie zwei Tage vorher, immer donnerstags, unter größtem körperlichen Aufwand im Wäschekessel brühte, rubbelte und anschließend wrang. In allem, was sie tat, hielt sie strikt ihre selbst auferlegte Ordnung ein. So hängte sie vormittags nur die Weißwäsche zum Trocknen auf die Leine und nachmittags die Buntwäsche. Außerdem half sie unermüdlich, wenn sonstige Arbeiten verrichtet werden mussten, die Großvater mit seinem gelähmten Arm nicht tun konnte. Und derer gab es ebenfalls genügend. Da war unter anderem der ansehnliche Gemüsegarten zu bewirtschaften und die stets hungrige Sau zu versorgen, die das ganze Jahr über reichlich genährt wurde. Im Herbst machte der Metzger dem fetten Borstenvieh den Garaus, sodass bald darauf das heiße Fett aus der Pfanne spritzte. Gleichermaßen erwies sich Tante Bertha Gottfried gegenüber immer als gütige und nachsichtige Frau, die ihm allabendlich im matten Schein der Petroleumlampe die absonderlichsten Geschichten erzählte, in denen meist Mädchen vorkamen, die sich in tiefen, dunklen Wäldern mutterseelenallein verirrten und dabei jedes Mal einem schönen, jungen Prinzen begegneten, der zu dieser Stunde rein zufällig auf der Jagd war. *Und wenn sie nicht gestorben sind, so leben sie noch heute.* Sei es, wie es sei, Tante Bertha hatte einen gehörigen Sinn dafür, was Kinder sich ersehnen.

Alles in allem war für Gottfried jeder Aufenthalt im *Bergischen* wie ein auf einer Perlenkette aufgereihtes Abenteuer gewesen, bei denen er unvergessliche Lektionen für sein späteres Leben sammelte. Das lag vor allem an den Gesprächen mit Großvater, dessen generöses Lebensmotto lautete: *Gebe dem Kaiser, was des Kaisers ist, und gebe Gott das seine.* Seine wahren Emotionen hielt Großvater nach außen hin meist gut versteckt. Nur an wenige Male kann sich Gottfried erinnern, wo Großvater so etwas wie Erregung zeigte. Das untrügliche Zeichen dafür war, wenn der kleine Finger an seinem lahmen Arm zuckte. Als Großvater zum Beispiel von Sedan erzählte, wo die Franzosen vernichtend geschlagen wurden, da hat der kleine Finger ordentlich gezuckt. Und ein anderes Mal, er hatte wohl ein Gläschen zu viel vom selbst gebrannten Kartoffelschnaps getrunken, als er auf der Abendbank sitzend tief berührt die Geschichte vom tragischen Tod seiner Frau

Caroline ausplauderte, da konnte Gottfried das Zucken auch beobachten. Seine Frau war kurz nach der Geburt seines Sohnes Gerhard im Kindbettfieber gestorben, wie Gottfried erfuhr. Da musste auch er seine Tränen unterdrücken.

Das penetrante Gekläff eines Hundes, der aufgeregt um das Ochsengespann herumspringt, weckt Gottfried aus seinem Tagtraum. Der Weg, auf den das Gespann einlenkt, ist nun ein wenig abschüssig und sehr holprig geworden. Gottfried wird auf dem Kutschbock ordentlich durchgerüttelt. Rechter Hand, in einer Talmulde gelegen, taucht Großvaters Haus hinter einer fast blattlosen Berberitzenhecke auf. Aus dem Schornstein steigt anheimelnd Rauch auf. Als das rumpelnde Gespann die Hecke passiert, fliegen zwischen den Fruchtmumien Krähen krächzend aus dem Geäst. Gottfried dreht sich nach Mutter um, die ihn erleichtert ansieht.

»Wir haben es endlich geschafft!«, ruft sie ihm fröhlich zu.

Kurz darauf, auf dem kleinen Vorhof angekommen, kurbelt der Kutscher die Bremse an dem Gefährt fest, wobei er laut mit der Zunge schnalzt. Der Ochse bleibt schwerfällig stehen und schaukelt seinen dicken Kopf hin und her, um sich damit gegen einen Schwarm Fliegen zu wehren, die sich unaufhörlich in die tränenden Augen des Viehs setzen.

Als Gottfried mit steifen Beinen vom Sitz herunterspringt, begrüßt ihn der Hund mit freudig wedelnder Rute. Gottfried bückt sich nach dem winselnden Tier, und während er das vor Dreck strotzende Fell streichelt, spricht er: »Na Molli, kennst du mich noch?« Unterdessen hilft der Mann Mutter beim Absteigen. Dann hebt er das Gepäck von der Ladefläche und setzt es auf den festgestampften Lehmboden ab.

Außer ein paar Hühnern, die gackernd nach Körnern picken, ist auf dem Hof niemand zu sehen. Doch dann erschallt eine vertraut bärbeißige Stimme. »Ihr kommt ja gerade richtig!« Großvater ist es, der mit einer blutbesudelten Gummischürze und einem langen Messer neben der nun weit geöffneten Schuppentür steht. Im Dämmerlicht des Schuppens erkennt Gottfried die schemenhafte Gestalt eines weiteren Mannes, der an der Innenwand des Verschlags zu hantieren scheint. Jetzt rennt der Hund in den Schuppen und kommt gleich darauf mit einem blutigen Fetzen von irgendwas Undefinierbaren heraus, das er knurrend mit seinen gebleckten Zähnen festhält, um damit auf schnellstem Wege in seiner Hundehütte zu verschwinden, die sich auf dem unmittelbar angrenzenden Nachbargrundstück befindet. Urkomisch sieht es aus, wie er im Laufen den Schwanz zwischen die Hinterbeine klemmt.

Mutter tritt abwehrend einen Schritt zurück, als ihr Schwiegervater sie zur Begrüßung umarmen will. Dann lacht er verständnisvoll, während er an seiner unappetitlich eingeschmierten Schürze heruntersieht. Breit grinsend erscheint jetzt auch Bertha in der Haustür, die, so kann man deutlich erkennen, noch mehr an Leibesfülle zugenommen hat. Ja, die *dicke Bertha*, das ist schon ein anderes Kaliber als die *schlanke Emma* der Österreicher, hatte der Großvater einmal unter dem Gelächter der anwesenden Zecher im Wirtshaus verlauten lassen, als man ihn auf seine gute Seele ansprach, wobei er natürlich den weniger effektiveren Mörser der Verbündeten meinte.

Für die Ankömmlinge ist die wohlgenährte Bertha ein ungewohntes Bild, wenn man bedenkt, aus welchem Hungerland sie gerade eingetroffen sind. Es scheint, als prallen in diesem Augenblick zwei verschiedene Welten aufeinander.

»Ihr kommt gerade richtig!«, wiederholt sich Großvater und dabei zeigt er in Richtung Schuppen, wo nun bei genauerem Hinsehen ein aufgeschlitztes Schwein zu erkennen ist, das in der Mitte auseinanderklafft und an den Hinterbeinen, mit Seilen an der Holzwand befestigt, ausgeweidet kopfüber nach unten hängt. Als der Hund wiederum in rasantem Lauf aus seiner Hütte zurückkehrt und sich erneut kläffend in die Nähe des Schweins begibt, hat der Mann, der wohl der einbestellte Metzger ist, große Mühe, den Kläffer von der Wanne abzuhalten, die direkt neben ihm steht und mit Gedärm und weiteren Innereien gefüllt ist. Wütend tritt er nach ihm, bis ein einziger Pfiff des Kutschers genügt, um den Hund auf der Stelle zurückzuordern. Der erboste Metzger zeigt dem Köter noch die Faust, als dieser sich mit angelegten Ohren und blutigem Maul gehorsam neben den Fuß seines Herrn niederlegt.

»Dein Hund hat schon genug bekommen!«, ruft Großvater seinem Nachbarn scherzend zu.

»Morgen Mittag kannst du mit Mathilde zum Essen rüberkommen, da wird Bertha eine kräftige Wurstsuppe in die Teller gießen. Wir werden gleich noch die Wurstmasse herrichten und in die Därme füllen.« Und indem er sich an Gottfried und Meta wendet, sagt er mit einem jammervollen

Blick auf die beiden ausgehungerten Gestalten: »Und wir werden uns erst einmal über die gebratene Leber hermachen. Ich denke, Berthas Töpfe und Pfannen geben inzwischen reichlich Gebratenes und Gesottenes her.«

Alleine die Worte Gebratenes und Gesottenes lassen Gottfried das Wasser im Munde zusammenlaufen. Jetzt erst rennt er seinem Großvater freudig entgegen. Dann bleibt er abrupt vor ihm stehen und starrt ihn verwirrt an, als sähe er ein leibhaftiges Gespenst vor sich.

Mutter, die darüber aufmerksam geworden ist, tritt ebenfalls näher heran und hält sich verwundert die Hand vor den Mund. Großvater wirkt verlegen und zupft nervös an seiner Schürze herum. »Was habt ihr beide denn?«, druckst er herum, »habt ihr noch nie eine blutige Metzgerschürze gesehen?«

Gottfried streckt verdutzt seinen rechten Arm aus und zeigt auf Großvater. »Was ist denn mit deinem Bart geschehen, Grobaba?«

Ohne ihm direkt zu antworten, wendet sich der Gefragte unwirsch an Gottfrieds Mutter. »Meinst du nicht, es wäre allmählich an der Zeit, dass der Bengel Großvater zu mir sagt und mich nicht mehr Grobaba nennt? Meine Güte, er ist doch kein kleiner Junge mehr, wie man unschwer sehen kann! Und überhaupt, was soll denn schon mit meinem Bart sein?« Mit seiner schmutzigen Hand will er sich der Gewohnheit folgend das lange Ende seiner gezwirbelten Bartspitze greifen, als ihm bewusstwird, dass es da nichts mehr zu ergreifen gibt. »Ach so«, brummt er. Und bevor er weitersprechen kann, fällt ihm Meta ins Wort:

»Du hast dir ja die wundervollen Enden deines Bartes abrasiert und nur einen haarigen Streifen unter der Nase stehen lassen. Vater, wie konntest du? Dein schöner Kaiserbart!« Man sieht ihr an, dass sie zutiefst erstaunt ist über seine äußere Verwandlung.

Großvater streckt sich im Kreuz, was wohl Standhaftigkeit ausdrücken soll. »Soll ich etwa wie ein Feigling aussehen? O nein, mit so einem Menschen will ich nichts mehr gemein haben!«, bollert er los. »Geht mir weg mit dem Kaiser, diesem … diesem!« Er ringt geradezu nach einer passenden Benennung für den, dem er alle Zuneigung absprechen will. »Ohne dass der Lump«, er sagt tatsächlich Lump, »seinen treu ergebenen Soldaten zumindest einen Dank dafür ausgesprochen hat, dass sie für seinen Ruhm und allein zu seiner Ehre ihr Leben eingesetzt und dabei tausendfach verloren haben, hat der sich wie ein feiger Bastard nach Holland ins Exil abgesetzt.«

Gottfried ist nicht entgangen, wie bei Großvaters Wutattacke dessen kleiner Finger zuckte. Indes geht man nach diesem Zornesausbruch nicht weiter auf das haarige Thema ein, weil Bertha drängt, sich endlich an den Tisch zu setzen.

Satt, pappsatt! Was für ein schönes, pralles Wort, das schon beim Aussprechen das Gefühl verbreitet, als habe sich bereits der Leib gefüllt, auch wenn der Mensch nie wirklich satt wird. Nie wird der Mensch satt. Gemästet lehnt er sich zurück und denkt nach kurzer Zeit, mich hungert! Mich hungert nach Leben. *Nie wird der Mensch satt!*

Gottfried liegt mit vollem Bauch auf seinem Nachtlager und sinnt vor sich hin. Die Erwachsenen sitzen noch unten in der Stube und reden miteinander. Es gibt viel zu erzählen. Bei zurückgezogenem Vorhang sieht Gottfried den klaren Sternenhimmel hinter dem Fenster. Selbstgenügsam hat er die Hände unter seinem Nacken verschränkt und beschaut sich den runden Mond, der, mit viel Fantasie, auch sein zufriedenstes Gesicht aufgesetzt hat. Er lauscht. Doch außer dem kaum hörbar wehenden Wind, der lasch wie ein schwacher Seufzer ums Haus streicht, und dem kläglichen Ruf eines in der Nähe sitzenden Käuzchens bleibt alles friedlich. Versöhnlich friedlich. In diesem Moment jault Molli dreimal hintereinander auf. Aber das ist zumutbar, das sind nicht die beängstigenden, krawallartigen Geräusche der Stadt, die ihn in letzter Zeit häufig aus dem Schlaf aufgeschreckt haben. Nur das vertraute Quietschen der Schwebebahn, wenn sie hoch in der Luft die stählernen Kurven nimmt, das vermisst er. Und schon fällt ihm ein, dass es noch etwas gibt, was er arg vermisst, so arg vermisst, dass er sehr traurig wird. Er lauscht intensiver, als warte er auf etwas Vertrautes. Jedoch, da mochte er sich noch so anstrengen, kein Ton, keine Melodie lässt den düsteren Raum erklingen. Keine dieser wunderbaren Weisen, die Vater ihm als Nachtgruß auf dem Klavier vorgespielt hatte. Ach, der gute Vater. Wo mag er nun sein? Weiß der Mond es? Oder wissen es die vielen, vielen Sterne am nächtlichen Himmelzelt? Ist Vater vielleicht selber zu einem Stern geworden? Warum musste gerade ihn die abgefeuerte Kugel treffen?

Aberwitzige Ideen kommen Gottfried in den Sinn. Gibt es vielleicht irgendwo in Frankreich einen Jungen, dessen Vater ihm genau in diesem Augenblick stolz berichtet, dass er einen Deutschen abgeknallt hat? Aber wer sollte ihm auf all diese Fragen eine ehrliche Antwort geben? Und dann erscheint ihm im abgedunkelten Zimmer unvermittelt ein Alb. Im Zwielicht sieht er, wie sein Vater mit seltsam erschrockenem Gesicht aus dem Dunkel des Raumes auftaucht, und so, wie man einen Baum fällt, stürzt er kopfüber zu Boden. Ein Rinnsal aus hellrotem Blut quillt aus seiner Stirne und versickert in der Erde eines fremden Landes, wo weder er und noch viel weniger sein Blut auf ewig hingehören.

Gottfried graust es bei dem Gedanken, dass sein Vater inzwischen verrottet ist. Vater ist sehenden Auges den Weg in den Tod gegangen. Hätte er sich anders entscheiden können? Er überlegt, ob er selbst überhaupt Einfluss auf sein Leben nehmen kann. Man kann sich doch immer nur für einen Weg entscheiden. Wird es der richtige sein? Was aber geschieht dann mit den ungenutzten Möglichkeiten, die man im Glauben, das Bessere getan zu haben, abgelehnt und verworfen hat? Seine sprudelnden Gedanken bringen ihn fast zur Verzweiflung. Vor allem als ihm der Einfall kommt, dass all das, was nicht gesagt wird, all das, was nicht getan wird, doch ebenfalls eine Welt ergibt, die allerdings im Verborgenen bleibt und die dennoch irgendwie existiert. Wer mag ermessen, ob es eine bessere als diese ist? In welcher Welt ist er nun angekommen? Wird sie ihm zeitlebens wahrhaftig Frieden und Sicherheit schenken?

Einige Zeit später, als Gottfried eines Abends mit Großvater auf der Bank vor dem Haus sitzt, kommt dieser noch einmal auf den Kaiser zu sprechen: »Weißt du Junge, der olle Wilhelm war eigentlich gar kein Tyrann, er wollte einfach nur geliebt werden. Von der ganzen Welt geliebt werden wie jeder x-beliebige Mensch auch. Und, wenn man es genau nimmt, war er mehr Schauspieler als Staatsmann. Und überhaupt, jede Zeit hat ihre eigenen Gesetze. Geschichte entsteht nämlich im Augenblick, musst du wissen, da gibt es nichts zu beurteilen, der Augenblick muss gelebt werden. Gibt es einen Kaiser, jubelt man eben dem Kaiser zu.«

»Aber warum müssen diese Staatsschauspieler immer wieder Dramen heraufbeschwören, in denen die Zuschauer ihr Leben lassen müssen?«, fragt Gottfried zornig nach.

Großvater schaut ihn daraufhin lange an, als suche er im inzwischen männlich gereiften Gesicht seines Enkels den eigenen Sohn. Gottfried hält dem prüfenden Blick stand und beobachtet, wie die Augen des alten Mannes feucht werden. »Das kann ich dir nicht beantworten. Wüsste ich Gottes

Plan, dann könnte ich es dir verraten«, sagt Großvater schließlich in einem ungewohnt leisen Tonfall. »Wir wissen nicht, welche Wege wir noch gehen müssen, um eines Tages nicht mehr heimatlos zu sein. Ich weiß nur, dass Gott das Böse zulässt, damit wir das Gute erkennen können, damit wir *Ihn* erkennen können. Und erst, wenn ihn alle erkannt haben, wird das Böse besiegt sein. Das ist seine Gnade und sein Langmut uns Menschen gegenüber.«

»Ein bisschen wenig Gnade«, kommt es Gottfried geradezu ketzerisch über die Lippen. »Ein bisschen wenig Gnade für so viel Schmerz!« Und nun ist auch er traurig geworden und er schämt sich dafür.

Nach zögerlichem Abwarten legt Großvater den gesunden Arm um die Schultern seines Großen. »Es ist schon gut, es ist schon gut«, versucht er seinen Enkelsohn zu trösten, »ich weiß, wie weh die Erinnerungen tun. Aber auch hier ist Gott gnädig, er schenkt uns auch das Vergessen, damit uns die schmerzlichen Erinnerungen nicht pausenlos quälen. Weißt du, vergessen ist wie ein Grab, und alle, die für das Vaterland sterben mussten, werden einst darin liegen, und mit der Zeit wird Gras über sie wachsen, als hätte es sie nie gegeben. Mögen wir gemeinsam Gott darum bitten, dass alle Menschen im Vergessen ihre ewige Heimat finden werden, damit sie dort, im Land des ewigen Friedens, nicht mehr den Kampf führen müssen, den man ihnen auf Erden aufgezwungen hat. Hier auf Erden bleibt uns nur, Heimat in uns selbst zu finden. Und wenn die äußere und die innere Heimat übereinstimmen, werden wir auch für die kurze Zeit irdischen Lebens Glück empfinden.«

Daraufhin wischt sich Gottfried mit dem Handrücken die Tränen aus seinem Bartflaum. »Glaubst du wirklich, Großvater, dass es noch eine andere Heimat gibt als diese hier auf Erden?«

»O ja, mein Junge, das glaube ich!« Nun klopft Großvater ihm aufmunternd auf die Schulter. »Aber wo das ist, das kann ich dir leider auch nicht sagen, nur dass wir schon einmal da waren, drüben in der anderen Heimat, das glaube ich fest.«

Gottfried schüttelte den Kopf. »Ich kann nur glauben, was ich sehe.«

Jetzt schüttelt Großvater energisch den Kopf. »Nein, nein und nochmals nein. Zu sehen, was ist, das ist kein Glaube. Glauben heißt zu sehen, was nicht zu sehen ist!«

»Meinst du wirklich, wir waren schon einmal im Vergessen?« Gottfried weiß selbst nicht, ob er seine Frage ernst nehmen soll, und deshalb klingt sie ein wenig belustigt. Doch Großvater macht ein entwaffnend zuversichtliches Gesicht.

»Ja, das meine ich! Findest du es nicht selbst verwunderlich, dass, wenn ein Mensch geboren wird, er nichts, rein gar nichts davon weiß, wo er herkommt, aber im Gegensatz dazu, vor allem wenn er alt geworden ist und er sein Ende näher und näher rücken sieht, dieser Mensch eine Ahnung bekommt, dass der Tod keine Macht über die Ewigkeit besitzt. In seinem tiefsten Inneren ist der Mensch davon überzeugt, dass er, wenn er Abschied aus dem fleischlichen Leben nehmen muss, mit all seinem Wissen und all seinen Erfahrungen, die er in seinem Leben gesammelt hat, diese als Erinnerungen nach drüben mitzunehmen hat, damit er, vor wem auch immer, Rechenschaft über sein Tun ablegt. In diesem Sinne musst du die Erinnerungen als das Baumaterial für die geistige Welt ansehen, die wir einst in dem Maße bewohnen werden, wie wir die materielle verlassen haben. Darum sollten du und ich und wir alle dem Guten im Sinne unseres Schöpfers zustreben! Die Menschen richten ihren Blick immer nur in die Zukunft, aber sie sollten in der Gegenwart nicht die Zukunft, sondern die Vergangenheit gestalten, denn in der Gegenwart leben wir mit den Erinnerungen der Vergangenheit, und wer schon möchte nicht gerne zufrieden und glücklich auf sie schauen?«

Nein, natürlich hat Gottfried noch nicht derartige Gedanken gehabt, und er hat auch keine große Lust, in diesem Augenblick darüber nachzudenken, so sagt er recht flapsig. »Und warum das Ganze?«

»Du meine Güte, Junge! Du fragst mir ja noch Löcher in den Bauch. Dabei ist mein Magen schon ein einziges Loch! Mit geistreichen Reden werde ich es nicht stopfen können. Komm, lass uns ins Haus gehen und tüchtig essen, damit das Fleisch auch zu seinem Recht kommt. Halten wir uns an Tante Berthas Philosophie, dass nach einem guten Essen, allein vom vollen Magen, ein wonniges Wohlgefühl ausgeht!«

Jetzt muss Gottfried doch schmunzeln, und indem er Großvater von der Bank hochhilft, äfft er lieb gemeint Tante Bertha nach, die immer, wenn es ihr gut geht und sie das Rheuma nicht ärger plagt als sonst, sagt: »Heute ist wieder ein richtig schöner Tag. Ein Tag mit Goldrand!«

Der Abschied

Bibel:
»*Sei nicht ferne von mir, denn Angst ist nahe; denn es ist hier kein Helfer.*«
Psalm 22/12

Zitat Kaiser Wilhelm II.:
»*Völker Europas, wahret eure heiligen Güter!*«

†

Im Großen und Ganzen empfand Gottfried sein neues zu Hause im Bergischen bei Großvater als eine recht sorglose Zeit, obwohl er natürlich auch hier zur Schule gehen musste, wo man nach ähnlichen Wahrheiten rang, wie sie der Pastor in der Bibelschule den ach so dummen Kindern mit Einschüchterung eintrichterte. Was aber war die Wahrheit? Darüber musste Gottfried häufig sinnen. Doch immer wieder kam er zu der Einsicht, dass die Wahrheit stets die Macht der Stärkeren ist, wie sie auch der strenge Lehrer Theobald Steißhauer besaß, der in Hinblick eines sichtbar werdenden Aufbegehrens der Jugend in jeder Unterrichtsstunde wetterte, dass es nicht genüge, alte Werte zu zerschlagen, sondern dass man bessere an deren Stelle rücken muss! Er, Theobald Steißhauer, beobachte jedenfalls mit Ernst und Sorge wohl, dass die Bourgeoisie, die Proletarier, ans Deutschlandruder wollen, da sie von einer verblendenden Wut geleitet sind, nicht mehr von Junkern zu Pferde mit der Reitpeitsche regiert zu werden. Auch ließ er sich dann zunehmend ablehnender über die um sich greifende perfide Zügellosigkeit in der Reichshauptstadt Berlin aus, wie es die Zeitungen beinahe tagtäglich berichteten, wo man schon am Nachmittag, sich öffentlich zur Schau stellend, in den Cafés sitzt. Wo auf den Trottoirs vulgär geschminkte Frauen an mit *Nichtsnutz* vollgestopften Geschäften vorbeiflanieren oder gestriegelte Gecken in affigen Gamaschen zum lächerlichen Charleston umher hüpfen. Obendrein mokierte er sich regelmäßig mit erhobenem Zeigefinger darüber, dass sich nicht nur die Zeit, sondern auch der Mensch untrüglich mit der Mode wandelt. Was heute als chic gilt, ist morgen schon althergebracht, und immer ist es der Wunsch des Menschen, mit dem äußeren Erscheinungsbild seine individuelle Freiheit zu bezeugen. Und er konnte es überhaupt nicht verstehen, dass sie es inzwischen satthatten die einheitliche Uniform des Gehorsams zu tragen. Aber, und da lasse er sich nicht täuschen, da lasse er sich nichts vormachen, das läge doch klar auf der Hand, dass mit der Gleichschaltung der modischen Individualität folgerichtig auch die Freiheit Uniform trägt. Mit hoch erhobenen Finger tönte er regelmäßig, dass es nicht wahre Freiheit ist, tun zu können, was man will, wahre Freiheit bedeutet, freiwillig auf das zu verzichten, was man tun oder lassen könnte. Freiheit braucht Grenzen, denn ohne Einschränkungen kann die Freiheit bedrohlich werden. Die wahre Freiheit ist dann erreicht, wenn man unabhängig von seinem eigenen Ich geworden ist. Solange dieser Zustand nicht zustande gekommen ist, werden wir, nein ihr, verführbare Sklaven der stetig wechselnden Gelüste sein.

Und nach diesen Tiraden folgte der obligatorische Satz, den er vermutlich am liebsten wie ein Gebot Moses unauslöschlich, anstatt in Stein gemeißelt, Wort für Wort in die weichen Hirne der Kinder hineingepresst hätte, der da lautete: *Die Stärke eines Volkes liegt nicht im Konsum und Vergnügen, die Stärke eines Volkes liegt im Verzicht!* Diesen Satz ließ er dann starren Blickes kommentarlos im Raum stehen, als glichen diese Worte einer übersinnlichen Prophetie, dessen Sinn er augenscheinlich selbst kaum imstande war, in gänzlicher Tiefe zu begreifen.

Zum Unterrichtsende, wenn die Schulglocke läutete, mussten die Kinder auf ein verabredetes Zeichen hin, indem Theobald Steißhauer mit dem Rohrstock einmal kräftig auf das Pult in der ersten Reihe schlug, gleichzeitig aufspringen, was ihnen indes nach Stunden des aufgezwungenen Gehorsams wie eine Erlösung vorkam, und einmütig *Gott strafe England!* rufen. Schließlich war es doch der verhasste Engländer gewesen, der, wegen der eigenen immensen Kriegskosten hoch verschuldet, keinen Frieden mit Deutschland schließen wollte, damit letztendlich die Verlierer, also die verhassten Deutschen, mittels der dann anfallenden Reparationskosten sämtliche Schulden zu tragen hätten, wie sie von ihm erfuhren. Ganz abgesehen von der unmenschlichen Politik des Aushungerns, die die Engländer mit ihrer Seeblockade praktiziert haben.

Als Gottfried an einem der folgenden Nachmittage mit dem Großvater darüber spricht, was der Lehrer denn mit Bourgeoisie und Proletariat meint, antwortet dieser, dass sich diese Aussage vor allem gegen die SPD richtet, jene Partei, von der auch er selber meint, dass sie die nationale Selbstaufgabe vorantreibe. Und als Schlagworte gebraucht er den Spruch, dass viele Köche den Brei verderben und dass der Sozialismus schon aus diesem Grund zum Scheitern verurteilt ist. Darüber hinaus liegt es doch auf der Hand, dass in einer Kultur der Gleichschaltung die Kreativität des Einzelnen durch eine um sich greifende Gleichgültigkeit erlahmen wird. Er jedenfalls ist der Meinung, dass, egal unter welchem Regime man leben muss, jeder vom Schicksal an den Platz gestellt wird, der für ihn vorgesehen ist und dass er diesen mit aller ihm zur Verfügung stehenden Kraft auszufüllen hat. Abschließend meint er noch, dass er von der Demokratie nicht viel hält, da sie allenfalls ein fauler Zauber wäre. Sie gaukelt den Menschen die Macht aller vor, was aber ein Trugschluss sei, solange Macht von Einzelnen durchgesetzt wird. Oder anders ausgedrückt: Demokratie ist, wenn viele zu allem was sagen, aber nur wenige etwas zu sagen haben. *Das alles kannst du dir hinter die Ohren schreiben, Junge, die Demokratie ist nicht mehr als ein Tanzbär, der zum Profit des Zirkusdirektors und des übrigen Volks zur Belustigung wie eine gezähmte Bestie am Nasenring vorgeführt wird. Wirklich Politik machen heißt: Neues prüfen und Bewährtes bewahren.*

Als gerade in diesem Augenblick ein Messerschleifer den Weg zum Haus nimmt und dem auf der Bank sitzenden Großvater seine Dienste anbietet, Scheren, Sensen und Messer zu schleifen, fragt Großvater ihn lachend, ob er es gewesen ist, der den Sozis den Dolch scharfgemacht hat, der den Kaisertreuen dann in den Rücken gerammt wurde. Der Scherenschleifer versteht nicht recht, was der Alte mit seiner Frage bezweckt, und entgegnet ihm daraufhin empört, dass er einem ehrbaren Gewerbe nachgeht und nicht dafür verantwortlich gemacht werden kann, was die Leute mit ihren scharfen Messern anstellen. Und überhaupt, mit einem nassen Handtuch könne man schließlich auch einen Menschen erschlagen, und was die Kaisertreuen beträfe, die wären noch lange nicht tot!

Gottfried schätzt Großvaters Wissen und Lebenserfahrung sehr, und so hat er ihn auch einmal gefragt, ob er denn wüsste, wie die Zukunft aussehen würde. Daraufhin überlegte Großvater einen Moment, und mit dem Brustton der Überzeugung sagte er: »Die Zukunft erfassen nur die Weisen. Aber noch nie hat ein Weiser im Voraus die Zukunft in dem Maße erfasst, dass sich die Zukunft auch daran gehalten hätte. Um wie viel einfacher aber ist es, im Nachhinein weise zu sein. Und wenn sie sich dann brüsten, die Weisen, das haben wir schon immer gewusst, wird es genügend Dumme geben, die verzückt an ihren Lippen hängen. Aber anstatt immer nur auf die Zukunft zu schielen, sollte man lieber in der Gegenwart die Vergangenheit gestalten.«

Diese Aussage empfand Gottfried seinerzeit als ein Rätsel, und so hatte er den Großvater erstaunt gefragt, wie er das denn meine.

»Das ist doch ganz einfach, mein Junge«, schmunzelte Großvater. »Schau her, eigentlich lebt der Mensch doch ausschließlich mit seinen Erinnerungen. Alles, was ihn ausmacht, ist Erinnerung. Also sollte der Mensch dafür sorgen, dass er immer schöne Erinnerungen hat! Hätte man diese These berücksichtigt, bevor man zum Beispiel vier Jahre lang aufeinander geschossen hat, sähe die Welt heute anders aus.«

Obwohl Gottfried insgesamt nicht viel von dem versteht, was Großvater ihm bei jeder sich bietenden Gelegenheit erklären will, und vor allem nicht von dem, was in der Kirche von der Kanzel gepredigt wird, geht er sonntags sehr gerne mit ihm zum Kirchgang. Großvater putzt sich zu diesem Anlass immer fein heraus. Fröhlich pfeifend steigt er in den schwarzen Anzug, und nachdem er sich mit prüfendem Blick im Spiegel betrachtet, lässt er die Hosenträger vernehmbar laut auf die gewölbte Brust klatschen. Und beim Verlassen des Hauses setzt er sich den Zylinder ein wenig schräg auf den Kopf. Den schmucken hohen Hut hat er sich damals extra zur Beerdigung seiner Frau anfertigen lassen. Und wenn er sich hinten, ganz hinten in die letzte Reihe der Kirchenbänke setzt, drückt er den Zylinder flach zu einer Scheibe zusammen. Bertha geht seit einiger Zeit nicht mehr mit zum Gottesdienst. An einem Mittwochvormittag taucht Pastor Frohwein unvermittelt in ihrer Küche auf, um sich bei ihr persönlich wegen ihres ständigen Fernbleibens von der Messe zu erkundigen. Bertha backt gerade Pfannkuchen. Nach anfänglichem Herumdrucksen nennt sie dem Geistlichen den Grund. Lachend hat der Pastor das Haus verlassen. Aber was hat sie ihm gebeichtet? Treuen Herzens meinte sie, dass sie doch nun recht alt geworden sei und dass der liebe Herrgott im Himmel, wenn er sie sonntags im Büßerbänkchen sitzen sieht, möglicherweise auf die Idee kommen könnte, sie zu sich zu holen, was im anderen Fall bedeutet, dass, wenn sie nicht erscheine, er sie einfach vergisst. Gottfried hingegen ist nicht wohl zumute, wenn Tante Bertha sonntags im Haus zurückbleibt. Er hat sie liebgewonnen und sorgt sich um sie. Denn in zu schlimmen Einzelheiten hatte der Pastor es den Kindern im Konfirmandenunterricht ausgemalt, dass das Schwänzen des Gottesdienstes eine schwere Sünde sei und unweigerlich mit der Hölle bestraft werde.

Genau das sagte der feiste Pastor mit vor Eifer gerötetem Gesicht in aller ihm zur Verfügung stehenden Fantasie, die schrecklich und grausam daherkam, sodass sich seine ihm anvertrauten Schäfchen verängstigt in der harten Holzbank duckten. Es gibt allerdings auch Augenblicke, da vergisst der Herr Pastor das erstrebenswerte himmlische Reich und dann besinnt er sich mit noch röterem Gesicht auf das Profane, auf das *Deutschsein* im Allgemeinen. Im Gesangsunterricht, in dem sie ansonsten nur fromme Lieder lernen, lehrt er den verdutzten Kindern ein Spottlied über die Franzosen. Mit wütendem Ausdruck im Gesicht schwingt er den Taktstock und lässt jeden seiner Schüler den Text des Liedes so lange wiederholen, bis ihn alle in der Klasse fehlerfrei trällern können. Immer wieder und immer wieder schallt es schließlich aus den geöffneten Fenstern. *»Es krähte drüben ein frecher Hahn, er krähte immer nur Rache … Sie sollen ihn nicht haben, den freien deutschen Rhein, ob sie wie gierige Raben sich heiser danach schrei´n …«*

Über diesen schadenfrohen Reim hat Gottfried sich von Herzen gefreut. Aber leider gehören die Franzosen nun zu den Siegern. Damit kann und will er sich nicht abfinden! Deshalb besieht er sich auch gerne die bebilderte Postkarte, die Vater ihm zu Beginn des Krieges aus dem Feld geschickt hat, auf der die martialischen Worte stehen: »*Jeder Schuss ein Russ, jeder Stoß ein Franzos.*«

Wenn sie uns jetzt bis aufs Blut knechten, dürfen sie sich eben nicht wundern, wenn wir uns eines Tages rächen werden. Und er sinnt auf Rache. Eine ihm bis dahin unbekannte Stimme raunt ihm immer öfters zu, eines Tages seinen Vater zu rächen. *Auge um Auge, Zahn um Zahn*, das steht doch auch in der Bibel, wie er von Tante Grete weiß.

So vergeht für ihn die Zeit und aus dem Gleichklang seiner augenblicklichen Zufriedenheit verschwendet Gottfried keinen Gedanken daran, dass sich diese Harmonie je ändern könnte.

Doch dann! In aller Herrgottsfrühe ist es ein Schrei, der wie ein Signal zur Attacke bläst und seine mühsam aufgebaute innere Ordnung abermals zerschlägt. Kurz darauf rennt Bertha völlig außer sich in die Kammer, in der

Meta und Gottfried ihr Schlaflager haben. Vom gellenden Schrei aufgeweckt sitzen die beiden bereits aufrecht auf ihren Strohmatten.

»Dieser verdammte Schnaps ist schuld!«, jammert Bertha. Mit diesen Worten sorgt sie vollends für Verwirrung. Zwar wissen sowohl Meta als auch Gottfried, dass Großvater gerne, und auch mehr als es für sein krankes Herz gut sein kann, von dem selbst gebrannten Kartoffelschnaps trinkt, der ihm paradoxerweise zu einer Art Lebenselixier geworden ist, aber dass der Alte schon am frühen Morgen zu viel davon intus hat, das ist bisher noch nicht vorgekommen. Warum also schreit sich Bertha die Seele aus dem Leib?

Stotternd steht sie da und bringt kein vernünftiges Wort mehr hervor. Barfüßig und angekleidet, wie sie aus dem Bett gestiegen sind, folgen Meta und Gottfried Bertha, die lamentierend vorausläuft. Dabei wackelt und bebt ihr Hinterteil, dass Gottfried tatsächlich an eine riesige Portion Wackelpudding denken muss. Vor Großvaters Kammer bleiben alle drei zögerlich stehen.

Die Türe ist einen Spaltbreit geöffnet. Im kläglichen Schein des Tagesanbruchs wirbeln Staubpartikel umeinander. Auf die achtet Gottfried zuerst. Dann späht sein Blick auf den Alten, der zu schlafen scheint. Seltsam, völlig angezogen liegt er da. Im guten schwarzen Anzug, und seine Füße stecken in den Sonntagsstiefeln. Mutter steht unschlüssig da, und Bertha weist sprachlos mit ausgestrecktem Arm zum Türspalt.

Gottfried ist es, der sich ein Herz fasst. Entschlossen öffnet er die Türe gänzlich, und nach einem kurzen Stocken betritt er die Stube. Alkoholgeruch schlägt ihm entgegen. Gerade jetzt verdunkelt eine Wolke den Sonnenstrahl, der sich bis dahin durch die Ladenritze gezwängt hat. Gottfried tastet sich zum Fußende des Bettes vor. Er bemerkt nicht, dass Bertha und Mutter ihm ebenso bedacht gefolgt sind.

Ein fast Gehauchtes *Großvater* fliegt über die Lippen des Jungen. »Großvater ... Großvater, schläfst du noch?« Nun klingt seine Stimme wesentlich lauter, dass er sich selbst davor erschrickt. Denn in diesem Raum laut zu sein, das scheint ihm unangebracht, da von Großvaters Lager eine eigentümliche Stille ausgeht. Eine geradezu feierliche Stille! Ausgestreckt, mit eingefallener, wächserner Miene liegt der Alte auf der weißen Zudecke, das schlohweiße Haar wie eine Aureole auf dem Kissen ausgebreitet, und auf seiner hervorstehenden Nase sitzt eine Fliege, die sich genügsam ihre behaarten Beine putzt. Sogar eine gebundene Krawatte ziert seinen Hemdkragen. Was Gottfried dann sieht, lässt ihn arg verwundern. Nun schaut er sich fragend um. In den Gesichtern der Frauen erkennt er ebenfalls ein Erstaunen. Großvaters rechte Hand umfasst Gottfrieds Gehstock, den er von seinem Vater geschenkt bekommen hat, und neben dem linken, gelähmten Arm liegt eine geleerte Schnapsflasche. Hat sich der verrückte Mann so für eine lange Wanderung gerüstet?

Meta fasst sich fassungslos an den Mund. »Was soll das?«

Wer soll ihr darauf eine Antwort geben? Der Alte sicherlich nicht mehr. Der ist schon weit vorausgegangen in jene Welt, in die nur die gelangen, die von der Hand des Todes geführt werden. Auch Bertha presst ihre Hand vor den Mund, wodurch ihr herzergreifendes Schluchzen gedämpft wird. Meta hingegen verlässt das Zimmer, und umgehend kommt sie mit einem Leinentüchlein zurück. Berthas fragendem Blick antwortet sie: »Es ist mein Tränentüchlein. Gerhard kann es mir ja nun nicht mehr auflegen. Also soll Großvater nun damit begraben werden.«

An den Umgang mit Toten gewöhnt, schließt sie dem Dahingeschiedenen die todesblinden Augen. Wie trüb gewordenes, undurchdringliches Glas sehen sie aus. »Kein schöner Anblick«, murmelt Meta. Anschließend hat sie einige Mühe, den Gehstock aus den bereits steifen, krummen Fingern zu klauben. Routiniert löst sie ihm auch die Krawatte und knöpft ihm das Hemd auf und zieht dem Regungslosen das Unterhemd bis zum frisch rasierten Kinn hoch. »Der marmorierten Haut nach und den typisch bläulichen Flecken muss er schon seit Stunden tot sein«, sagt sie feststellend, wobei sie die Kleidung wieder einigermaßen ordnet.

»Doktor Hoffmann hat ihn immer wieder gewarnt, diesen Fussel zu trinken«, seufzt Bertha.

»Sein Herz ist ohnehin so schwach gewesen. Ach, ach, ach, wenn er doch nur auf uns gehört hätte!«

Betrübt lässt Meta von dem Verstorbenen ab und schließt Bertha tröstend in ihre Arme.

»Ach Bertha, so legt sich keiner ins Bett, der müde ist, um für ein paar Stunden zu ruhen. Wilhelm hat sich ins Bett gelegt, weil er lebensmüde geworden ist ... um für immer zu schlafen. Er wusste genau, dass der Schnaps ihn nicht mehr aufwachen lässt.« Mit einem liebevollen Blick zum Bett unterbricht sie ihre Ansprache. Dann sagt sie: »Du, liebe Bertha, gehst nicht mehr zum Gottesdienst, weil du befürchtest, Gott könnte dich in seinem Haus sehen und denken, dass es nun Zeit wäre, dich zu sich zu rufen. Ich denke, Wilhelm ist regelmäßig zum Gottesdienst gegangen, damit Gott ihn sieht, aber er hat ihn nicht gerufen. Und so hat Wilhelm sich wohl gedacht, dann mache ich mich von mir aus auf den Weg zu ihm?« Wieder unterbricht sie für einen Moment ihre Rede, als suche sie die richtigen Worte. »Ich habe es leider nicht genügend ernst genommen, als er mir vor ein paar Tagen anvertraute, dass das Alter auch Strafe sein kann, wenn die meisten, die einem im Leben lieb und teuer waren, inzwischen dort sind, wohin man ihnen ohnehin folgen muss.«

Schweigend verfolgt Gottfried, was um ihn herum geschieht. Nicht schweigend, sprachlos ist treffender ausgedrückt. Obwohl der Tod durch die Umstände der Zeit beinahe zu einem fortwährenden, aber unerwünschten Gast geworden ist, hat er für Gottfried immer noch etwas abstoßend Fremdes. Sein junges, kräftig schlagendes Herz wehrt sich gegen den Gedanken daran, dass der Tod wie die Geburt zum Leben dazugehört. Da mögen die Pfaffen noch so eindringlich vom ewigen friedvollen Leben im Himmel predigen, das man aus Gnade geschenkt bekommt, wenn man an den glaubt, der für alle Glaubenden am Kreuz gestorben ist. Was aber nutzt ihm die Ewigkeit, die weiter weg ist als all die Toten, die er betrauert? Jetzt, jetzt in diesem Moment spürt er den Schmerz. Und als Mutter die Hände faltet, um in Fürbitte für den Großvater um dessen Seele zu beten, dass der Herr ihn barmherzig in seinem Himmelreich aufnehmen möge, platzt es aus Gottfried heraus. »Er ist tot, Mutter! Er ist tot, siehst du das nicht? Wie kann er in den Himmel gelangen, wenn er hier liegt? Ich verstehe das nicht ... ich verstehe das alles nicht!« Seine Pein löst sich mit einem Male in Tränen auf. Bertha drückte ihn an ihren weichen, großen Busen, während die Mutter erschüttert danebensteht.

Als Gottfried sich einigermaßen beruhigt hat, schaut er betreten zu seinen nackten Füßen hinunter. Er schämt sich. Sechszehnjährig schämt er sich seiner Tränen. Er kommt sich verweichlicht vor nach all dem, was er in der vergangenen Zeit erleben musste. Oder ist es auch Scham über das, was er an Zweifel gegenüber Gott ausgesprochen hat?

Mutter erkennt seine innere Zerrissenheit, und beseelt von ihrem unerschütterlichen Glauben fordert sie ihn auf: »Bitte Gott von ganzem Herzen, mein lieber Junge, das er dich mit seinem Geist erfüllt, denn mit dem Verstand kann man nicht glauben. Aber mit einem geisterfüllten Herzen wirst du verstehen lernen.« Mit Nachdruck nickt sie ihm zu. »Außerdem merke dir: Auch wenn der Tod es vermag, die Welt anzuhalten, aber für die, die bleiben, nimmt sie unbeirrt ihren Lauf.« Nach diesen Worten tritt wieder Stille ein, nur die Fliege summt durch die Stube.

Mohrle, der schwarze Kater, der hereingeschlichen kam, hat sie aufgeschreckt, als er mit einem Satz aufs Bett gesprungen ist. Doch, augenblicklich macht er einen Buckel, und mit wild zuckendem Schwanz rennt er wieder davon. Was mochte der Grund für seine Flucht sein? Erst das Rappeln eines Fuhrwerkes, das nahe am Haus vorbeirollt, löst die lähmende Angespanntheit, die sich gleichfalls wie eine Totenstarre breitgemacht hat. Sogar das Gackern der Hühner belebt nun auf frohe Art die trübe Stimmung. Fröstelnd bemerkt Meta, dass sie noch ihr Nachthemd trägt. »Ich werde mich anziehen und Doktor Hoffmann holen«, sagt sie, und es klingt, als wolle sie von jetzt an dem Tag unbeirrt seinen Lauf geben.

»Und ich werde die Tiere versorgen, damit auch wir frühstücken können«, seufzt Bertha und schnäuzt sich kräftig ins Taschentuch. Dann greift sie sich den Gehstock und die Schnapsflasche vom Bett und verlässt den Raum.

Gottfried, der alleine zurückbleibt, zaudert zunächst, seinem geliebten Großvater zum Abschied die Hand zu drücken. Und doch tut er es. Von da ab, als er die kalte Hand des Toten berührt, wird ihn nie mehr das Gefühl der Endgültigkeit verlassen.

An jenem denkwürdigen Morgen hat er nicht nur dem Großvater Ade gesagt, sondern er hat zugleich den Tod wie einen nicht entrinnbaren Vertrauten begrüßt. Und ihm war in diesem Augenblick gewesen, als wolle ihn der Tod in eine neue Zeit führen. Dorthin wo nach den Jahren der Entbehrungen endlich wieder gelacht und getanzt wird. Allgemein will man sich nicht mehr die Schuld des Krieges auferlegen lassen, obwohl sie mächtig auf den Schultern jedes Einzelnen lastet. Eine Schuld die bei dem Waffenstillstand von Compiègne am 11. November 1918 mit der Tinte der Siegermächte besiegelt wurde. Und in die Waagschale der Justitia stapelten die Sieger, neben der ideellen menschlichen Trauer, Wut und Schmerz, auch die Folgen der materiellen Vernichtung, um dem Verlierer das entstandene Ungleichgewicht strafend vor Augen zu führen und um damit eine gerechtfertigte Bestrafung plausibel zu machen. Die Folge davon ist, dass sich die Reparationskosten in gigantische Höhen schrauben, die den Aufbau und den Fortschritt im *Verliererland* lähmen.

Gottfried ist inzwischen zu einem jungen Mann herangereift. Nach dem Verlassen der Kinderzeit und der Jugend, steht ihm ein erneuter Abschied bevor. Großvater hat ihm für die neue, kommende Zeit ein gutes und solides Rüstzeug an Erziehung mitgegeben. Oft noch wird er sich die erbaulichen Gespräche mit Großvater ins Gedächtnis rufen. *Der Mensch hat vergessen, woher er kommt. Aber er weiß doch, dass er ist und dass er dorthin zurückgehen muss, von wo er gekommen ist.* Derartige Sätze sind es, die ihn immer wieder grübeln lassen. Es ist nur einer jener Sätze, die für Gottfried nun zur reinsten Schatzsuche geworden sind, als ergründe er hinter den Sternen das Ende des Universums. Auch wenn Großvater damals die Antwort nicht preisgab, was es sinngemäß bedeutet, im Vergessen zu Sein, so sind Worte oft Anstöße, die etwas in Bewegung setzen, wovon noch keiner ahnt, was sie einmal bewegen werden. Seinerzeit hatte Gottfried sich die Antwort gegeben und er sagte sich: So, wie wir das Licht vieler Sterne am Himmel sehen, obwohl sie längst vergangen und erloschen sind, so ist das weltliche Leben schon im geistigen vollzogen und nur ein fahler Abglanz dessen, was auf einer anderen höheren Ebene bereits vor Urzeiten vollzogen wurde. Und es ist das Unterbewusstsein, das die Abläufe des hiesigen Lebens kennt, das unsere Schritte und Entscheidungen in dem Maße dem vorgegebenen Ziel entgegen lenkt, dass wir dennoch meinen, selbstständig und autonom zu handeln. Das Böse ist bereits getan und das Gute ist vollbracht. War es also weise, was Großvater dachte? Es kann nicht anders sein, weil aus dem Alter die Weisheit spricht! Die Alten sind es doch, die mit ihren Erfahrungen der nachkommenden Generation so eine Art Gebrauchsanweisung des Lebens mitgeben, sagt sich Gottfried. Aber ihm wird dabei auch klar, das, einem inneren Drang folgend, die Fehler der Vergangenheit dennoch immer und immer wieder getan werden, als drehe sich das Böse wie ein tanzender Derwisch mit närrisch heraushängender Zunge Jahrhunderte lang im Kreis.

Wenn Gottfried in melancholischer Anrührung an Großvater denkt, dann sieht er auch ihn wieder leibhaftig vor sich, der in diesen Augenblicken von Vater beseelt zu sein scheint. Die Erinnerungen an die beiden werden somit wie von Geisterhand zusammengefügt, als handele es sich nun um eine einzige Person. Sein Bewusstsein täuscht ihm dementsprechend vor, als hätten sich Generationen in dem Alten vereinigt.

In gleichem Maße wie Gottfried sich erwartungsvoll auf die kommende Zeit freut, empfindet er jetzt schon Sehnsucht nach seiner Kindheit, wenn an machen Tagen kein Lichtstrahl der Hoffnung in die Schwärze seiner Zukunft fällt. Bald schon muss er sich in der Welt der Erwachsenen dem rauen, rücksichtslosen Leben stellen. Hinter dem Horizont, am Ende der Felder und Äcker werden ihn Dekadenz und Ausschweifung erwarten, dessen ist er sich sicher. Diese Welt wird so gar nichts mit der jetzigen zu tun haben, wo dörfliche Idylle den Tagesfluss kalkulierbar macht. Braucht man denn mehr? Ist alles Übrige denn nicht nur unnatürlicher Ballast, künstlich erstrebter Tand, der das ursprüngliche Leben unnütz beschwert?

Großvater brauchte nicht mehr zum Leben. Er war zufrieden mit dem was er hatte. Gottfried schließt die Augen und im Geiste hört er wieder den Ofen knistern, den Großvater überwiegend mit Tannenzapfen heizte, die er morgens schon in aller Frühe, beladen mit einer Kiepe auf dem Rücken und von der schweren Last niedergebeugt, aus dem Wald herbeitrug. Gab es Schuhe zu reparieren, platzierte er den hölzernen Schemel vor die entfachte Feuerstelle, und bevor er mit seiner Arbeit begann, griff er mit der bloßen Hand, ohne einen Laut des Schmerzes von sich zu geben, in die Ofenlade, um vom äußeren Rand des Glutnestes ein feuriges Stück herauszuklauben. Damit entzündete er in aller Seelenruhe seine Tabakspfeife. Danach warf er den Fidibus zurück in den Ofen und schmauchend setzte er sich nieder, als wäre es das normalste von der Welt, Derartiges zu tun. Gottfried sieht ihn genau vor sich, wie er sich nun die breitköpfigen Eisennägel aus der Büchse nimmt, sich eine Handvoll Stifte mit den spitzen Enden zwischen die Lippen steckt, und einem Hufschmied ähnelnd, schlägt er mit dem Hammer Nagel für Nagel in die Absätze der zuvor zwischen die Beine geklemmten Schuhe. Mit solch benagelten Schuhen konnte man Gottfried schon von Weitem hören, wenn er aus der Schule kommend die gepflasterte Straße entlanglief. Großvater wartete zu gegebener Zeit im Hof auf ihn. Einmal fuhr oberhalb der Hauptstraße ein Automobil vorüber, da hat er sich bekreuzigt und gerufen: »Sieh nur Junge, da reitet der Teufel auf Feuerrädern!«

Aller Anfang ist schwer

Bibel:
»In demselben Haus aber bleibt, esst und trinkt, was man euch gibt; denn ein Arbeiter ist seines Lohnes wert. Ihr sollt nicht von einem Haus zum anderen gehen.«
Lukas 10/7

Zitat Kaiser Wilhelm II.:
»Ich hatte keine ausgleichende Mutterliebe. Ich gehöre zu den Naturen, die Lob brauchen, um angefeuert zu werden und Gutes zu leisten. Tadel lähmt mich. Niemals habe ich aus Hinzpeters Mund ein Wort der Anerkennung erfahren.«

†

Auf der Suche nach Arbeit schlendert Gottfried fast täglich durch die altvertrauten Straßen seiner ehemaligen Heimatstadt. Was aber soll er tun? Er hat noch nichts gelernt. Wer will ihn schon? Es gibt doch bereits genügend Arbeitslose, die beruflich etwas vorweisen konnten und die auch immer wieder bei ihren Vorstellungen aus Mangel an Bedarf auf Ablehnung stoßen.

Trotz dieses unerfreulichen Umstands empfindet er es als sehr tröstlich, dass man ihm seine missliche Lage wenigstens äußerlich nicht ansehen kann, denn mit einem Teil des Geldes, das Mutter ihm mit auf dem Weg in die Selbstständigkeit gab, hat er sich kleidermäßig recht fein ausstaffiert. Dennoch war es ein beschwerlicher Neuanfang in seinem alten Umfeld gewesen, nachdem er seine Mima nach Berthas Tod alleine im beschaulichen Krähenwinkel zurückgelassen hat. Bertha hatte schon bald nach Großvaters Tod ihr letztes Fünkchen Lebenskraft und Lebenswillen verloren, was zur Folge hatte, dass sie nur wenige Stunden vor ihrem 99. Geburtstag friedlich und für immer eingeschlafen war. Gott hatte sie gefunden! Wenn auch nicht in der harten Kirchenbank, dann doch in ihrem weichen Bett.

Nur gut, dass Gottfried zumindest für den Übergang bei Grete unterkommen konnte.

Ist es Zufall oder war es Fügung gewesen, als er eines schönen Tages ausdauernd und interessiert am Schaufenster des Fotografen Lutz Bergmann stehen bleibt? Herr Bergmann hat dort Fotos von der Schwebebahn ausgestellt. Es sind sogar Bilder vom damaligen Kaiserbesuch dabei. Vater hat wirklich nicht übertrieben, als er ihm die Menschenmenge beschrieb, die sich, wie er jetzt sehen kann, jubelnd um den Monarchen versammeln. Gottfried ist beeindruckt. Er ist dermaßen beeindruckt, dass Herr Bergmann schließlich vor die Türe seines Geschäftes tritt, um ihn zu fragen, was er denn da so bestaunt. Dies tut er aber nicht unwirsch, denn er scheint ein freundlicher, älterer Herr zu sein, in dessen Gesicht sich, äußerlich betrachtet, nicht die Spuren von Sorgenfalten eingegraben haben, sondern ein unentwegtes Lächeln beherrscht seine Mimik, das sich vor allem an den Rändern seiner Augen ablesen lässt.

Gottfried empfindet es als ein überaus vertrauenserweckendes Lächeln, dem er auf Anhieb in einer Art vertraut, dass er dem fremden Mann, der über seinen recht ordentlich aufgebügelten Gehrock einen weißen, wenn auch arg verwaschenen Kittel trägt, voll Zutrauen erzählt, dass die Bilder im Schaufenster ihm liebe Erinnerungen an seinen Vater schenken, der noch in den letzten Tagen des Krieges gefallen ist. Herr Bergmann unterbricht ihn schließlich mit den Worten: »Kommen Sie doch herein, junger Mann, bei einem Aprikosenlikör lässt es sich besser reden.« Nachdem sie sich vorgestellt haben, trinken sie vom Likör, den Gottfried über alle Maße lobt. Im Laufe der Unterhaltung stellt sich heraus, dass Herr Bergmann irgendwann vor dem Krieg sogar einen flüchtigen Kontakt mit Gottfrieds Vater gehabt haben muss.

Wenn er sich recht erinnere, meint er kopfwiegelnd, war es bei einer Jubiläumsfeier, bei der er seinerzeit Fotos geschossen hat. Gottfried kann nur bestätigen, dass Vater in diesem Betrieb, den Herr Bergmann mit Namen benennt, Bürovorsteher gewesen war. »Nun, dann sind wir uns ja nicht fremd«, lacht Herr Bergmann frohgemut.

So geschieht es, dass auch der Fotograf nach dem fünften oder sechsten Gläschen Aprikosenlikör gegenüber Gottfried sein Herz öffnet. Und demzufolge erfährt Gottfried, dass Herr Bergmann schon in jungen Jahren Witwer geworden ist, und – er zögert zunächst –, einen Sohn hat, der in etwa dem gleichen Alter sei, wie er die Lebensjahre seines Besuchers einschätzt. Als Gottfried ihm sein Geburtsdatum nennt, sagt Herr Bergmann: »Fred, mein Sohn, ist nur wenige Jahre älter als Sie.«

Der Worte wurden viele gewechselt, und keiner der beiden bemerkte, dass es mittlerweile vor dem Fenster dunkel geworden war. Gottfried erfuhr unter anderem, dass Herr Bergmann in Leipzig geboren wurde. Dort hatte er mit einem Kompagnon das Fotografenhaus *Bergmann & Thäler* gegründet, das im Volksmund nur als Hoch & Tief bekannt war. Rasch hatten sich die Geschäftspartner einen Namen gemacht, der weit über die Stadtgrenze hinaus bekannt und geschätzt wurde. Carl Thäler und Lutz Bergmann durften bald darauf sogar den Titel *Kaiserliche Hoffotografen* führen.

Gottfried fand *Hoch & Tief* witzig und sagte es frei heraus. Auch Herr Bergmann musste lachen, als er einen Vers zum Besten gab, der in jenen Tagen sogar als Anzeige in der Zeitung abgedruckt worden war: »Bei uns, da geht kein Foto schief, kommen Sie nach Hoch & Tief! Kaiserliche Hoffotografen Bergmann & Thäler.«

Fröhlich geht es an diesem Abend in dem kleinen Fotoladen zu, und manch ein Passant mochte neugierig die Nase an die Scheibe gedrückt haben, um von draußen besser sehen zu können, was sich denn da um diese späte Zeit noch im schummrigen Inneren tut. Nur als Gottfried Herrn Bergmann auf seinen Sohn anspricht, hört seine Redseligkeit umgehend auf. Es fällt ihm sichtlich schwer, darüber zu sprechen. Sicherlich hätte er auch weiterhin geschwiegen, doch die leere Likörflasche neben ihm auf dem Tisch verrät, dass es der Alkohol ist, der seine Zunge löst. Gottfried wundert sich darüber, dass jemand traurig sein kann, obwohl die Augen weiter lächeln. Dass Herr Bergmann plötzlich traurig ist, bezeugt seine brüchige Stimme.

Weil die Stimmung allgemein bedrückend wird, bereut es Gottfried, überhaupt nachgefragt zu haben. Mit einem Male, als ob er die Position seines Gastes für eine gute Aufnahme einzuschätzen habe, blickt Herr Bergmann Gottfried mit zusammengekniffenen Lidern an. »Sie haben Ähnlichkeit mit ihm«, sagt der Fotograf. Dann stutzt er erneut. Gottfried befürchtet schon, dass er gleich verlauten lassen würde, dass sein Sohn verstorben wäre. Doch sein Gegenüber steht stattdessen auf, um schweren Schrittes zur Ladentheke zu gehen. Dort zieht er eine Schublade auf, in der er nervös herumkramt, bis er schließlich ein größeres Foto herausholt. Als wäre er alleine im Raum, betrachtet er eine ganze Weile gedankenverloren das Bild. Auf dem Absatz kehrt machend, kommt er mit ausgestrecktem Arm auf Gottfried zu, wobei die Kartonage in seiner Hand deutlich zittert.

»Das ist er!«, sagt er unvermittelt.

Mit fragendem Blick, ob er dürfe, greift Gottfried nach dem Bild. Nun schaut auch er prüfend, ob er eine Ähnlichkeit mit sich selbst ausmachen kann. Tatsächlich gibt es da unverkennbar Parallelen, wie Gottfried erstaunt empfindet. Da es sich um ein schwarz-weiß Foto handelt, kann er allerdings nicht erkennen, welche Haarfarbe der Sohn des Fotografen hat. Aber es wäre mehr als ein Zufall, denkt sich Gottfried, wenn er ausgerechnet auch mit roten Haaren gestraft wäre. Etwas anderes jedoch weckt seine ganze Aufmerksamkeit. Das Bild zeigt offensichtlich einen Zauberer, denn aus einem schwarzen Hintergrund schält sich das maskenhaft erscheinende Gesicht eines gut aussehenden jungen Mannes, dessen markante Gesichtszüge sich mystisch entschlossen präsentieren, wie man es sich eben so vorstellt, wenn von einem Zauberer die Rede ist, dessen schlanke Finger dem Betrachter ein kunstvoll ausgefächertes Kartenspiel vor Augen führen. In fetten roten Lettern ist auf dem Foto zu lesen: *Fredo der Zauberer – Meister der Manipulationskunst.*

»Das ist Ihr Sohn?«, fragt Gottfried unnötigerweise.

Herrn Bergmanns Antwort kommt nicht direkt, aber seine Mimik drückt aus: *Was fragst du noch?* Obwohl Gottfried davon überzeugt ist, erneut eine überflüssige Frage zu stellen, sagt er dennoch: »Er ist wirklich ein Zauberer?«

»O ja«, gibt Herr Bergmann spontan zurück, und diesmal funkelt sogar ein wenig Stolz in seinen Augen. »Er ist sogar ein sehr guter Zauberer geworden!«

Noch eine Weile betrachtet Gottfried das Foto, dann reicht er es Herrn Bergmann zurück, der es mit einem flüchtigen Lächeln auf den Tisch ablegt. Abrupt ist der Gesprächsfluss versiegt. Man sieht sich verstohlen, ja beinahe ein wenig verlegen an. Als Gottfried nach längerem Schweigen auf das Zifferblatt seiner Armbanduhr schielt und Anstalten macht, aufzubrechen, erhebt sich Herr Bergmann, und dabei berührt er Gottfried sacht an der Schulter und drückt ihn in gleicher Weise in den Sessel zurück.

»Bleiben Sie noch!«, bittet er. Dann setzt auch er sich wieder. Er setzt sich so, dass er das Foto von seinem Sohn mit dem Porträt nach oben auf seine Knie ablegen kann. »Mit fünfzehn ist er das erste Mal von Zuhause ausgerissen«, beginnt er ohne Umschweife. »Ein berühmter Zauberer wollte er werden.« Herr Bergmann schüttelt den Kopf, dass sein silberner Haarkranz heftig hin und her über den Kittelkragen bürstet. »Ich habe ihn wohl nicht ernst genug genommen.« Er denkt nach. »Ich glaube, er war sieben oder acht, als ich mit ihm eine Vorstellung in der Cumberland-Schau besuchte, die damals auf dem Kirmesplatz nicht weit von hier entfernt gastierte. Mit offenem Mund hat mein Fred dagesessen, die ganze Zeit mit offenem Mund. Er war dermaßen von dem Zauberer Kuno Voigtländer angetan, dass auch er unbedingt ein Zauberer werden wollte.« Und als müsse er einen Fluch aussprechen, wiederholt er heiser flüsternd immer wieder den Namen: »Konradin, Konradin, der große Konradin, so hat sich dieser Verführer genannt.« Herr Bergmann ächzt ungeniert auf, und in seinen Augenwinkeln bilden sich kleine Tränenpfützen. »Ich konnte ihn nicht davon abbringen. Ich konnte ihn einfach nicht davon abbringen, den Bengel. Junge, mache erst deine Lehre als Fotograf fertig, dann können wir immer noch weitersehen, habe ich ihn geradezu bekniet.« Und nach einer knappen Pause fügt er an: »Er sollte doch einmal mein Geschäft weiterführen!«

Nun sitzt auch Gottfried mit offenem Mund da, weil es ihm die Sprache verschlagen hat. Die Tränen des alten Mannes sind es, die ihn auf bedrückende Art wortlos machen. Er fühlt sich unwohl und wäre am liebsten aufgesprungen und grußlos durch die Türe hinausgerannt. Aber auf der anderen Seite will er auch erfahren, wie es mit seinem Sohn Fred weiterging.

Offenbar versteht Herr Bergmann das angespannte Verhalten seines Besuches als Aufforderung, in seiner Erzählung fortzufahren. »Wie gesagt, mit fünfzehn war er dann von heute auf morgen verschwunden. Voigtländer muss auch ihn verzaubert haben, denn *der große Konradin* ließ vieles verschwinden. Für mich war klar, dass Fred blindlings mit ihm gezogen ist. Dass sich meine Vermutung schließlich als richtig erweisen sollte, bezeugt dieses Foto hier.« Herr Bergmann nimmt es von seinen Knien und hält es in der Weise hoch, wie man einem Überführten dessen Steckbrief vor Augen führt, auf dem er sein eigenes Konterfei erkennen muss. Dann dreht er es so in der Luft herum, dass Gottfried den handschriftlichen Text erkennen kann, der in fein säuberlicher Schrift auf der hinteren Seite zu lesen ist.

Ohne seine Reaktion abzuwarten, liest Herr Bergmann vor, was ihm persönlich gilt.

Lieber Vater!

Es gibt Dinge im Leben, die man tun muss, ob man will oder nicht. Es ist, als würde man von einer fremden Stimme gezwungen, den Weg zu gehen, der bereits geebnet dahin führt, wo man, am Ende des Ziels angekommen, Glück

und Zufriedenheit erwartet. Ich gehe meinen Weg, wie Du unschwer erkennen kannst. Ich gehe ihn auch ohne Deine Zustimmung, was mich im Herzen dennoch schmerzt! Aber ein klein wenig konnte ich schon von dem erhofften Glück kosten, wenn ich vor dem begeisterten Publikum stehe. Sei nicht traurig Vater. Ich bin nicht aus der Welt, und ich bin mir sicher, dass wir uns irgendwann wiedersehen. Bis dahin grüße ich Dich aufrichtig!
In Liebe, Dein »untreuer« Sohn Fred.

Nun rinnen dem Alten Tränen über die faltigen, plötzlich unnatürlich blaurot aufgeblühten Wangen. Und als wolle er einen Verdacht bestätigen, greift sich der Fotograf ans Herz.

»Ist es Ihnen nicht gut?«, fragt Gottfried besorgt nach.

»Es geht gleich wieder«, stöhnt der Gefragte. »Ich kenne das, es ist das Herz, wissen Sie? Ich bin ein alter Mann ... ach was, lassen wir das!« Er winkt ab und versucht, wieder zuversichtlich in die Welt zu schauen. Daraufhin reicht Gottfried ihm die Neige vom Aprikosenlikör, der sich als kläglicher Rest in seinem Glas befindet. »Hier, trinken Sie, es wird Ihnen guttun!«

Freundlich lächelnd trinkt Herr Bergmann davon, bis er heftig husten muss. Als er wieder gleichmäßig atmen kann, druckst Gottfried mit seiner Frage herum. »Darf ich Sie etwas fragen?«, beginnt er vorsichtig.

Herr Bergmann holt tief Luft, als er das Bild wieder auf seinen Knien ablegt und mit einem knappen Nicken seine Zustimmung gibt.

»Ich möchte Sie fragen ...« Gottfried fällt es schwer, seine Frage zu Ende zu bringen. »Ihre Frau, ich meine, woran sie ...?«

»Sie wollen wissen, woran meine Frau gestorben ist?«, unterbricht ihn Herr Bergmann.

»Ja.«

»Meine liebe Anneliese hat die Strapazen des Krieges nicht überstanden.« Und mit einem wütenden Blick auf das Foto setzt er hinzu, was sicher schon lange seine Seele bedrückt. »Aber ich bin überzeugt davon, dass er ihr das Herz gebrochen hat«, sagt er, wobei er mit dem Finger auf das Foto tippt. Mit dem Kittelärmel wischt er sich Augen und Nase trocken.

Nun ist für Gottfried der Zeitpunkt gekommen, sich endgültig zu verabschieden, bevor das bis dahin gemütliche Beisammensein, von Gehässigkeit und Verbitterung bestimmt, auf unkontrollierbare Bahnen gelenkt wird.

Wiederum schaut er auf die Uhr, und mit den Worten »Ich muss dann mal« steht er mit zum Gruß gerecktem Arm auf.

Herr Bergmann drückt fest und lange die ihm gereichte Hand. »Werden Sie mich wieder einmal besuchen?«, fragt er beinahe bittend.

Gottfried schenkt ihm ein aufrichtiges »Ja«, danach entlässt ihn Herr Bergmann sichtlich gerührt.

In dieser Nacht liegt Gottfried noch lange wach. Alles und jedes geht ihm durch den Kopf. Das Gespräch hat ihn innerlich aufgewühlt. Seine Gedanken kreisen auch um Fred. Vor allem aber geht ihm der alte Mann nicht aus dem Sinn. Sein von Pein verhärmtes Gesicht klebt wie ein nicht mehr zu lösendes Abziehbild vor seinen Augen. Er tut ihm leid. *Gleich morgen werde ich ihn wieder aufsuchen*, nimmt er sich schließlich vor, und ein kühner Plan entwickelt sich in seinem vom Aprikosenlikör durchblutetem Gehirn.

Gar nicht so entschlossen, wie er es sich vorgenommen hat, drückt er am Vormittag des nächsten Tages die Ladentür des Fotografen Lutz Bergmann auf. Leider tönt die Eingangsglocke besonders drängend. Gottfrieds Herz schlägt aufgeregt. Was die Nacht und der Likör in gewisser Weise verklärt begünstigt hatten, kommt ihm nun verwegen vor. Doch Herrn Bergmanns ehrlich gezeigte Freude ihn wiederzusehen, nehmen ihm sofort alle Bedenken.

Beinahe sieht es so aus, als habe der Fotograf nur auf ihn gewartet. Demzufolge umarmt er Gottfried, wie man einen lang vermissten Sohn umarmt. Gerührt sehen sich beide an und wissen auf Anhieb, dass es der Beginn einer außergewöhnlichen Freundschaft ist. Doch nicht nur das, für Gottfried wird dieser Vormittag auch zum Anfang seiner Ausbildung als Fotograf. Selbstverständlich will Herr Bergmann es dabei nicht belassen, zudem bietet er seinem frisch gekürten Lehrling, ohne einen Widerspruch zu dulden, Freds Zimmer an, das seit dessen Verschwinden unberührt darauf wartet, endlich wieder mit Leben erfüllt zu werden.

Bereits Stunden später glaubt Gottfried beim Abschied von seiner bisherigen Unterkunft bemerkt zu haben, dass auch Grete froh gewesen ist, wieder alleine ihren *Jungfernalltag* gestalten zu können. Nach einem trocknen, flüchtigen Kuss auf Gottfrieds Ohr, der sicherlich seine Wange treffen sollte, hat sie ihm ein nachlässiges »*Ade*« nachgerufen. Dennoch zog Gottfried froh pfeifend von dannen und ein vollgepackter Koffer hat ausgereicht, sein Hab und Gut von dort nach da zu verfrachten.

Bei allem Wohlwollen, das anfangs die Grundvoraussetzung für ein auskömmliches Miteinander für beide gewesen ist, geht in der Anfangszeit nicht alles reibungslos vonstatten. Herr Bergmann erweist sich, wenn es sich um das Geschäftliche handelt, als äußerst pingelig, was Gottfried zum einen als Marotte erscheint, zum anderen aber, wie es sich dann herausstellt, doch von unverzichtbarer Wichtigkeit ist. Wenn Gottfried zum Beispiel eine Kulisse nicht nach den Wünschen des Meisters aufbaut, nörgelt dieser unverhohlen herum. Dann wiederum missfällt ihm die Lichteinstellung, für die Gottfried von nun an ebenfalls zuständig ist. Natürlich kommt auch unmissverständlich zur Sprache, wenn er den Kunden nicht mit genügend freundlicher Höflichkeit entgegentritt.

»Sie müssen dienen, junger Mann!«, stöhnt Herr Bergmann dann, und dabei rollen seine Augen. »DIENEN, hören Sie? Der Kunde ist KÖNIG, und Sie sind sein Untertan! Sehen Sie her, so macht man das!«

Wenn Herr Bergmann diesen Satz verlauten lässt, dann eilt Gottfried jedes Mal vorsorglich in die Nähe des altersschwachen Mannes, weil es schon vorgekommen ist, dass er bei einer besonders tief angedeuteten Verbeugung beinahe nach vornüberkippt wäre. Doch alle Belehrungen halten sich im Rahmen des Hinzunehmenden. Eine unschöne Eskalation gab es allerdings, als Gottfried aus Unachtsamkeit sämtliche Filme eines Tagwerks überbelichtet hatte, indem er ohne anzuklopfen die Tür zur Dunkelkammer öffnete, in der Herr Bergmann gerade dabei war, die Negative in das Entwicklerbad zu legen. Im Schein der geöffneten Tür, schemenhaft angeleuchtet vom Rotlicht, das in der Dunkelkammer nur ein ganz klein wenig Helligkeit spendete, sah der Fotograf dann selbst wie ein Negativ aus, auf dem ein zorniger Dämon abgebildet erschien. Da nutzte es auch nichts, dass Gottfried umgehend die Türe zuschlug. Und als er schlechten Gewissens von außen sein Ohr an das Türblatt legte, konnte er die heftigsten Flüche vernehmen. Dennoch, trotz aller anfänglichen Schwierigkeiten und Hindernisse weiß man inzwischen ohne Absprache, was man voneinander zu halten hat. Vor allem seit jenem Tag, an dem Herr Bergmann ihn beim gemeinsamen Frühstück unversehens duzte. Aber er duzte ihn nicht einfach so, einfach so beiläufig. O nein, mit noch umgebundener Serviette war er feierlich aufgestanden, hatte Gottfried vom Stuhl hochgezogen, ihn umarmt und auf die Wange geküsst und ihm mit brüchiger Stimme das Du angeboten. In diesem Augenblick war es Gottfried auch völlig egal gewesen, dass Herr Bergmann mit dem Kuss einen Marmeladenklecks auf seiner Wange hinterlassen hatte. Von dieser denkwürdigen Stunde an ist ihm sein Gönner nicht nur zum väterlichen Freund geworden, nein, Gottfried kommt es so vor, als habe Herr Bergmann in Sehnsucht nach seinem Sohn Vaterstatt für ihn angenommen.

Gottfried kann ruhigen Gewissens behaupten, endlich ein neues Zuhause gefunden zu haben. Jetzt muss er der Welt nur noch beweisen, dass er ein Mann geworden ist. Aber seine neue Garderobe und der weltmännisch formelle, geschäftliche Umgang mit den Kunden ist nur eine äußere Erscheinung seiner Veränderung; auch was sich innen, tief in seiner Seele abspielt, ist ihm selber in manchen Augenblicken regelrecht fremd geworden. Wenn er in den Spiegel schaut, entdeckt er einen Fremdling, in dem sich sein bisheriges Leben versteckt hat. Bisher kannte er vor allem die Eitelkeit nicht, die sich nun narzisstisch vor ihm spiegelt, als wäre es eine Braut. Und mit ihr, der Eitelkeit, buhlt oft der Zorn auf alles, was sich seiner Koketterie entgegenstellt. Darum hütet er die Eitelkeit wohl und kleidet sie mit auffälligen Äußerlichkeiten. Er kämmt der Eitelkeit Pomade ins Haar. Bürstet ihr das verwegene Bärtchen, das seine Oberlippe ziert. Bindet ihr weiße, gestärkte Kragen um und steckt der Schönheit, seiner Schönheit, glitzernde Nadeln in die Krawatten. Und wenn er Freizeit hat, tragen ihn die mit Gamaschen bestückten Füße hurtig zum Tanz. Und wenn ihm die jungen Damen feurige Blicke zuwerfen und er sie unbeherrscht im Kreis dreht, bis es ihm selbst schwindelt, dann ist ihm, als hätte sein Leben tatsächlich einen goldenen Rahmen erhalten, wie Tante Bertha sich auszudrücken pflegte.

Es ist nicht alles Gold, was glänzt

Bibel:
»*Die Liebe ist langmütig und freundlich, die Liebe eifert nicht, die Liebe treibt nicht Mutwillen, sie bläht sich nicht auf, sie verhält sich nicht ungehörig, sie sucht nicht das Ihre, sie lässt sich nicht erbittern, sie rechnet das Böse nicht zu, sie freut sich nicht über die Ungerechtigkeit, sie freut sich aber an der Wahrheit; sie erträgt alles, sie glaubt alles, sie hofft alles, sie duldet alles.*«
1. Korinther 13/4-7

Zitat Kaiser Wilhelm II.:
»*Eine Kunst, die sich über die von mir bezeichneten Gesetze und Schranken hinwegsetzt, ist keine Kunst mehr, sie ist Fabrikarbeit, ist Gewerbe, und das darf die Kunst nie werden (...) Wenn nun die Kunst, wie es jetzt vielfach geschieht, weiter nichts tut, als das Elend noch scheußlicher hinzustellen, wie es schon ist, dann versündigt sie sich damit am deutschen Volke. (...) und soll die Kultur ihre Aufgabe voll erfüllen, dann muss sie bis in die unteren Schichten des Volkes hindurchgedrungen sein. Das kann sie nur, wenn die Kunst die Hand dazu bietet, wenn sie erhebt, statt dass sie in den Rinnstein niedersteigt.*«

†

Auf den Blickwinkel kommt es an. Und wenn einem die Zukunft vorkommt, als gälte es die *goldenen Tage* nur so zu erhaschen, wie Gottfried einst als Kind die bunten Schmetterlinge fing, dann glänzte für ihn bereits der Augenblick. Doch das Gold der goldenen 20er Jahre im 20. Jahrhundert entpuppte sich bald schon als wertloses Katzengold. Vordergründig schimmernd, allerdings geringwertig, wenn man schon die erste Schicht künstlicher Fassade abkratzte. Golden kam es ihm und sicherlich auch seinen Mitmenschen deshalb vor, weil sie überlebt hatten, und diesem Zustand der Dankbarkeit dem Leben gegenüber wollte man eben dem Dasein durch Ablenkung und Vergnügungen die schönen Seiten abringen. Auch wenn sich in diesem gerade zu Ende gegangenen Krieg keine der beteiligten Nationen zu den wirklichen Gewinnern zählen konnte oder eigentlich zählen durfte, wie er dachte, so gab es nach Auffassung aller Welt doch nur einen Verlierer:

Das Deutsche Reich! Dieses Reich sollte und musste dafür büßen, dass den Sandkastenstrategen vorzeitig die Soldatenfiguren abhandengekommen waren. Dass dem Adel die Treuen von der Fahne geflohen sind. Während der Krieg sukzessive seine eigenen Kinder gefressen hatte, verhungerte das erhoffte Friedenskind bereits in den Wehen. Aber auch wenn die Kriegsschergen den Frieden getötet hatten, so doch nicht die Hoffnung auf eine Neugeburt. Diese Hoffnung wurde von den Führern der Demokratie befruchtet, die vom Volk gewählt mit dem Vertrag von Weimar den Schlusspunkt unter das Kaiserreich setzten, das bekanntermaßen die Schuld an dem Unfrieden traf. Aus *Heil dir im Siegerkranz* oder *Die Wacht am Rhein* wurde nun im Chor aller Willigen das Lied der Deutschen als Nationalhymne demokratisch auserkoren und einheitlich gesungen. *Deutschland, Deutschland über alles, in Einigkeit-Recht-und Freiheit.* Wie aber will man Frieden schaffen und erhalten, wenn plötzlich die Straße das Sagen hat, wenn sich die einstigen *Knechte zum Herrn* zum Herrschen berufen fühlen? Unbestritten, man hätte als Nation wieder stolz in die Zukunft schauen können, würde nicht die schwere Bürde auf den Schultern jedes Einzelnen lasten. (VII. Erklärung siehe Anhang)

Dieser Bürde wollte man sich neben allerlei Ablenkungen auch draußen in der freien Natur entledigen. Dort zog es vor allem die Jugend hin. Mit frohen Liedern, die zur Klampfe erklangen, entflogen die *Wandervögel* der wilhelminischen Bürgerlichkeit der so geprägten Eltern. Vermutlich steckte auch der naive Wunsch nach Reinheit und Unbekümmertheit dahinter, wie es Fauna und Flora vorlebten. Wie man es mit offenem Geist und freiem Herz in Wiesen und Auen erlebte. Wem nach einem ausgiebigen Spaziergang in frischer Luft der Sinn nach einem Umtrunk in geselliger Runde stand, den zog es bei gutem Wetter zu einem dieser behaglichen Ausflugslokale, die wie friedliche Oasen an den Rändern der Stadt ihre Gäste erwarteten.

Am Ende eines besonders warmen Sommertags marschiert Gottfried, sein Jackett lässig über den Arm geworfen querfeldein auf eine der vielen Anhöhen der Stadt zu. Er setzt seine Schritte zügig und raumgreifend, als strebten sie selbstständig zu einem längst anvisierten Ziel, das ihn, entgegen seiner äußeren Gelassenheit, vor unruhiger Erwartung innerlich vorantreibt. Ganz abgesehen davon, dass man von diesem angestrebten Platz aus bei Dunkelheit einen besonders herrlichen Ausblick auf die erleuchteten Häuser im Tal hat, befindet sich dort ein verwunschen wirkendes Gartenlokal, wo an den Wochenenden fleißig zum Tanz aufgespielt wird.

Mit einem klitschnassen Schweißtüchlein im Nacken behaftet und schon ordentlich aus der Puste geraten ist er seinem Bestimmungsort endlich steinwurfweit nähergekommen. In den Sommermonaten zieht es ihn häufig dorthin. Dort oben, wo sich zu seinen Füßen die Schwere des Alltags verliert. Er genießt es jedes Mal, in dem mit Lampions geschmückten Garten bei einem erquickenden Getränk auch die laue Abendkühle zu kosten. Besonders schön ist es für ihn im Juni, dann erstrahlen unzählige Glühwürmchen im Wetteifer mit den bunten Lichtern. Nach all der Anstrengung atmet er tief und erleichtert die linde Brise ein, die nun zu dieser vorgerückten Stunde mit ihren sanften Böen die Hitze des Tages vertreibt. Er verharrt und lauscht. Stimmengewirr, Lachen, Gläserklirren und beschwingte Musik begrüßen ihn wie ein fröhliches Hallo. Direkt unter dem Eingangstor mit dem Schild *Schöne Aussicht* steht er, und die Blätter der Birken, die den weißen Kiesweg säumen, zittern im auffrischenden Lüftchen. Er schaut gerührt auf einen blauroten Blütenteppich aus Vergissmeinnicht gewebt, der die weiß berindeten Stämme schmückt. Doch dann forschen seine Augen umher. Jetzt sieht er sie, die sein Herz auf der Stelle höherschlagen lässt. Sie ist seit einiger Zeit sein eigentliches Ziel. Mit ihren wehenden, dunklen Haaren und einem Tablett in der Hand, scheint sie wie eine rassige Piratenbraut zu den Gästen zu segeln, die ihrerseits unter ausgelassenem Zuprosten die bestellten Getränke entgegennehmen.

Am liebsten hätte er es der Amsel gleichgetan, die irgendwo im Geäst saß und ihr werbendes Abendlied pfiff. Ja, ihm ist plötzlich danach zumute, ihr fröhlich pfeifend entgegenzueilen. Doch sein Vorhaben wird einzig dadurch gebremst, weil es zwischen ihr und ihm bisher nur eine stille Übereinkunft gibt. Nicht mehr als ein gegenseitiges scheues Lächeln oder zuzwinkernde Blicke. Viel bedächtiger, als er es vorgehabt hat, sucht er sich einen freien Platz. Er findet ihn direkt neben einem blühenden Jasminstrauch, der mit jedem Luftzug einen betörenden Duft verbreitet, als wolle er ihm auch noch die letzten Sinne rauben. Er lässt sie nicht aus den Augen. Das Treiben um ihn herum nimmt er mit Gleichmut hin. Nur einmal, als sie ganz nahe an ihm vorüber schwebt, da hat er ihr an den Schleifenenden ihrer frisch gestärkten Schürze gezogen, worauf sie ihm neckisch mit dem Finger droht und ihm ein keckes Lächeln zuwirft. Und als sie kurz darauf wieder an seinem Platz vorbeikommt, lässt er geschickt den Aschenbecher in den Kies fallen, als sei er versehentlich mit dem Ellenbogen daran gestoßen. Beinahe hätten sich ihre Köpfe getroffen, als er und sie sich gleichzeitig danach bücken.

»Grad noch mal gut gegangen«, grinst Gottfried sie frech an.

Und sie verharrt in gebückter Haltung, wobei sie ihn mit ihren Kohleaugen prüfend anschaut, als wären sie unmittelbar im Begriff, vom inneren Feuer entzündet aufzuglühen.

»Was kommt als Nächstes?«, fragt sie ihn schnippisch. »Erst wollen Sie mir die Schürze ausziehen, kurz darauf mich K.-o. hauen ... und was kommt noch?«

»Ich hoffe auf ein kühles Pils!«, lacht ihr Gottfried entgegen.

»Nun, wenn's weiter nichts ist, daran soll es nicht liegen«, gibt sie ihm ebenso kess zur Antwort. Und als sie sich aufrichtet und den Aschenbecher wieder auf den Tisch stellt, zieht sie ihm übermütig das Schweißtüchlein aus dem Hemdkragen, das er vor lauter Erwartung total vergessen hat.

»Brauchen Sie das hier als Schlabberlatz, oder soll ich Ihnen zum Pils einen Strohhalm servieren?« Mit diesen Worten hält sie ihm mit spitzen Fingern das durchnässte Tüchlein vor die Nase. »Stecken Sie es am besten in die Tasche, bevor Sie es verlieren!«

Von ihrem herzhaften Lachen angesteckt, fasst er voller Übermut ihre Hand, als er nach dem Tuch greift. Erst als er seinen Griff nicht mehr lockert, sagt sie freundlich: »Sie müssen mich schon loslassen, wenn ich Ihnen ein Bier bringen soll!«

Von ungeduldigen Zurufen der Gäste begleitet, eilt sie schließlich zum Ausschank.

Gottfried hat sich Hals über Kopf in die schöne Kellnerin verliebt. Er kann es noch nicht einmal mit Bestimmtheit sagen, was es ist, das in ihm die Leidenschaft entfacht hat. Auch Herrn Bergmann ist nicht verborgen geblieben, dass sein Ziehsohn auf Freiersfüßen wandelt. Irgendetwas Unbekanntes, irgendetwas Geheimnisvolles umgibt dieses exotisch wirkende Mädchen, wie Gottfried sich denkt. Etwas, das ihn in ihrer Gegenwart wehrlos macht, das er aber nicht zu benennen weiß, das er aber besitzen will. Nein, besitzen muss! Sicher, sie ist schön, aber wie kann man Schönheit beschreiben, sodass sie allgemeingültig wird? Jeder liebt auf seine Weise, und so wird die Liebe zu einer Sprache, die nur die verstehen, die zuallererst mit den Herzen zueinander reden, damit schließlich der Mund beglaubigt, was die innere Stimme spricht. »Lass alles stehen und liegen«, hat ihm Herr Bergmann in einem viel wissenden Ton befohlen. »Ich kümmere mich schon darum! Jetzt lauf endlich los und lass sie nicht warten!«

Gottfried hätte den alten Mann am liebsten umarmt. Es ist ein Freitagnachmittag, und eigentlich gibt es im Laden noch genug für ihn zu tun. Rasch zieht er seinen Kittel aus. Die Treppenstufen zu seinem Zimmer rennt er hoch, um seinen besten Anzug anzuziehen. Der runde Spiegel über der Waschschüssel bietet ihm ein recht ansprechendes Bild. Nur der Haarwirbel direkt vorne am Scheitel zeigte sich heute besonders widerspenstig. Mit Wasser und Öl gibt die Tolle schließlich ihre Widerspenstigkeit auf. Nur noch das Chemisettchen zurechtrücken, und dann kann es losgehen.

Losgehen? Halt! Das ist das Stichwort, um mit dem Handtuch noch einmal sorgfältig über die Schuhe zu putzen. Dann aber, mit einem qualmenden Stumpen im Mund, nimmt er zwei Stufen auf einmal nach unten. Herr Bergmann, der wohlweislich hinter der Schaufensterscheibe Stellung bezogen hat, sieht dem gestriegelt und geschniegelten jungen Herrn und seiner hinter ihm her wehenden Rauchfahne milde lächelnd nach. Womöglich denkt er an seinen Fred, den er von Herzen gerne in gleicher Weise verabschiedet hätte. Und so seufzt er kurz auf. Davon aber bekommt Gottfried nichts mehr mit. Seine Gedanken sind ganz woanders. Und wenn ihn der Kutscher nicht schon von Weitem lautstark und warnend zugerufen hätte, er wäre glatt in die Rösser der Droschke gelaufen.

Von überraschten Passanten beobachtet, sagt Gottfried sich vielleicht zum hundertsten Male die Sätze vor, mit denen er das Mädchen ganz ungeniert begrüßen will. Leider geraten sie ihm jedes Mal anders, und nie ist er mit dem Satz zufrieden, den er gerade erst als ordentlich und perfekt empfunden hat. Was aber, und das kommt ihm beinahe noch schwieriger vor, soll er nach der Begrüßung sagen? Sein Kopf wird leerer und leerer, und bald schon überfällt ihn der Wunsch, wieder kehrtzumachen. Und nun grübelt er auch schon über eine Entschuldigung nach, die er dann vorbringen muss, wenn er, später vielleicht, viel später vielleicht, ihr wieder begegnen wird.

Vor lauter Sinnieren gehen etliche Minuten und der Weg fast unbemerkt dahin.

An einem blühenden Wiesenhang lassen sie sich nieder. Es ist die Stunde, da der aufkommende Abend unnachgiebig, aber behutsam und traumhaft einen sonnigen Tag verdrängt. Für Gottfried ist es wahrhaftig ein traumhafter Augenblick, neben ihr im duftenden Gras zu sitzen. Sogar seine gute Anzugjacke hat er ihr ausgebreitet, damit die Abendfeuchtigkeit nicht durch ihr dünnes Sommerkleidchen dringen kann. Seine innere Stimmung ist dermaßen euphorisch, dass er sie am liebsten auf der Stelle küssen würde.

Gedankenversunken hört er ihre dunkle, samtene Stimme. »Ich weiß noch nicht einmal, wie Sie heißen!«

Gottfried wirkt beinahe erschrocken, als er sich ihr zuwendet. »Gottfried«, kommt es ihm zögerlich über die Lippen, als lüfte er ein wohlbehütetes Geheimnis.

»Gottfried«, wiederholt sie ähnlich geheimnisvoll. »Ein sehr schöner Name! Wirklich, ein sehr, sehr schöner Name.« Für einen Moment verstummt sie, dann bestätigt sie ihr Urteil noch einmal mit Nachdruck. »Gottfried … Gottes Frieden … Friedens Gott … Gott ist Frieden …«, murmelt sie vor sich hin. »All das höre ich aus Ihrem Namen heraus. Es ist wunderschön, einen solchen Namen tragen zu dürfen, meinen Sie nicht auch, Gottfried?«

Nun verhält sich Gottfried ein wenig verlegen. Er räuspert sich, und dabei reißt er einen aufmüpfig aufragenden Grashalm aus dem Boden und steckte ihn sich lässig zwischen die Zähne, wie er es vielleicht einmal bei Tom Mix in einem Cowboyfilm gesehen hat. »Da habe ich noch nicht darüber nachgedacht.« Mit tief verstellter Stimme antwortet er ihr betont schnoddrig. »Ich heiße von Geburt an so!« Kaum hat er diese erstaunliche Erkenntnis ausgesprochen, da fragt er sich auch schon, wie blöd man sein kann, um solch einen Schwachsinn zu reden. Um seine Befangenheit zu überspielen, wischt er einen ziemlich großen Käfer vom Hosenbein. Dieser fliegt auf und setzte sich frech auf seinen Kopf, direkt auf die kahle Trennlinie seines akkurat gezogenen Scheitels. Still, aber amüsiert beobachtet sie ihn, doch als das Krabbeltier mit seinen Beinchen frech das Haar zu einem Haarbüschel aufgräbt, der die betonte Akkuratesse als lächerlich entblößt, kann sie nicht anders als laut loszulachen. Gottfried, der diese unnötige Belustigung auf sein Reden hin münzt, zeigt sich gekränkt. »Machen Sie sich über mich lustig?« Ohne ihm eine Antwort zu geben, greift sie ihm ins Haar und pult den Käfer hervor, um ihn demonstrativ auf die flache Hand zu legen.

»Hier!«, lacht sie immer noch, »dieser Spaßvogel hat mich erheitert. Er wollte sich wohl ein Nest auf Ihrem Kopf bauen? Ein Spaßvogelnest!«

Nun lacht auch Gottfried erleichtert auf. Froh gestimmt pustet er ihr das Tier von der Hand, woraufhin beide dem flüchtigen Brummer erheitert nachschauen, bis dieser irgendwo in der Weite einen stilleren Ort gefunden hat.

»Jetzt müssen Sie mir aber auch Ihren Namen verraten!«, dringt Gottfried auf sie ein.

»Libsche«, sagt sie ihm mit ihrem offenen Blick fröhlich ins Gesicht.

»Libsche?«, fragt Gottfried überrascht zurück.

»Ja, Libsche!« Seine zweifelnde Nachfrage scheint sie nun ein wenig verärgert zu haben, denn auf ihrer Nasenwurzel kräuseln sich plötzlich Fältchen. »Gefällt Ihnen Libsche nicht?«

»O, o doch«, stottert er. »Libsche finde ich bezaubernd schön!« Er sagt es so, dass man nicht sogleich errät, ob er damit das Mädchen oder ihren Namen meint.

»Ich meine nur, dass er sehr ungewöhnlich ist, Ihr Name. Mir ist noch nie jemand begegnet, der diesen Namen trägt.« Mit einem kecken Blick und frischem Mut umfasst er spontan ihren Arm. »Darf ich Sie Liebchen nennen?«

»Nur wenn ich Gottfriedchen zu Ihnen sagen darf!« Und mit dieser Anspielung verschwinden auch ihre kleinen Zornesfältchen wieder. »Außerdem«, sagt sie vergnügt, »werde ich Ihnen für Ihre Frechheit keine Ohrfeige geben, also können Sie meinen Arm ruhig wieder loslassen!«

»O, natürlich. Verzeihung.« Wie ein ertappter Schulbub zieht Gottfried seine Hand zurück. Wiederum kaut er nachdenklich auf dem Grashalm herum, und das Mädchen drückt mit beiden Händen den Saum ihres Kleides nach unten, weil ihr gerade in diesem Augenblick ein böiger Windstoß um die nackten Beine weht. Gottfried mustert sie lange und eindringlich.

»Es ist ein jüdischer Name«, kommt sie ihm zuvor.

»So, so, ein jüdischer Name, also«, sagt er in der Art, als verstecke sich in seiner Beurteilung auch Skepsis. »Sie sind also eine Jüdin?«, fragt er sicherheitshalber nach, als müsse er zudem einen amtlichen Stempel unter diese Feststellung drücken. Anscheinend fühlt sie sich durch sein sonderbares Verhalten angegriffen, denn ein wenig übertrieben forsch fragt sie: »Stört Sie das?«

»Nein, o nein, ganz und gar nicht!« Gottfried hat Mühe, sich nicht zu verhaspeln. Ihm ist bewusst geworden, dass er der Tatsache, dass sie Jüdin ist, ungewollt mehr Nachdruck verliehen hat, als es eigentlich nötig gewesen wäre. Aber ihm sind die unverhohlenen Feindseligkeiten gegenüber den Juden in letzter Zeit nicht entgangen. Hässlich und unmenschlich werden sie vor allem in den Zeitungen ohne Skrupel als Unterrasse dargestellt, um die man am besten einen großen Bogen macht. Was aber hat dieses schöne, dieses wie ein vom Himmel gefallenes Geschöpf mit diesen rohen Verleumdungen irgendwelcher Kleingeister zu tun?, fragt er sich.

In das entstandene Schweigen hinein hört Gottfried sie wie aus weiter Ferne sagen: »Ich glaube, es ist besser, wenn wir aufbrechen, mir ist kühl. Außerdem dauert es nicht mehr lange, und es wird stockfinster sein.«

»Hören Sie, Fräulein Libsche, ich habe drei große Bitten an Sie.« Er fleht sie an, ohne dass er ihr die Gelegenheit einer Ablehnung gibt. »Die erste Bitte ist, dass wir nicht mehr *Sie* zueinander sagen, die zweite, das ich Sie ... ich meine, dass ich dich recht bald wiedersehen darf.«

»Ob und wann wir uns wiedersehen, liegt doch an Ihnen.« Beherrscht und ein wenig zynisch klingen ihre Worte.

»An mir?«

»Ja, warum sind Sie erstaunt? Ich kann Ihnen doch nicht verbieten, dort einzukehren, wo ich die Gäste bediene. Und was das Sie oder das Du betrifft, bitte ich Sie, uns Zeit zu lassen.« Gottfried rückt sehr nahe an sie heran. Und so, als habe er ein Anrecht darauf, fasst er wieder nach ihrem Arm, ohne dass sie ihn zurückzieht.

»Uns Zeit lassen?«, fragt er sie fast beschwörend. »Was ist Zeit?«, hakt er nach, als müsse er sie examinieren. »Wie kann man Zeit berechnen, wenn das Morgen ohne dich bereits das Ende der Ewigkeit ist? Wenn dem Herz einzig nur nach dem Augenblick verlangt! Warum warten? Liebe wächst nicht mit der Zeit. Liebe ist mächtig vom ersten Augenblick an, da wir sie empfangen und auch geben können. Jetzt, Libsche, jetzt in diesem Augenblick, wollen wir doch keine Zeit verlieren!« Ohne Gegenwehr schließt er sie in seine Arme.

In dieser Situation ist sie es, die ihn besitzergreifend umklammert. Dann, als wolle sie in seinen Küssen ertrinken, gibt sie sich ihm stöhnend hin.

Und genau in diesem Augenblick steht die Zeit still. Still steht sie, in einem Vakuum aus Zeitlosigkeit ergeben die beiden sich dem Gefühl von sehnsuchtsvoller Leidenschaft. Das Sein der Welt löste sich förmlich auf. Es wird belanglos für den, dem der Zustand der Selbstvergessenheit genügt, in der sie sich von der Liebe gefangen genommen befinden. Jede Störung von außerhalb, jede Behinderung in dieses losgelöst sein, jedes herausgerissen werden aus der Quelle des kosmischen Glücks wäre ein Verbrechen an der Liebe.

Aber auch die Realität fordert ihr Recht. Das Recht darauf, die wieder einzufangen, die sich im Rausch der Sinne klammheimlich von der Welt davonstehlen wollen. Und schmerzlich müssen die sich Liebenden erfahren, dass Realität und Glück nicht auf Dauer zusammen harmonieren.

Der Wind frischt merklich auf, und die Dunkelheit hat von der Umgebung Besitz ergriffen. Dort, wo die Verliebten eben noch züchtig nebeneinandersaßen, ist nun das Gras von ihren sich umher wälzenden Körpern niedergedrückt, sodass man vermuten kann, dass an dieser Stelle auf Leben und Tod gerungen worden ist. Tatsächlich sehen beide wie nach einem erbittert ausgeführten Kampf aus. Die Kleidung des Mädchens ist verdreht und durcheinandergebracht. Zudem ist der Stoff ihres Kleides stellenweise vom Gras grün eingefärbt. Auch Gottfrieds *Vatermörder* ist verrutscht, der Binder gelöst, die Haare zerwühlt und die Hosenbeine hochgerutscht, sodass nicht der Stoff der Hose, sondern seine Knie sich grün gefärbt zeigen.

Wieder aufrecht sitzend schauen sie sich mit geröteten Gesichtern an.

»Gottfried«, haucht sie, »ich habe dich lieb!«

Sein Zeigefinger streicht mit galanter Geste über den ordentlich gestutzten Schnurrbart, und er weiß nicht mehr zu sagen als: »Ach, Libsche, du süßes, süßes Menschenkind.«

Mit allem hätte Gottfried gerechnet, aber nicht damit, das Libsche wie von Sinnen losprustet. Dieses ungehörige Schnauben geht jetzt sogar in ein herzhaftes Gelächter über. Völlig konsterniert starrt Gottfried sie an. Er starrt sie so lange an, bis ihm der Geduldsfaden reißt und er sie ungehalten an der Schulter rüttelt. »Du lachst mich schon wieder aus!«

Immer noch kichernd sagt sie: »Sei mir bitte nicht böse, Gottfried, aber ich versuche schon die ganze Zeit, dir meinen Nachnamen zu nennen, und nun bist du fast von ganz alleine darauf gekommen.«

Gottfried zeigt sich immer noch begriffsstutzig. Er überlegt angestrengt, und sie lächelt ihn freundlich an. Vergnügt lässt sie ihn schmoren. Schließlich fragt Gottfried kleinlaut: »Heißt du etwa Menschenkind?«

Trotz seines dümmlich zweifelnden Gesichtsausdrucks vermeidet Libsche es, diese Frage zum Anlass zu nehmen, um erneut loszulachen, denn sie befreit ihn von seiner Unwissenheit mit den Worten: »Süßkind. Süßkind heiße ich, Gottfried. Libsche Süßkind!«

Dieser Nachmittag hatte Gottfried und Libsche in der Weise zusammengeführt, dass sich weitere Fragen und sogar die Verkündigung der dritten Bitte erübrigten. Zum einen, weil sie ihn nicht mehr danach gefragt hatte, und zum anderen hatte er, überwältigt vom unerwarteten Ausgang dieses Treffens, den dritten Wunsch an sie schlichtweg vergessen.

Irrungen - Wirrungen

Bibel:
»Denn ihr ertragt gerne die Narren, ihr, die ihr klug seid! Ihr ertragt es, wenn euch jemand knechtet, wenn euch jemand ausnützt, wenn euch jemand gefangen nimmt, wenn euch jemand erniedrigt, wenn euch jemand ins Gesicht schlägt.« 2. Korinther 11/19-20

Zitat Kaiser Wilhelm II.:
»Es ist ja eine Schande, was da jetzt zu Hause vor sich geht. Jetzt wird es höchste Zeit, dass die Armee eingreift! Viel hat sie sich gefallen lassen, dies darf sie unter keinen Umständen mitmachen! Da müssen die alten Offiziere und alle anständigen Deutschen protestieren. Aber alle sahen dieses Morden und Brennen – und rührten keinen Finger. Bisher war das ganze Nazitum der versteckte Bolschewismus, jetzt aber ist es der offene geworden. Länder müssten ihre Gesandten und Vertretungen abberufen, dann würden die Nazis schon klein beigeben.

Auch die Auslandsdeutschen müssen sich jetzt von allen Naziverpflichtungen freimachen, dann werden die in Deutschland auch folgen. Die Stahlhelmer, die alten Frontsoldaten, müssten sich zusammentun und die Nazis erledigen.

†

»Du meine Güte, Junge, was ist mit dir passiert?«

Herr Bergmann erhebt sich schwerfällig vom Tisch. Das Licht der Lampe über seinem Kopf zeichnet sein Gesicht noch greisenhafter. Der weiße, sorgfältig geschnittene Kinnbart gibt seinem Aussehen in diesem Moment etwas Maskenhaftes. Es gleicht auf erschreckende Weise dem Abbild einer Totenmaske. Für einen Augenblick ist Gottfried über diesen Anblick erschauert, als er zur Türe hereintritt. Aber dieses Erschrecken liegt auf beiden Seiten. Gottfrieds rechtes Auge ist stark zugeschwollen und an seiner ebenfalls deformierten Nase klebt geronnenes Blut. Ein Ärmel seiner Jacke ist bis auf einen Fetzen herausgerissen. Ohne eine Antwort abzugeben, humpelt er zum Büfett, um sich daraus eine Flasche Marillen-Likör sowie ein

Glas zu nehmen. Als er sich an den Tisch setzt, vermeidet er es, seinen väterlichen Freund anzuschauen. Erst nachdem er sich zweimal eingeschenkt und getrunken hat, stöhnt er erleichtert auf, und fast beiläufig sagt er seine Antwort daher, auf die Herr Bergmann unbeweglich und mit starrer Miene immer noch wartet.

»Den Kommunisten, den Sozis, ach ... dem ganzen verluderten Pack, den Vaterlandsverrätern haben wir mal wieder ordentlich die Flausen aus dem Kopf geschlagen!« Kaum hat Gottfried dies ausgesprochen, lässt Herr Bergmann sich ebenso erschöpft auf den Stuhl sinken, wie er sich zuvor erhoben hat.

»Wenn ich dich so ansehe, dann haben sie bei dir auch welche gefunden.« Er ringt sich ein Lächeln ab, das Gottfried nicht gerade milder stimmt.

»Willst Du damit sagen, dass auch ich Flausen im Kopf habe? Ich? Nur weil ich mich gegen die ganze Sauerei, die ganze Ungerechtigkeit hier im Lande zur Wehr setze, damit endlich die von der Bildfläche verschwinden, die uns den menschenverachtenden Mist hier eingebrockt haben!« Gottfried zögert nicht eine Sekunde, um einen Einwand gelten zu lassen, den er ansonsten umgehend bekommt, wenn er, wie so oft, über das konfuse Parteiensystem, das sich Regierung nennt, schimpft. Hat er mit dem Alten doch für gewöhnlich einen streitbaren Widersacher, der mit Herzblut für die Demokratie, und hier vor allem für die Sozialdemokratie, einsteht.

»Was ist das denn für eine Scheißdemokratie, wenn sich die Parteien nicht in den wichtigsten Punkten einig werden, nur weil jede aus parteipolitischen Gründen ihr eigenes Süppchen kochen will, wobei die Bande ohne zu zaudern zusieht, wie das Volk verhungert. Schau dich doch bloß um«, wettert er, »junge, kräftige Männer lungern auf der Straße herum, ohne bezahlte Arbeit zu haben, während das Ausland und vor allem der Franzose, der gierige Froschfresser, von uns erwartet, dass wir ihnen das Geld geben, das sie uns aber wegen der verbrecherischen Finanzpolitik nicht verdienen lassen, weil sie uns mit ihrer offensichtlichen Taktik die Gurgel zudrücken, die Luft zum Leben, zum Überleben nehmen wollen. Und da hat *dein* Kanzler Müller mit seiner Zustimmung zum Youngplan einen gehörigen Anteil daran. Wie sollen wir denn je auf einen grünen Zweig kommen, wenn allein dieser Plan die Laufzeit der Reparationssumme bis 1988 vorsieht.« Es genügt Gottfried ein kurzes Durchatmen, um gleich darauf festzustellen: »Es war schon gut, dass Müller letztlich doch den Schwanz eingezogen hat, anstatt für seine Ideen zu kämpfen, auch wenn der Grund für seinen Rücktritt den Arbeitern gegenüber redlicher war, indem er keine Mitstreiter gefunden hat, die gewillt waren, sich gegen die Mehrbelastung für die Arbeitslosen einzusetzen.« Trotz seiner verletzten Nase versucht Gottfried zu grinsen, als er sagt: »Wenn du es so sehen willst, dann war es Müller im Nachhinein, der mit seinem Hinschmeißen dafür gesorgt hat, dass wir jetzt so stark geworden sind. Die Sozis, die immer das Gute wollen, tun wie so oft das, was schadet!«

So schwach Herr Bergmann auch wirkt, an dieser Stelle hakt er energisch nach, indem er zu dem Vorwurf zum Youngplan gereizt einwirft: »Hatte es darüber denn nicht einen Volksentscheid gegeben? Gottfried! Die Abstimmung hat den Plan doch eindeutig bestätigt, die Mehrheit war sich einig! Oder?«

»Volksentscheid hin, Volksentscheid her, dass ich nicht lache. Das Volk klammert sich immer an diejenigen, die augenblicklich am Ruder sind, weil sie zu dumm sind oder sich nicht die Mühe machen, ihre Gehirne einzuschalten! Aus Angst vor den Feinden ringsum rennen sie lieber Feiglingen nach, die ihren Gegnern nach dem Maul reden, in der Hoffnung, es würde wohl nicht noch schlimmer kommen. Das ist Feigheit vor dem Feind! Und Feigheit ist Selbstaufgabe, sie ist Selbstzerstörung! Ich aber sage dir, noch ist Deutschland nicht verloren. Wenn wir erst am Ruder sind, wird die Welt wieder auf uns schauen. Sie werden auf uns starren, wie der Einbrecher auf den knurrenden, zähnefletschenden Wachhund.«

Herr Bergmann schüttelt den Kopf. Man kann ihm seine Verstörtheit, seine Verzweiflung ansehen. »Gottfried, Gottfried, Gottfried, ich kenne dich nicht mehr. Du bist mir fremd geworden. Meinst du mit *wir* etwa diese braunen Nationalsozialisten? Diese Schlägerbande?« Herr Bergmann seufzt auf. »Nun, wenn ich dich so betrachte, dann meine ich bestimmt die, die du auch meinst.«

»Da siehst du mal wieder, wie Vorurteile entstehen«, kontert Gottfried. »Du bezeichnest uns als Schlägerbande, auch wenn wir uns nur verteidigen! Schließlich sind es doch die Kommunisten, die von Anfang an unsere Versammlungen mit Handgreiflichkeiten stören! Da brauchen sie sich doch nicht wundern, wenn wir sie nicht nur mit besseren Argumenten schlagen.«

»Hole mir bitte ein Glas!«, bittet Herr Bergmann. »Jetzt muss ich auch einen Schluck Likör zu mir nehmen.«

Gottfried stutzt. »Er wird deinem Herzen schaden!«

»Der wird meinem Herzen nicht mehr wehtun«, seufzt Herr Bergmann erneut. »Da gibt es ganz andere Sachen, die mir Schmerzen bereiten.«

Mit einem schrägen Blick sieht Gottfried ihn an. Gehorsam hinkt er zum Buffet und holt ihm das gewünschte Glas heraus. Füllt es voll und reicht es Herrn Bergmann.

Von Gottfried scharf beobachtet, trinkt dieser es ohne abzusetzen leer. Nach drei, vier tiefen Atemstößen sagt Herr Bergmann: »Ich hatte gehofft, dass du dich von dem bösen Gedankengut gelöst hast, seit Goebbels nicht mehr in der Stadt wohnt. Goebbels ist ein gefährlicher Mann, er ist ein Agitator, ein Menschenverführer! Ich habe es damals mit Sorge hingenommen, als du dich regelrecht an ihn geklammert hast.«

»Dieser Agitator, wie du ihn nennst«, fährt Gottfried dazwischen, »tritt wenigstens ohne Wenn und Aber für die ein, die von den einstigen Machtherren verführt in diesen Schlamassel hineingezogen wurden. Gekuscht haben sie Jahrhunderte lang vor ihren Traditionen, ihren Kronen und Zeptern. Und ich schwöre dir, jetzt, hier am Tisch schwöre ich es dir, die Zeit des Kuschens ist zu Ende! Goebbels ist kein Kuscher, Goebbels sagt, was notwendig ist. Und das Volk weiß nun, was notwendig ist, sonst hätten wir nicht diesen gewaltigen Stimmenzuwachs bekommen. Mit uns muss man nun rechnen! Wir sind bereits die zweitstärkste Macht im Land, und Brüning wird Hindenburg bald wieder die Hand schütteln, und zwar zum Abschied. An Hitler kommt keiner mehr vorbei, weil er die besseren Argumente hat, weil der Nationalsozialismus für den deutschen Arbeiter kämpft, indem er ihn aus den Klauen seiner Betrüger reißt!«

Nun gießt sich Herr Bergmann selber nach. Und als er wieder zügig ausgetrunken hat, meint er lakonisch: »Und dann wird es mir und vor allem dir besser gehen? Ich werde wohl mein Geschäft wieder eröffnen können, weil die Arbeiter wieder Geld genug haben, sich mit frohen Gesichtern fotografieren zu lassen, was? Das meinst du doch, oder?«

»Genau das ist es!«, legt Gottfried los, »genau dieser verdammte Egoismus ist es, der die Menschen dahin führt, wo wir jetzt sind. In erster Linie kommt es Hitler nicht auf den Einzelnen an, sondern auf das Gesamte, auf das Volk, auf die Nation! Hitler will nicht vordergründig die materielle Besserung für den Einzelnen, sondern ihm liegt an die Mehrung der Kraft innerhalb der Nation, denn nur das weist den Weg zur Macht und damit zur Befreiung des ganzen Volkes.«

Herr Bergmann lacht ungeniert auf, und Gottfried sieht ihn verwundert an, und sein Erstaunen wird nicht geringer, als er den alten Mann hören sagt: »Dann ist dein Hitler ja ein Kommunist!«

Unverständnis liegt in seinen Worten, als Gottfried empört ausruft: »Hitler steht im Gegensatz zu den Kommunisten glasklar auf dem Boden des Privateigentums. Er ist nicht gegen das schaffende, sondern gegen das raffende Kapital.« Und noch eine Spur energischer fügt er an: »Und hinter dem raffenden Kapital steht eindeutig das internationale Finanzjudentum!«

»Junge, Junge … du hast dein Sprüchlein gut und brav gelernt. Sind das seine Worte, redet der Hitler so? Hitler redet doch so, oder?«

»O ja, das sind seine Worte, die jetzt auch die meinigen sind«, antwortet Gottfried, und es klingt zweideutig, was er sagt, denn neben dem beleidigt sein kann man auch Feindseligkeit heraushören.

»Ich verstehe«, gibt Herr Bergmann resignierend zurück. »Und diese Worte wollt ihr also denen mit Gewalt einhämmern, die noch eine andere Sprache sprechen!«

Gottfried wirft sich in die Brust. »Ja, du hast richtig verstanden, und ich bin froh, in einer Stadt zu leben, in der Männer wohnen, die mit ganzer Kraft und Willen bereit dazu sind, Deutschland wieder dahin zuführen, wo es in der Welt hingehört. Elberfeld und Barmen sind zum organisatorischen Zentrum der NSDAP in Westdeutschland geworden, und daran haben Männer wie Viktor Lutze, Erich Koch, Karl Kaufmann und, nicht zu vergessen, Willi Veller, der jetzt Reichstagsabgeordneter in Berlin ist, ihren gehörigen Anteil daran. Sie und wir alle werden dem sozialen Abstieg unserer fleißigen Arbeiter und dem Bolschewismus in Deutschland mutig und entschlossen entgegentreten!« Und für einen klitzekleinen Augenblick sieht es so aus, als zucke Gottfrieds rechter Arm in die Höhe.

»Ich habe dir gut zugehört, und alles, was mir dazu einfällt, sind die Worte aus 2. Korinther 11. O Junge, ich bin wahrhaftig kein Gläubiger vor dem Herrn, aber was passt, das passt, vor allem, wenn ich mir dich so ansehe. Du mit deinen Wunden im Gesicht. Denn dort steht geschrieben: *Denn ihr ertragt gerne die Narren, ihr, die ihr klug seid! Ihr ertragt es, wenn euch jemand knechtet, wenn euch jemand ausnützt, wenn euch jemand gefangen nimmt, wenn euch jemand erniedrigt, wenn euch jemand ins Gesicht schlägt*«, sagt Herr Bergmann deprimiert. »Ach, was soll's, lass uns das Licht löschen. Draußen ist es dunkel. Es ist Zeit, sich hinzulegen!«

Ein regennasser Oktoberabend empfängt die beiden recht unfreundlich, als Libsche und Gottfried das Kino verlassen. Besorgt stülpt Gottfried Libsches Mantelkragen nach oben, weil zudem ein ungemütlicher Wind um die Häuser streicht. Doch zumindest ihre Herzen sind von dem, was sie soeben auf der Leinwand gesehen haben, erwärmt. Und während sie sich noch gegenseitig vorschwärmen, was ihnen die Welt der Fantasie in allen Facetten des Traumhaften geboten hat, eilen sie, ohne ein direktes Ziel vor Augen zu haben, durch die fast menschenleere Straße. Das heißt, ziellos stimmt nicht ganz, denn Gottfried schwebt ein Ziel vor, von dem er allerdings noch nicht recht weiß, wie er es erreichen kann. Einen Plan gibt es wohl, den hat er sich bereits am Vormittag gedanklich ausgeschmückt und in seiner Einbildung sorgsam für einen passenden Augenblick zurechtgelegt. Die Ausführung seines Bestrebens begann bereits am späten Nachmittag, da stand er am Personalausgang von den Gebrüdern Alsberg, einem Kaufhaus am Wall, um Libsche abzuholen. Libsche, die nur an den Wochenenden im Ausflugslokal bedient, arbeitet die Woche über bei den Gebrüdern Alsberg als Stoffverkäuferin. Da Gottfried zurzeit arbeitslos ist, weil Herr Bergmann das Geschäft aus Mangel an Kunden vorübergehend geschlossen hat, war Gottfried sehr darüber erfreut, dass sein väterlicher Freund ihn mit einem Augenzwinkern etwas zugesteckt hatte. »Mach dir einen schönen Abend, Junge, damit du mal auf andere Gedanken kommst!« Diese Worte gab er seinem Zögling zum Abschied mit auf dem Weg. Auch wenn Gottfried und er in vielen Dingen, und vor allem in ihren politischen Ansichten, nicht mehr einer Meinung waren, so war unabhängig davon mittlerweile eine tiefere zwischenmenschliche Beziehung zueinander gewachsen. Verstärkt wurde diese Zuneigung dadurch, dass Herr Bergmann sich in letzter Zeit mitunter recht verwirrt zeigte und Gottfried mehr und mehr den Eindruck gewann, dass er in ihm den verlorenen Sohn sah. Gottfried nahm sehr großen Anteil an der misslichen Lage, in der sich Herr Bergmann befand. Warum auch meldete Fred sich nicht? Er konnte es sich doch ausrechnen, dass es seinem Vater, der nun nicht mehr der Jüngste war, gesundheitlich schlecht dabei ging. Das konnte man sich doch wirklich an fünf Fingern abzählen. Aber kein Brief, noch nicht einmal ein Kartengruß kam, und Herrn Bergmann ging es beinahe täglich schlechter.

Diese Gedanken trägt Gottfried mit sich herum, als er in diesen Minuten des trüben Oktoberabends neben Libsche hergehend krampfhaft überlegt, den günstigen Moment abzupassen, um seine Absicht auf den entscheidenden Weg zu schicken. Er will sie mit ins Geschäft nehmen, das war seine Idee. Er will alleine mit ihr sein. Herr Bergmann wird längst schlafen. Er wird nichts von ihrem Besuch mitbekommen. Außerdem trinkt er vor dem Zubettgehen gewohnheitsmäßig Baldrian in meist vierfacher Dosierung. Heute muss es einfach klappen! Zu lange schon hat ihn in den schlaflosen Nächten das Verlangen gequält, eng umschlungen in ihren Armen zu liegen, um eins zu werden mit ihr, mit der Welt, mit dem Universum. Im Übrigen ist es ihm in der ungastlichen Umgebung inmitten von windgetriebenem Regen kalt geworden.

Auch Libsche versteckt sich in ihrem Mantel, als verkrieche sich eine Schildkröte in ihrem Panzer. Bloß weg hier! Alleine schon deswegen, weil man auf den menschenleeren Straßen, egal zu welcher Tages- oder Nachtzeit, nicht mehr sicher sein kann und mitunter um sein Leben bangen muss. Linke und rechte Fanatiker ziehen immer wieder umher und schlagen auf jeden ein, dessen Nase ihnen nicht passt.

Gottfried bleibt stehen. Er schaut sich um. Niemand zu sehen. Jetzt ist der Augenblick gekommen. Nun muss er endlich mit der Sprache herausrücken, bevor sie ihn bittet, sie zu ihrer Unterkunft zu begleiten. Sie wohnt am Ölberg, einem ärmlichen Arbeiterviertel, bei Frau Salgert, einer ältlichen Dame möbliert zur Untermiete.

Nein, bei ihr ist sein Plan nicht zu verwirklichen. Das weiß Gottfried aus Libsches Erzählungen, dass Frau Salgert sehr neugierig und engherzig ist, zudem hört sie die Flöhe husten.

Zu allem entschlossen zieht Gottfried Libsche in einen überdachten Hauseingang. »Lass uns den Guss abwarten«, sagt er und dabei klopft er sich die Nässe aus dem Hut. Sie hat sich inzwischen ein Kopftuch über die bereits klitschnassen Haare gebunden. Verführerisch wie eine morgenländische Schönheit sieht sie nun aus. Ihre großen Augen, die wie brauner Turmalin glänzen, und der stets gebräunt wirkende Teint verleihen ihr tatsächlich das reizvolle, fremdartige Aussehen einer begehrenswerten Beduinenbraut. Nur wenige Atemzüge lang stehen sie schweigsam nebeneinander. Beide richten ihren Blick auf die flackernde Neonröhre im Schaufenster gegenüber. Im rasch Wechselnden hell und dunkel sieht es beinahe so aus, als tanzten dort die ausgestellten Hüte auf den Stangen herum. Als tanzten sie ihnen zur Belustigung.

Libsche ist die Erste, die mit einem Gespräch beginnt. »Ein furchtbares Schicksal, das den Menschen widerfahren ist!«

»Es ist nur ein Film, Libsche.« Gottfried wendet sich ihr zu. »Es sind Schauspieler, und keinem wurde ein Haar gekrümmt.« Er überlegt kurz. »Na ja, ordentlich nass sind sie schon dabei geworden.«

»Ich weiß, dass es ein Film ist!« Libsche sagt es mit dem Unterton eines Tadels. »Aber ich musste gerade daran denken, dass es ja wirklich so passiert ist. Die Leute auf der Titanic hatten damals auch geglaubt, dass das Schiff, auf dem sie sich in aller Ausgelassenheit befanden, unsinkbar wäre.«

»Tja.« Gottfried zuckt mit den Schultern. »Sicherheit besteht nur so lange, bis ein unvorhersehbares Ereignis eintrifft. Aber so ist es eben nun mal, das Leben selbst ist ein unvorhersehbares Ereignis!« Er schaut sie verliebt an. »Auch du warst ein unvorhersehbares Ereignis. Hätte ich je ahnen können, dich kennenzulernen?«

»Was stellst du denn für sonderbare Vergleiche an?«, droht Libsche ihm schelmisch. »Willst du damit sagen, dass auch ich eine Katastrophe bin?«

»Nein, nein, um Himmels willen, nein. Das meine ich natürlich nicht!« Gottfried ist ehrlich entsetzt. Und um überhaupt etwas Versöhnliches verlauten zu lassen, sagt er noch: »Aber wenn ich in diesem Leben untergehen sollte, dann wünschte ich mir, das es nur mit dir wäre.«

»Na, schöne Wünsche hast du ...«

Gottfried lässt sie nicht zu Ende reden, mit beiden Händen packt er ihren Kopf, dreht ihn zu sich, und mit der Leidenschaft eines Ertrinkenden drückt er seinen Mund auf den ihren, als ob ihr Atem zu seinem werden sollte. Nach anfänglichem Zögern erwidert sie sein Verlangen. So lange erwidert sie sein Bedrängen, bis beide wahrhaftig wie Ertrinkende und atemlos voneinander lassen.

»Fast habe ich geglaubt, wirklich mit dir unterzugehen«, keucht sie.

»O ja«, bestätigt Gottfried, »mir ging es ebenso. Aber nicht im eisigen Wasser wie im Film, mir war es, als wären wir im tiefen Meer des Glücks versunken.« Noch nie hat er solche Worte gefunden. Jetzt sind sie vonnöten gewesen. Dafür dankt er seiner inneren Stimme. Er beobachtet sie genau, und als er ihren verzückten Ausdruck im Gesicht erkennt, flüstert er: »Ich liebe dich! Ich liebe dich vom ersten Augenblick an, da ich dich sah.« Nun ist sie es, die ihn küsst, aber nicht in gleich stürmischer Art wie zuvor. Sie küsst ihn mit Wärme und Vertrautheit auf den Mund, so wie man jemandem ein unvergängliches Siegel der Liebe auf die Lippen drückt. Immer noch eingestimmt vom Schicksal der sich Liebenden im Film, die, von der Musik des Bordorchesters begleitet, mit dem Schwur der ewigen Treue im eisigen Wasser untergingen, klammern sich Gottfried und Libsche in der Hoffnung aneinander, nie mehr im Leben voneinander lassen zu müssen. Hier, im kalten, nassen Hauseingang, sind sie solch einer schrecklichen Vorsehung nicht ausgeliefert, nicht dem Tod geweiht. Hier wird in zärtlicher Umarmung nichts beendet, hier beginnt etwas, was zwei Herzen auf ewig zu einem verbinden soll. Hier wird keine Angst geschürt, hier wird man mit reichlich Glück überhäuft. Ja, Gottfried fühlt sich mit einem Male derartig glücklich, wie er das Glück noch nie empfunden hat.

Libsche schaut ihn voller Rührung verklärt an, und plötzlich meint sie hingerissen: »Eigentlich ist mir noch nie aufgefallen, dass du wie Willi Forst aussiehst. Ich jedenfalls fand ihn in dem Film großartig!« Sie verdreht vielsagend die Augen. »Und wie er dieses Lied vom Wein gesungen hat, göttlich … einfach göttlich!« Und schon summt sie die Melodie.

»Nun, wenn wir schon mit den Vergleichen dabei sind, dann muss ich dir sagen, dass du eine große Ähnlichkeit mit … na, wie noch hieß seine Partnerin? Ich komme im Moment nicht auf ihren Namen!«

»Lucie Mannheim«, antwortet sie ihm. »Meinst du wirklich, dass ich wie sie aussehe?«

»Ein wenig schon«, antwortet Gottfried ihr treuherzig. »Außerdem, wenn ich Willi Forst bin, dann bist du eben die Lucie Mannheim. Sie waren in *Atlantik* doch ein schönes Paar! Ich bin jedenfalls froh, dass du mich nicht mit dem anderen da, na … du weißt schon … mit Francis Lederer vergleichst, diesem Juden!«

Als wäre ihr ein Blitz durch die Glieder gefahren, zuckt sie zusammen. Im gleichen Augenblick wird Gottfried bewusst, was er da unüberlegt gesagt hat. Hitze steigt in ihm hoch. Noch bevor er sich bei ihr entschuldigen kann, fragt sie ihn missbilligend, was er denn eigentlich gegen Juden habe, schließlich wäre sie ja auch Jüdin!

Aus seiner Sicht betrachtet, hätte er natürlich einige Vorbehalte gegen Juden im Allgemeinen vorbringen können, die ihren Ohren aber bestimmt nicht gefallen würden. Stattdessen murmelt er kleinlaut »Nichts«, und es klingt wahrlich nicht überzeugend. Rasch ergänzt er noch, dass er speziell ausgerechnet Lederer als Schauspieler nicht mag. Ganz sieht es so aus, als habe Gottfried mit seiner unüberlegten Äußerung das zuvor zärtlich geknüpfte Band der Zuneigung von jetzt auf gleich heftig angerissen.

Mit reumütigen Dackelblick fasst er ihre Hände. »Ich habe es wirklich nicht böse gemeint. Gib mir bitte eine Chance, es dir zu beweisen!«

Libsches Gesicht verzieht sich zu einem Lächeln. Sicher ist es sein treuherziger Blick, der sie versöhnlich stimmt. »Und wie willst du es mir beweisen?«

Ohne lange zu überlegen, sagt er: »Komm mit zu mir!«

Lange braucht er nicht auf Antwort warten. »Ich hoffe, Herr Bergmann wird nichts dagegen haben, wenn ich mitkomme!«

»Der ist längst zu Bett gegangen.« Gottfried strahlt über das ganze Gesicht, weil das kostbare Band so schnell wieder repariert war.

Wie ausgestorben stellt sich das Foto-Geschäft von außen dar. Die Jalousien sind herabgelassen, und aus der Etage darüber, wo Herrn Bergmanns Wohnung liegt, dring kein Lichtschimmer aus den Fenstern.

»Komm, wir müssen den Hintereingang nehmen!«, fordert Gottfried Libsche auf.

Der Regen hat zugenommen. Nass bis auf die Haut rennen sie die vier Stufen hoch, die zu der Türe führen, die einzig den Hausbewohnern vorbehalten ist. Von dort aus gelangt man direkt in den Flur, von wo aus die Geschäftsräume zu erreichen sind und eine Treppe nach oben abgeht. Gottfried kramt seinen Schlüssel aus der Hosentasche, und schon knackt das Schloss. Mit dem Rücken stößt er die Türe auf. »Hier geht's lang«, sagt er betont draufgängerisch.

Libsche legt den Zeigefinger an die Lippen.

»Ach was.« Gottfried weiß, was sie meint. »Der Alte hört doch schlecht. Und dann noch das Baldrian. Der ruht in Abrahams Schoß!« Als Gottfried sich daran macht, die Türe zum Ladenlokal aufzuschließen, kann er seine Erregung kaum mehr verbergen. In seinem Kopf spielen sich Szenen ab, die Libsche voraussichtlich auf der Stelle zur Flucht getrieben hätten, wären sie ihr bekannt gewesen. Libsche hingegen zittert vor Kälte. Als er die Deckenbeleuchtung einschaltet, steht sie wie ein Häufchen Elend vor ihm.

»Warte einen Moment!«, befiehlt er ihr, und gleich darauf verschwindet er in einen Nebenraum. Mit einem Pelzmantel über den Arm kommt er wenig später zurück. »Zieh ihn an. Ich werde den Ofen anheizen, und wenn er ordentlich bollert, kannst du deine Kleider daran trocknen.«

Sie zaudert, nach dem Mantel zu greifen.

»Den kannst du ruhig nehmen, er gehörte Frau Bergmann. Wir nehmen ihn jetzt als Requisit. Scheu dich nicht. Ich werde mich natürlich umdrehen, währen du dich ausziehst.«

Wortlos und zögerlich knüpft sie sich das Tuch vom Kopf, während er mit dem Mantel über den Arm ungeduldig darauf wartet, ob sie seiner Aufforderung nachkommen würde. Beinahe kommt sie ihm wie ein Geschenk vor, das er noch nicht einmal auspacken braucht. Er hat noch nie eine nackte Frau gesehen, und während er darüber nachdenkt, pulsiert sein Blut. Verwundert stellt Gottfried fest, dass sie es ohne Scheu tut. Im Gegenteil, sie entkleidet sich mit ihn betörenden Blicken, wie nur Frauen blicken können, die sich ihrer Reize bewusst sind.

Doch dann fragt sie ihn: »Sagtest du nicht, du wolltest dich umdrehen?« Mit verschränkten Armen bedeckt sie ihre nackte Brust. »Am besten wirfst du mir den Mantel über die Stuhllehne und verschwindest so lange nach nebenan, bis ich ihn mir übergezogen habe. Gottfried? Gottfried, hast du überhaupt zugehört, was ich gesagt habe? Gottfried!«

Gottfried zuckt zusammen. Wieder glaubt er zu träumen, aber es war kein Traum. Vor ihm steht die begehrenswerteste Frau, die er je gesehen hat. Und dieser Anblick scheint ihn zu lähmen. »Was ... wie?«

»Ich habe dich gebeten, mir den Mantel hinzuwerfen und nach nebenan zu gehen, bis ich mich wieder notdürftig bekleidet habe!«

»Ach so ... ja ... nach nebenan ... natürlich ... gleich ... sofort!« Er sieht an sich herunter, und es ist nicht zu übersehen, dass auch seine Kleidung klitschnass ist. »Nun, dann husche ich schnell nach oben und ziehe mich um. Lass dir ruhig Zeit!« Schon will er auf dem Absatz kehrtmachen, als er sich mit der flachen Hand vor die Stirne schlägt. »Du meine Güte«, sagt er, »daran habe ich ja gar nicht gedacht. Du wirst Hunger haben. Du hast doch Hunger, oder? Keine Frage, du hast Hunger! Ein Stück Brot, etwas Käse und eine Flasche Wein werde ich sicherlich auftreiben können. Und wenn ich zurück bin, gehen wir nach nebenan ins Studio. Hier, hinter den Jalousien, kommt man sich von der Straße her irgendwie beobachtet vor.« Er lässt Libsche keine Gelegenheit, um auf seinen Vorschlag reagieren zu können, denn schon verschwindet er aus der Türe und eilt die Treppe hoch.

Da steht sie nun, halb nackt in einem Pelzmantel gehüllt, und möglicherweise hat es in ihrem jungen Leben noch nie eine brisantere Situation gegeben. Um die Wartezeit zu überbrücken, betrachtet sie sich die vielen Fotos an der Wand. Meist sind die dort abgebildeten Männer in Uniform abgelichtet worden. Und mochte das eine oder andere Jünglingsgesicht in seinen Zügen noch so weich sein, alle versuchen, schneidig dreinzublicken, so als müssten sie jedem Betrachter Furcht einflößen. Vergängliches Heldentum! Demnach wirken die aufgeputzten Damen an ihrer Seite nur als schmückendes Beiwerk. Sie entdeckt aber auch Männer in zivil, von denen sie weiß, dass sie Juden sind. Diese Männer tragen Anzüge, und ihre Mienen zeigen sich nicht schneidig, sondern man sieht ihnen an, dass sie weltgewandt tun. Doch nun muss Libsche lächeln, denn sie steht vor einem monströsen Bild mit protzigem Rahmen, auf dem sich eine ebenso mondän ausstaffierte, ziemlich beleibte Matrone, den Oberkörper von prallen Kissen erhöht, auf einem Diwan rekelt. Und zwischen ihren drallen Brüsten, die von einer offenherzig geknöpften Rüschenbluse dekoriert werden und schier aus dem Rahmen zu fallen scheinen, kauert ein ebenfalls wohlgenährter Mops, der in seinem fleischlichen Gefängnis mit heraushängender Zunge verstört hechelt.

»Das ist Erna Knack«, freut sich Gottfried, der gerade mit einem Tablett in beiden Händen die Türe mit dem Fuß aufstößt. Er hat sich umgezogen, und über Hemd und Hose trägt er einen violetten, seidenen Hausmantel. »Es ist eines meiner ersten Fotos, die ich gemacht habe! Ist es nicht gut gelungen?«

Libsche zieht die Brauen hoch. »Na, ich weiß nicht recht.«

Gottfried stellt das Tablett ab. »Das ist doch scharf ... also ich meine, rein technisch betrachtet, und für das Motiv selbst bin ich nicht zuständig gewesen. Ich knipse jeden, wie er will und möchte, wenn er nur dafür bezahlt!«

Immer noch die Brauen erstaunt hochgezogen, fragt Libsche: »Wer ist diese Frau? Mit ihren Klunkern sieht sie wie ein breiter, zu klein gewachsener Weihnachtsbaum aus, der vom Gewicht seines Schmuckes umgekippt ist.«

Gottfried stimmt ihr zu. »Erna Knack war die Frau eines Kohlehändlers, sie hat sich nach der Besetzung mit einem Franzosen dünnegemacht.«

»Dünnegemacht ist wohl das falsche Wort«, wirft Libsche lachend ein.

Auch Gottfried lacht beherzt auf, um dann ernst anzufügen: »Was allerdings nicht zum Lachen ist, ist die Tatsache, dass sich der verlassene Kohlehändler kurz danach im leeren Kohlenkeller aufgehängt hat.«

»Der arme Mann«, stöhnt Libsche.

»Tja«, sagt Gottfried bedauernd, »keine Frau und keine Kohle mehr, da ist man wahrhaft arm dran! Aber glaube mir, es werden noch Zeiten kommen, wo die dicke Knack in ihrem verfetteten Herzen zu tiefst bereuen wird, dass sie mit einem Untermenschen in Feindesland verschwunden ist!«

Plötzlich sieht Libsche erschrocken aus. »Manchmal machst du mir Angst, Gottfried!« Mit der Hand verschließt sie den Pelzmantel bis direkt unter ihren Hals.

Beschwichtigend geht Gottfried auf sie zu. »Vor mir brauchst du keine Angst zu haben. Du stehst unter meinem persönlichen Schutz. Keiner wird dir je ein Härchen krümmen, solange ich in deiner Nähe bin.« Und mit einem anmaßenden Lächeln greift er ihr nach dem Mantel: »Der Pelz wird nicht eher verteilt, bevor ich den Bären erlegt habe!« Immer noch frivol lächelnd versucht er, mit seiner Hand durch den Saum des Pelzes zwischen ihre Schenkel zu gelangen. Ihr erschrockenes Gesicht ist es, das ihn abrupt von seinem Vorhaben lassen lässt. Dummkopf denkt er, wie führst du dich denn vor ihr auf?

»Es tut mir leid.« Er räuspert sich. Zielstrebig dreht er ihr den Rücken zu, um durch die Tapetentür nach nebenan ins Atelier zu gehen. Nachdem er den Lichtschalter betätigt hat, nickt er ihr mit vorgehaltenen Armen zu. Sie gehorcht ihm und folgt. Als sie den Raum betritt, nimmt sie alles erstaunt prüfend in Augenschein. Was aber denkt sie? Was geht in ihrem Kopf vor? *Hier also werden Illusionen verkauft. Wo austauschbare Kulissen denen etwas vorgaukeln, die für eine derartige Täuschung gerne bezahlen, damit auf einem schlichten Foto der Schein für diese und folgende Generationen bewahrt wird. Hier wird würdig in Positur gestellt, was eigentlich würdelos ist.*

»Was denkst du?«, fragt Gottfried sie.

»Ich denke, dass alles, was hier als Staffage herumsteht, eine Vortäuschung falscher Tatsachen ist. Meinen die Menschen denn tatsächlich, sie könnten anderen vorspiegeln, dass es ihre Welt ist, wenn man sie vor solchen Dekorationen aufstellt?«

Anstatt ihr darauf eine Antwort zugeben, stellt Gottfried ihr eine Gegenfrage. »Ist das Leben in seinen Erinnerungen, die Fantasie, die Visionen, die uns antreiben, nicht alles nur eine aufgemalte, vergängliche Theaterkulisse? Nichts weiter als eine kostümierte Realität? Aber ich bitte dich, nimm doch Platz!« Mit einer knappen Geste deutet Gottfried an, sie möge sich in die gemütlich eingerichtete Sitzecke begeben. Das Tablett hat er bereits auf den runden Tisch abgestellt, der zwischen einer Couch und drei gepolsterten Stühlen steht. Sie setzt sich.

Ihr Blick fällt auf das Tablett, auf dem die angekündigte Flasche Wein, Käse, Brot und zudem ein roter, blank geputzter Apfel angerichtet sind, während Gottfried den Ofen anheizt. Bald darauf reibt er sich genüsslich die Hände, als die Wärme spürbar den Raum durchzieht. Die Stühle stellt er so nahe wie möglich in die Nähe des bollernden Ofens, und über die Lehnen legt er sorgfältig ihre feuchte Kleidung. Nahe dabei befindet sich auch der Diwan, auf dem die dicke Knack vor Jahren im Blitzlicht lag. Möglicherweise sieht Libsche sie im Geiste vor sich, als sich ihr Blick auf den flauschigen Teppich heftet.

»Greif zu!«

Libsche zuckt zusammen. »Bitte?«

»Greif zu!« Und schon macht sich Gottfried daran, die Gläser mit Wein zu füllen. »Ist es dir nun warm genug?«

»Es geht.«

»Der Wein wird dich schon zusätzlich befeuern«, lacht er gewinnend. »Was möchtest du? Käse, Brot?«

»Von beidem ein wenig.«

Gottfried gibt ihr das Gewünschte, und er selbst greift auch zu, dann setzt er sich dicht neben sie. Sie essen spitzmündig, und beide können ihre Verlegenheit nicht verbergen.

»Prost Libsche!«, sagt er mit belegter Stimme und prostet ihr mit erhobenem Glas zu. Mit durstigen Zügen trinkt sie das Glas leer. Er gießt so oft nach, bis auch der letzte Tropfen aus der Flasche ins Glas träufelt. Auch das Tablett mit den Speisen hat sich bis auf den Apfel geleert, und Gottfried stellt fest, dass der volle Magen und der Wärme spendende Ofen eine wohlige Atmosphäre geschaffen haben. Libsches Gesicht zeigt sich gerötet, und sie hält längst nicht mehr so krampfhaft den Pelz mit der Hand zusammen. Sie haben sich angeregt unterhalten. Sie haben die Zeit genutzt, sich gegenseitig ihr bisheriges Leben zu offenbaren, wobei Helles heller wurde und Dunkles vorsorglich im Dunklen blieb. Und überhaupt, wer misst schon die Zeit, wenn man dermaßen traut beisammensitzt? Sicherlich waren ihre Kleider inzwischen so weit getrocknet, dass sie ihn jederzeit hätte bitten können, sie nach Hause zu begleiten. Nein, sie tut es nicht und er ist glücklich darüber.

»Ich will dich fotografieren!« Er sagt es mit einer Bestimmtheit, die seine Unsicherheit verbergen soll.

»In diesem Fummel?« Ihre Frage klingt brüskiert.

»Natürlich nicht.« Er hüstelt. »Nackt!«

Was für ihn ein Herzenswunsch ist, muss für sie wie eine Drohung klingen, denn eingeschüchtert hält sie sich erneut den Mantel zu und rückt ein Stück von ihm weg.

»Libsche, arme Libsche«, beschwichtigt er sie. »Ich will dir doch nichts zu antun! Ich will nur ein Foto von dir schießen. Falls du es vergessen haben solltest, ich bin Fotograf.«

»Du bist aber auch ein Mann!«, kontert sie. »Als Fotograf machst du doch Bilder von Menschen, die zu dir kommen, die den Wunsch haben, von dir fotografiert zu werden. Doch du überfällst mich damit, als wäre ich Freiwild, dass du, wie du sagst, schießen willst.«

»Da irrst du, Libsche, meine Kunden geben mir zwar den Auftrag, aber in dem Moment, wo ich hinter dem Objektiv stehe, bin ich tatsächlich wie ein Jäger, der dem Wild auflauert. Nicht, um die Leiber zu töten, sondern damit ihre Seelen sichtbar werden. Verstehst du? Ich will sie im übertragenen Sinne ohne jegliche Verkleidung nackt sehen. Ja, auf diese Weise schieße ich sie mit der Kamera.« Gottfried, einmal in Fahrt geraten, setzt seiner Floskel noch die Krönung auf. Er treibt es auf die Spitze. »Immer bin ich der Weidmann, ganz gleich, ob sie bezahlen oder nicht, oder hast du je davon gehört, dass das Reh zum Jäger kommt und darum bittet, geschossen zu werden?« Jetzt kneift Gottfried ein Auge zu, als würde er ein imaginäres Ziel anvisieren. Dabei verzieht sich sein Gesicht dermaßen ulkig, das Libsche ungeniert lachen muss.

»Libsche, du bist das Reh, dem ich viele Jahre meines Lebens vergeblich aufgelauert habe. Auch wenn ich dich nicht im Herzen treffen sollte und du vor mir vielleicht irgendwann fliehen wirst, so werde ich mit dem Bild den Augenblick besitzen, in dem du mir ohne Scheu entgegengetreten bist. Auf einem kleinen Stück Papier werde ich dich dann dennoch wie eine Trophäe besitzen.«

Nicht mehr so ängstlich wirft Libsche ein: »Du meinst wohl, dass du mich beim Anschauen des Bildes wie ein präpariertes, mit Holzwolle ausgestopftes Kitz mit deinen Gedanken ausstopfen wirst?« Wieder muss sie lachen. Die Wärme des Ofens und die Sonne aus den Weinreben haben ihr Gesicht verführerisch erhitzt, und sie scheint wirklich ihre Scheu verloren zu haben. Auf einmal schaut sie ihrem *Jäger* in die Augen, als bettele sie darum, von ihm geschossen zu werden. Wer wird die Frauen je verstehen?

Für Gottfried völlig überraschend lässt sie den Mantelsaum los und umfasst mit ihren warmen Händen seinen angespannten Nacken. Erregt spürt er, wie sich ihre Brüste an ihn drängen. Nun ist er es, der sich wehrlos fühlt, als habe sie ihn mit ihren Reizen erlegt. Ungestüm küsst er sie. Als sie voneinander lassen, ist der Pelzmantel von ihrem Körper abgestreift. Nur mit einem Oberteil und Höschen bekleidet sitzt sie vor ihm.

»Steh auf!«, sagt er entschlossen und reicht ihr die Hand. Wie ein gehorsames Mädchen folgt sie ihm zum Diwan. »Zieh dich aus!«, bittet er, als wäre es das Selbstverständlichste von der Welt. »Währenddessen werde ich alle Vorbereitungen treffen.« Er wendet sich von ihr ab und beginnt, die Kamera und den Scheinwerfer einzustellen, um gleich darauf hinter dem Diwan eine Kulisse mit blühenden Bäumen hochzuziehen, die den Eindruck vermitteln, an einem idyllisch dahinplätschernden Bach zu wachsen. Der Garten Eden, unberührt und rein. Das soll der passende Rahmen für seine *Eva* sein, die er gänzlich ohne Feigenblatt in ihrer Unberührtheit ablichten will. Mit diesem Bild der Reinheit, so schwebt ihm vor, will er ebenfalls im übertragenen Sinne die sündhafte Beschmutzung der Welt rückgängig machen. Mit diesem Bild will er in einer vermessenen Art und Weise zum Schöpfer einer neuen Welt werden, seiner Welt, und niemand wäre von nun an dazu in der Lage, ihm jemals die Liebe zu diesem Paradies aus seinem Herzen zu rauben. Mit einem verstohlenen Blick sieht er zu Libsche hinüber, die, wie Gott sie erschaffen hat, bereits seitlich auf dem Diwan liegt. Der konsumierte Wein hat ihr anscheinend längst das Feigenblatt weggespült. In ihrer verlockenden Pose sieht sie wahrlich wie eine verführerische *Göttin* aus.

Als Fotograf weiß es Gottfried zu schätzen, dass Frauen einen einzigartigen Instinkt dafür besitzen, immer dann eine sichtbare Verführbarkeit abzurufen, wenn es darum geht ihre Reize ins rechte Licht zu posieren.

»Ich bin gleich soweit«, sagt Gottfried, »ich muss nur noch die Belichtung der Kamera einstellen.«

»Gefalle ich dir?« Libsche stellt ihm eine völlig überflüssige Frage. Dass sie von atemberaubender Schönheit ist, muss sie doch selber wissen. Trotzdem lässt sie nicht nach ihn weiterhin aus der Reserve zu locken. »Oder bin ich für dich nur eine Frau Knack?«

Gottfrieds Kopf erscheint ziemlich verdattert unter dem Tuch der Kamera hervor. Äußerst lässig tuend meint er: »Dich und die Knack kann man nun wirklich nicht vergleichen. Die Knack hatte nur einen Mops, als ich sie fotografiert habe.«

»Schlingel«, kichert sie, wobei sie mit beiden Händen neckisch ihre wohlgeformten Brüste bedeckt. Um seine äußere Erregung zu verbergen, steckt Gottfried seinen Kopf wieder unter das Tuch. »Schlag doch bitte die Beine etwas übereinander und winkle sie ein wenig an.« Er findet zu seiner Routine zurück. »Und es wäre schön, wenn du deinen Kopf locker auf den linken Arm legen würdest. Ja, ja, gut, sehr schön, gut so! Ach, warte, da fällt mir etwas ein! Bleib so!« Er eilt zum Tisch und nimmt den noch unberührten Apfel vom Tablett. »Halte dir den Apfel mit der rechten Hand vor die Scham«, schlägt er ihr vor.

Doch sie fragt düpiert: »Meinst du wirklich?«

»O ja, frag nicht weiter nach, es soll eine künstlerische Metapher dafür sein, dass es der Apfel ist, der den Weg ins Paradies versperrt!«

Das Wort künstlerisch scheint bei ihr zu wirken, mit Grazie hält sie sich den Apfel vor das behaarte Dreieck.

»Du siehst wunderschön schön aus«, schwärmt er. »Nein, bloß nicht lächeln. Behalte diesen hintergründigen Gesichtsausdruck! Fantastisch! Jetzt! Jetzt kommt das Vögelchen!«

Ein Blitz durchzuckt den Raum, wahrlich einem Urknall gleich. *Klick und Stopp.* In diesem Moment wurde tatsächlich die alte Welt angehalten. Und Gottfried spürt, dass seine Sehnsüchte in diesem Augenblick für lange Zeit konserviert werden.

Gottfried erhebt sich mit schweißiger Stirn aus seiner gebückten Haltung. »Ich werde das Bild *Eva im Paradies* nennen.«

Erschöpft wirkend hat sich Libsche auf den Rücken gedreht und die Augen geschlossen. Als sie ihre Lider wieder öffnet, steht Gottfried ebenfalls nackt vor ihr.

»Die Genesis muss neu geschrieben werden«, sagte er schwer atmend. »In diesem Atelier wurde soeben zuerst Eva erschaffen, dann erst Adam. Hier ist dein Adam, Eva!«

Als sie voneinander lassen, ist es weit nach Mitternacht. Libsche jetzt noch in die Nacht zu schicken, nein, daran ist nun wirklich nicht mehr zu denken. Außerdem wollen sie sich wegen solch weltlicher Dinge nicht aus ihrem gerade erst bezogenen Paradies vertreiben lassen. Also bleibt Libsche bei Gottfried. So liegen sie, mit dem Fell eines Tieres bedeckt, bis zum Morgengrauen eng umschlungen auf dem Diwan, bis ihnen klar wird das Träume nur so lange als Realität erscheinen, bis man mit einem fahlen Geschmack im Mund aus ihnen erwacht.

Zeitenwende 1933 – 1945

Das Lied der Deutschen
Deutschland, Deutschland über alles, über alles in der Welt,
wenn es stets zu Schutz und Trutze brüderlich zusammenhält,
von der Maas bis an die Memel, von der Etsch bis an den Belt.
Deutschland, Deutschland über alles, über alles in der Welt!
Deutsche Frauen, deutsche Treue, deutscher Wein und deutscher Sang
Sollen in der Welt behalten Ihren alten schönen Klang.
Uns zu edler Tat begeistern unser ganzes Leben lang.
Deutsche Frauen, deutsche Treue, deutscher Wein und deutscher Sang!
Einigkeit und Recht und Freiheit für das deutsche Vaterland!
Danach lasst uns alle streben brüderlich mit Herz und Hand!
Einigkeit und Recht und Freiheit sind des Glückes Unterpfand.
Blüh im Glanze dieses Glückes, blühe, deutsches Vaterland!
Text von August Heinrich Hoffmann von Fallersleben, 26. August 1841.
Nach der Melodie *Kaiserlied* von Joseph Haydn 1797.

Der Verführer

Bibel:

»*Draußen sind die Hunde und die Zauberer und die Hurer und die Mörder und die Götzendiener und jeder, der die Lüge liebt und tut.*«
Offenbarung 22/15

Adolf Hitler:

»*… das Vaterland, als Instrument der Bourgeoisie zur Ausbeutung der Arbeiterschaft; die Autorität des Gesetzes, als Mittel zur Unterdrückung des Proletariats; die Schule, als Institut zur Züchtung des Sklavenmaterials, aber auch der Sklavenhalter; die Religion, als Mittel der Verblödung des zur Ausbeutung bestimmten Volkes; die Moral, als Zeichen dummer Schafsgeduld usw. Es gab aber rein gar nichts, was nicht in den Kot einer entsetzlichen Tiefe gezogen wurde.*«
Aus *Mein Kampf*, Seite 41, Kapitel »Erstes Zusammentreffen mit Sozialdemokraten«

†

Den ganzen Tag schon wurde Gottfried von einer gewissen Unruhe getrieben. Er hat Hitler gesehen. Mehr noch, er hat ihn aus der Nähe fotografiert. Noch am Abend, als er mit Spannung die Schnappschüsse von der Wahlkampfveranstaltung entwickelt, der er beiwohnte, spürt er in gleichem Maße das schaurig schöne Gefühl in sich, das Hitlers Augen in ihm ausgelöst hat. Ein Blick von durchdringender Intensität, wie er sich seinem väterlichen Freund gegenüber ausdrückt.

»Du hättest ihn leibhaftig sehen sollen«, schwärmt Gottfried ihm vor. »Das ist kein Mensch … das ist … das ist … ich kann es dir gar nicht beschreiben.«

Herr Bergmann schweigt. Vermutlich könnte er einiges darauf sagen. Was er aber ganz bestimmt weiß ist die Tatsache, dass Gottfried ihn auf der Stelle mundtot macht. Dass er keinen Widerspruch dulden wird. Alles deutet darauf hin. Gottfried ist vollkommen aufgewühlt. Herr Bergmann muss dieses Erregtsein als eine Art Fieber entlarvt haben. Als ein Fieber, dass insbesondere Fanatikern zu eigen ist. Von dem sie berauscht sind, wenn sie mit heißem Gefühlsüberschwang für ihr hehres Ideal in die Bresche springen.

Gleich einer infektiösen Erkrankung, die wie in einem Delir die Sinne unkontrollierbar macht. Leute wie Gottfried scheinen in der Tat von einem fiebrigen Eifer befallen zu sein.

»Hitler wird uns unseren Stolz zurückgeben! Die Welt wird noch ins Staunen geraten. Unser deutsches Volk ist noch lange nicht dem Untergang geweiht. Wir werden erstarken und die Schmach des Verlierers rückgängig machen!«

Stumm hört Herr Bergmann zu, was Gottfried im Rotlicht der Dunkelkammer in schneidigem Tonfall zum Besten gibt.

Goebbels, der charismatische Agitator, der unweit von Gottfrieds Wohnung sein Büro als ein strategisches Netzwerk führte, hatte wohl gute Vorarbeit geleistet. Wuppertal gehörte inzwischen zum organisatorischen Zentrum der NSDAP in Westdeutschland. In einer Stadt, die von fleißigen Arbeitern bevölkert wurde, denen man aus den Folgen des zurückliegenden Krieges begründet nicht nur die Arbeit, sondern vor Jahren auch die Selbstachtung genommen hatte, die schlossen sich nun mit wehenden Fahnen einer Organisation an, die ihnen all das und mehr zurückgeben wollte, wenn sie willens waren, im Gehorsam zusammenzustehen. »Ein Volk, ein Führer!« galt als ihre eindeutige Parole. Außerdem gab es inzwischen auch bei vielen Bürgern eine unbestimmbare Furcht vor dem Bolschewismus, einer totalen Herrschaft der roten Aufrührer. Die Roten waren ihnen suspekt, vor allem, wenn sie marodierend durch die Straßen zogen. Was wollte man von solch einem Pöbel denn schon erwarten? Die Braunen taten wenigstens was, sie schlugen zurück, wurde gesagt.

Mehr als einmal war Gottfried in solche Handgreiflichkeiten geraten. Zudem gab es in seinen Augen und in den Augen der Seinen einen neuen Gegner zu bekämpfen, nämlich die Republiktreuen, denen man ja irgendwie den ganzen Schlamassel zu verdanken hatte. Zum Schutze der Republik rekrutierten diese aus den Reihen des *Reichsbanners* junge, willige Burschen zu einer militanten Eliteeinheit – die Schutzformation, kurz »Schufo« genannt –, die zur Wahrung von Recht und Ordnung, aber auch zum Schutze sozialdemokratischer Einrichtungen nicht gerade zimperlich ihren Kopf hinhielten.

»Wir werden es sein, die in diesem Staat wieder Recht und Ordnung herstellen! Und dazu müssen wir unseren Gegnern notfalls den Gehorsam auch mit strengen Gesetzen einprügeln!«

Herr Bergmann wirkt verzweifelt. Nun aber mag oder kann er nicht mehr schweigen. »Junge, Junge ... mein armer Junge, so wird das nicht funktionieren. Diese Gesetze geben keine Ordnung. Im Gegenteil, sie werden Unordnung herausfordern! Immer, wenn der Mensch unterdrückt wird, wird er sich, mag es dauern oder nicht, mit allen Mitteln dagegen wehren. Das Gesetz sollte einzig dazu dienen, den Menschen zu zeigen, dass sie unrechtmäßig handeln. Erst wenn sie das von sich aus ohne Zwang und Druck erkennen, besteht die Chance, dass sie sich so benehmen, dass man sie als anständig bezeichnen kann. Deine Gesetze hingegen züchten Verbrecher, mein Junge! Das Gesetz der Moral aber hinterlässt im Idealfall reuige Büßer! Vielleicht merkst du dir das einmal, dem Gehorsamen gilt kein Gesetz. Ja, ich bin überzeugt davon, dass es einen Geist gibt, der Frieden schafft. Und dieser Geist kann, nein, muss dem Menschen durch ein gutes Vorbild vermittelt werden! Jedem Einzelnen, denn der Einzelne trägt die Kraft des Ganzen in sich. Der Einzelne ist zwar ein geringer, aber wichtiger Teil der Volksseele, die es unbestritten gibt. Und, auch das merke dir, vor der Volksseele muss man grundsätzlich auf der Hut sein! Junge, merke dir das! So wie der Einzelne töten kann, so auch die Macht der Volksseele! Die Volksseele ist wie ein Pulverfass, in dem jeder Einzelne, du und ich, hochexplosiv sind, und es genügt nur ein Funke der Aufhetzung, damit die Masse unkontrolliert explodiert.« Herr Bergmann macht eine Atempause, um anzufügen: »Und ich prophezeie dir weiterhin, dein Hitler ist solch ein Funke.«

Gottfried baut sich dicht vor Herrn Bergmann auf. »O ja, da magst du recht haben, aber es beweist doch auch, das andere Nationen eine Volksseele haben, die ebenso leicht in die Luft gehen kann. Mein Vater und Millionen von Menschen, du und ich haben das doch gerade erst am eigenen Leibe zu spüren bekommen. Und wenn wir nicht ganz genau aufpassen, wird nichts, aber auch gar nichts von uns übrig bleiben. Schau dich doch um in Europa, überall glühen die Lunten, und es wird nur darauf gewartet, wer zuerst das Feuer legt. Aber auch ich prophezeie dir: Stärke liegt im Angriff und nicht in der Verteidigung, denn im Angriff steckt der Wille zum Sieg! Und unserer Führer Adolf Hitler wird uns zu diesem Sieg führen!«

»Führer, Führer, ich höre immer wieder und immer wieder Führer. Was hast du gegen die Demokratie? Ist es nicht gut, wenn das Volk selber darüber entscheiden kann, von wem es regiert werden will und wie die Gesellschaft letztendlich aussehen soll, in der die Menschen leben möchten?«

»Demokratie, ha, dass ich nicht lache!«, erwidert Gottfried gereizt. »Alle sind für irgendwas zuständig, aber keiner zeigt sich für irgendwas verantwortlich. Wenn das Kind in den Brunnen gefallen ist, dann zucken die Herren Demokraten mit den Schultern und verziehen sich. Möglichst noch mit vollen Taschen. Nein, nein, so wird der Staat zum Selbstbedienungsladen, und die Fehler müssen andere ausbaden. Demokratie hebt die Verantwortlichkeit auf, das ist das Entscheidende. Jeder braut sein Süppchen, aber wir werden ihnen hineinspucken. Was in Weimar beschlossen wurde, nutzt nicht dem Volk, sondern denen, die gerade mehr oder weniger zufällig an die Macht gekommen sind.« Nun läuft Gottfried zur Höchstform auf. »Aber wenn Adolf Hitler unser aller Führer ist, wird er damit gründlich aufräumen. Jeder seiner Vertrauten, der in seinen Augen befähigt ist, wird ein Ressort bekommen, für das er sogar mit seinem Leben verantwortlich ist. Unser Führer wird keine Schweinerei der Selbstbereicherung, der Ausbeutung des Staatswesens zum eigenen Vorteil dulden!«

»Ihr seid Narren, verbohrte Narren!«, schimpft Herr Bergmann. »Dafür wird dein Führer uns etwas anderes nehmen, nämlich die Freiheit. Nicht nur die Freiheit des Handelns, sondern auch die Freiheit des Denkens. Meinst du denn, ich würde nichts mehr mitbekommen? Meinst du, ich wüsste nicht, was auf den Straßen los ist? Erst neulich musste ich mit ansehen, wie deine Freunde Passanten gezwungen haben, sie mit *Heil Hitler* zu grüßen. Wen und von was will dieser selbst ernannte, selbstherrliche *Heiler* denn heilen? Wenn ich ein gesundheitliches Problem habe, brauche ich keinen Hitler, dann nehme ich Heilerde. Dein Hitler aber ist nicht zum heilen … dein Hitler ist zum Kotzen!« Herr Bergmann ist laut geworden. Nun ist er es, der sich in Rage geredet hat, dass er nach Luft ringen muss.

Gottfried rückt rasch den Schemel unter dem Entwicklerbecken hervor, den Herr Bergmann immer dann benutzt, wenn die Arbeit in der Dunkelkammer länger dauert. Wortlos bugsiert er den gebrechlichen Mann auf den Sitzplatz. Trotz des Rotlichtes kann er schemenhaft erkennen, dass Herrn Bergmanns Gesicht von einer unnatürlichen Farbe ist. Aber ungeachtet dieser heiklen Situation hält er ihm das umgeschlagene Revers seiner Jacke dicht vor die Augen, wo sich ein Parteiabzeichen der NSDAP befindet. »Ich möchte Derartiges nicht mehr von dir hören!«, befiehlt ihm Gottfried.

Der Angesprochene starrt auf das Embleme. Seltsamerweise scheint ihn das, was er sehen muss, zu beruhigen, denn immer noch schwer, aber nun ruhiger atmend stellt er gleichmütig fest: »Du also auch!«

»Ja, ich auch!«, erwidert Gottfried patzig. »Sei doch froh, dass es Menschen wie uns gibt, die nicht nur mit Worten für eine bessere Zukunft einstehen. Wir fackeln nicht lange. Wir machen kurzen Prozess. Wäre Fred hier, und wäre er nicht wie ich in die Partei eingetreten, dann …« Gottfried zögert. Schließlich vollendet er in provozierendem Tonfall: »Dann wäre er ein Feigling, ein Verräter an Volk und Vaterland!«

Es sieht wirklich ganz so aus, als habe sich Herr Bergmann tatsächlich beruhigt. Selbst als er den Namen seines Sohnes zu hören bekommt, kann Gottfried ihm keinerlei äußere Regung ansehen. Stattdessen erhebt er sich behäbig. Er schwankt ein wenig, bevor er einen ersten Schritt auf Gottfried zugeht. Einen Moment stockend steht er wortlos vor ihm. Zaudernd verharrt er vor dem Mann, dem er gutmütig Unterkunft und Zuneigung gegeben hat. Gottfried fühlt sich plötzlich unwohl. Außerdem bemerkt er nun eine unübersehbare Traurigkeit, die wie ein Schatten auf dem müden Gesicht des alten Mannes liegt. Vor allem, als Herr Bergmann unerwartet nach Gottfrieds Revers greift, um sich das Abzeichen mit dem darauf abgebildeten Hakenkreuz näher anzusehen, zuckt er mit dem Oberkörper zurück, als habe ihn ein Stromschlag getroffen. Doch zu Gottfrieds Überraschung nickt Herr Bergmann zustimmend. Dann reckt er sich, um dem auf die Wange zu küssen, der für ihn Sohnesstatt angenommen hat. Selbst als Herr Bergmann die Türe längst hinter sich geschlossen hat, steht Gottfried immer noch stocksteif in dem Raum, wo er sich nun wie ein Verlassener vorkommt, der nicht in einer Dunkelkammer ist, sondern einsam in der Einsamkeit. Verlassen von Gott und die Welt!

Am nächsten Morgen wartet Gottfried vergeblich mit dem Frühstück auf Herrn Bergmann. Bei weit geöffnetem Fenster verweilt er in der Küche, denn draußen herrschen angenehme frühlingshafte Temperaturen, obwohl der Juli bereits zu Ende geht. Bald werden die Hundstage Oberhand gewinnen, und mit ihnen wird die Hitze kommen.

Schließlich nimmt er grüblerisch die Emaillekanne, in der sich der bereits aufgebrühte Malzkaffee befindet, von der heißen Herdplatte. Herr Bergmann mag nicht, wenn der Kaffee wegen des langen Warmhaltens so bitter schmeckt. Mit einem schrägen Blick zur Küchenuhr stellt er fest, dass sie bereits Viertel nach neun anzeigt, für beide eine außergewöhnlich späte Zeit, um zu frühstücken. Er beschließt, nach nebenan zu gehen, um an die Schlafzimmertüre zu klopfen. Sicherlich gibt es eine plausible Erklärung dafür, warum Herr Bergmann an diesem Morgen so lange im Bett liegt!

Vielleicht ist er wegen der Aufregung am Tag zuvor sehr spät eingeschlafen und hat folglich einen Esslöffel Baldrian extra eingenommen, denkt sich Gottfried. Aber was nutzt es, lange herumzurätseln! Von der Küche aus über den Flur zu Herrn Bergmanns Schlafzimmerstube sind es nur wenige Schritte. Mit heftig schlagendem Herzen verweilt Gottfried zunächst unentschlossen davor. Dann legt er vorsichtig sein Ohr an das Türblatt. Je nachdem, wie tief Herr Bergmann schlief, war sein Schnarchen meist unüberhörbar. Doch nun ist nichts zu vernehmen. Nichts. Rein gar nichts! Nicht das leiseste Atemgeräusch ist von drinnen auszumachen.

Gottfried runzelt die Stirn. *Der schläft ja wie tot*, dieser Gedanke bohrt sich in seinen Kopf. Hin- und hergerissen klopft er an. Immer noch nichts! Sollte er etwa schon in aller Herrgottsfrühe aufgestanden sein? Früher kam das öfters vor, da unternahm Herr Bergmann zum Tagesbeginn einen kleinen Spaziergang. Meistens zog es ihn zum Neumarkt. Dort schaute er für eine Weile den Markttreibenden zu, wie sie ihre Stände aufbauten. Anschließend bummelte er auf dem Nachhauseweg an den Schaufenstern vom *Leonhard Tietz* vorbei. Danach bereitete er das Frühstück vor und weckte Gottfried.

Diese Gedanken gehen ihm vor der Tür stehend durch den Kopf, und zum wiederholten Male klopft er an, wobei sein Pochen energischer wird. Schließlich ist er es leid. Er ertappt sich dabei, dass er die Klinke so zaghaft herunterdrückt, als wolle er ihn paradoxerweise nicht aufwecken.

»Lutz!«, ruft er durch den geöffneten Türspalt. Der Name kommt ihm nicht leicht über die Lippen, da er sich ansonsten davor scheut, diesen fabelhaften Menschen, den eine Art von unantastbarer Aura umgibt, dies mit dem plumpen Aussprechen des Vornamens zu zerstören. Hier aber betritt er ohnehin einen intimen Raum, der unausgesprochen als geschützt gilt.

»Lutz, es ist gleich halb zehn, der Kaffee wartet!« Doch Gottfried bekommt keine Antwort. Stattdessen zieht ein kräftiger Luftzug aus Herrn Bergmanns Schlafstube hinaus, der den Flur entlang in die Küche gesogen wird und schließlich, einem kleinen Wirbelwind gleich, durch das Küchenfenster hinausfindet. Mit einem *Rums!* schlägt die Küchentür zu. Gottfried fährt vor Schreck zusammen. Er atmet drei, - viermal tief durch, dann tritt er mit zwiespältigem Gefühl in der Magengegend ein. Auch bei Herrn Bergmann steht das Fenster weit offen, und der Raum ist trotz des milden Sonnenscheins ziemlich ausgekühlt.

»Lutz.« Fast gehaucht wehen auch die Worte durch das Zimmer. »Lutz, ich bin es.« Gottfried starrt aufmerksam auf das hoch aufgebauschte Plumeau, unter dem er, beinahe versteckt, Herrn Bergmanns Gestalt ausmachen kann, ob es sich vom Atemzug hebt und senkt. Jedoch es rührt sich nichts. Jetzt erst löst sich Gottfrieds Anspannung.

Mit zwei, drei Sätzen beugt er sich über das Kopfteil des Bettes. Dort liegt mit stierenden Augen und unverschlossenem Mund der tote Herr Bergmann in den Kissen. Sein Gesicht ist blau angelaufen, und es sieht irgendwie staunend aus, als hätte er in der letzten Sekunde seines Lebens etwas gesehen, womit er nicht gerechnet hat. Da seine Hände wie zum Gebet gefaltet auf dem Oberbett abgelegt sind, entdeckt Gottfried gleichzeitig ein zusammengefaltetes Papier, das zwischen seinen ebenfalls bläulich schimmernden Fingern steckt. Eine unbeschreibliche Stille geht von dem Totenbett aus. Gottfried zaudert, durch ein unüberlegtes Handeln in diese übermenschliche Lautlosigkeit einzudringen. Unter peniblerVermeidung, einen Krach zu veranstalten, zieht er sich den Stuhl heran, über dessen Lehne Herr Bergmann vor dem Zubettgehen ordentlich Hose und Hemd abgelegt hat. Gottfried räumt sich den Sitz frei, um sich dicht neben das Bett zu setzen.

Da sitzt er nun, der verstörte junge Mann, unfähig, rationell zu handeln. Und je länger Gottfried sich der eigentümlichen Totenstille hingibt, desto mehr verlässt ihn die körperliche Anspannung und Erregung, bis er wie ein Kutscher auf dem Stuhl hockt, der nach langer Fahrt auf dem Bock seinen Schlaf gefunden hat. Allerdings ist es nur eine scheinbare Beherrschtheit, die von ihm ausgeht, in seinem Kopf schläft der *Kutscher* nicht. In seinem Kopf hat er alle Mühe, die dahinstiebenden Pferde zu bändigen. Denn ebenso jagen seine Gedanken wild drauf los, und innerlich schreit und schlägt er mit der Peitsche, damit sie endlich zum Stehen kommen. Bis in seine Kindheit zurück hetzt die verwegene Fahrt, wo schließlich Vater erscheint und ihm beherzt in die Zügel greift. Vater weint, und in seiner Stirne klafft ein großes rundes Loch, durch das Gottfried mit Entsetzen in ein Land hindurchsehen kann, in dem die Ahnen in schwarzen Trauergewändern wandeln. Von Angst und Schrecken überwältigt vertreibt er die Gedankenbrut. In seinen Wahnvorstellungen haut er mit der Peitsche auf die Nüstern der entfesselten Tiere, worauf die Pferde in jagender Hatz umkehren, bis sie wieder schnaubend und nassgeschwitzt seinen Stuhl erreichen.

Was für eine Wirrnis hat er ausgebrütet! Nun ist er es, der schnaubt und schwitzt, und als er sich aufrichtet, sieht er mit Erschrecken anstatt des Herrn Bergmann seinen Vater im Bett liegen.

»Vater!«, entfährt es seinem angstverzerrten Mund.

Dieser Ruf ist so etwas wie ein Weckruf, der Gottfried aufwachen lässt. Gott sei Dank, es war nur ein Alb gewesen! Herr Bergmann ist es, dessen leibliche Hülle friedlich vor ihm liegt. Im Nu wird Gottfried von diesem äußeren Frieden beseelt, der sich auch seines Inneren bemächtigt. Und den Frieden kann er sogar riechen. Er riecht nach allerlei Blütenduft, nach frischen Morgen duftet er und dazu singt eine Amsel, die im Geäst der Linde beim geöffneten Fenster sitzt. Jetzt erst wird es Gottfried bewusst, von was für Hirngespinsten er genarrt wurde. Verstört schüttelt er den Kopf. Wie nur konnte er Herrn Bergmann mit seinem Vater verwechseln? Aber hat er überhaupt noch eine unverfälschte Erinnerung an seinen Vater, die der Wirklichkeit entsprach? Hatte die vergangene Zeit nicht inzwischen alles verklärt? Er selbst war doch längst nicht mehr der Junge, der kleine *Purzel* von damals. Er war zu einem Mann herangewachsen, der eine Frau liebte und das Parteiabzeichen der NSDAP trug. Er war stark und mächtig.

Nun wird es ihm noch heißer. Vielleicht ist es das Parteiabzeichen gewesen, über das sich Herr Bergmann dermaßen aufgeregt hat, das ...? Gottfried hat es ihm gestern doch angesehen. Jetzt, da er daran denken muss, laufen ihm die Tränen über die Wangen. Lutz war wirklich wie ein Vater für ihn gewesen, und er spürt plötzlich den Kuss, den er ihm in der Dunkelkammer auf die Wange gegeben hat. Dass es ein Abschiedskuss war, hätte er nicht für möglich gehalten. Reue übermannt ihn. Reue darüber, dass er sich ihm gegenüber wie ein ungehorsamer Sohn benommen hat. Lutz hatte schon einen ungehorsamen Sohn gehabt. Genügte es nicht, dass Fred ihm schon das Herz gebrochen hatte, musste er ihm den Rest geben?

Fred, wo mag er sein? Wie wird er reagieren, wenn er erfährt, was geschehen ist? Überhaupt, warum sitzt er hier herum? Jetzt heißt es doch zu handeln! Es müssen Formalitäten erledigt werden.

Gottfried steht auf. Zunächst muss er an dem Toten einen Liebesdienst verrichten. Er weiß noch zu gut, wie sich ein Toter anfühlt. Großvaters Totenhand hatte er damals gedrückt, und diese steinige Kälte, die quält ihn auch jetzt wieder, als er Herrn Bergmann Augen und Mund schließt, was gar nicht so einfach ist, weil die Totenstarre ihn beinahe daran hindert. Fast wäre das Papier zerrissen, als er es aus den steifen Fingern entfernt. Was soll das? Es ist beschrieben. Ist es eine Botschaft für ihn? Neugierig geworden faltet er es auseinander.

Mein letzter Wille lautet die Überschrift. Mit hochgezogenen Brauen liest Gottfried den folgenden Text:

Im Vollbesitz meiner Sinne verfüge ich als meinen letzten Wunsch, dass nach meinem Ableben mein Haus und mein vollständiger Besitz an Herrn Gottfried Krahwinkel, wohnhaft daselbst und amtlich gemeldet, übergeht. Weiterhin soll er das Geschäft als alleiniger Besitzer weiterführen! Sollte mein leiblicher Sohn Fred eines Tages in Erscheinung treten, obliegt es Herrn Gottfried Krahwinkel, inwieweit er einen Erbanspruch meines Sohnes, seinem Wohlwollen geschuldet, abgilt.

Lutz Bergmann, Wuppertal den 25. Juli 1932

Immer wieder überfliegt Gottfried die Zeilen, und je öfter er sie liest, umso unverständlicher werden sie ihm. Seine Knie zittern, und er muss sich wieder setzen. Zu seiner vorhergegangenen Reue kommt nun Scham hinzu. Er hat sich Herrn Bergmann gegenüber nicht immer freundlich verhalten – und nun dies. War der alte Mann wirklich im Vollbesitz seiner Sinne gewesen, als er dies schrieb? Es gibt jedenfalls keinen Zweifel, dass er gewusst haben muss, dass es mit ihm zu Ende ging. Alles sieht nach Vorbereitung aus. Selbst das aufgesperrte Fenster weist doch irgendwie daraufhin. Herr Bergmann hatte ihm einmal von der Sitte erzählt, dass man die Fenster öffnet, wenn jemand verstorben ist, damit die Seele in die Freiheit fortfliegen kann. Ist sie fort? Gottfried sieht sich unnötigerweise im Zimmer um. Nein, da schwebt keine Seele! Einzig das Testament, das er in den Händen hält, bezeugt seine weltliche Hinterlassenschaft. Aber ist sie nicht anfechtbar? Gottfried ist verunsichert, er kennt sich nicht aus damit. Wie wird Fred reagieren, taucht er auf?

Die Fragen überschlagen sich, doch zwischen all den Ungereimtheiten fließt etwas, das sich wie ein Glücksstrom anfühlt. Gottfried ist hin und her gerissen. Darf er sich im Angesicht des Todes überhaupt glücklich fühlen? Er entscheidet sich dafür, dass er es darf! Und wo eben noch die wilden Pferde jagten, stellen sich berauschend schöne Bilder ein, in denen Libsche und Mutter vorkommen. Er, Libsche und Mutter wohnen in diesem Haus. In Gedanken versunken beobachtet er, wie er mit galantem Getue die Kundschaft bedient, während Libsche und Mutter das Haus in Ordnung halten. Und an den Wochenenden werden sie gemeinsam etwas unternehmen. Zum Beispiel mit der Zahnradbahn zum Toelleturm hochfahren, im Kurpark spazieren gehen oder das Planetarium besuchen. All das und mehr stellt Gottfried sich vor und beinahe hätte er total vergessen, dass der tote Herr Bergmann neben ihm liegt.

Eines Tages steht Meta mit ein paar Habseligkeiten vor Libsche und ihrem Sohn. Zwar hatte Gottfried ihr schon vor Monaten in einem langen, ausführlichen Brief berichtet, was sich zugetragen hatte und wie er sich eine gemeinsame Zukunft mit ihr und seiner Braut im Hause seines Gönners vorstellte, dennoch trifft sie für beide unverhofft ein. Jetzt ist sie da! Sie hat kurz entschlossen das Nötigste zusammengepackt und die Türe der alten Kate hinter sich zugesperrt.

»Mutter … Mutter, was für eine Überraschung!« Gottfrieds Gesicht strahlt bei seiner Begrüßung bis über beide Ohren. Gleich darauf kommt Libsche mit offenen Armen die Eingangsstufen hinuntergeeilt, und ehe Meta sich versieht, wird sie von ihr herzlich umarmt.

»Willkommen, Frau Krahwinkel, ich freue mich, Sie endlich kennenzulernen, Gottfried hat mir schon so viel über Sie erzählt.«

Als sie sich voneinander lösen, tritt Meta einen Schritt zurück, um sich die junge Frau näher anzusehen. »Genau so habe ich Sie mir vorgestellt.« Und mit einem zustimmenden Lächeln, das ihrem Sohn gilt, sagt sie zu ihm: »Du hast eine gute Wahl getroffen, Junge!« Wieder schaut sie Libsche an, fast sieht es so aus, als schaue sie durch Libsche hindurch. Und dann sagt sie mit einer gewissen Betrübnis in der Stimme: »Möge Gott euch lebenslang beschützen und Gnade schenken!«

Gottfried lacht herzhaft auf. »Ach Mutter, was du immer zu sagen hast. Gott ist für den Himmel zuständig. Er steht den Toten bei, auf Erden müssen wir uns selbst beschützen.« Und bevor Mutter einen Einwand geben kann, begründet er euphorisch seine Zuversicht. »Endlich haben wir einen starken Führer, der alles dafür tun wird, dass unserem Volk nicht mehr das passiert, was mit ihm passiert ist!« Beinahe wäre ihm noch »Gott sei Dank« herausgerutscht. Lachend schnappt er sich Mutters Tasche und Koffer, in dessen Seitenlasche Vaters Spazierstock steckt. »Du hast ja an Vaters Stock gedacht, Mutter«, freut er sich.

»Schließlich war es sein Abschiedsgeschenk an dich, Junge.«

Gottfried zieht den Gehstock aus der Befestigung und dreht ihn versonnen in der Hand herum. *Hartmannsweilerkopf* ist darauf als Gravur eingeritzt, und er sträubt sich innerlich, die alten unangenehmen Gefühle in sich hochkommen zu lassen. »Nun lasst uns aber reingehen, bei einer guten Tasse Kaffee wird es viel zu erzählen geben.« (VIII. Erklärung siehe Anhang)

Am späten Nachmittag des 1. Aprils 1933 erscheint Meta sehr aufgeregt im Fotogeschäft ihres Sohnes. Gottfried wundert sich über Mutters wirren Gesichtsausdruck. Sie ringt nach Luft. Er kennt sie als eine starke, selbstbewusste Frau, hat sie sich in der Zeit ihres Alleinseins dermaßen verändert? Er gibt ihr ein diskretes Zeichen. »Geh schon nach oben Mutter, ich bin hier gleich fertig, dann komme ich umgehend nach!«

Mit einem geschäftlichen Lächeln wendet er sich wieder der resolut wirkenden Dame zu, die gerade dabei ist, ihrem halbwüchsigen Sohn, der in einer HJ-Uniform gehorsam neben ihr wartet, den Uniformschal ordentlich zurecht zuziehen. Seit kurzer Zeit hat Gottfried wieder Kundschaft. Wieder lassen sich Männer und Burschen in Uniform ablichten, wie schon vor und während des großen Krieges. Und mit einem abschätzigen Blick auf den schmächtigen HJ Jüngling sagt Gottfried zu der Kundin: »Schicken Sie ihn einfach zwischendurch vorbei, vielleicht sind die Bilder auch schon früher fertig.«

Eine tiefe Verbeugung geleitet die beiden schließlich aus dem Laden hinaus. Kaum haben sie den Bürgersteig erreicht, schließt Gottfried die Türe zu. Hastig streift er sich den weißen Kittel ab. Es ist Samstag, gegen Abend, und neuerdings freut er sich wieder auf den Feierabend.

Als er das Wohnzimmer betritt, sitzt Meta geistesabwesend am Tisch, auf dem vor ihr ein noch volles Glas mit Wasser steht. Nichts ahnend setzt sich Gottfried zu ihr. Als sie keinerlei Anstalten macht zu reden, fragt er ein wenig ungehalten: »Was ist denn los, Mutter?«

Empört dreht sie sich zu ihrem Sohn um. »Du fragst mich, was los ist?«

Gottfried schrickt kurz zusammen, mit solch einer Reaktion hat er nicht gerechnet. Ist sie ihm denn tatsächlich so fremd geworden? Für einen Wimpernschlag lang, glaubt er, eine Fremde säße am Tisch. »Was hat dich derart aufgeregt, Mutter?«

»Du fragst mich, was los ist?«, wiederholt sie in gleich scharfem Tonfall. »Vor was willst du eigentlich deine Augen verschließen? Siehst du nicht, was auf den Straßen passiert?«

Am liebsten wäre er aufgestanden und hätte sie zur Beruhigung in die Arme geschlossen, doch stattdessen beobachtet er sie, wie sie einen Schluck vom Wasser nimmt. Sie hat das Glas noch nicht abgestellt, da macht sie ihrem Ärger auch wieder Luft.

»Oh«, stöhnt sie, »das kann ich dir sagen, was mich aufregt. Heute Morgen bin ich zu Grete gegangen. Ich habe meinen Besuch schon viel zu lange vor mir hergeschoben. Es wurde Zeit, mich endlich bei ihr zu bedanken, dass sie dich damals aufgenommen hat. Da ich mich mit ihr verplaudert habe, wollte ich mich beeilen zurückzukommen, um noch rechtzeitig das Essen herzurichten. Aber was soll ich dir sagen, es war kaum ein Durchkommen.«

Sie hält inne, weil Gottfried aufgestanden ist, um sich Zigaretten aus der Schrankschublade zu holen. Seit er sich mit seinen Parteifreunden trifft, raucht er gewohnheitsmäßig. Sie sieht ihm verständnislos nach.

»Erzähle ruhig weiter, Mutter! Lass dich von mir bloß nicht unterbrechen!« Indem er eine Rauchwolke zur Decke bläst, setzt er sich wieder. »Du sagtest, dass es kein Durchkommen gab.«

Meta trinkt provozierend langsam das Glas leer, dann meint sie trotzig: »Danke, mein Sohn, danke, dass Du mir wieder zuhörst! Wenn es dich wirklich interessiert, dann höre.« Mit flattrigem Wimpernschlag beginnt sie ihre Schilderung. »Ich wusste nicht, wie mir geschah, als plötzlich aus allen Richtungen junge Burschen daher gezogen kamen. Ihren Mützen nach waren es Schüler, aber ihren verbissenen, zu allem entschlossenen Gesichtern nach, waren es Krieger. Alte Krieger in jungen Körpern. Ich dachte zunächst, es wäre irgendein Schulfest oder sonst einer der vielen Aufmärsche, bei denen Kapellen mit schmetternden Klängen vorangehen. Was mich aber wunderte, war, dass die Buben und auch die Älteren, die dabei waren, sehr viele

Bücher mit sich herumschleppten. Und Schilder trugen sie, auf denen stand geschrieben *Im Westen nichts Neues ist kein deutsches Buch – lest keine Ullsteinbücher*. Auf anderen Plakaten hatte man, mit einem durchgestrichenen Kreuz versehen, die Namen von Schriftstellern aufgepinselt. *L. Feuchtwanger, Tucholsky, Emil Ludwig, Ernst Toller*. Nun ja, das sind jedenfalls die, die mir im Gedächtnis geblieben sind.« Meta ist derartig in Rage geraten, dass sie nicht mitbekommt, wie Gottfried bei allem, was sie sagt, zustimmend nickt und dabei mit dem Zeigefinger auf einen Stapel Zeitungen tippt, der ebenfalls auf dem Tisch liegt. Dann aber unterbricht er sie. »Ich weiß, ich weiß, ich weiß, Herrgott, ich weiß! Schließlich gehöre ich ja zu der *braunen Horde*, wie du sie gedenkst zu nennen. Außerdem war die Aktion in der Zeitung angekündigt worden. Also, warum so überrascht?«

Fassungslos stiert Mutter vor sich hin. Ihm wird es eng in der Brust. Ihm ist plötzlich, als hätte etwas Unbekanntes, ein böser Dämon, endgültig das durchtrennt, was Mutter und Kind zeitlebens verbinden sollte.

»Warum macht ihr das? Warum benehmt ihr euch so? Warum sortiert ihr nicht nur Menschen, sondern auch deren Geist aus?«, klagt sie ihn jäh an. »Wer Bücher verbrennt, will doch den Geist vernichten, und wer mit Feuer den Geist vernichtet, der vernichtet mit diesem Feuer auch den ganzen Menschen!«

»Mutter!«, entrüstet sich Gottfried. »Was willst du damit sagen? Welches Bild hast du eigentlich vom Menschen? Der Mensch ist doch kein Heiliger. So wie der Mensch gestalten kann, so vernichtet er auch, das musste ich doch selbst schon als Kind leidvoll erfahren.« Ungehalten drückt er seine Zigarette aus. »Der Mensch ist der Mensch, der er immer schon war und der er immer sein wird, das wirst auch du nicht ändern! Du nicht, Mutter! Einzig wichtig ist, auf welcher Seite man steht, auf der des Siegers oder der des Verlierers. Schlägst du mich, so schlag ich dich – so funktioniert das Leben. Einfach und simpel, und doch ist es die ganze Philosophie des Menschseins. Der Mensch schlägt zurück, damit er seinen Stolz nicht verliert. Und wir als Nation haben nicht nur den Krieg verloren, wir haben auch unseren Stolz verloren. Man hat ihn uns genommen. Und ohne Stolz ist eine Nation schwach und angreifbar, Mutter. Mutter, hörst du mir überhaupt zu?«

Meta bejaht mit einem schwachen Kopfnicken.

»Wir waren lange genug schwach! Nun aber werden wir es der Welt zeigen, wer wir wirklich sind. Und es ist für mich eine Ehre, dabei sein zu dürfen.« Gottfried versucht, Zustimmung aus dem Gesicht seiner Mutter zu lesen. Zustimmung für das, was ihn bewegt. Um seine Eindringlichkeit zu unterstreichen, fragt er sie: »Meinst du nicht auch, dass Vater heute stolz auf mich wäre?«

Zunächst zaudert sie mit einer Antwort. »Weißt du, was der Schlüssel zum Frieden ist, mein Junge?« Nun ergreift sie das Wort, und aus ihren Worten ist nichts von Einvernehmlichkeit herauszuhören. »Der Schlüssel zum Frieden ist nicht Ruhm, Ehre oder Stolz. Der Schlüssel zum Frieden ist Liebe! Steht nicht in der Bibel geschrieben: Liebe auch deine Feinde!« Sie sieht ihn eindringlich an. »Ich bin mir sicher, dass Vater dich auch lieben würde, wenn du ein Feigling wärst.«

Doch anstatt dass Gottfried versucht, Einsicht zu zeigen, verdreht er die Augen. »Nun ja«, mokiert er sich, »wo wir mal wieder bei den Heiligen wären. Und das ist genau der Punkt, der nicht funktioniert.«

»Ja, ja, ja, das ist genau der Punkt«, wiederholt sie erbost. »Der Mensch nimmt Anstoß an den Heiligen, aber er akzeptiert den Mörder. Und jeder, aber auch jeder, der einem anderen Menschen das Leben nimmt, ist ein Mörder, egal welche Absicht ihn führt.«

Aufgebracht steckt Gottfried sich erneut eine Zigarette an. Dabei wird er so hektisch, dass ihm mehrere Streichhölzer abbrechen. »Willst du damit sagen, dass, wenn wir unser Vaterland verteidigen, zu Mördern werden? Willst du das wirklich damit sagen?«

»O ja, das will ich damit sagen«, beharrt sie. »Ich kann mich noch sehr gut daran erinnern, dass du den unbekannten Franzosen, der deinen Vater getötet hat, als Mörder bezeichnet hast.« Sie beobachtet ihren Sohn prüfend und muss bemerkt haben, dass seine Miene Verlegenheit ausdrückt. »Seid ihr denn keine Mörder, wenn ihr auf offener Straße wehrlose Menschen erschießt oder totprügelt, nur weil sie euch nicht in den Kram passen? Lies nur in den Zeitungen nach, auf denen du die ganze Zeit mit dem Finger herum getippt hast. Am besten suchst du gleich das Blatt vom 7. März heraus, da kannst du es schwarz auf weiß nachlesen, wie deine SA-Genossen gar nicht weit von hier den armen Oswald Laufer direkt vor seiner elterlichen Wohnung auf offener Straße erschossen haben, nur weil er euer Gegner war. Stell dir vor, mittags, am helllichten Tag auf offener Straße!« Sie überlegt angestrengt. »Warte, Moment, gleich komme ich drauf. Wie hieß noch die Überschrift des Artikels? Ah ja, jetzt fällt es mir wieder ein. *Bolschewistischer Mordhetzer erschossen*, ja so stand es geschrieben.«

»O, da sagst du was! Nein, so einfach kannst du es dir aber nicht machen, Mutter! Er war nicht nur irgendein Gegner«, brüstet sich Gottfried in der Manier eines unschuldig Angeklagten. »Vor allem war Laufer kein Heiliger, wie du es vielleicht hinstellen willst. Als Führer der Schutzformation gehörte er zu den militanten Schlägern, die unsere Kundgebungen und Aufmärsche stören und dabei nicht gerade zimperlich umgehen. Hast du das überlesen, oder wolltest du es nicht lesen? Wenn du schon die Zeitungen liest, dann solltest du auch die Flugblätter lesen, auf denen Laufer und Konsorten öffentlich zur Gewalt aufrufen.« Und als habe er eines der Flugblätter gerade für solch einen Augenblick wie diesen auswendig gelernt, zitiert er voller Erregung eines dieser schmierigen Pamphlete, wie er sie bei jeder Gelegenheit nennt. »*Keine Gefühlsduselei mehr. Erkennt die Kraft des Proletariats. Bewaffnet euch. Rottet die Mördersippe aus. Prolet! Nimm die Waffe zur Hand! Rächt das Blut eurer ermordeten Klassengenossen. Bereitet den bewaffneten Aufstand vor. Wir werden euch mit Rat und Tat unterstützen!*« Als müsse er noch einen finalen Schlag hinzusetzen, fügt er abwinkend an: »Zudem war Laufer ein Jude und somit insgesamt ein Untermensch, ein Schweinehund also.«

Metas Gesicht wird fahl. Sprachlos drückt sie beide Hände vor ihren Mund. Zu sehr schockt sie der ungehörige Auftritt ihres Sohnes. *Was ist bloß aus meinem Purzel geworden*, mochte sie sich gedacht haben. Gottfried aber zieht genüsslich an seiner Zigarette. »Wir können froh sein, Leute wie August Puppe in unseren Reihen zu haben! August Puppe und dessen SA Sturm machen kurzen Prozess mit jeglichem Gesindel, das sich gegen die große Sache stellt, Aber so ist das nun mal, wenn man sich gegen den Willen der Mehrheit stellt. Nach denen kräht doch sowieso kein Hahn mehr, wenn sie mit einer Kugel im Kopf oder mit zertrümmerten Schädel, eingenäht in einem Sack, in der Bever-Talsperre verschwinden oder irgendwo im Wald vergraben werden.«

Mitten in seiner erregten Ausführung hört er leise die Mutter fragen: »Liebst du sie?«

»Bitte?«

»Ob du sie liebst, frage ich dich?«

»Wen, die Nationalsozialisten?«

»Junge! Libsche meine ich. Ob du Libsche liebst?«

Gottfried guckt verdattert. »Ich verstehe deine Frage nicht. Was soll das, ob ich Libsche liebe?«

Meta macht den Eindruck, als habe sie sich wieder gefasst. »Was ist daran so schwer zu verstehen? Also was ist, liebst du sie?«

Gottfried fühlt sich wirklich in die Enge getrieben. »Ja, ja, ja«, bricht es aus ihm heraus. »Ja, natürlich liebe ich sie!«

Beide schweigen. Fast hat es sich wie ein Geständnis angehört, mit dem man vor einem Gericht seine Unschuld beweist. Für Gottfried war die Frage, ob er sie liebt, bisher nie von Bedeutung gewesen. Es gab doch ein stilles Einvernehmen zwischen ihm und ihr. Erst jetzt, wo er es ausgesprochen hat, ist ihm klar geworden, dass nicht nur sein Herz, sondern das auch sein Verstand die Tatsache bezeugt, dass er sie liebt.

»Hast du dann gar kein Gewissen mehr, Junge?« Sie hüstelt, weil sie den Rauch der Zigarette nicht verträgt. Gottfried erhebt sich und öffnet das Fenster. Mit Schwung wirft er die Kippe auf den Hof hinunter, und während er nachschaut, wo sie landet, fragt er ins Blaue hinein: »Wieso sollte ich kein Gewissen haben?«

Meta schlägt erbost mit der Handfläche auf den Tisch, dass es klatscht. Erschrocken fährt er herum. Gerade will sie wieder ihrem Ärger Luft machen, da stockt sie. »Wo ist Libsche?«

»Libsche? Wo soll sie schon sein?« Gottfried versteht nicht, worauf seine Mutter hinaus will. »Sie wird noch auf ihrer Arbeitsstelle sein. Warum?«

»Weil sie das, was ich dir jetzt zu sagen habe, nicht unbedingt mitbekommen sollte!« Aufgebracht dringt sie auf ihren Sohn ein. »Wie geht es dir eigentlich dabei, Junge, mit dieser Frau zusammenzuleben und gleichzeitig einer braunen Horde anzugehören, die Juden aufs Schändlichste diskriminiert? Wollt ihr denn alles über den Haufen werfen, was Zivilisation ausmacht?«

Gottfried schluckt, und verblüfft fragt er: »Wie kommst du plötzlich zu dieser Ansicht?«

Erneut haut sie mit der Hand auf den Tisch. »Du musste es doch am besten wissen, wie gegen die Juden hier im Lande gehetzt wird. Die Zeitungen stehen voll davon. Ich selbst habe die Schilder mit eigenen Augen gesehen, die vor dem Kaufhaus Tietz hochgehalten werden, auf denen steht, dass man jüdische Warenhäuser unter Strafandrohung meiden soll. Ebenfalls bei Alsberg, wo Libsche arbeitet, werden die Menschen gegen die Juden aufgewiegelt. Da steckt doch ein System dahinter, Junge. Ein teuflisches System, vor dem mir angst und bange wird. Hast du denn gar keine Angst um Libsche? Ich weiß doch, dass Sie Jüdin ist! Ja, o ja, da brauchst du nicht so zu schauen, du wolltest es mir vermutlich verheimlichen, aber sie und ich, wir haben schon längst darüber gesprochen. Und deswegen fragte ich dich, ob du sie liebst! Denn wenn du sie liebst, wenn du sie wirklich und wahrhaftig liebst, wie kannst du dann noch ein ruhiges Gewissen haben?«

Nein, darauf kann Gottfried seiner Mutter zunächst keine Antwort geben. Wieder blickt er zum Fenster hinaus und er scheint in der Ferne für sich selbst die Antwort zu suchen. Meta sitzt mit geschlossenen Augen stumm im Stuhl zurückgelehnt. Da vernehmen beide gleichzeitig Schritte von der Treppe herkommend. Einen Augenblick später steht Libsche mit fragendem Blick im Türrahmen, als sie Mutter und Sohn wie aufgeschreckt vor sich sieht.

Nach der Angst ist vor der Angst

Bibel:
»*Denn die Verheißung, dass er der Erbe sein solle, ist Abraham oder seinen Nachkommen nicht zuteilgeworden durchs Gesetz, sondern durch die Gerechtigkeit des Glaubens.*«
Römer 4/13

Adolf Hitler:
»*Den gewaltigsten Gegensatz zum Arier bildet der Jude. Bei kaum einem Volke der Welt ist der Selbsterhaltungstrieb stärker entwickelt als beim sogenannten Auserwählten. Als bester Beweis hierfür darf die einfache Tatsache des Verstehens dieser Rasse allein schon gelten. Wo ist das Volk, das in den letzten zweitausend Jahren so wenigen Veränderungen der inneren Veranlagung, des Charakters usw. ausgesetzt gewesen wäre als das jüdische? Welches Volk endlich hat größere Umwälzungen mitgemacht als dieses – und ist dennoch immer als dasselbe aus den gewaltigsten Katastrophen der Menschheit hervorgegangen? Welch unendlich zäher Wille zum Leben, zur Erhaltung der Art spricht aus diesen Tatsachen!*«
Aus *Mein Kampf*, Seite 329, Kapitel: *Arier und Jude*.

†

»Pst«, nicht so laut, Mutter wird uns hören!«
»O, du süßes Kind, Leidenschaft kann man nicht zähmen!«
»Doch … ich kann es«, stöhnt Libsche und mit ihren feuchten Lippen verschließt sie Gottfrieds Mund. Nur allzu gerne lässt er es geschehen. Er windet sich unter ihren nackten Schenkeln. Neben dem Bett liegt ihrer beider Kleidung hastig übereinandergeworfen. Mit aufgerichtetem Oberkörper bewegt sie sich in der Art einer verwegenen Reiterin. Hernach beugt sie sich nach vorne um ihm ein »Ich liebe dich« ins Ohr zu hauchen. Er umklammert sie kräftig mit seinen Armen und wälzt sie auf den Rücken.
»Nun aber werde ich dir zeigen, wie man Leidenschaft zähmt, meine kleine Amazone!« Und bereits nach wenigen Augenblicken lösen sie sich ermattet voneinander.
»War es gut für dich?«, fragt er sie immer noch japsend.

Sie sieht ihn mit ihrem erhitzten Gesicht kess an. »Für das silberne Reiterabzeichen hat es ebenso gereicht, Purzel«, antwortet sie ihm frech.

»Du Luder«, revanchiert er sich schäkernd. Und gerade will er ihr zeigen, wie man mit vorlauten Mädchen umgeht, da entfährt ihr wieder ein »Pst«.

»Wieso, ich habe ja noch gar nichts gemacht?«

»Sei still! Hörst du nichts?«

Gottfried lauscht. »Das Einzige, was ich höre, ist dein Herzschlag.« Und schon will er sein Ohr auf ihre entblößte Brust legen, um es zu überprüfen. Sie stößt ihn weg.

»Nein, im Ernst, da sind doch Geräusche im Flur.«

»Ach lass, das ist doch egal. Es wird Mutter sein.«

»Meinst du, sie hat uns belauscht?«

Gottfried bekommt nicht mehr die Gelegenheit darauf zu antworten. Ein markerschütternder Schrei dringt von nebenan in ihr Schlafzimmer.

»Das war Mutter!«, ruft er. Ohne sich lange zu besinnen, springt er auf, und nackt rennt er auf dem Flur direkt in die Arme eines Mannes.

»Na warte, mein Freundchen, dir werde ich es zeigen, in fremde Häuser einzudringen!« Es sind nur wenige geübte Handgriffe, die Gottfried dazu benötigt, um das unverschämte Subjekt wehrlos zu machen. Inzwischen treten Meta und Libsche mit angsterfüllten Gesichtern hinzu. Meta knipst das Flurlicht an. Einigermaßen verdattert müssen die Frauen mit ansehen, wie Gottfried in seiner körperlichen Blöße einen fremden Kerl im Schwitzkasten hält. Meta hält zitternd eine Vase in der Hand, aber sie traut sich wohl nicht, damit zuzuschlagen. Libsche, die trotz der heiklen Situation ein Kichern unterdrücken muss, fragt: »Was willst du mit ihm tun, Liebling?«

Der Eindringling besitzt tatsächlich noch die Frechheit, Gottfrieds Antwort zuvorzukommen.

»Am besten er zieht sich erst einmal etwas an. Es gibt Schöneres, als sein Patengeschenk so dicht vor den Augen baumeln zu haben.«

Nun wird auch Gottfried die Situation recht peinlich, als alle Augen nur auf ihn starren. Doch will er seinen Griff um den Hals des Eindringlings nicht ohne Weiteres lockern. Also redet er lautstark auf seinen Gefangenen ein: »Was willst du hier bei Nacht? Rede, Bürschchen! Was hast du hier verloren?«

Libsche aber, die sich sichtlich Sorgen um die Unversehrtheit des Fremden macht, ruft: »Lass ihn los, Du erwürgst ihn ja!«

»Um Himmels willen, ja, lassen Sie mich los!« Mühsam quetscht der vermeintliche Einbrecher sein flehentliches Bitten vor. Meta hingegen ist schamhaft darauf bedacht, sich mit der freien Hand das Nachthemd zuzuhalten. »Warte«, bettelt sie ihren Sohn an, »bevor du ihn freilässt, werde ich mich zuerst einschließen!«

»Ach was, du brauchst keine Angst zu haben«, poltert Gottfried los, »mit dem werde ich schon fertig!« Und indem er noch kräftiger zudrückt, fragt er den Fremden: »Also, was ist, gibst du dich geschlagen?«

»Mein Gott«, wimmert der, »ich sagte es Ihnen doch schon, das Sie mich loslassen sollen! Und überhaupt, wer vergeht sich schon an einem nackten Mann?«

»Na gut, verdammt noch mal!« Gottfried zeigt sich nicht nur wegen seiner Nacktheit einsichtig. »Libsche, sei so gut und bringe mir meinen Mantel.«

Kurz darauf erscheint sie mit seinem Regenmantel.

»Mein lieber Freund«, droht Gottfried ihm, »wenn ich dich jetzt loslasse, dann mach bloß keine Fisimatenten! Ich warne dich!« Um seiner Drohung den nötigen Nachdruck zu verleihen, hält er ihm überdies die Faust dicht vor die Nase. »Hier riech mal!«

»Nun mach endlich«, klagt dieser.

Vorsichtig, als erwarte er jeden Moment eine Gegenwehr, lockert Gottfried die Umklammerung.

»Puh, na endlich, das wird aber auch höchste Zeit!« Während der Fremde missgünstig zusieht, wie Gottfried behände in den Mantel schlüpft, wendet er seinen Körper hin und her, als müsse er jedes einzelne seiner Gelenke wieder ordnungsgemäß in die Scharniere bringen.

Was für eine Szenerie! Zwei Frauen im Nachthemd, auch Libsche hatte sich zwischenzeitlich etwas übergezogen, ein Mann, der seine Nacktheit notdürftig unter einem flüchtig zugeknöpften Regenmantel verbirgt, und der andere, der ziemlich übertölpelt wirkend in Anzug, Schlips und Kragen neben einem Koffer steht, vor dem zudem sein arg verbeulter Hut liegt.

Koffer? Entgeistert starren die Hausbewohner auf den Koffer. Gottfried ist der Erste, der dafür eine plausible Erklärung parat hat. »Da wird bestimmt Silberbesteck oder sonstiges Diebesgut drin sein. Mein lieber Scholli, da haben wir ja einen guten Fang gemacht!« Gottfried reibt sich die Hände. »Das wird dir noch leidtun, denn Leute wie dich lassen wir für immer verschwinden.«

Halb belustigt guckt der Fremde, als er darauf antwortet: »Verschwinden lassen? Ach, das trifft sich gut, dann sind Sie sicher auch ein Zauberkünstler?«

Gottfried versteht nicht, was er damit meint, und schaut dümmlich. »Wollen Sie mich auf den Arm nehmen?« Wieder nimmt er eine bedrohliche Haltung ein.

Doch der Fremde hat sich insoweit von seinem Schock erholt, dass er seine Fragen nicht wie ein Angeklagter stellt, sondern er trägt sie wie ein Kläger vor. »Wer sind Sie eigentlich? Was haben Sie im Hause meines Vaters verloren? Wo in aller Welt ist mein Vater überhaupt?«

Nun stehen alle drei voller Verwunderung vor dem Fragesteller, und wie aus einem Mund rufen sie: »Ihr Vater?«

»Ja, mein Name ist Fred Bergmann, und das hier ist mein Elternhaus!«

»Herr Bergmann!« Libsche zeigt sich fassungslos.

Gottfried kratzt sich den Hinterkopf, und Meta verschwindet, immer noch die Vase in der Hand haltend, nach nebenan.

»Was sucht die Frau in meinem Zimmer?« Fred weist entrüstet mit dem Finger auf die Türe, die Meta gerade hinter sich geschlossen hat. Dann zeigt er auf Gottfried und Libsche, die sich an den Händen halten, als wären sie in einem fremden Haus überrascht worden. »Und noch einmal, was suchen Sie hier?«

Libsche macht einen zögerlichen Schritt nach vorn. »Ich glaube, es ist besser, wir gehen ins Wohnzimmer, Herr Bergmann. Im Sitzen lässt es sich doch allemal leichter reden.« Lächelnd sagt sie es. »Und du, Gottfried, ziehst dir erst einmal etwas Vernünftiges an. Bitte, Herr Bergmann, kommen Sie doch.« Immer noch schmunzelnd hält sie ihm die Türe zum Wohnzimmer auf. Auch Fred lächelt sie auf eine besonders charmante Art an, bevor er Gottfried mit gerümpfter Nase den Rücken kehrt. Mit einer galanten Verbeugung bietet er Libsche den Vortritt an, und Gottfried rasen tausend Gedanken durch den Kopf.

Nun ist für Gottfried der Augenblick gekommen, den er seit dem Tode von Freds Vater mit einer großen Portion Unruhe auf sich zukommen sah. Wie wird Fred reagieren, wenn er erfährt, dass er auf sein Erbe verzichten muss? Ein ermutigender Gedanke drängt sich ihm auf. Das könnte die Lösung sein! Wenn man ihm irgendeine Schweinerei anhängen könnte. Diese Fahrensleute haben doch immer etwas auf dem Kerbholz! Das sind doch die reinsten Zigeuner. Aber ... aber wenn es andersherum wäre, wenn er sogar ein Parteigenosse war, dann allerdings könnte es Schwierigkeiten geben. Ach, was soll's, denkt sich Gottfried schließlich, ich werde mich umziehen, und dann sehen wir weiter.

Noch in der gleichen Nacht kommt all das zur Aussprache, was für eine Aufklärung der augenblicklichen Situation vonnöten ist. Dabei stellt sich schnell heraus, dass Fred jemand ist, den man als einen weltgewandten Charmeur bezeichnen muss. Ein sehr gut aussehender junger Mann, der aufgrund seines gesamten Habitus auf die Bühne gehört und nicht eingepfercht in die routinemäßigen Abläufe eines biederen Geschäftsmannes. Würde man für ihn anstatt des französischen Wortes Charmeur den deutschen Ausdruck *Luftikus* verwenden, träfe man auch damit den Nagel voll auf den Kopf.

Bei Schnittchen und Wein gibt es rasch ein zugeneigtes Einvernehmen miteinander, und selbst die Nachricht über den Tod seines Vaters hat Fred nicht in der Weise mitgenommen, dass die anderen etwas davon bemerkt hätten. Aber etwas anderes ist Gottfried missbilligend aufgefallen, und das sind die schönen Blicke, mit denen Fred anscheinend Libsche verzaubern will. Wenn ihr helles Lachen und die offensichtliche Sympathie ihm gegenüber schon die Vollendung des Tricks gewesen ist, dann hat Fred einmal mehr eine seiner Glanznummern vorgeführt. Vor ihren Augen eröffnet Fred ihnen eine ganz neue Welt, die Welt der Magie, in der sich Illusion als Wirklichkeit wandelt. Eine Wirklichkeit, die beinahe vermuten lässt, dass die wirkliche Wirklichkeit auch nur eine Illusion ist, aus der aber der irdische Hexenmeister anstelle eines Kaninchens aus dem Hut die Büchse der Pandora öffnet, aus der er leichtfertig alles Üble der Welt befreit.

Alles in allem erweist sich Fred als ein glänzender Unterhalter, obwohl man es eigentlich als unschicklich ansehen müsste, da er erst vor Stunden vom Tod seines Vaters erfahren hat. Vielleicht ist es seine Art von Verdrängung?

Auch Gottfried empfindet gegenüber dem Eindringling eine gewisse Sympathie, obwohl dieser Libsche unverhohlen schöne Augen macht. Aber

Gottfried tut es damit ab, dass es eben sein Naturell ist, das ihn dazu befähigt, Menschen in seinen Bann zu ziehen.

Bereits am nächsten Tag ist Fred weitergezogen. Zunächst hat Gottfried darauf gehofft das er ihn für längere Zeit nicht wiedersehen würde. Aber wann immer Fred in der Nähe einen Auftritt hat, kommt er freudig in sein ehemaliges Elternhaus, um seine neuen Freund zu begrüßen. Und je öfters er wie aus dem Nichts auftaucht, desto beunruhigter wird Gottfried, wenn er mit ansehen muss, wie gut sich Libsche und er verstehen. Meta rät ihrem Sohn, gelassen zu sein, dass es doch ganz normal wäre, wenn ein junger, weit gereister Herr einem ebenfalls jungen, zudem sehr hübschen Mädchen lebhaft aus der fernen Welt erzählt, in der Fred immer wieder berühmten Leuten begegnet. Damit tröstet sich Gottfried schließlich und schilt sich selbst einen Narren, wenn ihm seine Fantasie mehr vorgaukelt, als es, und so ist es zu vermuten, den Tatsachen entspricht.

Ab dem Tag jedoch, an dem Deutschland seine Unschuld verlor, finden Freds Besuche ein abruptes Ende. Es hat in der Nacht vom 9. auf den 10. November 1938 begonnen! Flammen steigen überall im Land in den Nachthimmel, und viel Glas geht zu Bruch, in dieser Reichskristallnacht. (IX. Erklärung siehe Anhang)

Der Hass auf die Juden hat in diesen Stunden alle Dämme der Moral zerbrochen. Noch am Abend zuvor wurde im Hause Bergmann gelacht und getrunken, obwohl sich Libsche da schon auffallend anders verhielt, weil seit geraumer Zeit überall und mit zunehmendem Maße über die Juden diskutiert wurde. Auch Gottfried befindet sich in einem großen Zwiespalt mit sich. Er liebt Libsche, daran gibt es für ihn keinen Zweifel, aber er glaubt auch dem Führer jedes Wort, wenn dieser sagt, dass der Jude zum großen Hetzer gegen Deutschland geworden ist. Und wo immer in der Welt es Angriffe gegen sein Vaterland gibt, sind Juden die Urheber. Wer will das noch leugnen, wenn es der Führer sagt? Für Gottfried ist die Sache eindeutig. Schon so lange haben die Börsen und die Marxistenpresse planmäßig Hass gegen Deutschland geschürt, bis Staat um Staat seine Neutralität aufgegeben hat und unter Verzicht auf die wahren Interessen der Völker in den Dienst der Weltkriegskoalisation eingetreten ist. In seinen Versammlungen werden solche Nachrichten doch unzweifelhaft zur Sprache gebracht. Und Gottfried kämpft mehr und mehr mit dem Gefühl, vor einer schwierigen Entscheidung zu stehen, denn ihm kommt oft die widersinnige Frage in den Kopf, was für ihn, also nur für ihn, wichtig ist, Politik oder Liebe? Politik gilt dem Land und Liebe seinem Herzen. Kann man oder darf man ein Land mit der gleichen Liebe lieben, mit der man einen Menschen liebt oder lieben sollte?

Lange, sehr lange hat Gottfried über all diese Fragen gegrübelt, und er spürt, dass der Schmerz in seiner Seele am heftigsten ist, wenn er Libsches Tränen vor Augen hat, die sie nach den schrecklichen Ereignissen in seinen Armen weinte. Also hat Gottfried für sich die Erkenntnis gewonnen, dass es zu allererst das Äußere ist, das Glück und Liebe im Herzen zerstört, wenn man es zulässt. Aber er darf und will es nicht zulassen, das sein Glück von außen zerstört wird!

Umso erleichterter ist er gewesen, als Fred wenige Tage nach den abscheulichen Ereignissen empört verlauten ließ, dass er dieser Stadt, an die er den Glauben verloren hat, für immer den Rücken kehren wird. Und als wolle er Gottfried noch ein Vermächtnis zurücklassen, flehte er ihn beinahe an: »Das Feuer muss man austreten, solange der Fuß größer ist als die Flamme. Wenn erst die Fläche brennt, gibt es gegen die Vernichtung keinen Widerstand mehr, ohne dass man dabei selbst verbrennt.«

Die Worte, mit denen Fred seinem Herzen Luft machte, veranlassten Libsche, zu ihm zu laufen, um ihn lange zu umarmen, bis er sie auf die Stirne küsste und mit einem *Lebewohl* ging.

Nach den schrecklichen Ereignissen der sogenannten Reichskristallnacht hat Gottfried das untrügliche Gefühl, als träfen ihn vorwurfsvolle Blicke, wenn Libsche und Meta ihn manchmal mehr oder weniger verstohlen von der Seite anblicken. Hat er etwa Schuld auf sich geladen, er ganz persönlich? Wäre es an ihm gewesen, all das zu verhindern? Für ihn gilt doch nur eines: Die Schmach des verlorenen Krieges soll ausgemerzt werden, und darüber hinaus will er wieder stolz darauf sein, ein Deutscher zu sein. Und heimlich hofft er darauf, dass das vergossene Blut seines Vaters und all das viele Blut seiner Kameraden im Feld nicht umsonst gewesen ist.

Noch am Abend des 10. Novembers hatte er sich, während draußen das Chaos tobte, mit reichlich Schnaps in seinem Atelier eingeschlossen. Da konnten die beiden Frauen noch so heftig von außen an die Türe klopfen, innen rührte sich nichts. Derweil saß er betrunken bei seinem Korn und starrte auf Hitler, der als Fotografie an der Wand hing. Und je länger er ihn mit verschwommenem Blick fixierte, umso mehr bekam er den Eindruck, als würde ihn der Führer verhöhnen.

Schwankend ist er aufgestanden, um sich am Waschbecken Wasser ins Gesicht laufen zu lassen. Danach nahm er wieder seinen Platz ein. Aber wie unter einem Zwang konnte er sich dem Blick seines Führers nicht entziehen, auch wenn sich alles in ihm aufzubäumte. Hätte er es getan, sich gegen ihn zu stellen, wäre er sich als ein Verräter vorgekommen, ein Verräter an seinen eigenen Idealen. Wie hypnotisiert kam er sich vor. Die stahlharten Augen Hitlers schienen nicht nur ihn, sondern auch die Wände zu durchdringen, als sähen sie in der Ferne an einem unbestimmbaren Horizont etwas für die Welt Entscheidendes.

Verwegene Gedanken waren Gottfried da gekommen. Was wäre, wenn Hitler ein von Gott auserwählter Herrscher war, dem von höchster Stelle die schwere Aufgabe aufgebürdet wurde, den Gang der Welt zu verändern? Und er, Gottfried, müsse als ein Teil dieser Vorsehung, ohne eigene Emotionen zuzulassen, seine ihm zugedachte Aufgabe dabei erfüllen! War es denn nicht so, dass jeder Mensch im Leben an den Platz gestellt wird, wo eine ganz individuelle Aufgabe auf ihn wartet? Und das hat die Weltgeschichte schließlich in allen Epochen gezeigt, dass die Macht des Starken Fortschritt und Veränderung bringt und der Schwache sich dabei immer nur für kurze Zeit als ein geringwertiger Hemmschuh erweist.

»So war es und so ist es, verdammt noch mal!«, brummte er vor sich hin. »Die Macht des Starken misst sich eben nicht an der Schwachheit des Schwachen; der Schwache ist es, der den Starken erhebt, weil der Starke den Willen dessen in sich trägt, der ihn erschaffen hat.«

Mit diesen Überlegungen wuchs die Überzeugung in ihm, dass demnach für die große Sache Opfer gebracht werden müssen! Diese Anschauung riss ihn hoch. Taumelnd war er aufgesprungen und mit erhobenem rechten Arm und unter dreimaligem »Heil, Heil, Heil« schwor er seinem Führer ewige Treue. Zu diesem Zeitpunkt lagen Libsche und Meta längst zu Bett.

Drei Wochen später, es ist ein Freitag, ein Tag, der sich als ungewöhnlich mild zeigt. Am Abend vorher hat Gottfried wieder sehr viel getrunken und erst spät am Vormittag auf die Schnelle einen Zettel beschrieben und diesen an der Eingangstüre des Geschäftes geklebt. *Heute wegen Krankheit geschlossen!* Er ist schon arg verwundert, als er, übernächtigt und verkatert, die Küche betritt und ihm vonseiten seiner beiden Frauen keinerlei Vorwürfe treffen. Stattdessen brüht ihm Libsche einen starken Kaffee, und Meta muntert ihn mit den Worten auf, dass ihn der heiße Kohleintopf auf die Beine bringen wird: Gottfried, der zusieht, wie Libsche ihm mit rührender Hingabe das Frühstück zubereitet, fühlt sich seinem schlechten Gewissen ausgeliefert. Wenn es möglich wäre, würde er seine ungehörigen Gedanken gegen die Juden und das, was sich in brutalster Weise gegen sie gerichtet hat einfach wegwischen, wie er es als Schulkind mit dem Geschriebenen auf seiner Schiefertafel getan hat. Diese Gedanken werden ihm allmählich auch zum Fluch für das eigene Wohlbefinden. Einmal freigegeben, werden sie zu Gespenster, die vor allem immer dann spuken, wenn das Gemüt in Dunkelheit versinkt. Aber wem gegenüber sollte er dafür Abbitte leisten?

Er setzt sich an den Tisch und steckt sich eine Zigarette an. Widerwillig pustet er den Rauch aus. Dann beginnt er würgend zu husten. Daraufhin drückt er die Zigarette im Aschenbecher aus.

»Geht es dir gut, Liebster?« Libsches Worte reißen ihn förmlich aus seinen Gedanken.

»Wie? Ach so, ja ... danke, es geht so!«

Libsche schmunzelt, sie kann sich denken, dass ihm sein Kopf brummt, denn so leidend sieht er aus. Dass sie es nun ist, die Trost spendet, zeigt, was für eine starke Frau sie ist.

»Trink!«, rät sie ihm. Eine Tasse mit heißem, tiefschwarzem Kaffee dampft vor seiner Nase.

»Ah«, entfährt es ihm. Schlückchenweise trinkt er das bittere Gebräu, und seine Miene hellt sich auf.

»Hast du überhaupt geschlafen?«, fragt Meta, die am Herd hantiert und in dem Topf mit Kohl rührt. Gottfried dreht sich zu ihr um und schaut sie durchdringend an. Dann sagt er kurz und knapp: »Nein!«

Als Libsche an seinem Platz vorbeigeht, greift er nach ihrem Arm. Es ist ein fester Griff, denn sie verzieht schmerzlich ihr Gesicht. »Setzt dich!«, weist er sie an.

»Ich muss noch Kartoffeln schälen!«

»Setz dich«, bittet er nun milder gestimmt, und Libsche gehorcht.

»Was liegt dir auf dem Herzen?«, fragt sie, wobei sie ihn überrascht anschaut.

Erstaunen huscht über Gottfrieds Gesicht. »Du fragst mich, was mir auf dem Herzen liegt?«

»Ja, mir kommt es jedenfalls so vor, als ob dir etwas auf dem Herzen liegt.«

Wieder berührt er ihre Hand, aber diesmal bleibt sie zärtlich auf der ihren liegen. Ihm fällt es schwer, die richtigen Worte zu finden. Dann sagt er frank und frei heraus: »Möchtest du mit mir darüber reden, was zur Zeit geschieht?«

Laut seufzt Libsche auf. »Ach Liebster«, stöhnt sie, »was gibt es da schon viel zu reden? Die Tatsachen sprechen doch für sich! Man will uns vernichten!«

Am liebsten hätte Gottfried herausgeschrien »Aber dich doch nicht!« Aber er unterlässt es, weil er genau weiß, dass keine Unterschiede gemacht werden. Der Jude allgemein muss für diejenigen büßen, die mit ihrem Streben nach Plutokratie im In- und Ausland Deutschland schaden oder es sogar vernichten wollen, so hat er es in Wort und Schrift vom Führer gelernt. Also ist jeder einzelne Jude ein Feind. Und wenn man nicht selbst untergehen will, muss man Feinde vernichten, ausmerzen, radikal, mit Stumpf und Stiel!

Wieder reißt sie ihn aus seinen Gedanken. »Man muss schon taub und blind sein, um nicht zu bemerken, dass sie uns vernichten wollen!«

Gottfried ist aufgefallen, dass sie nicht *ihr*, sondern *sie* gesagt hat. Hat sie ihn nicht gemeint? Ist es ihre Liebe zu ihm, ihn bei dieser Anklage außen vorzulassen? Ihr ist sein Parteiabzeichen doch nicht verborgen geblieben, und sie weiß genau, wohin er geht, wenn er einmal in der Woche abends sagt, dass er noch mal kurz wegmüsse. »Weißt du«, fährt sie fort, »seit Hitler im Land das Sagen hat, gibt es auch in unserer Stadt viele Veränderungen, die allerdings nicht nur uns Juden betreffen. Auch wenn man meint, es wären Kleinigkeiten, so prägen sie doch den Alltag. Nimm doch nur mal die neuen Straßennamen, die nun nach Hitler, Goebbels, Göring und wer weiß, nach wem noch alles umbenannt wurden. Mir jedenfalls kommt es so vor, als hätten die Straßen Augen dadurch bekommen. Als würden sie uns beobachten und überwachen. Schon die Namen haben mir die Freiheit genommen, weil jetzt dort, auf diesen Straßen, die Gewalt herrscht.« In ihrer Erregung wird sie Gottfried gegenüber plötzlich überraschend persönlich. »Ich dachte, dein Hitler täte alles für das Wohl der Deutschen. Ich, mein lieber

Gottfried, ich bin Deutsche! Ich bin Deutsche, weil mein Vater im großen Krieg für Deutschland sein Blut gelassen hat und weil meiner Mutter aus Kummer darüber das Herz zerbrochen ist. Ich bin Deutsche, weil ich deutsch denke, deutsch fühle und deutsch spreche.« Ihre Stimme beginnt sich zu überschlagen. Sprachlos geworden hören ihr Gottfried und Meta zu.

»Wenn das Wort Heimat je eine Bedeutung hatte, dann ist Deutschland meine Heimat! Wo soll ich denn sonst hin?« Der letzte Satz geht in heftigem Schluchzen unter.

Ruckartig löst sich Meta aus ihrer Lähmung. Sie schiebt den Topf von der Flamme und eilt zu Libsche, noch bevor Gottfried Anstalten macht, ihr beizustehen. Ihn beschäftigt die Aussage, die Libsche in ihrem übergroßen Kummer über ihre Eltern ausgesprochen hat. Noch nie hatte sie mit ihm über ihren Vater und über ihre Mutter geredet. Warum er allerdings nie nachgefragt hatte, wusste er selber nicht zu beantworten. War es Scheu? War es wegen des Mystischen, das die Juden über Jahrtausende hinweg wie eine unergründliche Aura umgab? Nein, er wusste es für sich nicht zu beantworten.

»Kind, Kind, so beruhige dich doch!« Meta hält Libsche fest in ihre Arme geschlossen.

Gottfried sitzt ziemlich belämmert daneben. Alles könnte doch so schön sein! Verzweiflung macht sich in ihm breit. Als Kind hatte ihn Mutter des Öfteren vor dem Teufel gewarnt, wenn er etwas ausgefressen hatte. Nun ist es ihm, als hätte er wieder etwas ausgefressen. *Gibt es wirklich einen Teufel, der im Hintergrund die Fäden zieht, damit er sich am Leiden der Menschen ergötzen kann?*, fragt er sich. *Immer und immer wieder muss der Mensch leiden! Nein, so ist und wird der Mensch nicht frei, so wird der Mensch zum ewigen Knecht*, gibt er sich zur Antwort.

Gottfried steckt sich erneut eine Zigarette an, während Libsche an Metas Brust Ruhe findet. Eine sonderbare Stille macht sich breit. Diese Stille wird so greifbar, dass die drei Menschen sogar das Entzünden des Streichholzes als störend empfinden.

Doch dann! Mit einem lauten Knall, der mit dem Zersplittern von Glas einhergeht, wird die Stille jäh zerrissen.

Aufgeschreckt und fragenden Blickes suchen sie einander eine Antwort in ihren Gesichtern. Dann starren sie beinahe gleichzeitig zum zerborstenen Fenster, unter dem ein etwa faustgroßer Gegenstand liegt. Schließlich springt Gottfried auf, um sich danach zu bücken. Einen mit Papier umwickelten Stein wiegt er forschend in der Hand. Rasch öffnet er das Fenster. Irgendjemand musste diesen Stein von der Hofseite her geworfen haben. Aber derjenige ist inzwischen verschwunden. Nichts mehr rührt sich da unten. *Ein Feigling also,* denkt sich Gottfried.

Meta, die Libsche beruhigt, fragt verzagt: »Wer tut denn so was?« Ohne ihr eine Antwort zu geben, knüpft Gottfried den Bindfaden von dem Stein, mit dem der Zettel befestigt wurde. Dieser ist nur mit einem einzigen Wort beschriftet. Einem Wort, das Gottfried die Blässe ins Gesicht treibt. Stierenden Blickes zerknüllt er ihn in seiner rechten Hand.

»Was steht auf dem Papier geschrieben?«, fordert Meta ihn auf, ihr eine Erklärung zu geben. »Nun rede doch endlich Junge, was steckt hinter dem Steinwurf?«

Noch während sie ihn drängt, fallen ihm das Knäuel und der Stein aus der Hand, als fehle es ihm an Kraft, diese Botschaft noch länger festzuhalten. Er kann seine aufwallende Erregung nicht mehr verstecken. Ihm ist, als stürze etwas zusammen, was er sich im Inneren als etwas Erhabenes mühsam aufgebaut hat. Ein ihm bekanntes unbehagliches Gefühl kommt stattdessen in ihm hoch, das er damals in ähnlicher Weise als Kind verspürte, als er die überraschende Nachricht vom Tod seines Vaters erhielt. Ihm schwindelt, die Macht eines fatalen Geistes vertreibt ihn aus der Realität. Demnach bemerkt er auch nicht, dass Libsche es ist, die sich zögerlich nach dem bückt, was Gottfried sichtlich erschüttert hat. Bewusst bemerkt er auch nicht, wie sie liest und mit einem Aufstöhnen zusammenbricht. Meta braucht einige Augenblicke, bis sie ihren Sohn durch Schütteln und Zerren darauf aufmerksam machen kann, mit anzufassen, um Libsche auf den Stuhl zu setzen. Und als bald darauf der Zettel im Aschenbecher verbrennt, zerfällt auch das Wort *Judenhure* in Rauch und Asche.

Viele, viele Tränen werden über Stunden vergossen. Tränen, die aber nicht heilen können, was an Hoffnung auf eine gemeinsame Zukunft zerbrochen ist. Es ist wohl Libsches Liebe zu ihm, sein Leben nicht auch noch zerstören zu wollen, darum schlägt sie ihm in seltsamer Nüchternheit vor, wieder ihr möbliertes Zimmer zu beziehen, das die alte Frau Salgert versprochen hat, für sie aufs Geratewohl freizuhalten. »Überdies bin ich dort auch noch amtlich gemeldet«, erklärt sie wie zu einer Entschuldigung. »Wir können uns doch so oft wir wollen heimlich treffen«, schlägt sie ihm weiterhin vor. »Wenn wir es geschickt anstellen, wird es niemand bemerken, dass du dich noch mit mir abgibst!«

Anstatt ihr zuzustimmen fleht Gottfried sie an, nicht diesen Schritt zu gehen. »Libsche, Libsche ... mein süßes Kind, das habe ich nicht gewollt, dass es einmal so weit kommt! Ich liebe dich doch!«

Doch mit tränenerstickter Stimme muss Gottfried sich von ihr anhören, dass Liebe zu einer Strafe wird, wenn alles um sie herum lieblos ist. Schließlich ist es Meta, die letztendlich Vernunft walten lässt. In aller Klarheit zeigt sie den beiden auf, dass man jetzt, in diesen Zeiten, in denen es ums nackte Überleben geht, die eigenen Gefühle zurückstellen muss, damit der Verstand funktionieren kann. »Bewahrt das, was ihr füreinander empfindet, in euren Herzen«, rät sie beiden, »von euren Herzen kann euch keiner die Liebe rauben!« Dann hat sie die Verzweifelten mit ihren Armen umschlungen. »Glaubt mir Kinder, auch diese Zeit geht vorbei. Welcher Mensch besitzt schon die Macht, der Weltenlauf auf ewig anzuhalten?«

Auf unbekannten Pfaden

Bibel:
»*Der Gottlose droht dem Gerechten und knirscht mit seinen Zähnen wider ihn.*«
Psalm 37/12

Adolf Hitler:
»*Wenn Menschenherzen brechen und Menschenseelen verzweifeln, dann blicken aus dem Dämmerlicht der Vergangenheit die großen Überwinder von Not und Sorge, von Schmach und Elend, von geistiger Unfreiheit und körperlichem Zwange auf sie hernieder und reichen den verzagenden Sterblichen ihre ewigen Hände. Wehe dem Volke, das sich schämt, sie zu erfassen.*«
Aus *Mein Kampf,* Seite 388, Kapitel: *Die Gefahr der Nichtbeachtung der Bewegung.*

†

»Nein, nein, Herr Krahwinkel, die Frau Süßkind ist nicht mehr hier! Ich kann Ihnen wirklich nicht sagen, wo sie abgeblieben ist. Sie hat leider keine Nachricht hinterlassen.«

Fassungslos steht Gottfried im Regen vor der alten Frau Salgert, die durch den Spalt der Haustüre mit ihm spricht.

»Was fragen Sie mich überhaupt, wo Ihre Braut ist?« Und nachdem sie ihn fast ungehörig von oben bis unten taxiert, sagt sie noch mit vorwurfsvollem Unterton: »Was sind Sie nur für ein Mann! Haben Sie denn nicht bemerkt, in welchem Zustand sie war?« Als er erstaunt zurückfragt, was für einen Zustand sie denn meine, bemerkt sie lapidar: »Ach, gehen Sie doch heim, Sie werden ja völlig durchnässt.« Damit schließt sie die Tür, und Gottfried hört, wie von innen mehrfach ein Riegel vorgeschoben wird.

Tja, da steht er nun. Was soll er anfangen mit der Auskunft, dass Libsche nicht mehr da ist? Sie würde ihn doch nie ohne einen Abschiedsgruß verlassen! Oder? Nur gut, dass der Regen, zwischen dem sich mittlerweile vereinzelt Schneeflocken mischen, seine Tränen unsichtbar machen. Die Alte belauert ihn doch sicherlich hinter der Gardine. Er grübelt verzweifelt darüber nach, was für einen *Zustand* sie wohl gemeint haben könnte. Sollte Libsche etwa schwanger sein? Warum aber hätte sie es ihm verheimlichen sollen? Da kommt ihm Fred in den Sinn. Nein, sagt seine innere Stimme überzeugend, das würde sie nie tun, dich wegen Fred hintergehen. In seinem Kopf dreht sich ein rasendes Gedankenkarussell. Dabei schilt er sich für solch dumme Spinnereien, denn dafür ist die Zeit mit Libsche viel zu wertvoll gewesen, als dass er es wegen solcher Hirngespinste zulassen könne, dass Eifersucht sie nun zerstört.

»Heil Hitler!« Ein Vorbeieilender klopft ihm im Laufschritt kameradschaftlich auf die Schulter. »Wir sehen uns doch am Donnerstag in der Villa Frowein?«, ruft ihm der Passant noch zu. Gebeugt gegen den Regen ankämpfend verschwindet er rasch in einer Seitengasse.

»Heil Hitler«, brummelt Gottfried, als er wieder alleine auf der Straße zurückbleibt.

Kein Wetter, um einen Hund vor die Türe zu jagen. Wo soll er hin? Sie suchen? Aber wo? Er hat sich so sehr auf den Samstagnachmittag mit ihr gefreut, auch wenn Libsche in letzter Zeit nicht mehr so fröhlich war wie früher. Seit den schlimmen Ereignissen hat sich nicht nur für sie viel verändert. Ihre Arbeit hat sie verloren. *Gebrüder Alsberg* heißt inzwischen *Koch am Wall*, und da ist, wie er gehört hat für Juden kein Platz mehr. Sogar in der *Schönen Aussicht* hatte man freundlich, aber unmissverständlich zum Ausdruck gebracht, dass Arier nicht von Juden bedient werden wollen. Womöglich komme man noch in den Verdacht, mit Juden zu paktieren. Gottfried hatte sie anscheinend nicht ernst genug genommen, wenn sie ihm immer wieder davon erzählte, was ihr im Alltag an bösen Erniedrigungen begegnete.

Und das Schlimmste war für sie gewesen, dass gute Bekannte von ihr plötzlich nicht mehr in ihren Wohnungen anzutreffen waren. Ihre Besorgnis klingt Gottfried noch in den Ohren: »Liebling, du musst es doch wissen, was mit ihnen geschieht!« Und er hatte ihr empört geantwortet, dass er es nicht wisse und dass es ihn auch nichts anginge. Er wäre Fotograf und kein Politiker! Und weil ihre Worte etwas Anklagendes hatten, fügte er noch ohne groß darüber nachzudenken hinzu: »Hitler hat den Juden doch klipp und klar gesagt, dass sie nicht aufgehalten werden, wenn sie Deutschland verlassen.« Daraufhin hatte ihr Blick mehr als tausend Worte gesagt. Denn nicht nur sie wusste, dass es den Juden nicht gerade einfach gemacht wurde, in ihrer Not das Land zu verlassen, in dem sie offensichtlich nicht mehr geduldet sind. Alleine schon deswegen nicht einfach, weil ihnen dazu die finanziellen Mittel fehlen, denn sie müssen nicht nur für die materiellen Schäden aufkommen, die andere ihnen in der sogenannten Reichskristallnacht zugefügt haben, sondern sie müssen, wenn sie Deutschland für immer verlassen, auch ihr gesamtes Vermögen zurücklassen. Nun, wer schon kann sich gegen die Staatsmacht erheben?

Auf schmerzvolle Weise ist Gottfried deutlich geworden, dass Politik zwar vordergründig trennen, ja ausgrenzen kann, dass es aber in der Liebe keine Rassenunterschiede gibt. Was schon bedeutet eine nationale Ideologie, wenn Herzen eine universelle Sprache miteinander sprechen?, sagt er sich. Wenn Seelen auf einer unkontrollierbaren Ebene zusammenfinden, werden Hass und Ressentiments ganz klein und erbärmlich!

Plötzlich überfällt ihn Angst! Er hat Libsche nur einen einzigen Tag nicht gesehen, und nun steigt in ihm die Furcht hoch, er könne vergessen, wie sie aussieht. Die Gleichmütigkeit oder wer oder was auch immer könnte ihr Gesicht aus seinem Gedächtnis wischen. Fing es nicht schon an? Er mochte sich noch so anstrengen, aber auch mit aller Bemühung gelingt es ihm nicht, mithilfe seiner Erinnerung an sie ihr vollendetes Bild vor Augen zu malen. Bei dem Bild seiner Fantasie fehlt ihr reines Wesen, ihr bezauberndes Lächeln. Das liegt wie ein Dunst in einer nebelumschleierten Zukunft.

Hastig kramt er seine Brieftasche hervor, doch vergebens suchen seine Finger in dem leeren Fach herum, in dem er ansonsten ihr Foto aufbewahrt. Jenes Foto, das er an dem Abend geschossen hatte, als sie bereit gewesen war, sich für ihn unbekleidet ablichten zu lassen. Und noch während er in seiner Ratlosigkeit die Brieftasche in seinen Händen dreht und wendet, vernimmt er wie aus weiter Nebelferne die Worte der Alten, die das Fenster geöffnet hat und ihm zuruft: »Ich habe es Ihnen doch gesagt, dass Ihre Braut nicht mehr da ist! Sie hat all ihre Sachen mitgenommen. Nun gehen Sie endlich nach Hause, Sie sind ja pitschnass! Sie holen sich noch den Tod!«

Lange Winterwochen schleppen sich wie siechend dahin. Eine Zeit, die mit ihrer kalten Düsternis dennoch gnädig daherkommt, weil sie mitzutrauern scheint. Beinahe sieht es so aus, als wolle der Schnee all das Gewesene unter einer Schicht von Unberührtheit verdecken. Doch die Kältestille ist trügerisch, weil unter dem Vergessen immer noch die Leidenschaft des Verlorengegangenen lodert. Und wenn es die Natur zudem drängt, das Eis des Winters zu schmelzen, damit Gott den Menschen seine Herrlichkeit vor Augen führen kann, dann hilft es selbst der Traurigkeit nicht, sich mit ihrer inneren Dunkelheit gegen die Sonne der Welt zur Wehr zu setzen, auch wenn sie in Gottfrieds Herzen immer wieder versucht, ihr Recht einzufordern. Die Traurigkeit zwingt ihn geradezu, im Schein des aufkeimenden Frühlings Wege zu gehen, an deren Rändern schon die bunteste Fröhlichkeit blüht.

Er vermisst Libsche sehr, und beinahe glaubt er, das er sich selber quälen will, wenn er mit dem Heraufbeschwören der Erinnerungen die Wege abschreitet, auf denen er mit ihr glücklich gewesen ist. Dabei kommt er sich wie ein Schatzsucher vor, der blindlings etwas sehr Wertvolles vergraben hat und nun nicht mehr weiß, wo er suchen soll. Auf der Wiese, wo er einst sein erstes Liebesabenteuer mit ihr erlebte, legt er sich ins junge, frische Gras und sieht träumerisch den Wolken nach, die ihm mit ihren davonziehenden Schwaden nicht nur die ganze Vergänglichkeit alles Irdischen, sondern ebenfalls alles Himmlischen vorführen. Alles scheint ihm ein Traum zu sein. Eine gläserne Traumwelt, zart und zerbrechlich! Und während er entrückt sinniert, wandelt sich der frühlingsblaue Himmel zu einem Ozean, an dessen weißem Strand er mit Libsche Händehalten und lachend entlangläuft. Als Libsche noch bei ihm war, stand genau an dieser Stelle ihr Traumhaus, das sie zusammen mit ihren Wünschen erbaut haben. Entrückt der Welt, sollte ihnen das Paradies gehören.

»Wo bist du?«, schreit er verzagt in den unendlichen Äther, als erhoffe er sich von irgendwoher eine Antwort. Er lauscht, aber seine Ohren sind wohl nicht dazu bestimmt, das zu hören, was noch als ein großes Geheimnis in der jenseitigen Welt liegt. Alle seine Sinne scheinen dazu verdammt, das Schweigen des Unerklärlichen hinzunehmen, damit das Leben seinem geheimnisvollen Ziel ungestört entgegenschreiten kann. Immer sind es nur überschaubare Etappen, die dem Menschen die Richtung zeigen, die wie ein universeller Schlüssel Abschnitt für Abschnitt das Tor zu den jeweils neuen Lebenswegen öffnen, das wird ihm bewusst. Und er denkt darüber nach, was sich wohl hinter dem nächsten Tor verbergen mag. Wie nur geht ein Mensch damit um, wenn Träume einfach so zerplatzen?, fragt er sich. Wenn der bedauernswerte Mensch mitten auf dem Weg seiner erträumten Vorstellungen von unsichtbarer Hand gepackt wird und ohne viel Federlesens in eine völlig andere Richtung gestoßen wird. Er wird sich fügen müssen! Er wird dadurch vielleicht sogar zu der schmerzlichen Erkenntnis kommen, dass es im Leben darauf ankommt, dem Schicksal nur das Mögliche zu entreißen. Diesem Sinne nach, dem neuen Ziel das einst erhoffte Idol zu opfern, um dem eigenen Schmerz eine Bedeutung zu geben. Natürlich wäre Gottfried seinen individuellen Lebensweg von Herzen gerne mit Libsche gegangen. Er und sie hätten dem Führer und dem Vaterland, eine Anzahl von Kindern geschenkt. Er schwärmt sich vor, dass es fantastische Jungen geworden wären. Buben, die von klein auf in der Hitlerjugend bedingungslos ihre Pflicht erfüllt hätten. Und wäre ihm von der Fügung eine Tochter geschenkt worden, dann täte diese ohne Frage mit Freude im Bund deutscher Mädchen ihren Dienst, der dem deutschen Volk die fruchtbare Grundlage für dessen Führungsposition in der Welt geben wird. Nun aber ist ihm von höherer Gewalt unnachgiebig vor Augen geführt worden, dass Libsche bedauerlicherweise nicht das Idealbild einer deutschen Mutter sein kann. Kein Mutterkreuzorden wird je ihre Brust schmücken. Gottfried sieht es plötzlich als Bestimmung an, dass die Vorsehung ihn rigoros am Schlafittchen gepackt hat, um ein anderes, ihm auferlegtes Schicksal zu meistern. Das ihn schon noch zum Guten für die Volksgemeinschaft lenken wird.

An einem Spätnachmittag Ende August 1939 sagt Meta ohne jeden Zusammenhang zu ihrem Sohn, der mit ihr am Kaffeetisch sitzt: »Jetzt geht alles wieder von vorne los!«

Mit hochgezogenen Brauen blickt dieser über die Zeitung hinweg, in der er gerade studiert. »Was geht wieder von vorne los?«

»Na, das mit den Lebensmittelmarken. Das hatten wir doch schon.«

»Ach das meinst du.« Und dann verschwindet sein Kopf wieder hinter der Zeitung.

»Es wird Krieg geben, Junge!«

Rasch faltet Gottfried die Zeitung zusammen, und mit ehrlich erstauntem Gesicht fragt er: »Bist du Hellseherin, Mutter?«

Sie lacht. »O nein, dafür braucht man keine hellseherischen Fähigkeiten, mein Junge! Meinst du, der Verkauf von Volksgasmasken, von Volksempfängern, der Bau des Westwalls, das allgemeine Aufrüsten und jetzt das Austeilen von Lebensmittelmarken, all das würde dem Frieden dienen? Denk doch nur ein paar Jahre zurück, als wir ebenfalls im August, fast um die gleiche Zeit, von der Parteileitung nachdrücklich aufgefordert wurden, an der Luftschutzübung im Stadion am Zoo teilzunehmen?«

»Na klar erinnere ich mich daran, sehr gut sogar. Es war 1933, und es wurde zum reinsten Volksfest. Toll war das. Es war eine starke öffentliche Demonstration von Einigkeit und Zusammenhalt unter der Bevölkerung. Ich kann mich sogar noch an das Thema des Manövers erinnern, Es hieß *Bombenflieger über Wuppertal.*«

»Na bitte, also weißt du, wovon ich spreche. Bist du nicht mit mir einer Meinung, dass Verdunklungs- und Gasschutzübungen allein Vorbereitungen für einen Krieg sind?«

Anstatt direkt darauf zu antworten, fragt er: »Darf ich dir noch ein wenig Kaffee nachgießen?« Nachdem sie verneint, schüttet er sich in aller Gelassenheit selbst ein, dann beißt er genüsslich vom einen Tag alten Sonntagskuchen ein Stück ab. Als er mit Kauen fertig ist, nimmt er einen großen Schluck aus der vollgefüllten Tasse. Er verzieht das Gesicht.

»Lauwarm.« Danach steckt er sich in aller Seelenruhe eine Zigarette an. Mutter hat längst ihr Strickzeug beiseitegelegt und schaut ihm ungeduldig zu. In den Rauch hinein sagt er schließlich: »Wenn man tatsächlich wüsste, was dem Frieden dient, bliebe der Mensch für alle Zeiten vom Kriege verschont.«

Mutter richtet sich auf. »Ich weiß zumindest, was Kriege auslöst!«, mischt sie sich energisch in Gottfrieds Feststellung ein. »Es ist die Gottlosigkeit, die stets Kriege ausficht!«

Gottfried zieht kräftig an seiner Zigarette. »Wenn es das ist«, meint er ironisch, »dann wird es, solange Menschen leben, Kriege geben. Weil längst Darwin an Gottes Stelle getreten ist, der in gewisser Weise vom Überlebensrecht des Stärkeren ausgeht und das alles dem evolutionären Zufall geschuldet ist. Also muss man sich nicht wundern, dass der vermeintlich Stärkere immer wieder versuchen wird, den Schwachen mit allen Mitteln zu unterdrücken oder gar zu vernichten. Der Mensch muss sich eben zwischen Gott und Darwin entscheiden. Und solange er sich nicht für Gott entscheidet, darf man eben nicht zu den Schwachen gehören!«

»Sind wir schwach, Junge?«

»Wir waren schwach, Mutter, doch Hitler hat uns wieder Kraft und Mut gegeben. Vor allem hat er uns unseren Stolz zurückgegeben, den uns nicht nur die Feinde ringsherum mit dem Versailler Vertrag geraubt haben, sondern auch die jüdischen Bolschewisten mit ihren Umsturzgelüsten im eigenen Land.«

Meta erhebt sich und öffnete das Fenster, damit der Rauch der Zigarette abziehen kann, sie verträgt ihn nicht.

»Wir müssen uns rüsten, Mutter. Wir müssen auf der Hut und auf alles vorbereitet sein. In ganz Europa wird aufs Heftigste aufgerüstet. Das Schwert des Einzelkämpfers ist passe, wir sind im Zeitalter der Industrialisierung angekommen, die Welt hat sich verändert. Die Industrialisierung hat neben Stahl und Eisen zudem Ideologien geschaffen, die zu neuen Religionen geworden sind, und jeder sieht seine als die allein heilig machende an!«

Meta holt tief Luft am offenen Fenster, dann setzt sie sich nachdenklich und trinkt ihren kalten Kaffee, und Gottfried redet sich in Rage. »Guck dir nur die Polen an«, fährt er erregt fort. Nachdem sie deutsches Land geraubt haben, leiden sie unter Großmannssucht. Polen ist heute die Nation, die am besten aufgerüstet ist, und ihre Gewehrläufe sind auf uns, auf Berlin gerichtet! Ich weiß noch allzu gut, was der polnische Marschall Rydz-Smigly vor wenigen Monaten groß und breit ausgesprochen hat. Und zwar sagte er wörtlich: *Wir werden bald gegen den deutschen Erbfeind marschieren, um ihm endgültig die Giftzähne auszubrechen. Haltet euch bereit für den Tag der Abrechnung mit dem arroganten Germanenblut, die Stunde der Rache ist nah.* O ja, genau das hat der Marschall gesagt, und wenn ich mich recht erinnere, dann sagte der polnische Kriegsminister Kasprzycki im Mai dieses Jahres: *Wir haben keine Grenzbefestigungen, denn wir beabsichtigen, einen Bewegungskrieg zu führen und vom Beginn der Operation an in Deutschland einzumarschieren.*« Gottfried überlegt kurz. »Nur gut, dass Hitler in diesem Monat einen Nichtangriffspakt mit Stalin abgeschlossen hat. So haben wir wenigstens die Russen auf unserer Seite. Auf den Engländer können wir nicht bauen, der will nur sein eigenes Süppchen kochen.«

Je länger Gottfried über dieses Thema spricht, desto unruhiger wird er. Meta betrachtet es mit Sorge, wie sich ihr Sohn auch äußerlich verändert. Hass spiegelt sich in seinen Augen, und sie hat Angst, als er laut herausbrüllt: »Die barbarischen Sauereien, die den Volksdeutschen vonseiten der Polen angetan werden, müssen so schnell wie möglich aufhören! Gleich morgen werde ich mich Mustern lassen.«

»Du willst wirklich?«

»Nein, Mutter, ich will nicht, ich muss!«

Meta hat ihren Sohn mit aufrichtiger Empörung gefragt, und nun weint sie hemmungslos.

Gottfried zeigt sich ungeschickt im Trösten. »Nun beruhige dich doch! Ich melde mich lediglich freiwillig bei Hoepner. Ich habe dir doch von Generalleutnant Erich Hoepner erzählt, der nun in der neuen Kaserne auf der Höhe eine Division kommandiert. Ich kann mich vor der Zeit nicht verstecken! Ich kann es nicht und will es nicht! Jetzt ist der Zeitpunkt gekommen, da Deutschland jeden Mann braucht!«

»Und das Geschäft?

Gottfried lacht kurz auf. »Geschäfte sind für den Frieden, und auch der Frieden ist nicht kostenlos. Jetzt wird es erst einmal ans Bezahlen gehen. Was mein Geschäft betrifft, werde ich es bis auf Weiteres schließen. Wenn du möchtest, kannst du zumindest den Verkauf der Fotoartikel weiterführen. Das wird dir etwas Einkommen zu deiner Witwenrente einbringen. Am besten du holst für die Zeit, da ich nicht bei dir bin, Grete zu dir, damit du nicht so alleine bist. Und überhaupt, ich werde nicht allzu lange fortbleiben.« Er hangelt sich gleichmütig tuend aus dem Stuhl hoch und umarmt sie innig. »Es wird schon alles gut werden, Mima!«

Ein Strahlen huscht über ihr sorgenvolles Gesicht, als er sie liebevoll so nennt. »Mima«, wiederholt sie, »wie lange habe ich das nicht von dir gehört.« Sie erwidert seine Umarmung. Voller Herzlichkeit küsst sie ihn auf die Wange.

So ganz alleine kommt sich Meta verloren vor in dem großen Haus. Sie schaut sich in der Wohnung um, nur um festzustellen, dass sie schon seit Tagen nicht mehr gründlich geputzt hat. Ihr fehlt der Antrieb. Ihre Gemütslage ist und bleibt trotz eines stetigen inneren Apelles, sich endlich zusammenzureißen, betrübt. Überhaupt liegt allgemein eine außergewöhnliche, nicht deutbare, aber aufgeheizte Stimmung in der Luft. Es hat den Anschein, als dringe eine unnatürliche Wärme in jede Ritze. Der August hat sich in seinen letzten Tagen noch einmal mit aller Macht gegen den nahenden Herbst aufgebäumt. Fast kann man das Gefühl bekommen, dass diese bedrückende Hitze, die nicht nur über die Stadt, über dem Land, sondern über Europa liegt, ein Vorbote für Schlimmeres sein kann. Zu schade, dass Grete ihrem Vorschlag, zu ihr zu kommen, nicht direkt freudig zugestimmt hat.

Sie müsse sich das erst noch reiflich überlegen, hat sie sich einigermaßen kühl entschuldigt. Und dabei ist es bis dato geblieben. »Das hat aber nichts mit Gottfried zu tun«, waren ihre knappen Worte der Entschuldigung gewesen. Eigentlich zu durchschaubar, wie Meta meinte. Nun gut, die Einladung behielte sie aber aufrecht, damit ließ es Meta zunächst gut sein. Sie weiß ja, dass Grete ganz und gar nicht mit Gottfrieds Nähe zu den Nationalsozialisten einverstanden ist. »Mince alors«, hat sie sich einmal erzürnt gegenüber Gottfried ausgedrückt, als er ihr am gedenkwürdigen Tage der Machtergreifung von Hitlers Schutzstaffel vorschwärmte. »Mince alors, diese braunen Ascheimerleute werden bald dafür sorgen, dass es genügend Asche geben wird«, war ihre prompte Antwort gewesen.

Ebenjenes stets abfällig ausgesprochene »Mince alors« musste Gottfried sich in der jüngsten Vergangenheit des Öfteren von seiner Tante anhören. Denn wenn Tante Grete sich über etwas echauffierte, dann platzte ihr das, meist mit bitterbösem Blick heraus, was für sie soviel wie *verdammt und zugenäht* bedeutet, womit sie folglich ihre ganze Abscheu ausdrückt. Kommt ihr hingegen etwas großartig vor, dann erquickt sie sich an dem Wort *pyramidal*, was mit *ganz pyramidal formidabel* eine absolute Steigerung erfährt. Hinter vorgehaltener Hand wird sich erzählt, dass ihr diesbezügliches Vokabular die Worte eines französischen Leutnants gewesen wären, der in den Zwanzigern für eine kurze Zeit des Nachts seine Stiefel unter ihr Bett gestellt haben soll.

Am Morgen des 1. September sitzt Meta mit einer Tasse Kaffee erwartungsvoll vor dem Rundfunkempfänger. Sie vermittelt den Eindruck, als wäre sie dennoch auf dem Sprung, als stünde sie kurz vor einer Abreise. Sie hat sich ihr gutes Kleid angezogen, das Haar sorgfältig gekämmt, die Wohnung ist picobello aufgeräumt, und an der Tür steht der gepackte Koffer. Den hat sie bereits in aller Herrgottsfrühe hergerichtet. Aber sie will sich zuerst die angekündigte Rede des Führers anhören, die er um zehn Uhr vor dem deutschen Reichstag an die Nation halten wird. Wer Meta einigermaßen kennt, muss wissen, dass die Ankündigung der Rede gleichzeitig die Bestätigung dafür ist, was ihr schon seit längerer Zeit an schrecklicher Ahnung vorschwebt, nämlich dass es Krieg geben wird. Krieg!

Daraufhin hat sie völlig irrational den Koffer mit den nötigsten Dingen gepackt, die sie eventuell brauchen wird, wenn sie von jetzt auf gleich alles stehen und liegen lassen muss. Nun starrt sie schon seit Minuten auf die Bespannung des Lautsprechers, und allem Anschein nach fürchtet sie sich vor der schnarrenden Stimme Hitlers und natürlich vor dem, was er zu sagen hat. Das Fenster ist weit geöffnet, und außer einer lauen Brise weht kaum ein geschäftiges Geräusch von der Straße her in das Zimmer. Die meisten Bürger verweilen wohl wie sie ebenfalls vor ihren Radiogeräten und harren der Dinge. Und dann spricht der Führer!

Sinngemäß gibt er zu anfangs fast plaudernd bekannt, dass Deutschland und das deutsche Volk aufgrund des Versailler Vertrags unter unerträglichen Zuständen leidet und dass diese Verhältnisse nicht weiter hinzunehmen sind. Natürlich habe er, Adolf Hitler, nicht nur einmal versucht, hier vor allem den Polen gegenüber, durch entgegenkommende Vorschläge die besagten Zustände in beiderseitigem Sinne zu einem Besseren ändern zu wollen. Leider wurde das vonseiten der polnischen Regierung stets abgelehnt, was aber nicht hinzunehmen ist, da die in Polen lebende deutsche Minderheit weiterhin entrechtet, misshandelt und gemordet wird. Zudem müsse man in der vergangenen Zeit immer wieder Grenzzwischenfälle beklagen, von denen es in der letzten Nacht drei schwere gegeben hat. Weiter führt er sein Unverständnis darüber aus, dass sich die westeuropäischen Staaten in diesen Konflikt einmischen. Im gleichen Atemzug dankt er Italien, das ihm die ganze Zeit zur Seite steht. Mit der Begründung, dass weder Deutschland noch die Sowjetunion vorhaben, ihre Ideologien in das jeweils andere Land zu exportieren, lobt er infolge den deutsch-sowjetischen Nichtangriffspakt, der schon deswegen herausragend sei, weil Russland und Deutschland noch im Weltkrieg gegeneinander gekämpft haben und dass beide letzten Endes die Leidtragenden dieses Krieges gewesen sind. Was dann folgt, bestätigen die unerträglichen Sätze, auf die Meta insgeheim gewartet hat. Plötzlich überschlägt sich Hitlers Stimme, die wie eine Fanfare zur totalen Vernichtung tönt, sodass Meta sich für einen Moment die Ohren zuhalten muss:

»Polen hat heute Nacht zum ersten Mal auf unserem eigenen Territorium auch mit bereits regulären Soldaten geschossen. Seit 5:45 Uhr wird jetzt zurückgeschossen! Und von jetzt ab wird Bombe mit Bombe vergolten! Wer mit Gift kämpft, wird mit Giftgas bekämpft. Wer selbst sich von den Regeln einer humanen Kriegsführung entfernt, kann von uns nichts anderes erwarten, als dass wir den gleichen Schritt tun. Ich werde diesen Kampf, ganz gleich, gegen wen, solange führen, bis die Sicherheit des Reiches und bis seine Rechte gewährleistet sind.«

Meta sinkt regelrecht in sich zusammen. Ihre schlimmsten Befürchtungen haben sich also erfüllt. Krieg! Wieder Krieg! Das bekannte Schaudern des vergangenen Krieges steigt wie Phönix aus der Asche in ihr auf. Was Hitler noch zu sagen hat, plätschert nun wie ein murmelndes Bächlein an ihren Ohren vorbei, wobei sich das eine oder andere hasserfüllte Wort für einen Augenblick wie ein Hindernis, eine akustische Stromschnelle, im Redefluss bricht. Insofern bekommt sie noch mit, als der Führer erklärt, dass sein auserwähltes Volk, dass Deutschland wesentlich besser auf den Krieg vorbereitet ist als 1914, was ihn gleichzeitig dazu hinreißt, deutlich zu betonen, dass Deutschland niemals kapitulieren werde, *niemals!* Er selbst habe sich geschworen, dass er entweder siegen oder das Kriegsende nicht erleben werde. Für alles hätte er vorgesorgt. Für den Fall, dass ihm wirklich etwas zustoßen sollte, hat er bereits Hermann Göring und Rudolf Heß zu seinen Nachfolgern ernannt. Mit dem eindringlichen Appell an die anwesenden Reichstagsabgeordneten weist der Führer dem Sinn nach noch darauf hin, dass gerade sie persönlich für die solidarische Zustimmung in ihren Gebieten verantwortlich seien. »Denn nur, wenn wir diese enge, verschworene, zu allem entschlossene Gemeinschaft bilden, die niemals kapitulieren werde, dann wird dieser starke, gemeinsame Wille jeder Not Herr werden.« Zum Ende seiner Rede gibt Hitler noch jenes Bekenntnis ab, dass er einst zu Beginn seines Kampfes um die Macht ausgesprochen hat, nämlich: »Wenn unser Wille so stark ist, dass keine Not ihn mehr zu zwingen vermag, dann wird unser Wille und unser deutscher Stahl auch die Not meistern!«

Die Stirn auf die ausgebreiteten Arme gelehnt, die auf der Tischplatte Halt finden, als wäre ihr Kopf von all dem Gesagten zu schwer geworden, vernimmt Meta Hitlers abschließende Erklärung, die von vielstimmigem Jubel begrüßt und gleichzeitig verabschiedet wird. Wie ein mentaler Hagelschauer, der schon fast einem apokalyptischen Strafgericht gleicht, prasseln die Heilrufe gegen die Stoffbespannung des Radios, das diese sich aufbläht. *Sieg Heil! Sieg Heil! Sieg Heil!* Und unter den Klängen des Deutschlandliedes und dem Horst-Wessel-Lied tritt nun wieder Stille ein. Danach vermeldet der Wetterdienst, dass es zunächst noch warm und schwül ist, dass es aber später von Westen her eine Abkühlung geben wird.

An diesem Vormittag hat Meta noch viel über das Gehörte nachgedacht. Sie will sich selbst beruhigen, abwägen. Das Beste hoffen, und das Schlimmste nicht befürchten. Vielleicht gibt es wirklich eine Notwendigkeit für diesen Krieg?, schwirrt es ihr zweifelnd durch den Kopf. Sollte ich nicht ein wenig mehr Vertrauen haben? An anderer Stelle hat Hitler doch gesagt, dass er willens ist, nicht für eine Weltmachtstellung zu kämpfen, sondern dass es ein Ringen um den Bestand des Vaterlandes geben wird. Um die Einheit der Nation und um das tägliche Brot für unsere Kinder. Aber kann man ihm tatsächlich vertrauen, spricht er wirklich die Wahrheit? Oft genug wird ein Volk belogen, wobei die Lüge dem Lügner zur Wahrheit dient und sich dann im Nachhinein jedes Mal herausgestellt, das die Wahrheit nicht so folgsam ist, dem Lügner zu dienen, diese Erfahrungen hatte sie doch schon gemacht. Ihr Entschluss steht fest, dass Wahrheit immer nur das ist, was man dafür hält. Eines weiß sie aus den Erfahrungen des großen Krieges genau. Wer anderen den Frieden raubt, wird Unfrieden besitzen. All dieser Zwiespalt, der in ihr kämpft und ringt, bringt allerdings nur eines hervor: Angst. Angst vor dem Ungewissen. Dabei ist es doch gerade sie gewesen, die Libsche nach der Reichskristallnacht die Angst nehmen wollte, als diese flehend zu ihr gesagt hat, dass sie Angst habe, Angst vor dem, was auf sie zukommen wird.

Nun sucht Meta nach den Worten, mit denen sie Libsche damals die Angst nehmen wollte. Ja, da fallen ihr die Worte wieder ein. Und zwar hatte sie gesagt, dass Angst immer nur ein Fantasiegebilde ist. Dass Angst nur die Vorstellung des Bösen sei. Und dass man sich klar werden sollte, dass das Böse den Menschen von Gott trennen will, denn wer in Gottvertrauen lebt, braucht um nichts in der Welt und vor irgendetwas Angst zu haben. O ja, so hatte sie ihr geraten. Und beinahe tollkühn hatte sie noch behauptet, dass es überhaupt keinen Tod gibt, sondern dass es nur die Angst davor ist, die den Menschen bis in die Knochen lähmt. Nun aber traut sie ihren eigenen Gedanken nicht mehr. Für und Wider beginnen sich zu verselbstständigen. Sie nehmen eine bedrohliche Gestalt an. Es streitet heftig in ihr. Gerne würde sie, wenn nicht dem Führer, so doch ihrem Sohn vertrauen, mit dem sie schon so viele Debatten über dieses Thema geführt hat. Er hatte es einmal derartig ausgedrückt: »Was nutzt uns ein Führer, der nicht weiß, wo es lang geht?« Und dann behauptete er, dass jeder Führer jedes Landes an dem gemessen wird, was er für sein Land und sein Volk tut. Den Satzteil *sein Volk* hatte er extra deutlich betont. Und weiterhin gab Gottfried in puncto Landesgrenzen eines Volkes zum Besten, diese wären niemals gottgegeben. Alle Nationen hätten sich zu allen Zeiten ihre Grenzen durch Kriege geschaffen! Was also sollte daran verwerflich sein, dem Starken zuzugestehen, sich zu nehmen, was dem eigenen Volk zum Guten dient? Lange Diskussionen hatte er deswegen mit seiner Mutter geführt, die stets einlenken wollte und mit Begriffen wie Liebe und Rücksichtnahme argumentierte, worauf Gottfried jedes Mal auf seinen Standpunkt beharrte, indem er auflachte und ihr begreiflich machen wollte, dass die Welt ein polarisierendes System von Gut und Böse, stark und schwach sei. Also das es immer einen Gegensatz von dem gäbe, was gerade einen Anspruch auf Wahrheit und Wirklichkeit erhebe, aber am Ende, auf ein Volk bezogen, dieses entweder als Herr oder als Sklave existieren müsse. Und wer würde sich schon gerne demütigen und erniedrigen lassen? Am Anfang kommt die Faust, die zupackt, dann erst kann die geöffnete Hand geben. Besitz zahle sich eben aus! Meta gab zu bedenken, dass der Krieg ein grausamer Geber, ein grausamer Zahlmeister wäre, da viele Menschen mit ihrem Leben bezahlen müssen. Doch auch darauf wusste ihr Sohn eine Antwort: »Täusche dich nicht Mutter, der vordergründige Friede ist kein Garant dafür, dass das Zusammenleben friedlich ist. Da musst du nur nach Polen schauen. Auch der Friede tötet! Auch der Friede tötet, wenn er aufgezwungen wird. Solch ein Friede ist das Sklaventum! Wie lange sollen wir deiner Meinung nach tatenlos zuschauen, wie unsere Brüder und Schwestern in Polen dem Gutdünken derer ausgeliefert sind, die nicht Frieden, sondern Rache wollen?«

Aus Mutters Gesicht hatte Gottfried seinerzeit Skepsis und Unverständnis herausgelesen. Er musste sie noch direkter konfrontieren, also hatte er rhetorisch folgendermaßen nachgehakt. »Mutter, ich frage dich allen Ernstes, möchtest du als eine deutsche Frau gewaltsam eine Polin werden? Willst du dir all deine Wurzeln von den Füßen abhacken lassen?« Die Frage stand wie ein nicht auszuweichendes Hindernis im Raum, sodass Meta in ihrer Verblüffung nicht mehr als mit »Nein« antworten konnte. Mit einem »Na siehst du« ließ Gottfried beinahe triumphierend verlauten, dass Millionen von Deutschen ebenfalls nicht unter den Polen versklavt, schikaniert, misshandelt und getötet werden wollen! Und was noch viel wichtiger wäre, der Führer will es auch nicht! So wie der Führer bereits die Franzosen aus dem

Rheinland verjagt hat, gehören mittlerweile Österreich, Böhmen und Mähren und das Memelland wieder zum Großdeutschen Reich!« »Und nun werden wir den Polen zeigen, dass man uns nicht so einfach von Ostpreußen und Danzig abtrennen kann. Auch Danzig muss heim ins Reich!«

Vom Willen und vom Wollen

Bibel:
»*Denn die Zeit ist da, dass das Gericht anfängt an dem Hause Gottes. Wenn aber zuerst an uns, was wird es für ein Ende nehmen mit denen, die dem Evangelium Gottes nicht glauben?*«
  1. Petrus 4/17

Adolf Hitler:
»*Sie haben die Freiheit nicht zu sichern vermocht, weil die Energien des nationalen Selbsterhaltungstriebes, der Selbsterhaltungswille, fehlten. Die beste Waffe ist totes, wertloses Material, solange der Geist fehlt, der bereit, gewillt und entschlossen ist, sie zu führen. Deutschland wurde wehrlos, nicht weil Waffen mangelten, sondern weil der Wille fehlte, die Waffe für die völkische Forterhaltung zu wahren.*«
  Aus *Mein Kampf*, Seite 365, Kapitel: *Die Lage nach der Revolution.*

†

Nach der Radiomeldung ist Meta noch tagelang verwirrt, und sie fragt sich immer wieder, ob es wirklich so viele Wahrheiten gibt, wie Meinungen vorherrschen. Für alles aber muss es doch zumindest einen einzigen Hintergrund geben, konstatiert sie für sich selbst. Schließlich erfährt sie in den folgenden Tagen nach und nach, was an dem besagtem 1. September gegen 4:45 Uhr geschehen ist. Nämlich, dass die Besatzung des Linienschiffes *Schleswig-Holstein* von Hitler den Befehl erhielt, eine polnische Garnison zu beschießen, die auf der Westernplatte stationiert war. Als Westernplatte wird die Halbinsel vor Danzig bezeichnet. Dort unterhielt die polnische Armee bis dato ein Munitionslager, das von etwa 200 Soldaten bewacht wurde. Bereits am Vormittag des 25. August hatte die *Schleswig-Holstein* den Danziger Hafen erreicht. Die Marineinfanteristen, die sich an Bord befanden, mussten aus wohlberechneten Gründen bis zum Angriff unter Deck im Verborgenen bleiben. Nur in Zivilkleidung durften sie sich auf Oberdeck ab und zu ein wenig frischen Wind um die Nase wehen lassen. Als erkennbare Soldaten aber hielten sie sich so lange versteckt, bis es hieß: »Alle Mann raus zur Befreiung Danzigs!«

In Kenntnisnahme der Ereignisse stellt sich Meta vor, das derartige Befehle wie Lunten sind, die in eine explosive Stimmung geworfen werden. Und immer sind es nur einzelne Männer, die solch eine Lunte werfen lassen, während das einfache Volk ganz andere Absichten in sich trägt und am liebsten seinem gewohnten Alltag nachgehen will. Bei der Frage, wer eigentlich das Recht dazu hat zu sagen »Du bist unser Feind«, erkennt sie nun, dass es eben die ewigen Zündler mit ihren Befehlen sind, die sich das Recht dazu herausnehmen.

Gottfried hat sich schon einige Tage nicht bei Meta gemeldet. Gut das Grete ihr nun beiseite steht, die sie immer wieder beruhigt, ansonsten wüsste sie nicht, wie sie in diesen unruhigen Zeiten mit der Ungewissheit einigermaßen klarkommen würde. Nun liegt sie grübelnd in ihrem Bett, und der Schein der Nachttischlampe beleuchtet Gottfrieds Brief, der am Morgen eingetroffen ist und den sie tagsüber schon so oft gelesen hat, dass sie ihn inzwischen auswendig aufsagen kann. Endlich ein Lebenszeichen. Gott sei Dank! Ein Lebenszeichen zwar, und doch Zeilen des Kummers. Kummer darüber, dass dieser Brief aus einer ihr unbekannten Stadt eintraf. Einer Stadt, die in Polen liegt. Aus einem Land, mit dem Deutschland im Krieg steht. (X. Erklärung siehe Anhang)

Erschüttert hält sie sich vor, dass es gerade erst zwanzig Jahre her sind, dass ein Krieg millionenfaches Leid gebracht hat. Ist das Gedächtnis der Menschen denn so kurz? Heilen so schnell tiefe Wunden? Was ist das, was den Menschen immer wieder dazu verführt, sich die Köpfe einzuschlagen?, fragt sie sich. Würde man Einzelne befragen, würden sie jeglichen Zwist verurteilen und den Frieden beteuern, aber fragte man die Masse, brüllen sie Krieg!

Metas Wunden an der Seele sind jedenfalls noch nicht verheilt. Wenn sie an Gerhard denkt, schmerzt ihr das Herz geradeso wie an dem Tag, als sie die Nachricht von seinem Tod erhielt. Auch die abscheulichen Schreckensbilder von den verwundeten Soldaten kommen ihr in den Sinn, die sie damals als Hilfsschwester versorgen musste. Ein ungutes Gefühl steigt in ihr hoch. Sie bangt um Gottfried, um ihren Sohn!

Sie schließt die Augen und faltet die Hände über die Bettdecke. Das Licht der Lampe schenkt ihr einen milden Schein hinter die geschlossenen Lider. Dieser Schein strahlt etwas Warmes, Beruhigendes, Friedvolles aus, das ihr wohltut und sie träumen lässt. Sie schläft nicht, aber sie schwebt gedanklich auf eine Ebene, die losgelöst ist von der Realität, sodass sie auf unwirkliche Weise, wie aus weiter Ferne, Gottfrieds Stimme hört, die ihr seinen Brief vorliest.

Meine geliebte Mima!
Wenn Du diese Zeilen liest, soll Dein Herz von Glück erfüllt sein, meines jedenfalls möchte mir schier aus der Brust springen vor Freude darüber, dass der Weltenlauf nicht nur Kummer und Gram bereithält, sondern auch Gerechtigkeit. Deutsches Land, deutsche Erde gehört nun wieder uns! Deutsche Männer, Frauen und Kinder können wieder aufatmen, die Zeit ihrer Unterdrückung ist endlich vorbei. Das Morden und Lynchen an unschuldigen Brüdern und Schwestern hat sein Ende gefunden! Unser aller Führer Adolf Hitler hat diesem polnischen Gesindel mal ordentlich den Marsch geblasen. Bei all dem, was ich hier an Gräueltaten der Polacken erleben, sehen und hören musste, war es das wert gewesen, war es gerechtfertigt, mit aller Härte gegen sie vorzugehen, auch wenn England und Frankreich das zum Anlass genommen haben, uns den Krieg zu erklären. Aber das wird uns nur in unserem Willen bestärken, egal gegen wen auch und wie lange, für des Volkes Frieden, für Heimat und Vaterland noch erbitterter zu kämpfen. Ich gebe zu bedenken, wenn die Befreiung Danzigs zu einem europäischen Flächenbrand wird, dann trägt vor allem England die Mitschuld daran, weil sie sich als Antwort auf Hitlers Friedensbemühungen prompt an die Seite der Polen gestellt haben. Mit England an ihrer Seite fühlte sich die polnische Regierung wohl besonders stark. Daran erkennst Du doch, dass die Engländer einzig darauf aus waren, Deutschland zu vernichten. Wie sonst würden sie anderseits dabei zusehen, dass der Russe frohgemut in Polen einmarschiert ist, ohne dem »russischen Bären« anzudrohen, ihm das Fell über die Ohren zuziehen. Wie Du sicher längst erfahren hast, hat ja der Russe im Morgengrauen des 17. September die polnische Ostgrenze überschritten, und nun kämpft die Rote Armee quasi an unserer Seite. Allerhand, mit dem Nichtangriffspakt haben wir den Bären an die Kette gelegt. Ein grandioser Schachzug unseres Führers. Wir alle würden unseren letzten Blutstropfen für ihn hergeben, weil jeder Einzelne von uns um die große Sache weiß. Mit uns marschiert Gottes Wille! Es sind fantastische Kameraden an meiner Seite, Mutter. Du solltest ihre zu allem entschlossenen

Gesichter sehen. Schweigsame Burschen mit eisernen Mienen, stets darauf bedacht, mit ganzem Herzen Soldat für die Heimat, für unser geliebtes Vaterland zu sein ...

An dieser Stelle des Briefes stockt die Stimme. Meta versucht, den Gedanken zu verdrängen, dass es tatsächlich Gottes Wille sein könnte, wenn Söhne, Väter und Ehemänner zu Mörder werden. Häufig genug hatte sie ihrem Sohn in der Zeit nach dem großen Krieg gesagt, dass sie es nicht verstehen kann, dass ein Staat Mörder einsperrt oder hinrichtet und gleichzeitig unbescholtene Männer bei staatlichen Interessen die Legalität zum Töten gibt. Wird der Soldat denn nicht automatisch zu einem Mörder, wenn er auch unschuldige Zivilisten tötet, indem der Staat nach Willkür den Wert des eigenen Bürgers über den des Feindes stellt? Wo bleibt da die viel beschworene Würde des Menschen? Mit welchem Maß wird sie überhaupt gemessen, die Würde? Doch Gottfried konnte ihr auf all die Fragen auch keine Antwort geben.

Tief im Herzen bewegt lauscht sie weiter, was sie längst verinnerlicht hat.

... Dennoch bin ich froh, und das schreibe ich Dir im Vertrauen, nicht an vorderster Front gekämpft zu haben. Aber stell Dir nur vor, als Fotograf hatte man mich hie und da bei einem Propagandazug eingeteilt. Natürlich war diese Aufgabe nicht weniger gefährlich, wie ich leider erfahren musste. Aber die Schandtaten des Feindes, auf die ich an dieser Stelle nicht weiter eingehen möchte, da sie jede menschliche Vorstellungskraft sprengen und ich Dein Gemüt nicht unnötig damit belasten möchte, müssen für die Nachwelt dokumentiert werden. Nur so viel: Nie würde ein deutscher Soldat zu solch einer Bestie werden, wie ich es bei dem Feind mit eigenen Augen sehen musste. Es gibt bei uns von der Heeresleitung her klare Anordnungen, Zivilisten so weit als möglich unversehrt zu lassen und sich ausschließlich auf militärische Gegenwehr zu beschränken. Gerade die Soldatenehre ist es doch, die einen Krieg einigermaßen erträglich macht. Nun hoffe ich, dass mit der Einnahme von Warschau unser Auftrag bald zu Ende sein wird. Es war schon ein Husarenstück, mit welch übermenschlichen Kraft der Gegner demoralisiert wurde. Vielleicht gibt Dir meine Schilderung einen kleinen Einblick darüber. Also: Nach einer unruhigen Nacht, in der mehrere Batterien schwerste Geschütze aufgefahren hatten, begann gegen 4:30 Uhr das Bombardement Warschaus

mit solch einem Getöse, das ich in meinem schläfrigen Zustand dachte, ein Erdbeben würde uns alle verschlingen. Als ich für Augenblicke ins Freie lief, bekam ich einen schauerlichen Anblick zu sehen. Die dunkle Wolke über Warschau begann sich im Morgengrauen blutig zu röten. Nur wenig später wurde es still. Die Fensterscheiben klirrten nicht mehr, und die Lampen an der Decke hatten das Pendeln eingestellt. Eine seltsame Ruhe lag in der Luft.

Friedensstille! Und was dann geschah, war wie ein Omen, ein Zeichen von der Allmacht Gottes, hättest Du sicher gesagt, denn in diese Stille hinein läuteten plötzlich Glocken. Das kommt von der Kirche in Glinki, wurde gesagt. Doch das Läuten hielt nicht lange an. Als würde der Teufel persönlich aus seiner Hölle emporsteigen, um bei solch apokalyptischen Metaphern zu bleiben, bebte daraufhin wieder die Erde. Sperrfeuer wurde geschrien, Sperrfeuer! Nun ja, es war allerdings nur das kurze Aufbäumen einer eigenmächtig handelnden Truppe gewesen, die nicht wahrhaben wollte, dass Warschau gefallen war, wie wir im Nachhinein erfuhren. Ich glaube, mit der Einnahme von Warschau wird der Krieg recht bald zu Ende sein. Es bedarf wohl keiner besonderen Erwähnung, dass ein Aufatmen durch unsere Reihen ging. Nachdem wir dann Tee getrunken und Wurstbrot gegessen hatten, fuhren auch wir Richtung Warschau.

Wie eigentümlich verändert sich auf einmal alles ausmachte. Unterwegs trafen wir sogar ein deutsches Bataillon an, das dabei war, Kartoffeln für die Warschauer Bevölkerung aus den Äckern zu buddeln. Jetzt sollte doch alles Menschenmögliche getan werden, um die Not in der Stadt zu lindern! O ja, die polnische Armee hatte trotz ihrer unvermeidbaren Niederlage nicht nur die Zerstörung der Stadt hingenommen, sondern auch eine ausgehungerte Bevölkerung hinterlassen, die der ruhmbesoffene Stadtkommandant mit seiner unnützen Verteidigung heraufbeschworen hatte. Der in meinen Augen vernagelte Idiot von Kommandant hatte zum Schaden seiner eigenen Leute alles nur hinausgezögert, während die polnische Regierung sich bereits beim Einmarsch der russischen Truppen auf rumänisches Gebiet abgesetzt hatte.

Denke Dir nur, Mutter, sogar der Befehlshaber der polnischen Armeen, Marschall Rydz-Smigly, tat es seinen Feiglingen nach und verließ die Fahne, um sich ebenso feige in rumänische Bade- und Luftkurorte zurückzuziehen. Da werden sie in ihren Bademänteln verwundert gestaunt haben, die feinen Herren, denen der »Engländer« in lügenhafter Weise gesagt hatte, dass die

Rote Armee anstatt gegen sie, gegen die Deutschen marschieren würden. Pfeifendeckel!

Als sie nun von der Wirklichkeit eines Besseren belehrt worden sind, haben sie auf solch hinterhältige Art ihr Volk sich selbst überlassen. Die Blankovollmacht der Engländer war also nicht viel Wert gewesen. Diese Suppe mussten sie alleine auslöffeln, und sie wird ihnen nicht geschmeckt haben! Große Worte und nichts dahinter. Erinnere Dich doch bitte, wie die Polen noch in der Woiwoden-Angelegenheit getönt haben: »Wir werden den Deutschen die Augen ausbrennen und die Zungen ausreißen, bevor wir sie über die Grenze jagen.« Da bleibt mir nur noch zu schreiben: Finis Polonia!

Zum Schluss bitte ich Dich von Herzen, Dir keine Sorgen um mich zu machen! Außer, dass ich viel zu wenig Schlaf bekomme, geht es mir recht gut. Soeben haben wir den Befehl zum Aufbruch bekommen. Ich bin in meine alte Einheit zurückgekehrt und weiß noch nicht, wohin die Reise geht. Ich würde mir aber sehr wünschen, dass sie meine Kameraden und mich in Richtung Heimat führen wird! Hier ist das Gröbste getan! Nur gut, dass wir das alles noch vor dem Winter geschafft haben.

Also, liebe Mima, sei nicht überrascht, wenn ich unverhofft vor der Türe stehe! Ich hoffe bis dahin, dass es den Krieg für Euch nur in der Ferne gibt und dass es Dir und Grete gut geht.

Auf ein baldiges und gesundes Wiedersehen! Dein Purzel

PS.: In still gehegtem Wunsche würde es mich überglücklich machen, wenn mich, zuhause angekommen, auch eine Nachricht von Libsche empfangen würde.

In dieser Nacht liegt Meta noch lange wach. Ist der Krieg wirklich und wahrhaftig vorbei?, auch diese Frage beschäftigt sie. Noch steht ihr gepackter Koffer in der Schrankecke. Sie will auf alles vorbereitet sein. Morgen, so nimmt sie sich vor, wird sie darauf drängen, dass Grete zu ihr kommt, denn geteiltes Leid ist, wie gesagt wird, halbes Leid! Bei all der Grübelei ertappt sie sich dabei, dass sie trotz allem stolz auf ihren Sohn ist. Stolz auf ihn und stolz auf die vielen Männer, die in der Wehrmacht dienen, um, wie sie sich sagt, die unhaltbaren Zustände zu bereinigen, die man ihrem Volk, und in gewisser Weise auch ihr persönlich, nicht nur zur Strafe, sondern auch zur gezielten Vernichtung auferlegt hat. Und sie erschrickt über sich selbst, als ihr bewusst wird, dass sie auch auf den Führer Adolf Hitler ein klein wenig stolz ist.

Zunächst für unbestimmte Zeit zieht Grete bald darauf tatsächlich als Gast bei Meta ein. In diesen Zeiten muss man eben zusammenstehen, sagte Grete mit spitzem Mund zur Begrüßung. Sicherlich besteht ihr Umdenken hauptsächlich darin, dass es schlicht und einfach die Angst vor dem Ungewissen ist, die sie zu ihrer Schwester getrieben hat. Obwohl Grete sich nicht als besonders zugängliche Person auszeichnet, zeigt sich Meta zufrieden und beruhigt, die ältliche Dame in Kriegszeiten an ihrer Seite zu haben. Das ist sie ihr schließlich schuldig, schließlich gibt es eine Familienbande. Leider hatte es in der jüngsten Vergangenheit immer öfters Konflikte zwischen Grete und Gottfried gegeben. Wird es mit den beiden gut gehen, wenn er aus dem Feld zurückkehrt?

Wie erwähnt, kann Grete es einfach nicht überwinden, dass sich ihr Neffe, der liebe Bub von einst, den Ascheimerleuten angeschlossen hat. Ascheimerleute nennt sie die Nationalsozialisten wegen ihrer braunen Hemden. Gottfried hingegen hat sich bisher unmissverständlich an Gretes Zugehörigkeit zu den Zeugen Jehovas gestoßen. »Was habt ihr denn schon zu bezeugen?«, warf er ihr bei mancher Gelegenheit, allerdings meist scherzhaft, vor. »Ihr seid mir schöne Zeugen, Zeugen, die nichts von dem gesehen haben, wovon sie andere überzeugen wollen.«

Daraufhin ließ Grete grundsätzlich verlauten, dass sie nicht als Zeuge Jehovas betrachtet werden will, sondern als *Bibelforscher*, wie es schon in der Vergangenheit Usus war. So vergeistigt sie nach außen hin wirkt, umso erzürnter diskutierte sie in der Vergangenheit mit Gottfried, wenn er die Anhänger Jehovas aus Mangel an Argumenten Volksschädlinge nannte. Und damit liegt er ganz auf der Linie der Staatsmacht, die inzwischen drakonische Strafmaßnahmen vor allem gegen die jüngeren Glaubensbrüder durchsetzen, da diese den Militärdienst verweigern. Außerdem widersetzen sich diese sogenannten *Bibelforscher* dem Hitlergruß. Letztendlich ließ Hitler verkünden, dass diese Brut ausgerottet wird. Repressalien, Schmach und Schmähungen sind die Folge. Entlassungen werden durchgesetzt, was dazu führt, dass die so Geschmähten, die von nun an und in beträchtlichem Ausmaß als Bettler überleben müssen, in der Öffentlichkeit schlichtweg *Lumpensammler* genannt werden. Schlimmer ergeht es jenen, die im Konzentrationslager landen, oder denen man sich mit einem Genickschuss entledigt.

Da kann Grete von Glück sagen, dass man ihr bisher nur die Pension gekürzt hat. Aber sie vermeidet es auch, nach außen hin als Mitglied der Zeugen aufzufallen. Meta ist von Herzen froh sie nun unter ihre *Fittiche* zu haben. Wenn man also Gretes persönliche Hintergründe kennt, dann ist es doch nur verständlich, dass es sehr häufig Streit mit Gottfried gegeben hat, da es dabei jedes Mal um Politik und Religion ging. Und wenn Grete ihm vorwarf, dass er einer grausamen Diktatur angehöre, dann trumpfte er in seiner unvernünftigen Verwegenheit damit auf, dass sie ihm doch nun wirklich nicht mit der läppischen Demokratie ankommen brauche. Der Parlamentarismus wäre doch ein Lügensumpf, in den der blinde und taube Bürger mit haltlosen Versprechungen gelockt werde. Und wenn dem Bürger das Chaos bis zum Halse stehe und er den Lügendreck schlucken müsse, gäbe es kein Zurück mehr. Dabei zeigte er kein gespieltes Unverständnis, wenn er sie direkt fragte, warum sie sich überhaupt über die Diktatur aufrege, im Grunde sei die Demokratie doch auch nur eine Diktatur, nur mit anderen Mitteln. Und ob sie sich denn nicht schon einmal überlegt habe, ob sie durch ihren Glauben selbst zum Untertan einer ganz speziellen Diktatur geworden sei? Und zwar einer Gottesdiktatur! Sie müsse ganz still sein, ihr Glaube würde doch auf den Befehl eines allmächtigen Gottes die Freiheit hier auf Erden beschneiden, wobei jeglicher Ungehorsam mit Höllenqualen bestraft werde.

Bei einer dieser heftig geführten Auseinandersetzungen sagte er sichtlich erbost: »Am besten einigen wir uns darauf, dass dein Gott für den Himmel ist und mein Gott, Hitler, für die Welt zuständig ist. Und wer weiß, vielleicht hat dein Gott ihn ja zum Stellvertreter auf Erden gemacht?«

»O nein«, hatte sie sich da empört, »das kann nicht sein, dein Hitler benimmt sich nicht nur gottlos, er ist gottlos. Seine Werte, für die er morden lässt, sind wertlos! Denn was wir in der Welt wertschätzen, erhält seinen eigentlichen Wert erst, wenn wir die Dinge nicht losgelöst von Gott betrachten.« Ordentlich in Fahrt geraten wollte Gottfried Grete mit dem Argument überstimmen, dass Hitler keinesfalls gottlos sei, da brauche sie bloß anstatt in der Bibel in *Mein Kampf* nachlesen, wo er an einer Stelle, die ihm im Moment allerdings nicht geläufig wäre, erkläre, dass er an Gott glaube. An einen

Gott, der als Schöpfer der Dinge der Natur ihren Lauf ließ, und er, Adolf Hitler, die natürliche Abfolge von Werden und Sein durchzusetzen und als Werkzeug Gottes zu regulieren habe. Und dass er somit tatsächlich zu Gottes Stellvertreter geworden ist.

Nun, das wollte und das konnte Grete natürlich nicht hinnehmen. Also entgegnete sie ihm in ebensolch scharfem Tonfall, dass sie wohl wüsste, wessen Stellvertreter Hitler sei, nämlich des Satans Stellvertreter! »Eines lass dir gesagt sein, du armer verblendeter Junge, wer das Unrecht mit Unrecht beseitigt, hat zwar das Recht des Stärkeren auf seiner Seite, aber nicht das Anrecht auf wahrhaftigen Frieden in Freiheit. Wer sein willfährig gebeugtes Recht mit Blut besiegelt, wird vom Unfrieden gefangen genommen werden.«

Aber Gottfried, wenig beeindruckt, setzte nach, indem er schnurrig verlauten ließ: »Im Krieg zählt nie der Mensch, sondern immer nur die Ideologie.«

Da klagte Grete laut: »O je, o je.« Und den Worten Jeremias entlehnt, sagte sie zum Schluss: »O Land, Land, Land, höre des Herrn Wort!« Danach hatte sich die hagere Frau mit dem grauen Haarknoten rasch erhoben und ihm mit wehendem, schwarzem Kleidersaum wortlos die Türe zum aufgezwungenen Abschied geöffnet.

Sehr rasch haben sich die Schwestern wieder aneinander gewöhnt. Fast kommt es ihnen so vor, als hätten sie vor vielen Jahren nie ihr Elternhaus verlassen. Beiden Frauen tut es gut die jeweils andere an der Seite zu haben. Die Tage gehen rasch vorüber und an einem jener Abende sagt Grete mit einem schrägen Blick aus dem Fenster zu Meta, die gerade dabei ist, den Abendbrottisch abzuräumen: »Nun schau bloß auf die Uhr, kaum acht Uhr und schon stockduster.«

»Ja, ja, es ist Herbst, meine Liebe.« Meta, mit einer Schürze bekleidet, kommt ihr aus der Küche entgegen. »Wollen wir uns nicht die Nachrichten anhören?«

»Wenn du so versessen darauf bist, dir ständig Lügen und Ammenmärchen anzuhören!« Mit dieser Antwort überreicht Grete ihr mit süßsaurem Lächeln das Tablett, auf dem sich das schmutzige Geschirr befindet. Als

Meta nicht direkt reagiert, fügt sie noch an: »Werden wir denn nicht fortwährend von allen Seiten hinters Licht geführt?« Theatralisch wirft sie die Arme hoch. »O Himmel, wenn wir die Wahrheit wüssten!«

»Mir brauchst du das nicht zu sagen, Gretelein.«

»Ach, ich dachte, weil du so skeptisch geguckt hast.«

»Nun ja, ich geb dir im Großen und Ganzen ja recht, aber an den Sieg über Polen lässt sich wohl nicht mehr zweifeln, oder?«

»Sieg hin, Sieg her«, argwöhnt Grete, wobei sie Meta den Verschluss der Schürze festzieht, »aber das wird nicht das Ende sein. Wenn du mich fragst, war es erst der Anfang. Bald werden die meisten Träumer im Lande vom Ernstfall aus ihren schönen Illusionen aufgeschreckt werden. Manchmal frage ich mich, wer über die Träume verfügt, wenn die These stimmt, dass jeder großen Tat ein Traum vorausgeht.«

»Ja, das habe ich auch schon gehört«, bestätigt Meta.

»Dann wirst du mir sicher auch zugestehen, dass wir, bei Licht betrachtet, jeglichen Fantasien wachsam entgegentreten sollten. Stimmst du mir zu? Tun wir es, werden wir bekennen müssen, dass das Böse von allen Seiten lauert, und es wird nie gelingen, den Teufel mit dem Beelzebub auszutreiben!« Als Grete spürt, dass Meta ihr aufmerksam zuhört, sagt sie weiter: »Lass uns beten, Meta!«

Und kurz darauf sitzen beide Frauen bei flackerndem Kerzenschein im Gebet vertieft. Sie murmeln bei ihrer Ansprache an den Allmächtigen dermaßen der Welt entrückt, dass sie zunächst nicht den lauten Gesang mitbekommen, den eine Männerstimme von der Haustüre bis hoch zu den obersten Räumen schickt. Erst als die Stimme in der geöffneten Wohnungstür Gestalt angenommen hat, fahren die beiden Frauen wie ertappt von ihrer Andacht hoch.

»Sieh an, sieh an! Gott lässt seine Heiligen ausschwärmen. Gott zum Gruße, Tante Grete! Ich freue mich, dass du den Weg in die Hölle gefunden hast.«

»Aber Junge!«, zischt Mutter, »Du bist ja betrunken.«

Daraufhin schlägt Gottfried militärisch die Hacken zusammen, und mit ausgestrecktem rechten Arm grölt er »Heil Hitler! Na, was ist, geliebtes Tantchen, willst du meinen Gruß nicht erwidern? Du hast es doch immer so mit deinen Prophezeiungen. Steht nicht schon bei Mose *Herr, deine rechte*

Hand ist mit Kraft geschmückt, Herr, deine rechte Hand hat den Feind erschlagen!« Er lacht beinahe hysterisch. »Bei allen guten Geistern«, frohlockt er in seinem ungebührlichen Verhalten, »seine rechte Hand hat den Feind erschlagen. Sie hat ihn nicht nur erschlagen, sie hat ihn glorreich erschlagen, wie noch nie eine Armee auf der Welt seinen Feind erschlagen hat!« Und übergangslos singt er wieder: »Der Neger hat sein Kind gebissen, o-o-oho. Denn, wenn man nennt, zehn Weiber sein, wollen auch geküsst sie sein, wollen auch geküsst sie sein.« Und ehe Grete sich versieht, drückt er ihr einen schmatzenden Kuss auf die Wange.

»Gottfried!«, ruft Meta entsetzt, »du bist ja völlig außer dir, völlig betrunken!«

Indes erblasst Grete wie eine frisch getünchte Wand und sackt wortlos auf den Stuhl zurück.

»Betrunken?«, krakeelt Gottfried erneut. »Betrunken? Ha, dass ich nicht lache, sturzbetrunken bin ich, sturzbetrunken!«

In Begleitung seines Verses versucht er, Grete für ein Tänzchen aus dem Stuhl zu ziehen, doch sie stößt ihn angeekelt von sich fort.

Diese unrühmliche Abendstunde ist für Meta wahrhaftig nicht dazu angetan, sich von ganzem Herzen darüber zu freuen, dass ihr Sohn unbeschadet aus der Schlacht heimgekehrt ist. Zum einen trifft sie das Wiedersehen völlig überraschend, und zum anderen hat sie ihren »Purzel« noch nie in dem Maße bezecht gesehen. Demgemäß haben die Frauen auch einige Mühe den Betrunkenen, dessen vom Alkohol aufgestachelte Aufsässigkeit mittlerweile einer selbstmitleidigen Lethargie gewichen ist, wegen seiner phlegmatischen Teilnahmslosigkeit ins Bett zubekommen, da er sich mit robuster Sturheit weigert, ohne Libsche schlafen zu gehen. Schließlich gelingt es Mutter und Tante doch noch, ihn mit süßen Worten und unhaltbaren Versprechungen halb ausgezogen ins Bett zu verfrachten. Meta und Grete, die dem Sohn und Neffen hochherzig verzeihen, sitzen danach noch lange erschöpft und wortlos im Wohnzimmer, das einzig vom Ticken der Standuhr beschallt wird beisammen. Nur ab und zu vernehmen sie von nebenan ein schwaches Nuscheln, das sich wie *Der Neger hat sein Kind gebissen* anhört.

Am frühen Morgen des nächsten Tages ist Gottfried völlig gerädert und mit einem enormen Brummschädel aufgewacht. Noch fällt kein Lichtschein durch den zugezogenen Vorhang, der seit seinem Fortgang immer zugezogen ist. Kaum zugedeckt liegt er auf der Matratze, denn das Oberbett ist ihm bei unruhigem Schlaf zur Hälfte auf den Boden gerutscht.

Verschwommenen Blickes muss er feststellen, dass seine Militärhose und das Hemd wie eine zweite Haut schweißnass am Körper haften. Die Jacke und die Schuhe lugen teilweise unter dem Plumeau hervor. Als er sich aufrichten will, befürchtet er, dass ihm bei weiteren Bemühungen schlagartig der Schädel wie eine Kokosnuss, die hoch aus einer Palme auf ein Felsstück fällt, zerplatzen wird. Also sackt er stöhnend ins Kissen zurück. Die Zunge klebt ihm am Gaumen, als habe er verdorbenen Leim und nicht Schnaps und Bier getrunken. Vorsichtig bewegt er die Zehen und die Finger. Sie fühlen sich zwar taub an, aber alles funktioniert noch.

Was der Pole nicht geschafft hat, nämlich ihn kampfunfähig zu machen, will er auch dem Alkohol nicht zugestehen. Er lebt noch! Ein bisschen jedenfalls. Irgendwann, so denkt er sich, muss er in der Nacht zum Klo gelaufen sein, denn er spürt keinerlei Druck auf der Harnblase. Liegen bleiben, Junge! Bleib ganz ruhig liegen, es wird bald schon besser werden, sagt er sich. Und so starrt er, auf die Dinge wartend, die da kommen würden, an die Zimmerdecke. Im Haus ist noch alles ruhig, nur der Regen trommelt in gleichmäßigem Rhythmus von außen auf die Fensterbank. Er gibt sich ganz dem Augenblick hin, und plötzlich überfällt ihn eine sonderbare Sehnsucht. Mit einem Male wird der groteske Wunsch in ihm geweckt, wieder ein Kind zu sein. Ihn übermannt die urkomische Vorstellung, er wäre an einem schulfreien Tag aufgewacht, und sein bisheriges Erwachsenenleben wäre nur ein Traum gewesen. Alles nur ein Traum. Gleich würde Mima an die Tür klopfen und ihn zum Frühstück rufen. Und als er angestrengt lauscht, ist es ihm, als höre er sogar Vater auf dem Klavier spielen. Jetzt weiß er, wonach er sich wirklich sehnt. Er sehnte sich nach Frieden und Geborgenheit! Aber es ist Krieg! Krieg! Ein guter und gleichzeitig ein verdammter Krieg, und er gehört dazu, ob er will oder nicht! Aber will er wirklich? Sich den Krieg auszudenken und zu erleben, das sind doch zwei völlig verschiedene Dinge. Ihn sich auszudenken, das ist wie träumen, so wie er träumt, wieder ein Kind zu sein. In der Realität aber ...

Schlaf, Junge, versuche noch ein wenig zu schlafen. Es wird dir guttun. Er hebt die Zudecke auf und zieht sie sich über den geschwitzten, aber inzwischen ausgekühlten Körper. Er fühlt sich verdammt schlecht und sagt sich, dass der Augenblick, den er gerade erlebt, auch kein Zuckerschlecken ist. Der Krieg tobt in ihm weiter, so kommt es ihm vor. Ein anderer zwar, ein nicht vergleichbarer Krieg. Das ganze Leben ist ein Krieg und er ist ein Krieger, der auf jeglichen Schlachtfeldern des Lebens kämpfen muss. Aber ist er wirklich ein tapferer Krieger? In Polen ist er es gewesen, da lässt er keinen Zweifel daran. Seine wahnwitzigen Gedanken an den Krieg drehen sich als eine nicht enden wollende Spirale in seinem Kopf herum. Aber eines weiß er gewiss, dass allen auf dem Feld der Ehre, auch all den Toten, den Krüppeln und all denen, die im vergangenen Krieg viel Not, Leid und Elend erleiden mussten, nun Gerechtigkeit widerfahren wird. Dass seinem geliebten Vaterland, das 1914 wegen der Unruhestifter auf dem Balkan in diesen Krieg gezerrt wurde, überdies die einstige Würde der Nation zurückgegeben wird. Dem Volk der Dichter und Denker, das geografisch betrachtet ungünstig in der Mitte Europas von Neidern und Widersachern eingekreist ist. Die Gerechtigkeit verlangt eben Opfer. Sie ist für ihn wie ein Altar, auf dem die Ungerechtigkeit bluten muss. Nein, er darf nicht zweifeln, er darf nicht an dem Heiligen Krieg zweifeln, auch wenn er deswegen schon viel Blut gesehen hat. Noch ist das abschließende Gottesurteil nicht gesprochen worden, und trotz schlimmer Erfahrungen glaubt er immer noch, dass Deutschland mit dem größten Führer und der weltbesten Wehrmacht goldenen Zeiten entgegengehen wird. Außerdem, wenn Gold glänzen soll, muss es erst durch das Feuer geläutert werden. Und nach dem Polen-Feldzug, so ahnt er es in diesem Moment jedenfalls, wird das Feuer alleine wegen der Kriegserklärungen der Engländer und der Franzosen an Deutschland zumindest eine Zeit lang ein hinzunehmender Begleiter des Schicksals sein. Was aber sind das für Gedanken?, fragt er sich plötzlich. Will mich jemand zur Feigheit verführen? »Ich habe keine Angst«, stöhnt er auf. »Ich. Habe. Keine. Angst! Ich bin ein Soldat der 10. Armee! Ich gehöre als Unteroffizier der 10. Armee an. Einer starken und entschlossenen Armee, die siegreich war und siegreich sein wird.«

In seinem verdrehten, verkaterten Kopf kommt ihm die Eroberung Polens wie ein Handstreich vor. Das reinste Husarenstück! Und mit dem Gefühl des Starken, des Unsterblichen gibt er sich, die Arme hinter den Kopf verschränkt, ganz den Erinnerungen hin.

Von Süden aus waren sie über Tschenstochau in Richtung Warschau rasch nach Nordosten vorgestoßen, um dem Gegner den Rückzug über die

Weichsel abzuschneiden. Die Warthe und die Pilika, ein Nebenfluss der Weichsel, waren bereits überschritten worden. Und dabei hatten sie die polnischen Truppen einfach überrannt. Natürlich gab es dabei auch brenzliche Situationen wie bei Petrikow. Etwa auf der Mitte zwischen Oppeln und Warschau. Dort überraschte eine polnische Division ihre Ruhequartiere in der Hoffnung, die deutsche Division damit auseinanderzusprengen. Aber persönliche Tapferkeit von Offizier und Mann waren in der Lage gewesen, nach nur drei Stunden die Polen wieder zurückzuschlagen. In der Folge wurden mehrere Batterien erobert und etwa dreitausend Gefangene gemacht. Bereits am 8. September erreichte das Panzerkorps Warschau. Die dazugestoßene Division unter der Führung des Generalleutnants Rheinhardt wurde im Zuge des Ansturms von polnischen Dach-, Hecken- und Fensterschützen mit erbittertem Feuer aus allen Rohren nicht gerade freundlich begrüßt. Nach dem Eintreffen des verbündeten Rheinhardt-Regiments zog sich das Panzerkorps Hoepners aus taktischen Gründen mit einem Schwenk nach Westen zurück, um sich dann bei Kutno der eingeschlossenen polnischen Posen-Armee entgegenzustellen, die verbissen den Durchbruch nach Osten erzwingen wollte, aber am zähen deutschen Widerstand scheiterte. Da unter altgedienten Etappenhasen ein Angriff als die beste Verteidigung galt, hieß die ausgegebene Parole: Ran an den Feind! Im Hagel der Panzergranaten brach die polnische Entschlusskraft recht bald zusammen. Nach zwei Stunden fiel kein Schuss mehr. Da mussten die Polen ganz schön gestaunt haben, denn ihre Heeresleitung hatte ihnen im Vorfeld weiß machen wollen, dass die Deutschen nur Panzer-Attrappen hätten.

»Ha«, lacht Gottfried kurz auf, »ich sag's doch, das reinste Husarenstück! Das reinste Husarenstück.« Da ihn die Gedanken sehr anstrengt haben, beschließt er noch etwas zu schlafen, an nichts mehr zu denken. Und während er sich bemüht, keinerlei Gedanken zuzulassen, indem er sich dem Getrippel und Getrappel des Regens hingibt, trägt ihn sein Traum aus dem Bett hinaus. Er entführt ihn aus dem Fenster über die Stadt hinweg in die weite Ferne. Er führt ihn auf Wege zurück, die sein Körper längst schon verlassen hat. Nun sieht Gottfrieds inneres Auge einen Himmel über sich, der wie in Indigo getaucht erscheint und an dem plustrige Wölkchen kleben. Er empfindet im Bett liegend die längst überstandenen Strapazen genauso, wie er sie vor Wochen erlebt hat. Jede Einzelheit dringt in sein Gedächtnis, als würden ihm die unschönen Geschehnisse noch einmal und viel eindringlicher von einer höheren Stelle aufgezwungen. Kalter Schweiß rinnt ihm im Schlaf über die Stirne. Er ist den Bildern schutzlos ausgeliefert. In der Wirklichkeit, ja, da hätte er eventuell auf und davonrennen können, den Träumen aber ist er schutzlos ausgeliefert.

Im Rücken des Gegners sind die letzten Tage von beschwerlichen Gewaltmärschen geprägt, die immer wieder von harten Kämpfen unterbrochen werden. In der Regel absolviert die Marschkolonne 40, 50, 60 Kilometer am Tag. Das ist wahrlich ein beschwerliches Unterfangen, weil es dort, wo in den Karten Straßen eingezeichnet sind, nur lehmige Wege gibt, die wegen ihrer dafür geeigneten Ketten höchstens von Panzerwagen befahren werden können. In diesem Dreck muss die Truppe auf Gedeih und Verderb marschieren. Auch wenn die brütende Hitze der ersten Tage unterdessen abgeklungen ist, so wird es gegen Mittag immer noch heiß genug, dass wiederum der Staub unter den Stiefeln aufwirbelt, als wolle er die Schönheit des Himmels verdecken. Wo Gottfried im Traum auch hinsieht, er entdeckt nur vom gelbbraunen Schmutz überkrustete Gesichter. Keine Stelle am Körper, die verschont geblieben ist, und auf den Zähnen knirscht der Schmutz. Aber ebenso, wie sie die Entfernungen fressen, schlucken sie ihn. Marschieren, marschieren, marschieren, bis sich irgendwo und meist überraschend der Feind stellt. Ansonsten wird über viele Stunden hin die Eintönigkeit ihr Begleiter. Ab und zu winken sie den Fliegern zu, von denen sie bei Kampfhandlungen aus der Luft heraus unterstützt werden. Auch grüßen sie gelegentlich die motorisierten Kameraden, wenn ihre Panzer mit hoher Geschwindigkeit seitwärts der Pfade vorbeirasseln. Aber sie grüßen auch die vielen, einfach zusammengezimmerten Birkenkreuze am Wegesrand, deren einziger Schmuck von Schusslöchern durchsiebte Stahlhelme aufweisen. Diese erinnern sie beim stumpfsinnigen vor sich Hinbrüten eindringlich an die Gefahr, die überall lauert. Besonders brenzlich wird es vor allem immer dann, wenn sie sich einer Ansiedlung nähern. Oft genug erweist sich das eine oder andere Haus als eine raffiniert getarnte Bunkeranlage, von wo aus Freischärler ihre hinterhältigen Angriffe unternehmen.

Wachsamen Auges zieht sein Trupp durch eine bereits zerschossene Ortschaft. Es muss noch nicht lange her gewesen sein, dass hier harte Kämpfe stattgefunden haben. Noch rauchen die Trümmer. Eine vom Feuer angesengte Kuh brüllt vor Schmerzen zwischen den verkohlten Balken eines vermutlich ehemaligen Stalles. Sonst ist keine fremde Menschenseele auszumachen. Es riecht unangenehm nach verbranntem Fleisch.

»Eine gottverdammte Gegend«, raunt Gottfried dem Obergefreiten zu, der neben ihm den Horizont seitlich der Marschroute scharf beobachtet. Ihr Zug ist vor zwei Tagen bei heftigen Gefechten von ihrer Kompanie abgesprengt worden, und seitdem versuchen sie, wieder zu ihr zu stoßen. Doch weil der Funker seitdem noch keinen Kontakt zur Einheit aufnehmen konnte, da offensichtlich die Frequenzen gestört sind, erweist sich dieses Vorhaben als äußerst schwierig, zudem ihnen kein ordentliches Kartenmaterial zur Verfügung steht. Plötzlich fallen hinterrücks Schüsse.

Gottfried als Zugführer gibt seinen Männern Zeichen sofort Deckung zu suchen. Verdammt! Über die Kuppe eines Grabens hinwegblickend entdeckt er mithilfe seines Feldstechers neben ein bis auf die Grundmauern niedergebranntes Haus, einen von spärlichem Gebüsch bewachsenen, polnischen Unterstand, von wo aus eindeutig mehrere Maschinengewehrgarben abgeschossen werden. Angespannt beobachtet er den Gefechtsstand. Noch zwei vereinzelte Schüsse fallen, dann schweigen die Rohre. »Ist jemand getroffen?«, ruft er seinen Kameraden zu. »Nein«, kommt die einhellige Meldung zurück. Seltsam, die Mannschaft hatte sich doch wie eine Zielscheibe präsentiert. Sie müssten doch getroffen haben, wenn sie gewollt hätten.

»Wollen wir sie ausräuchern?«, flüstert Gottfried dem Soldaten Fritz Mergentheim zu, dessen Mund sich zu einem breiten Grinsen verzieht, das unter dem Schatten des Stahlhelms noch breiter wirkt. Rasch ist eine Rotte von sechs Mann zusammengestellt. Im Schutze der Schusssicherung, die ihnen der Rest des Zuges gewährt, robben Gottfried und die Freiwilligen auf die vermeintliche Stellung des Feindes zu. Der Schweiß rinnt ihnen unter dem Stahlhelm hervor. Was wird sie erwarten? Eine Falle! Sie sind etwa zwanzig Meter von der Straße entfernt, da erfolgt eine furchtbare Explosion. Eine grelle Stichflamme springt wie der Teufel selbst aus dem Ackerboden. Schwarzer, beißender Qualm macht für Momente jegliche Sicht unmöglich. Gottfried drückt sein Gesicht in eine Ackerfurche, und auf seinen Rücken prasseln Steine und Erde. Kurz darauf Schreie und Hilferufe. Was war das? Ein Granateinschlag? Nein, denkt er, es gab zuvor kein Sausen und Pfeifen in der Luft. Hatte man aus der Stellung eine geballte Ladung geworfen?

Als sich der Rauch legt, schaut Gottfried sich sorgenvoll um. Bis auf Fritz sind sie vollzählig. Er muss wohl versucht haben, alleine vorzupreschen.

Wieder die Schreie. Also, was gibt es da noch lange zu überlegen? Vor ihnen liegt Fritz, und ihn hat es erwischt! Hüttmann und Schweiger zeigen an, dass sie festentschlossen sind, Fritz zu bergen.

»Gebt ihr nur Feuerschutz.«

Gottfried hebt den Daumen. In gebückter Haltung rennen sie los, dem Schreien entgegen. Da erdröhnen ohne jedes Vorzeichen sekundenschnell hintereinander noch weitere ohrenbetäubende Detonationen. Verflucht! Himmel, Arsch und Zwirn! Ihm schnürt es die Kehle zu. Er möchte fortlaufen. Er hat Angst, große Angst! Fürchterliche Angst! Am liebsten würde er abhauen, doch er schreit: »Flatterminen! Das hier ist ein verdammtes Minenfeld! Propagandazug, Propagandazug, die Polensau hat uns mit den Schüssen an der Nase herumgeführt und ist jetzt längst über alle Berge.« Gottfried muss gegen die Schmerzensschreie der Verwundeten anbrüllen. Und wieder erhebt er seine Stimme: »Propagandazug, auf, auf, marsch, marsch!« Ohne Rücksicht auf die eigene Gefahr springt er auf, gefolgt von seinen Kameraden, und sie rennen wie vom Teufel getrieben zu den Verletzten, nur der Funker bleibt zurück, der wie wild ins Ungewisse morst. Auf halber Strecke kommt ihnen Schweiger entgegen. Gottfried erkennt schon von Weitem, dass es um Schweiger schlimm aussieht. Als er Schweigers Hand zu fassen bekommt, bricht dieser zusammen. Er blutet stark aus einer Kopfwunde, außerdem ist die sichtbare Haut verbrannt. Teile der Uniform sind ihm von der Druckwelle vom Leib gerissen worden.

Unterdessen erreichen die anderen Hüttmann, der sich winselnd in der Nähe von Fritz Mergentheim am Boden wälzt. Gottfried gibt Hermann, der einer der größten und stärksten Infanteristen innerhalb der Truppe ist, den Befehl, Schweiger zur Ausrüstung zu tragen und dort notdürftig seine Verletzungen zu versorgen. Hermann führt den Befehl unverzüglich aus. Gottfried will sich indes um die beiden anderen kümmern. Da hört er schon, wie gerufen wird: »Bei Fritz ist nichts mehr zu machen, er ist tot!« Also wenden sie sich Hüttmann zu, der nun völlig ruhig am Boden liegt und seine Kameraden anlächelt.

»Was guckt ihr denn so?«, fragt er erstaunt. »Ihr dürft doch nicht traurig sein. Das kann doch mal passieren.« Das Sprechen strengt ihn zusehends an. Doch nach geräuschvollem mehrmaligem Durchschnaufen sagt er noch: »Grüßt bitte meine Frau und meine Kinder, aber sagt ihnen nichts von meiner Verwundung. Ich glaube jedenfalls, dass Ich verwundet bin, mit meinem rechten Fuß ist irgendwas nicht in Ordnung. Aber das brauchen sie zu Hause nicht zu wissen.«

Gottfried tätschelt sein Gesicht und schweigt. Auch die anderen stehen mit bekümmerten Gesichtern daneben. Anscheinend verspürt der Verwundete keine Schmerzen mehr. Noch weiß er nicht, dass ihm die Mine beide Füße weggerissen hat. Und die Umstehenden sind sich sicher, dass er Frau und Kinder wohl kaum wiedersehen wird. Als sie Hermann und Schweiger bei der Ausrüstung erreichen und Hüttmann vorsichtig ablegen, atmet er nicht mehr. Mit ihren Klappspaten graben sie den ausgebluteten Hüttmann in die polnische Erde. Direkt daneben bekommt Fritz Mergentheim fern der Heimat seine letzte Ruhestätte.

Während der Rest des Zuges mit dem noch einigermaßen gehfähigen Schweiger weiterzieht, richtet Hermann aus jungen Birkenstämmen zwei schlichte Holzkreuze zurecht, auf die er jeweils die Stahlhelme der toten Soldaten befestigt. Und nach einer kurzen Ehrenbezeugung rennt er den Vorausmarschierenden hinterher.

Immer wieder müssen sie wegen Schweiger eine Rast einlegen und sie kennen nicht einmal die genaue Richtung, wo sie am Ende ihrer Strapazen von ihrer Einheit in Empfang genommen werden. Seit der letzten Nachricht, die der Funker erhalten hatte, sind beinahe zwei Tage vergangen. Nur gut, dass Schweiger so tapfer ist. Inzwischen haben sie aus einer Plane und zwei starken Ästen eine Trage hergestellt, auf der Schweiger nun liegt.

Als am zweiten Tag ihres Umherirrens der Abend sacht wie ein dunkles Tuch aus dem Himmel herniedersinkt, wird an Ort und Stelle behelfsmäßig das Nachtlager eingerichtet, während der Funker weiterhin ständig versucht, die Einheit zu erreichen.

Gegen 5 Uhr morgens weckt der Funker die schlummernden Männer mit einem hysterischen Lachen. Schnell sind die Männer im Bilde, was den Funkkameraden aus der Fassung gebracht hat. Seine Funksignale wurden beantwortet. Der Kerl hat sich doch schlichtweg darüber gefreut, dass seine Funksignale nicht nur angekommen sind, sondern das endlich eine Verbindung zur Einheit entstanden ist. Und um 9 Uhr schälen sich ein Lastkraftwagen und ein Kübelwagen aus dem Morgengrauen. Die Kameraden fallen sich erleichtert in die Arme.

Nach einigem klärenden Hin und Her sitzt Gottfried erschöpft neben dem Fahrer im Kübelwagen, der dem LKW vorausfährt. Frisch ist der Morgen, aber strahlend schön. In hohem Tempo springt der Kübelwagen durch die unebene Landschaft. Gottfried muss seine Mütze festhalten, damit sie ihm nicht verloren geht. Sein Fahrer flucht: »Scheiß Dreckspolen!«

Gottfried denkt sich seinen Teil, denn schließlich hatten deutsche Tanks die Gegend mit ihren Eisenketten so aufgewühlt, dass die Wege beinahe unpassierbar geworden sind. »Wie weit ist es noch?«, fragt er gleichmütig.

»Wenn die Etappe noch da ist, wo sie gestern war, werden wir in circa 10 Minuten da sein, Herr Unteroffizier, wenn dieser Scheißregen gestern nicht alles aufgeweicht hat. Da hinten am Wäldchen, Daumensprung links, führt diese Dreckspiste gradlinig zu ihrer Einheit.« Und mit einem schrägen Blick zu seinem Vorgesetzten meint der Fahrer noch: »Sie werden sicherlich froh sein, aus dem Schlamassel einigermaßen heil herausgekommen zu sein.«

Was dann in seinem Traum geschieht, sind Bilder, die Gottfried aus dem Schlaf reißen. Völlig verwirrt stiert er an die Wand. Der Mund ist ihm vom Hecheln zusammengeklebt. Bei diesen Bildern, die er gesehen hat, ist es ihm, als wäre er geradewegs aus der Hölle aufgestiegen. Eine Menschenmauer hat er gesehen. Auf der Straße von Lublin nach Chelm, hatten die Polen sie in Abständen von fünfzig bis hundert Metern aus den Leichnamen der Volksdeutschen errichtet. Mit eingeschlagenen Schädeln waren die Deutschen quer über die Straße geworfen worden, um die feindlichen Panzer zum Halten zu bringen.

Als Gottfried nach langem Grübeln die Wohnküche betritt, sitzen Meta und Grete am bereits abgeräumten Frühstückstisch. Nur noch ein Teller und eine Tasse stehen für den Nachzügler bereit. Grete liest in der Bibel und Meta strickt.

»Komm, setzt dich!«, sagt Meta, »ich werde dir dein Frühstück anrichten.«

Gottfried fährt sich etwas verlegen durch den wirren Haarschopf. Er sieht schlecht aus, und so fühlt er sich auch. »Guten Morgen, die Damen«, schäkert er dennoch, worauf Meta seinen Morgengruß mit einem nachsichtigen Lächeln quittiert. Auch Grete schaut von ihrem Buch hoch, sie sagt jedoch nichts.

»Ich kann mir mein Brot und meinen Kaffee selbst zurechtmachen.«

»Ach lass nur, mein Junge, du wirst noch sehr müde sein.«

»Natürlich wird er noch sehr müde sein«, wiederholt Grete anzüglich, »das bleibt ja wohl nicht aus, wenn er sich die Nacht um die Ohren schlägt.«

Recht kratzbürstig bemerkt er: »Du sprichst die Wahrheit, Tante, ich habe mir in der vergangenen Zeit oft genug nicht nur eine Nacht um die Ohren geschlagen, wie du das nennst. Und wenn du es genau wissen willst, ich bin dabei auch für dich wach geblieben. Ja, für dich, damit du hier friedlich in der Bibel lesen kannst! Die letzte Nacht allerdings, da bin ich nur für mich, nur so zu meinem Spaß wach geblieben.«

»Streitet doch nicht schon wieder«, lenkt Meta nachsichtig lächelnd ein, die dabei ist, dick Apfelkraut auf Gottfrieds Brotscheibe zu schmieren.

»Nein, nein, lass nur Mutter«, winkt Gottfried ab, »zum Streiten steht mir nun wirklich nicht der Sinn.«

Jetzt lächelt auch Grete. Überraschend steht sie auf und drückt ihrem Neffen einen Kuss auf die Stirne.

»Ein Judaskuss, Tante?«

»Aber Junge, ich bitte dich!« Fast hätte Meta den Kaffee verschüttet.

Grete jedoch zeigt sich wenig beeindruckt. »Der Kuss war nur die Antwort auf deine Freundlichkeit von gestern Nacht«, sagt sie immer noch lächelnd. »Aber keine Angst, ich beiße nicht!« Ihr Lächeln verschwindet. Dann fragt sie ihn erkennbar bedrückt: »Muss ich jetzt Angst vor dir haben? Vor dir, dem kühnen Kriegsmann, dem ein Menschenleben gleichgültig geworden ist! Der dem Teufel auf Erden gehorsam dient.«

Sprachlosigkeit macht sich breit. Deutlichere Worte wie diese waren von Grete noch nie ausgesprochen worden. Sie muss in ihrem Inneren sehr mit dem Zustand der Welt, die nicht mehr die ihre war, gehadert haben. Vielleicht hatte sie sich auch übersteigert darüber geärgert, soeben mit Judas, dem Verräter an Christus, verglichen worden zu sein?

Gretes leidender Gesichtsausdruck verhindert vermutlich, dass Meta sich zugunsten ihres Sohnes einmischt. Stattdessen blickt sie erschrocken Gottfried an, von dem sie genau weiß, dass er solch eine Schuldzuweisung nicht unbeantwortet hinnehmen wird.

Wieder wischt sich Gottfried mit den gespreizten Fingern durchs Haar. Dann geht er zum Waschbecken, um ein Glas Wasser zu trinken. Wortlos zeigt Meta auf das Brot und den Kaffee. Er nickt. Grete hat indes die Bibel wieder aufgeschlagen. Gottfried setzt sich, und Meta hantiert planlos an den Besteckkästen herum. Streng sieht er Grete an, die ihn nicht beachtet. Dann stellt er ihr eine Frage.

»Steht nicht bei Mose, der Herr ist ein Kriegsmann? Also frage ich dich, Tante, ist dein Gott nicht auch ein Kriegsmann, der sein Volk mit dem Schwert zum Sieg führt? Findest du da noch einen Unterschied zu dem, was wir für unser Vaterland getan haben?«

Jetzt reagiert sie. »Ganz recht«, antwortet sie gereizt, »aber Gott ist ein Kriegsmann, um das Böse zu vernichten! Im Gegensatz zu euren Kriegsmännern, aus deren Siegen immer wieder neue Kriege entstehen, ficht Gott in Jesus Christus seinen Sieg für ewigen Frieden in absoluter Freiheit aus!«

»Aber er ficht auch, um seine Macht zu demonstrieren!«, wirft Gottfried hochmütig ein. »Und außerdem«, sein Ton wird schärfer, »du und dein *Verein*, ihr entscheidet also, was gut und böse ist!«

Und mit einem klaren »Ja« gibt Grete zu bedenken, »das tun wir, weil Gott als der Heerführer seines Volkes, mit dem Schwert der Liebe kämpft! Also können ich und meine Geschwister sehr gut unterscheiden, was letztlich gut und was böse ist. Die Liebe ist es, die das Gute und das Böse erkennen lässt.«

»Liebe, Liebe«, tut Gottfried entrüstet, »für mich hat sich die Liebe oft genug nicht zum Guten, sondern zum Bösen gewendet, wobei mich das liebende Schwert Gottes nicht nur einmal schmerzhaft ins Herz gestochen hat.«

»Oh«, meint Grete übertrieben betroffen, »da hast du wohl Gottesliebe mit Menschenliebe verwechselt. Höre mir zu, lieber Neffe! Wahre Liebe ist, Gott zu lieben! Denn wer Gott liebt, liebt alles und jedes, darauf kannst du dich gewiss verlassen!«

Doch Gottfried lässt nicht locker. Wie ein Mime, der seinen Part dramaturgisch überzieht, schlägt er sich theatralisch an die Brust. »Und«, schmettert er los, »woran soll ich den Unterschied zwischen Menschenliebe und Gottesliebe erkennen können?«

»Ach, du armer dummer Junge«, haucht sie gequält. »Du musst noch viel lernen, aber du bist auf dem besten Weg dazu, weil du bereits Erfahrungen mit der Liebe gemacht hast, wenn auch nur mit der vergänglichen Menschenliebe, die dich aber lehrt, unterscheiden zu können. Sei achtsam und lausche losgelöst vom menschlichen Egoismus auf die Stimme deines Herzens, dann wirst du wissen, was wahre Liebe ist. Man kann auf Erden nämlich auch lieben, ohne wiedergeliebt zu werden. Wenn du liebst, ohne zu erwarten, wiedergeliebt zu werden, dann bekommst du eine kleine Ahnung von der Gottesliebe. Ich kann auch sagen: Gottesliebe nutzt und Menschenliebe benutzt.«

Gottfried schaut nicht mehr ganz so belustigt.

Grete nimmt die Gelegenheit wahr, um ihm noch einen eindringlichen Rat zu geben. Also behauptet sie: »Anderseits sage ich dir noch einmal ausdrücklich, der Mensch irrt sich gewaltig, wenn er denkt, dass man den Frieden erkämpfen kann.«

»Liebe Tante«, platzt es aus Gottfried heraus, »warum nur willst du dich immer als mein Gewissen aufspielen? Was hältst du eigentlich von uns, von uns Nationalsozialisten? Wir sind keine Mörderbande, die durch die Welt zieht um des Tötens willen, auch wir wollen Frieden! Ja, wir wollen Frieden! Aber was sollen wir machen, wenn man uns den Frieden nicht lässt? Nicht nur ihr Bibelforscher seid eine verschworene Gemeinschaft, auch wir und das deutsche Volk sind durch unseren Führer Adolf Hitler zu einer Volksgemeinschaft geworden, und unsere Losung heißt nicht *liebe deine Feinde*, unsere Losung heißt *zum Frieden bereit, aber zum Kampf entschlossen!* Und dazu bedarf es nicht nur der Waffen, denn die Widerstandskraft und die Selbstbehauptung werden nicht alleine mit Waffen verfochten, sondern ebenso mit der ideologischen Kraft, die den Seelen eines Volkes innewohnt, und dazu der Stärke ihrer Herzen, die für die Gemeinschaft schlagen.«

Nun wirkt Grete sehr verärgert, sodass sich ihre stetige Gesichtsblässe in ein scheues Rosa verfärbt. »Ich meine aber nicht euren Frieden … mince alors! Lass dir das von mir hinter die grünen Ohren schreiben, Junge. Bei jedem Kampf ist doch das Ziel entscheidend. Und ein Ziel, das mit Leid, Kummer und Not erkämpft wird, ist kein erstrebenswertes Ziel, das ist die Hölle!« Plötzlich sanftmütig geworden, fragt sie Gottfried: »Hast du schon einmal ein Kind lachen hören? Ich meine, so richtig herzlich befreit lachen gehört? Ja, hast du? Dann weißt du, wie mein Ziel aussieht, denn das sage ich dir: Schmerzensschreie werden nie ein Jubel der Freude sein!« Und mit den Worten: »Den Frieden, den ich als ein Kind Gottes meine, den wird es auf Erden nur geben, wenn man seine Feinde nicht bekämpft, sondern liebt!«, schüttelt sie resignierend ihr ergrautes Haupt.

Gottfried beendet sein Frühstück sehr hastig. Die ewigen Auseinandersetzungen mit Grete haben ihn ohnehin gesättigt. Sie schafft es tatsächlich, ihn jedes Mal auf die Palme zu bringen. Eigentlich will er sich ja gar nicht mit ihr streiten, und doch hasst er es, wenn sie ihn immer wieder mit ihren fadenscheinigen Argumenten in die Enge treibt, da ist die Palme doch schließlich der einzige Ausweg.

Geschniegelt und gespornt verlässt er bald darauf das Haus. Er braucht Ablenkung. Eine Ablenkung, mit der er die unangenehmen Gefühle und die beängstigenden Bilder loswerden kann, die sich, seit er aus dem Feld zurück ist, wie Gespenster in ihm breitmachen und die vor allem hier, in den vertrauten Straßen seiner friedlichen Heimatstadt, anscheinend ihren Spott mit ihm veranstalten. Billard will er spielen, wie er es gestern schon getan hat. Es gibt da einen neuen Freund, einen guten Kameraden, mit dem er in Polen war. Dienst ist Dienst und Schnaps ist Schnaps. Alles hat seine Zeit! Und jetzt ist eben die Zeit für den Schnaps angebrochen.

Zielstrebig flaniert er an Winkeln und Gassen vorüber, die allesamt von den unterschiedlichsten Erinnerungen erfüllt sind. Sie alle mischen sich zu einem Gedankenbrei aus etlichen Stationen seines bisherigen Lebens. Er bleibt beim Uhrmacher Abeler stehen. Wie hieß noch gleich dieser verrückte Kerl, der seinem Pferd das Sprechen beibringen wollte? Egal, ihm fällt es nicht ein. An der nächsten Ecke bleibt er wiederum stehen. Dort, wo damals der Lastkraftwagen angebraust kam, auf dessen Ladefläche die Aufrührer lagerten. Die scheußlichen Bilder von den Verletzten kommen ihm in den Sinn. Rasch weiter! Halt! Ist hier nicht die Mauernische, in der er sich mit Libsche vor dem Regen versteckt hatte? »Libsche«, sagt er vor sich hin, »meine Libsche, mein geliebtes süßes Kind!« Am liebsten würde er auf der Stelle schnurstracks zum Haus der alten Salgert rennen, um bei ihr zu klingeln und zu fragen, ob Libsche zuhause ist. Nein, sie wird nicht da sein. Wo aber ist sie nur abgeblieben? Sein Herz schnürt sich zusammen. Seit dem Polen-Feldzug weiß er genau, wie einige seiner Leute mit den Juden umgegangen sind. Besser vergessen den ganzen Mist, der da geschehen ist. Seine augenblickliche Schwermut wird noch dadurch verstärkt, dass ihm das einzige Foto, das er von ihr besessen hat, wo und wie auch immer abhandengekommen ist.

An einem Schaufenster zögert er weiterzugehen, um sich in aufwallender Eitelkeit in der großen Scheibe zu spiegeln. Schmuck und schneidig sieht er in seiner Uniform aus. Das Eiserne Kreuz rückt er zurecht, das ihm wegen Tapferkeit vor dem Feind verliehen wurde. Mit vor Stolz gewölbter Brust trägt er es nun. Wem nutzt schon ein Orden, der in der Schublade liegt?

»Warum denn ausgerechnet ein Kreuz?«, hatte Grete wieder einmal recht zynisch gefragt, bevor er das Haus verließ. »Warum ausgerechnet ein eisernes Kreuz? Das hölzerne, das Jesus Christus verliehen wurde, das müsste doch für alle Zeiten genügen! Denn durch das Kreuz der Liebe ist der Tod ein für alle Mal besiegt worden! Ihr könnt doch nicht mehr töten, was längst schon tot ist.«

Genau diese Worte waren es, diese fromme Besserwisserei, die Gottfried wieder und jedes Mal zur Weißglut brachten. Was weiß diese alte Frau denn vom Leben der Jungen? Es ist doch nicht mehr ihre Zukunft. Sie hat ihre Zukunft bereits abgelebt. Und nun glaubt sie, denen, die mitten im Leben stehen, die Ewigkeit schmackhaft zu machen, weil sie selber Angst vor dem Abschied von der Welt hat. Nein, außer von ihrer Vergangenheit weiß sie nichts! Gott, Jesus und Heiliger Geist, die Bibel, alles nur fromme Wünsche, abseits der Realität. Wenn Jesus wirklich Gottes Sohn war, dann hat Gott seinen angeblich geliebten Sohn nicht geliebt, sondern er muss ihn gehasst haben, weil er es zuließ, dass man ihn beleidigte, bespuckte, fast zu Tode schlug, mit einer Dornenkrone schmückte und ihm obendrein Nägel durch Hände und Füße trieb. Und genauso wie Gott es zugelassen hatte, dass man seinen Sohn tötete, genauso lässt er es zu, dass sich die Menschen gegenseitig töten. Wie hatte Grete gesagt: Der Tod sei besiegt. So ein Quatsch! O nein, der Tod war nicht besiegt. Er ist ihm begegnet, und weil er ihm begegnet ist, hatte man ihn mit dem eisernen und nicht mit dem hölzernen Kreuz ausgezeichnet.

Durch die Schaufensterscheibe hindurch starrend beobachtet er im Geiste, wie er sich vor der Tante aufgebaut hatte. Direkt in ihr Gesicht hatte er ihr die Worte geschmettert: »Da irrst du, Tantchen, du irrst dich gewaltig, die Besatzung in dem feindlichen Panzer war weiß Gott nicht tot. Das Kreuz an meiner Brust aber zeigt an, dass sie jetzt tot sind.«

Ja, so hat er reagiert. Nun jedoch, im Anblick seiner selbst, wird ihm noch etwas anderes bewusst, nämlich dass sein Orden ebenfalls ein Spiegel ist, in dem er seinen Mut betrachten kann. Das Stück Metall zeichnet ihn als einen mutigen Soldaten aus. Als einen verdammt furchtlosen Kämpfer für die gerechte Sache. Er selbst ist doch von Geburt an nur ein ängstlicher Mensch, aber die gerechte Sache hat einen mutigen Soldaten aus ihm gemacht, auf den sein Vater sicherlich stolz gewesen wäre. Doch sein eigener Stolz weicht umgehend einer tiefen Betrübnis, als ihn der tückische Gedanke an den Tag wachrüttelt, als an seinem 13. Geburtstag nicht Vater, sondern nur dessen Orden eingetroffen war.

Plötzlich nervt ihn die ganze Grübelei. Nun aber endlich dem eigentlichen Ziel entgegeneilen, sagt er sich. Alles hinter sich lassen. Auf ihn wartet ein treuer Begleiter, der Schnaps. Der Schnaps hilft ihm beim Vergessen und im Vergessen leuchtet ein warmer Hoffnungsschimmer.

Götterdämmerung

Bibel:
»*Danach, wenn die Begierde empfangen hat, gebiert sie die Sünde; die Sünde aber, wenn sie vollendet ist, gebiert den Tod.*« Der Brief des Jakobus 1/15

Adolf Hitler:
»*Die Frage der »Nationalisierung« eines Volkes ist mit in erster Linie eine Frage der Schaffung gesunder sozialer Verhältnisse als Fundament einer Erziehungsmöglichkeit des Einzelnen. Denn nur, wer durch Erziehung und Schule die kulturelle, wirtschaftliche, vor allem aber politische Größe des eigenen Vaterlandes kennenlernt, vermag und wird auch jenen inneren Stolz gewinnen, Angehöriger eines solchen Volkes sein zu dürfen. Und kämpfen kann ich nur für etwas, das ich liebe, lieben nur, was ich achte, und achten, was ich mindestens kenne.*«
Aus *Mein Kampf*, Seite 34/35, Kapitel: *Die Vorbedingung der Nationalisierung*.

†

Mit dem Polen-Feldzug war die Lunte gezündet, die den 2. Weltkrieg endgültig zur Explosion brachte. Abgesehen von Deutschlands misslicher Lage nach dem 1. Weltkrieg, gab es in vielen Ländern der Welt genügend Sprengstoff, der zum Teil auf ideologischen sowie allgemeinen gesellschaftlichen Veränderungen basierte. Die Welt war in politischer und kultureller Hinsicht in einem radikalen Umbruch. Was Europa bei diesem Wechsel in die *neue Zeit* betraf, war der revolutionäre Umsturz in Russland, vom Kaiserreich zu einer beispiellosen faschistischen Bewegung, unbedingt dazuzurechnen. Doch nicht nur wegen der als modern erscheinenden Geisteshaltungen wechselte der Zeitgeist sein inzwischen abgenutztes Gewand, auch durch die fortschrittlichen Veränderungen in der Wirtschaft und der Wissenschaft in der westlichen Welt verlor sich zusehends die Heilsgewissheit an einem jahrhundertealten gehegten und gepflegten Christentum, das, angetrieben vom Motor der stetig wachsenden Welthochkonjunktur, dabei mehr und mehr auf der Strecke blieb. Das galt aber nicht nur für den Westen, auch in Indien und China gab es eine geistige Wende vis-à-vis dem Abendland, was zur Folge hatte, dass die bis dahin unterdrückte Bevölkerung entschlossen Widerstand gegen die überheblichen Aggressionen des Westens leistete. Im Fahrtwind vom Ausbau der Industrie und Rüstung war es gerade Deutschland, das für ein kleines Europa zu groß wurde, was das europäische Gleichgewicht entscheidend störte. Dieses Ungleichgewicht der Mächte und Kräfte hatte dem ungeachtet und aus deutscher Sicht betrachtet noch andere Ursachen. Zum einen hatte der Sieg der USA im 1. Weltkrieg dazu beigetragen, dass sich Deutschland wegen seines politisch labilen Zustandes vonseiten Russlands unmittelbar der Gefahr einer bolschewistischen Weltrevolution ausgesetzt sah und sich anderseits wegen des energischen Demokratisierungswillens der USA von gleich zwei Seiten in seiner spezifischen Anschauung von selbstbestimmter Gesellschaftsform indirekt bedroht fühlte. Aber auch Europa insgesamt befand sich in einer Art Weltmachtorientierung, allerdings auf Basis der Nationalstaaten, was aber nicht in dem Sinne funktionieren konnte, da Deutschland in dieser Überlegung nicht unmittelbar eingebunden war. Denn mit Kraft und Ordnung des Versailler Vertrages, indem die Siegermächte Deutschland vordergründig in eine gemeinsame europäische Wertegemeinschaft einbinden wollten, folgte und gelang ihnen letztendlich, die politisch-moralische Bestrafung des Verlierers, was nicht einem propagierten Verständnis von Demokratie entsprach. Anderseits verstärkte die kurzsichtige europäische Haltung, was man eigentlich vermeiden wollte, nämlich die Revanchegelüste Deutschlands auszuschalten. Russland wiederum mutmaßte in der Wiederbelebung Deutschlands eine Gefährdung für seine weltrevolutionäre Zielsetzung. In diesem Konglomerat von Wirrnissen wurde anstatt der Saat der Demokratie der Keim der Diktatur gesät. Das deutsche Volk, das sich im vergangenen Krieg hochmütig als Heer des Vaterlandes definierte, hatte sich längst wieder selbst die Anerkennung zugeschrieben, die ihm nach Meinung vieler im Volke gebührte, und es sehnte sich nach den vertrauten und einigermaßen sicheren Verhältnissen der Vergangenheit zurück. Mit dem Wunsch nach alter Stärke und Sicherheit machte sich im Lande ein Denken breit, das die Sehnsucht nach den verlorenen Ständen mit dem Willen paarte, dass das nur mit einem aufständischen Führer an der Spitze gelingen kann. Der Parlamentarismus hatte versagt. Der Zusammenbruch der Weltwirtschaft ausgangs der Zwanzigerjahre hatte die fadenscheinige Demokratie schonungslos als ein äußerst fragiles System entlarvt, dessen kapitalistische Wirtschaft auf zerbrechlich tönernen Füßen stand. Wie aber sollte es weitergehen? (XI. Erklärung siehe Anhang)

Gottfried bleibt noch einmal stehen. Länger, als er eigentlich vorhat, verharrt er. Oben am Fenster zeigen sich Mutter und Tante Grete. Ein böiger Wind zaust in seinen Haaren, als kündige sich ein Sturm an. Mutter hat aufgehört zu winken, und ebenso wie ihre Schwester schaut sie starren Blickes auf den jungen Mann hinunter, der soeben für eine ungewisse Zeit »Auf Wiedersehen« gesagt hat.

Auf Wiedersehen, dieser gedankliche Wunsch geht ihm wieder und wieder durch den Kopf. Dann reißt er sich zusammen und nimmt entschlossen seinen Weg. Vielleicht schon morgen oder übermorgen wird er mit seinen Kameraden irgendwo im Westerwald sein. Eine Gegend, die er bisher nur im Gleichschritt besungen hat. »Zwo, drei, vier ... über deine Höhen pfeift der Wind so kalt.« Aber sicherlich handelt es sich dabei lediglich um einen kurzen Aufenthalt. Schließlich hat Frankreich Deutschland den Krieg erklärt, und da wird es wohl bald losgehen! Gottfried lacht flüchtig auf, man braucht den Deutschen nicht den Krieg zu erklären, denkt er sich, wir wissen, wie es geht, wir kennen den Krieg, das haben wir auch den Polen bereits gezeigt.

Bevor er um eine Häuserzeile biegt, schielt er mit zwiespältigem Gefühl zu seinem Heim zurück. Nichts, das Fenster ist inzwischen geschlossen worden.

Es ist eine alte Weisheit, die da sagt, dass, wenn der Sommer zu Ende geht, stürmische Zeiten anstehen. Der Sommer 1939 ist zu Ende gegangen, und obwohl es schon viele Sommer gegeben hat, ist es diesmal kein gewöhnlicher Sommer gewesen, denn es war für geraume Zeit der letzte friedliche Sommer!

Nach einem kurzen Aufenthalt im Westerwald ist Gottfried im Herbst 1939 mit seiner Einheit in die Eifel verlegt worden. Das still und beschaulich wirkende Tal mit den kargen Äckern und dichten Wäldern erinnert ihn nach den ersten Eindrücken an den Krähenwinkel, den er sich zum Trost in seinem Herzen bewahrt. Aber im Gegensatz zum Krähenwinkel, der ihm in der Erinnerung alleine schon wegen Großvaters umsorgender Nähe immer noch Geborgenheit schenkt, ist es hier die unangenehme Kühle und der dichte Nebel, die aus den brachliegenden Äckern aufsteigen und der Eintönigkeit damit eine Gestalt geben, die sich in seiner Beklemmung trotzig zu einer unbestimmbaren Angst ausweiten. Nur gut, dass er nicht alleine ist.

Überall, beinahe in jedem Haus, in jeder Scheune und Stall hat der Quartiermeister die Soldaten untergebracht. Als Gottfried die Kreidemarkierungen auf den Türen wahrnimmt, die der Quartiermeister als Belegungsaufforderung hinterlassen hat, kommt ihm der absurde Gedanke an den Auszug der Israeliten, wo der Engel befahl, dass das Judenvolk die Türrahmen mit Opferblut beschmieren soll, damit sie nicht vom höchsten Richter getötet werden. Wann wird er ausziehen, um gelobtes Land einzunehmen?

Dass sie für den Einsatz gut gerüstet sind, daran gibt es keinen Zweifel. In gewaltigen Trupps zieht die Artillerie vorüber. Von Pferden gezogene Munitionswagen rumpeln über die schlecht befestigten Wege und Straßen. Es ist schon ein imposanter Anblick, wie sechs schwere Kaltblüter jeweils ein Geschütz ziehen. Neben all dem fahren motorisierte Flak-Verbände durch die widernatürlich belebten Ortschaften. Auf den Hügeln haben weitere Abteilungen Stellung bezogen, die, abgesehen von empfindlichen Abhörgeräten, zusätzlich effektive Scheinwerfer auf den höchsten Punkten der schroffen Landschaft ausgerichtet haben, damit sie den Himmel bei Nacht nach feindlichen Flugzeugen abtasten können. Überhaupt präsentiert sich die Nacht gespenstig. Sobald die Dunkelheit einbricht, werden die Häuser verdunkelt, und aus dieser absoluten Finsternis heraus bohren dann die Lichtbündel der Abwehrscheinwerfer hin und wieder geisterhafte Löcher in das schwarze Gewölk.

Sitzkrieg

Bibel:
»*Ich liege mitten unter Löwen; verzehrende Flammen sind die Menschen, ihre Zähne sind Spieße und Pfeile und ihre Zungen scharfe Schwerter.*«
Psalm 57/5

Adolf Hitler:
»*Allmächtiger Gott, segne dereinst unsere Waffen; sei so gerecht, wie du es immer warst; urteile jetzt, ob wir die Freiheit nun verdienen; Herr, segne unseren Kampf!*«
Aus *Mein Kampf*, Seite 715, Kapitel: *Herr segne unseren Kampf.*

†

Wann geht es endlich los? Der Gedanke daran, dass es darüber Winter wird, bereitet Gottfried Unbehagen. Steif gefrorene Finger stellt er sich vor, die das eiskalte Metall des Gewehres halten müssen. Klamme Uniform, die den Körper bis zum Zittern auskühlt. Alles nicht gerade angenehm.

Während ihm, schlaflos auf der Strohmatratze liegend, der Begriff *Sichelschnitt* durch den Kopf schwirrt, nervt ihn das ungewohnte Brüllen der Kühe, das Trampeln und Schnauben der Pferde, aber auch das Schnarchen seiner Kameraden. Seine Gedanken schweifen an einen anderen Ort. Vielleicht denken die Herren Offiziere im Führerhauptquartier, das sich in einem ausgeklügelten Bunkersystem oberhalb von Münstereifel befindet, auch gerade an den Sichelschnitt? Aber auf ihren Gesichtern werden sicherlich keine Beklommenheit und keine Angst huschen. Angst ist für sie fehl am Platze, denn an ihrer Seite marschiert der größte Heerführer aller Zeiten und Deutschland hinter ihm wie ein Mann. Dessen ist sich Gottfried gewiss. »Führer befiehl, wir folgen!« Möglicherweise beugen sie sich gerade über ihre geografischen Karten und überlegen sich siegreiche Strategien.

Und geistesabwesend sieht Gottfried im Widerschein der grellen Deckenlampen die goldgeränderten Monokel aufblitzen. Bei Zigarre und Cognac nicken sie sich zu, dass die Sandkastenspiele so rasch als möglich in die Realität umgesetzt werden sollten. Aber Sandkastenspiele sind nicht die Realität. Was die Planspiele mit einem Handwisch verändert, sieht in der

Wirklichkeit so aus, dass etliche Dörfer in der Eifel aufwendig geräumt werden müssen, damit sich die deutschen StuKas zu Übungszwecken kampfmäßig in die Täler stürzen können. Gottfried ist jedes Mal begeistert, wenn die Teufelsmaschinen beim Hochziehen dichte Rauchpilze am Himmel wachsen lassen. Ab und zu tauchen sogar französische Aufklärungsflugzeuge auf. Doch dann sind pfeilschnell die Messerschmitts zur Stelle. Geplänkel, Muskelspiele, mehr nicht.

Aber noch etwas anderes fällt bald darauf vom Himmel, nämlich Schnee, viel Schnee. Es sieht fast so aus, als wolle die Natur allseits die aufgeheizten Gemüter kühlen. Außer Putz- und Reinigungsarbeiten und Instandsetzungen jeglicher Art, die von den Soldaten je nach Häufigkeit und Sinnlosigkeit als reine Schikane empfunden werden, gibt es ansonsten nicht viel zu tun. Das Schlagwort *Sitzkrieg* macht die Runde. Dort, wo in den Häusern Strom und zudem ein Radiogerät vorhanden ist, hört man aufmerksam und natürlich auch zur Ablenkung, was gesendet wird. Auch Gottfried, der mit einem Tapferkeitsorden ausgezeichnete Unteroffizier, muss nicht in einer dürftigen Stallung übernachten, also genießt er es, wenn die bekannten Schlager ein wenig Amüsement in die Langweile bringen. Bierselig hakt man sich am Küchentisch unter die Arme, und schunkelnd wird gegrölt, als wolle man mit seiner aufgesetzten Freude den kommenden Schrecken vertreiben. »*Davon geht die Welt nicht unter, sieht man sie manchmal auch grau. Einmal wird sie wieder bunter, einmal wird sie himmelblau.*«

Hitler ist besorgt. Die winterliche Großwetterlage macht ihm einen Strich durch die Rechnung, denn alleine wegen der schlechten Sichtverhältnisse wird seine Luftüberlegenheit unberechenbar gemindert. Anderseits bietet jede Verzögerung eines Angriffs dem Gegner die Gelegenheit, seine Rüstung auf Hochtouren laufen zu lassen. So wird das Warten zu einer Zerreißprobe. Neunundzwanzig Mal hat man bereits den Termin zum Losschlagen verschoben, und die Franzosen fühlen sich hinter ihrer Maginot-Linie, die den Mythos der Unbezwingbarkeit hat, einigermaßen sicher. »Olala, le formidable.« Die Deutschen wird man, wenn es denn losgeht, an den armierten Festungen und Bunkern ordentlich bluten lassen!

Aus dieser Haltung heraus rechnen sie nicht mit dem Plan von Generalleutnant von Manstein, der tollkühn vorsieht, die stark befestigte Maginot-

Linie zu umgehen. Die Monokelherren haben sich verwundert Kinn und Augen gerieben, als Manstein vorschlägt, den Angriff mit der Heeresgruppe B auf die neutralen Niederlande und Belgien auszuweiten. Die Bezeichnung Sichelschnitt fällt, und beim Blick in Hitlers erwartungsvolle Augen nicken die Herren zustimmend, und murmelnd wiederholen sie anerkennend: »Jawoll, Sichelschnitt, grandios!« Allen Anwesenden leuchtet es demnach ein, dass, was nun zu erwarten ist, die französischen und britischen Truppen schnurstracks nach Belgien vorrücken und dass dies der deutschen Wehrmacht die Gelegenheit offenlegt, die Heeresgruppe A durch die dicht bewaldeten Ardennen bis hin zur französischen Kanalküste marschieren zu lassen. »Olala, le formidable«.

Auf die verständliche Frage, welche Aufgabe dann der Heeresgruppe C zukomme, antwortet Manstein verschmitzt lächelnd, dass diese sich vorerst mit kleineren Scheinangriffen entlang der Maginot-Linie begnügen müsse. Vonseiten einiger skeptischer Generäle des Oberkommandos des Heeres gibt es allerdings auch zögerlich vorgebrachte Bedenken, dass es große Schwierigkeiten geben könnte mit den schweren Panzern, die weitaus unpassierbaren Ardennen durchqueren zu wollen. Doch Hitlers zu allem entschlossenen Gesichtsausdruck folgen keine Einwände mehr. Dennoch erhält der wohldurchdachte Plan Mansteins insofern einen risikovollen Dämpfer, als am 10. Januar 1940 ein deutsches Kurierflugzeug mit dem Operationsplan »Sichelschnitt« an Bord in Belgien bei Mechelen wegen schlechten Wetters notlanden musste. Obwohl auf der Stelle einige der Unterlagen vernichtet werden können, bleibt es den Belgiern nicht verborgen, dass ein Angriff auf ihr Land bevorsteht. Somit wird der schön ausgeklügelte Plan Mansteins zunächst zu einem Fiasko und fällt bei Hitler in Ungnade. Aufgebracht befiehlt dieser, die ganze Sache, die inzwischen den Namen *Fall Gelb* erhalten hat, unverzüglich und auf unbestimmte Zeit zu verschieben. Erst eine neuerliche Zusammenkunft mit ihm und seinem verschmähten General überzeugt Hitler schließlich, alles beizubehalten wie vorgesehen. Dass die Überraschung im *Fall Gelb* die halbe Miete ist, lässt den Taktiker Manstein in den Augen der Strategen zum Genie werden! Hitler, Manstein, Brauchitsch und Halder drücken sich zuversichtlich die Hände.

Das Frühjahr 1940 hat Einzug gehalten. Nur durch kleine Täuschungsmanöver unterbrochen warten die Franzosen ungeduldig in ihren Stellungen auf den deutschen Angriff. Zu einem jener Täuschungsmanöver gehört zum Beispiel, das plötzlich die Schweizer unverhofft einen emsigen Militärverkehr vor ihrer Haustüre registrieren und man sich folglich sicher ist, dass die Schweiz kurz vor einer Invasion steht. Fehlalarm! Eine allgemeine Unsicherheit macht sich bei den Alliierten dennoch breit. Zudem zeigen sie sich durch die enge Bindung zwischen Deutschland und Russland, die eifrig dabei sind, Deutschland große Erdöllieferungen zu überlassen, ziemlich durcheinandergebracht. Also arbeiten die Alliierten fieberhaft einen Plan aus, der einen Angriff auf die Erdölindustrie im Kaukasus vorsieht. Man ist sich einig, dass diese Maßnahme die Sowjetunion an den Rand des Zusammenbruchs bringen wird.

Während das Rad der Geschichte unaufhaltsam Fahrt aufnimmt, sind auch Gottfried und seine Kameraden bereit, endlich auf das selbige aufzuspringen, um unter *Hurra* die Welt zu verändern. Ebenso drängt es den Frühling nach dem langen und strengen Winter, diesem den Garaus zu machen. Sich die Hände reibend steht Gottfried vor der mickrigen Kate, in der er für Wochen Unterschlupf gefunden hat. Von der zaghaften Frühlingssonne beschienen, drücken sich vor seinen Füßen Schneeglöckchen aus den schorfigen Resten des schmutzig gewordenen Schnees. Gottfried empfindet es in gewissem Maße als grotesk, als ihm der Gedanke durch den Kopf schießt, dass er gerade jetzt, wo überall um ihn herum das Leben aufkeimt, losziehen muss, um Leben zu zerstören. Fragen bedrängen ihn. Wie wird es ihm wohl dabei ergehen, wenn er wiederum einen Gegner, den er nicht einmal kennt und der ihm noch nie etwas zuleide getan hat, tötet? Vielleicht ist der Feind ein Vater, der Kinder hat? Er beißt sich auf die Unterlippe, bis sie ein wenig blutet. Quatsch! Gefühlsduselei! Auch er war ein Kind gewesen, als sein Vater getötet wurde! Und überhaupt, wer fragt in einem Krieg schon nach dem Einzelnen, wenn Millionen sterben?

»Gottfried!« Er wird gerufen. »Beeil dich, im Radio gibt es eine Sondermeldung!«

In der Haustüre erscheint ein Gefreiter, der aufgeregt winkt. Als Gottfried mit eingezogenem Kopf die dürftige Wohnstube betritt, sitzen der Bauer, die Frau, ihre noch minderjährige, aber appetitlich dralle Tochter Helga und vier seiner Kameraden erwartungsvoll am Tisch und lauschen angespannt den gerade verklingenden Tönen der Marschmusik, als Gottfried sich einen Stuhl zurecht schiebt.

»Pst!« Dann meldet sich das Führerhauptquartier mit den Anfangsklängen der bekannten Frankreich-Fanfare von der Wacht am Rhein.

»Das Oberkommando der Wehrmacht gibt bekannt. Um dem im Gang befindlichen britischen Angriff auf die Neutralität Dänemarks und Norwegens entgegenzutreten, hat die deutsche Wehrmacht den bewaffneten Schutz dieser Staaten übernommen. Hierzu sind heute Morgen in beiden Ländern starke deutsche Kräfte aller Wehrmachtsteile eingerückt beziehungsweise gelandet. Zum Schutz dieser Operationen sind umfangreiche Minensperren gelegt worden.«

Die Versammelten sehen sich verwundert an. »Noch eine Baustelle«, sagt einer, und ein anderer tippt sich mit der Fingerspitze an die Stirn.

»Mensch Otto, mach kein Quatsch und lass die Finger vom Kopp«, ruft Oberfeldwebel Rögelein, »dat is Wehrkraftzersetzung!«

Inzwischen ist es Anfang Mai geworden. Wäre da nicht der jubilierende Gesang der Vögel, man hätte glatt die Stille mit Händen greifen können. Es liegt diese sonderbare Stimmung in der Luft, wie man sie kennt, wenn die Natur vor einem Gewitter den Atem anhält. Obwohl die Dörfer vor lauter Armee-Einheiten aus allen Nähten platzen, gehen Mensch und Natur in dieser Hinsicht eine Art einsilbiger Symbiose ein.

In Gottfrieds Nähe gibt es neuerdings eine Panzerspähwageneinheit. Jeder ahnt, dass es bald losgehen wird. Gottfried schaut zum Himmel empor. Noch schweigt selbst das Himmelsgewölbe. Dort, wo in der letzten Zeit die unterschiedlichsten Flugzeugtypen aneinander vorbeigestoben waren, drehen nun zwei Milane lautlos ihre Kreise. Wann aber beginnt das Rennen? Ein jeder wartet auf den Startschuss, der die beinahe unerträgliche Anspannung erlösen soll. Sogar das Ausgehverbot für die Soldaten wird ohne großes Murren hingenommen. Die Männer vom Panzerspähwagen kleiden stattdessen unter den staunenden Blicken der Kameraden ihre Fahrzeuge neu ein. Die gelben Tücher werden von den Motorhauben entfernt. Diese Markierung hatte man wohlweislich darüber gespannt, damit sie, wenn es losgeht, nicht von den eigenen Flugzeugen angegriffen werden. Als aber der Wehrmachtsführung zu Ohren gekommen war, dass die Alliierten zum Zwecke der Täuschung ihren Fahrzeugen ebenfalls gelbe Tücher verpasst hatten, bekommen die deutschen Militärfahrzeuge nun Fahnen übergespannt, auf denen weit sichtbar das Hakenkreuz abgebildet ist.

Am späten Nachmittag ordnet Hauptmann Kleinschmied in recht schneidigem Ton, der schneidiger ist, als man es in den vergangenen Wochen von ihm gewohnt war, für 18 Uhr eine Lagebesprechung an. Gottfried, als Zugführer der Kleinschmiedchen Kompanie, gibt den Befehl seinen Männern mit folgenden Worten weiter: »Jungens, kneift die Arschbacken zusammen und zieht euch morgen früh keine frisch gewaschenen Strümpfe an!«

Natürlich weiß jeder sofort, was damit gemeint ist, und die meisten freuen sich, dass endlich diese unsinnige Schikane mit den mühseligen Putz- und Flickstunden, Wehrübungen und mindestens tausendmal die Knarre auseinandernehmen und wieder zusammenbauen vorbei sein wird. Die Gewehre hatten in der Zeit des Ausharrens mehr Öl gefressen als die Kolben der Fahrzeuge. Und wenn die Rohre blank waren, dann waren sie eben blank; blanker als blank ging nicht!

Punkt 18 Uhr versammeln sich die einzelnen Kompanien des Bataillons auf dem weitflächigen Anger hinter dem Dorf. Abendrot überdeckt die aufmerksamen Mannschaften. Kaum Gemurmel, kaum einer, der aus der Reihe tanzt. Beim Anblick des verlöschenden Himmels denkt sich Gottfried noch *Abendrot – schlecht Wetter droht!* Feuchtigkeit kriecht aus der Wiese hoch. Klamm fühlt sich die Luft an, und vom entfernten Waldrand hört man den Kuckuck rufen. Die Männer lauschen, als hätte die Kuckucksuhr zwölf geschlagen. Und in dieses Lauschen ertönt plötzlich die beißende Stimme des drahtigen Bataillonskommandeurs Oberstleutnant Friedhelm Munz, der sich auf einer leichten Anhöhe in voller Positur aufgebaut hat. Die Flüstertüte, die er sich vor das Gesicht hält, sieht aus der Entfernung wie ein großes Maul aus.

»Soldaten der Westfront«, krächzt er, »der Marschbefehl lautet, dass wir in der kommenden Nacht bis zur belgischen Grenze vorrücken und diese gegen 5:30 Uhr überschreiten werden. Soldaten, ich vergattere euch, darüber absolutes Stillschweigen zu bewahren!« Und dann brüllt er noch aufmunternde Worte wie etwa, dass er sich sicher sei, dass die gerechte Sache, für die sie nun kämpfen werden, bei jedem der Anwesenden Kräfte freisetze, die der Tapferkeit und dem Mut unerschrocken dienen werden, und dass der Siegeswille alleine schon der halbe Sieg sei. Da wäre er sich aber ganz sicher. Dann verklingen seine letzten Worte »Ich danke euch, Männer« im auflebendem Gebrabbel.

Kann man geheim halten, was laut verkündet wird? Nein, vor allem nicht da, wo Ohren sind! Aber nicht nur verschwörerische Ohren lauschten, sondern auch sechs Augenpaare lugten weit aufgerissen durch die Spalten des nahen Heu- und Geräteschuppens auf die in Reih und Glied stehenden Männer. Die heiratsfähigen Mädchen des Dorfes waren es, die in den vergangenen Wochen untergehakt umher flanierten und den uniformierten Burschen kichernd schöne Augen machten. Jetzt laufen den Mädchen Tränen über die Gesichter. Und auch Hannchen wird wohl ihr ganzes Leben nicht mehr Gottfrieds Umarmungen und Küsse vergessen. Eine Kastanie hatte sie ihm im vergangenen Herbst zur Erinnerung an sie geschenkt. Eine Kastanienfrucht, die aussah wie ein Herz. Hannchen würde bestimmt noch heftiger geweint haben, wenn sie erfahren hätte, dass Gottfried die Kastanie beim Abmarsch unter seinem Strohkissen vergessen hat.

Es war, als würde die Nacht explodieren. Als hätte jemand einen geistigen Sprengsatz gezündet. Die Hirne der Soldaten funktionierten auf Knopfdruck. Ihr Gehorsam setzte die Motoren in Gang. Er bewegte sogar die Flugzeuge in der Luft, dem einzigen Ziel totaler Vernichtung gezollt. Wie ein gefräßiger, überdimensionaler Lindwurm, kroch die Marschkolonne über Hügel, Wälder, Felder und Moore durch die allmählich endende Nacht. In der dunklen Weite lösten sich die nachhallenden Kommandos in ein Nichts auf und grelle Scheinwerfer sowie das vibrierende Dröhnen der Motoren schreckte das Wild aus ihren Verstecken hoch.

Am folgenden Morgen, es ist der 10. Mai 1940, beginnt der Tag in Wuppertal wesentlich friedlicher. Meta hat bereits mit der Hausarbeit begonnen, und Grete kommt gerade von ihrer Wohnung zurück, die sie noch nicht aufgegeben hat und wo sie ab und zu hingeht, um nach dem Rechten zu sehen. Außerdem will sie sich noch einen Teil ihres eigenen Lebens bewahren, hatte sie Meta gegenüber gleich zu Anfang gesagt, als sie probeweise und nur mit wenigen Sachen bei ihr eingezogen war. Im Radio spielt wieder einmal Marschmusik, und Meta ertappt sich dabei, dass ihr die Klänge eine gewisse Beschwingtheit geben. Beinahe im Takt wischt sie mit dem Staubtuch über die Möbel. Als sie sich die Anrichte vornehmen will, stockt sie, denn dort liegt ein Stapel Briefe, die Gottfried an sie geschrieben hat. Viele Tränen der Rührung mischen sich mittlerweile mit der Tinte, denn nicht nur zwischen den

Zeilen erklingt ein feinfühliger, geradezu liebevoller Ton, den Meta bei den vergangenen und oftmals heißen Diskussionen mit ihrem Sohn so vermisst hat. Am Ende seiner Zeilen lässt er auch jedes Mal Grete herzlich grüßen.

Meta legt rührselig lächelnd die Post beiseite, fährt mit dem Lappen über die Stelle, wo sie gerade noch lag, und sieht zu Grete hinüber, die dabei, ist das Radio lauter zustellen.

»Gefällt dir die Musik, Gretchen?«, fragt Meta immer noch lächelnd.

»Wo denkst du hin!«, antwortet Grete. Dann drückt sie ihren Finger auf die Lippen. »Sei mal bitte ruhig, es gibt eine Sondermeldung!«

Neugierig setzen sich beide Frauen an den Volksempfänger. Nach der gewohnten Fanfare entsteht eine kurze Pause, als müsse der Sprecher noch einmal rasch den Text überfliegen, ob das, was er da jetzt verlesen muss, auch wirklich so stimmt. Der Augenblick reicht aus, dass Meta und Grete sich an die Hände fassen.

»*Das Oberkommando der Wehrmacht gibt bekannt!*«, beginnt er. »*Nach mehrmonatigem Warten ist heute Morgen das deutsche West-Heer auf breiter Front zum Angriff angetreten und hat die Grenzen der Niederlande, Belgiens, Luxemburg und Frankreichs überschritten. Unsere Truppen befinden sich an allen Frontabschnitten im zügigen Vormarsch. Weitere Sondermeldungen werden im Laufe des Tages erwartet.*« Das Mikrofon des Ansagers wird abgeschaltet, worauf ein Lied zu hören ist. »*Kameraden wir marschieren im Westen, mit den Bombengeschwadern vereint. Und fallen auch die Besten, wir schlagen zu Boden den Feind. Vorwärts, voran, voran, über die Maas, über Schelde und Rhein, marschieren wir siegreich nach Frankreich hinein, marschieren wir, marschieren wir siegreich nach Frankreich hinein.*«

Sprachlos hocken die Frauen in ihren Sesseln. Voller Besorgnis drücken sie sich fest die Hände, und Meta fällt der Putzlappen zu Boden.

Déjà-vu

Bibel:
»*Sie lassen sich nichts sagen und sehen nichts ein, sie tappen dahin im Finstern. Darum wanken alle Grundfesten der Erde.*«
    Psalm 82/5

Adolf Hitler:
»*Was Frankreich, angespornt durch eigene Rachsucht, planmäßig geführt durch den Juden, heute in Europa betreibt, ist eine Sünde wider den Bestand der weißen Menschheit und wird auf dieses Volk dereinst alle Rachegeister eines Geschlechts hetzen, das in der Rassenschande die Erbsünde der Menschheit erkannt hat. Für Deutschland jedoch bedeutet die französische Gefahr die Verpflichtung, unter Zurückstellung aller Gefühlsmomente, dem die Hand zu reichen, der, ebenso bedroht wie wir, Frankreichs Herrschgelüste nicht erdulden und ertragen will. In Europa wird es für Deutschland in absehbarer Zukunft nur zwei Verbündete geben können: England und Italien.*
    Aus *Mein Kampf*, Seite 705, Kapitel: *Zwei Verbündete möglich: England - Italien.*

Eidesformel vom 2. August 1934
»*Ich schwöre bei Gott diesen heiligen Eid, dass ich dem Führer des Deutschen Reichs und Volkes, Adolf Hitler, dem Oberbefehlshaber der Wehrmacht, unbedingten Gehorsam leisten und als tapferer Soldat bereit sein will, jederzeit für diesen Eid mein Leben einzusetzen.*«

†

Trotz aller Erwartungen, trotz aller Vorbereitungen schlägt die deutsche Offensive für die Alliierten, und insbesondere für die Franzosen, einigermaßen unangekündigt los. Das mag auch daran liegen, weil sich der Angriff zunächst ausschließlich auf Holland, Belgien und Luxemburg beschränkt. Denn an diesen Grenzen befindet sich die Schwachstelle Frankreichs. Nur so kann die deutsche Wehrmacht die stark nach Westen ausgerichtete Maginot-Linie umgehen. Entlang der besagten Länder bis hin zur Kanalküste gibt es nur eine punktuelle Verteidigungslinie mit dementsprechend vielen

Schwachstellen. Sind die genommen, liegen dem deutschen Vormarsch auf breiter Front keine größeren, von Menschenhand gefertigten Hindernisse mehr im Wege. Von der Maginot-Linie hat man längst die abenteuerlichsten Wunderdinge gehört. Wenn sie sich als wahrhaftig bestätigen, ist ein direkter Zugang nach Frankreich von vornherein unmöglich. Nach dem 1. Weltkrieg haben die Franzosen bis auf sieben Etagen Stollengänge in die Erde getrieben, die über alles verfügen, was eine unbezwingbare Verteidigung braucht. Elektrizität, Wasserversorgung, Transportwege, Aufenthaltsräume, medizinische Abteilungen, Depots, alles ist dem Vernehmen nach vorhanden, an alles wurde gedacht. Nur einen gravierenden Haken hat die ganze Sache: Der potenzielle Feind darf nicht im Rücken einfallen, denn die gut getarnten und sogar in den Boden versenkbaren Gefechtsstände sind dummerweise nur starr nach vorne, also nach Deutschland hin, ausgerichtet.

Mit der Strategie, die Maginot-Linie schlichtweg zu umgehen, geht Hitlers Plan dem Anschein nach auf, obwohl die deutsche Fliegerstaffel bei dem Luftangriff auf Holland in heftige Scharmützel mit französischen und britischen Jägern gerät und starke Verluste hinnehmen muss. Wegen des Geheimnisverrats über die gefechtsmäßige Kriegsführung Deutschlands, dem sich der deutsche Oberst Oster bemächtigt hat, indem er den Plan der deutschen Luftangriffe auf Holland dem holländischen Major Sas verriet, sind die Verbündeten rechtzeitig vorgewarnt.

Bereits seit dem Polen-Feldzug haben sich ernst zu nehmende Sabotageverbindungen unter einigen der deutschen Offiziere gebildet, die Hitler als oberstem Feldherrn äußerst kritisch gegenüberstehen. So ist es geschehen, dass Oberst Hans Paul Oster schon Ende 1939 den Major Bert Sas, der als niederländischer Militärattaché in Berlin ansässig war, diesen in seiner Berliner Wohnung konspirativ aufsuchte, um ihm Einzelheiten über Hitlers Pläne zu verraten. Zu Beginn des Westfeldzuges wird Sas zum Oberst befördert, und Oster schrieb ihm vorab: »Das Schwein (Hitler) ist zur Front abgefahren.«

Also nimmt der Krieg seinen Gang, die Fronten sind geklärt. Nun gilt es, die europäische Bevölkerung positiv auf den Krieg einzustimmen. Auch Winston Churchill, der am 10.5.1940 die Führung einer Kriegs-Koalitions-Regierung übernommen hat, nachdem Premierminister Chamberlain zurückgetreten ist, bemüht sich während seiner allseits mit Beachtung aufgenommenen Propagandarede stilgemäß mit Kräften, dem englischen Volk »Blut, Schweiß und Tränen« nahezubringen.

Gottfried fröstelt. Ein kühler Abend löst einen ungemütlichen Tag ab. Immer wieder wird der Himmel von flackernder Helligkeit erleuchtet, die von monotonem Gefechtsdonner in der Ferne begleitet ist. Wenn er ehrlich zu sich sein soll, dann fühlt er sich schlapp und elend. Ein Blick auf seine Männer, die gelangweilt kauend um eine kleine Feuerstelle kauern, verrät ihm, dass auch sie Kräfte lassen mussten, obwohl sie bei diesem neuerlichen Feldzug noch in keinen nennenswerten Kampf verwickelt waren. Aber alleine die Anstrengungen der langen Märsche durch das schwer durchquerbare Gelände hatte sein Übriges getan. In vielleicht ein, zwei Stunden würden sie wieder aufbrechen, um zum Ende der Nacht hin die Maas in Richtung Frankreich zu überqueren. Die Maas, sinniert er, wie oft schon hatte er diesen Fluss in früherer Zeit mit einem Wehmutsgefühl im Herzen besungen. Das Lied der Deutschen kommt ihm in den Sinn, dessen eindrucksvoller Text aus der Feder von Hoffmann von Fallersleben stammt. Die Augen durch das Gehölz hindurch in die Dunkelheit gerichtet, singt er in Gedanken die erste Strophe des hymnischen Liedes.

Von der Wirklichkeit entrückt fühlt er sich auf eigenbrötlerische Art verloren. Hat man ihn beobachtet? Hat man etwa seine rührseligen Gedanken erraten können? Aber muss er sich denn dafür schämen, Deutschland zu lieben? Deutschland in seinem Herzen über alle anderen Nationen zu stellen? Das wäre doch so, als müsse er sich für seine Eltern und Ahnen schämen! Nein, er ist Deutscher, und er ist stolz darauf, ein Deutscher zu sein, weil die Menschen und das Land ihn gelehrt haben, deutsch zu sein!

Wieder überfällt ihn ein frostiger Schauer. Er schaut sich skeptisch um. Auch die Soldaten zu seinen Füßen lieben Deutschland, ihr Vaterland, dessen ist er sich sicher, darum sind sie hier, vereint gegen die zu kämpfen, die ihnen und ihrem Heimatland den Krieg erklärt haben. Jetzt müssen sie gegen die Franzosen ran, die vermutlich auch ihr Land lieben, und aus Angst, man könnte es ihnen wegnehmen, ebenfalls zu allem entschlossen sind, um zu beschützen, was ihnen lieb und teuer ist, nämlich ihre Identität.

»Wo ist der Gefreite Schrader?«, fragt Gottfried abrupt in die Runde.

Irgendein Gesicht, das hinter der Glut des Feuers nicht genau zu erkennen ist, antwortet: »Er wird wohl scheißen sein!«

Gottfried inspiziert die Gewehrpyramiden. Keines fehlt. Bei einer Rast ist es üblich, dass die Soldaten ihre Gewehre zu einer Art Pyramide zusammenstellen, wobei die Läufe nach oben zeigen. Wenn sich Schrader abgesetzt hat, dann ohne Gewehr. Warum Gottfried ausgerechnet in diesem Moment nach dem Gefreiten Schrader fragt, weiß er sich selber nicht eindeutig zu beantworten. Vielleicht liegt es daran, weil sich der Gefreite seit dem Abmarsch aus dem Westerwald recht sonderbar verhält, wenn man Angst als sonderbar benennen darf.

Gottfried hatte längst bemerkt, dass der junge Soldat die Angst wie eine allzu schwere Last mit sich herumschleppte. Wundern tat es ihn nicht, wusste er doch auch, dass man Schrader während des Polen-Feldzugs erst nach Tagen völlig verstört aus den Trümmern einer eingestürzten Hausruine gebuddelt hatte. Seither zitterte er anfallsweise am ganzen Körper.

»Der scheißt sich doch schon beim Gehen die Hacken voll«, ertönt wieder dieselbe Stimme, woraufhin allgemein gelacht wird.

»Schnauze!«, raunzt Gottfried dazwischen. »Nach unserer ersten Feindberührung werde ich bei jedem von euch einen Unterhosenappell durchführen, und wehe, ihr habt sie voll! Und jetzt macht euch allmählich marschfertig!« Er schaut auf die Uhr. »In einer Stunde ist Antreten am Sammelpunkt! Und dass ihr mir ja kein Glutnest hier zurücklasst. Wenn das Moor qualmt, ist Holland in Not.«

Wiederum wird gelacht. Auf der Suche nach dem Soldaten Schrader zwängt sich Gottfried durch dichtes Strauchwerk. Kurz darauf sieht er einen Schatten auf einem Baumstamm sitzen.

»Jochen?«

Der Schatten schnellt hoch. »Herr Unteroffizier!«

Langsam geht Gottfried auf die Silhouette zu. »Was tun Sie hier?«

»Ich denke, Herr Unteroffizier.« Seine Stimme klingt hart, vermutlich soll sie Schneidigkeit ausdrücken, doch es gelingt ihm nicht.

»Worüber denken Sie nach?«

Schrader antwortet nicht, und Gottfried verharrt einige Augenblicke in Geduld. Schließlich sagt er: »Wollen Sie es mir nicht verraten, oder soll ich Ihnen Ihre Antwort von mir aus mitteilen?«

»Sie?«

»Ja, ich!« Nun baut sich Gottfried direkt vor ihm auf und legt seine Hand auf seine Schulter. In diesem Augenblick schluchzt der Gefreite heftig auf. Ein wenig ratlos sinkt Gottfrieds Arm herunter.

»Sie müssen mich verachten, Herr Unteroffizier.« Schraders Stimme bebt tränenerstickt, er zittert am gesamten Körper. »Ich will da nicht hin!« Er zeigt mit dem Finger in die Richtung, wo der Nachthimmel in leuchtendem Rot erahnen lässt, dass sich dort der Abgrund aufgetan hat. »Nein, nein, nein! Ich will da nicht hin! Ich will überhaupt nicht mehr kämpfen müssen! Ich will leben, und ich will auch andere, die leben wollen, nicht töten müssen!« Jetzt schreit er die Worte heraus.

Aus lauter Hilflosigkeit packt Gottfried sein Gegenüber unbeherrscht an der Uniformjacke und schüttelt ihn kräftig. »Beruhigen Sie sich doch, Menschenskind! Beruhigen Sie sich, verdammt noch mal! Nicht nur ich habe Ohren.« Dann zerrt er ihn wieder auf den Baumstamm zurück, und mit einem erneuten Blick auf seine Uhr am Handgelenk setzt er sich daneben. Beide schweigen, bis Gottfried ihn fragt, ob er verheiratet ist und ob er Kinder hat.

Der Gefreite Jochen Schrader sieht seinen Zugführer überrascht von der Seite an. »Nein. Nein, ich bin nicht verheiratet«, gesteht er betreten, dabei beginnt er, mit seinem Schuhabsatz ein Loch in die weiche Erde zu bohren. »Sie heißt Rosemarie.« Wieder sieht er schräg zur Seite. »Wir haben uns sehr geliebt. Ich wollte sie auch heiraten.« Er macht eine wegwerfende Handbewegung. »Natürlich wollte auch sie mich heiraten, aber...« Er stockt. »Aber als ich aus Polen heimgekehrt bin, hatte sie einen anderen, einen Leutnant, wie mir erzählt wurde.«

Er spuckt aus. »Ich habe sie seither nicht mehr gesehen.«

Gottfried schnürt es das Herz zusammen, weil er sofort an Libsche denken muss. Auch sie war von einem auf den anderen Tag fort. Fort, als habe es sie nie gegeben. Als wäre sie ihm irgendwann einmal im Traum erschienen, der ihn eine wunderschöne Zeit lang nur genarrt hatte. Rasch fragt er: »Was machen Sie beruflich?«

Bevor der Gefreite antwortet, füllt er mit dem Schuh fein säuberlich das Erdloch zu. »Ich bin Kunststudent. Mein Ziel und mein Wunsch ist es, ein guter, nein, ein sehr guter Kunstmaler zu werden.«

Gottfried schaut ihn skeptisch an. »Wie alt sind Sie?«

Der Gefreite lacht kurz auf. »Ach so, Sie meinen, ich wäre schon zu alt für einen Studenten. Sechsundzwanzig. Sechsundzwanzig Jahre alt bin ich.« Und als er mit dem Finger wiederum in Richtung Frankreich deutet, meint er noch: »Wenn Gott will, werde ich nächste Woche siebenundzwanzig.« Völlig überraschend hält er seine Hände dicht vor Gottfrieds Augen. »Sehen so Maurerhände aus?« Und als Gottfried nicht gleich antwortet, fragt er wieder: »Sehen so Maurerhände aus?«

Gottfried weiß nicht, was er tun soll, also zuckt er nur schwach mit den Schultern.

»Ach so«, der Gefreite tut pikiert, »Sie meinen sicherlich, ich hätte mich bisher nur auf der Schulbank herumgedrückt, wie?«

Das kumpelhafte Gespräch, das Gottfried mit ihm führt, gibt ihm wohl den Schneid, dermaßen mit seinem Unteroffizier zu sprechen.

»O nein«, beginnt er wieder, »Maurer habe ich gelernt. Im Baugeschäft meines Vaters. Enterben wollte er mich, wenn ich ihm nicht gehorche. Am besten gleich totschlagen, als er erfuhr, dass ich viel lieber Kunstmaler werden wollte. Natürlich hat er es nicht laut zu mir gesagt, dass er vorhätte, mich totzuschlagen, wenn ich mich gegen ihn stellen würde, aber ich kenne ihn nur zu gut und weiß, dass er es gedacht hat. Einen Mann, einen richtigen Kerl wollte er aus mir machen, mir ordentlich die Flausen aus dem Kopf treiben. Als Ortsgruppenleiter hätte er sich doch für mich schämen müssen, wenn bekannt geworden wäre, dass ich anstatt mir für Deutschland den Arsch aufzureißen bloß Farbe auf die Leinwand kleckse. Und dann, tja, auf einmal war er damit einverstanden, dass ich Maler werde. Doch da wollte ich es ihm beweisen, dass ich keine Memme bin, also bin ich noch während des Studiums Soldat geworden.« Er nimmt seine Mütze ab und wischt sich zerstreut mit der Hand durchs Haar. Daraufhin fügt er kleinlaut an: »In Polen ist mir aber klar geworden, dass ich eine ... eine Memme bin!«

Gottfried überhört diese Selbstbeschuldigung. »Aber wieso hat Ihr Herr Vater dann doch noch zugestimmt, dass Sie Kunst studieren?«

»Na, zum einen hatte er wohl eingesehen, dass ich tatsächlich nicht zu einem Handwerker tauge, und zum anderen habe ich ihm in einem günstigen Augenblick klipp und klar vorgehalten, dass unser aller Führer auch Kunstmaler war. Und, davon bin ich felsenfest überzeugt, dass er es im Herzen auch heute noch ist, denn die Liebe zur Malerei geht nicht verloren. Vor allem nicht, wenn man einmal mit solch einer Hingabe die Gottesmutter mit dem Jesuskind gemalt hat, wie es der Führer tat. Übrigens habe ich im Zuge meiner Überzeugungsarbeit, mit allem Geschick, das mir zusteht, Hitler nach einem Foto in Öl porträtiert. Und dieses Bild hat mein Vater mit Stolz und großem Wohlwollen in seinem Büro direkt hinter seinem Schreibtisch aufgehängt.« Der Gefreite Jochen Schrader lacht herzhaft auf, sodass Gottfried ihn erstaunt betrachtet. »Jetzt stellen Sie sich vor, jetzt kann ich ohne zu lügen behaupten, dass mein Vater, der gestrenge Herr Ortsgruppenleiter, Hitler aufgehängt hat!«

»Still, Mann! Sie sind sofort still! Sind Sie denn total verrückt geworden?« Gottfried schaut sich prüfend um, ob jemand hätte lauschen können. Schließlich sagt er: »Über Hitler macht man keine Witze!«

»Darf ich Sie etwas fragen, Herr Unteroffizier?« Ohne jedoch eine Antwort abzuwarten, redet der Gefreite einfach weiter. »Macht es Ihnen Spaß zu töten?«

Die Frage kommt für Gottfried dermaßen überraschend, dass ihm nichts weiter übrig bleibt, als mit »Nein« zu antworten, auch wenn er die Frage äußerst anmaßend findet. Ruhig und gefasst gibt der Gefreite zu bedenken, dass es auch ihm keinen Spaß machen würde, und er wäre darüber hinaus sicher, dass es den meisten der Kameraden, die da hinten am Feuer sitzen, ebenfalls keinen Spaß machen würde, und doch täten sie es … töten.

»Zum Töten gibt es Befehle!«, meint Gottfried lapidar.

Doch damit zeigt sich der Gefreite nicht einverstanden. »Nein!«, erwidert er, »der Befehl gerechtfertigt zwar die Tat, töten aber tut jeder Soldat eigenständig. Und der Soldat tötet, weil die Macht zu töten im Menschen steckt!« Und mit diesen Worten zeigt er demonstrativ auf sein Herz.

Sprachlos geworden hört Gottfried zu.

»Sie glauben mir nicht? Doch, doch, doch, das können Sie mir ruhig glauben. Unser Egoismus ist das Pulver und unser Wille die Waffe, die vernichtet, was oder wer sich gegen die Selbstherrlichkeit des Menschen stellt. Und ich verrate Ihnen wohl nichts Neues, das dem Menschen das Pulver nie ausgehen wird! Wissen Sie übrigens, wie der allererste Todesfall in der Menschheitsgeschichte aussah?« Wieder wartet der Gefreite nicht ab, bis Gottfried eine Antwort geben kann. »Es war ein Mord. Ein Brudermord! Kain erschlug seinen Bruder Abel! An einem Mord ist der erste Mensch in der Menschheitsgeschichte gestorben, nicht an einer Krankheit oder bei einem Unfall. Sehr trivial, meinen Sie nicht auch? Aber gibt Ihnen das nicht zu denken? Seither haben die Menschen in ihrer Einfalt nicht aufgehört, sich gegenseitig zu erschlagen. Nie wird es Frieden unter den Menschen geben, nie, niemals!«

Nach einer schweigsamen Weile fragt Gottfried: »Muss Frieden nicht auch erkämpft werden?«

»Nein!« Die Antwort kommt prompt. »Ich denke, Frieden, also wirklichen Frieden wird es nur durch Nachgiebigkeit geben. Aber dazu gehört auch Mut. Sanftmut! Der jedoch fordert nicht zum Kampf heraus. Doch die Schwierigkeit besteht darin, dass man zuallererst lernen muss, den inneren Unfrieden zu ertragen.«

»Da bin ich völlig anderer Ansicht«, entgegnet Gottfried scharf. »Ein Volk darf sich nicht durch Nachsichtigkeit aufgeben! Ein Volk, das seine eigene Kultur, seine Identität aufgibt, verrät sich selbst und wird somit zum Spielball derer, die sich ihre kulturellen Wurzeln auch mit den Mitteln des Krieges vehement bewahren. Alles andere ist bloß Reden, Reden, Reden, schöne Worte. Aber nicht die Reden der Schöngeister verändern die Welt, sondern die Taten derer, die dem Schöngeist durch Handeln Paroli bieten.«

»O doch«, kontert der Gefreite, »ich glaube immer noch daran, dass nur der Schöngeist die Welt zum Guten verändern kann, nur müssen es die, welche die Macht in den Händen haben, es auch zulassen. Die Humanität ist eine zarte Wurzel, die man von Geburt an sehr, sehr sorgsam pflegen muss. Bereits in der Schule muss der Geist der Humanität in die fruchtbaren Herzen der Kinder eingepflanzt werden, damit sich die Kraft der Menschlichkeit in jedem Menschen für die Zukunft von klein auf entwickeln kann.« »Zukunft, Vergangenheit, Vergangenheit, Zukunft!« Gottfried zeigt offen, dass er über die Worte des Gefreiten verärgert ist. »Was zählt, ist die Realität! Hören Sie? Die Realität! Und was Ihr Gefasel von der Humanität betrifft, so ist die Humanität eine wohlgemeinte Menschenerfindung, die aber immer auch am Menschen scheitern wird. Die Humanität verkleidet den menschlichen Egoismus nur in ein hübsches Gewand der Menschlichkeit. Aber es ist nur eine Verkleidung, das meinen Sie doch auch, oder?«

Aber der Gefreite erweist sich als trotzig, indem er schlussfolgert, dass über der Realität allein die Fantasie des Menschen stehen würde, denn die Realität selbst wäre nur ein kurzer Augenblick von dem, was aus der Fantasie geboren wird. »Realität ist und bleibt ein Produkt unserer Fantasie. Demnach müssen wir das Böse bereits in unserer Fantasie vernichten! Das ist die

Lösung! Wir müssen lernen, Kain, den Mörder in uns, zu lieben, dann verkümmert auch der Hass in uns.«

Mitten in diese hitzige Auseinandersetzung schallen Kommandostimmen und Trillerpfeifen durch die Nacht. Gottfried schlägt sich auf die Schenkel. »Wir müssen! Die Pflicht ruft!«

Als der Gefreite keinerlei Anstalten macht aufzustehen, zerrt Gottfried ihn beherzt hoch. Danach stellt er sich ganz dicht vor ihm hin und sagt beschwichtigend lächelnd: »Nun kommen Sie! Wenn ich eines aus unserem Gespräch gelernt habe, dann, dass das Sie keine Memme sind. Sie sind ein feiner Kerl.« Mit dieser Feststellung klopft er dem Gefreiten kameradschaftlich auf die Schulter, der die Freundlichkeit seines Zugführers seinerseits mit einem scheuen Lächeln quittiert.

»Halt! Eines noch. Bevor Sie gehorsam dem Ruf des Krieges folgen, ein Rat von mir«, scherzt Gottfried: »Wenn Sie partout nicht töten wollen, dann schießen Sie doch einfach in die Luft!«

»Das wird nicht gehen, Herr Unteroffizier.«

»Warum nicht?«

»Weil ich Angst habe, Gott zu treffen!«

Im Morgengrauen, auf einer Anhöhe stehend, gewahrt Gottfried die Maas in aller Deutlichkeit, die sich, so wie es sich darstellt, im Laufe von Ewigkeiten ein tiefes Tal durch die Ardennen gegraben hat. Gottfried schnauft behaglich. Der heiße Kaffee und der Kanten Kommissbrot, mit dem er sich vor wenigen Minuten den Magen gefüllt hat, beleben seine Sinne. Nach langem und beschwerlichem Marsch ist die Rast auch ein Segen für die Kameraden, denkt er sich. Nur gut, dass es bisher noch keine nennenswerten Zwischenfälle mit dem Feind gab. Hier und da waren ihnen nach mehr oder weniger heftigen Scharmützeln einige Gefangene in die Hände gefallen. Aber sonst? Die Vorhut deutscher Panzer und Sturmtrupps haben im Vorfeld bereits ganze Arbeit geleistet. Dennoch, auch wenn die Kameraden bei erbitterten Kämpfen inzwischen einen behelfsmäßigen Flussübergang für die nachrückenden Einheiten schaffen konnten, muss auch jetzt noch mit gefährlichen Widerstandsnestern der Franzosen gerechnet werden. Aber nicht nur die Nester sind tückisch, das Maas-Ufer selbst ist noch an vielen Stellen mit Gefechtsständen des Feindes durchsetzt, die eine Art Maginot-Linie fortsetzen. Ebenfalls zeigten einzelne, aber schwerwiegende Zwischenfälle, dass man überall mit raffiniert angelegten Minenfeldern rechnen muss. Insgeheim hofft man aber, dass die Minen durch den langen, strengen Winter größtenteils unbrauchbar geworden sind. Was die kleinen Ortschaften betrifft, die sich mit ein wenig Fantasie wie Vogelnester zwischen Baum und Strauch in die gebirgige Landschaft einfügen, sind diese nun ausgestorben. Das alles nimmt Gottfried gedanklich in sich auf. Ein letzter Blick auf den Fluss hinunter, und dann geht es auch schon wieder weiter.

Gottfried lauscht auf den Marschtritt von Hunderten von Stiefeln, die sich bei offenem Gelände dumpf und gefahrvoll anhören, als schicke die Bedrohung ihren Alarm voraus. Auf gepflasterten Wegen knallen sie wie Trommelwirbel. Im Gegensatz dazu strömen die leeren Fensteraugen, die verkohlten Dachsparren, das zerbröckelte Mauerwerk und die zerbrochenen Schieferplatten der von Einschüssen beschädigten Häuser eine Totenstille aus. Nur wenn die Scherben unter den Stiefelsohlen knirschen, ist es Gottfried, als stöhne die Zerstörung mit Wehklagen auf.

Der Morgennebel hat sich längst verzogen, als die Einheit *Montherme´* erreicht, von wo aus übergesetzt werden soll. Auch diese Stadt hat es bei den Kämpfen schwer erwischt. Verwüstung und Vernichtung zeigt sich für die Soldaten wieder einmal mehr als das sichtbare Werk gekonnter Kriegsführung. Der Frieden entpuppt sich hier beispielhaft als das Schwache, das mit einem Schlag dem Starken Platz machen musste. Gottfried fällt beim Anblick der Vernichtung um ihn herum das Wort Evolution ein. Hier, so kommt es ihm vor, bestätigt sich die Theorie von der Macht des Stärkeren. *Wer leben will, muss vernichten!* Warum also beklagen sich die Menschen, dass es immer wieder Kriege gibt, wenn es den Starken in dieser Weise nach vorne drängt? Er und seine Kameraden wollen leben! Er ist umgeben von Überlebenswilligen. Auf diesen einfachen Nenner bringt er es, und doch scheint es auch eine Entschuldigung zu sein.

Kradmelder rasen knatternd umher. Patrouillen streifen Befehlen folgend voran. Gottfried muss sich zusammenreißen, damit der Zweifel keine Oberhand gewinnt. Aber noch spürt er die Richtigkeit seines Tuns. Noch weiß er, wofür es sich lohnt zu kämpfen. Außerdem schenken ihm die Erinnerungen an die schreckliche Vergangenheit genügend Kräfte, dies alles durchzustehen. Eine Vergangenheit, die ihm und seinem Volk so viel Leid und Not gebracht und ihm überdies seinen Vater genommen hat. Auch wenn das anfänglich starke Rachegefühl zwischenzeitlich weitgehend erloschen ist, so ist an dessen Stelle hartnäckig der Wunsch nach Gerechtigkeit in ihm gewachsen. Und wer Gerechtigkeit will, der muss auch dazu bereit sein, für die Gerechtigkeit zu kämpfen. Gottfried ist überzeugt davon, dass im umgekehrten Fall sein Vater für ihn das Gleiche tun würde. Alles andere wäre Feigheit! Wenn er es zuließe, dass der Zweifel und die Feigheit ein Brautpaar in ihm würden, dann wären deren Kinder für alle Zeit verloren. *Vorwärts ... vorwärts Kameraden!*

Jetzt erst, im Flusstal angekommen, spürt Gottfried es an jedem seiner Muskeln und Gelenke, wie beschwerlich der Abstieg war. Er bekommt eine Ahnung davon, welche Anstrengungen ihm noch bevorstehen, denn wenn sie den Fluss überquert haben, müssen sie auf der anderen Seite des Tales wiederum Anhöhen überwinden, die den jetzigen in nichts nachstehen.

Ein malerischer Fluss breitet sich vor ihm aus, der smaragdgrün schäumend die Pfeilerreste der gesprengten Brücke umspült. Auf ihrem Rückzug hatten die Franzosen die Brücke in die Luft gejagt, doch ein Stückchen stromabwärts haben deutsche Pioniere unterdessen einen Behelfsübergang hergerichtet. Dort ist bereits ein Heer von Landsern versammelt, um über die Maas ziehend deutsche Fahnen, deutsches Liedgut und deutsche Gesinnung in französisches Feindesland zu tragen.

Ein regelrechter Wirrwarr empfängt Gottfried, und er hat Mühe, seine Leute beieinander zu halten. Eine unmilitärische Unordnung bricht sich Bahn. Eifer regiert, und es braucht seine Zeit, um wieder Ordnung zu schaffen. Kommandos fliegen durch die Luft, nur noch unterdrückt vom Motorenlärm der Militärfahrzeuge. Ein beinahe heiliges und erhabenes Gefühl macht sich unter denjenigen breit, die im Begriff sind, die Behelfsbrücke zu überqueren, auch wenn man genau weiß, dass sich in den jenseitigen Hügeln immer noch die Hauptwiderstandslinie des Feindes befindet. Umso überraschter sind die Männer nach dem Passieren des Flusses, dass deutsche Stoßtrupps auch hier schon ganze Arbeit geleistet haben. Verlassene Gräben, verwaiste Unterstände. Ausgehobene MG-Nester, die von der deutschen Luftwaffe und Artillerie zerschlagen und niedergetrommelt keinerlei Gegenwehr mehr leisten können. In das augenblicklich verstummte Schlachtgetöse singen nun die Vögel wieder, die sich noch vor Kurzem vor Schreck ins Unterholz verkrochen haben, um dem Wonnemonat Mai, dem bunten Frühjahrskavalier, alle Ehre, die ihm gebührt, zurückzugeben. Busch und Baum tragen bereits sein üppig grünes Kleid. Doch es ist kein Frieden! Es ist Krieg! Daran wird auch Gottfried an jeder Wegbiegung, an jeder Wegstrecke aufs Grausamste erinnert. Die Franzosen mussten in wahnsinniger Eile geflüchtet sein, denn neben verloren gegangenen oder weggeworfenen französischen Ausrüstungsgegenständen liegen umgestürzte Militärfahrzeuge in den Gräben. Und dazu steigt ihm ein widerlicher Gestank von Pestilenz in die Nase, der von verwesenden Menschenleibern und von den krepierten Pferden herrührt.

Schrecklich, einfach unmenschlich! Plötzlich befällt ihn die vage Einsicht, dass er als Gehilfe des Todes beklagt, wofür er selbst mitverantwortlich ist. Ist das etwa ein Schuldgefühl? Blitzartig trifft Gottfried der Gedanke, dass man für diese Taten irgendwann einmal zur Rechenschaft gezogen wird. Irgendwann! Auch er? Doch Blut fordert Blut, sagt er sich. Der Krieg duldet kein Ende. Wer ein Land mit Waffen erobert, der muss es auch mit Waffen verteidigen.

Einige Tage sind inzwischen vergangen. Tage, die von endlosen Marschkolonnen geprägt sind. Tage, die auch Gottfrieds Einheit der Front näher gebracht haben. Einzig die herrliche Frühlingssonne nimmt den Männern hin und wieder den Schrecken, der hinter ihnen und noch vor ihnen liegt. Viele der Soldaten sind innerlich ohnehin abgestumpft. Auch Gottfried spürt diese innerliche Leere. Und er fragt sich, ob man sich tatsächlich an Tod, Schrecken und Verderben gewöhnen kann? Ja, man kann es und man muss es, denkt er sich. Man kann es, weil der Krieg ein altes Handwerk ist, das gewohnheitsmäßig ausgeübt wird. Frieden allerdings, der muss erst mühsam erlernt werden.

Je näher sie in die Nähe der Front geraten, desto lauter wird das bis dahin dumpfe Grollen am Horizont. Vor allem in den sternenklaren Nächten rücken die Gefechte schon rein optisch näher, wenn ein greller Schein die Dunkelheit am Firmament zerreißt und heftige Detonationen anzeigen, dass es sich nicht um ein natürliches Wetterleuchten handelt. Nun wird es auch dem letzten Zweifler klar, dass nach dem *Fall Gelb* der lang erwartete *Fall Rot* eingetreten ist. Der Fall Rot, die totale Eroberung Frankreichs!

In nebelverhangener Morgendämmerung erreicht das Bataillon das Tal der Aisne. Eine baum- und strauchlose Bergkuppe erweist sich als ein geeigneter Beobachtungsstand, um das gegenüberliegende Aisne-Ufer optimal ins Visier zunehmen. Hier gilt es, sich erst einmal einzuschanzen. Der Boden ist weich, weil er überwiegend aus Kreide besteht. Vom Graben geweißt sehen die Infanteristen anschließend wie Gespenster aus. Bei dem groß angelegten Buddeln findet man zu aller Überraschung einen deutschen Bunker aus dem letzten großen Krieg. Hastig werden die Eingänge freigelegt. Ein schusssicherer Gefechtsstand aus Beton und Stahl ist der Lohn für die Mühe.

Gottfried schlägt das Herz bis zum Hals. Vater hatte damals in seinen Feldpostbriefen die Siegfried-Linie erwähnt. Auch dieser Bunker gehört eindeutig dazu. Ihn überkommt eine große Erregung, als er sich vorstellt, dass er nun im Unterstand der tapferen Väter im Kampf gegen denselben Feind Stellung bezogen hat. Hatte sein Vater hier, hier wo er jetzt steht, an ihn und Mutter in der fernen Heimat gedacht? Hatte er hier um sein Leben gekämpft, damit er das, was er mehr als alles liebte, nicht alleine auf der Erde zurücklassen musste? Doch Gottfried bleibt nicht allzu viel Zeit, sich seinen schwermütigen Gedanken hinzugeben, denn der Feind schläft nicht, der hat sie vom jenseitigen Ufer aus längst wahrgenommen. Dann! Kurz darauf! Wie aus heiterem Himmel schlagen stoßweise aufjaulende Feuersalven in unmittelbarer Nähe ein. Leider werden dadurch die Fernsprechleitungen zusammengeschossen. Ständig sind die Fernmelder unterwegs, um diese zu flicken. Man muss doch wissen, was in den anderen Kampfabschnitten los ist.

Währenddessen ist es Abend geworden, und immer noch antworten die deutschen Geschütze dem feindlichen Störungsfeuer mit ebensolchem Kampfgeist.

Nach einer feuchtkalten und schlaflosen Nacht beobachtet Gottfried mit müden Augen die fahle Dämmerung, in deren Nebelschwaden eine eigentümliche Stille mitschwingt. Was für eine Stille! Die meisten Landser schlafen noch vor Erschöpfung tief und fest. Dank dem eminenten Aufgebot an Soldaten und Kriegsmaterial ringsum, scheinen sie sich sicher zu fühlen. Ob der Feind genau weiß, wie viel Bataillone sich gegen sie versammelt haben?, denkt sich Gottfried. Dass er die Nacht in voller Montur verbracht hat, erleichtert ihm das kampfgemäße Ankleiden. Er hatte es in Polen erlebt, dass es morgens fast unmöglich war, mit feuchten Strümpfen in klamme Stiefel zu steigen.

Rasch ist er kampfbereit. Um auch seinen Körper zu wecken, knickt er dreimal seine Knie, dann reckt er sich. Sein Blick schweift zum Beobachtungsposten, der seit zwei Stunden im feuchten Gras liegt. Gottfried schleicht sich zu ihm hin und legt sich direkt neben ihn. Es ist Jochen Schrader. Beide lächeln sich an. Nach einem kurzen Zunicken übergibt der Gefreite seinem Zugführer das Scherenfernrohr. Und noch während Gottfried über den Fluss hinaus angestrengt die Gegend absucht, bricht irgendwo im Hinterland ein fürchterliches Getöse los. Als rasen die Augenblicke in den Trichter eines Zeitraffers, vereinen sich die Geschehnisse zu einem gewaltigen Ereignis. Ein Orkan aus Pfeifen, Rauschen und Surren erfüllt die Luft.

Gottfried und Schrader drücken ihre Köpfe ins Gras. Schrader ist der Erste, der einen Blick riskiert. Er greift nach Gottfrieds Schulter. »Um Himmels willen, Herr Unteroffizier, sehen Sie nur!«

Obgleich zahlreiche Geschosse dicht neben ihnen einschlagen, starrt Schrader wie gebannt auf eine flammende Wand aus zuckenden Detonationsblitzen in der Ferne, die von einer aufsteigenden, schwarzen Rauchsäule gekrönt werden.

»Deckung!«, schreit Gottfried. »Los Schrader, rennen Sie zu dem Erdhaufen dort hinten!«

»Und Sie, Herr Unteroffizier?«

»Mann! Quatschen Sie keine Opern, ich komme nach!«

In den Befehl hinein detoniert eine Granate nur wenige Meter von ihnen entfernt in den steinigen Uferboden, sodass ihnen der Dreck gehörig in den Nacken prasselt.

»Worauf warten Sie, Schrader?«

»Ich weiß nicht, Herr Unteroffizier, meine Beine wollen mir nicht gehorchen!« Gottfried spuckt eine Ladung Dreck aus dem Mund.

»Was soll das heißen, Ihre Beine gehorchen Ihnen nicht? Soll ich Ihnen etwa Beine machen, Jochen!«

»Passen Sie auf sich auf, Herr Unteroffizier!« Mit diesen Worten springt der Gefreite Jochen Schrader auf, und in gebückter Haltung rennt er um sein Leben. Als Gottfried erkennt, dass er unbeschadet den schützenden Erdwall erreicht hat, macht auch er sich auf, ihm zu folgen. Überhaupt wundert er sich insgeheim, dass sie bei diesem infernalischen Beschuss noch leben.

Seine Erklärung dafür ringt ihm ein Schmunzeln ab. Es wäre ja schließlich auch ein Wunder gewesen, bei strömenden Regen nicht nass zu werden.

Angst, nein die hat er nicht, und das wunderte ihn dann doch. Nein, Angst nicht! Nur seine Worte erschrecken ihn, die er ausstößt, als er losrennt. »Scheiß Krieg!«, brüllt er gegen das Tosen an. Und als er wie ein Wahnsinniger davon hetzt, kommt es ihm vor, als hätte jemand im Himmel einen universellen Lautstärkeregler auf stumm gestellt. Die Schüsse, das Dröhnen der Granaten, nichts, nichts hört er mehr, außer seinen japsenden Atem. Es ist nur noch sein körperloses Ich, das er spürt.

Fast hat er seinen Kameraden erreicht, da stürzt er. Jetzt ist er wieder ein Mensch, ein Mensch aus Fleisch und Blut. Sein Fußknöchel tut ihm höllisch weh. Die scheiß Franzosen haben mir mein Bein zerschossen, ist sein erster Gedanke. So gut es in den engen Stiefeln möglich ist, bewegt er seine Zehen. Gott sei Dank, das funktioniert, auch wenn es sehr schmerzt. Vorsichtig tastet er sein Bein ab. Erleichterung beruhigt ihn, kein Blut klebt an seiner Hand.

»Nun machen Sie schon! Kommen Sie!« Jochen Schraders Stimme klingt flehend, denn was man eigentlich nicht für möglich gehalten hätte, war dennoch eingetreten: Die feindliche Offensive war noch verstärkt worden. Der totale Kampf ist entbrannt. Inzwischen haben etliche deutsche Kompanien, ein ganzes Heer, in breiter Anordnung am Aisne-Ufer Stellung bezogen. Oberhalb der mittlerweile arg auseinandergesprengten Kreidekuppe ragen lange Rohre der schweren Flakbatterie steil in die Höhe, die dem Feind feurige Salven entgegen spucken. In was für eine verdammte Hölle ist er geraten?

Im wabernden Gefechtsqualm muss er entsetzt feststellen, dass das Ufer bereits übersät ist von toten und verletzten deutschen Kameraden. Ja, es ist die Hölle, und der Schweiß, der ihm aus allen Poren ausbricht, ist wohl das todsichere Zeichen dafür, dass er gerade gebraten wird. Ist jetzt sein Ende gekommen? Nun kriecht auch die Angst in ihn hinein.

Angst hat vermutlich auch der Gefreite Jochen Schrader um seinen Unteroffizier. »Ich hole Sie!«, ruft dieser, als er Gottfried beinahe erreicht hat.

»Sie Blödmann!«, brüllt Gottfried ihn an. »Verschwinden Sie, oder sind Sie lebensmüde? Ich habe mir nur den Knöchel verstaucht, ich schaffe es schon alleine.« Zornig geworden sieht Gottfried in diesem Augenblick in ein bizarr erschrockenes Gesicht, das auch so maskenhaft entstellt bleibt, als der

Gefreite wie in Zeitlupe in die Knie sackt. Da kniet er nun vor Gottfried und rührt sich nicht. Erst als Gottfried ihn verwundert an der Schulter stößt, fällt Jochen Schrader nach hinten zurück. Sofort fährt wieder das Leben in seinen zuvor erstarrten Körper. Lang ausgestreckt zucken seine Beine absonderlich, und mit beiden Händen fummelt er aufgeschreckt hastig an seinem Bauch herum.

»Schrader, was machst du da?« Gottfried robbt so weit heran, dass er sich über den auf dem Rücken Liegenden abstützen kann. Zuerst begreift er nicht, was sich da vor seinen Augen abspielt. Das Blut pocht ihm von innen gegen die Augäpfel, dass ihm nicht nur wegen des Rauches die Sicht verschleiert wird.

»Sie müssen wieder rein!«, stöhnt der Gefreite.

Ungläubig verfolgt Gottfried, was da geschieht. Der Gefreite Jochen Schrader ist tatsächlich dabei, sich mit den eigenen Händen das Gedärm in den Bauchraum zurückzustopfen.

»Alles muss wieder rein«, jammert der Gefreite erneut. Ein Granatsplitter hat ihm den Bauch aufgerissen, das kann Gottfried nun ganz deutlich sehen. Blutig gelbes Gekröse zwängt sich durch die zittrigen Finger seines treuen Kameraden, der ihn retten wollte.

Gottfried wendet seinen Kopf zur Seite und erbricht sich.

»Herr Unteroffizier«, stottert Schrader schwach, »ich bin doch kein Feigling, oder?«

Gottfried kann sich seiner Tränen nicht erwehren. »Nein, du bist kein Feigling!«, schluchzt er. Schrader ringt nach Worten, seine Lippen vibrieren. Gottfried will ihm den Mund zuhalten, damit sich der Verwundete nicht so anstrengt, doch mit letzter Kraft drückt dieser Gottfrieds Hand beiseite. »Herr Unteroffizier«, haucht Schrader mit größter Kraftanstrengung, »sagen Sie … sagen Sie meinem Vater … sagen Sie ihm, dass ich …«, fast versagt seine Stimme. »Sagen Sie ihm … dass ich … dass ich keine Memme bin!« Und mit dieser Bitte auf den Lippen verstummt der Gefreite Jochen Schrader für immer.

Was für einen Wert hat der Wert?

Bibel:
»Euer fünf werden hundert jagen, und euer hundert werden zehntausend jagen, und eure Feinde werden vor euch her durchs Schwert fallen.«
   3. Mose 26/8

Adolf Hitler:
»Staatsgrenzen werden durch Menschen geschaffen und durch Menschen geändert.«
   Aus »Mein Kampf«, Seite 740, Kapitel: *Keine Sentimentalität in der Außenpolitik.*

†

Der nächste Tag, im Kalender steht der 9. Juni, ein Sonntag. Ein heißer, schwüler Frühsommertag kündigt sich an. Wenn Gottfried an Schrader denkt, wird ihm immer noch speiübel. Der arme Kerl! Noch nicht einmal verscharren konnte man ihn. Ihn nicht, und all die anderen nicht, deren seelenlosen Leiber unter freiem Himmel zurückgelassen werden mussten. Und Gottfried schaudert es bei dem Gedanken daran, dass auch sein Vater womöglich solch ein Schicksal ereilt hatte, einsam und verlassen verrottet oder von wilden Tieren aufgefressen worden zu sein. Jedenfalls wird er dafür sorgen, dass Jochen Schrader noch nachträglich einen Orden verliehen bekommt. O ja, dafür wird er sorgen! Sonst wäre das alles nichts wert gewesen. Den Orden kann sich dessen Vater dann zum Bestaunen an die Wand hängen, gleich neben dem Hitlerbild, das sein Sohn für ihn gemalt hat.

Gottfried empfindet die Grübelei als Erleichterung, weil sein Kopf sich die Freiheit nimmt, andere Wege zu gehen, als seine Füße es müssen. Würde er in diesen wahnwitzigen Augenblicken ausschließlich an die Gefahren denken, die ihn von allen Seiten bedrohen, dann würden seine Beine sicherlich nicht so gehorsam voranmarschieren. Wie fokussiert geht es für Gottfried immer nur gerade aus. Er achtet nicht auf die Schmerzensschreie der Verwundeten, auf die Schreie der Sterbenden, und er sieht nicht die Leichen, die neben den Schlauchbooten auf der Wasseroberfläche abtreiben.

Doch dann erschallt aus dem eintönigen Kriegslärm eine gellende Stimme. »Panzer von vorn!« Die Männer ducken sich platt auf den Boden. Und es dauert nicht lange, da wird das eindeutige Rasseln von Panzerketten und das Aufheulen der Motoren immer lauter. Gottfried wagt einen Blick durch das Geäst. Bis auf wenige Meter Entfernung dröhnen die Tanks bedrohlich nah an ihnen vorbei. Aus ihren Rohren peitschen Geschosse, die alles zerfetzen, was ihnen in die Quere kommt.

Sie haben nur ein Ziel, die am Waldrand liegende deutsche Artillerie. Splitter, Zweige, Erde und Steine fliegen durch die Luft.

»Verdammt!«, zischt Hauptmann Roßnagel, der sich neben Gottfried auf den Boden drückt. »Sie bieten uns ein schönes Ziel, aber ohne Panzerfaust...«

Kaum hat er es ausgesprochen, da geht der erste Panzer wie von einem surrenden Pfeil getroffen in Flammen auf. Schließlich noch einer und ein weiterer. Die Panzer, die nicht brennen oder bewegungsunfähig liegen bleiben, verschwinden so überraschend, wie sie aufgetaucht sind.

Rettung in höchster Not, sagt sich Gottfried. Gerade noch rechtzeitig ist die deutsche »Pack« aufgefahren und hat mit Unterstützung der Artillerie den feindlichen Kettenhunden mal ordentlich Zunder gegeben.

»Da sieht man's mal wieder, die Artillerie schießt nicht mit Schießbudengewehren«, lacht Hauptmann Rossnagel unbeeindruckt. Allerdings soll auch sein Galgenhumor bald schon ersticken.

Noch bevor es über die Höhen hinweg weitergeht, beginnt nach einer kurzen Gefechtspause erneut ein infernalisches Getöse. Es klingt wie tausendfaches Hämmern einer gigantischen Hammerschmiede. Völlig überraschend tauchen mehrere französische Kampfflugzeuge am Himmel auf, die zur Begrüßung der deutschen Truppen ihre Bordmunition auf sie herniederprasseln lassen. Doch der unfreundliche Empfang bleibt nicht ohne Antwort. Das dröhnende Hämmern stammt aus den Rohren der schweren und leichten deutschen Flakbatterien, die bei jedem Feuerstrahl, den sie abgeben, ruckartig vor und zurückgleiten, dass es wie ein wilder Höllentanz aussieht. Überall da, wo die Abwehrraketen in das blaue Gewölbe pfeifen, hinterlassen sie kleine, weiße Wölkchen. Kleine, unscheinbar wirkende Wölkchen, aber wehe, wenn sie nicht den Himmel, sondern die gegnerischen Flugzeuge treffen, dann bilden sich gleich darauf schwarze Wolkenschwaden, die rasend schnell in die Tiefe stürzen.

Einige Zeit später dringt Gottfrieds Division bei schwül heißer Witterung und an friedlich wirkende Wiesen und Felder vorbei, weiter ins Landesinnere vor. Von Zeit zu Zeit finden sie leere Unterstände vor, die augenscheinlich fluchtartig verlassen wurden. Unterdessen erzählt man sich amüsiert, dass man nicht weit entfernt in einem dieser scheinbar verlassenen Unterstände einen Franzosen aufgespürt hat, der völlig verschlafen und erschrocken in das ebenfalls erstaunte Gesicht eines deutschen Landsers blinzelte. Der soll ihn dann zur Feldküche mitgenommen haben, wo man dem verdatterten Franzmann erst einmal einen heißen Kaffee und zu essen gab. Der hatte wohl noch Glück im Unglück gehabt.

Gegen Abend erreichte die Einheit einen kleinen Ort, der, wen wunderte es, Spuren harter Kämpfe trug. Von etlichen Häusern waren nur noch schwelende Trümmerhaufen übrig geblieben. Verletztes Vieh rannte markerschütternd brüllend ziellos umher. Hühner flatterten aufgeregt über die mit Scherben und Ziegel übersäten Höfe. Schreckensort allenthalben. An einem noch qualmenden Balken hatte man einen erbärmlich jaulenden, inzwischen halb verkohlten Hofhund angebunden, den ein gnädiger Landser mit einem bereitliegenden Holzscheit kurzerhand erschlug. Nur wenige der Soldaten nahmen im Vorbeimarschieren Anteil daran. Was macht schon ein Köter aus, wenn in den abgebrannten Hütten vermutlich noch verbrannte Kinder lagen?

Am Ortsrand, eingebettet in einen waldumsäumten, weitflächigen Anger, wird an einem Bereitstellungsplatz erst einmal Quartier gemacht. Dort herrscht bereits eine angespannte Hektik. Nachschubkolonnen brausen heran. Meldefahrer jagen hin und her. Sehr schnell stehen die Geschütze und Fahrzeuge in ordentlich ausgerichteten Reihen. Alles sieht danach aus, das an dieser Stelle ein Biwak für die Nacht vorgesehen ist. Befehle dazu werden lauthals ausgeteilt.

Gottfried staunt darüber, dass der Mensch selbst dann noch gehorcht, wenn der Tod bereits nach jedem der Soldaten seine kalte Hand ausstreckt. Doch keiner schmeißt die Brocken hin und sagt, macht euren Scheißdreck alleine! Der Krieg tut der Disziplin keinen Abbruch. Der Soldat funktioniert bis zum letzten Atemzug, dazu wurde er gedrillt, dazu wurde er in einer Härte ausgebildet, die seine Individualität in der Masse der Ideologie verschmelzen lässt. Gottfried kommt es mittlerweile wie der blanke Irrsinn vor, dass man für das Davonlaufen mehr Mut aufbringen muss als für das Kämpfen. Aber, aber, was sind das denn für Gedanken? Was geht nur in ihm vor? Noch vor wenigen Monaten hätte er nicht geglaubt, dass ihm jemals derartig zersetzende Ansichten kommen könnten. Aber seit dem Erlebnis mit Schrader haben sich Bedenken, um nicht zu sagen, mehr und mehr Zweifel in ihm breitgemacht. Bedenken, die ungeschönt den Sinn eines Krieges infrage stellen. Und seine Grübelei wird noch verstärkt, als er trotz Kühle und Feuchtigkeit neben seinem eigentlichen Schlafplatz unter freiem Himmel auf dem Rücken liegt und voller Ehrfurcht das Funkeln der Ewigkeitssterne beobachtet. Wie viel unzählige Menschen zu allen Zeiten der Weltgeschichte mochten es ihm in guten und in schlechten Zeiten schon gleichgetan haben, sie in dieser Weise zu betrachten? Mit wie viel Schwüren, Wünschen und Hoffnungen mochten sie belegt worden sein, ohne dass sie ihren Glanz verloren haben? Nichtigkeit und Größe empfindet Gottfried gleichzeitig beim Anblick in die unendliche Ewigkeit. Größe, die vermutlich der geheimnisvollen Kraft seiner Seele entspringt. Hat er sich sein Leben so vorgestellt? Im gleichen Moment, da er sich diese Frage stellt, spielt ihm seine Seele einen Schabernack, indem sie sich innerhalb eines Atemzuges in das Kind von einst verwandelt. Tränen laufen ihm aus den Augenwinkeln, und er ist froh darüber, dass es inzwischen stockdunkel geworden ist. Offensichtlich kümmert es Niemand. Nein, er braucht seine Tränen nicht verstecken, schließlich muss jeder der Männer mit seinem eigenen Leben klarkommen. Außerdem schlafen viele schon, er kann es an den unterschiedlichsten Schnarchern aus den Zelten hören. Aber noch etwas anderes hört er; von irgendwoher erklingt die schummrige Melodie einer Mundharmonika. Da hängt wohl auch einer seinen Gedanken nach?

Im Zelt der Stabsführung brennt noch ein abgedunkeltes Licht. Vermutlich werden dort weitere Angriffspläne geschmiedet. Wallensteins Heerlager kommt Gottfried in den Sinn. Wie lange wird dieser Krieg noch andauern? Man muss doch endlich mal wissen, wie lange das Töten noch anhält! Wo steht der Feind jetzt? Was gibt es noch zu tun, für ihn zu tun? Ja, in Friedenszeiten, da wusste man Bescheid, da wusste man genau, wie lange die Übung und die Märsche andauerten. Der Krieg allerdings hat seine eigenen Gesetze. Trotzdem muss doch irgendwer das genaue Ziel kennen! Scheinbar weiß es keiner, stattdessen reagiert oder agiert man von Augenblick zu Augenblick. Der Krieg ist und bleibt ein unwandelbarer Scherge. In Gottfrieds

Kopf drehen sich Frage und Antwort wirr im Kreis herum. Und er fängt an den Krieg zu hassen, weil hinter seinem Fuß nicht der Frieden folgt, sondern weil der Krieg immer wieder und immer wieder den Frieden tötet.

Je länger Gottfried darüber nachdenkt, desto intensiver wird ihm klar, dass der Krieg nur überleben kann, weil er und all die anderen sich selbst zu dessen Büttel machen.

Ungewollt muss er an Tante Grete und ihren Gott denken. Warum lässt Gott, den er als Kind im Gebet *lieber Gott* nannte, das alles zu? Die alten, frommen Frauen in den harten Kirchenbänken, die haben gut reden. Er weiß genau, was Tante Grete jetzt sagen würde. Sie würde sagen: »Nicht Gott hat sich vom Menschen entfernt, nein, der Mensch will vor Gott fliehen, weil der Mensch sich seiner Schandtaten bewusst ist.« Außerdem würde sie noch anfügen, dass schon Adam und Eva auf ihren eigenen Willen gepocht hatten, indem sie in ihrer Verführbarkeit das eine Gebot Gottes missachteten, nicht die Frucht vom Baum der Erkenntnis zu essen. Der eigene Wille schmeckte ihnen süßer als all die Gnade, die Gott ihnen in seiner übergroßen Liebe anbot. Bei ähnlichen Diskussionen mit ihm und der Tante hatte sie schon mehrmals darauf hingewiesen, dass der Mensch sich nur an Gott erinnerte, wenn es ihm schlecht gehe und er jemanden brauchte, dem er die Schuld zuweisen konnte. Einmal hatte sie sogar gesagt: »Wer sich der Sonne entzieht, muss sich nicht wundern, wenn er im Schatten steht!« So einfach und schlicht benannte sie all ihre Antworten, zu denen ihm oft genug die Fragen fehlten. Was wäre, wenn Tante Grete wirklich recht hat mit ihrem Glauben? Dann stimmte wohl auch das Gleichnis vom Unkraut im Weizenfeld, das der Teufel heimlich in das gute Getreide säte. Ist er Unkraut, das nun ausgerissen und vernichtet wird?

Die schwarze, kühle Nacht erscheint ihm plötzlich wie die Metapher dafür, dass er sich tatsächlich im Schatten der Sonne befindet. Also bleibt ihm nur ein Ausweg, nämlich aus dem Schatten heraus ins Licht zu treten! Und er stellt sich unpassend belustigt vor, wenn es ihm jetzt und auf der Stelle alle gleichtäten und ins Licht träten. Der Krieg wäre plötzlich völlig allein gelassen. Verkümmern würde er in seinem Jammertal. Darüber war Gottfried eingeschlafen, und als ihn der Krieg nach unruhiger Nacht weckte, waren wieder alle versammelt, dem garstigen Schergen unbedingt und gehorsam zu folgen. (XII. Erklärung siehe Anhang)

Abgesang

Ich weiß, es wird einmal ein Wunder geschehen!

Wenn ich ohne Hoffnung leben müsste,
wenn ich glauben müsste, dass mich niemand liebt,
dass es nie für mich ein Glück mehr gibt,
ach, das wär' schwer.
Wenn ich nicht in meinem Herzen wüsste, dass du einmal zu mir sagst:
Ich liebe dich, wär' das Leben ohne Sinn für mich,
doch ich weiß mehr:
Ich weiß, es wird einmal ein Wunder gescheh'n,
und dann werden tausend Märchen wahr.
Ich weiß, so schnell kann keine Liebe vergeh'n,
die so groß ist und so wunderbar.
Wir haben beide denselben Stern und dein Schicksal ist auch meins.
Du bist mir fern und doch nicht fern, denn unsere Seelen sind eins.
Und darum wird einmal ein Wunder gescheh'n
und ich weiß, dass wir uns wiedersehn! ...
Musik: Michael Jary; Text: Bruno Balz

Die Geister, die man rief

Bibel:
»*Wenn ich nicht gekommen wäre und hätte es ihnen gesagt, so hätten sie keine Sünde; nun aber können sie nichts vorwenden, um ihre Sünde zu entschuldigen.*«
   Johannes 15/22

Adolf Hitler:
»*Da eine Weltanschauung niemals bereit ist, mit einer zweiten zu teilen, so kann sie auch nicht bereit sein, an einem bestehenden Zustand, den sie verurteilt, mitzuarbeiten, sondern fühlt die Verpflichtung, diesen Zustand und die gesamte gegnerische Ideenwelt mit allen Mitteln zu bekämpfen, d. h. deren Einsturz vorzubereiten.*«
   Aus *Mein Kampf*, Seite 508, Kapitel: *Gemeinschaft aufgrund neuer Weltanschauung.*

†

Der Sieg über Frankreich hat zur Folge, dass der nördliche Teil des Landes sowie die Atlantikküste vertragsmäßig in deutscher Hand verbleiben. Die Verwaltung der Restgebiete obliegt demnach den Herren Henri Philippe Pétain, dem französischen Kriegshelden von 14/18, und dessen Minister Pierre Laval. Allerdings muss der französische Teilstaat auf seine außenpolitische Souveränität verzichten und des Weiteren Deutschland wirtschaftlich unterstützen. Frankreich, einst stärkste Kontinentalmacht, ist auf ganzer Linie besiegt.

General Charles de Gaulle, der während der kämpferischen Auseinandersetzungen gegen Deutschland einige respektable Erfolge verbuchen konnte, flieht nach London und bezeichnet sich dort als Führer der Freien-Franzosen. Marshall Pétain, der greise Sieger von Verdun, ist allerdings davon überzeugt, seinem Vaterland am besten zu dienen, wenn er mit den Deutschen zusammenarbeitet. Für dieses kooperative Verhalten mit dem Feind wird er denn auch von den Gesinnungsgenossen um de Gaulle gehasst. Auch Churchill befürchtet die militärische Kollaboration mit Deutschland, weil er insgeheim plant, aus Frankreich und England einen

Staat zu bilden. Aus diesem Grund vernichtet die englische Flotte am 3. Juli das vor Oran liegende französische Mittelmeergeschwader, um dieses nicht in deutsche Hände fallen zu lassen. Allerdings gibt es auch anti-englische Ressentiments in Frankreich, die dadurch begründet werden, dass man nicht für die Engländer sterben will.

Da Churchill auf keinen Fall gewillt ist, den Krieg zu beenden, gerät Deutschland notgedrungen in die Lage, gegen England militärisch zu intervenieren. Der Krieg geht somit nicht nur weiter, der Krieg entwickelt einen Sog, in den die Völkergemeinschaften überall in der Welt unabdingbar zu einem tiefen Fall hineinstürzen.

Hitlers Pläne sehen vor, mit einem raschen Übersetzen über den Kanal den Krieg auf britischem Boden fortzuführen. Allerdings erkennt man bei der Ausarbeitung der taktischen und strategischen Pläne bald, dass es bei der Durchsetzung des Vorhabens beinahe unlösbare Probleme gibt. Denn das Unternehmen ist der Erkenntnis nach von vielen unkalkulierbaren Faktoren abhängig. Ganz abgesehen davon, dass England eine starke und schlagkräftige Luftwaffe und Kriegsmarine zur Verfügung steht, sind die rasch wechselnden Wetterverhältnisse im Bereich des Kanals so gut wie nicht vorausschaubar. Dort können die Sichtverhältnisse von Stunde zu Stunde umschlagen, was zur Folge hat, dass das Unternehmen *Seelöwe* immer wieder verschoben werden muss.

Am 1. August 1940 erlässt Hitler schließlich die Weisung: »*Die deutsche Fliegertruppe hat mit allen zur Verfügung stehenden Kräften die englische Luftwaffe möglichst bald niederzukämpfen. Die Angriffe haben sich in erster Linie gegen die fliegenden Einheiten, ihre Bodenorganisation und Nachschubeinrichtungen, ferner gegen die Luftrüstungsindustrie einschließlich der Industrie zur Herstellung von Flakgerät zu richten.*«

Und so kommt es! Unter dem Decknamen *Adlertag* greift die deutsche Luftwaffe in England vor allem die Militärflughäfen und die Luftwaffenindustrie im Allgemeinen an. Ganz sieht es nach einer Überlegenheit der deutschen Jäger aus. Durch die Aktion *Seelöwe* rückt die geplante Landeoperation in greifbare Nähe. Aber Churchill hat längst reagiert, er lässt bereits die britische Kriegsindustrie auf Hochtouren laufen. Begünstigt durch den Zustrom von Rohstoffen aus den britischen Kolonien, und vor allem aus den USA in die englischen Häfen, können in der Spitze der Fabrikationen monatlich mehr als 450 Flugzeuge die Fertigungshallen verlassen. Hitlers Plan, die Royal Air Force gewohnt rasch auszuschalten, erweist sich als ein Fehlschlag. Kein Fehlschlag hingegen ist Englands Luftkrieg, der bereits 1939 begonnen hat. Denn schon zu dieser Zeit hatten britische Flugzeuge in nächtlichen Einzelunternehmungen militärische Ziele und Versorgungsanlagen auf deutschen Boden angegriffen. Natürlich gab es dabei auch zahlreiche Opfer unter der Zivilbevölkerung.

Bereits im Mai 1940 beschloss das britische Kabinett den vollen Luftkrieg gegen Deutschland.

Ohne Vorankündigung erscheint Gottfried eines schönen Tages bei seiner Mutter. Zuerst hat Meta sich furchtbar darüber erschrocken, dass sie ihn nicht gleich erkannte, als er äußerlich ziemlich derangiert und ein wenig verlegend wirkend vor ihr in der Haustüre steht. Sie entschuldigte es für sich damit, weil er im abendlichen Halbdunkel eintraf.

»Junge!«, schreit sie glücklich, und dann umarmt sie ihn, als hätte sie nicht mehr daran geglaubt, ihn je heil wiederzusehen. Umso erschrockener ist sie, als sie feststellen muss, dass er humpelt. »Hast du eine Kriegsverletzung, mein Junge? Bist du angeschossen worden?« Sie schluckt nervös, und ihr Gesicht verzieht sich schmerzvoll.

»Nein, nein, Mutter«, versucht er sie zu beruhigen. »Es ist nur eine Kleinigkeit. Ich habe mir den Knöchel verknackst. Es tut kaum noch weh.« Beinahe schämt er sich für seine Worte, wenn er überlegt, wie viele seiner Kameraden nicht mehr leben oder zu Krüppeln geschossen worden waren. Und er kommt mit einer läppischen Verletzung, mit verrenkten Fuß aus dem Feld zurück. Das heißt, es gibt da noch eine andere Verletzung, die man allerdings auf Anhieb nicht zu sehen kann und die eigentlich nicht direkt eine Kriegsverletzung ist, sondern die man mehr als eine Friedensverletzung bezeichnen kann. Einen Tripper hat er sich aus Frankreich, genauer gesagt aus Paris mitgebracht. Im Überschwang des Sieges hatten er und seine Kameraden sich bis zum Stehkragen besoffen. Kurz, nachdem sie in einem Hotel Quartier bezogen hatten, waren die hübschen Französinnen aufgetaucht, die sich mit klimpernden Wimpern und knapper Kleidung förmlich angeboten hatten. Die rothaarige Jacqueline, die Üppige mit den arabischen Gesichtszügen, trank und schäkerte mit ihm. Sie setzte sich lasziv rekelnd auf seinen Schoß und hielt ihm wie eine Mutter, die ihr Baby fütterte, nicht nur die Sektflasche an den Mund, worauf er so geil geworden sagte, dass er lieber von ihren Brüsten trinken würde. Ehe er es sich versah, fand er sich mit ihr im Bett wieder, und sie gab ihm, wonach er sich seit jener lang verflossenen Nacht mit Libsche im Fotoatelier sehnte. Das mit Hannchen, der blonden Unschuld in der Eifel, war doch nur ein Kinderspiel gewesen. Als er am nächsten Vormittag nackt und mit einem mächtigen Brummschädel erwachte, war er alleine, und außer den Kirchenglocken, die irgendwo läuteten, war alles still gewesen. Zunächst glaubte er, Jacqueline wäre ein Traumgespinst gewesen, doch sie hatte ihm nicht nur ein übles Andenken zurückgelassen. Schon bald bemerkte er eine ziemliche Anzahl von Filzläusen zwischen seinen Beinen. Und die Gewissheit, dass da unten außerdem etwas nicht stimmte, ließ auch nicht lange auf sich warten. Der Stabsarzt hatte ordentlich getobt und gebrüllt, dass diese Sauerei einer Selbstverstümmelung gleichkäme. Und Gottfried hatte keinen Zweifel daran, dass Stabsarzt Luckow ihm die Abstrichsonde extra heftig in die Harnröhre stieß. Nur ein Glück, dass es seit Neuestem das Penicillin gab!

Über all das muss er Mutter gegenüber natürlich schweigen. Es ist schon ein Segen, dass er keinen Ausfluss mehr hat. Es wäre ihm peinlich gewesen, wenn sie es beim Waschen seiner Wäsche bemerken würde. Denn er freut sich sehr, dass er für ein paar Tage bei ihr bleiben kann. Seine Division ist aus Frankreich abgezogen worden und zum Standort zurückgeführt. Die Verschnaufpause tut nicht nur ihm gut. Aber irgendetwas liegt spürbar, riechbar in der Luft. Und doch hat er noch nicht herausbekommen können, ob es sich bei den besorgniserregenden Gerüchten bloß um Scheißhausparolen handelte. Es wurde nämlich gemunkelt, das gravierende Veränderungen innerhalb der Division bevorständen. Das Wort *Russland* macht die Runde. Aber in Anbetracht des zurückliegenden Kriegsalltags hat Gottfried sich angewöhnt, gedanklich nicht länger als einen Tag vorauszuplanen. Und überhaupt, was war schöner, als jetzt bei Mutter auf dem Sofa zu sitzen? Schon das Überstreifen seines alten Hausmantels am darauffolgenden Morgen fühlt sich für ihn an, als habe er damit den Frieden angezogen. Obwohl sich der echte Frieden, auch der Frieden in der Heimat, als täglich fragiler entlarvt, wie er von Mutter erfährt. Es ist eine schwer zu ertragene Unsicherheit, die in der Luft liegt, Junge. Ich hätte nicht gedacht, dass ich das noch einmal erleben muss.« Diese scheußliche Unsicherheit, die wie ein angsteinflößender Buhmann durch die Straßen zieht, ist irgendwie auch mit der

Grund dafür, warum Grete zurzeit im Krankenhaus liegt, wie Mutter ihrem Sohn gegenüber meint.

»Ach, weißt du, Junge«, hat Mutter am Abend vorher gejammert, »Fliegeralarm gibt es immer häufiger. Tante Grete verträgt die Aufregung nicht mehr, man weiß ja auch gar nicht recht, wo man hinsoll, wenn die Sirenen jaulen. Nur gut, dass jetzt am Döppersberg ein unterirdischer Bunker für viele, für sehr viele Menschen gebaut wird!«

Ehrlich besorgt wollte Gottfried daraufhin wissen, was Grete denn genau habe.

»Der Blutdruck, Junge, der Blutdruck.« Da hat Meta ihr Tüchlein aus der Kittelschürze gezogen und herzhaft hineingeschnäuzt. Jetzt am Morgen drängt sie ihren Sohn, ihr zu erzählen, wie es ihm im schlimmen Krieg gegen die bösen Franzosen, die Vater auf dem Gewissen haben, ergangen ist. Rasch steht sie noch einmal auf und schiebt ihm den Sessel vor die Beine, damit er seinen verletzten Fuß hochlegen kann. Gottfried lächelt dankbar.

»Es muss doch schrecklich für dich gewesen sein.« Meta lässt ihn gar nicht zu Wort kommen. »Ich habe mir große Sorgen gemacht! Jedes Mal, wenn der Briefträger kam, war ich wie gelähmt vor Angst.«

Gottfried schaut sie besorgt an. Er weiß genau, was sie meint.

»Mir wurde es erst etwas leichter ums Herz, als ich die Meldung im Radio hörte, dass die deutschen Truppen siegreich in Paris einmarschiert sind.« Meta wird ganz aufgeregt. »Nun sag doch, Junge, warst du dabei, warst du in Paris?« Ihre Stimme klingt freudig, fast ein wenig stolz. Sicherlich hätte sie es gerne gesehen, wenn auch ihr Mann als Sieger aus Frankreich heimgekehrt wäre.

Gottfried macht Anstalten aufzustehen, um sich etwas zu trinken zu holen.

»Bleib, bleib nur sitzen, Junge! Ich werde uns eine Flasche Wein öffnen, und großen Hunger wirst du auch haben. Bei Essen und Trinken lässt es sich gemütlicher reden.« Aufgekratzt steckt sie das Tüchlein in die Kittelschürze zurück und emsig beginnt sie, etwas zum Essen herzurichten und dazwischen seufzt sie immer wieder: »Ach, wenn doch nur Grete hier wäre!«

Die Zunge vom Wein und der Behaglichkeit gelöst, lässt Gottfried seinem Herzen freien Lauf. Aber immer dann, wenn ihm die Begebenheiten in den Sinn kommen, in denen ihm Angst und Schrecken begegnet sind, wird seine Zunge steif. Und so erfährt Meta nur das, was Gottfrieds Seele einigermaßen guttut. Vor allem schwärmt er von Frankreichs schönen Landschaften, wenn man einmal davon absieht, was er und seine Kameraden zerstört haben.

Besonders aufmerksam zeigt sich Meta, als er ihr von der Bunkeranlage in den Ardennen erzählt, von der er meint, dass auch Vater dort Unterschlupf gefunden hatte. Von guten und weniger guten Menschen berichtet er, die ihm unterwegs begegnet sind. Nur den Namen Jacqueline verschweigt er wohlweislich. Umso mehr spricht er mit Begeisterung von Paris, das er als eine fantastische Stadt bezeichnet, da ihm dort sogar die Franzosen freundlich begegnet sind, was ihn dann doch sehr gewundert hat. Einen argen Widerspruch löste allerdings der Moment in ihm aus, als er die Hakenkreuzfahne sah, die für ihn völlig deplatziert vom Eiffelturm wehte. Ein seltsames Bild! Das passt irgendwie nicht zusammen, hat er sich dabei gedacht. Und wenn er ehrlich zu sich sein soll, dann kamen ihm auch die deutschen Truppen anstößig vor, die in grauer Kluft über dem Champs-Elysees stampften, auch wenn aus der am Straßenrand stehenden Menge das eine oder andere Kusshändchen geflogen kam. Gottfrieds Augen bekommen ein Leuchten, als er den Wunsch äußert, irgendwann einmal mit ihr, mit seiner Mutter, also in Friedenszeiten auf dem Champs-Elysees in der Sonne vor einem der Caféhäuser zu sitzen, einen Kaffee zu trinken, und sich vom Geist des Fremdartigen anwehen zu lassen. Er hat schon dort gesessen, in Uniform, und anstatt die fremde Welt zu begrüßen, musste er unablässig Ehrenbezeugungen denen gegenüber vollführen, die ihre höheren Rangabzeichen spazieren führten. Und wenn er nochmals ehrlich zu sich ist, dann ist er jetzt noch heilfroh darüber, dass er Hitler nicht mehr gesehen hat, als dieser die Parade der Sieger anführte.

Die erlebten Scheußlichkeiten des Krieges haben Gottfried inzwischen den Idealismus für die Gerechtigkeit oder, besser ausgedrückt, für seinen von Rachegefühlen geprägten Gerechtigkeitssinn genommen. Er empfindet, wie er seiner Mutter gegenüber äußert, dass der Sieg zu teuer erkauft ist. Zu teuer für die Sieger, aber vor allem auch für die Verlierer! Und ein ungutes Gefühl macht sich in seinem Magen breit, als Meta ihn fragt, ob denn der Krieg endlich vorbei ist. Damit müsse doch endlich Schluss sein, jetzt, wo

Polen und Frankreich besiegt sind. Jetzt gebe es doch vor allem für Deutschland keinen Grund mehr, Europa weiter zu destabilisieren, dringt sie auf ihn ein. (XIII. Erklärung siehe Anhang)

Auf Bitten von Meta rafft sich Gottfried dazu auf, Grete im Krankenhaus zu besuchen. Bis zu den städtischen Kliniken ist der Fußweg nicht allzu weit. Gottfried, der in der letzten Zeit viele zerstörte Städte gesehen hat, empfindet unterwegs, dass seine unversehrte Heimatstadt wohltuend friedlich auf ihn wirkt, obwohl sich der Alltag für den aufmerksamen Beobachter inzwischen auch hier um einiges geändert hat. Der Krieg, der in seiner direkten Auswirkung noch weit entfernt ist, zeigt sich aber bereits in den Gesichtern der besorgten Bürger. Die Unbeschwertheit ist mit den vielen fürchterlichen Meldungen und den vielen Toten, die in den vielen Familien zu beklagen sind, verflogen. Doch Gottfried verdrängt all diese Beobachtungen. Von der Sonne beschienen pfeift er sogar ein Lied. Dann schlurfen verhärmt aussehende Männer in einem auffälligen Bogen um Gottfried und Meta herum. Woraufhin Gottfried stehen bleibt und den beiden verwundert nachschaut.

»Was sind das für Leute?«, fragt er. »Kann es sein, dass auf ihren Anzügen ein *P* aufgenäht ist?«

»Das sind polnische Fremdarbeiter«, antwortet Meta. Sie sagt es, als wäre es eine Sünde, dass diese Männer in der Stadt herumlaufen. Jetzt schaut Gottfried seine Mutter erstaunt an.

»Ja, sie wohnen irgendwo in der Nähe in Baracken und arbeiten zwangsverpflichtet bei der Firma Bemberg.«

»So, so«, sagt Gottfried. Mehr nicht. Danach gehen beide eine Zeitlang schweigsam nebeneinander her.

Kurz bevor sie das Krankenzimmer betreten, in dem Grete mit weiteren fünf Frauen liegt, nimmt Meta ihren Sohn beiseite. »Wundere dich nicht, Junge, wenn du Tante Grete siehst.«

»Warum sollte ich mich wundern, Mutter?«

»Ach, weißt du, deine alte Tante ist etwas komisch geworden.«

Erwartungsvoll betritt Gottfried den Krankensaal. Ratlos blickt er sich um. Mutter, die hinter ihm wartet, weist über seine Schulter hinweg mit der Hand auf das Bett in der Ecke am Fenster. Zögerlich bewegt sich Gottfried darauf zu. Er findet keine Erklärung dafür, dass er Grete nicht gleich erkannt hat, denn das Kopfteil des Bettes ist hochgestellt, sodass auch die darin Liegende den Raum überblicken kann. Unschlüssig, seine Mütze in den Händen drehend, verharrt er vor ihr. Ja, sie sieht sehr verändert aus. Man hat ihr die Zahnprothese herausgenommen, und schon alleine dadurch sind die Wangen in ihrem auffallend blassen Gesicht abstrus eingefallen. Eigentlich erwartet er, dass seine Tante eine Reaktion zeigt. Dass sie sich darüber freuen würde, ihn zu sehen.

Er wendet sich ungelenk zu Mutter um, die zwei Schritte hinter ihm verweilt und ihn mit verweinten Augen beobachtet.

»Die hat doch eine Schraube locker!«

Gottfried dreht sich überrascht zur linken Seite, von wo die Stimme kommt. Die Frau im Nebenbett hat es gesagt. Eine aufgedunsene Frau mittleren Alters mit quittegelber Haut. Nun, da Gottfried sie direkt ansieht, lacht sie ihn breit an und tippt sich mit blöd entstelltem Gesichtsausdruck den Zeigefinger an die Stirn. Er will gerade empört etwas darauf erwidern, da fühlt er Mutters Hand, die sich sanft um sein Handgelenk schließt.

»Schau, Gretilein, wen ich dir mitgebracht habe!« In solch liebevoller Art angesprochen wandern Gretes Augen suchend zu ihrem Neffen. Ihr Blick scheint ihn zu durchbohren, aber der Hauch eines Lächelns huscht über ihr Gesicht.

Mit bedrücktem Herzen flüstert Gottfried Mutter zu: »Es steht nicht gut mit ihr.«

Auch Meta zeigt sich ergriffen. »Als ich neulich bei ihr war, sah sie noch ganz anders aus.« Sie zuckt hilflos mit den Schultern. »Warte hier, ich werde nachsehen, ob ich einen Arzt oder eine Schwester sprechen kann!« Sie nickt ihrem Sohn zu und verlässt das Zimmer.

Da sitzt er nun, der müde Krieger, mit den stöhnenden und siech aussehenden Frauen zusammen. Wie eingepfercht kommt er sich ziemlich wehrlos vor. Eine ungewohnte Situation für ihn. Das sind keine verletzten Männer, die man an Armen und Beinen aus der Gefahrenzone zerrt, um sie zu retten. Das sind friedliebende Frauen, die augenblicklich einen ganz anderen Krieg ausfechten. Ihr Gegner heißt Krankheit, und der kann ebenso grausam sein.

Verstohlen blickt er umher, während Gretes Augen immer noch auf ihm haften. Ob sie erkennt, dass er zum Unterfeldwebel befördert wurde, fragt er sich. Doch sofort verwirft er diesen dummen Gedanken, weil er ihn lächerlich findet. In dieser Umgebung empfindet er es überhaupt lächerlich, für etwas ausgezeichnet worden zu sein, das doch nur Leid und Tod gebracht hat. In seinem wirren Gedankenspiel sagt er sich demzufolge, dass auch diese Frauen, die gerade an seiner Seite um ihr Leben kämpfen, ausgezeichnet werden müssten, wenn sie ihren Feind, den Tod, überleben! Unwohl fühlt er sich, es riecht streng, die Luft ist stickig, und alleine schon wegen des Stöhnens, das ihn aus jeder Ecke bedrängt, würde er am liebsten aufspringen und davonlaufen. Hier braucht er weiß Gott kein Held zu sein. Und so ist er froh, als die Türe aufgeht und Mutter wieder hereinkommt. Ihre Augen sind noch röter, und sie deutet ihm an, ihm später sagen zu wollen, was sie erfahren hat.

Lange bleiben sie nicht, da eine Unterhaltung mit Grete nicht möglich ist. Erst als Gottfried sich von ihr verabschiedet, macht sie Anstalten, ihm etwas mitzuteilen. Sie zupft ihn schwach am Ärmel und brabbelt vor sich hin, sodass er sich zu ihr niederbeugt, um zu verstehen, was sie ihm sagen will. Er hält sein Ohr dicht an ihren Mund, und was er vernimmt, dringt tief in seine Seele. »Diene nicht dem Teufel!«, haucht sie. »Diene nicht dem Teufel!«

Es war die Zeit, des allgemeinen Abschiednehmens. Hätte Gottfried geahnt, was auf ihn zukommen würde, welche Odyssee in die Unterwelt er nun antrat, als er Mutter umarmte, wäre die Trennung sicherlich zu einem Drama entartet.

»Lebe wohl!«, ruft sie ihm nach und beide wissen, dass es nur ein frommer Wunsch ist, in diesen Zeiten wohl zu leben. Aber was hätte er getan, wenn er es in seinen ganzen Ausmaßen gewusst hätte, was bald auf ihn zukommen würde? Aber was hätte er denn dagegen tun können? An das Ende der Welt flüchten? Nein, dann hätte er vor sich selber flüchten müssen. Das Haus Europa war angezündet, und die herbeigerufenen Feuerwehren löschten nun mit Brandbeschleuniger.

Nach tagelanger Ungewissheit in der Einheit war endlich der erlösende Marschbefehl ausgegeben worden, der den Soldaten aber nicht einen Überblick der gesamten Lage verschaffte, sondern nur Etappen vorgab, in die sich ohne Wenn und Aber zu begeben hatten. Was um Himmels willen sollte er wieder in Polen? Gottfried fand dafür keine plausible Erklärung. Er jedenfalls glaubte, das Thema Polen als abgehakt zu betrachten. Die Gerüchteküche kochte vor sich hin, und jeder war sich sicher, dass das, was dabei herauskam, keinem Schmecken würde. Es wurde sogar gemunkelt, dass die Offiziere in die kyrillische Schrift und russische Sprache eingeweiht werden sollten. Dieses Gerücht verwunderte die Männer nun doch sehr, da allgemein davon ausgegangen wurde, dass eine Invasion Englands unmittelbar bevorstände. Tatsächlich kam es anders. (XIV. Erklärung siehe Anhang)

Am 18. September 1940 verließ Gottfrieds Division ihre Garnison in Richtung Osten, wo sie den Winter über in Polen verblieben, um auf etwas vorbereitet zu werden, was sich dann bald als *Unternehmen Barbarossa* herausstellen sollte.

Am 16. Juni 1941 vertraute Goebbels seinem Tagebuch Folgendes an: *Moskau will sich aus dem Kriege heraushalten, bis Europa ermüdet und ausgeblutet ist. Dann möchte Stalin handeln (...) Russland würde uns angreifen, wenn wir schwach werden, und dann hätten wir den Zweifrontenkrieg, den wir durch diese Präventivaktion verhindern. Dann erst haben wir den Rücken frei.*

Hatte Goebbels ahnen können, was Stalin nach Unterzeichnung des Nichtangriffspaktes mit Hitler im Kreise seiner Vertrauten freudig heraus gejubelt hatte: »*Ich habe Hitler übers Ohr gehauen, hereingelegt habe ich ihn!*«

Schicksalskinder

Bibel:
»Wenn über euch kommt wie ein Sturm, was ihr fürchtet, und euer Unglück als ein Wetter, wenn über euch Angst und Not kommt. Dann werden sie nach mir rufen, aber ich werde nicht antworten; sie werden mich suchen, und nicht finden.«
Sprüche 1/27-28

Adolf Hitler:
»Damit ziehen wir Nationalsozialisten bewusst einen Strich unter die außenpolitische Richtung unserer Vorkriegszeit. Wir setzen dort an, wo man vor sechs Jahrhunderten endete. Wir stoppen den ewigen Germanenzug nach dem Süden und Westen Europas und weisen den Blick nach dem Land im Osten. Wir schließen endlich ab die Kolonial- und Handelspolitik der Vorkriegszeit und gehen über zur Bodenpolitik der Zukunft.«
Aus *Mein Kampf*, Seite 742, Kapitel: Wiederaufnahme der Ostland-Politik.

Joseph Goebbels:
»… *Der Führer ist glücklich darüber, dass die Tarnung der Vorbereitungen für den Ostfeldzug vollkommen gelungen ist. Er vertritt denn Standpunkt, dass dadurch etwa 200.000 bis 250.000 Tote gespart worden sind. Das ganze Manöver ist auch mit einer unerhörten List durchgeführt worden. (…)*«
Außerdem ließ Joseph Goebbels verlauten: »*Der Führer hat einen heiligen Zorn auf die bolschewikische Führungsclique, die sich mit der Absicht trug, Deutschland und damit Europa zu überfallen und doch noch im letzten Augenblick bei einer Schwächung des Reiches den seit 1917 schon geplanten Versuch der Bolschewisierung des Kontinents praktisch durchzuführen. (…) Der Führer betont mir gegenüber noch einmal, dass auch die bisher gemachten militärischen Erfahrungen eindringlich darlegen, dass es höchste Zeit war, dass er im Osten zum Angriff vorging. Darin unterscheidet sich die deutsche Kriegsführung von der Kriegsführung des Reiches im Weltkriege. Bis zum 1. August 1914 hat man bieder und brav gewartet, bis die feindliche Koalition sich zusammengefunden hatte, und dann erst losgeschlagen. Unsere Kriegsführung setzt sich zum Ziel, jeden Gegner einzeln vor die Klinge zu bekommen*

und damit das gegnerische Lager Stück für Stück niederzuwerfen. Der Präventivkrieg ist immer noch der sicherste und der mildeste, wenn man sich darüber im klaren ist, dass der Gegner sowieso bei der ersten besten Gelegenheit angreifen wird; und das ist beim Bolschewismus der Fall gewesen. (...)«

†

Der Winter 1940/41 neigt sich dem Ende. Kurz bevor der Frühling vollends Einzug hält, wird Gottfried nach Königsberg in Ostpreußen versetzt. Dort ist er viel mit Leutnant Fritz von Frickelheim zusammen, der ihm, als ein geborener Königsberger, Stadt und Leute näherbringt. Außerdem steht er ihm bei ausgiebigen Billardpartien freundschaftlich zur Seite.

An einem Samstag betreten Leutnant Fritz von Frickelheim und Gottfried durch einen unscheinbaren Kellereingang das gespenstisch wirkende, unterirdische Gewölbe des *Blutgerichts*, in dem sich ein historisches Wein- und Feinschmeckerlokal befindet, wo ihnen feuchte, rauchgeschwängerte Luft entgegenschlägt. Das Lachen und das ausgelassene Tun der fröhlichen Gäste, verdrängen sofort den Eindruck, in eine der mittelalterlichen Folterkammern gesperrt worden zu sein, die es in den verschiedensten Kammern des Gewölbes noch anschaulich zu bestaunen gibt. Dem ungeachtet sitzen die Zecher dort in ausgelassener Runde auf grobem, hölzernen Mobiliar. Landsknechtstimmung allenthalben. In schmiedeeisernen Wandleuchtern sind Kerzen befestigt, die schummriges Licht spenden. Angestaubte Modelle von Hansekoggen hängen von der Decke herab, und im Hintergrund der Grotte stehen fünf kunstvoll geschnitzte Prunkfässer, aus denen sich in der Vergangenheit wohl viele Schlünde am ausgeschenkten Wein gütlich getan haben mochten. Emsig laufen die Kellner in ihren blauen Kitteln und vorgebundener Lederschürze zwischen Stühlen und Tischen umher, um die hungrigen und durstigen Münder rasch zu füllen. An dem langen Tisch in der Mitte des Raumes, an dem sich etliche deutsche Offiziere niedergelassen haben, herrscht ein großes Hallo, dementsprechend wird Leutnant von Frickelheim überschwänglich begrüßt. Der ist ein stattlicher Mann von Anfang dreißig, groß, rank und schlank gewachsen, der in seiner tadellos sitzenden Uniform aussieht, als wäre sie mit ihm verwachsen. Sein glattes, frisches Gesicht, ist auf der linken Seite von einem schlecht vernarbten Schmiss geteilt, und wenn er lacht, und er lacht oft, blitzen weiße, wohlangeordnete Zähne unter seinem akkurat geschnittenen Schnurrbart.

Wie schon in Polen kümmert sich der Leutnant auch nach ihrer Einquartierung in Königsberg beinahe brüderlich um Gottfried. Seine Familie ist seit vielen Generationen in Ostpreußen ansässig. Der Vater Ernestus von Frickelheim bekleidete bis zu seiner Pensionierung das Amt des Oberregierungsrates, und die Mutter Jeanne, hugenottischer Abstammung, regierte bis zu ihrer Krankheit als Dame des Hauses nicht nur die Familie, sondern auch einen kleinen Stab von Hausangestellten. Doch in der letzten Zeit ist sie überwiegend bettlägerig. Doktor Kaluweit, seit vielen, vielen Jahren der bewährte Hausarzt der von Frickelheims, spricht unverhohlen von Hysterie.

Gottfried fühlt sich geehrt, von Fritz in diesen elitären Kreis eingeführt worden zu sein.

Mit einem eifrigem »Heil Hitler!« und zackigem Hackenzusammenschlagen begrüßt Gottfried die schon ordentlich in Stimmung geratene Runde, auf deren Tisch sich eine beachtliche Anzahl von leeren Schnapsgläsern sammelt, die augenscheinlich nicht weggeräumt werden dürfen.

»Nun mal nicht so gespreizt, mein lieber junger Freund«, lässt ein rotgesichtiger, feist schwitzender Major belustigt verlauten. »Jetzt mal die Arschbacken lockerlassen und da hinsetzen! Das ist ein Befehl!«

Als Gottfried sich unbeholfen auf den ihm zugewiesenen Platz setzt, meint der Major noch süffisant: »Na, wen hast du uns denn da mitgebracht, Fritz?«

Ohne direkt Antwort zu geben, verlangt der Angesprochene Gottfrieds Mütze, hängt diese und seine eigene an den Garderobenhaken, und während er sich neben Gottfried händereibend niederlässt, ruft er der Bedienung zu, nun aber flott eine Lage Ochsenblut heranzuschaffen, worauf die Kameraden mit den Fäusten heftig auf das Holz schlagen und ein heiteres Loblied auf den edlen Spender anstimmen.

»Ochsenblut?«, fragt Gottfried kritisch.

Fritz von Frickelheim steckt sich lachend eine Zigarette an, die er zuvor in eine Spitze aus Perlmutt gesteckt hat. »Nicht was du denkst. Ochsenblut ist eine Mischung aus Champagner und Burgunder, übrigens ein Spezialgetränk im *Blutgericht*.«

Als die Männer laut grölend ihr Liedchen beenden, meint der Leutnant, nachdem er den Rauch genüsslich aus den gespitzten Lippen bläst: »Unterfeldwebel Gottfried Krahwinkel ist nicht nur mein Freund, er ist auch ein feiner Kerl.« Vertrauensvoll klopft er Gottfried auf die Schulter. »Er ist übrigens ein richtiger Weltenbummler. Wo der schon überall rumgekommen ist. Erst Polen, dann Frankreich, dann wieder Polen, nun Ostpreußen, und jetzt wartet er hier voller Tatendrang, endlich nach Russland zu kommen. Stimmt's Krähe?«

Gottfried nimmt die scharfzüngig geratene Vorstellung und die Anrede »Krähe« in Anlehnung seines Namens zähneknirschend hin.

»Ein Friedensvogel also«, prustet der dicke Major hervor, und als er in den Gesichtern der anderen Unverständnis liest, fügt er noch an, wobei er sich beinahe bis zu einem Erstickungsanfall verschluckt: »Na, ich meine nur, weil eine Krähe der anderen kein Auge aushackt!«

Nun bricht auch die Gesellschaft in Gelächter aus. Gottfried, der sich als Objekt der Heiterkeit unwohl fühlt, ist froh, als der Kellner mit den bestellten Getränken an den Tisch eilt. Schlagartig tritt Stille ein. Wie auf ein Kommando hin springen die Männer auf und sie greifen gleichzeitig zu ihren Gläsern. Alle Blicke richten sich auf den Major, der feierlich sein Glas zur Brust führt. Und aus der Stille heraus, im Augenblick der angespannten Erwartung, brüllt dieser in einem schrillen Kasernenhofton heraus: »Zur Mitte, zur Titte, zum Sack, zack, zack!« Bei den letzten Worten wird er vom Chor der Schnapsnasen in ähnlicher Lautstärke begleitet. Unter wiederum grölendem Gelächter knallen dann die geleerten Gläser auf den Tisch, worauf jemand unverzüglich beginnt, aus den vielen leeren Gefäßen, die inzwischen den Tisch füllen, eine wackelige Pyramide zu erbauen.

Bis spät in die Nacht hinein geht das nicht enden wollende Gelage. Wer aber will es den Männern verdenken, die in der Blüte ihres Lebens bereits tief in die Abgründe ihres Daseins starren mussten. Viele Kameraden haben sie schon verloren und jeder von denen, die dem augenblicklichen Zusammensein Frohsinn und Heiterkeit entreißen, wissen oder ahnen zumindest, dass das erlebte und überstandene Grauen erst der Anfang von Schlimmeren sein wird. Also begegnet man dem listig lauernden Tod nicht mit Wehklagen, sondern mit Lachen, in der Hoffnung, dass es dem grausigen *Schnitter* in den Ohren schmerzen wird. Mit Jubel und Trubel will man den hartnäckigen Feind vertreiben, bis dieser womöglich vergisst, wen er holen soll.

Auch die Männer wollen vergessen. Prost! Das Vergessen liegt im Willen zu Vergessen, auf diesen einfachen Nenner bringen es die dort Versammelten.

Auch Gottfried empfindet die Ablenkung als äußerst wohltuend. Wer einmal die Hölle durchwandert hat, der weiß, wie gnädig es ist, zumindest für anberaumte Zeit weg von Rauch und Schwefel das Erdenleben genießen zu können.

Gottfried freut sich von Herzen, Fritz kennengelernt zu haben. Er bewundert den weltmännisch wirkenden Mann aus gutem Elternhaus, der im Zivilleben als Rechtsanwalt sein Geld verdient. Fritz hat es wohl gleich bemerkt, dass Gottfried, in einem seelischen Tief steckte, als er ihn kennenlernte, weil er, wie er ihm verkündete, keinen Sinn darin sah wieder in Polen zu sein, wo er noch vor einem Jahr voller Überzeugung für Werte gekämpft hatte, die er nun nicht mehr mit ganzem Herzen verteidigt. Wie ein Marathonläufer kommt er sich inzwischen vor, der das Ziel aus den Augen verloren hat. Und in diese Niedergeschlagenheit trat Fritz mit seinem gewinnenden Lächeln hinzu. Fast war es ihm nach jenem ersten Treffen vorgekommen, als belebe dessen schneidige Art und Zuversicht das, was er in Frankreich neben dem sterbenden Gefreiten Jochen Schrader glaubte verloren zu haben. Fritz schwelgte zudem in ansteckendem Optimismus, als es hieß, nach Ostpreußen in das Land seiner Väter verlegt zu werden. An manch langen Abenden hatte er Gottfried von Königsberg vorgeschwärmt. Von den Masuren, dem Land der vielen Seen. Von unendlichen Weiten, wo tiefhängende Wolken unter blauem Himmel goldenes Getreide berühren. Von dunklen Wäldern, an dessen Rändern Elche majestätisch in die Ferne schauen. Von beschaulichen Dörfern berichtete er, in denen fleißige Männer und Frauen ihr Tagwerk verrichten, und von prächtigen Gutshäusern, die vom Reichtum des Landes und vom Stolz der Menschen Zeugnis ablegen, die in tausendjähriger Geschichte dies alles mit Blut und Mut und Gottvertrauen beleben. Nun kann Gottfried mit eigenen Augen sehen, was durch die ausgeschmückten Erzählungen seine Neugierde geweckt hat.

Aber da gibt es etwas was ihn dennoch bedrückt, und das ist eine Art von Einsamkeit, die auch zustande kommen kann, wenn man nicht alleine ist. Es ist die Sehnsucht nach etwas, das er lieben möchte. Das Fremde, die Fremde kann er nicht lieben, zumindest noch nicht. Lieben kann man doch nur, was einem vertraut ist, so meint er jedenfalls. Umso überraschter ist er, als Fritz ihn bei einem gemeinsamen Spaziergang augenzwinkernd darauf anspricht, ob er schon eine kleine Freundin gefunden habe. Gottfried ist aufrichtig verblüfft. Kann der Freund etwa seine Gedanken lesen? Nun gehört wirklich keine Wahrsagerei dazu, um erkennen zu können, dass einem jungen Mann, fern der Heimat, ein weibliches Wesen fehlt.

»Pass mal auf, Krähe«, dringt Fritz ohne Umschweife auf Gottfried ein, »wer flügge ist, muss auch endlich losfliegen! Ich denke, ich brauche dir das Fliegen nicht mehr beibringen, was ich dir aber herbeibringen kann, ist ein Weibchen.«

Gottfried hat daraufhin wohl so dumm ausgeschaut, dass Fritz herzhaft lachen muss. Breitbeinig stellt er sich vor ihn hin und wedelt mit den Armen, als wolle er losfliegen. »Schau her, Krähe«, lacht er immer noch, »du wirst dich doch mit Vögeln auskennen?«

Da ringt sich auch Gottfried ein Lächeln ab.

»Ja, ja, ich höre ja schon auf!« Fritz legt ihm beschwichtigend die Hand auf die Schulter.

»Aber im Ernst, ich hätte da ein Weibchen für dich, du musst es nur richtig anstellen.«

Dieser Satz reicht nicht aus, Gottfried wesentlich intelligenter aussehen zu lassen.

Fritz verdreht die Augen. »Also von vorne. Sie heißt Hetty, Hetty Hallmann, und sie führt uns den Haushalt. Ein hübsches Ding, das kann ich dir versprechen. Ein wenig scheu, aber … mit Liebe wird jedes Vögelchen zahm.« Daraufhin rüttelt er Gottfried an der Schulter, als wolle er ihn aufwecken. Er tritt einen Schritt zurück. »Wenn ich mir dich so anschaue, würdet ihr gut zusammenpassen. Also, was ist, soll ich die Sache arrangieren?«

Völlig überrumpelt nickt Gottfried. Beinahe hat es den Anschein, als wolle er mit der Zustimmung seinem Freund einen Gefallen tun. »Und wie stellst du dir das vor?«, fragt er betont gleichgültig tuend. »Willst du mich zu dir einladen und uns an Ort und Stelle verkuppeln?«

»Auf keinen Fall«, wehrt Fritz ab. »Das wäre zu offensichtlich. Hetty ist kein Dummchen. Nein, nein, es muss schon auf neutralem Terrain geschehen.« Um besser überlegen zu können, legt Fritz mit verkniffener Miene seinen Zeigefinger längs der Nasenspitze. »Ich hab's!«, ruft er aus. »Freitagvormittag geht Hetty für gewöhnlich zum Markt. Sie nimmt dabei stets den Weg durch den Schlosspark, weil sie gerne auf dem Hinweg die Enten füttert. So, nun kommst du ins Spiel, denn auf dem Rückweg hat sie meist schwer zu tragen. Zufällig sitzt du auf einer der Bänke am Weg und bietest ihr deine Hilfe an. Wie ich sie kenne, wird sie ablehnen. Du darfst dich davon bloß nicht beirren lassen. Tja, da musst du eben deinen Charme spielen lassen.« Als er in Gottfrieds verständnisloses Gesicht schaut, stampfte er mit dem Fuß auf. »Meine Güte! Du wirst doch wissen, wie man sich an eine Frau heranmacht.«

Wieder nickt Gottfried teilnahmslos. »Und wie erkenne ich sie?«

»An den Taschen natürlich!«

»An den Taschen?«

Fritz schlägt sich die Hand vor die Stirne. »Das war natürlich ein Spaß! Eigentlich würdest du sie von ganz alleine erkennen, weil sie eines von diesen Mädchen ist, das man nicht übersehen kann! Aber bitte, bitte, ich beschreibe sie dir trotzdem. Sie ist nicht klein und nicht groß, gerade richtig. Das strohblonde Haar trägt sie halblang, und unter ihrem Fransenpony leuchten zwei hellblaue Augen. Arisch, ich sage nur arisch! Sie ist nicht schlank und nicht dick, gerade richtig.« Fritz überlegt kurz. »Tja, und ihr Mund … wie soll ich dir ihren Mund beschreiben. Warte! Denke an eine besonders süße Kirsche. Krähe, hörst du, kannst du es dir vorstellen? Ja? Also, wie diese Kirsche schmeckt, so sieht ihr Mund aus.«

Gottfried betrachtet ihn skeptisch. »Bist du in sie verliebt, Fritz?«

»Quatsch! Ich will sie *dir* schmackhaft machen. Ach so, da fällt mir noch etwas ein. Sollte dir das alles doch nicht auffallen, dann achte wenigstens auf ein graues Kleid. Sie trägt bei der Arbeit immer ein graues Kleid! Das wird dir ja wohl auffallen!« Ein graues Kleid? Da lachen beide.

Gottfried findet allmählich Gefallen an der Vorstellung, dieser ach so gepriesenen Hetty Hallmann zu begegnen. Interessiert fragt er nun, ob ihre Eltern auch in Königsberg leben.

»Nein«, sagt Fritz, »Hetty stammt aus einem kleinen Dorf irgendwo in der Nähe von Goldap, das liegt nicht allzu weit von hier entfernt. Der Vater ist dort Wagner und Kutscher, außerdem züchtet er Pferde. Ich war einmal da, es sind wunderbare Pferde, Trakehner Vollblut. Leider bin ich kein Reiter, aber wenn man diese Tiere sieht, dann möchte man am liebsten auf ihren Rücken mit dem Wind um die Wette dahinfliegen.«

»Hat sie noch Geschwister?«

Fritz überlegt kurz. »Sie hat noch zwei Brüder. Soweit ich weiß, heißen sie Gustav und Wilhelm. Brave Jungens, die fürs Vaterland kämpfen.« Fritz atmet tief durch. »Ich glaube, das reicht. Mit dem, was du über Hetty erfahren hast, seid ihr ja schon so gut wie verheiratet. Aber halt!« Verschmitzt lächelnd, augenscheinlich über sich selbst begeistert, meint er: »Da fällt mir noch etwas Grandioses ein. Ich habe sie einmal mit einigen BDM Mädels Gymnastik treiben sehen, dabei ist mir bei ihr ein großes Muttermal am linken Oberschenkel aufgefallen. Mit diesen Kenntnissen könntest du glatt als Hellseher vor ihr auftreten.«

Als Gottfried alleine in seiner Stube sitzt, weiß er nicht recht, ob er in seiner augenblicklichen Lage überhaupt dazu bereit ist, mit einem Mädchen eine nähere Beziehung einzugehen. Anderseits ist ihm auch nicht danach, sich auf ein neuerliches Abenteuer einzulassen, vor allem, wenn er an das Fiasko mit Jacqueline denkt. Natürlich kann man das blonde Mädchen aus Ostpreußen nicht mit der kleinen Französin vergleichen, aber … Und etwas Festes? Jetzt, zu diesem Zeitpunkt? Warum soll er sein Herz unnötig belasten, wenn er bald wieder von Königsberg fortmuss. Aber er sehnt sich nach einer Frau. Er sehnt sich in der Weise nach einer Frau, wie es für einen jungen Mann nur natürlich ist. Und alleine schon, wie Fritz sie beschrieben hat. Wie ist noch ihr Name? Hertha? Nein, Hetty. Hetty heißt sie! Immer wieder lässt er ihren Namen durch seine Gedanken wandern. Und je tiefer und intensiver sie vor seinem inneren Auge erscheint, desto mehr formt sich ihre Gestalt für ihn.

Innerlich gedrängt, wartet Gottfried an einem Freitagvormittag im Schlosspark auf Hetty Hallmann, worüber er sich gleichwohl wundert. Es ist nicht irgendein Freitagvormittag, es ist ein herrlicher Maitag, der sich ihm wie eine Postkartenidylle darbietet. Von seiner Bank aus beobachtet er versonnen die Enten und Schwäne, die auf dem silbrig glänzenden Schlossteich unaufgeregt ihre Bahnen ziehen. Die Bäume längs der Promenade tragen bereits ein frisches Frühlingsgewand, mit dem sich auch die prächtige Häuserzeile rechter Hand schmückt, und auf weißem Kiesweg schlendern sonnenhungrige Bürger. Ein mildes Lüftchen weht, und er vergisst völlig, aus welch kriegerischem Grund er überhaupt in Königsberg sein muss. Einige Male ist er übereilt aufgesprungen, weil er glaubte, Hetty gesehen zu haben. Dann musste er aber jedes Mal enttäuscht feststellen, dass sie es der Beschreibung von Fritz nach nicht sein konnte. Warum aber ist er überhaupt enttäuscht gewesen? Was für eine blöde Frage, sein Verlangen sagt ihm, das er sie sehen muss!

Die Zeit vergeht, und fast hat er die Hoffnung aufgegeben. Er wartet schon beinahe drei Stunden, als er sich schweren Herzens dazu entschließt, aufzubrechen. Ein letzter Blick nach links und nach rechts. Es ist Mittagszeit, und die Wege haben sich geleert.

Da! Kann er seinen Augen trauen? Ein hell leuchtender Schopf erscheint hinter der Wegbiegung. Die Frau, das kann er erkennen, hat an beiden Händen schwer zu tragen, doch ihr Gang ist aufrecht. Gottfried ordnet seine Uniform und setzt sein Schwerenötergesicht auf.

Langsam begibt er sich in die Mitte des Weges, als wolle er ihr den Weg versperren. Je näher sie ihm kommt, um so sicherer ist er, dass diese wunderschöne Frau nur Hetty sein kann. Nur noch einen kleinen Augenblick, dann muss er sie ansprechen. Sein Herz klopft gewaltig, und Schweiß klebt am Rand seiner Schirmmütze. Dass sich jetzt bloß nicht seine Stimme überschlägt.

Er räuspert sich, da ist sie schon auf etwa drei Metern an ihn herangekommen. Die junge Frau schaut ihn verblüfft an, wie er so dasteht und sie nicht aus den Augen lässt. Er führt die Hand zu einem Gruß an den Rand der Schirmmütze. Für einen klitzekleinen Moment glaubt er, ein Lächeln auf ihren wahrhaft kirschroten Mund entdeckt zu haben. »Was für ein herrlicher Tag«, entfährt es Gottfried, ohne überlegt zu haben, was er da sagt.

Ihr Schritt verlangsamt sich, und sie sieht ihn prüfend an. Sie wirkt unschlüssig, wie sie reagieren soll. Aber dann scheint es, dass sie froh darüber ist, weil ihr die Ansprache eine Gelegenheit gibt, kurz ihre Taschen abzusetzen. Ihre Lippen spitzt sie, um sich eine Ponysträhne von ihrer Stirne zu pusten. Es sieht so entzückend aus, dass Gottfried ein beschwingter Schauer durchströmt.

»Ja, es ist ein prächtiger Tag, aber sehr warm für die Jahreszeit«, sagt sie ein wenig atemlos. Gerade will sie sie die Taschen wieder anheben, da greift Gottfried ebenfalls danach.

»Wenn Sie einverstanden sind, werde ich Sie ein Stück des Weges begleiten und Ihnen die anstrengende Last abnehmen.«

Konsequent entreißt sie ihm die Taschen. Und mit den Worten »Ich laufe den Weg nicht zum ersten Mal mit meinen Einkäufen« geht sie aufrecht und stolz weiter.

Gottfried bleibt verdattert zurück. Was soll er nun tun? Er kann sie doch jetzt nicht einfach so weggehen lassen. Fritz hatte wirklich nicht zu viel versprochen, sie war zum Anbeißen süß.

Er schaut ihr nach, und auch von hinten sieht sie einfach hinreißend aus. Am liebsten würde er ihr nachpfeifen, was sich als deutscher Soldat natürlich nicht gehört.

Stattdessen ruft er: »Hetty?«

Wie soll man beschreiben, wenn jemand überraschter als überrascht ist? Sie fährt derartig hastig herum, dass der Schwung der Taschen ihr beinahe das Gleichgewicht nimmt. Nun liegt es an Gottfried, seine letzte Chance zu nutzen. Zielstrebig geht er auf sie zu. Noch einmal sagt er: »Hetty!« Aber diesmal klingt es nicht wie eine Frage, es klingt nach Bestimmtheit. Wie reizend ihr erstauntes, skeptisches Gesicht aussieht. Für ihn ist plötzlich alles Fremde von ihr gewichen. Eine eigentümliche Vertrautheit macht sich in ihm breit, als würde er dieses reizende Fräulein schon lange kennen. Sie hingegen macht den Eindruck, als würde sie mit ihren Blicken forschen, ob ihr dieser Fremde vielleicht früher schon einmal begegnet ist.

»Kennen wir uns?«, fragt sie dementsprechend zögerlich.

»Sie kennen mich nicht, aber ich Sie wohl!«, gibt er ihr glaubhaft zur Antwort.

»Woher? Ich kann mich nicht an Sie erinnern. Helfen Sie mir bitte auf die Sprünge!« Allem Anschein nach will sie sich nicht auf ein längeres Gespräch mit ihm einlassen, denn diesmal behält sie ihre Taschen in den Händen.

»Ach, wissen Sie«, sagt Gottfried bedeutungsvoll, »ich weiß sogar einiges von Ihnen!«

Alles an ihr verrät grenzenloses Erstaunen. Und ihre Frage hört sich übertrieben hochmütig an. »Was zum Beispiel wissen Sie von mir?«

Ohne lange zu überlegen, kontert Gottfried mit herablassender Überheblichkeit. »Ich weiß zum Beispiel, dass Sie am Sonntag gegen 15 Uhr hierhin, hier an diese Stelle, zu einem Treffen mit mir kommen werden.« Es entsteht eine Pause, in der Gottfried ein gewinnbringendes Lächeln aufsetzt. Für einen Moment glaubt er, einen koketten Ausdruck um ihre Mundwinkel zu erkennen. Jedenfalls verhält sie sich nicht völlig ablehnend. Dann lacht sie herzhaft auf. Ist es Verlegenheit oder ist es echte Belustigung über seine

Forschheit, die sie erheitert? Immerhin ist er froh, sie nicht verärgert zu haben.

Doch sie wendet sich ab und geht. Sprachlos schaut er ihr nach. Nach wenigen Metern dreht sie sich um. »Adieu, Sie kleiner Gardeoffizier«, ruft sie ihm keck lachend zu. Noch lange steht er da und sieht ihr nach. Und als sie fast aus seinem Blickfeld verschwunden ist, glaubt er, dass sie sich noch einmal zu ihm umdreht. Mutig hat er alles auf eine Karte gesetzt. Er hat listig die Trumpfkarte der männlichen Verwegenheit ausgespielt. Doch er wird sich auch darüber klar, dass er über keine allzu großen Erfahrungen mit Frauen verfügt. Vor allem dann nicht, wenn die Liebe Lehrmeister sein soll. Denn dieser Lehrmeister setzt nicht auf Verwegenheit, sondern auf Behutsamkeit und Ehrlichkeit. Mit der Lüge baut man keine Beziehung auf, mit der Lüge tötet man die Liebe schon zu Beginn. Gottfried schwirrt der Kopf, und als er sich allmählich beruhigt, bleibt nur noch die Angst übrig. Die Angst auch sie zu verlieren. Will die Angst ihm schon rauben, was er noch gar nicht besitzt? Die Liebe zu Libsche hat wohl einen Stachel in seinem Herzen zurückgelassen.

Um sich neben seinem Dienst die Zeit zu vertreiben, geht Gottfried meist an den Samstagabenden ins *Café Peters,* das sich unmittelbar am Schlossteich in einem schmucken Häuserblock befindet, der sich als architektonisches Pendant direkt gegenüber wiederholt. Zwischen diesen beiden Prachtbauten, die augenscheinlich von zwei kunstvoll bearbeiteten Stelen bewacht werden, breitet sich ein großer oval angelegter Rasenteppich aus, in dem man filigrane Blumenrabatte in geschwungenen Ornamenten angelegt hat. Ein wahrhaft glanzvolles Arrangement.

Gottfried ist vom ersten Tag an hingerissen von dieser Stadt. Im ersten Stockwerk oberhalb des Cafés befindet sich ein Billardsaal, dort will er auch an diesem Samstag ein paar Partien spielen. Er ist wahrlich zu einem vortrefflichen Spieler herangereift, der nur noch selten verliert. Er liebt das Billardspiel, das für ihn stets eine geheimnisvolle Atmosphäre ausstrahlt. Dieses Klacken der Kugeln empfindet er als überaus sinnlich, wenn sie nach dem Gesetz seines Geschicks und Könnens, auf der grünen Tischbespannung wie von Geisterhand geführt gegen die Banden rollen, um die mit dem Queue angestoßene Kugel an der richtigen Stelle zu treffen, sodass sie schließlich mit Effet dort zu liegen kommt, wo sie nach seiner Berechnung liegen soll. Zudem fokussiert das grelle Licht der Lampe über dem Tisch das Spiel auf zauberhafte Weise. Magie des Spiels, und er ist der Magier. Meist umsteht man bewundernd den Tisch, an dem er gerade spielt, und nicht nur das Spiel entspannt ihn, sondern auch reichlich Schnaps und Bier.

Am Sonntagmorgen reut es ihn, wie so oft, das er wieder einmal vom Alkohol ordentlich bezecht viel zu spät auf seine Pritsche gefallen ist. Heute will er sich mit Hetty treffen. So ist er froh, dass das Antreten der Kompanie ausgefallen ist. Allerdings muss er vormittags noch den Russischunterricht absolvieren. Direkt nach dem Mittagessen stellt er sich vor Kälte zitternd unter die kalte Dusche. Danach legt er sich für eine Stunde aufs Ohr. Beinahe hätte er wegen seines Restrausches verschlafen. Rasch springt er auf und zieht sich seine Ausgehuniform an. Vor dem Spiegel bürstet er mehrmals über sein widerspenstiges Haar. Seine Mütze setzt er etwas schräger als sonst auf den Kopf. Ein gehetzter Blick auf die Uhr zeigt ihm an, dass er sich beeilen muss.

Als er am angegebenen Treffpunkt erscheint, ist er hin und her gerissen von dem, was ihn erwarten würde. Käme sie nicht, so hat er sich vorgenommen, warteten der Billardtisch und der Schnaps auf ihn. Käme sie, dann würde sie ihn mit ihrer Gegenwart berauschen, dessen ist er sich sicher. Aufgeregt und ungeduldig schleicht er in der Anlage auf und ab. Jetzt spürt er wieder dieses Kribbeln im Bauch, das ihn damals auch bei Libsche befallen hat und das man wohl als Verliebtsein bezeichnen kann.

Libsche! Ihm wird ein wenig unwohl, als sich Libsche in seine Gedanken drängt. Kann man wirklich zweimal lieben?, fragt er sich. Was aber tut man dann der ersten Liebe damit an? Verrät man damit, was man einst liebte? Würde man dadurch ein erbärmlicher Schuft werden? Belügt man sich selbst, belügt man den, den man einmal geliebt hat. Er sieht sich um. Viele Leute unternehmen einen Sonntagsspaziergang. Die Sonne strahlt behaglich und es ist Frühling und alle Welt scheint auf Freiersfüßen zu wandeln. Schöne Frauen flanieren an ihm vorüber, die ihm auch Blicke zuwerfen. Jede Einzelne wirkt liebenswert, und doch bleibt sein Herz kalt für sie. Wer oder was ist es also, das bestimmt, wen man zu lieben hat?

Und dann erscheint Hetty! Schon von Weitem erkennt er sie an ihrem anmutigen Gang. Sie sieht hinreißend aus, als wäre sie einem Modejournal entstiegen, und die, die ihr begegnen, machen ihr den Weg frei.

Einem Frühlingsboten gleich, so umweht sie ein pastellmintgrünes Kleid, das, mit den vielen blauen Vergissmeinnicht-Blüten bestickt, wie eine duftige Frühlingswiese ausschaut. Gottfried ist so fasziniert von ihr, dass er völlig vergisst, ihr entgegenzugehen. Als sie ihn schließlich erreicht hat, hebt sie die breite Krempe ihres weißen Hütchens an, das unter dem blauen Himmel wie ein dahinschwebendes Wölkchen wirkt. Unter ihrem blonden Pony strahlen ihn frech zwei hellblaue Augen an.

Und als sie Gottfried mit solch einer Frische anlächelt, denkt er: *Fritz, was hast du da nur angerichtet? Amor persönlich warst du, und dein Pfeil steckt jetzt tief in meiner Brust.*

»Respekt«, bemerkt sie, »Sie sind ein sehr guter Hellseher! Sie sehen, ich bin gekommen, Sie hatten recht.«

Beide lachen freimütig.

»Ich freue mich aufrichtig, dass Sie gekommen sind, Hetty!«

Sie rückt den Riemen ihrer Tasche zurecht, damit er ihr nicht von der Schulter rutscht, als sie ihm die Hand reicht, auf der er ihr mit galanter Verbeugung einen Handkuss andeutet.

»Lassen wir das Zeremonielle.« Wenig beeindruckt zieht sie ihre Hand zurück. »Ich möchte heute den wunderschönen Tag genießen. Haben Sie Lust, mich ein Stück zu begleiten?«

Was für eine Frage, natürlich hat Gottfried Lust. »Sehr gerne«, sagt er, und schon macht er sich daran, losgehen zu wollen.

»Moment!« Sie fasst nach seinem Arm. »Ich bin leider keine Hellseherin«, frotzelt sie, »daher wäre es schön, wenn Sie mir zuerst Ihren Namen verrieten.«

Während er sich kleinlaut vorstellt, drückt er ihr dennoch kühn die Hand, und sie lässt es geschehen, dass er sie länger als nötig festhält.

»Lassen Sie uns gehen«, bestimmt Gottfried, und sie machen sich auf, dem Tag schöne Augenblicke zu entreißen.

Da gehen sie hin, die zwei Menschen, die sich noch fremd sind und sich doch nach Vertrautheit sehnen. Die Leute sehen den beiden freundlich gesonnen nach, und Gottfried versinkt in einem Meer aus purem Glück, in dem die Besorgnisse der letzten Zeit keinen Platz finden. Sie plaudern über Gott und die Welt. Immer wieder schwärmt sie ihm von Königsberg vor, und er erzählt ihr von Wuppertal. Sie hängt sprachlos an seinen Lippen, als er ihr die Schwebebahn beschreibt. Ebenso begeistert spricht er von Mutter, aber auch von Grete, die, wie er aufrichtig bedauert, sehr krank geworden ist. Aber, wie er von Mutter in ihrem Brief erfahren hat, ist sie inzwischen wieder zu Hause. All das geht ihm ohne jegliche Scheu über die Lippen, weil er bei ihr eine ganz seltene Intimität verspürt. Es ist wohl ihre ernsthafte Aufmerksamkeit und ihre spürbare Anteilnahme, die sie mit jedem ihrer Blicke und ihrer unverstellten Körpersprache deutlich unterstreicht. Ihr ganzes Wesen ist wie eine einladende Tür weit geöffnet, wie Gottfried es empfindet. Kurz bevor sie den Parkteich erreichen, bleibt sie abrupt stehen, um ihr weißes Handtäschchen zu öffnen, aus dem sie einen Kanten Brot herauskramt, worauf umgehend drei, vier Schwäne mit lang gestreckten Hälsen auf sie zu gerannt kommen. Gottfried beobachtet, mit welcher Hingabe Hetty die Tiere fütterte. Danach ziehen sie bei bester Stimmung weiter. Mal setzen sie sich auf eine Bank, ein andermal läuft sie zu einem aufblühenden Strauch, um an den aufplatzenden Knospen zu riechen. Dabei vergeht die Zeit viel zu rasch, und als er bei ihr einen fröstelnden Schauer bemerkt, sagt sie im gleichen Augenblick: »Die Luft ist kühl geworden, ich denke, ich werde mich jetzt von Ihnen verabschieden.«

»Ich möchte Sie gerne noch auf ein Glas Wein oder auf das, was Sie möchten, einladen«, erwidert Gottfried in der Hoffnung, der Tag würde nie enden.

Sie holt ein rundes Spiegelchen aus der Tasche und schaut prüfend hinein. Mit weiblichem Geschick und der Spitze des kleinen Fingers zieht sie die Konturen ihrer geschminkten Lippen nach. »Vielleicht auf einen Kaffee? Warum nicht?«

Gottfried hätte sie vor Freude umarmen mögen. »Ganz in der Nähe ist das Café Peters, kennen Sie es?«

Sie nickt, sagt aber, dass sie noch nie darin eingekehrt ist.

Als sie das Lokal betreten, finden sie auf Anhieb einen gemütlichen Fensterplatz mit einer fantastischen Aussicht auf gepflegte Blumenrabatte. Der Ober kommt an den Tisch geeilt, und Gottfried bestellt zwei Kaffee und zwei Bärenfang. Bevor die Getränke serviert werden, entschuldigt er sich mit dem Hinweis, dass er sich kurz frisch machen müsse. Er ist noch nicht zurück, als der Ober in gefälliger Manier das Tablett auf dem Tisch abstellt.

Mit verklärter Miene riecht Hetty das Aroma des heißen Kaffees. Doch dann lauscht sie verwundert.

Als Gottfried mit sorgfältig gekämmtem Haar zurückkommt und lässig seine Mütze neben sich auf dem Stuhl ablegt, fragt sie ihn: »Sagen Sie, Gottfried, hören Sie auch dieses eigentümliche dumpfe Bollern und Klacken?«

Er sieht sie verschwörerisch an, als müsse er ihr jetzt ein streng gehütetes Geheimnis verraten. »O ja, das höre ich auch.« Er schaut sich prüfend um, ob auch niemand der Gäste ihm zuhört. »Als ich zum ersten Mal hier war, ist es mir auch gleich aufgefallen«, flüstert er. »Hinter vorgehaltener Hand hat es mir ein Kellner schließlich verraten. Über das, was er mir erzählte, habe ich mich sehr gefreut. Ich sagte Ihnen ja bereits, dass ich ein Hellseher bin, da kam es mir sehr gelegen, als ich erfuhr, dass direkt über uns regelmäßig Mitglieder einer Loge tagen.« Gottfried weidet sich an Hettys ratlosem Gesichtsausdruck.

»Loge?« Mehr weiß sie nicht darauf zu sagen.

Immer noch flüsternd sagt Gottfried: »Es sind Freimaurer, die über uns ihre spiritistischen Sitzungen abhalten, an denen ich selbst schon teilhaben durfte.«

Jetzt schaut sie ihn an, als ob sie darüber verärgert ist, weil er es wagt, ihr solch einen Unfug zu erzählen. Hastig trinkt er seinen Kaffee. Er ist es, der sich ärgert. Warum hat ihn der Teufel geritten, ihr solch einen Bären aufzubinden? Er wollte sie doch nicht anflunkern! Aber das Flunkern bietet ihm jetzt die Möglichkeit, den Faden weiterzuspinnen. Schließlich braucht er ihr gegenüber ja eine Erklärung, wieso er zum Beispiel ihren Namen gekannt hat. Er ist sich jedenfalls sicher, dass, wenn er ihr später sein Märchen beichtet, sie im Nachhinein einen Spaß vertragen kann. Ihre ganze Art, wie sie sich gibt, ist doch frei von Verklemmtheit und geziertem Getue.

Um dem Ränkespiel ein wenig die Spannung zu nehmen, erhebt er sein Glas und prostet ihr lächelnd zu.

»Eigentlich vertrage ich keinen Alkohol«, sagt sie. Und nachdem sie an dem scharfen Honiglikör genippt hat, ringt sie nach Luft. »Oh, ist der aber stark!«

»Tja«, lacht Gottfried, »das ist er tatsächlich, aber er wird sie erwärmen. Außerdem schmeckt der Likör doch vorzüglich, oder?« Nun trinkt er sein Glas in einem Zug aus, in der Hoffnung das der Alkohol rasch seine angespannten Nerven beruhigen wird. Denn ein wenig fühlt er sich unwohl, ihren Blicken direkt ausgeliefert zu sein. *Findet sie etwa einen Makel an ihm?*

»Nun sagen Sie mir mal die Wahrheit Gottfried, woher kennen Sie meinen Namen wirklich, auf Ehre und Gewissen?«

Eigentlich sollte er ihr die Wahrheit sagen. Aber sollte er ihr tatsächlich verraten, dass das zufällige Zusammentreffen mit ihr ein abgekartetes Spiel zwischen Fritz und ihm gewesen war? Nein, das konnte und wollte er ihr nicht beichten. Nicht jetzt! Er würde es tun, wenn sie sich näher kennengelernt hatten, klar, aber eben nicht jetzt! Bis dahin sollte die Lüge ein Scherz bleiben. Eine nicht ernst gemeinte Lüge wäre doch nicht anzuklagen, oder?

»Gottfried, ich habe Sie was gefragt!«

»Nun«, sagt er mit dem Unterton eines Filous, »das ist schwierig zu beantworten, denn Sie werden mir die Antwort ohnehin nicht abnehmen.«

»Lassen Sie es mich selbst entscheiden«, bittet sie.

»Also gut, wenn es eines Beweises bedarf, dass ich ein Hellseher bin, dann bitte.« Er schaut angestrengt in die fast geleerte Kaffeetasse, als würde er aus dem Satz lesen können. »Sie heißen Hetty Hallmann und sind gebürtig aus einem kleinen Dorf in der Nähe von Goldap.« Als er hochschaut, blickt er in zwei weit geöffnete Augen und einen nicht minder weit aufgesperrten Mund. Jetzt trinkt auch sie ohne abzusetzen ihr Glas leer, und es braucht eine Weile, bis sie die Worte wiederfindet. Lag da etwa Zweifel in ihrem Mienenspiel? Gottfried hat es jedenfalls geschafft, sie aus der Fassung zu bringen, das ist ihr anzusehen. Er schweigt. Doch Hetty beweist, dass sie bodenständig genug ist, diesen offensichtlichen Jux auf ihre Weise zu parieren.

»Was reden Sie denn da für einen Quatsch?« Sie schüttelt ihren Kopf, dass die Krempe ihres Hütchens wackelt, als wolle es davonfliegen. »Ach was, sicherlich haben Sie es darauf angelegt, mich kennenzulernen. Mich kennen viele Leute in der Stadt, da wäre es doch eine Leichtigkeit, etwas über mich zu erfahren!« Nun zeigt sie sich amüsiert und droht ihm mit dem Finger. »Gottfried, Sie Schlingel, haben Sie mir tatsächlich aufgelauert?«

Der Kaffee, der Bärenfang und der unverhohlen ausgesprochene Verdacht treiben ihm das Blut in die Schläfen. Er druckst herum. Dann fällt ihm ein, dass er noch eine Trumpfkarte ausspielen kann, womit die Verblüffung vollends auf seiner Seite wäre. Jetzt sticht ihn der Hafer! »O ja, Sie haben recht, Hetty, das hätte ich wissen können, wenn ich mich ernsthaft bemüht hätte. Sicherlich kennen Sie viele Leute, aber kennen diese Sie so gut, dass ihnen Ihr Leberfleck auf dem linken Oberschenkel bekannt ist?«

Genau in diesem Moment, wo er es ausgesprochen hat, wird ihm bewusst, dass er sie damit verletzt hat.

Hastig kramt sie Kleingeld aus ihrer Handtasche und legt es mit zusammengekniffenen Brauen achtlos auf den Tisch. »Ich möchte gehen!«

Jetzt kommt er sich nicht wie der letzte, sondern wie der allerletzte Trottel vor. Die Bloßstellung dieser Intimität musste sie ja beleidigen. »Bitte, Hetty, bitte setzen Sie sich wieder hin!«

Doch diesmal schüttelt sie ihren Kopf dermaßen wild, dass ihr Hütchen nicht mehr zu halten ist. Und als Gottfried sich danach bückt, fragt er sie sichtlich derangiert: »Kann ich Sie denn gar nicht zurückhalten ... Hetty?«

Inzwischen sind die anderen Gäste auf den unüberhörbaren Disput aufmerksam geworden. Verlegen kramt sie in ihrem Portemonnaie herum.

»Hetty! Hetty! Ich bitte Sie aufrichtig, so bleiben Sie doch! Lassen Sie mich wenigstens für Sie bezahlen, stecken Sie Ihr Geld wieder ein!« Doch jegliche Beschwörung fruchtet nicht. Sie dreht ihm den Rücken zu, und von den staunenden Blicken der Anwesenden verfolgt, verschwindet sie schnurstracks zur Türe hinaus.

Am nächsten Tag erfährt Fritz von dem zum Schluss gescheiterten Rendezvous. Für Gottfried überraschend pfeift er anerkennend durch die Zähne, und mit einem Schulterklopfen tönt er: »Na, das ist doch gar nicht so schlecht gelaufen. Nun, alter Junge, als Schicksal mache ich mich doch recht gut, oder? Jetzt seid ihr meine Schicksalskinder!«

»Gut hin, gut her«, in Gottfrieds Stimme schwingt Verärgerung mit, »aber wie soll es jetzt weitergehen? Hetty wird sich wohl nicht mehr auf ein Treffen mit mir einlassen wollen, davon bin ich nach unserer plötzlichen Verabschiedung überzeugt.«

»Nur nicht die Flügel hängenlassen, du arme Krähe. Was wäre das Schicksal ohne Fügung? Es wäre ein purer Zufall, aber den wollen wir eben mit der Fügung vertreiben.«

Gottfried versteht kein Wort.

Fritz wischt sich mit dem Finger zufrieden seinen Schnurrbart zurecht. »Fügung, dein Name ist Fritz«, lacht er.

Noch bevor Gottfried einen Einwand machen kann, verkündet Fritz seinen Plan.

»Also, am Donnerstag gehen wir gemeinsam zum Mittagessen zu mir nach Hause. Mein alter Herr wird sich übrigens freuen, dich endlich persönlich kennenzulernen. Aber eines sage ich dir vorab, kein *Heil Hitler*, wenn du ihm vorgestellt wirst! Der alte Humanist hat sich selbst in seiner Zeit als Oberregierungsrat stets und immer das Menschliche bewahrt. Schließlich hat er Kant schon verehrt, als Hitler noch ein armseliger Obergefreiter war.« Mit einem listigen Augenzwinkern bemerkt Fritz noch: »Und zieh dir ein frisches Hemd an, Hetty wird das Mittagessen servieren.«

Pfeil und Herz

Bibel:
»*Und Gott wird abwischen alle Tränen von ihren Augen, und der Tod wird nicht mehr sein, noch Leid noch Geschrei noch Schmerz wird mehr sein; denn das Erste ist vergangen.*«
Offenbarung 21/4

Adolf Hitler:
»*Die Richter dieses Staates mögen uns ruhig ob unseres damaligen Handelns verurteilen, die Geschichte als Göttin einer höheren Wahrheit und eines besseren Rechtes, sie wird dennoch dereinst dieses Urteil lächelnd zerreißen, um uns alle freizusprechen von Schuld und Fehler.*«
Aus *Mein Kampf*, Seite 780, Kapitel: *Der November 1923.*

†

Um die Mittagszeit streben Fritz und Gottfried angeregt schwatzend dem Hause des pensionierten Oberregierungsrates Ernestus von Frickelheim zu, das inmitten einer stattlichen Häuserzeile, die sich wie abgesondert von der Stadt auf der innerstädtischen Pregel-Insel befindet, deren Siedlung man im Volksmund Twangste nennt. Dabei handelt es sich um eine sehr alte Wallanlage, die Lübecker Kaufleute bereits 1242 gegründet haben.

»Ich bin gespannt, wie Hetty sich verhalten wird, wenn sie mich sieht«, bemerkt Gottfried.

»Nun ja«, entgegnet ihm Fritz, »das mit dem Leberfleck ist wohl doch etwas übermütig gewesen.«

Gottfried zeigt sich ernstlich besorgt und fragt: »Was meinst du, ist Hetty nicht eigentlich zu jung für mich, schließlich bin ich schon über dreißig.«

»Dafür hast du dich aber wacker gehalten«, versucht Fritz zu scherzen. »Aber im Ernst, das mit dem Leberfleck war zu viel. Hetty ist ein braves, wohlerzogenes Mädchen. Wenn ihr allerdings wirklich etwas an dir liegt, dann wird sie dir das auch verzeihen, egal wie alt du bist und ob du etwas von einem Leberfleck weißt, von dem du nichts wissen kannst oder zumindest nicht wissen solltest. Erzähle ihr bloß nicht, dass ich es dir gesagt habe, hinterher denkt sie noch, dass ich sie heimlich beobachte!«

Gottfried wird nachdenklich. »Du Fritz.«

»Ja.«

»Ich weiß nicht, wie ich es sagen soll.« Gottfried zögert.

»Raus mit der Sprache, was liegt dir auf der Zunge? Spuck es aus!«

Gottfried gerät gehörig ins Stottern. »Hast du den Leberfleck ... hast du ihn tatsächlich ... ich meine, hast du ihn wirklich rein zufällig gesehen?«

Nun schaut Fritz Gottfried an, als wäre er persönlich der Ochs, der immer dann vorm Berg steht, wenn die Dummheit bloßgestellt wird. »Nein«, antwortet er schließlich mit dem Brustton der Überzeugung, »Hetty ist meine Braut, und nun möchte ich sie wieder loswerden!«

Von jetzt auf gleich bleibt Gottfried stehen, und mit blöd entstelltem Gesicht glotzt er seinen Freund und Kameraden an, worauf Fritz ihn breit grinsend anstößt. »Nun mach dir mal nicht ins Hemd, was. Du wirst doch noch einen Scherz verstehen! Hetty ist wirklich ein liebenswert hübsches Ding, aber sie steht bei uns in Diensten, aber nicht, um mir zu Diensten zu sein. Barbara würde mich skalpieren, mir die Augen auskratzen und vielleicht noch ... na du weißt schon. Ich liebe Barbara und sie liebt mich, ich werde alles dafür tun, dass es so bleibt. Sei also unbesorgt, alter Knabe. Lass die Sache mit dem Leberfleck einfach auf sich beruhen, vielleicht hegt sie ja einen Restzweifel, ob du nicht doch ein Hellseher bist.«

An ihrem Ziel angekommen bleiben sie vor einem gediegenen Reihenhaus stehen, das trotz der äußerlichen Schlichtheit alleine wegen seiner architektonischen Beschaffenheit einen hochherrschaftlichen Eindruck macht. Fritz öffnet das schmiedeeiserne Tor, das den Gehweg vom Grundstück trennt, und über einen kurzen, mit bereits blühenden Rabatten gesäumten Pfad gelangen sie über einige ausgetretene Steinstufen hoch zum Eingangsportal. Fritz drückt die Pforte auf. Im Vestibül ist es angenehm kühl. Er nimmt Gottfrieds Mütze und Koppel entgegen und hängt diese samt seinen eigenen Utensilien an den Garderobenhaken, wo der Paletot des Hausherrn am Haken hängt. Also ist er da. Als Fritz in der Art eines verabredeten Zeichens an die Türe zum Arbeitszimmer des Vaters klopft, nickt er Gottfried gleichzeitig aufmunternd zu.

»Herein!« Von innen dringt eine angenehme, aber dennoch gebieterisch klingende Stimme. Einen Schritt hinter Fritz betritt Gottfried respektvoll das Arbeitszimmer von Oberregierungsrat a. d. Ernestus von Frickelheim, der mit seinem Blick in ein Schreiben versunken hinter einem breiten Eichenschreibtisch sitzt. Direkt über ihm hängt das Porträt eines ebenso würdig erscheinenden Mannes an der Wand, von dem Gottfried auf Anhieb vermutet, dass es sich dabei um Kant handelt, weil Fritz ihm ja berichtet hatte, wie nah sein Vater zu diesem stand. Von Kant wusste Gottfried so gut wie nichts. Er wusste nur, dass es sich bei Immanuel Kant um einen der bedeutendsten Vertreter der abendländischen Philosophie handelte, der wesentlich zur Aufklärung einer neuen Epoche in der Geschichte der Menschheit beigetragen hat. Das grüblerische in die Ferne Schauende, mit dem das Abbild Kants dargestellt ist und das auf erschreckende Weise dem darunter sitzenden Herrn von Frickelheim ähnelt, sorgt dafür, dass sich Gottfried ziemlich klein und gering fühlt. Somit stellt er sich, die Hände an die Hosennähte gepresst, dicht neben Fritz, und beide warten, bis Herr von Frickelheim die Anwesenheit der Eingetretenen aufmerksam wahrnimmt.

Über den Brillenrand hinwegsehend legt er konzentriert das Blatt Papier beiseite.

»Ich möchte dir einen lieben Freund von mir vorstellen, Vater.« Fritz zeigt aufrichtig erfreut auf seinen Begleiter. »Das ist Gottfried Krahwinkel.« Mit ebensolcher Geste weist Fritz auf seinen Vater. »Gottfried, das ist mein Vater Oberregierungsrat a. d. Ernestus von Frickelheim!«

»Nun mal nicht so förmlich, Fritz. Es genügt vollkommen, wenn sich die Menschen außerhalb meines Hauses einen Zacken aus der Krone brechen, wenn sie mir begegnen. Guten Tag, verehrter Herr Krahwinkel.«

Beinahe hätte Gottfried die Hacken zusammengeschlagen und »Heil Hitler« gerufen, doch stattdessen erwidert er die Begrüßung mit einem artigen Diener und den Worten: »Es ist mir eine Ehre, in Ihrem Hause Gast sein zu dürfen.«

Herr von Frickelheim winkt jovial ab. »Gut, gut, gut, bitte setzen Sie sich.« Freundlich zeigt er mit ausgestrecktem Zeigefinger auf ein gemütlich anmutendes Möbelarrangement, das von der Sonne einladend beschienen in der Nähe des großen Fensters steht, dessen schwere, samtene Vorhänge weit zurückgezogen sind. Fritz deutet Gottfried, ihm zu folgen, dann setzen sie sich gegenüber in die breiten Sessel.

»Einen Absinth gefällig, Herr Krahwinkel?« Ohne eine Antwort abzuwarten, geht Herr von Frickelheim zu einer Kredenz, die mit den verschiedensten Flaschen und Gläsern bestückt ist, und schenkt in drei Gläser den angebotenen Absinth ein.

»Für mich im Augenblick nicht, Vater«, winkt Fritz ab. »Ich werde zuerst Hetty Bescheid geben, dass sie das Essen anrichten und für unseren Gast ein zusätzliches Gedeck auflegen soll.«

»Ach ja, fast hätte ich es vergessen.« Der alte Herr fasst sich an die Stirne. »Sag Hetty doch bitte, sie möchte auch für Doktor Kaluweit servieren, er ist gerade oben bei Mutter.«

Fritz sieht seinen Vater besorgt an. »Geht es ihr schlechter?«

Der Angesprochene nippt an seinem Glas. »Du weißt ja, Junge, es ist ein ewiges Auf und Ab. Heute Morgen konnte sie wieder einmal nicht aufstehen.«

»Meinst du nicht, wir sollten uns allmählich nach einer Kapazität umsehen?«

»Nein, ich glaube nicht. Ich vertraue dem alten Kaluweit, auch wenn er nicht vertrauenswürdig erscheint, aber er kennt uns, er hat dich schon auf die Welt geholt.«

Herr von Frickelheim wiegt nachdenklich den Kopf hin und her. »Manchmal muss man sich eben damit abfinden, dass es Krankheiten gibt, gegen die anscheinend kein Kraut gewachsen ist.«

»Sicher hast du recht, Vater. Nun, dann werde ich euch mit deiner Erlaubnis für einen Moment alleine lassen.«

Wieder nickt Fritz Gottfried zu, und sein übertrieben aufgesetztes Lächeln soll wohl Besänftigung ausdrücken. In der Tat fühlt Gottfried sich nicht besonders wohl, mit einem Glas Absinth in der Hand dem ehrwürdig erscheinenden Oberregierungsrat a. d. Ernestus von Frickelheim seitlich angeordnet gegenüberzusitzen, der ebenfalls mit einem Glas in der Hand auf der Récamiere Platz genommen hat.

»Auf Ihr Wohl, Herr Krahwinkel!«

»Ich danke Ihnen für Ihre Gastfreundschaft, auf Ihr Wohl«, erwidert Gottfried. Er hatte noch nie Absinth getrunken, und so fällt der Schluck, den er trinkt, größer aus, als es dem bitteren und hochprozentigen Getränk angemessen ist. Es raubt ihm die Luft, und Herr von Frickelheim amüsiert sich.

»Ich hätte wohl etwas mehr Wasser dazu mischen müssen«, sagt er erheitert.

»Was ist denn da alles drin?«, stöhnt Gottfried.

»Wermut, Fenchel, Anis und das Geheimnis verschiedener Kräuter. Schmeckt er Ihnen nicht?« Jetzt kostet Herr von Frickelheim einen großen Schluck. »Er ist fantastisch«, stöhnt nun auch er. »Er weckt die Lebensgeister.« Genügsam wirkend streicht er sich mit der Hand über seinen weißen, wohlgepflegten Kinnbart. Gottfried verfolgt jede seiner Bewegungen, als wäre er einer Gefahr ausgesetzt. Dieses Gefühl relativiert er aber dadurch, weil sein Gegenüber keineswegs den Eindruck macht ihn angreifen zu wollen. In seiner stattlichen Beleibtheit, die eine liebenswerte Gediegenheit ausstrahlt, macht Fritz' Vater einen sehr sympathischen Eindruck.

»Sind Sie stolz?«, fragt dieser unvermittelt.

Gottfried ist perplex und weiß zunächst nicht, was er darauf antworten soll. Schließlich sagt er verunsichert: »Offen gestanden, verstehe ich Ihre Frage nicht, verehrter Herr von Frickelheim.«

»Na, Sie sind doch der tapfere junge Mann, der in zwei großen Schlachten gekämpft hat, oder irre ich mich da?« Scharf betrachtet Herr von Frickelheim Gottfried durch seine runde Nickelbrille, als würde er alleine schon dadurch erkennen, ob er mit seiner Vermutung richtigliegt. »Also, ich meine, fühlen Sie Stolz in Ihrer Brust?«

Gottfried bemüht sich, im Fundus seiner Eitelkeiten die passenden Worte zu finden. »Als Stolz möchte ich es nicht benennen, aber es ist mir eine Genugtuung, meine Pflicht getan zu haben.«

»Pflicht, Pflicht, so, so, Pflicht.« Herr von Frickelheim scheint wiederum amüsiert zu sein.

Gottfried spürt, wie ihm der Alkohol in den Kopf steigt, das verunsichert ihn zunehmend. Er ist doch nicht hier, um sich von Fritz Vater examinieren zu lassen. Er ist da, um Hetty nahe zu sein, und er muss ihr kühl und gefasst gegenübertreten. Steht er denn hier vor Gericht? Er hat tatsächlich das Gefühl.

In diesen Überlegungen hört er wieder die Stimme seines Gastgebers. »Haben Sie sich schon einmal gefragt, wer oder was Sie dazu veranlasst hat, ein Pflichtgefühl entwickelt zu haben?«

Natürlich hat Gottfried noch nicht darüber nachgedacht. Also, was sollte das?

»Sie müssen entschuldigen«, formuliert Gottfried seine Verlegenheit dementsprechend kleinlaut. Mit festerer Stimme sagt er schließlich: »Aber erklärt sich die Pflicht nicht von selbst? Schließlich gibt es ja Befehle!« Kaum hatte er seinen Satz beendet, da wird er von Neuem bedrängt.

Den Oberkörper weit vornübergebeugt fliegen die Worte wie aus der Pistole geschossen aus dem Mund des Herrn von Frickelheim. »Sie sollten einmal gewissenhaft darüber nachdenken, lieber junger Freund, dass immer dann, wenn Sie von außen einen Befehl erhalten oder man Sie sonst wie delegieren will, Ihr Verstand eingeschränkt wird und Sie dann möglicherweise Dinge tun, die Ihnen eigentlich widerstreben. Das nennt man Unmündigkeit! Und diese Unmündigkeit ist es, die die Menschen immer und immer wieder in Katastrophen stürzt.« Nun hat sich das genügsame und bedächtige Wesensbild des alten Herrn doch arg verändert, als wäre die Jugend mit aufschäumendem Herzblut in ihn gefahren. Man kann ihm ansehen, dass es ihm eine Herzensangelegenheit ist, die Menschen vor Dummheit und Blindheit bewahren zu wollen.

Ernestus von Frickelheim leert sein Glas gänzlich, um dann mit ausgestrecktem Arm auf das Bild über seinen Schreibtisch zu zeigen. »Immanuel Kant, der Sohn Königsbergs«, erregt er sich. »Sehen Sie ihn sich an! Dieser Mann war mutig. Sapere aude, sage ich nur, habe Mut, dich deines eigenen Verstandes zu bedienen! Das ist Mut, mein lieber tapferer Soldat, das ist wahrlich freimütiger Mut. Der Mensch wird nur durch seinen Verstand mündig, und doch liebt er die Unmündigkeit. Unmündigkeit aber ist das Unvermögen, sich seines Verstandes ohne Leitung eines anderen zu bedienen, und jeder verliehene Orden ist wie ein Stempel, der diese Schwäche für alle sichtbar zum Ausdruck bringt. Aber ich sehe, Sie tragen ja auch ein Ordensband.«

Gottfried fühlt sich immer unwohler. Schweißperlen stehen auf seiner Stirne. Sogar die Sonne, die ihm direkt ins Gesicht strahlt, scheinen ihn als willfährigen Diener des Gehorsams entlarven zu wollen. Er ärgert sich über die Unsicherheit, die sich in ihm breitgemacht hat. Was soll Hetty von ihm denken, wenn sie ihn so sieht? Tatsächlich befürchtet er, dass sie jeden Moment eintreten könnte. Alleine das wäre Aufregung genug für ihn.

Mit einem nachsichtigen Blick auf Gottfried erhebt sich Herr von Frickelheim. »Ich denke, wir werden uns nun zu Tisch begeben.« Er lacht. »Ja, wenn alles so einfach wäre. Aber denken Sie ruhig einmal über meine Worte nach. Und sollten Sie es gewissenhaft tun, dann werden Sie feststellen, dass schon ein gut gemeinter Rat ein Angriff auf die Mündigkeit ist, wenn, tja, wenn nicht augenblicklich der Verstand als ein humaner Verteidiger in die Bresche tritt. Sie sehen also, alles nicht so einfach, alles nicht so einfach! Auch der Verstand ist nicht alles. Obwohl des Menschen Verstand begrenzt ist, maßt sich der Mensch doch an, über das Unbegrenzte zu urteilen.«

Voller Erleichterung, sich der beklemmenden Situation entziehen zu können, erhebt sich Gottfried, als Fritz die Türe öffnet.

»Verzeiht meine Verspätung«, entschuldigt er sich in bedrücktem Tonfall. »Ich bin noch kurz bei Mutter oben gewesen. Es geht ihr so weit gut, aber sie möchte lieber im Bett bleiben. Doktor Kaluweit sitzt übrigens schon bei Tisch.«

Gottfried atmet tief durch, und Fritz muss ihm angesehen haben, welch einem schwierigen Verhör er ausgeliefert war. Unternehmungslustig reibt sich Fritz die Hände, und mit einem Augenzwinkern meint er: »Komm, du wirst sicher Hunger haben!«

Zu dritt betreten sie den Salon. Doktor Kaluweit sitzt abwesend wirkend am freundlich gedeckten Tisch, der in der Mitte mit einem Maiglöckchensträußchen geschmückt ist und sehr einladend wirkt.

Gottfried ist beeindruckt von dem pompös gestalteten Raum, der mit dem gezielt ausgesuchten Interieur die vergangene Kaiserzeit auf eine Weise repräsentiert, das man meinen konnte, für jeden, der sich zwischen all dem aufhielt, wären die Zeiger der Uhren in der Vergangenheit stehen geblieben. Es ist ihm so, als schlüpfe er geradewegs in die Kleider der guten alten Zeit.

»Lieber Doktor!«, begrüßt Herr von Frickelheim den Arzt, dessen beste Jahre, ohne ihn damit zu beleidigen, längst vorüber gegangen sind. Zauselig schaut er aus. Das dünne, weiße Haar kringelt sich ungekämmt vom kantigen Schädel ab. Und der buschige Backenbart ist der Beweis für einen nachlässigen Wildwuchs. Umso erstaunlicher wirkt sein jugendliches Eulengesicht, in dem auf den ersten Blick die großen runden Augen auffallen.

Immer noch in launiger Stimmung hakt Herr von Frickelheim nach. »Lieber Doktor, gibt es von meiner Frau etwas Neues zu berichten?«

Doktor Kaluweit hat offensichtlich Schwierigkeiten mit der Atmung. Bevor er Antwort geben kann, bittet er Fritz, die Maiglöckchen zu entfernen. »Es ist der Geruch, verstehen Sie. Der Geruch.« Ohne seinen Kopf zu wenden, rollen seine Augen nach links, wo der Hausherr an der Stirnseite des Tisches Platz genommen hat. »Nein, nein, Ernestus, ich kann leider nichts Neues vermelden, vor allem nichts, was auf eine Besserung hinweist. Eine

Hysterie ist eben keine Angina oder ein Schnupfen. Ich habe ihr wiederum ein Fläschchen Riechsalz da gelassen. Deine liebe Frau Gemahlin braucht viel Licht und frische Luft. Achte darauf, dass die Fenster immer weit geöffnet sind, wenn sie darniederliegt. Wichtig ist, dass sie zudem mitbekommt, dass es trotz ihrer Schwermut draußen noch quirliges Leben gibt. Auch der Gesang der Vögel kann Medizin sein.« Doktor Kaluweit schnauft ordentlich durch die Nasenflügel, als er seine Rede beendet hat.

»Nun ja«, räuspert sich Herr von Frickelheim, »wir brauchen das ja nicht unbedingt am Mittagstisch erörtern. Setzen wir uns doch nach dem Essen noch auf ein Glas Wein in meinem Arbeitszimmer zusammen.« Er zieht seine Taschenuhr aus der Westentasche und mit einem Blick darauf knurrt er: »Wo bleibt denn Hetty?«

»Ich werde ihr läuten«, beeilt sich Fritz zu sagen. Rasch verlässt er seinen Stuhl, um sich an die Stelle der Wand zu begeben, wo sich eine Vorrichtung befindet, mir der man mittels eines bunt bestickten Bandes durch Ziehen in der Küche ein Glöckchen auslöst. Als Fritz kräftig an diesem Band ruckt, schnürt es Gottfried den Magen zusammen. Von seinem Platz aus hat er direkt die Türe im Visier, in der jeden Augenblick Hetty erscheinen muss. Wie wird sie reagieren?

»Ich hoffe, Sie haben einen ordentlichen Appetit mitgebracht, Herr Krahwinkel«, hört Gottfried Herrn von Frickelheim wie aus weiter Ferne sagen. Und dann fragt er noch: »Weißt du, was es heute zu essen gibt, Fritz?«

»Ja«, antwortet Fritz, »ich habe Hetty soeben in die Töpfe geschaut. Du kannst dich freuen, Papa, Hetty wird deinen Lieblingseintopf auftragen.«

»Saure Kuttelsuppe!«, entfährt es dem Alten beglückt.

»Ja, Kuttelsuppe!«, bestätigt Fritz.

Gottfried guckt ihn skeptisch an.

»Das ist etwas ganz Feines«, sagt Fritz, während Doktor Kaluweit mit der Zunge schnalzt. »Es gibt nichts Besseres als geschnittener Pansen in Essig und Wurzelgemüsesud. Du wirst es nicht nur sehen, sondern auch schmecken«, versucht Fritz, dem Freund das Kommende schmackhaft zu machen.

»Lieber Kaluweit, ich habe ganz vergessen, dir den jungen Herrn vorzustellen, der heute mit uns am Tisch sitzt«, unterbricht Herr von Frickelheim seinen Sohn. Indem er sich die Serviette umbindet, bittet er seinen Sohn, seiner Nachlässigkeit nachzukommen. Aber noch bevor Fritz etwas sagen kann, steht Gottfried auf, und mit einer knappen Verbeugung stellt er sich vor.

»Gottfried Krahwinkel.«

Doktor Kaluweit mustert Gottfried, als müsse er eine nicht alltägliche Diagnose bei ihm stellen. Sicherlich ist dem erfahrenen Arzt seine Erregtheit aufgefallen, doch er sagt nur: »Schon gut, schon gut.« Ohne Gottfried weitere Beachtung zu schenken, beugt er sich zu seinem Gastgeber hinüber, wobei er ihm zuraunt: »Ein angenehmer Bursche, der in seiner Begrüßung darauf verzichtet, dass ich Hitler heilen soll, denn das ist auch mir nicht möglich.« Daraufhin grinsen sich beide an.

Und Gottfried? Ja, Gottfried ist damit beschäftigt darüber nachzudenken, wie er es anstellen könnte, von diesem Festessen möglichst wenig probieren zu müssen. Doch als die Türe aufgestoßen wird, verfliegen seine Gedanken mit einem Schlag ins Nichts. Hetty! Sein blonder Engel erscheint ihm mit weißer Schürze und weißem Häubchen auf dem Kopf.

Mit dem Ellenbogen hat sie die Türklinke heruntergedrückt, und nun ist sie gerade im Begriff, das Tablett mit der Terrine an den Tisch zu bringen. Gottfrieds Blick muss sie wie ein Pistolenschuss getroffen haben. Erst schwankt sie, dann entgleitet ihr, von großem Spektakel begleitet, das Tablett aus den Händen. Nun dreht sich sogar Doktor Kaluweit erschrocken herum, der mit dem Rücken zum Geschehen sitzt. Somit sind alle Blicke auf die bedauernswerte Hetty gerichtet, die mit vor dem Mund gepressten Händen stumm und regungslos vor dem Kladderadatsch zu ihren Füßen verharrt.

Der Herr von Frickelheim ist der Erste, der die Worte wiederfindet. »Hetty, Hetty, Hetty, warum nehmen Sie nicht den Servierwagen? Ich hoffe nicht, dass Sie mir meine gute Laune verdorben haben und vor allem nicht meinen Appetit.«

Unterdessen ist Gottfried aufgesprungen, um übereifrig dabei zu helfen, die Scherben auf das Tablett zu legen.

»Setzen Sie sich bitte wieder hin, junger Herr, wir sind es in diesem Hause nicht gewohnt, das unsere Gäste dem Personal zur Hand gehen«, weist ihn Herr von Frickelheim unmissverständlich zurück.

Jetzt springt allerdings auch Fritz auf. »Holen Sie Putzzeug, Hetty, ich räume das Porzellan derweil zusammen!«

Bevor Hetty davoneilt, stottert sie eingeschüchtert: »Ich habe noch Suppe auf dem Herd ... ich habe noch Suppe auf dem Herd.«

Doktor Kaluweit setzt sich wieder in seine Ausgangsposition zurück und murmelt fortwährend: »Diese Blässe, diese Blässe.«

Gottfried indes hält auf dem vorderen Rand seines Stuhles stocksteif inne, was mutmaßlich die Aufmerksamkeit des Herrn von Frickelheim hervorruft. »Warum so schreckhaft, Herr Unterfeldwebel? Sie müssten doch anderes gewohnt sein. Was da auf dem Boden liegt, sind bloß Innereien vom Rind.«

Was Herr von Frickelheim nicht weiß und nicht wissen kann, ist, dass Gottfried bei dem, was da an Unansehnlichem auf den Fußboden liegt, nicht an das Innenleben eines Rindes denkt, sondern an die Gedärme des Gefreiten Jochen Schrader.

»Verzeihen Sie.« Gottfrieds Bitte ist kurz und knapp. »Wo kann ich mich frisch machen?«

»Am Eingang links!«, ruft Fritz ihm zu. Als Gottfried den Raum überstürzt verlassen hat, mokiert sich Herr von Frickelheim kopfschüttelnd: »Was für Helden, was für Helden!«

Und Doktor Kaluweit antwortet ebenso kopfschüttelnd: »Diese Blässe, diese Blässe.«

In größter Not erreicht Gottfried gerade noch die Aborttüre. Über die Schüssel gebeugt beginnt er heftig zu würgen. Er ist über sich selbst verärgert. Was ist mit mir los? Dafür habe ich bestimmt keinen Orden verdient. Er wäscht sich das Gesicht, um sich anschließend vor dem Spiegel manierlich herzurichten. Als er den Abort verlässt, stößt er mit Hetty zusammen, die das Wischwasser ausschütten will.

Wie angewurzelt stehen sie sich gegenüber, bis Gottfried sich aus seiner Starrheit löst.

»Hetty, ich muss mich Ihnen erklären.«

»Jetzt nicht!«, fährt sie ihn an. »Die Herrschaften warten auf ihr Essen.«

»Hetty, das alles tut mir sehr leid. Bitte geben Sie mir die Gelegenheit, Sie wiederzusehen, damit ich Ihnen alles erklären kann. Herr von Frickelheim, ich meine, Fritz und ich sind gute Bekannte. Sagen Sie ihm wann, wo und ob Sie bereit dazu sind, mich erneut zu treffen. Er wird mich dann darüber unterrichten.«

Hetty wirkt verzweifelt. »Gehen Sie. Gehen Sie zurück und machen Sie nicht alles noch ärger.«

Vor der Salontüre holt Gottfried noch einmal tief Luft, dann betritt er mit vorgewölbtem Brustkorb den Speiseraum. Von den Augen der Anwesenden verfolgt setzt er sich wieder an seinen Platz. »Ich bitte um Verzeihung.« Mehr sagt er nicht.

Kurz darauf erscheint Hetty, die jetzt den Servierwagen vor sich herschiebt, auf dem sich diesmal eine kleinere Terrine befindet. Herr von Frickelheim hebt den Deckel der Terrine an und riecht hinein. »Hm, hm, hm«, seufzt er, »es riecht köstlich. Ist das alles, Hetty?«

Hetty nickt verlegen.

»Hat meine Frau schon bekommen?«

»Frau Oberregierungsrat möchte nicht essen, Herr Oberregierungsrat.«

»Möchte nicht essen, hm, hm, hm. Was sagst du dazu, Doktor. Sie möchte nicht essen. Hm, hm, hm.«

Sichtlich abwesend, aber dennoch hoch konzentriert beobachtet Doktor Kaluweit das Hausmädchen.

»Doktor, was hältst du davon, dass meine Frau nicht isst?«

Doktor Kaluweit zuckt zusammen. »Keine Sorge, keine Sorge, ein, zwei Tage Fasten belebt den Geist!«

Mit einem erneuten Blick in die Terrine verkündet Herr von Frickelheim halb lachend und halb enttäuscht: »Die reinste Kriegsration. Hetty, richten Sie bitte an!«

Da Gottfried der Appetit gründlich vergangen ist und er alleine wegen seiner auffallenden Blässe glaubwürdig auf eine Magenverstimmung hinweisen kann, verschreibt ihm Doktor Kaluweit, mit sichtlicher Vorfreude auf eine für ihn größere Portion, auf der Stelle absoluten Nahrungsentzug. Hetty, die sich daranmacht, so rasch als möglich die Gesellschaft wieder zu verlassen, sieht sich der Beobachtung des Doktors bis zu dem Moment ausgesetzt, wo sie die Türe hinter sich schließt. Und bevor der Doktor sich den ersten Löffel in den Mund steckt, murmelt er: »Diese Röte, diese Röte!«

Kein Wunder ist größer als das, wenn Träume in Erfüllung gehen. Gottfrieds Traum hieß Hetty, und die Erfüllung seines Traumes bestand darin, dass sie ihm verzieh. Mehr noch, nachdem sich beide in jeder freien Minute trafen, gestand sie ihm sogar offen ihre Liebe zu ihm. Fritz war es gewesen, der

Hetty noch am Tage des unglücklichen Zusammentreffens ins Gebet nahm. Sogar der Oberregierungsrat hatte sie am Abend, als sie das Nachtmahl servierte, getröstet und Doktor Kaluweit, der sich nicht aufraffen konnte oder wollte, nach Hause zu gehen, tätschelte ihr väterlich die Wange.

Wäre nicht die besorgniserregende Kriegsstimmung gewesen, alles hätte so rosig sein können. Mit den Augen der frisch Verliebten war die Welt zu einer einzigen schwebenden Wolke verzaubert, auf der man glücklich beieinandersaß und die Rohheit unter den Füßen völlig vergaß. Es war die Zeit im Jahr, in der alles und jedes nach Jasmin roch.

Fritz war es dann, der Gottfried von seiner Wolke stieß. »Es tut sich was, mein lieber Freund!«, beschwor er ihn. »Es liegt was in der Luft. Wenn Hetty deine Frau werden soll, dann musst du sie jetzt heiraten! Ihr wollt doch zusammenbleiben, oder?«

Gottfried sah ihn nur mit großen Augen an.

»Ja, du alte Nebelkrähe«, drängte Fritz scherzhaft, »lass dir von Hetty so schnell wie möglich die Flügel stutzen, Hitler wird sein Unternehmen Barbarossa nicht länger auf die lange Bank schieben. Der Russe steht bis an die Zähne bewaffnet entlang seiner Grenzen. Wenn du möchtest, dann werde ich meinen Vater bitten, dass er für euch den Heiratstermin beim Standesamt vorantreibt.«

»Halt, halt, halt«, hatte Gottfried abgewehrt, denn er fühlte sich von seinem Freund überrumpelt. »Bist du nicht der Ansicht, ich sollte erst mit Hetty darüber sprechen?«

»Sprich mit ihr, aber überlege nicht zu lange, bevor du sie nicht mehr fragen kannst.«

An einem der schönsten Frühsommerabende Anfang Juni, kurz nach dem eindringlichen Gespräch mit Fritz, nimmt Gottfried all seinen Mut zusammen, um Hetty bei dem anstehenden Treffen einen Heiratsantrag zu machen. Den ganzen Tag über schon hat er angestrengt überlegt, wie er den Antrag formulieren soll, damit sie ihm keinen Korb gibt, geben kann. Tausendmal spielt er in Gedanken die Szenen nach, die seiner Vorstellung nach vielversprechend von Erfolg gekrönt sein könnten. Gedanklich fällt er sogar auf die Knie vor ihr, um sich gleich darauf, sie in den Armen haltend, fröhlich mit ihr im Kreis zu drehen. Alles spielt er durch, nur nicht den Augenblick, in dem sie Nein sagt.

Bereits am frühen Nachmittag, direkt nach Dienstschluss, schlendert er noch unentschlossen durch die Stadt, in der Hoffnung, ein wirklich genialer Geistesblitz würde ihn bezüglich seiner bevorstehenden Liebeserklärung treffen. Dieser kommt ihm dann in Form eines Juwelierladens. Schlagartig zieht es ihn zum Schaufenster hin, vor dem er sich die darin ausgestellten Ringe aufmerksam betrachtet. Zwei besonders auffallende Ringe fallen ihm gleich auf. Dass diese Schmuckstücke zusammengehören, erkennt er gleich, weil auf dem einen ein Pfeil und auf dem anderen ein Herz eingraviert ist. Mit klopfendem Herzen betritt er den Laden, und mit diesen beiden Ringen verlässt er ihn wieder. In einer Stunde wird er Hetty gegenüberstehen und sie fragen, ob sie seine Frau werden will. Und mit einem Male scheut er sich davor, dabei seine Stimme hören zu müssen. Sie darf ihm nicht versagen, keinesfalls! Es gibt nur diesen einen Satz, der sitzen muss. Er lockert nervös seinen Hemdkragen. Da fällt sein Blick auf einen Blumenstand, wo eine Blumenfrau gerade dabei ist, ihre restliche Ware zusammen zu räumen.

»Schöne Blumen, der Herr«, ruft sie ihm zu. Er wartet zwei Pferdedroschken ab, dann überquert er im Laufschritt den Fahrdamm. Erneut preist die Händlerin an, was noch an Blumen übrig ist. Als Gottfried eine einzelne Rose verlangt, lächelt die Frau ihn wissend an und schenkt sie ihm. Sie schaut ihm noch eine Weile nach, wie er pfeifend seinen Weg geht. Hetty wartet bereits. Schon von Weitem erkennt er sie. Sie sieht wie immer bezaubernd aus. Noch scheint sie ihn nicht gesehen zu haben. Gottfried bleibt stehen und hastig fischt er den Ring mit dem Pfeil aus der Jackentasche, steckt ihn an, und den mit dem gravierten Herzen drückt er tief in die prall gefüllte Blüte der Rose, die er dann verschmitzt lächelnd hinter dem Rücken versteckt. Aufgewühlt vor innerer Erregung nähert er sich seiner Hetty, die ihm, als sie ihn kommen sieht, freudig zuwinkt.

»Was versteckst du hinter deinem Rücken?«, fragt sie gleich.

»Ich? Nichts!« Sogleich küsst er sie auf ihren roten Kirschmund.

»Du lügst«, keucht sie außer Atem und drückt ihn von sich weg. Aber noch ehe sie nach seinem Arm greifen kann, reicht er ihr wortlos die Rose hin.

Mit entzücktem Gesichtsausdruck nimmt sie die ihr gereichte Rose entgegen.

»Sie duftet himmlisch, Liebling«, jauchzt sie.

Dann aber verzieht sich ihr Gesicht zu einem Staunen. »Was blinkt denn da?«

Überrascht fährt sie mit ihrem Finger zwischen die Blütenblätter. Als sie den Ring hervorholt, dreht sie ihn sprachlos in ihrer Hand hin und her, bis sie auch die Herzgravur entdeckt. »Liebling, was bedeutet das?«

Gottfried ergreift den Ring und steckt ihn ihr an den Finger. Er passt, worüber er sehr erleichtert ist. Mit dem Lächeln eines Siegers hält er ihr seinen Ring vor die Augen. »Hetty, mein Schatz«, spricht er ruhig und bedächtig, »möchtest du meine Frau werden?«

Abwechselnd schaut sie ihm in die Augen und auf den Ring an ihrem Finger. Völlig verwirrt sagt sie dann: »Machst du mir etwa hier und heute einen Heiratsantrag?«

Wie ein Honigkuchenpferd grinsend erklärt er ihr, das Pfeil und Herz zusammengehören.

»Soll das heißen, dass wir verlobt sind?« Immer noch sprachlos drückt er sie an sich heran und küsst sie, um zu beweisen, dass Pfeil und Herz auch körperlich eins werden. Passanten in der Nähe bleiben stehen und klatschten vor Freude in die Hände.

Doch auf einmal reißt sie sich los. »Au!«, ruft sie, »ich habe mich an der Rose gestochen.«

Er nimmt ihre Hand und küsst ihr das Blut vom Finger, wobei er mit schmerzvoller Geste bedauernd feststellt, dass Liebe auch wehtun kann. »Auch ich trage Schmerzen in mir, Schatz, wenn ich daran denke, dass ich bald wieder kämpfen muss.« Nun schaut er sie mit solch einem wehmütigen Blick an, als müssten sie auf der Stelle Abschied voneinander nehmen.

Völlig verwundert fragt sie: »Liebling, was ist dir, warum schaust du so verzweifelt?«

Als habe ihn ihre Frage in die Enge getrieben fleht er sie förmlich an: »Lass uns so schnell als möglich heiraten, Schatz!«

Über sich selbst erschrocken, sie so direkt aufzufordern, versucht er in ihren Augen ihre Zustimmung zu lesen. Aber da hört er schon ihre Stimme.

»Liebling, du überraschst mich.«

Rasch sagt er: »Wenn du meine Frau bist, werde ich überleben. Ich werde kämpfen für uns beide, für unsere Liebe!«

Wie Ertrinkende, die gemeinsam ihr Schicksal ertragen wollen, stehen sie sich schweigsam Hand in Hand gegenüber. Tränen zwängen sich durch ihre Wimpern, und es ist vermutlich nicht der Stich der Rose, der sie so tief und schmerzlich berührt.

»Ich liebe dich«, haucht sie. Eng umschlungen und sich gegenseitig Halt gebend fliehen sie auf der Stelle gedanklich in ihr gemeinsam erträumtes Paradies, in dem einzig der Kopf der Rose geknickt wird.

Die Ruhe vor dem Sturm

Bibel:
»*Denn Gottes Zorn wird vom Himmel her offenbart über alles gottlose Wesen und alle Ungerechtigkeit der Menschen, die die Wahrheit durch Ungerechtigkeit niederhalten.*«
Römer 1/18

Adolf Hitler:
»*Auch dieses ist ein Zeichen unserer sinkenden Kultur und unseres allgemeinen Zusammenbruches. Die Zeit erstickt in kleinster Zweckmäßigkeit, besser gesagt im Dienste des Geldes. Da aber darf man sich auch nicht wundern, wenn unter solch einer Gottheit wenig Sinn für Heroismus übrig bleibt. Die heutige Gegenwart erntet nur, was die letzte Vergangenheit gesät hat.*«
Aus *Mein Kampf*, Seite 292, Kapitel: *Religiöse Verhältnisse*

†

Ja, sie sind sich von Herzen einig geworden. Natürlich drängt es Gottfried danach, das er noch bei Hettys Eltern vorsprechen muss, bevor er und sie zum Standesamt gehen. Auch Hetty will keinesfalls ohne den Zuspruch des Vaters heimlich heiraten. Und schon am Wochenende darauf nehmen sie sich vor, die Reise dorthin anzutreten. Leider kann Fritz die beiden frisch verliebten Turteltauben nicht mit seinem neuen BMW, einem rasanten Flitzer, zu Hettys Heimatdorf hinfahren, da der Sportwagen nur über zwei Sitze verfügt. Also beschließen sie mit der Bahn zu reisen. Gar nicht so schlimm, mit viel Gepäck brauchen sie sich ohnehin nicht abgeben.

Gottfried trägt einen kleineren Korb in der Hand, in den Hetty allerdings reichlich Proviant hineingepackt hat, obwohl die Fahrt nicht länger als etwa anderthalb Stunden dauern wird.

Es ist ein noch kühler, aber klarer sonniger Samstagmorgen, als der Zug pünktlich im Königsberger Bahnhof an jenem Bahnsteig hält, von wo aus die dort wartenden Fahrgäste in Richtung Goldap gelangen. Quietschend kommen die Waggons zum Stehen, und die Lok schnauft eine Qualmwolke aus ihrem Schornstein, als wolle sie den beiden bedeuten: Dann mal los! Nur wenige Fahrgäste steigen zu, und demnach sind die Abteile größtenteils leer oder die Sitzplätze nur hier und da besetzt.

Gottfried und Hetty machen es sich also gemütlich. Der Zug ruckt an, und bald schon rattern sie vom Schuckeln und Ruckeln besänftigt, jeder seinen Gedanken nachgehend, durch die Weite einer wahrhaftigen Bilderbuchlandschaft. Sie sind sehr früh aufgestanden und somit noch ziemlich müde. Diese Müdigkeit ist es auch, die Gottfried das wohlige Gefühl von Friedlichkeit gibt. Eine im Grunde absonderliche Friedlichkeit, wenn man bedenkt, dass irgendwo hinter den Wäldern bereits der Unfriede lauert. Mutters letzter Brief kommt ihm in den Sinn, dessen Zeilen ihm nun völlig absurd erscheinen. Denn sie schrieb, dass die Engländer am Stadtrand von Wuppertal Bomben abgeworfen hatten. Nun, da war er sehr erschrocken, als er das las. Doch gleichzeitig beruhigte ihn die Nachricht, dass die Bomben keinen größeren Schaden angerichtet haben, weil sie in einem Waldgebiet niedergegangen waren.

Er sieht Hetty an, die neben ihm am Fenster sitzt. Das hübsche Blumenkleid trägt sie, und ihr Haar glänzt golden im hereinfallenden Sonnenlicht. Sie schaut abwesend in die Weite, als zögen ihre Träume mit dem Rauch der Dampflok dahin. Der Saum ihres Kleides ist hochgerutscht, und er betrachtet ihre weißen, festen Schenkel, die er noch nie berühren durfte. Blonde Härchen schimmern darauf. Der breite, weiße Gürtel, der ihre Taille fest umschließt, wird in seiner Fantasie zu einer Grenze zwischen Sitte und Lust.

Er lächelt still in sich hinein. Ist das ganze Leben nicht Sitte und Lust?, denkt er sich. Reinheit und Abscheu?

Er will sich ablenken, indem er die Reinheit der Landschaft studiert, die wie eine hübsche Theaterkulisse an seinen wachsamen Augen vorüberzieht. Doch schon drängt sich eine böse Ahnung dazwischen. Und während er grübelt, wandelt sich in seiner Vorstellung der Qualm der Lokomotive, der stellenweise das Blau des Himmels beträchtlich trübt, in Pulverdampf. Mit ihm tauchen Panzer am Horizont auf. Kriegsgebrüll und Kriegsgeschrei lärmen plötzlich in seinen Ohren. Blut regnet vom Himmel, und die Erde brennt.

Gottfried springt entsetzt auf, als wolle er fortlaufen, vor sich selbst davonlaufen.

Hetty, ebenfalls aus ihren Gedanken gerissen, schaut ihn erschrocken an.

»Liebling, was ist?« Ihre Hand greift nach ihm.

»Gut, gut, gut, es ist schon wieder gut«, stammelt er und er spürt, dass sein Gesicht kalkweiß sein muss.

»So setz dich doch wieder hin, Liebling!« Hetty zittert plötzlich. Aufgeregt kramt sie in dem Korb herum. Aus einer Flasche gießt sie Flüssigkeit in eine Tasse. »Hier, Liebling, trink einen Schluck Tee, er wird dir guttun.« Besorgt reicht sie ihm die Tasse. Er trinkt, und der Tee tut ihm wirklich gut. Er atmet tief durch, und mit einem Aufstöhnen drückt er sich mit dem Rücken in den Sitz.

»Was war denn, Liebling? Warum warst du so erschrocken?«

Gottfried sieht sie lange an, dann sagt er leise: »Der Krieg. Es ist der Krieg. Der verdammte Krieg! Immer und immer wieder muss der Mensch des Menschen Feind sein.«

Mit einem rührend ergreifenden Blick beäugt sie ihn. »Bin ich dein Feind, Liebling?«

Da kann er tatsächlich ein Lachen nicht unterdrücken. Übermannt von solch lieblicher Rührseligkeit drückt er sie fest an sich und benetzt ihr Gesicht über und über mit seinen Küssen. »Solch ein Feind bist du mir, dass ich dich so lieben muss«, lacht er in seinem Stimmungsumschwung. Doch gleich darauf fügt er ernster hinzu: »Nur die Liebe vermag es, die Feindschaft des Feindes zu durchbrechen.«

Ein Telegramm hat das Liebespaar angekündigt. Kurz und knapp, wie es bei einem Telegramm üblich ist, hieß es darin: »*... ankomme Samstag mit dem Frühzug ... stop ... komme nicht alleine ... stop ... Hetty.* Pünktlich auf die Minute fährt der Zug in den Bahnhof von Goldap ein. Gottfried steigt zuerst aus. Hetty die Hand reichend, hilft er ihr die Trittstufen herunter. Er sieht sich um, ob und wer sie erwartet. Aber er beobachtet nur davoneilende Fahrgäste. Rasch leert sich der Bahnsteig.

Hetty hakt sich frohen Mutes bei ihm unter. »Komm!«, fordert sie ihn auf, »Vater wird in der Droschke auf uns warten.« Man kann ihr ansehen, dass sie sich darauf freut, die beiden miteinander bekanntzumachen. Gottfried hingegen fragt sich ein wenig beunruhigt, wie Hettys Vater ihm entgegentreten wird.

Als sie eng aneinandergeschmiegt das Bahngebäude verlassen, wartet davor wirklich eine Droschke, in deren Deichsel zwei Rappen eingespannt sind. Das tiefschwarze Fell der Tiere glänzt silbrig in der Sonne. Auf dem Kutschbock hockt ein großer, drahtiger Mann mit so etwas Ähnlichem wie eine Melone auf dem Kopf. Hetty läuft sofort los und zieht Gottfried hinter sich her. »Da ist Vater Adalbert, Liebling!« Freudig winkt sie der reglosen Gestalt zu, die wie eine in Stein gehauene Skulptur das Abbild eines Kutschers wiedergibt, der die Zügel straff in den Händen hält.

Verwundert beobachtet Gottfried Hetty, die anscheinend keine Besonderheit am Verhalten ihres Vaters feststellt. Erst als beide das Fuhrwerk erreichen, steigt Herr Hallmann, wie plötzlich erwacht, behände vom Bock herab, worauf Hetty ihn unverzüglich auf die Wange küsst.

Herr Hallmann ist fast einen Kopf größer als Gottfried, den man gewiss nicht als klein bezeichnen kann. Er mustert den ihm fremden Mann in einer Art Rossschau von oben bis unten, es fehlt nur noch, dass er sich Gottfrieds Gebiss näher vornimmt.

»Wer ist das, Kind?« Herr Hallmann lässt nicht ab von seiner väterlichen Begutachtung.

»Das ist Unterfeldwebel Gottfried Krahwinkel, Vater.«

»Unterfeldwebel, so, so, so.« Fast sieht es so aus, als ob er sich darüber amüsiert.

»Nun«, gibt Herr Hallmann zu bedenken, »jetzt weiß ich zwar, wie er heißt, aber ich weiß immer noch nicht, wer dieser Herr ist!«

Hetty wirkt zusehends nervös. »Herr Krahwinkel ist mein …«, sie unterbricht sich hastig. »Herr Krahwinkel ist ein guter Freund von mir, Vater. Und ich würde mich sehr darüber freuen, wenn ich mit ihm das Wochenende bei dir und Mutter verbringen dürfte. Herr Krahwinkel ist zudem ein vertrauter Gefährte von Fritz. Ich habe ihm viel von deinen Pferden und von unserer schönen Gegend erzählt, Vater. Das alles möchte ich ihm gerne zeigen.«

»Gefährte von Fritz, so, so, so. Sie interessieren sich also für meine Pferde, so, so, so.« Und nach einer kleinen Pause streckt Herr Hallmann Gottfried die Hand entgegen. »Die Freunde meiner Tochter sind auch meine Freunde. Guten Tag, Herr Krahwinkel«, mehr sagt er nicht.

Hocherfreut über diese dennoch liebenswürdige Aufnahme erwidert Gottfried den Gruß mit einem besonders festen Händedruck, worauf sich Herr Hallmann prompt umdreht und wieder mit Leichtigkeit auf den Bock klettert.

Gottfried indes weiß nicht, was er von diesem sonderbaren Mann mit dem markanten, wettergegerbten Gesicht halten soll.

Hetty scheint seine Gedanken zu erahnen. »Lass dir nichts anmerken, Liebling«, flüstert sie. »Vater ist so, aber er ist ein herzensguter Mensch.«

»Du hättest mich vorwarnen sollen, Schatz. Ich dachte, er wüsste Bescheid.«

Kaum sitzen sie im offenen Coupé, da schnalzt Herr Hallmann mit der Zunge, und die Pferde setzen sich schnaubend in Bewegung. Die Fahrt in dem gut gefederten Gefährt macht sich recht bequem aus. Der Fahrtwind weht angenehm, und das laue Lüftchen ist angefüllt von unterschiedlichsten, ihm vertrauten Gerüchen. Artig sitzen die beiden nebeneinander. Immer wieder lächelt Hetty Gottfried aufmunternd zu. Ihm gefällt, was er zu sehen bekommt. Störche stelzen in den Wiesen herum. Lerchen schwirren über weite Wiesen und Felder. An einem See fahren sie vorüber, in dem sich die Bläue des Himmels rein und klar spiegelt und an dessen Rändern wiegen sich Binsen im Wind. Wohlbehagen steigt in ihm auf. Zudem legt das Schaukeln der Droschke eine Sanftheit auf sein Gemüt, dass er sich zusammenreißen muss, um nicht einzuschlafen. An Mutter denkt er und empfindet seine augenblickliche Situation als grotesk. Er hat sie verlassen, um in den Krieg zu ziehen, und stattdessen erlebt er, neben seiner geliebten Braut sitzend, eine solche Friedlichkeit, dass er hätte schreien können vor Glück, während sich seine Mima und auch Tante Grete wegen der englischen Bomben in Gefahr befinden und immer wieder im Keller verstecken müssen, wie sie ihm ja geschrieben hat. Wie gerne würde er sie jetzt in die Arme nehmen und mit einem Fingerzeig auf Hetty zu ihr sagen: »Mima, das ist jetzt deine Tochter.« Stattdessen schaut er nun auf Adalberts schmalen Rücken, dessen knochigen Schulterblätter sich durch die dünne Jacke drücken. Wie alt mag er sein? Unter seinem komischen Hut wachsen bereits graue Haarsträhnen. Ob er zu ihm irgendwann einmal Vater sagen kann? Nein, das ist nicht sein Vater.

Damit seine Gedanken verschwinden, fragt Gottfried: »Wie weit ist es noch?«

»Es dauert nicht mehr lange, dann sind wir da.«

»Dein Vater ist wohl ein wenig wortkarg?«, flüstert Gottfried.

Und ebenso leise antwortet Hetty: »Ja, er hat noch nie viel geredet. Ich aber kann aus seinen Augen lesen, sie sind es, die sprechen. Manchmal meine ich, dass ihm seine Pferde diese Sprache beigebracht haben.«

Gottfried ist erstaunt. Spöttisch zucken seine Mundwinkel.

»Ja«, bestätigt sie, »die Pferde sind sein ein und alles, mit ihnen beschäftigt er sich den ganzen Tag.«

»Nun ja«, tuschelt Gottfried ihr zu, »ihn will ich ja nicht heiraten.«

Hetty drückt ihm einen flüchtigen Kuss auf die Wange. Wieder überlassen sie sich dem Schaukeln des Gefährts, der milden Stimmung, die sie umgibt, und dem Schnauben der Tiere. Kurz darauf rumpeln sie durch einen kleinen, mit Kopfstein gepflasterten Ort, in dem ihnen freundlich zugewunken wird. Und wenn die Kinder, die feixend neben der Droschke umherhüpfen und rennen, den Pferden und den mit Eisen beschlagenen Rädern zu nahekommen, lässt Adalbert auf dem Bock die Peitsche knallen, worauf die Rappen ihre Schweife heben und furzen. Außerhalb der Siedlung passieren sie eine kleine Brücke, die über das Flüsschen Goldap führt. Sie befinden sich inzwischen am Rande der Rominter Heide, einer besonders lieblich anmutenden Gegend. Als sie nun aus einer von Sträuchern und Büschen geschützten Biegung heraus in eine versteckte Einfahrt einbiegen, die zu beiden Seiten von weißstämmigen Birken gesäumt ist, strafft sich Gottfried. Direkt vor ihm erstreckt sich das kleine, aber beschauliche Anwesen der Hallmanns.

Die Mutter wartet bereits im Hof. Eine weiße, frisch gestärkte Schürze trägt sie über ihrem blauen Kleid. Man sieht sogleich, dass sie sorgsam ihr hellblondes Haar gekämmt hat. Gesund und rosig leuchten ihre Wangen in ihrem natürlichen Landfrauengesicht. Im ersten Moment kann man den Eindruck gewinnen, als sei sie Hettys Schwester.

»Brr«, knurrt Adalbert, und sein nach hinten gewandter Kopf soll wohl andeuten, nun steigt mal aus. Bevor Hetty nach ihrem Korb greift, zupft sie Gottfried zuversichtlich am Ärmel. Dann hüpft sie grazil von dem Landauer herunter. Gottfried tut es ihr nach. Kaum hat er festen Boden unter den Füßen, treibt Adalbert die Pferde wieder an, um sie bei den weiter entfernt liegenden Stallungen auszuspannen.

Die Begrüßung ist herzlich. Hetty und Mutter liegen sich lange in den Armen. Gottfried verweilt ziemlich verlegen daneben.

»Wen hast du uns denn da mitgebracht, Kind?«

Hetty, die sich erhitzt und mit geröteten Wangen von Mutter gelöst hat, stellt sich neben Gottfried, nimmt ihn an die Hand und sagt mit Stolz in der Stimme: »Das ist Gottfried Krahwinkel, ein guter Freund von Fritz.«

Hintergründig lächelnd reicht Frau Hallmann Gottfried die Hand. Mit einem Blick auf ihre Tochter meint sie: »Eigentlich glaubte ich, dass du Rosemarie mitbringen würdest.« Freundlich betrachtet sie sich Gottfried, der ihr in seiner tadellos sitzenden Uniform zu gefallen scheint. Erneut wirft sie ihrer Tochter einen Blick zu, der, wie anzunehmen ist, zwischen Mutter und Tochter mehr aussagt als tausend Worte.

»Aber nun lasst uns rasch ins Haus gehen! Das Essen ist zubereitet. Vater hat schon in aller Frühe ein Huhn geschlachtet.«

»Oh, ich habe großen Hunger«, jubelt Hetty. »Du auch, Gottfried?«

Eigentlich war Gottfried noch vom Proviant aus dem Korb gesättigt.

Ohne seine Antwort abzuwarten, hält Hetty plötzlich inne. Sie späht umher. »Wo ist Rex?«, fragt sie verunsichert. »Warum begrüßt er mich nicht?«

Mutter zeigt sich besorgt. »Ach Kind, du weißt, dass er alt und krank war. Vater hat ihn vorgestern am Schuppen beim Holunderbusch begraben.«

Hetty steigen Tränen in die Augen. Tröstend legt Mutter den Arm um den Nacken ihrer Tochter. »Er hatte große Schmerzen, mein Kind. Stundenlang jaulte und wimmerte er. Wir konnten uns das nicht länger mit anhören. Vater hat ihn dann rasch erlöst, und da, wo er jetzt ist, wird es ihm besser ergehen.« Mitleidig blickt sie ihre Tochter an. »Aber nun kommt doch ins Haus, damit Vater nachher nicht auf uns warten muss!«

Bevor Gottfried in Hettys Leben trat, war Rex ihre große Liebe gewesen. Mit ihm hatte sie ihre Kindheit verbracht und viele fröhliche Stunden verlebt. Nun hatte der Tod ihr genommen, was sie liebte. Demnach verläuft das Mittagessen, das nach Gottfrieds mehrmaligem Bekunden überaus köstlich schmeckt, stiller und bedrückter, als es üblicherweise bei den Hallmanns zugeht, wenn Hetty sie besucht. Aber beinahe sieht es danach aus, als käme Adalbert die Ruhe bei Tisch gelegen. Schweigsam beobachtet er den fremden Mann, der so vertraut neben seiner Tochter mit Appetit vom Huhn isst. Mutter dagegen waltet emsig. Sie räumt ab und trägt auf.

Gerade hantiert sie in der Küche und richtet Schokoladenpudding an, über den sie einen ordentlichen Schuss Eierlikör gießt, da legt Gottfried bedacht sein Besteck beiseite. Mit aufgeregter Zurückhaltung räuspert er sich und beginnt mit den Worten: »Ich muss unbedingt mit Ihnen reden, Herr Hallmann!«

Herr Hallmann schaut sichtlich überrascht von seinem abgegessenen Teller hoch.

»Darf ich Sie fragen, wann es Ihnen recht ist, Herr Hallmann? Ich meine, wann es Ihnen recht ist, mit Ihnen sprechen zu dürfen.«

Herr Hallmann sagt nichts. Doch er tippt mit der Fingerspitze auf die Tischplatte, was wohl so viel heißen soll wie, reden sie jetzt. Jetzt hier und gleich.

Hetty erhebt sich eilends von ihrem Stuhl. Fahrig stapelt sie die leeren Teller übereinander, dass es ordentlich klappert. Und mit den Worten »Ich helfe Mutter in der Küche« verlässt sie die beiden Männer.

Gottfried braucht eine Weile, um gedanklich zu formulieren, was und wie er das, was ihm auf der Zunge brennt, am besten vortragen soll. Währenddessen lässt Herr Hallmann nicht ab, ihn zu belauern, als ginge von dem, was er gleich zu hören bekommt, eine Gefahr aus.

Nun rückt auch Gottfried seinen Stuhl beiseite. Mit einem Handwisch säubert er sich zunächst den Mund. »Verehrter Herr Hallmann«, beginnt er. »Ich ... ich meine, Ihre Tochter und ich, wir ... also ... Lassen Sie es mich so sagen, wir kennen uns nun schon eine Weile und ... wie soll ich es Ihnen sagen ... ich, also ich und Ihre Tochter, also wir ... wir mögen uns!« Nun ist es heraus. Hat Gottfried während seiner Ansprache die ganze Zeit unablässig auf den Tisch und die vor ihm liegende Gabel geschaut, so blickt er nun direkt in das Gesicht seines Gegenübers, in der Hoffnung, er könne etwas Bestimmtes aus dessen Regung herauslesen. Aber da ist nichts zu erkennen. Da ist zumindest nichts, was er hätte deuten können, welche Haltung Herr Hallmann zu diesem Geständnis einnimmt. Wie er es aufgenommen hat. Nein, Herrn Hallmanns Gesichtsausdruck bleibt unverändert gleichgültig. Demnach muss Gottfried zum alles entscheidenden Schlag ansetzen.

»Ich bitte Sie um die Hand Ihrer Tochter, Herr Hallmann!«

O ja, dieser Satz verfehlt seine Wirkung nicht. In Herrn Hallmanns hagerem Gesicht zucken die Nervenstränge, und seine Augen verlieren die angespannte Wachsamkeit. Doch dann knallt seine muskulöse Pranke kräftig auf den Tisch.

Jetzt zuckt auch Gottfried zusammen.

»Liebt Sie meine Tochter?«

Mit dieser Frage hat Gottfried nicht gerechnet. Er zögert nach Worten ringend mit der Antwort.

»Herr Krahwinkel, hören Sie mich? Ich fragte Sie, ob meine Tochter sie liebt!«

Fast befürchtet Gottfried, dass ihm seine Stimme im Halse stecken bleibt. »Ja ... ja, sie liebt mich und ich liebe sie«, sagt er rasch. »Also, nicht *Sie*!«, stottert er, »ich meine natürlich Ihre Tochter.«

Herr Hallmann erhebt sich geschmeidig. Wiederum prüfenden Blickes schreitet er auf ihn zu. Augenblicklich fühlt Gottfried den kräftigen Griff auf seiner Schulter. Ohne ein weiteres Wort zu verlieren, nickt Herr Hallmann ihm zu, wobei Gottfried glaubt, einen feuchten Schimmer in seinen Augen zu entdecken. Gleich darauf geht Herr Hallmann zielstrebig zur Stubentüre, öffnet sie und ruft: »Ihr könnt jetzt mit dem Pudding kommen!«

Natürlich hat Hetty ihre Mutter in der Zwischenzeit über den eigentlichen Sinn ihres Besuches in Kenntnis gesetzt. Demzufolge eilt Frau Hallmann freudestrahlend herein. Mit überschwänglicher Herzlichkeit küsst sie ihren zukünftigen Schwiegersohn auf die Wange.

»Na, du scheinst ja einverstanden zu sein, Hildchen«, konstatiert Herr Hallmann. »Aber bitte, können wir jetzt endlich den Pudding essen!«

Für Gottfried sind die folgenden gastfreundschaftlichen Stunden bei den Hallmanns gerade so, als würden ihn die offenen Arme Ostpreußens ans Herz drücken. Bei ihnen fühlt er sich bereits nach kurzer Zeit seines Eintreffens wohl und zufrieden. Sie sind ihm sogar schon ein Stück Heimat geworden. Hätte nur noch gefehlt, dass ihm hier unversehens Großvater, Tante Berta und Molly begegneten.

Zwar hat Gottfried in seinem bisherigen Leben noch keinen näheren Kontakt mit Pferden gehabt, dennoch gefällt es ihm außerordentlich gut, mit Hetty im Stall herumzustreifen. Der würzige Duft vom Heu und die Ausdünstung der Pferde, das mag er. Nur im Kriegsgetümmel ist er Pferden gelegentlich nahegekommen. Doch da waren sie vom Pulverdampf und Angstschweiß umgeben.

Als Hetty ihrem Schützling Wotan den kräftigen Hals tätschelt, erkennt Gottfried in den Augen des Pferdes Ergebenheit, aber auch unbändigen Freiheitsdrang. Was ist das bloß, fragt sich Gottfried in diesem Moment, dass ein Fluchttier zu diesem Kadavergehorsam zwingt, wie er es in den Feldzügen mit ansehen musste. Und die Antwort, die er sich daraufhin gibt, ist die, dass es die Kandare ist, die sie bis in den Tod führt. Aber er erkennt noch mehr, er wird sich bewusst, dass auch die Soldaten mit einer allerdings unsichtbaren Kandare gelenkt werden, die ihnen den Mund verschließt und den Kopf willig macht!

Seine Gedanken werden dadurch abgelenkt, als er Hetty beobachtet, wie sie Wotan am Halfter die Stallgasse entlangführt. Wie bei einer Körung stolziert der Hengst mit hochmütig gebeugten Nacken als ein Bild der Erhabenheit. Gottfried bedauert es, keinen Fotoapparat dabei zu haben. »Ein prachtvolles Pferd«, lobt er.

»O ja«, erwidert Hetty begeistert, »Wotan ist fast drei Jahre alt. Du solltest ihn sehen, wenn er die Stuten bespringt!« Kaum hat sie es ausgesprochen, da überziehen sich ihre Wangen mit einer tiefen Röte. Schnell sagt sie: »Würde es dir gefallen, morgen mit mir auszureiten?«

»Ich bin noch nie geritten, Hetty.«

Sich der Zweideutigkeit ihres Gespräches bewusst, beginnen beide herzhaft, aber schamhaft zu lachen. Mit geübten Handgriffen stellt Hetty Wotan in seine Box zurück, dann verlassen beide Arm in Arm den Stall. Der Weg führt sie an Adalberts Werkstatt vorbei, wo etliche Wagenräder und Holzgerippe herumstehen und liegen. Auch eine im Bau befindliche Kutsche wartet auf Vollendung.

»Dein Vater scheint ein Meister seines Fachs zu sein.« Gottfried zeigt sich beeindruckt von der Arbeit des Wagenbauers.

»Ja, das ist er«, bekennt Hetty stolz. »Außerdem züchtet er die schönsten Trakehner.« Übermütig läuft sie los, und Gottfried folgt ihr über einen von unzähligen Butterblumen gesäumten Trampelpfad. An einem Gatter macht sie schweratmend halt und ruft in kindlicher Ausgelassenheit: »Erste!«

»Was tun wir hier?« Gottfried schaut sich suchend um, aber mehr als eine Weide, auf der zwei Pferde grasen, bekommt er nicht zu sehen. Hetty schwingt sich auf das Gatter und zeigt auf die beiden Pferde. »Das sind Hänsel und Gretel.«

»Hänsel und Gretel, schön, schön.« Gottfried weiß mit dieser Feststellung nicht allzu viel anzufangen.

»Komm!« Lachend hüpft Hetty vom Gatter und rennt auf die Pferde zu. »Och Gottfried, nun mach schon!«, ruft sie ungeduldig, als er nicht gleich hinter ihr herläuft.

Doch Gottfried bleibt immer noch zögerlich an seinem Platz zurück. Erst als sie ihm regelrecht befiehlt, endlich zu kommen, folgt er ihr zügigen

Schrittes. Als er sie erreicht, ist sie gerade dabei, beiden Tieren auf die nassen Nüstern zu küssen.

»Was machen wir hier?«, fragt Gottfried ein wenig angewidert.

»Ich will dir Hänsel und Gretel vorstellen, damit du sie heute schon kennenlernst, bevor wir morgen auf ihnen ausreiten.«

Gottfried schluckt, und Hetty erkennt, dass ihm bei dem Gedanken an einen Ausritt nicht wohl ist. »Ach Liebling«, beruhigt sie ihn, »die beiden sind schon alt und außerdem lammfromm. Hänsel und Gretel erhalten bei uns bereits das Gnadenbrot.«

Zaghaft nähert Gottfried sich einem der Tiere und streicht ihm mit der Hand vorsichtig über den warmen und ein wenig schwitzig klebrigen Schenkel.

»Das ist Hänsel«, sagt Hetty. »Freunde dich lieber mit Gretel an.«

Die Stute indes hat damit zu tun, Gras zu rupfen und sich durch ein Schütteln ihres prächtigen Kopfes, der mit einer auffälligen Blesse gezeichnet ist, der lästigen Fliegen zu erwehren.

Hetty schmiegt sich an Gottfried. »Ist es nicht wunderschön hier, Liebling? Ach, könnte es doch immer so sein.« Gottfried umarmt sie besitzergreifend, als wolle er sie nie mehr loslassen, und während sich sein Gesicht in ihrem Haar vergräbt, muss er gegen seine aufsteigende Traurigkeit ankämpfen.

Am nächsten Morgen erwacht Gottfried mit der Besorgnis, dass ihm wegen des bevorstehenden Ausritts Unheil bevorstehen könnte. Insgeheim hatte er sich beim zu Bett gehen gewünscht, dass es am nächsten Tag Bindfäden regnen möge. Aber leider ist er von einer besonders sonnigen Sonntagsstimmung geweckt worden. Wider Erwarten hat er sehr gut geschlafen. Das mochte auch daher gekommen sein, weil er mit den Hallmanns noch lange beieinandersaß. Schließlich gab es viel zu erzählen und zu klären, was die Hochzeit und die nahe Zukunft betrifft. Adalbert hatte zunächst schweigend eine volle Flasche Danziger Goldwasser aus dem Schrank geholt. Und als man auseinanderging, war sie leer. Anschließend vertraute Hetty Gottfried an, dass sie ihren Vater noch nie so viel reden gehört hat.

Nur in Unterhose und Unterhemd bekleidet öffnet Gottfried nun weit das Fenster der kleinen Kemenate, in der er untergebracht ist, um dem Lied der Amsel zu lauschen, die im Schutze der riesigen Kastanie anscheinend nur für ihn ein Morgenständchen singt. Wenn es zumindest einen gefühlten Frieden gibt, dann sieht und spürt er ihn in diesem Augenblick.

»Bist du schon wach, Liebling?«

»Ich komme gleich!«, ruft er durch die geschlossene Türe. Daraufhin hört er, wie sich leise Tippelschritte entfernen. Noch eine Weile schaut er nachdenklich in die Ferne. Er will sich nicht so abrupt von dieser sanftmütigen Stimmung abwenden. Dort, wo in seiner Blickrichtung die Sonne aufgeht, da ist Osten. Wenn Fritz als Stabsmajor recht behält, dann wartet am Horizont bereits der Russe. Verbündete, auf die er, der einfache, unbedeutende Fotograf aus Wuppertal, bald schon schießen muss. Irrsinn, geht es ihm durch den Kopf. Glatter Irrsinn! Eigentlich ist das ganze Leben ein einziger Irrsinn! Mochte er recht damit haben, denn ringsherum atmen er und die Natur den Frieden und die Schönheit der Schöpfung ein, und anstatt dass sich der Mensch friedlich darin einnistet, schießt er den Frieden entzwei, nur damit er irgendwann einmal wieder in Frieden leben kann. Irrsinn!

Kopfschüttelnd schlurft er zur Anrichte, auf der für ihn ein Krug mit Wasser und eine Waschschüssel abgestellt wurde. Er gießt Wasser in die Schüssel und wäscht sich. Über die Stuhllehne hat Hetty ihm am Vortag zudem die Reithose ihres Bruders Wilhelm gelegt. Mit der guten Uniformhose würde sie ihn nicht aufs Pferd lassen. Ihre Brüder Wilhelm und Gustav leben nicht mehr im Elternhaus, wie sie ihm erklärte. Wilhelm wohnte, bis er zu den Soldaten musste, mit Ehefrau und seinem kleinen Sohn Robert in Nemmersdorf, wo er als Sattler sein Brot verdiente. Tja, und von Gustav weiß die Familie nicht mehr, als dass er wahrscheinlich in Berlin lebt. Die wildesten Gerüchte haben sich mittlerweile im Ort über ihn verbreitet. Die einen sagen, er arbeite im Reichspropagandaministerium, und andere meinen sogar, ihn als Chauffeur des Führers erkannt zu haben. In einem dummen Streit, bei dem es, wie so oft in vielen Familien, um Politik geht, hat Gustav uns bereits vor drei Jahren von einem Tag auf den anderen verlassen. Mehr konnte Hetty dazu nicht sagen.

Nachdem Gottfried sich frisch gemacht hat, zieht er sich Wilhelms Hose an. Sie passt. Die Uniformjacke braucht er nicht überzuziehen, es würde tagsüber bestimmt sehr warm werden. Mit ordentlich gekämmtem Haar und glatt rasiert verlässt er unternehmungslustig die sonnendurchflutete Stube. *Ist das Leben nicht ein Glücksspiel?*, denkt er sich. *Meist zieht man die*

Niete und dann, wenn man schon nicht mehr darauf hofft, doch noch den Hauptgewinn.

Auf dem Weg zur Küche fühlt er sich tatsächlich wie ein Gewinner. Nun hat er nicht nur ein liebreizendes Mädel kennengelernt, nun sind auch liebe Schwiegereltern und zwei Schwager und eine Schwägerin mit Sohn unbekannterweise als neue Familie in sein Leben getreten.

Als er in die gemütliche Wohnküche gelangt, sitzt Hetty alleine am Tisch. Hilde und Adalbert sind schon zeitig zum Frühgottesdienst gefahren. Freundlich lächelnd steht Hetty auf.

»Guten Morgen, Liebling, setz dich bitte«, sagt sie, »ich habe uns ein kräftiges Frühstück vorbereitet.« Bevor sie sich wieder dem bollernden Ofen zuwendet, begutachtet sie Gottfried. »Ich habe es doch gleich gesagt, die Hose wird dir passen«, sagt sie zufrieden. Daraufhin drückt sie ihm einen zärtlichen Kuss auf den Mund, den er leidenschaftlich beantwortet.

Er beobachtet mit Wohlgefallen, wie geschickt sie am Herd hantiert. Aus der heißen Pfanne steigt ein verlockender Duft von gebratenem Speck auf. Den Speck und das Rührei vermischt sie und bereitet alles zusammen auf zwei Teller zu.

»Du magst doch Rührei mit Speck, Liebling?«

»O ja!«, freut sich Gottfried.

»Gieß dir gerne schon Kaffee ein, wir können sofort essen!«

Gottfried schüttet sogleich dampfenden, tiefschwarzen Kaffee in einen derben Pott aus Steingut. Vorsichtig schlürft er davon. »Hui, der weckt Geister, Schatz. Nach den vielen Goldwässerchen ist dein Kaffee der reinste Balsam.« Hetty hat ihm immer noch den Rücken zugedreht, und jetzt erst fällt ihm auf, wie chic sie in der engen Reithose aussieht, die ihre Figur besonders reizvoll betont.

»Ungewohnt, dich in Hosen zu sehen«, sagt er. Augenblicklich schnalzt er mit der Zunge, weil er sich vor lauter Ablenkung die Lippen verbrannt hat.

»Gefällt es dir nicht, mich in Hosen zusehen? Was meinst du, sehe ich zu dick darin aus?«

»Wo denkst du hin, Schatz, du siehst großartig aus.«

Ja, sie sieht großartig aus in der rot karierten Bluse, die nichts von ihrer üppigen Oberweite versteckt. Zudem die hautenge Hose, die ihre schmale Taille und den wohlgeformten Po besonders vorteilhaft betont. All das sieht

Gottfried in diesem Moment als seinen ganz persönlichen Besitz an. Das Glück ist für ihn fassbar, greifbar, begreifbar geworden.

Einen liebevollen Klaps auf den Po gibt er ihr, bevor sie sich neben ihm an den Tisch setzt.

Nach dem Frühstück sattelt Hetty flink die Pferde, und als sie vom Hof reiten, sind Adalbert und Hilde noch nicht zurück. Hetty staunt, wie geschickt sich Gottfried beim Reiten anstellt. Aber Gretel erweist sich auch als ein gutmütiges Mädchen, die ihrem unerfahrenen Reiter einiges verzeiht. Nur ein einziges Mal, als sie wegen eines plötzlich dahinhuschenden Feldhamsters vor Schreck bockt und Gottfried demzufolge, um nicht hinunterzufallen, seine Schenkel allzu feste gegen Gretels Leib drückt, da verfällt die alte Stute in einen erfrischend jungen Galopp, sodass Gottfried große Mühe aufwenden muss, sich auf ihren breiten Rücken aufrecht zu halten. Hetty jedoch wacht mit Argusaugen auf das Geschehen.

Sie treibt Hänsel an und in dem sie Gretel mit einem resoluten »Brr« in die Zügel greift, pariert das Tier auf Anhieb in angemessenem Schritt. Und Gottfried? Tja, Gottfried wischt sich erleichtert den Schweiß von der Stirne. Von da ab kann er sich wieder der bezaubernden Landschaft widmen. Der einmalig schönen Rominter Heide. Ein Naturparadies von extravaganter Schönheit.

Begeistert macht er Hetty auf einen außergewöhnlich großen Vogel aufmerksam, dessen Art er noch nie gesehen hat und der ganz in ihrer Nähe seelenruhig durch die teils moorige Landschaft stolziert. Hetty verrät ihm, dass es ein Schwarzstorch ist.

»Hier gibt es viele Tierarten«, schwärmt sie. »Manchmal begegnet man auch einem Elch, und im Winter kommen die Wölfe nicht selten bis an die Häuser.«

Gottfried ist von all dem, was er sieht und hört, sehr beeindruckt.

»Da hinten ist ein See!« Gottfried weist in die Richtung, an dessen Horizont ein größeres Gewässer auszumachen ist. Dann sieht er mit zusammengekniffenen Augen zum Himmel, wo die wolkenlose Sonne direkt über ihnen steht. Heiß stechen ihre Strahlen auf seine nackten Arme. Das Hemd klebt ihm am Körper, und er spürt den Schweiß des Pferdes an seinen Schenkeln, die ihm inzwischen arge Schmerzen bereiten.

»Was hältst du davon, wenn wir uns dort ein wenig erfrischen?«

Auch Hettys Gesicht ist von der Wärme gerötet, und nass vom Schweiß kleben ihr die Haarsträhnen an der Stirne. »Gute Idee!«, bekundet sie eifrig und galoppiert voraus.

»Weißt du, was ich jetzt gerne täte«, fragt sie am See angekommen mit raffiniert weiblichem Augenaufschlag.

»Wenn es das ist, was ich gerade denke«, antwortet Gottfried, »dann lass es uns tun.«

»Meinst du wirklich?«

»Ja!«

»Dann drehe dich bitte um!« Hetty packt Gottfried an den Armen und zerrt so lange an ihm, bis er ihr den Rücken zuwendet. »Und wehe, du schaust, bevor ich es dir erlaube!«

»Nein, nein, Hetty Schatz, ich bin auch ganz brav.« Gottfried schmunzelt. Gleich darauf hört er hinter sich ein Rascheln, und kurze Zeit später sagt sie mit ein wenig Scheu in der Stimme: »Liebling, wenn du möchtest, dann darfst du dich jetzt umdrehen.«

Wenn Du möchtest? Was für eine Frage!

Kaum hat sie es ausgesprochen, da fährt er auch schon herum, und was er zu sehen bekommt, raubt ihm fast den Atem. Nackt. Nackt steht sie vor ihm. Ihre Hände bedecken nur spärlich ihre prallen Brüste.

»Hetty!«, stammelt er, »du bist … du bist wunderschön. Du siehst hinreißend aus.«

Eine tiefe Röte überzieht ihr Gesicht. »Ich laufe schon einmal vor!« Sogleich macht sie Anstalten, zum Wasser zu rennen.

»Halt!«, ruft Gottfried ihr nach. »Wir haben nicht dasselbe gedacht.« Geschwind beginnt er sich auszukleiden und hat große Mühe, sich der doch etwas zu engen Reithose zu entledigen. Sogar die grasenden Pferde erheben neugierig ihre Köpfe, wie er da auf einem Bein hüpfend versucht, das Hosenbein über die Ferse zu ziehen.

Hetty bleibt amüsiert stehen, dann kehrt sie lachend um. »Warte, ich helfe dir. Setze dich hin, ja, so geht es leichter!«

Gottfried lässt es nur allzu gerne geschehen, dass Hetty in ihrer Blöße an seiner Hose herumzerrt. Als auch er schließlich bar jeder Bekleidung vor ihr steht, erkundigt sie sich leicht zitternd: »Woran hattest *du* denn gedacht?«

Spontan drückt er sie heftig an sich, weil er seine männliche Erregung vor ihren Augen nicht mehr verbergen kann. Blöderweise kommt ihm der

Spruch »halb zog sie ihn, halb sank er hin« in den Sinn, als sie taumelnd und umschlungen ins Gras fallen. Von unbändiger Lust überwältigt lieben sie sich wild und stürmisch wie Mann und Frau, die sich ihrer Gewissheit nach bald trennen müssen, aber nicht voneinander lassen können. Und vom Dammbruch des Glücks überwältigt lassen sie erst nach einer ganzen Ewigkeit voneinander ab.

Seite an Seite liegen sie auf dem Rücken und schauen erschöpft in den tiefblauen Himmel. Schweigend geht ein jeder seinen Gedanken nach. Doch wie hinterlistig und hinterhältig die Erinnerung sein kann, bekommt Gottfried plötzlich aus eben diesem blauen Himmel zu spüren. Sein Herz schnürt sich zusammen, und unsagbare Trauer überfällt ihn, sodass er Mühe hat, sie vor Hetty zu verbergen. Zunächst weiß er überhaupt nicht zu deuten, was es ist, das ihn dermaßen quält. Doch dann stößt ihn die Erinnerung gewaltsam in die Vergangenheit. Und dort, in der Vergangenheit, zeigt sich ein herrlicher Tag. Er duftet gleich diesem, und die Sonne wärmt ebenso. Nur eines ist anders, in seiner Fantasie liegt neben ihm Libsche und nicht Hetty! Wen aber hat er betrogen? Hetty oder Libsche? Er wird das bittere Gefühl nicht los, beide Frauen mit seiner Liebe zu ihnen betrogen und hintergangen zu haben. Nein, denkt er sich, er hat weder Hetty noch Libsche betrogen, wenn überhaupt, dann hat er die Liebe betrogen! Oder ist Liebe eventuell teilbar?

In diesem Augenblick wird ihm auch klar, dass er noch nicht aufgehört hat Libsche zu lieben.

O Gott! Er kann nicht länger so still liegen bleiben, er muss sich auf der Stelle abreagieren.

Hetty erschrickt, als er aufspringt und zum See rennt.

»Nun komm endlich ins Wasser, Schatz!« Aus einer aufsprühenden Wasserfontäne heraus fordert er sie auf, es ihm gleichzutun. »Das ist doch das, was du eigentlich wolltest, oder?«

Unternehmen »Barbarossa«

Bibel:
»Gib ihnen nach ihrer Tat und nach ihrem bösen Wesen; gib ihnen nach den Werken ihrer Hände; vergilt ihnen, was sie verdient haben. Denn sie wollen nicht achten auf das Tun des HERRN noch auf die Werke seiner Hände; darum wird er sie zerbrechen und nicht aufbauen.«
Psalm 28/4-5

Hitler:
»Moskau hat die Abmachung unseres Freundschaftspaktes nicht nur gebrochen, sondern in erbärmlicher Weise verraten (...) deutsche Soldaten! Ihr tretet in einen harten und verantwortungsschweren Kampf ein. Denn: Das Schicksal Europas, die Zukunft des Deutschen Reichs, das Dasein unseres Volkes liegt nunmehr allein in Eurer Hand. Möge uns allen in diesem Kampf der Herrgott helfen!«
Berlin, Sonntag, 22. Juni 1941

Stalin:
»Die Sowjetunion kann man beispielsweise mit einem wilden Raubtier vergleichen, das sich in einem Hinterhalt verborgen hat, um seiner Beute aufzulauern und sie dann mit einem einzigen Satz zu erreichen. Der Tag ist nicht mehr fern, da ihr Zeugen und Teilnehmer an ungeheuren sozialen Veränderungen auf dem Balkan sein werdet. Die Friedenspolitik ist zu Ende gegangen, und es ist eine neue Ära angebrochen – die Ära der Erweiterung der sozialistischen Front mit Waffengewalt.«
5. Mai 1941: Stalin im Kreml vor Absolventen der Militärakademie.

Berlin Olympiastadion, Sonntag 22. Juni 1941:
Im Endspiel um die deutsche Fußballmeisterschaft in Berlin verliert der FC Schalke 04, trotz einer 3:0 Führung 3:4 gegen Rapid Wien, das als erste Mannschaft der Ostmark den Meistertitel erringt. Tatsache!

†

Wiederum ist ein großer Krieg in Europa unausweichlich geworden, weil den Völkern, von inhumanen Eigeninteressen getrieben, das gegenseitige Vertrauen für ein friedliches Miteinander verloren gegangen ist. Am 22. Juni 1941 überfällt die deutsche Wehrmacht die Sowjetunion. Es ist nicht der Überfall selbst, der Stalin überrascht, sondern der Zeitpunkt. Denn ihm ist ja nach eigener Aussage das Kalkül des »lauernden Raubtieres« zuzuschreiben. Wieder einmal bestätigt sich, das alle gesellschaftlich radikalen und inhumanen Interessen letztendlich in fragwürdige Ideologien münden! Und die Ideologien sind es schließlich, die hier und da Kräfte zur gegenseitigen Vernichtung freisetzen. Wo Vertrauen fehlt, entsteht unwillkürlich Misstrauen, in dessen Nährboden Feindschaft gedeiht, bei der am Ende keiner mehr nach den Anfängen fragt, sondern am Ende jeglicher Konflikte alle, die als unschuldig erscheinen lässt, die sich am Ende der Streitigkeiten als Sieger dieser Feindschaft bezeichnen dürfen. Die größte Gefahr aber, die von der Macht der Ideologie ausgeht, ist die des Hasses. Hass setzt eben die ungebremsten Kräfte frei, die es braucht, um letztendlich diejenigen zu überzeugen und in den Bann zu ziehen, die schließlich in der Gewalt des Hasses den vermeintlich eigenen Vorteil für Leib und Leben erkennen. Hass verführt also zum Hass und damit zum Recht des Stärkeren! Diese nicht zu verwundernde Erkenntnis ist allerdings nicht auf eine einzige Nation beschränkt, diese nachzuprüfende Erkenntnis ist zeitlos und international.

Hitlers Hass, gespeist aus seiner rein persönlichen Sozialdarwinistischen Weltanschauung, der sich im Falle des Überfalls auf die Sowjetunion und dabei insbesondere gegen den jüdischen Bolschewismus richtet, unterstreicht deutlich und mit aller Härte, das er davon ausgeht, dass das Judentum und der Bolschewismus im Begriff sind, eine Weltverschwörung anzuzetteln, die sich insbesondere gegen das christliche Abendland wendet. Darüber hinaus hat Hitler bereits schon früher öffentlich betont, dass die Vernichtung des jüdisch-bolschewistischen Todfeindes im Osten gleichzeitig die Lösung der deutschen Raumfrage bringt, die bei einem anwachsenden Wohlstand im eigenen Land und dem damit verbundenen Zuwachs der deutschen Bevölkerung, die nötige Versorgung mit Nahrungsmittel sichert. Hitler ist fest vom politischen Konzept des Gegners überzeugt, das dieser die Weltrevolution anstrebt. Denn nach dem Sturz des Zaren und der daraus folgenden Revolution und den Bürgerkriegsjahren sieht sich die sowjetische Führung bezüglich ihrer Position auf der politischen internationalen Bühne zu Beginn der 1920er Jahre in der Rolle der Bedeutungslosigkeit. Allein in Osteuropa hat man erhebliche territoriale Verluste erlitten, und der Einfluss Russlands auf Europa insgesamt ist recht unbedeutend geworden. Das spiegelte sich in gewisser Weise auch darin wieder, das Russlands Teilnahme beim Vier-Mächte-Abkommen 1938 in München von den Teilnehmern Großbritannien, Frankreich, Italien und Deutschland schlichtweg abgelehnt wurde. Als Resümee bleiben für die UdSSR folglich zwei entscheidende Möglichkeiten: Entweder gibt sich die Sowjetführung mit einem regionalen Status zufrieden, oder sie muss das Land mit allen Mitteln in den Klub der Großmächte zurückführen. Und gerade in einer Verschärfung der Krise in Europa erkennt die UdSSR ihre Chance – bei der voraussehbaren Schwächung der tonangebenden Nationen –, ihrerseits Stärke zu zeigen.

Unabhängig davon ob, wann oder wie ein Angriff der Deutschen stattfinden wird, besteht für die sowjetischen Streitkräfte seit dem 21. Juni 1941 Alarmstufe I (volle Kriegsbereitschaft). Somit erfolgt der Überraschungsangriff der deutschen Wehrmacht am 22. Juni mit dem Namen »Unternehmen Barbarossa« nicht in allen Teilabschnitten der russischen Grenze gänzlich unvorhersehbar, wiewohl man streckenweise auf einen gut vorbereiteten Gegner trifft. Trotz militärischer Überlegenheit an Material und Mannschaften zeigt sich die Schwäche von Stalins Truppen aber darin, dass er zuvor fast alle höheren Offiziere der zerschlagenen Heeresgruppe Westfront erschießen ließ und zugleich personelle Umbesetzungen vornehmen musste. Hitler ist bedingungslos von dem Willen erfüllt Barbarossa erneut zu einem Blitzkrieg und Blitzsieg werden zu lassen. Mit dem Decknamen Barbarossa will er in seiner Selbstüberschätzung die Erinnerung an die Kreuzzüge wachrufen und findet dabei Verbündete! Im Kampf gegen einen bolschewistischen Imperialismus gibt es willige Kämpfer an Hitlers Seite. Folglich führt Deutschland nicht alleine Krieg gegen die Sowjetunion. Mussolini hat Russland bereits einen Tag vorher den Krieg erklärt und anschließend eine motorisierte Division, zwei Infanteriedivisionen und eine Kavallerie Division zum italienischen Expeditionskorps in Russland zusammengefasst. Außerdem entsinnen sich die Finnen des sowjetischen Überfalls vom Winter 1939 und schließen sich nun ebenfalls dem Unternehmen Barbarossa an. Auch Rumänien, das gegenüber der Sowjetunion Bessarabien und die Bukowina abtreten musste, pocht entschieden auf alte Rechte. Ungarn und Serbien beteiligen sich mit den Einheiten schneller Korps und schneller Division an dem Feldzug. Spanien schickt für den »Kreuzzug« gegen den Bolschewismus die Blaue Division. Dazu melden sich auch aus den übrigen Ländern Europas eine große Zahl von Freiwilligen. Jene aus Frankreich oder Kroatien werden der Waffen-SS überstellt, Freiwillige aus nicht germanischen Staaten dem Heer oder der Marine. Alles in allem melden sich dänische, norwegische, niederländische, finnische, flämische, schwedische und schweizerische Männer aus freien Stücken, die dann zur 5. SS Panzergrenadierdivision Wiking vereinigt werden. Diese Legionen zum Kampf gegen den Bolschewismus werden, so ist es vorgesehen, überall dort tapfer kämpfen, wo Not am Mann ist.

Dann ist es soweit! Am 22. Juni 1941 um 3.15 Uhr morgens beginnt der deutsche Angriff auf breiter Front; von Nord bis Süd entlang der russischen Grenze marschieren deutsche Soldaten in ein ihnen fremdes Land, das nach dem Willen ihres Führers das ihrige werden soll. Schon einige Zeit vor dem offiziellen Angriffstermin sind deutsche Flugzeuge in großer Höhe unbemerkt in sowjetisches Hoheitsgebiet eingedrungen, um pünktlich um 3.15 Uhr einen wahrhaften Regen aus Splitterbomben auf die wichtigsten sowjetischen Flugbasen im Hinterland niederfallen zu lassen.

Die Sonntagnacht des 22. Juni 1941 ist gleichzeitig Sommersonnenwende, die kürzeste Nacht des Jahres.

Gottfried liegt mit seiner Einheit nur wenige Kilometer von der litauischen Grenze entfernt in der nächtlichen Landschaft. An Schlaf ist nicht zu denken, Unbehagen liegt in der Luft. Jeder der dort kauernden Männer weiß, dass in dieser Nacht etwas Bedeutsames geschehen wird. Auf russischer Seite, entlang des Grenzgebietes, wo Gottfried augenblicklich wacht, deuten schon seit Tagen militärische Vorbereitungen unmissverständlich daraufhin, dass es bald, vielleicht bereits in wenigen Stunden, losgehen wird. Obwohl Gottfried die Zeremonie des Krieges weiß Gott nicht unbekannt ist, so spürt er doch, dass ihm etwas Größeres, etwas ihm gänzlich Unbekanntes bevorsteht. Ja, wie ein Gespenst ist die Angst in ihn hineingekrochen. Natürlich liegt diese Angst auch darin begründet, dass er wieder einen Menschen gefunden hat, den er liebt und den er nie mehr verlieren will. Er will nicht durch den fiesen, gemeinen Tod von Hetty getrennt werden. Er will bewahren und nicht verlieren. Auf ewig bewahren, was er mit ihr am vergangenen Sonntag erlebt hat, als sie nackt am See lagen, nachdem sie sich unter freiem Himmel vor den Augen des allmächtigen Schöpfers geliebt haben. Und nur zwei läppische Tage später hat sich dieses freudige Ereignis im Schmerz des Abschieds gewandelt.

Während Gottfried jetzt im Dreck hockt und darüber nachdenkt, ist ihm danach aufzuspringen und zu ihr zu laufen. Das Leben kann so ungerecht sein. Anstatt zu lieben muss er bald töten. Sein Innerstes sträubt sich gegen diese Vorstellung. Er braucht doch niemandem mehr etwas zu beweisen. Mit dem Sieg über Frankreich ist für ihn jegliche Schmach aus der Vergangenheit abgegolten. Mit Mut, Geschick und seinem Blut ist er auch mannhaft für Mutters Gerechtigkeit gegenüber dem Tod seines Vaters eingestanden. Mutter! Wie mag es ihr augenblicklich ergehen, wenn jetzt wieder einmal Geschichte in unvorstellbarem Ausmaß geschrieben wird? Werden sie sich je wiedersehen? Die Gedanken quälen ihn, ohne dass er sich dagegen wehren kann. Aber vielleicht wird alles nicht so schlimm werden, tröstet er sich.

Er versucht, in dem Erdloch, in dem er kauert, seine Beine auszustrecken. Obwohl ihn eine Baumwurzel unangenehm im Rücken drückt, dämmert er mit den wirrsten Vorstellungen im Kopf eine Zeit lang dahin, bis er schließlich einnickt. Dann, es ist genau 3.15 Uhr, wird er von einem infernalen Getöse aufschreckt. Satan selbst muss den Befehl gegeben haben, die Hölle zu öffnen, denkt er sich.

Von Finnland bis zum Schwarzen Meer reißt er auf, der Hades, und aus allen Rohren spuckt er die Höllenglut ins Land. Die Luft wird plötzlich hörbar und sichtbar. Ohrenbetäubendes Donnern und Brodeln. Wie von unsichtbarer Hand geschüttelt bebt der Boden. Alarm! Wo Gottfried noch vor Stunden in aller Friedlichkeit die Sterne am klaren Himmel beobachtet hat, jagen nun Geschosse aus allen Kalibern durch die Nacht. Und weiter höher am Himmel bringen die Sturzkampfbomber bassbrummig ihre Vernichtung in Richtung Osten. Zudem rasselt unten auf der Erde ein riesiges Aufgebot an Panzern vorüber, der fliegenden Vorhut folgend. Wie gepanzerte, Feuer speiende, vorzeitliche Echsen fressen sie sich durch jeden Widerstand. Trommelfeuer, Geschosssalven, Explosionen – die Hölle spielt zum Totentanz. Und wo die Füße der Tänzer den Boden berühren, schlagen die Flammen hoch. Deutsche und Russen tanzen gemeinsam. Etliche der deutschen Panzer, die eben noch zerstörten, zerbersten Augenblicke später selbst, wenn sie auf die Minen fahren, welche die russischen Soldaten Tage vorher entlang des Grenzabschnittes gelegt haben.

Der Kriegslärm hämmert Gottfried Hitlers Worte in den Kopf, die Fritz ihm vor einigen Tagen weitergegeben hat. Fritz hatte nämlich von seinen Offizierskameraden gehört, das Hitler in einer Besprechung im Führerhauptquartier verlauten ließ: »Was ich von Ihnen verlange, ist nur eins: die Tür mit einem kräftigen Stoß einzutreten. Das Haus fällt dann von ganz allein zusammen!«

O ja, die Türe ist gewaltsam aufgestoßen worden, und das russische Haus scheint tatsächlich in allen Balken zu knacken. Die deutschen Panzer und die Luftwaffe haben den Infanteristen den Weg in Feindesland vortrefflich vorbereitet, wie Gottfried mit eigenen Augen feststellt. Haus für Haus fällt das große Reich Russland zusammen. Die Geschwindigkeit, mit der sie vorankommen, ist atemberaubend. 50 bis 60 Kilometer am Tag, manchmal sogar 100 und oft ohne allzu große Gegenwehr. Nicht nur der Mut treibt sie voran, oft auch die Angst, die Angst vor dem Ungewissen, vor dem was noch kommt. Aber mehr und mehr verfestigt sich der Eindruck, dass die Russen alles stehen und liegen lassen, um vor der anrückenden Armee davonzurennen. Zieht sich das Raubtier in sein Versteck zurück, um herauszuspringen, wenn der Angreifer sich müde gekämpft hat?

Von solchen Gedanken scheint Goebbels daheim weit entfernt zu sein, er sieht im Rückzug des Feindes den erhofften Blitzsieg in einem erneuten Blitzkrieg. In sein Tagebuch trägt er ein: »*Nun donnern die Geschütze. Gott segne unsere Waffen. Dieses Krebsgeschwür muss ausgebrannt werden. Stalin wird fallen!*«

Und Stalin? Von Stalin hört man zunächst nichts. Stattdessen lässt Molotow am 22. Juni über den Rundfunk an das sowjetische Volk verlauten: »*Der große Stalin, der weise Vater der Völker, der geniale Führer der Werktätigen der ganzen Welt.*«

Allerdings, auf Stalins Befehl, dem weisen Vater der Völker, brennen die abziehenden Bolschewisten nieder, was noch niederzubrennen ist, bevor es in die Hände der Deutschen fällt. Stalin entpuppt sich damit als Verbrecher an seinem eigenen Volk. Aber nicht nur die Dörfer der Kolchosen werden ohne Rücksicht auf Mensch und Tier von den Rotarmisten zerstört, auch Versorgungsbetriebe der Infrastruktur fallen den Sprengkommandos zum

Opfer. Eisenbahnschienen reißt man heraus, sogar vernichtete Lebensmittellager lassen die abziehenden Truppen zurück, sodass Hunger und Not bei den Bewohnern der betreffenden Ortschaften die Folge ist. Aber nicht nur Materielles gilt dem vorsätzlichen Ziel der Ausmerzung, auch kommt es durch Rachegelüste zwischen jüdischen Bolschewisten und einheimischer Bevölkerung zu wechselseitigen Gräueltaten, die in ihren Ausmaßen jegliche Vorstellungskraft menschlicher Entartung überschreiten.

Meucheln, Metzeln und Morden als Folge von Unterdrückung, Ungerechtigkeit und Willkür. Ist es da verwunderlich, dass die deutschen Landser oft genug jubelnd begrüßt werden? Bei all dem, was Gottfried zu sehen bekommt, fragt er sich jedes Mal, ob der Mensch nur ein gezähmtes Raubtier ist. Ob er in Wirklichkeit eine wilde Bestie ist, die sich aus Angst vor persönlichen Repressalien nur einen Schleier der Tugend und des Anstandes überwirft und ihn entfesselt von sich reißt, wenn er sich der widerstandslosen Macht seiner inneren Ungezähmtheit sicher ist. Ihm selbst begegnet diese Ungezähmtheit auf den sandigen und staubigen Straßen in russischer Sommerhitze bei jedem Schritt. Die Straßen sind übersät von Leichen und Leichenteilen. Höfe, Menschen und Vieh brennen. Die schwarzen Rauchschwaden, die über das Land ziehen, lassen zumindest ahnen, wie es zugeht, wenn der Fürst der Hölle mit seinen toll gewordenen Horden raubt und brandschatzt.

Dabei sind es gerade die einzelnen Szenarien, die das gesamte apokalyptische Werk des Bösen ausmachen, die den Schrecken in seiner ganzen Deutlichkeit bloßstellen. So anschaulich ergeht es Gottfried zum Beispiel in einem Wäldchen, in das er mit seiner Einheit hineingestürmt ist, weil man dort den Feind vermutet hat. In diesem Wäldchen bekommt der Tod, der ansonsten breitflächig und gewissenhaft seine Ernte schneidet, ein herausragendes, ganz individuelles Gesicht. Ein schönes, ein junges, aber erschrockenes Antlitz mit einem kleinen, runden Loch in der Stirne. Der russische Junge, in der Uniform eines ausgewachsenen Mannes, sitzt wie schlafend an einen Baumstamm gelehnt. Um ihn herum seine ebenfalls toten Kameraden, die nichts Menschliches mehr an sich haben. Nutzloses Fleisch, das irgendwann von wilden Tieren oder von der Glut der Sonne gefressen wird. Junge Männer, die das Leben noch vor sich gehabt haben, denen es aber zum Verhängnis geworden ist, auf Befehl hin ihren *Vaterländischen Krieg* führen zu müssen. Denn auch ihnen hat man bewusst verschwiegen, dass es dabei nicht um höhere Ideale geht, sondern um ein ganz profanes Machtstreben skrupelloser Politiker. Wie schon bei Jochen Schrader ist Gottfried auch beim Anblick dieses missbrauchten Burschen klar geworden, das nicht nur er, sondern alle die, die ihr Leben bereits verloren haben, mit ihrem vergossenen Blut bezeugen, dass Blut kein Dünger für eine hehre Gesinnung ist. Nein, im Kampf vergossenes Blut war und ist immer wieder der Dünger für Krieg, Krieg, Krieg!

In der Aue eines ansonsten friedlichen Waldes, auf der die Rehe für gewöhnlich von der Abendsonne beschienen in Eintracht äsen, steht Gottfried nun nachdenklich und weltverloren. Als sein Blick von dem toten Russenjungen abschweift, muss er mit ansehen und anhören, wie ein wenig abseits ein verletztes Militärpferd, mit klaffender Bauchwunde, das mit kurzem Zügel an einem Baum gebunden ist, zum Gotterbarmen schreiend, kraftlos auf dem bereits blutgetränkten Boden niedersinkt, wo bereits weitere Pferdekadaver liegen. Fritz fingert entschlossen seine Pistole aus dem Holster, tritt bis auf zwei Schritte auf das Tier zu, das sich mit aufgerissenen Augäpfeln augenblicklich zu beruhigen scheint. Dann knallen zwei, drei Schüsse, bis es totenstill ist. Gottfried wendet sich erschauert ab. An Hänsel und Gretel muss er denken. Der schöne Sommerausritt, bei dem er und Hetty so viel gelacht haben. Gretel, die in lebenslustigem Galopp mit ihm durchgegangen war. All das ist doch noch gar nicht so lange her.

Gottfried hat schnell den Schuldigen für all seine Verzweiflung ausgemacht. Hitler ist es, den er zu hassen beginnt. Was für eine Ironie des Schicksals? Trotz der vielen toten Menschen, die der Krieg bisher gefordert hat, genügt Gottfried ein totes Pferd, um Hitler zu hassen. Was für ein Irrsinn!

Wenn Meta das hübsche Foto, auf dem Gottfried sie lebensfroh anlacht, zum Staubwischen von der Anrichte nimmt, verweilt ihr Blick jedes Mal voller Entzückung darauf. So auch an diesem Vormittag, als Grete sich bemerkbar macht. Grete hat sich so weit erholt, dass sie sogar wieder einigermaßen verständlich spricht. Auch dass sie trotz der einseitigen Lähmung ihrer rechten Körperhälfte wieder einige Schritte gehen kann, zeugt von einer minimalen Besserung ihres hinfälligen Zustandes nach dem schweren Schlaganfall. Aufgrund dessen sitzt sie tagsüber in einem bequemen Sessel und beobachtet ihre Schwester bei all ihren Tätigkeiten. Meta sorgt fürsorglich für sie, auch wenn es für sie selbst mitunter eine große Belastung im Alltag ist. Aber beide sind nicht alleine und mit ihren Erzählungen flüchten sie sich immer gerne in schöne Erinnerungen, wenn die Gegenwart sie auf die verschiedenste Weise bedroht. Obwohl der letzte Krieg noch nicht lange zurückliegt, und ihnen einiges an Unzulänglichkeiten durchaus schmerzlich bekannt ist, so hat dieser Krieg eine neue, nie gekannte Dimension erreicht, die darin mündet, dass dieser bewaffnete Konflikt unmittelbar ins Volk getragen wird. Er findet nicht mehr nur in fremden Ländern auf den Schlachtfeldern statt, er wälzt sich inzwischen wie ein böses Omen für weitere, noch größere Schrecken durch die Straßen und Gassen der Städte. Noch bleibt es bei den häufigen Alarmen, die vor feindlichen Fliegerbeschuss warnen. Aber wie lange wird es dabei bleiben?

Allerdings, und paradoxerweise, hat sich durch die ständige und forcierte Propaganda der Nationalsozialisten mittlerweile so etwas wie Normalität in den Köpfen der Menschen eingeschlichen. Eine fadenscheinige Normalität, die sich mit jedem Tag mehr auf alle gesellschaftlichen Belange ausbreitet. Wie anders kann man es sonst verstehen, dass Propaganda es neben vielen anderen Widerwärtigkeiten inzwischen sogar geschafft hat, dass sich in die Hirne vieler Menschen jegliches menschenunwürdige Gedankengut wie ein Schmarotzer einnisten konnte, in dem Menschen in lebenswert und lebensunwert eingeteilt werden. Folglich wird nach außen hin immer offensichtlicher, wer zu den nicht lebenswerten gehört. Meta empfindest das als eine Schande, sie kann die Welt nicht mehr verstehen. Schweigend nimmt sie es wie ein vom Schicksal eingegossenes Gift ein. Dennoch verbirgt sie vor Grete gnädig jene Auswüchse des menschlichen Wahnsinns, um die alte, kranke Frau nicht noch mehr zu belasten. Wenn sie ihr zum Beispiel die Zeitung vorliest, sucht sie nur das Wenige heraus, was in einem unverfänglichen Tonfall daherkommt. Sie nennt es »die schönen Seiten des Lebens«. Sie selbst ist bis ins tiefste Mark darüber erschüttert, dass es mittlerweile sogenannte Judenhäuser in ihrer Stadt gibt. Da diese Häuser mit einem auffallend großen gelben Stern gekennzeichnet werden, sind sie im Stadtbild nicht zu übersehen. Was sich tatsächlich hinter den Mauern abspielt, weiß allerdings niemand so recht. Aber warum sich auch damit beschäftigen und belasten? Die Gerüchte reichen vollkommen aus, schließlich hat jeder seine eigenen Sorgen zu tragen, zu ertragen. Denn die Versorgungslage wird für alle wieder einmal immer schlechter und damit die allgemeine Not größer. Wer will da schon Näheres hören oder wissen, wie es den Juden in ihren

Unterkünften ergeht? Dass die bedauernswerten Menschen im Winter mit bis zu zwanzig Personen in einem nicht beheizten Zimmer ohne Waschgelegenheit hausen mussten und viele Kinder und Ältere an Hunger und Schwäche starben, dies verfängt sich nicht in den eigenen Problemen. Und wen interessiert es schon großartig, wenn vom Bahnhof Steinbeck oder von Bahnhöfen im ganzen Reich Tausende Juden in Sammeltransporten in Richtung Osten deportiert werden? Sicherlich fragen sich einige der Bürger in der Stadt dennoch, wohin, warum und überhaupt. Aber ... was kann man schon als Einzelner dagegen tun? Diese Frage bleibt natürlich unbeantwortet, dann schon lieber die Hutkrempe tief ins Gesicht gezogen und einen Schritt schneller dort vorbeigehen, wo es sich schlussfolgernd nicht lohnt, stehen zu bleiben! Warum also soll Meta ihre Schwägerin damit belasten, auch sie hat zu genüge an ihrem persönlichen Päckchen zu schleppen.

»Nun leg doch bitte das Foto beiseite, Meta, du quälst dich doch nur selber. Deinem Jungen wird es schon gut gehen, und sicher wird er spätestens zum Herbst hin wieder zu Hause sein!«

Bedächtig stellt Meta das Bild wieder an seinen Platz zurück. Dann dreht sie sich langsam zu ihrer Schwester um, die sie mit einem etwas schief hängenden Mund zuversichtlich anschaut. »Ach Gretilein«, stöhnt Meta, »ich wünschte, es wäre so, wie du sagst. Aber das mit dem Herbst, das habe ich schon einmal gehört, als Gerhard in den Krieg gezogen ist und nicht mehr wiederkam.«

»Ziehen Sie sich bitte wieder an, mein Fräulein«, sagt Doktor Kaluweit. Er lächelt breit. »Nun ja, Fräulein ist wohl falsch ausgedrückt. Nach meiner Untersuchung sind sie zweifellos eine Frau ... eine richtige Frau.«

Hetty blickt ihn unverständig an.

Jetzt lacht Doktor Kaluweit sogar laut heraus. »Was machen Sie denn für ein ernstes Gesicht, liebes Kind? O nein, Sie sind keinesfalls krank. Gesund sind Sie. Rundherum pumperlgesund!« Und bei dem Wort rundherum zwinkerte er ihr verschwörerisch zu. »Das, was Sie in Ihrem Bauch haben, das ist ein Grund zur Freude und nicht zum Klagen.«

»Heißt das ... heißt das etwa ...«, beginnt Hetty zu stottern.

»In guter Hoffnung sind Sie, jawohl, in guter Hoffnung«, unterbricht sie Doktor Kaluweit. »Ich gratuliere Ihnen, Sie erwarten ein Kind, nun dürfen Sie sich ruhig freuen!«

Doch anstatt sich zu freuen, laufen Hetty Tränen über die Wangen.

»Aber, aber, was soll denn das?« Doktor Kaluweit zeigt sich ungehalten. »Ein Kind zu bekommen, das ist doch kein Anlass, um traurig zu sein. Ein Gottesgeschenk ist ein Kind, und dafür müssten Sie dem Herrn jubelnd danken.« Augenblicklich reißt der alte Arzt theatralisch die Arme hoch. »Jubeln, hören Sie? Jubeln!«

Mit tränenerstickter Stimme schluchzt Hetty trotzig hervor: »Was nutzt mir jetzt das Jubeln, wenn ich später alleine mit dem Kind dastehe?«

»Alleine?« Doktor Kaluweit schüttelt energisch den Kopf. »Sie sind verheiratet, was reden Sie von alleine daher? Nun seien Sie mal nicht undankbar gegenüber unserem Schöpfer!«

»Aber die Zeiten«, wirft Hetty ebenfalls ärgerlich verstimmt ein. »Was sind das für schlimme Zeiten, in die mein Kind hineingeboren wird, dessen Vater im Krieg ist und ich nicht weiß, ob er ...« Hier stockt sie, um erneut zu schluchzen.

»Natürlich wird Ihr Mann zurückkommen. Sie werden sehen, in wenigen Tagen wird alles vorüber sein. Sie müssen nur den Sondermeldungen im Radio Vertrauen schenken. Unsere Soldaten kämpfen unter Gottes Schutz für eine gute Sache. Sie ziehen in die Schlacht wie in einen Gottesdienst. Und eines nahen Tages wird Ihr Kind stolz darauf sein, als deutsches Menschenkind auf die Welt gekommen zu sein. Glauben Sie mir, Hetty, was jetzt geschieht, ist Fügung. Schauen Sie zuversichtlich nach vorne und seien Sie glücklich darüber, dass wir, Sie und ich, teil daran haben, dass sich die Welt durch unser Handeln zum Guten verändern wird, wenn all die Störenfriede unserer Ordnung, unserer Gerechtigkeit und Moral beseitigt sind. Hoffen Sie, vertrauen Sie.« Doktor Kaluweits Stimme wird plötzlich brüchig, und leiser meint er fast bitter: »Was für eine Katastrophe wäre es, wenn dieser Krieg ohne jeglichen Sinn wäre. Was für eine Katastrophe!« Etwas zuversichtlicher fügt er an: »Aber man muss doch auch immer das Große und Ganze im Auge behalten. Sehen Sie, und Ihr Kind wird dazugehören!«

Hetty hat aufmerksam gelauscht. Still und nachdenklich ist sie geworden. »Meinen Sie wirklich, Herr Doktor?«

»Ja, das meine ich.« Dies lässt Doktor Kaluweit im Brustton der Überzeugung verlauten. Er beugt sich zu ihr hinunter, legt behutsam seine Hand auf ihren Kopf, und sein verträumter Blick schweift aus dem kleinen Fenster des Mansardenstübchens hinaus auf die sonnenbeschienene Stadt Königsberg, die dem alten Mann womöglich im Glanze des Lichtes wie das friedliche, unvergängliche, himmlische Jerusalem vorkommt.

Immer dann, wenn es kurze Phasen der Ruhe in diesem barbarischen Krieg gab, wurde sich Gottfried täglich mehr seiner Abgestumpftheit gegenüber dem Morden und Töten bewusst. Anscheinend musste es im Leben erst diese krassen Gegensätze von Gut und Böse geben, um das jeweils andere in all seiner Macht und in dem Maße erkennen zu können, damit das eigene Handeln zum Besseren geführt werden konnte. Das Gute machte das Böse böse und das Böse machte das Gute gut! Und immer dann, wenn das Gute wie ein himmlischer Gruß in ihm das Böse durchdrang, dann achtete Gottfried abseits der Zerstörung auf die fruchtbaren Roggenfelder, die noch nicht unter den Panzerketten zermalmt worden waren. Auf die wundervollen Teppiche in leuchtend rotem Mohn, die das strahlende Blau und Weiß der Feldblumen durchwebten und im freundlichen Wettstreit mit Himmel und Wolken standen. Diese wenigen Augenblicke kamen ihm wie Funken der Hoffnung vor, die im Aufblitzen der Gedanken die Schönheit der Welt vermitteln wollten. Wären nicht die quälende Hitze und der beinahe unerträgliche Staub gewesen, der alles und jedes weiß bestäubte, dann hätte man, ganz abgesehen von den Widrigkeiten des Krieges, direkt Gefallen an dem finden können, was sich abseits menschlicher Zerstörung in der reizenden Landschaft offenbarte. Selbst die einheimische Bevölkerung war, wenn es sich nicht um Rotarmisten handelte, den deutschen Wehrmachtssoldaten durchaus freundlich gesonnen. Wenn Gottfrieds Einheit durch die Städte und Dörfer marschierte, dann winkte man ihnen zu. Gab es eine Rast, so fanden sich gleich dralle Frauen ein, die den Landsern schöne Augen machten. Viele aus der Bevölkerung sprachen sogar deutsch. Sie wären froh, dass die jüdischen Bolschewiken geflohen waren, weil sie Vandalen wären. Dass sie aus Kirchen Munitionslager gemacht hätten, wäre noch das Geringste, vertrauten sie ihren Besatzern an. Gemeuchelt und gemordet hätten sie ihre Landsleute.

Fritz, der die Kompanie übernommen hatte, wollte derartige Zustände von Vandalismus unter allen Umständen unterbinden. Er sorgte entschlossen dafür, dass sich seine Männer anständig benahmen. Auch in einem Krieg gibt es Gesetze, das war seine Devise, die zwar das Töten im Kampf nicht bestrafte, aber die Räuberei und Plünderei untersagte. Oft wurde das anständige Benehmen der Truppe mit Fressalien belohnt, wenn sie bei ihrer Einquartierung bei irgendeinem Bauern zum Frühstück Weißbrot, Butter, Eier und Speck geschenkt bekamen.

Schisskojenno

Bibel:
»*Du wirst bis in die Hölle hinuntergestoßen werden. Denn wenn in Sodom die Taten geschehen wären, die in dir geschehen sind, es stünde noch heutigen Tages. Doch ich sage euch: Es wird dem Land der Sodomer erträglicher ergehen am Tage des Gerichts als dir.*«
 Matthäus 11/23-24

Adolf Hitler:
»*Die Größe jeder gewaltigen Organisation als Verkörperung einer Idee auf dieser Welt liegt im religiösen Fanatismus, indem sie sich unduldsam gegen alles andere, fanatisch überzeugt vom eigenen Recht, durchsetzt. Wenn eine Idee an sich richtig ist und, in solcher Weise gerüstet, den Kampf auf dieser Erde aufnimmt, ist sie unbesiegbar, und jede Verfolgung wird nur zu ihrer inneren Stärke führen.*«
 Aus *Mein Kampf*, Seite 385, Kapitel: *Unduldsamer Fanatismus*.

†

Gottfried erlebt die Zeit des militärischen Überfalls als Licht und Schatten. Trotz der überaus scheußlichen Partisanenüberfälle werden in der Truppe inzwischen Stimmen laut, die tatsächlich davon ausgehen, dass der Iwan bereits geschlagen ist. Kampfflugzeuge, Panzerwalze, Artillerie und Pioniere haben im Vorfeld tadellose Arbeit geleistet und den Feind tüchtig mit Fersengeld ausgezahlt, so versichert man es sich gegenseitig. Man sieht es doch überall. Ungeheuer viel zerstörtes Kriegsmaterial liegt unbrauchbar in der Gegend herum. Unvorstellbare Massen russischer Gefangener trotten demoralisiert gen Westen. Woher soll denn noch gehöriger Widerstand kommen? Nein, da ist nicht mehr viel Gegenwehr zu erwarten! Bald wir man in Moskau sein.

Wenn Gottfried die endlosen Kolonnen der Gefangenen sieht, dann fragt er sich oft genug, was mit ihnen wohl geschehen wird, mit all den Männern. Wie will man eine derartige Masse an Menschen ernähren und humanitär unterbringen? Wahrscheinlich wird es den meisten so ergehen wie jenen, derer er seinerzeit beim Vormarsch in einer gottverlassenen Gegend ansichtig wurde. In einer Talsenke, zu Tausenden zusammengepfercht, hatten sie ausgeharrt. Ausgemergelte Männer mit aufgerissenen Augen in bleichen, hageren Gesichtern. Auf der Anhöhe standen deutsche Landser und warfen lachend Brot in die Menge, in der jedes Mal dort Tumult entstand, wo das Almosen wie Manna herniederfiel. Da nahm keiner mehr Rücksicht auf den anderen. Da wurde der Mensch zum reißenden Tier. Bestien aus der Not geboren. Einer Not, die von jetzt auf gleich jegliche Moral über den Haufen warf und dazu führte, dass die eigene Gier nach Leben nicht mehr davor haltmachte, sogar zum Kannibalen zu werden.

Angewidert hatte er sich abgewandt und war froh darüber, als es für ihn recht bald weiterging. Im monotonen Rhythmus seiner Marschschritte grübelt er jetzt darüber nach, dass Hunger jegliche Entwicklungsstufen der Evolution aufhebt und den Hungernden gewaltsam zurückführt zur niedersten Form des existenziellen Seins. Da mochten viele der Bemitleidenswerten nach Gott geschrien haben, um einzig ihn anzuklagen, doch den trifft diese Schuld nicht. Hätte Gott Schuld, dann wäre es einzig die, dem Menschen einen freien Willen gegeben zu haben. So aber ist alles, was der Mensch durchleiden muss, auch die Schuld des Menschen, wie Gottfried empfindet. Genau dieser freie Wille ist es aber auch, der all die Theorien der Philosophen und Aufklärer zum Absurdum macht, weil der freie Wille des Menschen stets stärker ist als alle wohlgemeinten, verstandesmäßigen Ratschläge hin zum Guten. Doch in der Not verbirgt sich auch die Chance, wie Gottfried von Tante Grete oft genug vorgehalten bekam. Nämlich dann, wenn der Mensch sich seiner selbst herbeigeführten Not bewusstwird, um in Folge seiner Erkenntnis nun sein ganzes Vertrauen auf Gottes Führung zu legen. Tante Grete brachte es kurz auf den Nenner, dass Not Hoffnung schafft. Und Hoffnung, das wiederum hat Gottfried am eigenen Leibe zu spüren bekommen, schenkt Kraft und Mut. Aber nicht, um weiter zu töten, sondern um zu überleben. Für eine kommende Zeit zu überleben, in der der Friede alle Wunden des Krieges heilen wird, das ist und bleibt seine Hoffnung.

Nur gut, dass seine Kameraden neben ihm in dem lehmigen Schützengraben nicht seine ewig ratternden Gedanken erraten können, wenn der Kriegslärm leiser und die Hirngespinste im Kopf lauter werden. Möglich aber ist, dass sie genau so denken wie er, wenn sie im Halbdunkel der schlaflosen Nächte verschämt die Fotos ihrer Lieben in der Heimat betrachten oder die wenigen Feldpostbriefe lesen, die sie hin und wieder bis in den verstecktesten Winkeln des Landes erreichen. Da braucht man nicht mitlesen, um zu wissen, was aus der Heimat geschrieben wird. Ihr Lächeln oder ihre rasch weggewischten Tränen zeugen davon, wie es denen in der Ferne ergeht. Noch sind viele der Männer dazu fähig, Gefühle zu zeigen. Noch hat ihnen das auferlegte Schicksal nicht vollends die Bitternis und die Hoffnungslosigkeit ins Gesicht geschnitzt. Noch zerbrechen ihre Augen nicht an dem Gesehenen.

Das man all das ertragen kann kommt eigentlich einem Wunder gleich, auch wenn der Mensch nicht geneigt ist, an Wunder zu glauben. Aber wie sonst ist es möglich all das Grausame und Schreckliche zu verkraften, was nicht nur der Körper, sondern auch die Seele auf Befehl hin ertragen muss.

Diese verdammten Befehle! Gottfried hat zu spät oder nicht zu spät, das sei dahingestellt, den Feind in den eigenen Reihen erkannt! An die Worte des alten Herrn von Frickelheim muss er denken. Ja, es ist der Gehorsam! Der heimtückische Gehorsam ist es, der dazu führt, dass man geradezu mechanisch funktioniert. Der Gehorsam verdrängt den Verstand und macht den Menschen zur Waffe, und die Kunst ist es, Menschen dahingehend zu manipulieren, dass sie schließlich den Gehorsam willig oder unfreiwillig über den eigenen freien Willen stellen. Ausschlaggebend ist nur, wem der Gehorsam dient.

Dass der verfluchte Gehorsam, dem Gottfried befehlsgemäß bis nach Russland gefolgt ist, dem Teufel dient, wird wieder einmal mehr an einem Vormittag deutlich, als Fritz, offensichtlich in Zeitnot geraten, mit einem Auftrag zu ihm geeilt kommt.

»Hör zu, Krähe, du warst in Frankreich doch eine Zeit lang in einer Propagandakompanie.«

»Ja, warum?«, antwortet Gottfried erstaunt.

»Also, ich habe hier eine Laica für dich. Wir fahren jetzt gleich zu einer Stelle, an der du für Berlin Aufnahmen machen sollst.«

»Wieso ich? Warum nicht die zuständige Einheit?«

»Weil die zuständige PK auf dem Weg dorthin in einen Hinterhalt geraten ist, diese Idioten!«

»Was ist passiert?«

»Tja, was ist passiert, die Anfänger haben einen LKW gestellt, der genau auf sie zusteuerte, und anstatt den Transporter auf der Stelle mit dem MG zu durchsieben, ließen sie den Fahrer aussteigen. Und als vier weitere Iwans von der überplanten Ladefläche sprangen, riefen sie noch *Ruki werch!*, also *Hände hoch!*, da riss plötzlich ein weiterer Bandit die Plane hoch und hat wie ein Berserker das Feuer eröffnet, wie mir berichtet wurde. Allem Anschein nach hat keiner unserer Kameraden überlebt.« Als Fritz von seinem eigenen Bericht angewidert ausspuckt, schickt er seinem Rotz noch das abfällige Wort »Schisskojenno« hinterher. Er hat sich in letzter Zeit angewöhnt, alles, was ihm gegen den Strich geht, von einem angewiderten »Schisskojenno« begleiten zu lassen, was so viel wie scheißegal bedeutet.

»Wo soll es denn hingehen?«, fragt Gottfried skeptisch nach.

Doch Fritz winkt ab. »Lass dich überraschen!« Unverzüglich schreitet er zu jenem Kübelwagen, mit dem er gekommen ist. »Nun mach schon, es eilt!«

Als das Gefährt bei herrlichstem Sonnenschein den schmalen Wiesenweg entlang dem Wäldchen zujagt, erklingen aus der Ferne einzelne Schüsse, die sich, vom Fahrtwind gedämpft, wie von Kinderhand gezündete Knallfrösche anhören. Schweigend konzentriert sich Fritz darauf, das Fahrzeug auf dem unebenen Untergrund in der Spur zu halten. Eine Staubwolke vor ihnen zeigt an, dass sie einem vorausfahrenden Fahrzeug näherkommen. Gottfried hat indes alle Mühe, sich mit der Kamera vertraut zu machen, die er bei diesem Geruckel nur mit Schwierigkeiten in seinen Händen halten kann.

Bald darauf führt sie die Strecke direkt in den Wald hinein. Vorbei an wild wucherndem Unterholz gelangen sie schließlich auf eine Lichtung, auf der bereits einige LKWs und mehrere Feldwagen stehen. Aus dem gerade vor ihnen angekommenen Gefährt springt ein Unterscharführer der SS, der neben dem Fahrer saß. Dieser reißt sogleich die hintere Türe auf, woraufhin zwei hochrangige Offiziere der Waffen-SS gemächlich aussteigen. Nachdem sie sich korrekt ihre Mützen aufsetzen, gehen sie, ohne auf Fritz und Gottfried zu achten, zielstrebig einen schmalen Pfad entlang, der auf eine krautig überwachsene Anhöhe führt, auf der etliche Männer in Zivil dabei sind, mit Spaten lose aufgehäufte Erde in ein Loch zu werfen. Um die erbärmlich aussehenden Männer herum stehen ebenfalls SS-Leute, die rauchen und immer wieder in angeregtem Gespräch lachen und sichtliche Freude an denen haben, die schaufeln müssen. Ihre Freude erhält allerdings einen Dämpfer.

Wenn nicht schnell genug gearbeitet wird, dann hilft man mit einem kräftigen Fußtritt nach, was wiederum nicht nur die Ausgelassenheit des Treters steigert, sondern auch die der belustigt Dabeistehenden.

Als Fritz und Gottfried ebenfalls auf dem Hügel erscheinen, fällt Gottfried gleich zweierlei auf. Zum einen tragen die Männer mit dem Spaten rote Armbinden, zum anderen entdeckt er eine Frau unter den Gefangenen.

Die SS-Offiziere grüßen Fritz und Gottfried mit einem knappen »Heil Hitler«. Derjenige, der von dem älteren Offizier mit Helmut angesprochen wird, ein junger, blonder Bursche mit weibischen Gesichtszügen, aber umso strafferer Haltung, richtet sein Augenmerk auf Gottfried. »Na, dann bewaffnen Sie sich mal mit Ihrer Kamera!« Und an Fritz gewandt frotzelt er lachend: »Ich hoffe, du hast uns den richtigen *Schützen* ausgesucht, Fritz. Von wegen, jeder Schuss ein Russ! Ha, ha, ha.«

Über den energisch geformten Mund des älteren SS-Obersturmbannführers, der die Szenerie aufmerksam beobachtet, huscht ein Lächeln, dann klopft er sich den Staub aus den Hosenbeinen. Noch während Gottfried erneut die Kamera überprüft, gibt der blonde SS-Sturmbannführer dem ein wenig abseits stehenden Unterscharführer den Befehl, den Schaufelnden klarzumachen, unverzüglich die Spaten niederzulegen.

Für einen Moment ist Gottfried abgelenkt, weil irgendwo in den Ästen der Bäume ein Vogel wunderbar singt. Doch umgehend ist er wieder hellwach, als er sieht, wie sich die zehn Männer mit den Armbinden mit dem Gesicht nach vorne am Rand der Grube aufstellen müssen. Ohne Widerstand zu leisten, tun sie es schweigend, beinahe gleichgültig wirkend. Entsetzt sieht Gottfried Fritz von der Seite an, der daraufhin leicht mit den Achseln zuckt.

Die Knallerei, die Gottfried vernahm, kurz bevor sie in das Wäldchen hineinfuhren, erhält nun einen Sinn. Und Fritz hat ihn als Fotograf vorgeschlagen, diese Exekutionen zu fotografieren. Denn dass in diesem Augenblick Menschen hingerichtet werden, steht außer Frage.

Mit einem Mal baut sich der Blonde breitbeinig vor Gottfried auf. »Also, Kamerad«, näselt er mit kühler Stimme, sodass es Gottfried trotz der herrschenden Hitze auf der Haut fröstelt. »Meine Leute wissen Bescheid. Ich werde mir jetzt eine Zigarette anstecken, und wenn ich das brennende Streichholz fallenlasse, werden wir den Bastarden ein für alle Mal das Licht ausknipsen.«

Wieder lächelt der ältere Obersturmbannführer süffisant, der sich neben dem kalkweißen Fritz aufhält. Das Erschießungskommando ist bereits in Stellung angetreten. Nur die Frau verweilt zurückgezogen, als wäre sie die heimliche Zuschauerin einer schlecht inszenierten Tragödie.

Mit Unbehagen schielt Gottfried zu ihr hinüber und erschrickt. Für den Bruchteil einer Sekunde glaubt er, Libsche in ihr zu erkennen. Bis tief ins Mark getroffen spürt er, wie sich Schweißperlen über seine Oberlippe bilden, und schon befürchtet er, in den Knien zusammenzusacken. Auch die Frau sieht ihn an, und trotz ihres flehenden Gesichtsausdruck wirkt sie dennoch stolz.

Tief beschämt blickt Gottfried durch sie hindurch in die endlose Weite. Begleitet vom wunderbaren Gesang des Vogels befindet er sich plötzlich in jenem Gartenlokal, wo er Libsche zum ersten Mal begegnete. Es war Frieden um ihn herum, und die Zukunft zeigte sich so rosig wie Libsches Wangen, als sich ihre Herzen füreinander erwärmten.

Ein schneidiges »Halt!«, holt ihn in die Wirklichkeit zurück. Noch einmal brüllt der Blonde »Halt!« Nun schaut auch der Obersturmbannführer erstaunt, als der Blonde mit ausladendem Schritt Kurs auf die Frau nimmt, die, je näher er ihr kommt, umso mehr zu versteinern scheint. Grob packt er sie am Arm und zerrt sie mit sich. Der Obersturmbannführer stößt Fritz leicht mit dem Ellenbogen und deutet ihm damit an, mit ihm zu einem quer liegenden Baumstamm zu gehen, auf den er sich neben ihm setzen soll.

»Die verdammte Hitze«, sagt er nur. Als er sich stöhnend niederlässt, meint er zudem: »Dann wollen wir mal sehen, was für ein Schauspiel wir geboten bekommen. Helmut ist ein grandioser Regisseur.« Jetzt lässt er sich sogar dazu herab, unverstellt zu lachen.

Hier geschieht ein Verbrechen, schießt es Gottfried durch den Kopf. *Ein hundsgemeines, gottverdammtes Verbrechen!* Er klagt sich selbst an. *Warum ich, warum ich? Warum bin ich hier? Warum muss ich das miterleben?*

Inzwischen hat der Blonde die Frau ebenfalls bis zum Rand der Grube geschleppt. Es ist kein Sträuben ihrerseits gewesen, es ist der Ausdruck ihres Stolzes, das den Blonden dazu veranlasst, mehr als ungeduldig zu sein. Er packt sie in das lange, dichte, schwarze Haar, um durch ruckartiges Ziehen Nachdruck zu verleihen, sich ihm gefälligst nicht zu widersetzen. Als er sie mit einem heftigen Stoß vor ihre Brust zwischen den Männern eingereiht hat, geht er prüfenden Blickes die Reihe der stummen Delinquenten ab. Deren Augen sind leer, als seien ihre Körper längst seelenlos.

»Bastarde!«, zischt er. Einen sehr jungen, überaus hübschen Burschen wählt er aus, der sich neben die Frau stellen muss. Durch diese Aktion fließt augenscheinlich dessen Geist in den Körper zurück, denn Mimik und Verhalten zeigen eine angestrengt unterdrückte Wut. Das Mädchen schaut flüchtig zu ihm herüber, und es hat den Anschein, als nicke sie ihm beruhigend zu. Etwas von Vertrautheit und gegenseitiger Zuneigung liegt in der Luft.

»Ist sie nicht ein bezauberndes Ding?«, ruft der Blonde dem Obersturmbannführer zu, der gerade dabei ist, das Schweißband seiner Mütze, die ein Totenkopfemblem ziert, mit seinem Taschentuch trocken zu reiben. Der streckt lediglich den Daumen nach oben.

Ja, das Mädchen in dem leichten Sommerkleidchen ist schön, sie ist sogar sehr schön, denkt sich Gottfried.

»Zieh dich aus!«, befiehlt ihr der Blonde in einem Ton der Selbstverständlichkeit. »Schließlich wollen wir auch unser Vergnügen haben.«

Das Mädchen, das etwa Anfang zwanzig Jahre alt ist, rührt sich nicht. Anscheinend weiß der Blonde, dass der junge Mann zumindest ein wenig Deutsch versteht, denn er gibt ihm Order, dem Mädchen zu übersetzen. Woraufhin der junge Mann etwas in seiner Sprache brabbelt, während er für alle sichtbar die Fäuste ballt. Das Mädchen rührt sich immer noch nicht. Gottfried beobachtet die Szenerie genau und muss sich beherrschen, um den Blonden nicht mit den Fäusten anzugehen. Auch die Schützen ringsum verfolgen das Geschehen aufmerksam, aber verhalten. Plötzlich geht alles ganz schnell. Mit einem energischen Handgriff reißt der Blonde das Kleid des Mädchens entzwei. Im Nu steht sie mit blanken Brüsten da. Im gleichen Augenblick erweckt der junge Mann den Eindruck, als wolle er auf den Sturmbannführer zuspringen. Doch eine schroffe Handbewegung des Mädchens reicht aus, um ihn zurückzuhalten. Dann geschieht es, dass der SS-Mann mit einem Pfiff der Bewunderung nach ihren üppigen Brüsten greift, um sie in provozierender Manier in seinen Handflächen zu wiegen. Das ist der Moment, wo ihm das Mädchen ins Gesicht spuckt. Sein ohnehin blasses Gesicht wird noch bleicher. Bis in die Haarspitzen verdattert lässt er von ihr ab. Allerdings währt seine Verblüffung nicht lange. Es hat nur wenige Wimpernschläge gebraucht, bis er sich wieder gefasst hat. Ansatzlos schlägt er ihr so kräftig ins Gesicht, dass sie mit aufgeplatzten Lippen rückwärts taumelt.

Als bekäme Gottfried tatsächlich einen inneren Befehl, drückt er die Kamera an sein Auge. Eine innere, imaginäre Stimme fordert ihn quasi auf: »*Dass musst du aufnehmen! Das musst du für die Nachwelt dokumentieren! Wenn sich die Welt eines Tages wieder in geordnete Bahn dreht, kannst du mit diesen Fotos schwarz auf weiß Beweise vorlegen, welche Verbrechen der Mensch am Menschen verübt.*«

»Majenka!«, schreit der junge Mann neben ihr, und mit diesem Schrei stürzt er sich auf den Blonden. Fritz und der Obersturmbannführer schnellen vom Baumstamm hoch. Während der Obersturmbannführer sich an seiner Pistolentasche zu schaffen macht, drückt Gottfried wie wahnsinnig geworden auf den Auslöser der Kamera. Sportlich geschult pariert der Blonde den Angriff.

»Paschol ktschortu, paschol ktschortu«, brüllt der junge Mann, worauf das Mädchen völlig entsetzt, »Wanjuscha, Wanjuscha, jato'sche ljubju tibja'«, ruft.

Die Schützen spannen ihre Körper an. Sie warten auf den Befehl, einzugreifen, der aber bleibt zu diesem Zeitpunkt aus. Man muss schon sehr genau hinsehen, um mitzubekommen, wie flink sich der Blonde nach dem am Boden liegenden Spaten bückt und aus dieser geschmeidigen Bewegung heraus seinem nach vorn strauchelnden Kontrahenten mit der scharfen, metallenen Kante des Spatenblattes krachend auf dessen Hinterkopf schlägt. Lautes Murren ergreift die immer noch wie gelähmt am Rande der Grube stehenden Delinquenten.

Gleichzeitig wirft sich das Mädchen über ihren reglosen Geliebten, während der Blonde hysterisch »Aufruhr, Aufruhr!« brüllt. Übergangslos gibt er mit knappen Worten den Schützen das Kommando, die Gewehre anzulegen und auf die murrenden Männer zu schießen. Krachend verklingt die Gewehrsalve im Wald.

Bis auf das Weinen des Mädchens ist kurz darauf wieder Stille eingetreten und die am Rand der ausgehobenen Grube aufgestellten Männer sind von der Bildfläche verschwunden. Der bis dahin singende Vogel ist wohl erschrocken aufgeflogen, denn auch sein Lied ist augenblicklich verstummt.

Nachdem sich der Blonde mit dem Taschentuch das Gesicht von der Spucke gesäubert hat, zieht er seine Pistole und mit kaltblütigem Lächeln tötet er den bewusstlos am Boden Liegenden und das daneben kniende Mädchen mit jeweils einem Genickschuss. Danach strafft er sich und sieht zynisch lächelnd zu seinem Vorgesetzten hinüber, der in der Manier eines mittelmäßig amüsierten Theaterbesuchers kaum hörbar applaudiert. Neben ihm, stocksteif wie eine gemeißelte Statue, verharrt Fritz. Man kann ihm seine seelische Erschütterung ansehen. Indes deutet der Blonde den Schützen mit einem Fingerzeig an, das Pärchen zu den anderen in das Erdloch zu werfen.

»Haben Sie alles im Kasten?«; zischt er Gottfried an. »Kommen Sie ruhig näher und halten Sie das Objektiv gefälligst ins Loch, damit man auch sieht, dass der Auftrag hier erledigt ist!«

Ja, das will Gottfried tun. Er will unbedingt dokumentieren, was für eine Sauerei sich hier abgespielt hat. Nein, er will nicht, er muss es tun, auch wenn es an Entsetzlichkeit nicht zu überbieten ist. Leider muss er es hinnehmen, dass dabei nicht nur die Linse der Kamera die Unmenschlichkeit auf Zelluloid bannt, sondern dass auch seine Augen diese Bilder in ähnlicher Weise für ewig in sein Hirn bannen. Was für ein Bild! Die toten Menschen, halb mit Erde zugedeckt. Wer weiß, ob nicht der ein oder andere noch lebt? Bewegt sich da nicht eine Hand? Das halb nackte Mädchen auf dem Rücken liegend und die aufgerissenen Augen in den Himmel gerichtet, dieser Anblick bewegt Gottfried zutiefst. Sie ist für ihren Geliebten bis in den Tod gegangen.

Gottfried kennt solch eine Liebe. Seit jenem Tage, als der Stein mit der in Papier gewickelten Warnung durch die Scheibe geflogen war, weiß er, dass sich auch Libsche für ihn geopfert hat.

»Adieu«, flüstert er vor sich hin. »Adieu«, und er weiß noch nicht einmal, wen er damit meint, das Mädchen da unten, das man wie Abfall weggeworfen hat, oder ob er sich mit diesem »Adieu« für immer von Libsche verabschieden will?

Mit einem Fingerschnippen verlangt der Blonde von Gottfried die Kamera zurück. »Nun geben Sie das Ding mal her, Herr Unterfeldwebel! Ich hoffe, Sie haben ein paar hübsche Aufnahmen geschossen.« Bei dem letzten Wort grinst er breit, und Gottfried bemerkt, dass immer noch angetrocknete Spucke auf seiner Uniformjacke klebt. Als er ihm die Kamera überreicht, meint der Blonde immer noch freudig gestimmt: »Darüber wird man sich in Berlin freuen. Unser verehrter Reichspropagandaminister ist ganz verrückt nach solchen Einzelheiten.«

Ihm sind Goebbels Worte sicherlich vertraut, die der Reichspropagandaminister in seinem Amtssitz vor den Ohren der Kriegsberichter verlauten ließ: »*Meine Herren Kriegsberichter, noch nie hatte ein Volk diese Mittel in der Hand, für alle festzuhalten, was geschah. Und in ihre Hände ist es gelegt, zu berichten über dieses gewaltige Geschehen, das wir miterleben dürfen als Zeugen der größten Zeit unseres Volkes! Aus ihren Bildern und Berichten wird dereinst die Geschichte geformt werden.*«

Ein Pfiff und ein vom Obersturmbannführer lauthals ausgeführtes Kommando, das den Schützen befiehlt, aufzusitzen, unterbrechen abrupt das Geplänkel zwischen dem Blonden und Gottfried. Die Schützen klettern auf die Ladefläche des Mannschaftswagens, und der Obersturmbannführer winkt dem Blonden zu, ihm nun endlich in den Mercedes zu folgen, der für Geländetouren eigentlich ungeeignet ist. Als er Gottfried zum Abschied auf die Schulter klopft, kommt der sich beschmutzt vor. Diesem Kerl will er nie mehr im Leben begegnen, nie mehr! Als er Ausschau nach Fritz hält, beobachtet er, wie dieser bereits geistesabwesend im Kübelwagen sitzt.

Bald darauf fahren der Mannschaftswagen und der Mercedes mit den SS-Offizieren von der Lichtung auf den schmalen Pfad, weg vom Ort des Geschehens.

Ohne Fritz anzusehen, setzt sich Gottfried schwerfällig ans Steuer. Bevor er den Motor anlässt, lauscht er einen Moment. Unglaublich, der Vogel singt wieder. Er singt in die zurückgekehrte Friedlichkeit, die erneut von der Idylle dieser Gegend Besitz einnimmt.

Stumm sitzt Gottfried neben Fritz, und der lässt ihn gewähren. Er spürt, dass sein Freund all das, was er zu sehen bekam, erst einmal verarbeiten muss. Natürlich kann Fritz nicht wissen, worüber sein Freund und Kamerad grübelt. Und sicherlich hätte Fritz es auch nicht verstanden. Für Gottfried jedenfalls gibt es einen Zusammenhang zu dem soeben Erlebten und einem Vorfall in seiner Kindheit. Beide Ereignisse lösen nun große Scham in ihm aus. Er fühlt sich zurückversetzt an jenen Tag, als er im Überschwang seiner Jugend vom elterlichen Balkon aus mit Murmeln auf die Gedenksteine der Judengräber geschossen hatte. Nun ist es ihm, als habe er damals nicht nur auf Steine, sondern auch auf ihre Seelen geschossen, und das empfindet er im Nachhinein als gleichsam große Schuld, als sei er es gewesen, der soeben mit eigener Hand auch ihre Körper vernichtet hat. Denn wer das Andenken eines Menschen, vernichtet, macht sich in erster Linie nicht vor der Welt, sondern vor der Ewigkeit schuldig. So glaubt und fühlt er in diesem Moment. Was ihn damals angetrieben hat, weiß er nicht zu deuten. Ist es nur Dummheit gewesen? Die Toten hatten ihm doch nichts getan. Er wusste nicht einmal, dass es Juden gewesen waren, die in den Gräbern ihre letzte Ruhe suchten.

Unvermittelt wendet er sich an Fritz und wütend schimpft er: »Der Mensch braucht immer ein Feindbild. Er braucht ein Feindbild einzig, um sein Ego zu stärken. Der Mensch braucht Feinde, um dem Feind das eigene Fehlverhalten zuzuschreiben. Zeitlebens hat sich der Mensch Sündenböcke geschaffen, die er gebraucht, um ihnen Schuld und sich selbst ein reines Gewissen aufzuladen.«

Nun schweigt Fritz.

Sie sind etwa eine Viertelstunde schweigsam gefahren, als Gottfried jäh den Wagen abbremst, die Türe aufreißt und am Rande des Weges ins Kornfeld kotzt. Fritz' Haltung bleibt unverändert, er starrt geradeaus, als habe er noch gar nicht bemerkt, dass sie nicht mehr fahren. Erst als Gottfried sich wieder neben ihn setzt, schaut er betrübt zu ihm hinüber. Und so blickt er auch, als Gottfried von übergroßer Verzweiflung übermannt weinend auf das Lenkrad schlägt.

»Das ist kein Krieg mehr, Fritz, das ist ein ungeheuerliches Verbrechen«, stottert er.

Leise, mehr zu sich selbst, stöhnt Fritz, dass der Krieg immer ein Verbrechen ist, auch wenn er angeblich einem hehren Ziel folgt.

»Aber wenn Kriege ein hehres Ziel verfolgen, muss es doch so etwas wie eine Kriegsmoral geben«, beharrt Gottfried völlig fassungslos. »So macht man doch aus Soldaten Verbrecher!«

»Ach Krähe«, sagt Fritz voller Mitleid für seinen Freund, »die Moral hört da auf, wo die Rache anfängt. Vielleicht denkst du anders darüber, wenn ich dir erzähle, warum die Männer und die Frau sterben mussten.« Als er von Gottfried keinen Einwand erhält, beginnt er zu reden. »Diese Rotarmisten wurden von Stalin, diesem Verbrecher, dermaßen gegen uns aufgehetzt, dass sie dem Schlächter und Tyrannen ihre Seele verkauft haben!«

»Und?«, fragt Gottfried in vorwurfsvollem Ton. »Was haben sie denn schon Großartiges getan, um auf diese unmenschliche Weise umkommen zu müssen?«

Fritz holt eine Packung Zigaretten hervor, steckt zwei in den Mund und zündet sie an. »Hier, nimm und mach erst einmal ein paar Züge und beruhige dich!«

Gottfried nimmt dankbar die ihm gebotene Zigarette an. Tief zieht er den Rauch ein, und tatsächlich wird er ruhiger.

»Also«, beginnt Fritz erneut, »eine Gruppe von unseren Leuten hatte den Auftrag erhalten, diese Gegend auszukundschaften. Dabei gerieten sie in einen Hinterhalt der Bolschewiken. Später hat man unsere Kameraden gefunden. Brutal hingerichtet lagen sie in einem Kornfeld. Die Augen hatte man ihnen ausgestochen und die Geschlechtsteile abgeschnitten. Einer hat sogar noch gelebt. Gebettelt und darum gefleht hat er, ihn doch endlich zu erschießen.«

Stumm rauchen sie ihre Zigaretten, bis Gottfried leise fragt: »Und die Frau? Warum musste die Frau sterben?«

Nervös drückt Fritz seine Zigarette an der äußeren Wagentüre aus. Es sieht so aus, als habe er Schwierigkeiten, darauf zu antworten. Doch dann sagt er mit belegter Stimme: »Sie war es, die den Männern die Geschlechtsteile abgeschnitten hat!«

Gottfried fährt ruckartig hoch. Zweifel liegt über seinem Gesicht.

»Ja, ja«, Fritz wird bestimmender, »das haben die Verhöre eindeutig ergeben. Und du weißt doch, die Männer mit dem Totenkopf auf ihrer Uniform, die fackeln nicht lange, die spucken sogar dem Teufel in die Suppe, wenn er nicht spurt, wie sie wollen. Die hat man auf ihren Ordensburgen nicht nur zur Überheblichkeit erzogen, sie sind es auch, weil es in ihren Augen nur eine lebenswerte Rasse auf der Welt gibt, und das ist die, die sie verkörpern. Und diese Geisteshaltung tragen sie mit diesem Krieg gewaltsam in die Welt. Ihre Nachhut hinter der kämpfenden Front gilt nur einem, das eroberte Land von jeglichen andersartigen Subjekten zu bereinigen. Und die Tragik dabei ist die, dass ihre Schuld heute unser aller Schuld in der Zukunft sein wird. An ihrem Unheil wird später unsere Existenz und die unserer Nachkommen bemessen und beurteilt werden.«

Gottfried hört aufmerksam zu, und nach einer Weile fragt er: »Weißt du, was das Mädchen zu dem Jungen gesagt hatte, kurz bevor …?« Er kann nicht weitersprechen.

Fritz nickt. »Das Einzige, was ich verstanden habe, ist, dass sie *Ich liebe dich* sagte.«

Gottfried ist im Inneren tief berührt. Ihm kommt es in den Sinn, dass er und Fritz sich schuldig gemacht haben, obwohl sie in gewisser Weise nur Zuschauer waren. Er will sofort eine Erklärung, die ihm ein wenig von der Last nehmen soll, die wie eine übergroße Schuldzuweisung auf seiner Seele liegt.

»Wie stehst du überhaupt zu den SS-Leuten, Fritz?«, fragt er geradeheraus.

Fritz denkt einen Augenblick nach. Dann meint er: »Wie soll ich schon dazu stehen? Ich bin Soldat und empfange Befehle. Die Befehle sind meist immer dieselben, nur die Befehlshaber ändern sich zu gegebener Zeit. Früher hat der Adel mit einer gewissen Beständigkeit regiert, da wusste man, wofür und für wen man als Soldat in den Krieg zog. Wir Frickelheims haben immer in Treue und Opferbereitschaft für Kaiser, Volk und Vaterland gekämpft. Schon mein Urgroßvater hat als Offizier beim alten Clausewitz gedient. Aber die Zeiten haben sich geändert. Jetzt haben wir die Macht der Mehrheit zu tragen und zu ertragen. Und da, wo niedere Instinkte regieren, wird die Macht unkontrollierbar. Aber solange ich für meine ureigenen Ideale einstehe, werde ich mich nicht dafür rechtfertigen, was zum einen in meinen Augen unabwendbar ist und zum anderen von mir als Soldat verlangt wird. Übrigens beruht jede Unmenschlichkeit auf der Grundlage, dass der andere unmenschlich sein könnte und es meist auch ist! Es gibt Zwänge, Gottfried, denen wir als Individuum hilflos ausgeliefert sind. Die Zwänge aber sind es, nach denen sich der Mensch seine moralischen Normen passend macht. Hoffen wir dennoch, dass eine Zeit kommen wird, wo wir sagen können, dass wir alles richtiggemacht haben!« Er legt tröstlich die Hand auf den Arm seines Freundes. »Abflug, Krähe, starte den Motor, fliegen wir los!«

Je heißer sich der Sommer gegenüber dem kalendarisch nähernden Herbst aufbäumt, als würde die Natur im Wettstreit mit dem kriegerischen Menschen liegen, um ebenfalls in heißer Manier zerstörerische Spuren an der

Vegetation und allen Lebewesen zu hinterlassen, desto hitziger werden auch die militärischen Kämpfe. Regelrechte Kesselschlachten müssen mit allen erdenklichen Mitteln pervertierter Kriegsführung ausgefochten werden. Jetzt heißt es nicht mehr nur zu siegen, sondern ebenfalls ohne Rücksicht auf die Menschlichkeit zu überleben. Die Euphorie des Durchmarsches, mit hohen Verlusten auf beiden Seiten, ist bei der deutschen Generalität einer logischen Skepsis gewichen, auch wenn man immer noch davon spricht, bald in Moskau zu sein.

Auch Stalingrad soll schleunigst eingenommen werden. Die Stadt, die den Namen des Erzfeindes trägt, ist zu einem symbolischen Ziel der Vernichtung geworden. Wenn Stalingrad fällt, fällt auch der Mythos Stalin mit all seinen Folgen für die moralische Stabilität des militärischen Feindes und der einheimischen Bevölkerung, dessen ist man sich im Führerhauptquartier sicher, unabhängig davon, welche Strapazen die kämpfende Truppe zu erledigen hat. In den Sandkästen der Strategen zählt nicht der Einzelne, da plant man in anderen Dimensionen, in denen Zahlenblöcke zu Fakten werden, die man großtuerisch dividiert oder subtrahiert, je nachdem, wie man den Frontenplan aufstellt. Man hat es mit einem zähen und hartnäckigen, zu allem entschlossenen Gegner zu tun bekommen. Immer öfter erklingt der Warnruf: »Die Russen kommen!« Und das bedeutet in den allermeisten Fällen Nahkampf von Mann zu Mann. Wie aus dem Nichts erscheinen sie in wütenden Horden, die überlangen Bajonette hoch über die Köpfe ragend, und mit einem tierisch herausgebrüllten »Urräh« auf den Lippen stellen sie sich todesmutig dem Handgemenge. Im Nahkampf zu bajonettieren, darin wurden die Roten bis zum Exzess ausgebildet.

Gottfrieds Einheit liegt schon über Stunden im morastigen Umland in Stellung, über sich sengende Sonne. Auch wenn diese sticht, so waren es vor allem die lästigen Mücken, die in alle unbedeckten Hautstellen pieken, dass die Gesichter der Männer bis zur Unkenntlichkeit anschwellen. Aber der Augenblick war längst hingenommen, in dem das keine Rolle mehr spielt. Ruhe muss bewahrt werden.

»Die Russen kommen!« Dieser Weckruf lässt immer wieder die Finger der Männer auf Kommando am Abzug der Gewehre nach dem Druckpunkt tasten, und die Läufe sind zu jeder Zeit starr auf das Ziel gerichtet. Aber je später das Feuer eröffnet wird, umso vernichtender ist die Wirkung.

Der Schweiß rinnt Gottfried unter dem Stahlhelm hervor in die Augen. Das zuvor vage Ziel, das plötzlich zu einer Horde angriffslustiger Feinde mutiert, verschwimmt bei jedem Wimpernschlag in der brennenden Augenflüssigkeit. Wann endlich erteilt Fritz den Befehl?

Ein breiter Wall aus menschlichen Leibern formiert sich wie eine alles plattmachende Walze stetig vorwärtsbewegend. Man kann bereits einzelne wutverzerrte Gesichter erkennen, als Fritz schließlich den erlösenden Befehl gibt. Heftiges Sperrfeuer aus allen Rohren empfängt den Feind.

Wie abertausende Mücken stechen auch die Kugeln, wo sie treffen. Die Granaten der Kanoniere zerbersten im Pulk von Menschenleibern. Wie eine Sichel mähen die ratternd schießenden Maschinengewehre den Gegner um. Bald wird das Abschlachten unter der prallen Sonne zum Himmel stinken. Jeder der Männer findet im Töten des Gegners das eigene Ziel zu überleben. Dazu hat man sie mit Waffen, Munition und Parolen ausgerüstet. Wer nicht schießt, hat verloren! Denn sonst wird es das eigene Fleisch sein, das unter der Sonne verrottet.

Mit Tränen in den Augen und zusammengebissenen Zähnen feuert Gottfried in die erdbraunen Uniformen, während das Getöse jeglichen Gedanken unhörbar macht. Erst diejenigen, die nach ihnen durch dieses einst beschauliche Fleckchen Erde ziehen, werden das ganze Ausmaß des erbitterten Kampfes erkennen. Der Gestank der verwesenden Kadaver von Menschen und Pferden wird sie wie ein in die Irre führender Wegweiser weiter, weiter und weiter gen Osten leiten.

Wie lange das Gemetzel andauert, weiß Gottfried später nicht mehr einzuschätzen. Auch eine halbe oder eine ganze Stunde kann die Ewigkeit sein. Der Widerstand der Russen wird jedenfalls halbherziger, bis die Übriggebliebenen die Flucht ergreifen. Im schwindenden Gefechtsrauch zeigt sich, dass auch Gottfrieds Bataillon starke Verluste hinnehmen musste. Schmerzensschreie und Stöhnen geben ein betrübliches Zeugnis dafür ab.

Zwischen reglos am Boden liegenden Kameraden sieht Gottfried im geisterhaft wabernden Pulverschwaden plötzlich eine Gestalt auf sich zu schwanken. Dem ersten Anschein nach sieht es so aus, als würde diese Gestalt ein Gewehr auf ihn richten. Gottfried greift zu seiner Pistole. Im letzten Moment begreift er, dass es Fritz ist, der sich ihm nähert. Fritz, der mit der rechten Hand seinen linken Arm umklammert. Und an der Schulter, wo er fehlt, pulsiert das Blut im Rhythmus des Herzschlages in Fontänen vom Körper weg. Noch nie in seinem Leben hat Gottfried ein erschrockeneres Gesicht gesehen als das von Fritz.

»Wirst du ihn begraben, mein Freund?«, stöhnt Fritz. Und nachdem er Gottfried seinen abgerissenen Arm entgegenhält, bricht er zusammen.

Inmitten von Toten und Verletzten, zwischen hin und her rennenden Sanis und unter dem Befehlsgebrüll sich formierender Soldaten, kniet Gottfried neben seinen sterbenden Freund Fritz von Frickelheim, dessen Urgroßvater schon beim alten Clausewitz diente. Fritz, der hoffnungsvolle Filius des Ernestus' von Frickelheim, der zu diesem Zeitpunkt vielleicht unkonzentriert über den Schriften von Kant sitzt und im Herzen bewegt an seinen Sohn in der Ferne denkt.

»Grüß mir meine Lieben in der Heimat«, röchelt der Sterbende, und Gottfried wischt ihm mit der Hand über die klebrig nasse Stirn. Wie wächsern sein Gesicht aussieht, denkt er sich bar jeder Gefühlsregung fähig. War er selbst auch schon tot?

»Dieses gottverdammte Leben!«, schreit er dann doch von Leid überwältigt hinaus über das Schlachtfeld.

Zwei Sanitäter haben alle Mühe, den Major Fritz von Frickelheim aus der Umklammerung seines Freundes Gottfried zu befreien.

An einem witterungsmäßig angenehmen Spätsommertag, an dem es gefechtsmäßig wieder einmal etwas ruhiger zugeht, erhält Gottfried noch vor der Mittagszeit eine schriftliche Nachricht von Hetty, die ihm nach dem tragischen Tod von Fritz auf unvermutete Weise den düsteren Schleier der Schwermut von der Seele reißt. Was für eine Freude! Aus verständlichen Gründen gelangt nur selten und in unregelmäßigen Zeitabständen Feldpost zu den kämpfenden Truppenteilen. Umso überraschter ist Gottfried, als der Versorgungswagen auch für ihn Post zur Etappe bringt.

Bei wachsender Neugier wartet er mit dem Öffnen des Kuverts bis nach der Mittagsrast. Das Papier ist vom häufigen aus der Tasche ziehen und dann doch wieder wegstecken schon ganz schmutzig und verknittert. Es geht ihm um die Vorfreude, die er, bis es nicht mehr auszuhalten ist, auskosten will. Alleine an dem Umschlag zu riechen ist für ihn aufregend wie das Spähen durchs Schlüsselloch ins Weihnachtszimmer zu Kinderzeiten.

Leider riecht der Umschlag nicht nach Hetty. Er stellt sein Essgeschirr beiseite, und mit dem Rücken an die lehmige Wand des Schützengrabens gelehnt, wischt er sich die Hände an den Hosenbeinen sauber. Jetzt hat die Neugier gesiegt. Ihm kommt dieser Brief tatsächlich wie ein Geschenk zu Weihnachten vor, ein Geschenk, das er sich so sehr gewünscht hat. Bedacht öffnet er das Kuvert. Diesmal schnuppert er an dem Bogen Papier. Aber zwischen dem Gestank des Krieges ist ihm die Erinnerung an ihren Duft längst aus der Nase entflohen. Nun fällt ihm der Kussmund ins Auge, den sie ihm als einen Herzensgruß auf dem Blatt Papier wie einen Stempel hinterlassen hat. In diesem Moment ist es ihm völlig egal, ob man ihn beobachtet. Mit geschlossenen Augen drückt er seine Lippen auf das Abbild ihres Mundes. Dann liest er.

Mein geliebter Frido,
ich hoffe und ich bete, dass es Dir gut geht!
Wenn Du mich fragen könntest, wie es mir geht, dann müsste ich Dir antworten, dass mein Herz von Freude und gleichzeitigem Kummer zerrissen ist. Zum einen bin ich glücklich darüber, Dir mitteilen zu können, dass der liebe Herrgott uns einen kleinen Erdenengel schenken wird. Ja, Du liest richtig, Doktor Kaluweit hat mich vor ein paar Tagen untersucht, und er hat mir zu meiner Schwangerschaft gratuliert.
Zum anderen aber rührt mich der Kummer um Dich, um Dich, mein Geliebter. Nachts kann ich nicht schlafen, weil ich immerzu an Dich denken muss, wie es Dir wohl in dem gefährlichen Krieg ergehen mag. Dann beruhige ich mich damit, dass Gott Dich beschützen wird, damit Du, wenn alles vorbei ist, unser Kind in den Armen halten kannst.
Bitte, bitte, lieber Frido, pass gut auf Dich auf! Und wenn Du in dem fernen fremden Land, wo auch immer Du sein magst, Dich einsam und verzweifelt fühlst, dann denke doch, so wie ich, an diesen schönen Sommersonnentag am See zurück, wo wir uns zum ersten Mal geliebt haben. Diese Frucht der Liebe trage ich nun unter meinem Herzen.
Du bist meine Sonne, die mir ewig ins Herz hinein scheint.
Es grüßen Dich in inniger Liebe Dein »Löckchen«, Julia oder Jochen!
(Ich hoffe, Du bist mit den Namen für unser Mädchen oder unseren Buben einverstanden!)

So Gott will, auf bald … P. S. Grüße doch bitte auch den lieben Fritz recht herzlich von mir und sage ihm, dass es seinen Eltern den Umständen entsprechend gut geht!

Je häufiger er die Zeilen studiert, desto enger wird ihm der Hemdkragen. Er möchte sich am liebsten das Hemd aufreißen und jubelnd hochspringen. Was für eine Welt, in der Freude und Trauer so dicht beieinanderliegen. Gedankenverloren legt er den Brief in seinen Schoß, um ihn kurz darauf erneut zu lesen. Vielleicht säße er in seiner Selbstvergessenheit noch Stunden da, wäre nicht der rüde Abmarschbefehl gekommen.

Trotz der freudigen Botschaft, die er erhalten hat, bedauert er es zutiefst, dass sie für Fritz zu spät gekommen ist. Ihm kann er ihren Gruß nicht mehr ausrichten. Sicherlich hätte er sich auch darüber gefreut, dass seine romantische Mittlerschaft in Königsberg dazu geführt hat, dass die Welt bald einen neuen Erdenbürger geschenkt bekommt. Und insgeheim hofft Gottfried auch, dass ihm ein Mädchen geschenkt wird, damit sein Sohn kein Soldat werden muss.

Wer weiß, wer weiß …?

Bibel:
»*Auch die Zunge ist ein Feuer, eine Welt voll Ungerechtigkeit. So ist die Zunge unter unsern Gliedern: Sie befleckt den ganzen Leib und zündet die ganze Welt an und ist selbst von der Hölle entzündet.*«
 Jakobus 3/6

Adolf Hitler:
»*Würde das deutsche Volk in seiner geschichtlichen Entwicklung jene herdenmäßige Einheit besessen haben, wie sie anderen Völkern zugutekam, dann würde das Deutsche Reich heute wohl die Herrin des Erdballs sein. Die Weltgeschichte hätte einen anderen Lauf genommen, und kein Mensch vermag zu entscheiden, ob dann nicht auf diesem Wege eingetroffen wäre, was so viele verblendete Pazifisten heute durch Winseln und Flennen zu erbetteln hoffen: ein Friede, gestützt nicht durch die Palmwedel tränenreicher pazifistischer Klageweiber, sondern begründet durch das siegreiche Schwert eines die Welt in den Dienst einer höheren Kultur nehmenden Herrenvolkes.*«
 Aus *Mein Kampf*, Seite 437/438, Kapitel: *Folgen unserer rassischen Zerrissenheit.*

†

Mit jedem Vormarsch mehr und je länger der Krieg andauert, gerät für Gottfried die Welt, vor allem seine Welt, vollständig aus den Fugen. Das Unvorstellbare hat mittlerweile seine widerlichste Gestalt angenommen. Das, was sich seit Anbeginn der Menschheit in den finstersten Ecken der Fantasie und Absurdität versteckt hält, zeigt sich wie schon so oft wieder einmal mehr in der Fratze des Untiers Mensch, wie er es zu erkennen glaubt. Es scheint ihm tatsächlich so, als laure das geistige Untier stets hungrig auf Blut, um in unregelmäßigen Abständen der Zeitgeschichte in die Hirne der jeweiligen Machthaber zu springen, auf dass diese willig und gehorsam der Bestie die gewünschte Beute bescheren. Es ist, als öffne der dunkle Gegenspieler Gottes hin und wieder voller Schadenfreude die Büchse der Pandora. Der Krieg gleitet mehr und mehr ins pure Morden ab. Gesetze, die bisher eigentlich dazu dienten, das primitive Böse bis zu einer gewissen Grenze in Schach zu halten, gelten nichts mehr. Moses wohlgemeinte Gesetzestafel ist im Kriegsbeschuss in tausend Stücke zersprungen, und die Moral und die Scham haben vor dem zunehmenden Hass Reißaus genommen. Abgründe tun sich auf, in die auch Gottfried gezwungener Maßen hineinschauen muss. Nie im Leben hätte er es in Friedenszeiten für möglich gehalten, wozu der Mensch in seiner geistigen Verblendung auf beiden Seiten fähig sein kann. Leider muss er im Angesicht des tobenden Wahnsinns bekennen, dass Fritz damals nicht übertrieben hat, als er, was den Feind betraf, von den Gräueltaten der Bolschewiken nicht nur an der einheimischen Bevölkerung, sondern auch an deutschen Soldaten berichtete. Bereits vor dem Anrücken der deutschen Wehrmacht gab es in vielen Gebieten des Landes entsetzliche Zusammenstöße zwischen Stalins Gefolgsleuten und der einheimischen Bevölkerung sowie den dort ansässigen Volksdeutschen. Es gab Ortschaften, da hatten zurückziehende Bolschewisten Hunderte, ja Tausende Menschen in Gefängnissen oder auf offener Straße massakriert. Auch ihnen hatte man die Ohren, die Nasen, Zungen und Geschlechtsteile abgeschnitten, die Augen ausgerissen, sie in den Gefängnissen verhungern lassen oder mit Spaten und Knüppeln totgeschlagen.

Nach Fritz Schilderungen hatte er sich spontan gefragt, ob Hitler nicht doch recht hatte mit seinen Äußerungen, wenn er die Bolschewiken als Untermenschen bezeichnet. Doch bald schon musste er feststellen, dass man nicht Bolschewik sein muss, um grausam zu sein. Denn nach dem Einmarsch der deutschen Wehrmacht, im sicheren Gefühl der starken Rückendeckung, rächten sich wiederum alle an jenen, denen man in einer Art Volkstribunal habhaft wurde und die man in gleichbestialischer Weise niedermetzelte. Mitunter mussten die Bolschwiken in Umkehr der Barbareien ihre bereits verscharrten Opfer mit bloßen Händen ausgraben, um anschließend selbst erschossen zu werden. Grausamer mussten jene sterben, die man unter Knüppelhieben durch die Straßen trieb. Eine blutende Armee ohne Waffen, aber mit eingeschlagenen Schädeln, gebrochenen Gelenken und ausgeschlagenen Augen.

Gottfried ist schließlich zu der Überzeugung gekommen, dass es nicht nur einen Gott gibt, sondern das es viele Götter geben muss. Für jedes Volk einen Gott. Denn der Gott dieser Menschen hat in seiner von der Welt abgewandten Schechina tatenlos geschwiegen. Und als Gottfried nachts schlaflos auf seiner Pritsche liegt, ruft er mit geschlossenem Mund den Gott seiner

Kindheit an, jenen Gott, den die alten Griechen den unbekannten Gott nannten, damit dieser zu mindestens ihn, Hetty und das werdende Kind und natürlich auch Mutter und Tante Grete beschützen möge.

Wenn Gottfried mit kneifender Wehmut an Fritz denkt, fällt ihm zuallererst das schiefe Kreuz aus noch grünen Birkenstämmchen ein. Es ist nicht einfach gewesen, den Freund bei all dem Durcheinander, das nach dem Gefecht noch eine geraume Weile andauerte, einigermaßen christlich unter die Erde zu bekommen. Aber das war er ihm schuldig. Sogar der abgetrennte Arm liegt nun sorgsam platziert an der Seite seines vom Leben verlassenen Körpers, wo er hingehört, damit er, wie der andere Teil auch, in Ruhe und Frieden verwesen kann. Und in seiner Erinnerung sieht sich Gottfried wieder mit vor dem Bauch gefalteten Händen andächtig vor dem Erdhügel stehen und er hört sich fragen, warum. Warum all die Toten? Wer wird ihnen einst gedenken, geschweige danken? Lieber Freund, spricht er in Gedanken, was bleibt übrig von einem Leben, das nun nicht mehr das erstrebte Ziel erreichen kann, das für dich bis zum letzten Atemzug Antrieb und Ausrichtung gewesen war? Gute Herkunft, Studium der Jurisprudenz, Kanzlei, Braut und nicht zu vergessen der flotte Sportwagen. So hatte Fritz nach und nach eine Stufe hin zu seinem Lebensglück genommen, bis ... ja, bis es Gott gefiel, in seinem Garten zu lustwandeln, um sich dort, nur so zum Gefallen, ein Ästlein von dessen Lebensbaum zu stutzen. Zwar war das Ästlein klein, aber welch gewaltiger Ast hätte sich daraus bilden können? Doch käme eines Tages ein Fremder des Weges, würde ihm sicherlich nicht auffallen, dass genau dort, wo Fritz einst grünte, nun ein Zweiglein fehlt. Zu schnell wächst anderes nach und füllt die Lücken.

Sehr schwer fiel es Gottfried, die richtigen Worte zu finden, die er in der Verpflichtung als befehlshabender Zugführer und Freund jenem Brief anvertrauen musste, der den Vater in Königsberg über den Tod seines Sohnes in Kenntnis setzte. Gottfried verzichtete bewusst auf die gebräuchlichen Floskeln von Treue, Ehre und Vaterland. Und das Wörtchen Stolz benutzte er ausdrücklich mit dem Hinweis, dass er selbst stolz ist, Fritz als Freund gehabt zu haben. Jetzt, wo Fritz tot ist, denkt er sogar anders über den üblen Zwischenfall mit den Partisanen und Fritz' unrühmliche Verbindung dazu. Wer kann schon als Einzelner die Maschinerie aufhalten, wenn der Motor auf Hochtouren läuft? Die Hand wird ihm abgerissen, wenn er damit ins

Getriebe greift, um es zu stoppen! Egal ob Feigling oder Held, jeder riskiert bei solch einem gewagten Unterfangen sein Leben. Fritz war kein schlechter Mensch gewesen. Er war ein Mensch, der zu allem fähig war. Er selbst hat es alleine Fritz zu verdanken, nicht vor ein Kriegsgericht gestellt worden zu sein, als er einmal unter heftigstem Beschuss der jaulenden Stalinorgel für einen Moment den Kopf aus der Deckung des Granattrichters hielt und wirklich nur so zum Spaß rief: »Mensch, macht doch keinen Quatsch, hört endlich mit der Ballerei auf, wie schnell kann dabei etwas passieren!« Daraufhin hatten ihn Kameraden wegen Wehrkraftzersetzung verpfiffen, aber Fritz hielt seine schützende Hand über ihn, sodass die Sache gerade noch einmal gut ausgegangen ist. Ja, so war Fritz gewesen, ein durch und durch anständiger Kerl. Wenn es einen nutzlosen Tod gibt, dann ist er ihn gestorben, wie all die anderen auch. Gottfried lebt, er lebt mit dem Fünkchen Hoffnung, das erst erlischt, wenn auch ihn ein Birkenkreuz ziert. Eine Hoffnung hat er allerdings längst aufgegeben, nämlich zur Geburt seines Kindes bei Hetty zu sein.

Der Sommer ist Vergangenheit und es ist Herbst geworden. Nun fällt das Marschieren bei angenehmeren Temperaturen wesentlich leichter, vor allem auch, weil die Mückenplage nachgelassen hat. Was natürlich nicht bedeutet, dass die Kämpfe erträglicher geworden sind. Mittlerweile befindet sich Gottfried fast täglich in harten Gefechten, die man auch als Stellungskrieg oder Kesselschlacht bezeichnen kann. Ein verlustreiches Hin und Her und Vor und Zurück. Um viele Dörfer muss zäh gerungen werden. Weil die Einsätze immer wieder auf gleiche Weise ablaufen, bleibt am Ende auch immer wieder das gleiche Bild der Zerstörung zurück. Unter diesen Gefechtsbildern gibt es dennoch welche, die bei Gottfried besondere Eindrücke hinterlassen. Und genau diese werden es sein, so schwört er sich dann, sollte er eines Tages wieder nach Hause kommen, über die ich für die Nachwelt schreiben und berichten werde. Dazu gehört auch das Kuriosum mit der Mühle. Die Artillerie hat bereits dafür gesorgt, dass etliche Häuser in Flammen stehen.

Hinter einem Erdwall beobachtet er fasziniert die brennenden Flügel einer Mühle, die nicht vom Wind, sondern von der entfesselten Thermik der Hitze angetrieben werden. Was für ein Schauspiel! Schneller und schneller drehen sich die Windräder, als puste der Teufel höchstpersönlich ins lodernde Flammenrad. Und als die verwegene Hatz ihren Höhepunkt erreicht, stürzt alles Funken sprühend, aber erstaunlich gemächlich in sich zusammen. In dieser Mühle kann kein Mehl mehr gemahlen werden. Kein Bäcker backt mehr vom Mehl dieser Mühle ein Brot. Der Tod isst kein Brot, dem Tod genügt die Asche.

Gibt es überhaupt noch etwas, was Gottfried erschüttern kann? Nein, auch nicht der verbrannte Kopf, der ihm beim Vorwärtsrobben in die Quere kommt und den er zunächst für einen verbrannten Kohlkopf hält. Doch die hervorstehende Nase beseitigt jeden Zweifel, dass es kein Kohlkopf ist. Nein, auch der abgetrennte, verbrannte Schädel kann ihn nicht mehr erschüttern. Es geht einzig ums Überleben! Ums nackte Überleben.

Die Kompanie rückt in niedrigster Gangart vor. Überall muss mit ausgehobenen Erdbunkern gerechnet werden, in denen der Feind nur darauf wartet, mit Gebrüll und aufgepflanztem Bajonett herauszustürmen. Nur nicht schlappmachen. Doch sie ergeben sich, ganz in der Nähe tauchen sie auf. Russen, etwa fünfzig wildverwegene Männer. Ihnen voran weht ein schmierig weißes, aber zerrissenes Tuch, das an einem derben Stück Holz befestigt ist. Wieder Gefangene. Wer sie auf Waffen abtastet, muss damit rechnen, dass ihm aus den verwahrlosten Uniformen das Ungeziefer entgegenspringt. Wanzen, Läuse und Flöhe sind zu einer Plage geworden.

Gottfried vermeidet es sogar, nachts in den frei gewordenen Hütten zu schlafen, weil auch die von Ungeziefer und vor allem von Wanzen verseucht sind. Dafür aber bergen die ärmlichen, schilfgedeckten Lehmhütten oft noch brauchbare Vorräte an Lebensmitteln und Waffen, wenn sie Partisanen oder Rotarmisten als Unterschlupf gedient haben. Andererseits, wenn sich noch harmlose Familien darin befinden, zeigen sich diese in aller Regel gastfreundschaftlich. Sie geben den deutschen Soldaten freiwillig, was sie an Essen und Trinken besitzen.

Es ist in solchen Fällen schon vorgekommen, wie bei dem letzten Unterschlupf geschehen, dass Gottfried eine ganze Woche lang täglich fünfundzwanzig Hühnereier zu essen bekommen hat. Getrunken wurde bei jeder sich bietenden Gelegenheit selbst gebrannter Schnaps. Die dralle Tochter der einfältig wirkenden Bauersleute, die das dicke, blonde Haar zu Zöpfen flocht, lachte breit, wenn sie von den betrunkenen Kriegern mit Magda angeredet wurde, und schamhaft errötend nannte sie einen jeden der Männer

Fritz. Als sich Gottfried nach ordentlicher Zecherei zum Schlafen in den Stall nebenan ins Stroh legte, hörte er sie nicht weit von ihm entfernt erneut lachen, bis ihr aufreizendes Gekicher in ein zufriedenes Stöhnen überging. Da hatte sich wohl ein Kamerad für die freundliche Bedienung auf seine Weise erkenntlich gezeigt.

Gottfried mochte das Stöhnen nicht. Seit er kämpfender Soldat ist, überkommt ihn Unruhe, wenn ein Stöhnen an sein Ohr dringt. Vor allem in der Dunkelheit unterscheidet sich kein Stöhnen. Da ist nicht gleich auszumachen, ob jemand sein Leben aushaucht oder ob die Wollust heisere Laute hervorbringt. So spielte ihm seine Fantasie in jener Nacht vor, dass Magda gemeuchelt wurde. Schließlich ist Krieg, und wer liebt schon seine Feinde? Da ist innere Kälte über seinen Körper geschlichen. Tief kroch er ins Stroh. Ihm war kalt bis auf die Knochen. Er musste diesem verdammten Stöhnen entfliehen. Bald wird es Winter werden, kam ihm in den Sinn, und ihm wurde angst und bange vor dem, was zu erwarten ist. An wem oder an was sollte er sich dann erwärmen?

Was die Massen von russischen Gefangenen betrifft, denen er immer wieder begegnet, ist es ihm verwunderlich, dass der Krieg nicht längst zu Ende ist. Ein endlos menschlicher Strom ergießt sich aus allen Ecken des Landes. Die jedenfalls können keinen Widerstand mehr leisten. Zerlumpt, zum Teil barfüßig, kraftlos. Die dürftig aufgeworfenen Erdhügel am Straßenrand verdeutlichen, dass viele den Marsch ins Ungewisse nicht geschafft haben. Sie sind von einer Kugel oder vom Kolben eines Gewehres ihrer Aufseher oder einfach aus eigener Schwäche von ihren Leiden erlöst worden. Nun liegen sie achtlos zurückgelassen am Wegesrand, wenn sie nicht notdürftig verscharrt wurden. Einmal ist Gottfried an einen jungen Birkenhain vorbeigekommen und da hat er sich gewundert, weil die noch frischen Stämme der Bäume bis in Mannshöhe keine Rinde mehr aufwiesen. Da erfuhr er, dass die Gefangenen die Rinde während des Vorüberziehens aus unbändigem Hunger heraus abgenagt hatten. Auch gibt es nicht selten wilde Schlägereien unter den Gefangenen, wenn ein Brunnen in einem der Dörfer Gelegenheit bringt, sich bei einer kurzen Rast am frischen Wasser zu laben. Man kann sich vorstellen, wie viehisch es abläuft, wenn Hunderte ausgedörrte Kehlen unter Zeitdruck gleichzeitig davon trinken wollen.

In alledem erkennt Gottfried, dass der Mensch in Wirklichkeit von rücksichtslosem Egoismus beseelt ist. Und dass das in Friedenszeiten zur Schau gestellte soziale Miteinander, von dem der Mensch auf fatale Weise abhängig ist, nur egoistisch zum eigenen Vorteil benutzt wird. Wird das geordnete Zusammenleben aber zerstört, dann bricht sich ganz vulgäre Anarchie Bahn. Er selbst hat beobachtet, wie einmal ein aufsichtshabender SS-Offizier amüsiert seine Zigarettenkippe in den Pulk von Gefangenen warf und diese im gleichen Moment geradezu menschenunwürdig zu Boden fielen, um den Glimmstängel zu erhaschen. Von diesem Bild der Entwürdigung war Gottfried tief berührt gewesen, weil er wegen des eigentlich unspektakulären Ereignisses feststellen musste, dass der Mensch selbst für eine schnöde Zigarette bereit ist, seine Würde aufzugeben. Gleichzeitig fragte er sich aber, wie er reagieren würde, käme er in eine solche Situation. Also nahm er sich vor, in Würde und Anstand, aber furchtlos und unerschrocken weiterzukämpfen. Weiterzukämpfen für den totalen Krieg. Sie, die Deutschen, sind doch die Herrenmenschen! So jedenfalls hat man es ihnen eingetrichtert. Die auserwählte Rasse! Da darf man sich auch nicht von der Auflösung der Sitten kirre machen lassen! Nur nicht den Glauben an sich selbst verlieren, auch wenn man sich insgeheim fragt, was man hier am Arsch der Welt überhaupt verloren hat.

Ja, sie sind am Arsch der Welt angekommen. Grinsend steht Gottfried vor dem Schild, das Witzbolde an einen Pfahl genagelt und unübersehbar mitten in die Pampas gerammt haben, auf dem treffend geschrieben steht: *Hier beginnt der Arsch der Welt.* Die bewundernswerten Pioniere, die unter größten Anstrengungen den Weg für den Endsieg freimachen, schienen ihren Humor nicht verloren zu haben. Bereits als er mit der Einheit über die Himmel-Arsch-und-Wolkenbruch-Brücke fuhr, nötigte ihm diese Art von Witz Belustigung ab. Es tut ihm gut, wenn nur ein bisschen Frohsinn im Kriegsgeschehen aufkommt. Wenn er immer mal wieder die kleinen Dinge der Aufheiterung entdeckt, dann kommen sie ihm wie ein freundlicher Gruß aus längst verschwundener Unbeschwertheit vor. In der Macht der Gewalt ist ihm die Unbeschwertheit jedes Mal zu einem Sieg geworden, der nur ihm gilt. Denn Gottfried hat mit verstreichen der Zeit nicht nur den Kampf als gehorsamer Soldat auszufechten, er führt auch noch einen zweiten Kampf, und zwar den gegen sich selbst. Es ist der Kampf gegen einen besonders heimtückischen Gegner, der viele Namen hat und der, mit Zunahme der äußeren Grausamkeiten, das innere unbeschwerte Kind töten will, das sich, wenn es in Ruhe gelassen wird, zeitlebens im Körper jedes Erwachsenen abrufbar versteckt hält. Ist es doch gerade dieses Kind, das einem mit einem Anfall neckischer Leidenschaft auch in Zeiten der Betrübnis das Herz vor Freude hüpfen lässt. Das lebensfrohe Kind, das er einst gewesen war, muss er unbedingt beschützen und bewahren. Noch lebt es. Es hat sich kurz gezeigt, als er neulich vor den rauchenden Trümmern eines russischen Panzers stand, in dessen Ketten sich die zermalmten Überreste eines Rotarmisten verfangen hatten, der noch im Tod mit seiner verkrampften Hand eine Trompete fest umklammert hielt. Fassungslos harrte Gottfried davor. Er harrte so lange, bis das Kind in ihm auf jener Trompete zu spielen begann. Ein lustiges Kinderlied spielte es. Einen Reigen, zu dem sicherlich Kinder aus aller Welt fröhlich tanzen würden. Und als der letzte Ton verklungen war, spürte Gottfried Frieden im Herzen, der ihn weinen ließ, weil er Glück darüber empfand, dass es etwas zwischen Himmel und Erde gibt, was man nicht töten kann. In seiner Vorstellung ist sein Liedchen drüben in der geistigen Welt, als eine Fanfare der Freude erklungen.

Gottfrieds Lebensziele, einst in Friedenszeiten mit der Kraft seiner Wünsche geschmiedet, reduzieren sich von Tag zu Tag. Inzwischen beschränkt sich seine Erwartung an die Zukunft einzig darauf, hoffentlich im hohen Alter friedlich und lebensmüde in seinem Bett zu sterben und nicht hier und jetzt von der Kugel des Feindes getroffen ins Gras beißen zu müssen. Aber der Feinde sind viele, und ein neuer Feind greift auf seine ganz individuelle, unkalkulierbare Weise ebenfalls in das Kriegsgeschehen ein. Bei diesem Feind handelt es sich um den Wettergott, der nach hitzigen Sommerwochen aus seiner brütenden Lethargie streitlustig erwacht ist. Er nutzt Hitlers Zögern aus, den entscheidenden Stoß auf Moskau zu lange zurückgestellt zu haben. Als sich Hitler endlich entschließt, die Operation *Taifun* mit 70 Divisionen anlaufen zu lassen, schickt dieser Wettergott Regen vom Himmel, der die Landschaft in kürzester Zeit in Morast und Schlamm verwandelt, der dem Boden den Grund nimmt, während sich Moskau sorgfältig auf die Verteidigung vorbereitet. Stalin ist entschlossen, Moskau mit allen Mitteln zu halten. In seiner radikalen Besessenheit ist er Hitler nicht unähnlich. In wieweit er wegen der Gefangennahme seines Sohnes, der den Deutschen inzwischen in

Hände gefallen ist, innerlich demoralisiert wurde, das weiß nur er selber zu beantworten. Äußerlich jedenfalls sieht es so aus, als habe er den Sohn seiner Ideologie wegen regelrecht geopfert, denn es ist nicht zu einem Austausch des Gefangenen gekommen. Stalins große Sorge gilt den Moskauern, denn die deutschen Fliegerangriffe bringen Verunsicherungen und Unruhen in die Bevölkerung. In den Höhlen der Metro kauern die Menschen und hoffen verzagt auf die Stärke ihrer Roten Armee. Dieses Hoffen schlägt wegen der raschen Erfolge der deutschen Armee nämlich mehr und mehr in Zweifel um. Dass sich die Regierung und das Diplomatische Korps inzwischen nach Kujbyschew an der Wolga abgesetzt haben und sogar Lenins einbalsamierter Leichnam aus dem Mausoleum am Roten Platz verschwunden ist, trägt nicht gerade zur allgemeinen Beruhigung bei. In einem Güterzug hatte man die sterblichen Überreste Lenins verfrachtet. Und während die Posten weiterhin brav vom Spaski-Turm im Kreml paradeschrittmäßig zum Mausoleum stolzieren, um dort irreführend Wache für Lenin zu beziehen, finden sich wohl alle Eisenbahner, die unfreiwillig Zeugen dieser geheimen Aktion geworden waren, bald an der Front wieder. Stalin und Teile des Zentralkomitees sowie das Oberkommando der Streitkräfte sind allerdings in Moskau geblieben. An Ort und Stelle müssen sie regulativ eingreifen. Der Mob der Aufrührer muss ohne Wenn und Aber im Zaum gehalten werden. Obwohl man jede Hand für den Bau von Straßensperren und Gräben braucht, werden Meuterer kaltblütig erschossen. Zur Verteidigung der Stadt hat man sogar die Gefängnisse geöffnet. All dies zusammengenommen schafft General Schukow es, aus über 100.000 Einwohnern mehrere Milizdivisionen zu rekrutieren. Selbst aus Persien und aus dem Fernen Osten werden frische Militärverbände herangeführt.

Überraschend erhält Gottfried den Stellungsbefehl in eine neue Einheit, die im Rahmen der Heeresgruppe Nord nicht direkt nach Moskau, sondern zunächst in Richtung Leningrad vorstoßen soll. Doch das Unterfangen ist eben wegen der plötzlich eingetretenen Unpassierbarkeit des Geländes zunächst unfreiwillig gestoppt worden. Da es von vornherein keine nennenswerten Straßen oder zumindest einigermaßen befestigte Wege gibt, versink nun der Grund und Boden in dem ohnehin sumpfigen Gelände der Wolchow auf weite Strecken in zähem Morast und Schlamm. Die Pampe, die sich an allem festsaugt, was sich ihr in den Weg stellt, zieht einem fast die Stiefel aus, wenn man knietief darin steckt. Nicht freiwillig begibt man sich in derartige Situationen, schließlich versucht man, mit bloßen Händen und vereinten Kräften die festgefahrenen Fahrzeuge wieder zu befreien. Manchmal versagen sogar die Bergepanzer. Da, wo es gilt, unbedingt Nachschub zu transportieren, müssen die Pferde ran, die unter Aufbringung ihrer letzten Kräfte entsetzlich leiden. Viele schaffen es selbst unter den unermüdlichen Peitschenhieben der Pferdeführer nicht, ihr Soll zu erfüllen. Wenn sie nicht mehr weiterkönnen, legen sie sich nieder, und mit einem letzten Schnauben ist auch ihr Schicksal besiegelt. Da mag man weiterhin auf sie einschlagen, kein Hieb erweckt sie mehr zum Leben.

Der Tod ist ein aufmerksamer Begleiter und im Krieg kommt er in vielen Gewändern daher. Immer öfter tarnt er sich auch im lausigen Kleid der Krankheit. Nicht selten verbringen die völlig durchnässten Männer tagelang und nächtelang unter freiem Himmel. Erschwerend kommt hinzu, dass es nachts schon sehr kalt wird.

Als der Sommer noch hitzig war, hat sich Gottfried nach Regen und erfrischender Kühle gesehnt. Der unsägliche Staub, der sich nicht nur in alle Öffnungen des menschlichen Körpers gesetzt hat, sondern auch die Motorenfilter der überlebensnotwendigen Panzerfahrzeuge verstopfte, sodass sie an Ort und Stelle ausfielen, war seinerzeit zu einer unerträglichen Quälerei geworden. Darüber hinaus lockte der aufwirbelnde Staub die feindlichen Flugzeuge an, da die verräterische Staubwolke den Piloten in den Kanzeln ein treffsicheres Ziel bot.

Nicht weniger quälten die Landser die atemraubenden Rauchschwaden, die aus den ausgetrockneten und in Brand geratenen Wäldern schwarz und ätzend hinaus in die Landschaft wehten. Wer es überlebte, sagte sich »was soll's?«, und das Erlebte blieb nur noch eine weitere Erinnerung für die mentale Rumpelkammer des Lebens.

Dagegen gesellt sich nun Schlamm und Morast. Dies zu überwinden, macht gleichermaßen große Schwierigkeiten. Fast kann man meinen, dass eine höhere Macht den Krieg gewaltsam am Kragen packt, um die aufeinander einschlagenden Feinde zur Besinnung zu bringen.

Was Gottfried jetzt als besonders schlimm empfindet, ist nicht nur Kälte, die sich in seine Haut frisst, es gibt da noch eine andere Kälte, von der man zwar nicht direkt friert, die aber das Herz und die Seele gefühllos macht. Man bezeichnet sie als Gefühlskälte. Früher, noch in Friedenszeiten, da gab es ein ausgewogenes Zusammenspiel der Sinne, das unmittelbar eine Reaktion von Stimmungen hervorrief. Nun sind seine Sinne abgestumpft. Was er sieht und erlebt lässt ihn kalt, und mag es noch so schrecklich sein. Es lässt ihn gerade so kalt wie das schmutzige Regenwasser, in dem er oft liegt, und wie der stramme Wind, der jaulend über ihn hinwegfegt. Wenn er tagelang im Schlammloch ausharren muss, dann testet er sich manchmal. Dann bemüht er sich die schrecklichsten Erinnerungsbilder vor seinem inneren Auge vorbeiziehen zu lassen, und dennoch bleibt er gefühlsmäßig regungslos. Noch nicht einmal Angst will sich dabei einstellen. Ihm fällt ein, dass irgendwer einmal gesagt hat, dass, wer die Gefahr fürchtet, immer in Gefahr ist. Nein, Angst hat er nicht! Auch dann nicht, wenn das Artilleriefeuer dicht neben ihn einschlägt und anschließend Dreck, Gestein und Körperteile seiner Kameraden auf ihn niederprasseln. Auch spürt er keine Angst, wenn seine Gruppe verlassene Gehöfte durchsucht, wo man immer damit rechnen muss, dass der Feind sie mit Zeitzünder vermint zurückgelassen hat. Ebenso gefährlich werden diese Einsätze dadurch, dass überall mit Partisanen gerechnet werden muss, die in ihrem Eifer, ihr Land zu verteidigen, nicht nachlassen, auch wenn in den Bäumen oft mehr bestrafte Strangulierte hängen, als es noch letztes Laub gibt. Häufig haben sich die Widerstandskämpfer Bunkeranlagen unter den von außen harmlos aussehenden Häusern gegraben, in denen sie sich bis zu einem Überraschungsangriff verschanzen. Einfacher ihnen beizukommen ist es, wenn man rechtzeitig die gut getarnten Erdlöcher ausmacht, in denen sie angriffsbereit warten. Hat man sich nahe genug herangeschlichen, wird einfach eine Handgranate hineingeworfen, und schon ist die Gefahr in diesem Fall gebannt. Doch aufgeben, nein, dass tun die Partisanen nicht. Die perfidesten Einfälle setzen sie in die Tat um, wenn es darum geht, ihren Feind, mürbezumachen. Nicht selten wird Gottfried nachts von deutscher Schlagermusik geweckt. *In der Heimat, in der Heimat, da gibt's ein Wiedersehn ...* Dann haben die Widerstandskämpfer irgendwo Lautsprecher in die Bäume gehängt, aus denen die bekannten Lieder aus der Heimat dudeln und die nur einen Sinn haben: die Moral der feindlichen Truppe zu schwächen. Sicher liegt dann der eine oder andere Landser mit Tränen in den Augen auf seinem schmutzigen Nachtlager und denkt versonnen an jene friedliche Zeit zurück, wo er in feinem Gewand mit seinem Mädel fröhlich das Tanzbein schwang.

Das mit Gott ist für Gottfried auch so eine komplizierte Sache geworden. Seit seiner inneren Kälte kann er nicht mehr beten. Er hält es für sinnlos. Bestimmt haben viele derer, die jetzt tot sind, auch gebetet, und es hat ihnen nichts genutzt! Alles sinnlos. Alles umsonst! Er ist inzwischen so weit, dass er noch nicht einmal Traurigkeit verspürt, als ihm der Heimaturlaub gestrichen wird. In dieser Gemütsverfassung, in der er sich augenblicklich befindet, will er niemanden sehen, der sich nicht an seiner Seite im Kampf befindet. Auch nicht Hetty. Wenn er darüber nachdenkt, wie es sein würde, wenn er jetzt zu ihr führe, dann ist es ihm, als würde er all die schrecklichen Erlebnisse wie ein gepacktes Totenbündel nach Hause schleppen, sodass sich sein Löckchen sicherlich über ihn erschrickt. Aber er hofft, er hofft inständig, dass sie zumindest seinen zurückliegenden Brief erhalten hat, in dem er ihr seine Herzensfreude darüber ausgedrückt hat, dass ihre Liebe zueinander, durch die Geburt ihres gemeinsamen Kindes gekrönt wird.

Etwa zur gleichen Zeit, also zum Ende des Herbstes hin, nimmt Doktor Kaluweit Herrn von Frickelheim mit besorgter Miene zur Seite. Er spricht sehr leise. »Ich habe ihren Bauch abgehört, ich kann aber keine Herztöne hören. Sie muss so schnell wie möglich ins Krankenhaus. Das hohe Fieber, die Blutung, lieber verehrter Ernestus, da sind selbst mir Grenzen gesetzt. Außerdem scheint die Fruchtblase bereits geplatzt zu sein. Alles deutet auf einen Abort hin. Ich sag nur: Fetus mortem.«

Ernestus von Frickelheim ist blass geworden. »Sie meinen ... also, habe ich das richtig verstanden, dass sie einen toten Fötus im Bauch hat?«

Der alte Freund und Hausarzt nickt betroffen. »Wir müssen schnell handeln, bevor wegen der voranschreitenden Sepsis irreversibel Organe befallen werden!«

»Sieht es so hoffnungslos aus?«

Wieder nickt Doktor Kaluweit mit säuerlichem Gesichtsausdruck.

»Verdammt und zugenäht«, flucht Herr von Frickelheim. »Entschuldige meine Ausdrucksform, aber da könnte einem doch glatt der Hut hochgehen. Warum hat das dumme Mädchen nicht früh genug gesagt, dass es Probleme gibt?«

Doktor Kaluweit packt sein Stethoskop in die Arzttasche. »Aber bitte, Ernestus, geh augenblicklich ins Büro und rufe die *schnelle Hilfe* an. Wir dürfen wirklich keine Zeit mehr verlieren!«

Während Ernestus von Frickelheim sich schleunigst aufmachte, der Aufforderung des Arztes zu folgen, ging dieser ans Bett seiner Patientin zurück. Obgleich es ein ungemütlicher, kalter Novembertag ist, wo sich unter den Regen bereits Schneeflocken mischen, steht das Fenster des Mansardenstübchens weit offen. Nur mit einem dünnen Laken bedeckt liegt Hetty fiebrig somnolent und vor Schmerzen stöhnend auf ihrer Schlafstatt. Ihre Wangen glühen, und dicke, zähe Schweißperlen perlen auf ihrer Stirn, unter der sich die Nase auffallend blass hervortut. Doktor Kaluweit macht sich daran, die Wadenwickel zu entfernen, als Hetty wieder zu zittern beginnt. Rasch schließt er das Fenster und legt ihr eine dicke Decke über.

»Es wird alles gut werden, Hetty! Hören Sie mich, Hetty?«

Schwach bewegt sich ihr Kopf nach vorne.

»Ich verspreche es Ihnen, es wird alles gut.« Er streicht ihr beinahe väterlich mit dem Handrücken über ihre Wange. »Sie müssen kämpfen, mein Kind, kämpfen!« Und als er *kämpfen* sagt, laufen ihr die Tränen aus den fiebrig glänzenden Augen. Unter Anstrengung versucht sie zu sprechen. Doktor Kaluweit hält sein Ohr ganz dicht an ihren Mund.

»Was ist mit meinem Kind, was ist mit meinem Kind?«

»So beruhigen Sie sich doch.« Der betagte Arzt, der in seiner langen Praxis schon alles erlebt zu haben glaubte, was der Mensch an Schicksalen vom Leben aufgebürdet bekommt, gerät zusehends aus der Fassung. Man kann ihm ansehen, dass er leidet, mit ihr leidet. Er würde es wohl nie begreifen, dass der Tod wie ein Dieb daherkommt, um zu rauben, was eigentlich dem Leben geweiht ist. Mag er sich in diesem Augenblick zudem gefragt haben, welche Genugtuung der Tod daran fand, die pralle Leibesknospe auszubrechen, bevor sie prachtvoll erblühen konnte. Eigentlich müsste er zu dem Schluss kommen, dass der Tod nicht das Menschenkindlein vernichten will, sondern dass es einzig die Aufgabe des Todes ist, das Leben generell zu vernichten, egal ob jung oder alt. Tod und Leben, das ist der eigentliche Krieg. Das Leben ist dazu bestimmt, Leben zu schenken, und der Tod dazu, es zu nehmen. Ja, es ist durchaus möglich, dass das die Gedanken des alten Kaluweit sind. Vielleicht wundert er sich auch darüber, dass er selbst, trotz seines hohen Alters leben darf. Dass er vielleicht ganz heimlich still und leise durch das universelle Sieb gerutscht ist, das nach einer unbekannten Regel aussortiert, damit er bevorzugt sein langes Leben bis zur völligen Neige auskosten darf. Ein Leben aus Lachen und Betrübnis. Ein Leben mit Essen und Trinken, bis schließlich der Tod auch ihm ein Ende setzt.

Unterdessen er vor sich hin grübelt, nuschelt Hetty unentwegt im Fieberwahn Worte, deren Zusammenhang er in der zufälligen Reihenfolge nicht versteht. Wortfetzen, die, wenn man sie nach Gutdünken zusammensetzt, darauf deuten, dass sie der tiefen Sehnsucht nach Gottfried entspringen. So wiederholt sie, meist in abgewandelter Form, fortwährend Namen, die nur ihm zugesprochen werden können.

»Frido«, haucht sie über ihre spröden Lippen. »Frido, Frido, mein Gott Frido, wo bist du? Frido Liebling, wo bist du?«

Der Doktor zeigt sich erschüttert und sein Gesicht hellt sich erst auf, als sich die Türe öffnet und Herr von Frickelheim wieder eintritt.

»Wie sieht es aus?«, fragt er mit einem betrübten Blick auf Hetty, die ihm trotz ihrer Dienstbotenstellung, vor allem nach dem Tod seines einzigen Sohnes, wie eine Tochter ans Herz gewachsen ist.

Nervös sieht Doktor Kaluweit den Hausherrn an. »Nun sag schon, hast du den Notdienst erreicht?«

»Ja, ja, ja, sicher, er wird gleich eintreffen.«

»Dann lass uns nach unten gehen, damit wir die Türe öffnen können«, drängt Doktor Kaluweit.

Sichtlich erleichtert, nicht mehr das wehleidige Bild der Kranken ansehen zu müssen, eilt Herr von Frickelheim raschen Schrittes voraus.

Im Herrenzimmer warten sie ungeduldig. Unentwegt schauen die beiden Männer zur mächtigen Standuhr, deren Perpendikel behäbig hin und her schwingt, als mahne er die ganze Welt zur Gelassenheit.

»Was für eine Tragödie«, sagt von Frickelheim in die Stille hinein. »Ja, eine Tragödie«, bestätigt er sich selber. Herausfordernd blickt er in die Augen seines Gegenübers. »Nun sag doch was, Kaluweit! Ist es nicht eine Tragödie, wenn sich gute Hoffnung derart in Leid wandelt?«

Der Angesprochene greift zu einer Zigarrenkiste, die stets gut gefüllt auf dem Rauchtisch platziert ist.

Auffallend bedächtig, als brauche er Zeit zu überlegen, klaubt er sich eine Havanna heraus. Nachdem sich Rauch über seinen weißen, wirren Haarschopf kräuselt, meint er abwägend: »Du magst recht haben, lieber Freund. Recht haben insofern, wenn wir derartige Geschehnisse nur mit unserem Verstand bewerten. Aber glaube mir, mit unserem menschlichen Verstand ist es nicht weit her, sonst würden wir immer und bei jeder Gelegenheit mit allen Mitteln bewahren, was uns lieb und recht ist. Nein, unser Verstand ist unzureichend, sonst gäbe es nicht Mord und Totschlag und solch unsäglich irrsinnige Kriege, wo sich plötzlich in Mordlust wandelt, was wir ansonsten bedauern und betrauern! Der Krieg wird durch den Menschen gerechtfertigt, was der Mensch wiederum der Krankheit zur Last legt. Kannst du mir noch folgen?« Doktor Kaluweit richtet diese Frage rein rhetorisch an seinen Freund Ernestus, denn er fährt gleich darauf mit seinen Ausführungen fort. »Und überhaupt, wer weiß eigentlich genau, ob es eine Tragödie ist, wenn ein Mensch sterben muss, nur weil unsere Gefühle dem Verstand derartige Signale senden? Das frage ich dich allen Ernstes. Nachdem ich als Arzt ein langes Leben praktiziert habe und so viel Leid und Schmerz und Trauer miterleben musste, bin ich schon mehrmals zu dem Entschluss gekommen, dass es durchaus eine Gnade sein kann, vom Leben erlöst zu werden. Das ist für einen gesunden Menschen sicherlich schwer verständlich, aber Gesundheit ist keine lebenslange Garantie ... und was dann? Ja, du brauchst mich gar nicht so skeptisch anschauen, das sage ich dir als Mensch und Arzt, der sich dem hippokratischen Eid verpflichtet hat, dem Kranken nicht zu schaden und Leben zu retten. Heute allerdings erschreckt mich tatsächlich der Gedanke, dass ich beim Heilen und Retten auf der *falschen Seite* stehen könnte.« Und nach kurzem Überlegen sagt er noch: »Ich meine damit, dass ich Gott ins Handwerk pfusche! Sagt die Schrift nicht, dass es Gottesstrafe ist, im Fleisch zu sein? Demnach könnte man doch darauf schließen, dass die wahre Erfüllung jenseits vom Irdischen zu finden und dass es die eigentliche Gottesgnade ist, ohne fleischlichen Körper zu existieren. Wie sonst kann man begreifen, dass selbst Kinder und junge Menschen sterben müssen? Sogar dein Kant, dessen Philosophie von der reinen Vernunft und der Würde des Menschen als selbstbestimmtes Wesen geleitet wird, hat einmal, wenn ich mich recht entsinne, bezüglich des Verhältnisses von Körper und Seele den Vergleich vom menschlichen Körper als Karren gebraucht, der erst durch den Geist bewegt wird. Wenn aber der Mensch vom Karren befreit ist, so wird er sich leichter bewegen können. So oder ähnlich formulierte er es, dass der Tod nicht die absolute Aufhebung des Lebens ist, sondern eine Befreiung der Hindernisse eines irdischen Lebens.«

»Graue Theorie, alles ist graue Theorie, gäbe es die individuellen Gefühle nicht«, wirft Herr von Frickelheim abwinkend ein. »Ich jedenfalls habe nicht von Kant, sondern vom Alter und dessen Erfahrungen gelernt, dass auch die Philosophie nur eine Theorie ist, die ihre Hypothese ganz rasch über den Haufen wirft, wenn es einem von Not und Leid flau im Magen wird und das Herz schmerzt. Vor allem, auch wenn ich an meine liebe, kranke Frau und meinen verstorbenen Sohn denke.«

»Ach, mein lieber Ernestus«, seufzt Kaluweit, »wer kennt sich da schon aus? Aber wir alle, wirklich wir alle, werden eines Tages *die Seiten wechseln* und dann werden wir absolute Klarheit haben.« Er beobachtet verklärt den Rauch, den er in den Raum bläst und der sich augenblicklich ins Nichts verflüchtigt. Einen Augenblick lang tritt beiderseitiges Schweigen ein, bis Herr von Frickelheim zu bedenken gibt: »Was du da in Bezug über den Krieg und die Gnade gesagt hast, ist gar nicht so abwegig. Es könnte wahrhaftig eine Gnade sein, dass Hettys Kind nicht in diese wirren Zeiten hineingeboren wird. Wer weiß, wer weiß …«

Doktor Kaluweit unterbricht ihn abrupt: »Höre doch, die Sirene! Das wird der gerufene Sanitätswagen sein.«

Ernestus von Frickelheim schlägt sich entschlossen mit beiden Händen auf die Schenkel.

»Dann also auf! Wollen wir hoffen, dass Hetty wieder vollkommen gesund wird und dass wir damit dem Herrgott nicht ins Handwerk pfuschen, wie du gewillt warst, dich auszudrücken.«

»Recht so, recht so, mein lieber Freund, recht so. Was wäre der Mensch ohne Hoffnung. Er wäre nur ein Spielball des Schicksals!«

Frostige Zeiten

Bibel:
»Es sollen sich schämen und zum Spott werden, die mir nach dem Leben trachten; es sollen zurückweichen und zuschanden werden, die mein Unglück wollen.«
　　Psalm 35/4

Adolf Hitler:
»Man vergesse niemals, dass alles wirklich Große auf dieser Welt nicht erkämpft wurde von Koalitionen, sondern dass es stets der Erfolg eines einzelnen Siegers war. Koalitionserfolge tragen schon durch ihre Art ihrer Herkunft den Keim zu künftigem Abbröckeln, ja zum Verlust des schon Erreichten. Große, wahrhaft weltumwälzende Revolutionen geistiger Art sind überhaupt nur denkbar und zu verwirklichen als Titanenkämpfe von Einzelgebilden, niemals aber als Unternehmen von Koalitionen.«
　　Aus *Mein Kampf*, Seite 578, Kapitel: *Arbeitsgemeinschaften*.

†

Die messbare Zeit ist trügerisch, weil sie neben dem gleichmäßigen Takt der unbestechlichen Uhr eine zweite Maßeinheit anzeigt, und das ist die des individuellen Empfindens der zeitlichen Abläufe. Da nämlich kann die Zeit zum einen wie ein Tropfen zähen Harzes in die Ewigkeit tropfen oder anderseits zu einem reißenden Strom aus rasch aufeinanderfolgenden Ereignissen werden, geradeso, wie es Gottfried in seinem augenblicklichen Zustand empfindet. Auch die Jahreszeiten scheinen auf der Flucht vor dem sinnlosen, mörderischen Warten zu sein. Der Herbst ist im Sauseschritt vor dem Winter geflohen, vor dem strengen Winter! Die Unbilden des Wetters haben auf unvorstellbare Weise eine Steigerung darin gefunden, dass nach anfänglichem Dauerregen plötzlich, quasi über Nacht ein erbärmlicher Frost einsetzt. Ein derartiger Frost, der dem anschließend fallenden Schnee die feste Grundlage gibt, damit sich die Landschaft in kürzester Zeit in ein eisiges Weiß wandeln kann, das durch den oft tagelangen Schneesturm in solche Höhen geweht wird, dass nicht mehr an eine geordnete Kriegsführung zu denken ist.

In Eis und Schnee stehen sie, die vor Kälte schlotternden Soldaten, denen der Rotz als Eiszapfen aus den blau gefrorenen Nasen hängt. Dass sie nicht über ausreichend wärmende Kleidung verfügen, erweist sich als eine zusätzliche Katastrophe für sie. Mögen die braven Volksgenossen in der Heimat auch tonnenweise wärmende Kleidung, Tuch und Stoffe spenden, nur wenig oder verspätet kommt davon an die richtigen Stellen an, wo sie dringend benötigt werden. Für einen Großteil der Männer verschlechtert sich zudem die Ernährungslage dramatisch. Indes kommen sie nur noch langsam, sehr langsam voran. Die Räumkommandos haben kaum noch die Möglichkeit, mit ihren Schneefräsen durch meterhohes Eis und Schnee Versorgungsstraßen zu errichten. Demnach gehen immer wieder die sorgenvollen Blicke zum trüben Winterhimmel, ob endlich mal wieder der »Fieseler Storch« auftaucht, der, wenn sie Glück haben, Nahrungsmittel und Treibstoff bringt. Nur gut, dass es die von der Natur aufgezwungenen Kampfpausen gibt, da durch die Kälte auch die Granatwerfer ausfallen. Die Maschinengewehre tun es zur Not. Aber das Schanzen, also der Stellungsbau, ist wegen des steinharten Bodens zur Tortur geworden. Aufatmen tut derjenige, der nach erfolgter Mühsal ein wenig Stroh hat, womit er das Loch auskleiden kann, damit wenigstens die Füße ein wenig Schutz vor der Kälte haben.

Dann, es ist Anfang Dezember, erwacht wütend der aggressiv gewordene russische Bär. Schukow bäumt sich vehement zur Gegenwehr auf und fährt die Krallen aus. Vor allem sind es sibirische Einheiten, denen überdies die Kälte nichts auszumachen scheint. Sie treten ihrem unzureichend ausgerüsteten Feind gut ausgestattet und den Witterungsverhältnissen angepasst gegenüber. Schukow scheut sich sogar nicht davor ein Frauenbataillon an die Front zu befehligen. Wie mag es den deutschen Landsern in ihren Herzen ergehen, wenn sie nach dem Gefecht erfahren, dass die Salven ihrer Maschinengewehre Frauen niedergemäht haben? Dass es nicht nur Soldatinnen, sondern in erster Linie Mütter und Töchter waren, deren Leiber von Munition zerfetzt durch die Luft wirbelten? Mit diesen Frauen stirbt das Leben gleich mehrfach, ihr eigenes und das, was aus ihren Bäuchen heraus hätte geboren werden können. Anderseits aber, und das mag ein schwacher Trost für die Männer sein, wären es die Frauen gewesen, die getötet hätten!

Alles in allem erleidet die deutsche Wehrmacht schlecht ausgerüstet schwere Verluste. Manchmal sind es Kleinigkeiten, die über Etappensieg oder Niederlage entscheiden. Alleine die dunklen, nicht getarnten Stahlhelme bieten im Schnee ein gutes Ziel für den Feind. Aber nicht nur, dass die Soldaten neben Tod und Verletzung auch wegen Erfrierungen ausfallen, viele leiden zudem unter Schneeblindheit. Von Kameraden gestützt und geführt, müssen diese bedauernswerten Blinden bei größter Gefahr aus der Schusslinie gebracht werden. Was eigentlich gegen Hitlers rigorose Anordnung verstößt, die seinen Soldaten verbietet, ihre Stellungen zu verlassen. Den Truppen wird unnachgiebig der Befehl erteilt, bedingungslos die erforderlichen Voraussetzungen für die Wiederaufnahme von groß angelegten Angriffsoperationen zu sichern. Für Hitler läuft es längst nicht mehr so, wie er es sich vorgestellt hat. Außerdem verliert er in Bezug auf die Handlungsfähigkeit seiner Generäle mehr und mehr sein Vertrauen zu ihnen und infolge ernennt er sich selbst zum *Oberbefehlshaber des Heeres*. Doch auch Hitler kann nicht verhindern, dass die bisher schlagkräftigen deutschen Panzer aufgrund der extremen Witterungsverhältnisse ihren Dienst versagen. Es ist kein Geheimnis mehr: Auf den Feldern rings um Moskau beginnt der Mythos von der Unbesiegbarkeit der deutschen Wehrmacht sichtbar zu bröckeln. Als man Hitler schon allein wegen der Kälte den Rückzug vorschlägt, kontert er damit, dass das gar nichts nütze, weil es hinter der Front genau so kalt ist.

Bei diesen widrigen Zuständen tritt der an die Front abkommandierte Mensch abermals den Beweis an, dass er viel auszuhalten vermag, wenn er, Befehlen folgend, eigene Grenzen überschreiten muss. Doch selbst den Befehlen sind natürliche Schranken gesetzt, wenn die Kräfte versagen. Wer erschossen wird, verhungert oder erfriert, der entzieht sich in den Augen der Befehlshaber in Berlin feige dem Geheiß zum totalen Krieg. In ihren Augen sind es diese Menschen nicht wert, Deutsche zu sein. Zu erfrieren ist es allerdings ein Leichtes. Da genügt es schon, sich aus purer Angst im freien Gelände in die Hose zu pissen. Wie weggeworfene Schaufensterpuppen liegen die krepierten Kameraden in Eis und Schnee und recken ihre steif gefrorenen Arme hoch, als wollten sie noch einmal umarmt werden. Die noch leben, nehmen kaum eine Notiz von ihnen. Wer überleben will, braucht die Wärme des Mitleids für sich selbst. Wenn Tränen zu Eis werden, hält man sie besser zurück. Diejenigen, die an einen Gott glauben, fragen sich vielleicht, ob Mitleid nicht zur Sünde wird, wenn es sich gegen das vollführte Gottesurteil richtet.

Einzig an einem außergewöhnlichen Abend, da können die ausgemergelten Männer ihre Tränen nicht mehr zurückhalten. Und das ist der Abend, der ganz außer der Reihe von allen x-beliebigen Abenden die Männer stimmungsmäßig sanft und sacht in die Heilige Nacht führt.

Der Landser Julius Schlotmann ist es, der, weiß Gott woher, ein Tannenzweiglein organisiert hat. Zu acht sitzen sie im provisorisch zusammengenagelten Unterstand eng beisammen, sodass sich ihre Körper gegenseitig ein wenig Wärme schenken. Vor sich das Zweiglein, das in einer leeren Geschosshülse steckt. Nach etlichen Minuten, in denen jeder gedankenverloren auf den dürftigen Weihnachtszweig stierte, beginnt Julius Schlotmann leise, mit brüchiger Stimme und von Rührung überwältigt *Stille Nacht, heilige Nacht* zu singen. Nun stimmen auch die anderen mit ein, und keiner der ansonsten hart gesottenen Kerle schämt sich seiner Tränen. In diesen Augenblicken sind sie wieder Kinder, die noch nichts vom Leid der Welt ahnen.

Ja, nach langer Zeit ist es mal wieder still, ob diese Nacht heilig ist, das muss jeder für sich selbst entscheiden. Dass diese heilige Nacht in der Fremde anders ist als sonst, das spürt jeder. Dazu gehört auch, dass es außer der Reihe Fleisch gibt. Pferdefleisch. Am Morgen noch hat das kleine Panjepferdchen, von frostigem Graupel überzogen, tapfer und mit seinen letzten Kräften dem harschigen Schnee getrotzt, der ihm bis an den Bauch reichte. Als man dem verendeten Tier den Bauch aufschnitt, dampfte der letzte Rest Energie aus seinem Gedärm.

»*Alles schläft, nur das traute o Heilige Nacht …*«

Während die Deutschen nur wenige Kilometer vor Moskau dem russischen Bären ordentlich eines auf den Pelz brennen, geht es im Kampfgebiet rund um Leningrad, wo Gottfried augenblicklich in Stellung liegt, einigermaßen ruhig zu. Obwohl sich die angestrebte Schlinge mithilfe finnischer Truppenverbände im Norden rund um Leningrad allmählich zuzieht, gab es in den letzten Wochen auch hier herbe Rückschläge. Das kam auch daher, weil sich aus strategischen Gründen, wozu die unbedingte Einnahme Moskaus gehört, die Hauptschlagkraft auf die Heeresgruppe Mitte konzentriert und der Heeresgruppe Nord demnach Material und Soldaten abgezogen werden.

Leningrad jedenfalls ist inzwischen von der Außenwelt abgeschnitten, mit all den Folgen, die sich unweigerlich ergeben, wenn eine Stadt von der Versorgung lebensnotwendiger Güter abgeschottet wird. Natürlich führt der bittere Frost zu einer zusätzlichen Not in der Millionenstadt. Zum zusätzlichen Leid der Menschen sind die Kraftwerke ausgefallen, sodass die Menschen nicht nur auf den Straßen, sondern auch in ihren Wohnungen erfrieren.

Erst im Frühjahr nach dem ersten Belagerungswinter können die Leichen der Verhungerten begraben werden. Es fehlt an allem. Vor allem aber an Lebensmitteln. Einzig der Ladogasee im Norden bietet jetzt eine kleine Schneise, über die unter schwierigsten Bedingungen ein wenig Einfuhr stattfinden kann. Als dann aber der See zufror, zeigte sich die allgemein schwierige Lage noch dramatischer, da das Eis, über das der Transport ablief, gezielt bombardiert wurde.

Ähnlich wie Schukow in Moskau, mobilisiert Schdanow, der örtliche Vorsitzende der kommunistischen Partei Leningrads, die Leningrader mit den Worten: »*Der Augenblick ist gekommen, indem wir unseren bolschewistischen Willen und die Kraft unter Beweis stellen können, ohne viele Worte hart zu arbeiten und Leningrad zu verteidigen. Unsere Aufgabe ist es jetzt, so schnell wie möglich die wichtigsten und wirkungsvollsten Techniken des Kämpfens zu erlernen: Schießen, Handgranaten werfen, das Ausheben von Schützengräben und die Technik des Straßenkampfes.*«

Aus der über drei Millionen Einwohnerstadt werden tatsächlich eine Millionen Zivilisten zwangsverpflichtet, Panzerfallen, Gräben, Drahtverhaue, Bunker und Deckungslöcher zu bauen. Und das unter den extremsten Verhältnissen der Bombardierung. Es klingt obendrein schon arg zynisch, wenn Schdanow die Bürger darüber hinaus auffordert, den Gürtel enger zu schnallen. Fast 4000 Einwohner verhungerten am Weihnachtstag, und im Dezember 1941 insgesamt über 50.000 Menschen. Bei diesen Zahlen, diesem Dokument der Grausamkeit, nimmt sich nicht nur die Parole »Gürtel enger schnallen« zynisch aus, sondern auch, dass Kannibalismus hart bestraft wird.

Hetty blinzelt in die milden Strahlen der Frühlingssonne, und ein Hauch von rosa Schimmer liegt auf ihren Wangen. Doch ihre dunkelgeränderten Augen verraten, dass sie im vergangenen Winter eine schwere Zeit durchzumachen hatte. Ausgezehrt ist ihr Körper, und sie scheint in dem plüschigen Wintermantel zu versinken. Sie sitzt auf jener Bank im Schlosspark, auf der sie ihren Frido zum ersten Mal sitzen sah. Du meine Güte, das ist beinahe schon eine ganze Ewigkeit her. Zu viel ist inzwischen geschehen. Die Einkaufstasche hat sie neben sich abgestellt, und jetzt zieht sie ein abgegriffenes Blatt Papier aus der Manteltasche. Mit einem verklärten Lächeln überfliegt sie die Zeilen, die sie auswendig aufsagen kann. Gottfrieds Worte sind es, die er ihr in krakeliger Schrift vor Wochen aus dem Feld schickte. Worte, die, man kann es erahnen, in ihren Ohren stets laut hörbar werden, wenn sie sie liest. Ein fiktiv gesprochener Gruß, gesendet aus eisigem Winter, der nun, vom Frühling aufs Neue belebt, ihr Herz erwärmt. *»Ich liebe Dich!«*

Die Frühlingssonne tut ihr wirklich gut. Versucht der Himmel, etwas an ihr gutzumachen? Hart und unerbittlich war der Winter zu ihr gewesen. Der Winter ohne ihren frisch vermählten Mann und ohne das sehnlichst erwartete Kindlein, das der Tod ihr gestohlen und das sie noch nicht einmal zu sehen bekommen hatte, als er es in seinen kalten Armen forttrug.

»Es ist besser so«, hatte die Schwester im Krankenhaus gesagt, »wenn Sie es finden wollen, suchen Sie es in Ihrem Herzen!« Scheinbar wollte sie Trost spenden, also fügte sie noch voll mitleidiger Ernsthaftigkeit an, dass es keinen endgültigen Abschied geben würde, sondern immer nur ein Wiedersehen.

Heute ist wieder so ein zweifelhafter Tag des Abschiednehmens. Schon am Nachmittag wird sie im Zug nach Gumbinnen sitzen, nachdem sie von ihrer Herrschaft für immer Abschied genommen hat. Die Entscheidung, wieder zu ihren Eltern zu ziehen, ist ihr, wie sie gegenüber den Frickelheims ausdrücklich betonte, nicht leichtgefallen. Aber sie muss jetzt und sofort einen Neuanfang wagen. Die Hoffnung auf eine bessere Zeit in ihrem Heimatort bei den Eltern, die ihr eventuell das Vergessen erleichtern werden, lockt sie. Zu viele schlechte Erinnerungen haben sich in dem möblierten Zimmer eingenistet. Die Erinnerungen machen sich täglich fast höhnisch breit neben ihr im Bett, wenn sie sich nach der Tagesarbeit dort niederlegt. Ja, so sagte sie es dem Herrn von Frickelheim beinahe entschuldigend, und der zeigte volles Verständnis für sie. Auch er dachte oft mit Schrecken daran zurück, wie sie unter seinem Dach mit dem Tode gerungen hatte, als der Lebensfaden der jungen Frau bereits zwischen die Klingen seiner Schicksalsschere geraten war. Aber sie hat den Tod bezwungen und dadurch ihre Freiheit zurückgewonnen, also kann auch er sie als Dienstherr nicht festhalten. Er kann sie genauso wenig festhalten, wie er Fritz behalten durfte. Ebenso wird er bald seine Frau loslassen müssen, die längst für die Reise hin zu ihrem verstorbenen Sohn bereit ist. Wie hatte die mitleidige Schwester gesagt? »Es gibt keinen endgültigen Abschied, sondern immer nur ein Wiedersehen!«

Abrupt erhebt sich Hetty von der Bank, ergreift die Einkaufstasche und geht ihres Weges. Auf keinen Fall will sie an ihrem letzten Tag als Haushälterin den Schlendrian begrüßen, dem sie in all den Jahren konsequent die Hand versagte.

Am Café, in das Gottfried sie damals ausgeführt hat, bleibt sie stehen, um durch die Fensterscheibe auf jenen Platz zu linsen, wo sie ehemals im Überschwang ihrer Gefühle beisammensaßen. Sie lächelt still in sich hinein. Dieser verrückte Kerl wollte ihr damals weismachen, dass er ein Hellseher wäre. Allerdings war sie dann doch überrascht gewesen, als er zum Beispiel von ihrem Muttermal sprach. »Ach, Fritz«, haucht sie. Später wird sie einmal sagen, dass sie, als sie den Park verließ, genau wusste, dass die Schwester unrecht hatte. Sie wusste, dass sie Fritz, den Park und überhaupt Königsberg nie mehr wiedersehen würde. Dass es einen Abschied für immer gibt.

Als sie in die Küche hereinkommt, zeigt sie sich ziemlich überrascht. Am Tisch sitzt Herr von Frickelheim, und sogar die Gnädigste und Doktor Kaluweit sind anwesend. Es duftet nach frisch gebrühtem Kaffee, und auf dem Tisch steht ein recht ansehnlicher Gugelhupf.

Alle schauen sie an. Herr von Frickelheim wie immer mit würdiger Miene. »Warum so überrascht, mein Kind?«, fragt er freundlich. »Es ist Ihr letzter Tag bei uns, da brauchen Sie natürlich nicht kochen. Aber jetzt stellen Sie mal die Einkaufstasche beiseite und setzen Sie sich zu uns an den Tisch, der frische Konditorkuchen wartet schon!«

Die Gnädigste lächelt Hetty wohlwollend zu, und Doktor Kaluweit rückt sich den Teller zurecht. »Heute wollen wir mal die Sorgen Sorgen sein lassen, bist du nicht auch meiner Ansicht, liebste Jeanne?« Herr von Frickelheim tut froh gestimmt.

Hetty blickt erst unschlüssig auf den Kaffeetisch und anschließend ebenso zaudernd in die Runde.

»Uns einschenken dürfen Sie wohl«, lacht Herr von Frickelheim.

Mit zittriger Hand serviert Hetty. Man sieht es ihr an, dass es ihr unangenehm ist, mit den Herrschaften und dem Doktor in der Küche vertraut beieinander am Tisch zu sitzen. Die Küche war bisher ihr Revier, da hatte die Herrschaft nichts verloren. Darum isst und trinkt sie schweigsam und gehemmt unter den Blicken der anderen.

»Ihr scheint es ja zu schmecken«, brabbelt Doktor Kaluweit mit vollem Mund, und in seinem Bart kleben Kuchenkrümel.

»Gut so, gut so!«, stimmt Herr von Frickelheim ein, »essen und trinken hält Leib und Seele zusammen, habe ich recht, meine Liebste?«

Blass und auffallend kränklich schiebt die Gnädigste ihren Teller zurück. »Du hast recht wie immer, Ernestus. Nun, ich für meinen Teil bin satt.« Mit der Serviette tupft sie sich den schmallippigen Mund ab.

Ohne hochzusehen, sagt Hetty unvermittelt: »Ich danke Ihnen, ich danke Ihnen allen nicht nur für das, was Sie für mich in meiner Not getan haben, sondern auch dafür, dass Sie mich so herzlich in Ihrem Hause aufgenommen haben.« Jetzt schaut sie dem Herrn von Frickelheim direkt in die Augen und beginnt zu weinen.

»Aber, aber, mein Kind, darum brauchen Sie doch nicht zu weinen. Sie dürfen doch nicht mit Tränen an uns zurückdenken! Auch wir mögen Sie sehr. Und da kann ich sicherlich auch für Fritz sprechen.« Als er den Namen seines Sohnes erwähnt, schluchzt Hetty umso heftiger los.

Von diesem Zwischenfall völlig konsterniert, tupft sich die Gnädigste nun an den Augen herum.

Doktor Kaluweit, der sich gerade ein besonders großes Stück Kuchen in den Mund steckt, fängt bedrohlich an zu husten.

»Das wird hier ja die reinste Trauerfeier!«, ruft Herr von Frickelheim und klatscht dabei laut in die Hände. »Von Traurigkeit haben wir in der letzten Zeit genug gehabt, und wer weiß, was uns noch alles bevorsteht. Aber …« Ohne seinen Satz zu beenden erhebt er sich, und nachdem er seinem alten Freund wegen dessen anhaltendem Husten ein paarmal kräftig auf den Rücken geklopft hat, geht er ein wenig zögerlich zu Hetty hin und legt ihr sanft seine Hand auf den Kopf.

»Sie haben ihn sehr gemocht, Fräulein Hetty? Ich meine, Sie haben meinen Sohn sehr gemocht, sehe ich das richtig?« Nun streicht er ihr tröstend übers Haar und dreht sich um Verständnis erhaschend zu seiner Frau um, die ihm friedfertig zunickt. Erneut an Hetty gerichtet meint er in väterlichem

Tonfall: »Es war uns natürlich nicht verborgen geblieben, liebes Kind, dass unser Fritz Ihnen zu anfangs schöne Augen gemacht hat. Er wiegt den Kopf hin und her. »Was mehr war, das wissen natürlich nur Sie. Aber Ihre Tränen haben mir gezeigt, dass er auch Ihnen nicht gleichgültig war.« Wieder macht er eine nachdenkliche Pause, um mit den Worten fortzufahren: »Ich musste mich an jenem herrlichen Sommerabend schon arg zwingen, nicht genau hinzusehen, als ich durch den Garten ging und im Pavillon zwei Schatten ausmachte, die ziemlich eng zusammenstanden.«

Herr von Frickelheim schüttelt Hetty leicht an der Schulter. »Wir müssen alle nach vorne blicken! Sie müssen stark sein für Ihren Gottfried und für Ihre gemeinsame Zukunft! Und meine Frau und ich, wir müssen stark für die Gegenwart sein.«

Als Herr von Frickelheim mit seinen Ermahnungen endet, erhebt sich Hetty vom Stuhl und umarmt den verdutzten Mann. Sie sagt kein Wort, und als sie sich von ihm löst, geht sie zu Doktor Kaluweit, um ihm die Hand zu reichen, wie man jemanden die Hand gibt, wenn man sich ihm gegenüber sehr dankbar zeigen will.

»Schon gut, schon gut«, winkt der Doktor ab. »Nur eines müssen Sie mir versprechen, passen Sie gut auf sich auf! Man weiß nie, wie oft der Herrgott ein Auge zudrückt. Und wenn wieder Frieden ist, schenken Sie ihm noch ein paar gute Kinderchen. Er wird sich darüber freuen, denn von den schlechten hat er schon genug.«

Vor der Gnädigen wird Hetty sprachlos. Die beiden Frauen verbindet ohnehin eine tiefe Zuneigung, die ohne große Worte des Abschieds auskommt. Nur mit dem Finger zeigt die Dienstherrin an, dass sich Hetty zu ihr hinunter beugen möge. Als Hetty es tut, drückt ihr die Gnädige einen Kuss auf die Wange. Daraufhin spricht sie mit schwacher, brüchiger Stimme: »Auch mir müssen Sie etwas versprechen, Hetty. Besuchen Sie uns, wann immer Sie möchten. Unser Haus steht Ihnen jederzeit offen. Und grüßen Sie herzlich Ihre lieben Eltern von uns!«

Herr von Frickelheim räuspert sich fortwährend, bis ihm alle Aufmerksamkeit gehört. Seine Hand fährt in die Innentasche seiner Jacke, aus der er ein dickes Kuvert hervorholt. Mit diesem in der Hand geht er auf Hetty zu. »Wenn man Anerkennung alleine in Geld ausdrücken könnte«, beginnt er, »dann würde das hier nicht reichen. So bitte ich Sie, diesen Umschlag als einen kleinen Dank für Ihre Treue und Loyalität uns gegenüber anzunehmen. Und des Weiteren diesen bescheidenen Betrag als ein finanzielles Fundament für Ihr familiäre Zukunft zu verwenden.« Ist dort ein feuchter Schimmer in seinen Augen? »Nun möchte ich Ihnen …«, er stockt, »nun möchte ich *dir*«, er hat sie noch nie so vertraulich angeredet, »… nun möchte ich dir offiziell Lebewohl sagen. Solltest du noch deine persönlichen Dinge zusammenpacken müssen, dann darfst du jetzt auf dein Zimmer gehen.«

Herr von Frickelheim schaut mit bebenden Lippen auf seine Taschenuhr. Es ist jetzt kurz vor zwei. »Für vier Uhr habe ich eine Droschke bestellt, die dich zum Bahnhof bringen wird.« Er klappt den Deckel der Uhr zu, und nachdem er Hetty mit festem Blick in die Augen geschaut hat, verlässt er wortlos die Küche.

Traurig sieht sie ihm nach. Sie kann natürlich nicht ahnen, dass sie auch ihn nie wiedersehen wird.

Delir

Bibel:

»*Da baten ihn die bösen Geister und sprachen: Willst du uns austreiben, so lass uns in die Herde Säue fahren. Und er sprach: Fahrt aus! Da fuhren sie aus und fuhren in die Säue. Und siehe, die ganze Herde stürmte den Abhang hinunter in den See, und sie ersoffen im Wasser.*«
Matthäus 8/31-32

Adolf Hitler:

»*Wir können nichts tun, als uns an dem zu freuen, was wir schön finden. Ich strebe einen Zustand an, in dem jeder Einzelne weiß, er lebt und er stirbt für die Erhaltung seiner Art. Die Aufgabe ist, den Menschen zu erziehen, dass es der größten Verehrung würdig ist, wenn er Besonderes tut zur Erhaltung des Lebens der Art …*«
13. Dezember 1941 zu Gästen im Führerhauptquartier.

Thomas Mann:

»*Wie doch ein einziger Mann (Hitler) die Welt ins Unglück zu stürzen vermag!*«
Tagebucheintrag fernab von Deutschland in *Pacific Palisades*, nachdem auch die USA, alleine durch die Unterstützung Großbritanniens, in den sich ausweitenden Krieg eingegriffen hatte.

†

Gottfried erwacht aus einem schlimmen Fieberwahn. Er wälzt sich auf seinem stinkenden Strohlager hin und her. Im Dämmerzustand schießen ihm außer Kontrolle geratene Vorstellungen durch den Kopf. Hirngespinste bemächtigen sich seiner. Aus der Wirklichkeit heraus verlässt sein Geist den bärtigen, übelriechenden Mann, der dem Ungeziefer nachts als Nahrung dient. Plötzlich ist er wieder ein Kind, ein adrettes, sauberes Kind, das an der Hand des Vaters zum Thingstein wandelt, und er wunderte sich überhaupt nicht darüber, dass der Vater große, schneeweiße Flügel auf dem Rücken trägt. Dann, als sie ihre Gedenkstätte erreichen, wandelt sich Vater unvermittelt in jene schwarze Krähe, die er damals dort beobachtete, und geradeso, wie der Vogel einst krächzend davongeflogen war, schwingt nun Vater aufstöhnend seine Flügel und gleitet eingehüllt von einem himmlischen Brausen fort in die grenzenlose Dunkelheit. Für Gottfried ist es in diesem Moment, als sei es ein Zeichen dafür, als ob das Vergangene endgültig geflohen ist.

Er öffnet erschrocken, aber vorsichtig seine Augen, als traue er nicht der Realität. Sein verschwommener Blick zeigt ihm, dass er nicht alleine in diesem Raum liegt. Prüfend schaut er sich um. Er selbst findet sich auf den muffigen Dielen einer Holzbaracke wieder. Er macht sich nicht die Mühe, all die vielen Kerle zu zählen, die ebenfalls mit ihm auf Strohmatratzen vegetieren. Obwohl das Fieber versuchte, ihm die Sinne zu rauben, ist es doch dieser Gestank, der ihn wachhält und ihn wahrnehmen lässt, was als groteske Schemen um ihn herum geschieht. Gerade will sich einer der Männer, einer Spukgestalt gleich, nackt auf einen arg verschmierten Kübel setzen, der mitten im Raum aufgestellt ist, um darin seine Notdurft zu verrichten. Vor lauter Schwäche kippt die Gestalt mit dem übervollen Latrinenersatz um, und von Kopf bis Fuß mit Kot und Urin eingeschmiert schafft es der hilflos Strampelnde nicht mehr, auf die Beine zu kommen. Im Schleier seiner schleimverklebten, hochgradig entzündeten Augen beobachtet Gottfried teilnahmslos, wie ein ungepflegtes, fettes Weib versucht, den bedauernswerten Burschen mit den heftigsten Fußtritten zum Aufstehen zu zwingen. Dabei lacht sie Grimassen schneidend und als das ausgemergelte Menschlein endlich stöhnend auf sein Lager kriecht, triumphiert sie.

Wo bin ich hier? Bin ich in der Hölle?

Gottfried braucht Gewissheit. Sein Blick schärft sich. Direkt neben ihm schläft einer, ebenso nackt wie er selbst, mit großflächigen, eitrig nässenden Wunden an Gesäß und Lende, deren Gestank sich auf eine Weise mit dem des Kotes vermischt, dass Gottfried sich übergeben muss. Auch der wenige Mageninhalt, den er herauswürgte, reicht, dass die fette Furie mit den streng nach hinten zusammengebundenen Haaren einen Tobsuchtsanfall bekommt. Mit irrem Blick schlägt sie wahllos auf Gottfried ein und kreischt wie von Sinnen: »Njemez kaputt, Njemez kaputt!«

So gut er es vermag, versucht Gottfried mit den Händen seinen Kopf vor den harten Schlägen zu schützen, was die Aufseherin nur noch wütender macht. Und je lauter sie schreit, desto stiller wird es im überfüllten Brettersaal. Nur der Kerl neben ihm ruft verzweifelt nach seiner Mutter.

Nach dieser körperlichen Attacke kostet es Gottfried übermenschliche Mühe, unter der weiter ausufernden Gewalt des Weibes nicht nur sein Erwürgtes aufzuwischen, sondern auch den verschütteten Inhalt des Kübels zu entfernen. Danach darf er von ihrem höhnischen Gelächter begleitet auf allen vieren zurück auf seine Matratze krabbeln. Kaum ist er dort angelangt, steht das Weib feist und breit grinsend mit einem Eimer in der Hand über ihn. Und ehe es sich Gottfried versieht, schüttet sie ihm eine Ladung kaltes Wasser über den Körper. Dann deutet sie ihm mit ihren wabbelig Armen Waschbewegungen an, was wohl heißt, dass er sich nach ihrer visuellen Vorgabe reinigen soll. Nackt und triefend vor Nässe lässt sie ihn hantieren, ohne sich weiter um die Angelegenheit zu scheren.

Nein, obwohl er nass und nackt ist, friert er nicht. Ganz abgesehen von seiner Fieberhitze sieht es durch die matten Fensterscheiben ganz so aus, als würde der Schein der Sonne nach dem langen Winter bereits Wärme spenden. Und tatsächlich, als der Bretterverschlag vom Fuß eines Hiwis aufgestoßen wird, da strömt mit ihm eine dumpf brütende Schwüle herein.

Einen Kessel schleppt der Hiwi herein, in dem sich, wie immer abwechselnd, entweder ein fader Hirsebrei oder eine dünne Suppe mit fragwürdigen Zutaten befindet.

Gottfried sinnt darüber nach, was für ein Monat es eigentlich ist? Er hat keinerlei Vorstellung. Seine Sinne und seine physische Kraft haben ihn irgendwann verlassen, ihn den Unterfeldwebel und Träger des Eisernen Kreuzes, Gottfried Krahwinkel, der voller Eifer in die Welt gezogen ist, um für die gute und gerechte Sache zu kämpfen, wie er stets meinte. Unter menschenunwürdigen Umständen liegt er nun da, der Gegenwart fieberblind entrückt. Voller Idealismus ist er einst ausgezogen, um seine und die Werte seiner Ahnen zu bewahren, damit die Heimat vor denen geschützt werde, die fremdes Gedankengut und ihre eigenen Vorstellungen von Kultur, Recht und Ordnung brächten und somit von vornherein Zwietracht und Unfrieden im Lande säten. Kurz, er wollte das Deutschtum verteidigen! Ist das nun der Preis, den er dafür bezahlen muss? Ist das bereits der Niedergang seiner ihm anerzogenen Ideale? Im Schleier seiner kargen Erinnerungen hört er in diesem Augenblick die sich überschlagende Stimme des schlitzäugigen Russen, der ihm, wann immer es war voller Niedertracht »Deutsch kaputt, Deutsch kaputt!«, ins Angesicht gebrüllt hat.

Und je länger er darüber nachgrübelt, was geschehen ist, warum er nun hier in der Bretterbude ist, versetzt ihn das Fleckfieber erneut in einen rauschartigen Schlaf, in dem ihn der Albtraum an die Hand nimmt, um ihm zu zeigen, was sein Verstand nicht versteht, nämlich, wo das Ende seinen Anfang nahm. Fieberschwach fallen ihm die Augen zu.

Plötzlich hört er aus imaginärer Ferne ganz deutlich das monotone Rattern eines Zuges, in dem er sich gleich darauf wiederfindet. Zunächst zeigt sich das, was er zu sehen glaubt, unreal, unscharf verblichen, ganz so, wie man etwas wahrnimmt, wenn man des Morgens aus langem, tiefen Schlaf erwacht. Es braucht eine Weile, bis das Schemenhafte eine klare Gestalt annimmt. Der Zug ist angefüllt mit Männern, wie er einer ist. Alle tragen Uniformen. Ihre Gesichter sehen hohl und abgekämpft aus. Müde wackeln ihre Köpfe im Rucken der Gleise. Sicherlich dauert die Fahrt schon sehr lange. Kalt ist es, und ein Blick in die vorbeiziehende Landschaft lässt auch den Grund für diese lausige Kälte erkennen.

Weiß, soweit das Auge bis zum Horizont reicht, weiß. Strauch, Baum und Buschwerk erstarren vor Frost. Für einen Atemzug lang heften sich im Vorbeifahren Gottfrieds Augen auf eine tote Krähe, die ihre Beinchen steif gefroren von sich streckt. Das Antlitz von Fritz schiebt sich dazwischen.

»Fritz, mein lieber Freund«, murmelt Gottfried. Fritz war es, der ihn liebevoll Krähe genannt hat.

Ist die tote Krähe etwa ein Omen, das ihm persönlich gilt?

Dann endlich fährt der Zug langsamer. Immer langsamer, immer langsamer, bis beim Bremsen Metall auf Metall quietscht und die Waggons stockend zum Stehen kommen.

Gottfried wischt mit dem Ärmel über das vom Atem beschlagene Fenster, um sich besser den Namen der Station ansehen zu können. Unnütz! Die fremdartigen Buchstaben sagen ihm nichts. Und während er mutmaßt, erhalten alle den Befehl, unverzüglich auszusteigen. So klein der Bahnhof auch ist, umso überraschter ist Gottfried über die Menge an Soldaten, die sich dort bereits eingefunden haben. Es sieht so aus, als würden sie auf etwas warten. Auf mehreren Abstellgleisen stehen etliche verlassene Waggons. Auch die angrenzende Bahnhofshalle wimmelt vor Soldaten, und jene, die schon wer weiß wie lange auf den windigen Bahnsteigen verharren, stampfen frierend mit den Füßen auf. Jetzt erst erkennt er, dass sich unter den Versammelten viele verletzte Soldaten mit verbundenen Augen, Armen und Beinen befinden. Auch mischen sich an den Gliedmaßen Amputierte dazwischen. Jene, denen ein Bein fehlt, stützen sich schwerfällig auf ihre Krücken. Ein junger Bursche, dem beide Arme fehlen und dessen Augen zudem verbunden sind, lässt sich von einem Kameraden bereitwillig eine glimmende Zigarette zum Mund führen.

Gespenster schießt es Gottfried durch den Kopf. Lebende Gespenster, in deren verkrampftem Mienenspiel noch der Krieg zu toben scheint. Einige schlottern am ganzen Körper, als wollten sie das Erlebte ein für alle Mal abschütteln. Von einem ebenfalls schwer versehrten Leutnant erfährt Gottfried, dass die Verwundeten, und auch er selbst, aus der heiß umkämpften Stadt Stalingrad kommen. Er schildert in der knappen Begegnung mit Gottfried grauenvolle Zusammenstöße mit den Russen. Dabei flucht er immer wieder wie ein Berserker über die verdammten Rumänen, die am linken Flügel der Front, im großen Donbogen, wie er betont, feige zu den Russen übergelaufen sind, was dazu geführt hat, dass durch die so entstandene Grenzlücke nun die Russen dringen konnten, um mit allen Mitteln des Krieges die Einkesselung der Stadt zu beenden. »Scheiß drauf«, lacht der Leutnant irre, »soll der Iwan mit meinem Arm glücklich werden!«

Der Befehl zum Sammeln beendet schließlich das Gespräch. Gottfrieds Chef, Hauptmann Roßnagel, verteilt seine Kompanie auf die vor dem Bahnhof wartenden Mannschaftsfahrzeuge. Die ersten Stimmen werden hinter vorgehaltener Hand laut, dass sie nun das *Frischfleisch* sind, das man in Stalingrad schmoren will. Keine schönen Aussichten wenige Tage vor Weihnachten. Für Gottfried, sowie für die meisten anderen, ist es bereits das zweite Weihnachten im Russland-Feldzug.

Nach endloser und anstrengender Fahrt gelangen sie unter heftigem Beschuss des Feindes an ihr vorbestimmtes Ziel, an dem sie ebenfalls nicht gerade freundlich empfangen werden. Nein, das hat nichts mit dem *Gottesdienst* zu tun, in den Goebbels sie kaltschnäuzig geschickt hat, auch wenn der Russe zum Empfang auf seiner Stalinorgel spielt. Aber diese Predigt lässt den Landsern noch nicht einmal Zeit zum Beten. Auf, auf, marsch, marsch!

Trotz der Unerschrockenheit, die auch das Überleben garantiert, ist die Stimmung nicht nur unter den Mannschaften gedämpft. Allgemeine Kriegsmüdigkeit hat sich mittlerweile bei allen Dienstgraden breitgemacht. Obendrein ist es die unmenschliche Kälte, die jeglichen Willen zermürbt. Dazu kommt noch die unzureichende Nahrung, und eine den Wetterverhältnissen angepasste Winterausrüstung ist immer noch nicht eingetroffen, sodass Väterchen Frost auf seine Weise hilft, die Eindringlinge mit eisiger Faust hinaus aus dem Land zu jagen.

Von den Pritschen der Fahrzeuge bekommen die Männer einen Eindruck davon, was ihnen noch an Übel bevorsteht. Überall neben der vereisten Rollbahn liegen zerrissene Pferdekadaver verstreut, zerstörtes Kriegsmaterial, und nicht selten rauchen in der Eiswüste noch die Tanks, neben denen tote, verstümmelte Kameraden unbarmherzig zu Statuen gefrieren. Als es Abend wird, gelangen sie müde und erschöpft in ein erbärmliches Dorf, wo Gottfried für sich und seine Männer eine Unterkunft konfisziert. Das Erste, was ihn beim Eintreten in einer dieser schäbigen Katen begrüßt, ist Ofenrauch, scharfer, beißender Ofenrauch, der sich mit einem undefinierbaren Gestank vermischt. Rasch bekommt er zu spüren, dass sich in dieser Ausdünstung von Rauch, Mensch und Tier das Ungeziefer wohlfühlt. Es dauert nicht lange, da juckt es ihn schon am ganzen Körper. Hauptsache aber, es ist warm, wohltuend warm nach dieser polaren Kälte da draußen.

Was für ein Leben führen diese vorsintflutlichen Menschen, fragt sich Gottfried beim Anblick des alten Pärchens, das mit verwitterten Gesichtern breit grinsend am grob gezimmerten Holztisch sitzt, als er mit drei Mann seines Zuges martialisch bewaffnet die Stube betritt. Gleichgültigkeit ist es, was Gottfried in ihren Visagen liest. Die einzige Regung des zahnlosen Alten ist, lachend nach einem Huhn zu schlagen, das sich wie selbstverständlich daran gemacht hat, einige Brotkrumen vom Tisch zu picken. In einer angrenzenden Kammer, die nur durch eine zweigeteilte Zwischentür von der erbärmlichen Wohnstube getrennt ist und aus der es viehisch stinkt, mischt sich neben dem Blöken einer Kuh das Grunzen eines Schweines.

Gottfried ist beschämt. Wie kann man an anderer Stelle solch armen Leuten das Dach über den Kopf anzünden?

Bei aller Zuvorkommenheit, vor allem die des greisen Weibes, lehnt Gottfried es dankend ab, nachts am bollernden Kachelofen zu schlafen. *Womöglich feiern Wanzen, Flöhe und Läuse ein Fest auf mir!* Nein, da zieht er es lieber vor, im benachbarten Stall zu schlafen, wo nur ein paar ausgemergelte Pferde untergebracht sind, die von den Rumänen zurückgelassen worden waren.

Gottfried gräbt sich tief in das Heu ein, knöpft den Mantel bis zum Hals zu und schlägt den breiten Kragen hoch, damit auch noch die Ohren einigermaßen geschützt werden. Er hat schon wesentlich schlechter die Nächte in Eis und Schnee verbringen müssen, vor allem wenn sie, nur mit warmen Gedanken versehen, bei minus dreißig Grad in den Schützengräben verbringen mussten. Jetzt im Stall zu liegen, wo die Pferde ein wenig Körperwärme abgeben, ist es zudem allemal besser, als vom Ungeziefer aufgefressen zu werden.

An tiefen Schlaf ist leider nicht zu denken. Eine Zeit lang lauscht er missmutig auf das Geheul der Wölfe, die dem klaren Wintermond herzzerreißend ein Ständchen darbringen, aber wohl dabei hinterhältig auf die Gelegenheit warten, den Pferden endlich den Garaus zu machen.

Zwei Tage und zwei Nächte bleibt die Einheit in der Kolchose. Pünktlich zur Weiterfahrt ist ein heftiger Schneesturm aufgekommen. Wieder frieren die Männer in den nur mit einer Plane überzogenen Wagen. Eng zusammengedrängt malen sie sich aus, wie sie, im nächsten Dorf angekommen, Weihnachten feiern werden. Jeder trägt mit seiner Geschichte seinen Teil dazu bei, wobei sich ihre Vorstellungen an Feierlichkeit gegenseitig übertreffen. Außerdem erzählt man sich im Herzen berührt, wie es früher zu Hause an Weihnachten zuging und wie es bestimmt wieder werden wird, wenn diese Scheiße hier endlich erfolgreich überstanden ist. Zudem bestätigen sie sich wechselseitig, dass ihnen nun sicherlich nichts mehr passieren wird. Jetzt haben sie es bis hierhin geschafft, da sei der Rest doch ein Klacks mit der Wichsbürste! Doch kaum einer kann seine Tränen zurückhalten.

Während der Fahrt besieht sich Gottfried immer wieder seine Hand mit dem Ehering. Er zieht ihn vom Finger und betrachtet gerührt die Gravur. Der schöne Tag in Königsberg, als er ihn kaufte, nistet sich als eine reale Vorstellung in seine Gedanken ein. Ein Pfeil und ein Herz. Liebe und Schmerz! Nein, er darf keine schweren Gedanken an sein Löckchen zulassen! Obwohl, Weihnachten ohne das Kind, sein Kind!

Das Wort Vater geht ihm gebetsmühlenartig durch den Kopf. Vater, Vater ... fremd erscheint ihm dieses Wort, wenn er es auf sich bezieht. Vater ist doch nur ein Wort, wenn er nicht bei seinem Kind ist. Vater muss man sein, sonst ist man keiner! Rasch wischt er seine Tränen fort, aus Angst, sie würden zu Eis gefrieren.

Schließlich erreichen sie das angestrebte Dorf. Leider finden sie es nicht so vor, wie die Vorhut es verheißungsvoll angekündigt hat. Es ist inzwischen zum größten Teil von zurückflutenden Einheiten belegt. Jäger und Hase. Nun sind sie die Hasen. Von Ruhepause keine Spur. Sofort bekommt Gottfrieds Gruppe den Auftrag umgehend ein Minenfeld rund um das Dorf zu errichten. Eine böse Saat muss ausgelegt werden, und wenn sie aufgeht, bringt sie dem Feind den Tod. Diese Aktion ist dringend von Nöten, denn der Russe ist nicht mehr weit. Er ist kurz davor, durchzubrechen.

Und dann ist Weihnachten, der Tag, an dem der Schrift nach vor zweitausend Jahren der himmlische Friedensengel den Hirten auf dem Felde verkündigte: Fürchtet euch nicht! Aber anstelle der guten Botschaft stürzt von jetzt auf gleich ein Feuerregen vom Himmel! Anstatt der erwarteten Päckchen von zu Hause, anstatt der Sonderration vom Küchenbullen, anstatt bei Kerzenlicht Weihnachtslieder zu singen, gibt es hier, begleitet von einem Choral aus Flüchen und Gotteslästerungen, das tödliche Spiel der Stalinorgel, deren Geschosse wehklagend und zerstörend die Luft erfüllen. Volle Deckung!

Der Iwan wird schon rechtzeitig seine Bescherung bekommen, wenn seine Panzer auf die gottverdammten Minen fahren, denkt sich Gottfried. Ganz sieht es danach aus, als habe sich die gefährliche Arbeit gelohnt. Etliche der metallenen Riesen glühen nach der Detonation auf, bevor sie nur einen Schuss abgeben können. Auch die Abwehrgeschütze feuern aus allen Rohren, was das Zeug hält.

Wo aber bleiben nur die rettenden Flugzeuge, fragt man sich, die dringend benötigte Unterstützung aus der Luft? In der Heimat hat der Generalfeldmarschall Göring wohl vor lauter Vorfreude auf einen saftigen Weihnachtsbraten vergessen, die Fliegerstaffeln loszuschicken? Lange wird man der heiklen Situation nicht mehr gewachsen sein!

Bald darauf ist das Chaos perfekt! Überall Tote und Verwundete. Hilferufe und teuflische Verwünschungen, Schmerzensschreie und sinnlose Befehle. Dem Angriff der Russen wird so lange standgehalten, bis sich unerwartet ganze Truppenteile aus ihren Verbänden lösen und in wilder Panik flüchten. Deutsche Landser, bewährte Kameraden der Front, ergreifen feige die Flucht. Was für eine Schande, oh, oh, wenn das der Führer wüsste!

In dem allgemeinen Durcheinander versuchen Gottfried und seine Leute zumindest die Verletzten zu den noch intakten Fahrzeugen zu transportieren, um sie möglichst schnell in Sicherheit zu bringen. Was sich aber bald als unnütz herausstellt, da die meisten Kraftwagen wieder retour fahren, weil die Russen die Ausfahrtswege abgeschnitten haben. Also bringt man die Verwundeten im unaufhörlichen Beschuss des Iwans wiederum unter größter Gefahr in die noch verbliebenen Hütten, in der Hoffnung, dass diese ihnen wenigstens kurzfristig Schutz bieten. Diejenigen, die sich noch auf allen vieren bewegen können, kriechen so gut es geht selbstständig durch die Türen ins Innere der Behausungen, aus denen ihnen da und dort bereits ein Feuersturm entgegenschlägt. Was für ein Gejammer, was für ein Wehgeschrei, als schließlich alles in Flammen lodert. Einige schaffen es noch, mit brennender Uniform aus dem Flammenmeer herauszutorkeln. Denen ergeht es jedoch nicht besser als jenen, die in den Hütten kläglich verbrennen. Obwohl sie ihre Hände zum Aufgeben hochheben, werden sie vom Russen erbarmungslos abgeknallt. Im Schutz eines kampfunfähigen Panzers, beobachtet Gottfried wie seine sich ergebenden Kameraden in den Maschinengewehrsalven des Feindes zusammenbrechen.

Welch ein Irrsinn! Während hier die Funken sprühen, funkeln in der Heimat vermutlich die Wunderkerzen an den Weihnachtsbäumen, und um den Lichterbaum versammelt, denkt die Familie in Sorge an die tapferen Väter, die im eisigen Russland die Heimat verteidigen. Aber viele von ihnen werden in der Zukunft nie mehr durch eine weihnachtlich geschmückte Wohnzimmertüre eintreten.

Still, still, still, weil's Kindlein schlafen will.

Am nächsten Tag, es ist der *25. Dezember 1942,* ist für Gottfried, dem Träger des Eisernen Kreuzes, dem bis dahin treuen Gefolgsmann des Führers Adolf Hitler, dem größten Feldherrn aller Zeiten, der Kampf für Volk und Vaterland zu Ende. Nach schweren und verlustreichen Kämpfen stiehlt ihm ein schlitzäugiger Mongole alle Wertgegenständen, die er am Leibe trägt. Ungeheuerlich kommt Gottfried diese erniedrigende Handlung vor, ohne dass er sich der gänzlichen Tragweite des Geschehens insgesamt bewusst ist. Als der gelbe, schmutzige Kerl mit dem permanenten Grinsegesicht den Ehering verlangt, ist Gottfried drauf und dran ihm an die Kehle zu springen. Doch was bleibt ihm anderes übrig, als sich der Gewalt der Sieger zu beugen? Wie ihm, so ergeht es all seinen in Gefangenschaft geratenen

Kameraden. Da kann er noch zufrieden sein, dass sich sein Mongole mit der Uhr, dem Ring, dem Sturmfeuerzeug und dem silbernen Zigarettenetui, das er dem sterbenden Fritz aus der Tasche gezogen hatte und das er eigentlich dessen Vater zurückgeben wollte, wenn er eines Tages wieder nach Königsberg kommen würde, recht befriedigt zeigt. Der Mongole strahlt vor Glück, auch wenn er sichtlich Schwierigkeiten hat, herauszufinden, wie die Uhr funktioniert. Er dreht und wendet sie in seiner Hand, bis er sie ans Ohr hält, dann beginnt er vor lauter Verzückung zu tanzen. Er will gar nicht aufhören zu hüpfen und zu springen. Schlechter ergeht es denen, die nichts dergleichen vorzuweisen haben, wie Gottfried beobachtet. Die bekommen schreckliche Prügel, dass sie danach nicht mehr aufstehen können und alleine mit sich und der Welt besinnungslos zurückgelassen werden, um zu erfrieren. Wer von den deutschen Gefangenen imstande ist zu marschieren, der wird mit Kolbenhieben vorangetrieben. »Dawei, dawei!«

Es wird für alle zu einem Marsch ins Ungewisse. Wie sich die Bilder doch gleichen. Es ist noch gar nicht so lange her, da waren es die Deutschen, die mit den endlosen Kolonnen von gefangenen Russen ihr Schindluder trieben. Und nun sind sie es, die das Schicksal aller Gefangenen teilen müssen. Aus vorbeifahrenden Fahrzeugen jubeln sie den Deutschen verächtlich zu. Auch befinden sich etliche Flintenweiber darunter, die obszöne Gesten machen. Manchmal fischt Gottfried erschreckende Wortfetzen aus der Meute auf. Er hört, dass die Russen nach Berlin marschieren werden, um sich jetzt ihre Frauen zu schnappen. Mit seinen Gedanken alleine, versucht Gottfried von Sorge gepeinigt, wenigstens ein Stück weit in die Zukunft zu schauen. Wenn die nach Berlin wollen, dann ist Ostpreußen als Erstes dran. Wie wird es dann den braven Frickelheims in Königsberg ergehen? Oder dem sonderbaren Doktor Kaluweit? Komisch, es verwundert ihn arg, dass er nicht sofort an Hetty und an sein Kind dabei denkt. Stattdessen fallen ihm Hettys Eltern und Hänsel und Gretel ein? Nein, er kann und will sich nicht vorstellen, in welcher Gefahr Löckchen und sein Kind schweben. In seinen Gedanken baut er ihnen eine unzerstörbare Glaskugel, eine zweite gläserne Welt, in der sie inmitten eines aufblühenden Paradieses auf ihn warten! Ja, darüber denkt er nach und weiß nicht, ob er über seine Hirngespinste lachen oder weinen soll.

Als Gottfried im Getuschel seiner neben ihn marschierenden Kameraden von Hitlers Geheimwaffe erfährt, die jeden Feind in die Knie zwingen wird, ist ihm diese Nachricht wie eine Genugtuung vorgekommen, obwohl immer wieder und nur so zum Spaß aus den vorbeifahrenden Fahrzeugen auf sie geschossen wird. Vielleicht hofft der eine oder der andere insgeheim, von einer Kugel getroffen zu werden, damit das alles endlich aufhört, denn was man unterwegs mit ansehen muss, ist kaum noch zu ertragen.

Die Nacht verbringt Gottfried wie alle seine gefangen genommenen Kameraden ermattet, ausgelaugt und mit leerem Magen unter klarem Frosthimmel. Wenn er es sich recht überlegt, dann sind sie ärmer dran als das Christuskind einst, das wenigstens mit einem Dach über dem Kopf auf Heu und Stroh lag.

Am sternenübersäten Himmelszelt sucht Gottfried nach dem Weihnachtsstern, aber wenn auch die unzähligen Sternlein auf gewisse Weise tröstend hernieder funkeln, so bleibt für ihn der Himmel unüberbrückbar. Daheim würden sie den Weihnachtshimmel jetzt anders anschauen, dessen ist er sich sicher. Er wird ihnen eventuell inneren Frieden schenken, wenn sie von der Christmette stimmungsvoll angerührt nach Hause gehen. Er wünscht sich in diesem Moment von Herzen, dass die vielen, vielen Sterne über ihm sein Hoffnungsgruß in die Heimat sein mögen. In den Wochenschauen wird es daheim doch gezeigt, wie Väter, Brüder und Söhne dem Feind erfolgreich Widerstand leisten und trotz Eis und Schnee und erbitterter Gegenwehr dem Endsieg entgegen marschieren. Kann es mehr Hoffnung für sie geben?

An den folgenden Tagen wird, ohne Rücksicht auf die unmenschlichen Verhältnisse weitermarschiert. Vielen der Gefangenen hat man sogar die Stiefel abgenommen und stattdessen Lumpen gegeben, die anstelle des Schuhwerks um die Füße gewickelt werden. In der trostlosen, eisigen Landschaft, durch die sie hungrig dahinziehen, wird das Erfrieren zur gnädigen Erlösung. Um den Durst zu stillen, lässt man Schnee im Mund schmelzen. Nur nicht zu viel davon, aus Angst, anschließend Wasser lassen zu müssen. Wer sich bei dieser Kälte in die Hose pisst, ist ohnehin verloren.

Nach endlos erscheinenden Tagen und Nächten, es wird bereits schon wieder dunkel, erreicht die Gefangenenkolonne eine Kolchose. Von ein wenig Glück beseelt freuen sich die Erschöpften riesig, endlich wieder im Schutze eines ummauerten Quartieres übernachten zu dürfen. Das Glück ist ihnen sogar reichlich hold, denn in den Stallungen finden sich noch schäbige

Runkelrüben, die sie, obwohl sie beinahe zu Stein gefroren sind, gierig verschlingen, auch wenn heftiger Durchfall die Folge des Verzehrs ist. Zum Schlafen liegen Hunderte Gefangene eng beieinander, und wer austreten muss, hat danach große Schwierigkeiten, seinen angewärmten Platz wieder einzunehmen. Tritte und Puffe der Erwachten, über die man hinweg steigen muss, bringen ordentliche Unruhe und Zank untereinander.

Als Gottfried auch einer von denen ist, denen die Rüben krampfartig auf den Darm schlagen und er im Schummerlicht der undichten Bretterwände schließlich die Stelle wiederfindet, wo er zuvor lag, gibt es erstaunlicherweise keinerlei Meuterei. In seiner unmittelbaren Nähe bleibt alles ruhig. Erst am nächsten Morgen in aller Frühe, nach dem Abmarschbefehl, wundert er sich, dass die Männer, die direkt neben ihm liegen, sich immer noch nicht rühren und einfach liegen bleiben. Tja, sie bleiben liegen, weil sie direkt neben ihm gestorben sind. Nein, er hat davon nichts mitbekommen. Der Tod hat sich diesmal ganz still verhalten. Der Tod hat ihm keine Puffe und Tritte gegeben.

Weiter, weiter, immer weiter. Keiner der Gefangenen weiß, wohin man sie führt. Keiner weiß, ob er nicht der Nächste sein wird, der hilflos auf der Strecke bleibt. Da, hier und dort liegen sie im Schnee, geschwächt, erschossen, erfroren, erschlagen, von Wölfen oder Aasfressern zerrissen. Menschen, die einmal umsorgte und gehegte Säuglinge und Kinder waren, denen die Welt mit liebevollen Mahnungen begleitet weit offenstand. Verklungen sind die liebenden Worte der Mutter, ins Nichts aufgelöst ihre innigen Küsse, die ihre Buben vor dem Bösen bewahren wollten. Doch auch die Toten haben noch ihren Nutzen, ihnen kann man, wenn sich die Möglichkeit ergibt, die Kleidung wegnehmen, die man bei dieser Kälte selber dringender benötigt. In einer heruntergekommenen Ortschaft reicht ihm eine barmherzige Frau ein Stück Brot. Wie Tiere fallen ihn die Kameraden an. Aber er hat das Stück Brot blitzschnell zwischen seinen Zähnen. Doch das Gefühl, etwas gegessen zu haben, hält nicht lange an. Dann, als er schon denkt, vor Hunger verrückt zu werden, sieht er Fritz neben sich gehen. Nein, es ist kein Gehen, es ist wie ein Schweben. Fritz lächelt ihn mildtätig an und weist auf seinen Arm hin, der ihm scheinbar wieder angewachsen ist, und mit beiden Händen trägt er ein silbernes Tablett, das mit einem Berg von Königsberger Klopsen angefüllt ist. Aber genau in dem Moment, als Gottfried mit Heißhunger zugreifen will, rennt Fritz, begleitet von den unerbittlichen Dawei-Dawei-

Rufen eines Russen, davon. Vor Kraftlosigkeit und Enttäuschung sinkt Gottfried in den Schnee. Sein Herz schlägt ihm vor Freude bis zum Hals, weil er inständig hofft, nun erschossen zu werden. Den Schuss, den wird er noch hören, doch erinnern, nein, erinnern könnte er sich nicht mehr an den Knall.

Aber kein Schuss fällt! Der Posten, der neben ihm auftaucht, gibt ihm zu trinken. Gierig saugt Gottfried an der ihm gereichten Feldflasche. Wodka! Ja, es ist tatsächlich Wodka! Der Alkohol belebt ihn auf der Stelle, beflügelt ihn geradezu. Und er weiß jetzt schon, das er das gütige Gesicht des Russen nie mehr vergessen wird. Fritz ist somit zu seinem Engel geworden, der ihm den Russen geschickt hat, daran glaubt Gottfried in diesem Augenblick.

Anscheinend soll ich leben, weiterleben. Nein, er will nicht, er muss weiterleben!

»Es gibt keinen Tod, es gibt keinen Tod«, murmelt Gottfried unentwegt vor sich hin, bis ihm ein Kamerad, der hinter ihm her marschiert wütend und entnervt die Faust in den Rücken stößt. Er stößt so heftig, dass Gottfried kurzzeitig aus seinem Traum erwacht und sich in der Krankenbaracke auf der Matratze liegend wiederfindet. Er weiß nicht, was schlimmer ist, ob es das ist, was ihm nun die Realität zeigt, oder was er soeben in seinen Traumbildern gesehen hat. Doch sein Delir lässt ihm keine lange Zeit zu überlegen, denn bald darauf schläft er wieder ein.

Weiterhin vom Fiebertraum geschüttelt, schält sich aus den grauen Schleiern seiner Umnachtung eine heruntergekommene Bahnstation mit einem ebenso maroden Gebäude heraus, das unmittelbar bei der Gleisanlage angrenzt. Dort sind mit ihm noch viele Gefangenen eingesperrt. Unvorstellbare Szenen spielen sich darin ab. Einige werden von den gewaltsam Nachrückenden erstickt, erdrückt oder, vom Hungerwahn überwältigt, wegen ein bisschen Hirse und Brot erwürgt. Außerdem haben sich in diesem Sammelbecken von Gestank und Dreck inzwischen die verschiedensten Krankheiten ausgebreitet. Die Notdurft zum Beispiel müssen sie in einen tonnenähnlichen Behälter verrichten, der offen ausdünstend in einer von allen Seiten zugänglichen Nische steht. Wer trotz Durchfall zu müde oder bereits vom Typhus gezeichnet zu kraftlos ist aufzustehen, oder zu lange in der Warteschlange anstehen muss, lässt einfach unter sich gehen. Die Pestilenz hat damit Gestalt angenommen.

Wer glaubt, dass es nicht noch schlimmer kommen kann, der wird morgens eines Besseren belehrt. Obwohl es im Pulk der Menschenleiber an manchen Stellen einigermaßen warm genug war, so gab es dennoch etliche, die entweder draußen oder auch im verwinkelten Gebäude in den bitterkalten Nächten erfroren. Am Morgen werden unter dem schrillen Kommando der Russen Hiwis zusammengestellt, die man mit Stangen bewaffnet, an deren Enden sich metallene Haken befinden. Diese Haken schlagen sie auf Befehl in die Leichen, um sie wie abgestochenes Vieh auf den Bahnhofsvorplatz zu ziehen, wo man sie zu einem Berg aufstapelt. Gottfried sieht selbst noch im Traum mit Schrecken ihre entstellten Gesichter. In diesem Zustand steifgefroren, ist nichts mehr von Herrenrasse zu erkennen. Auch bei der anschließenden Essensausgabe verwandelt sich das angeblich kultivierte Individuum, dem man den Geist der Selbstherrlichkeit eingeimpft hatte, in eine Bestie, die mit allen Mitteln nur nach dem eigenen Überleben strebt. Alle gedrillte Disziplin ist von jetzt auf gleich aufgehoben. Nun gibt es keinen Kommandeur und keinen Führer mehr, es regiert nur noch der Wahnsinn. Erst die Kugeln der Wachleute, die wahllos in die Menge treffen, wenn der Aufruhr Oberhand gewinnt, bringt die Meute einigermaßen zur Raison. Mögen es fünfhundert, mögen es tausend oder mögen es zweitausend sein, die im Laufe der Zeit zugrunde gehen, wen juckt es schon?

Was zählt der Mensch, wenn er zum Feind geworden ist? Nichts!

Die Schreckensbilder tanzen in ihren Erinnerungsschleiern wie irre vor seinen Augen. Und als die Wirrnis wieder einigermaßen zur Ruhe kommt, sieht er sich eingepfercht in einem Eisenbahnwaggon. Auch die Waggons, in die die Herde Mensch an einem dieser trostlosen Vormittage eingepfercht wurde, entpuppen sich recht bald als fahrbare Särge. Wer während der Fahrt stirbt, wird nackt durch ein schmales Schiebefenster einfach in die Landschaft geworfen. Als die Posten es schließlich bemerken, drohen sie alle zu erschießen, und obendrein nageln sie die Öffnung zu. Nun stapeln sich die nackten Leichen, die mehr oder weniger zu Skeletten abgemagert sind.

Mit offenen Augen und Mündern liegen sie übereinander, und jene, die wegen der Beengtheit unweigerlich auf sie starren müssen, haben ausreichend Gelegenheit zu studieren, wie sie bald selbst aussehen werden. Und wenn sie in die Gesichter der noch Lebenden schauen, erkannt jeder am anderen, dass er nicht mehr weit davon entfernt ist. Als schaue man in einen Spiegel, sieht sich jeder in dem anderen bärtig, mit gelber, pergamentartiger

Haut und dunklen, tief liegenden Augen vom Durst gemartert, weil die meisten unter schmerzvollem Durchfall leiden. Durst, Durst, da hilft es auch nichts, wenn man mit der fiebrig spröden Zunge den Tau von den Wänden leckt. Selbst die wenigen Male, wenn der Zug hält und abkommandierte Gefangene die Gelegenheit erhalten, an einem Hydranten Wasser zu holen, geriet dies zu einer Tortur für alle, weil jeder und sofort etwas trinken will. Wieder gibt es Schläge und Schüsse, und wieder bleiben nur Verlierer zurück.

Hier regiert das Unrecht, wie Gottfried empfindet. Aber gleichzeitig fragt er sich, ob er und seine Mitstreiter nicht diejenigen waren, die das Unrecht hoffähig gemacht hatten. Er hatte schon vor Monaten davon gehört, dass die Juden in ebenfalls solchen Zügen aus Deutschland deportiert wurden. Jetzt erlebt er deren Schicksal in gleicher Weise am eigenen Leibe. Was für die Juden der gelbe Stern gewesen ist, ist nun für ihn und all die zum Tode berufenen Gefangenen das Hakenkreuz.

Als der Zug endgültig am Ziel angekommen hält, befinden sich zwanzig Kratzer auf der Holzplanke des Waggons, für jeden Tag einen Strich. Was danach geschieht, verschwimmt für ihn in einem undefinierbaren Grau, als schütze sich seine Seele vor Schlimmerem. Gnädig ist das Vergessen!

Nachdem Gottfried aus seinem Delir erwacht ist, das ihn alles noch einmal im Geiste erleben ließ, grübelt er eine ganze Weile darüber nach, was nach der Ankunft des Zuges geschehen ist. Schade, bei Tageslicht und einigermaßen erwachtem Verstand werden die Bilder vor dem inneren Auge schwächer und schwächer. Ihm schwant nur noch, wie eine Frau ihm die Körperbehaarung abrasierte und den Kopf kahl schor. Danach musste er mit vielen anderen Kahlköpfigen duschen. Er kann sich gut vorstellen, wie verlaust und verschmutzt er gewesen war, denn noch immer hat er überall Wunden am Körper, wo sich das Ungeziefer in die Haut eingefressen hat. Aber ein ziemlich langer Zeitraum liegt völlig im Dunklen. Die letzte Erinnerung, die ihm der Traum gezeigt hat, spielte sich im Winter ab. Jetzt ist es unzweifelhaft Sommer oder zumindest ein besonders heißer Frühlingstag. Nein, ihm will partout nicht einfallen, wo genau er sich augenblicklich befindet und wie er hierher gekommen ist. Dass er in einem Gefangenenlazarett untergebracht ist, das ist allerdings unverkennbar. Was macht das schon aus! Er lebt, er lebt immer noch! Es ist warm und es gibt etwas zu essen, wenn man einen Löffel Kascha, also ungewürzte Hirse - oder Graupengrütze und ein trockenes, oft schimmeliges Stück Brot als Essen bezeichnen möchte. Er lebt, auch wenn der Tod beinahe stündlich in den Krankensaal einkehrt und den einen oder anderen ohne jegliche Gegenwehr abholt. Aber noch scheint er sich nur jene auszusuchen, deren Fäulnis bereits eingetreten ist. Diejenigen, die der Tod sich aussucht, die folgen ihm stumm und ergeben und lassen nur ihre stinkenden Körper zurück, als würden sie sich selbst davor ekeln. *Sollen die Feiglinge ruhig gehen*, denkt sich Gottfried, er wird dem Tod schon Paroli bieten, und dieser wird sich nicht schlecht wundern, wenn seine Schlafstatt leer ist, wenn er zu ihm kommt, um ihn zu holen, weil ihn das Leben, und dieser Tag wird kommen, dessen ist er sich sicher, aus dem Lazarett hinaus in die Lagerbaracke schickt.

Noch anderthalb Wochen muss Gottfried auf diesen ersehnten Augenblick warten. Der russische Arzt, der ansonsten recht nachlässig seine Visite absolviert, bleibt an diesem Morgen ein wenig länger vor Gottfried stehen, der in bewusst straffer Haltung die gute Nachricht erwartet. Der Arzt sieht ihn ebenfalls in übertrieben gespielter, militärischer Haltung forschend an, und für einen Augenblick glaubt Gottfried, Güte in seinen Augen abzulesen. Ohne dass er seinen Blick von Gottfried abwendet, redet der Arzt auf das fette Weib ein, die sich mit einem abgekauten Bleistiftstummel eifrig Notizen macht. Danach zieht der Arzt die rechte Hand aus der Kitteltasche, und ehe Gottfried es sich versieht, fliegt dem Arzt ein Sonnenblumenkern in den Mund, den er mit Zeigefinger und Daumen aus der Hüfte hochschnippt. Genüsslich kauend huscht ein Lächeln über sein ansonsten stoisches Gesicht, und mit den Worten: »Marsch, marsch, Germanski« klopft er ihm leutselig auf die Schulter, wobei er mit dem Finger in Richtung Fenster deutend auf die Baracken gegenüber zeigt.

Menetekel

Bibel:
»*Der Herr zu deiner Rechten zerschmettert Könige am Tag seines Zorns. Er wird Gericht halten unter den Heiden, es wird viele Leichen geben; er zerschmettert das Haupt über ein großes Land.*«
Psalm 110 5/6

Hitler:
»*Wer sein Volk liebt, beweist es einzig durch die Opfer, die er für dieses zu bringen bereit ist. Nationalgefühl, das nur auf Gewinn ausgeht, gibt es nicht. Nationalismus, der nur Klassen umschließt, gibt es ebenso wenig. Hurraschreien bezeugt nichts und gibt kein Recht, sich national zu nennen, wenn dahinter nicht die große liebende Sorge für die Erhaltung eines allgemeinen, gesunden Volkstums steht. Ein Grund zum Stolz auf sein Volk ist erst dann vorhanden, wenn man sich seines Standes mehr zu schämen braucht. Ein Volk aber, von dem die eine Hälfte elend und abgehärmt oder gar verkommen ist, gibt ein so schlechtes Bild, dass niemand Stolz darüber empfinden soll. Erst wenn ein Volkstum in allen seinen Gliedern, an Leib und Seele gesund ist, kann sich die Freude, ihm anzugehören, bei allen mit Recht zu jenem hohen Gefühl steigern, das wir mit Nationalstolz bezeichnen. Diesen höchsten Stolz aber wird auch nur der empfinden, der eben die Größe seines Volkstums kennt. (...)*«
Aus *Mein Kampf*, Seite 474, Kapitel: *Weckung des Nationalstolzes.*

Joseph Goebbels:
»*Das deutsche Volk hat hier seine heiligsten Güter, seine Familien, seine Frauen und seine Kinder, die Schönheit und Unberührtheit seiner Landschaft, seine Städte und Dörfer, das zweitausendjährige Erbe seiner Kultur und alles, was uns das Leben lebenswert macht, zu verteidigen.*«
Brandrede Goebbels im Berliner Sportpalast am 18. Februar 1943. Vor den im Sportpalast versammelten Gästen, die dort als Repräsentanten der gesamten Nation versammelt waren, darunter Arbeiter, Akademiker, Beamte, Angestellte, Frauen, junge und alte Menschen, Wehrmachtssoldaten

und Invaliden, versicherte sich Goebbels zudem rhetorisch und mit eindringlich beschwörenden Worten, ob sie den *totalen Krieg* wollten. (XV. Erklärung siehe Anhang)

†

Für Gottfried, vom Feind außer Gefecht gesetzt, ist der Krieg in gewisser Hinsicht so gut wie beendet. Für die deutsche Bevölkerung allerdings, geht das massenhafte Sterben erst richtig los. Um die Kriegsmoral und die offensichtliche Treue zu ihrem Führer ins Wanken zu bringen, werden die Luftangriffe der alliierten Verbände auf deutsche Städte intensiver.

Am 30./31. Mai 1942 steigen von britischen Flughäfen aus 1047 Bomber mit Ziel auf Köln in die Luft. 1459 Bomben zerstören die Domstadt fast vollständig. Dies ist der Beginn zur absoluten Austilgung altehrwürdiger Städte im gesamten Deutschen Reich, in dessen geschichtsträchtigen Mauern die Menschen den grauenhaftesten Tod finden sollen.

Es ist der späte Nachmittag des 2. Juni 1943, als Meta wortlos und im Aussehen völlig verändert die Wohnstube betritt, ohne eine erkennbare Notiz von Grete zu nehmen, die neuerdings ein ständiges Lager auf der Couch gerichtet bekommt, weil sie bezüglich ihres körperlichen Befindens wieder Rückschläge hinnehmen musste.

Angekleidet setzt sich Meta geistesabwesend an den Tisch und weint hemmungslos.

Grete beobachtet ratlos ihre Schwester. Dann sagt sie erschrocken: »Um Himmels willen, du humpelst ja, Meta! Hast du dich verletzt?«

Meta winkt ab: »Halb so schlimm, ich bin nur mit dem Fuß umgeknickt.«

»Du solltest das kühlen, Liebes.«

Grete hat große Schwierigkeiten mit dem Sprechen, aber ihr Mitgefühl drängt sie wohl, ihrer Schwester diesen wohlgemeinten Rat zu geben.

Meta wischt sich die Tränen fort, und ihre Gesichtszüge nehmen etwas Entschlossenes an. »Natürlich, Gretilein, gleich werde ich ihn kühlen. Aber ich will uns erst einen Tee zubereiten.«

Umständlich legt sie ihre Straßenkleidung ab, und während sie fahrig den Kessel mit Wasser auf den Herd setzt und die Tassen herrichtet, dreht

Grete ihren Kopf mühsam zum geschlossenen Fenster. Unnatürlich diesig ist es draußen, und das Haus ist erfüllt von erkaltetem Brandgeruch. Noch vor drei Tagen war das herrlichste Wetter gewesen. Wärme und Sonnenschein versprachen eine schöne Zeit. Nun hat sich die Welt in Untergangsstimmung gewandelt. Was war geschehen?

Geschehen war, was bis dahin von der Wuppertaler Bevölkerung in diesen Ausmaßen nicht für möglich gehalten wurde. Obwohl es in der Vergangenheit immer wieder kleinere Fliegerangriffe gegeben hatte, war hinlänglich die einhellige Meinung der Leute, dass ihre Stadt von größerem Unheil verschont bliebe. Was erfand man nicht alles für Gründe, die diese Vermutung bekräftigen sollten. Die einen sagten, bei dem Dunst und Nebel, in den sich die Stadt an der Wupper durchweg hüllt, wird es den feindlichen Flugzeugen zu schwergemacht, sie präzise anzusteuern. Andere meinten, die Alliierten würden Wuppertal als fromme Stadt schonen, um auch die Eltern des im Konzentrationslager Sachsenhausen inhaftierten Pfarrers Martin Niemöller nicht zu gefährden. Ebenfalls ließ man verlauten, dass in der Stadt eine Verwandte des englischen Premierministers wohne. Außerdem, und das wurde für entscheidend gehalten, gibt es in Wuppertal keine spezielle Rüstungsindustrie.

Und doch! In der Nacht vom 29. Auf den 30. Mai 1943 hatte sich in einem Inferno aus tausendfachem Sprengstoff und Phosphor, vom Himmel herniedersausend, der Abgrund auf Erden aufgetan und den Stadtteil Barmen in Schutt und Asche gelegt. Die meisten Menschen wurden im Schlaf von den Sirenen, von dem vibrierenden Dröhnen der Bomberstaffel der Royal Air Force, die in einem Pulk aus Hunderten von Maschinen herangedonnert kamen, vom zynischen Rauschen der Luftminen und den ersten heftigen Detonationen gewaltsam aus dem Schlaf gerissen. Einem Schlaf, der nach diesem warmen und fröhlichen Sonnentag für die meisten sicherlich nicht süßer hätte gewesen sein können. Vergessen, aus und vorbei! Innerhalb weniger Augenblicke herrschte auf den Straßen eine schier unfassbare Feuersbrunst, die, von der Thermik entfesselt, einen brausenden Orkan entwickelte, in dem die rasende Funkenbrut alles vor sich hertrieb, was nicht niet- und nagelfest war. Dazwischen gellten die wahnsinnigen Schreie derer, die auf der Suche nach Schutz mit den Füßen im aufgeweichten Asphalt stecken blieben und bei lebendigem Leibe verbrannten. Alles loderte, sogar die

Wupper brannte, und kaum ein Haus im Stadtteil blieb verschont. Eine frevlerisch ausgedachte Bombentechnik erfüllte zur Genüge ihren Zweck. Traf eine der vielen mit Phosphor bestückten Bomben das Dach eines Hauses, dann durchschlug sie Zimmerdecke für Zimmerdecke und hinterließ in jedem Raum etliche Brandnester, die alles auffraßen, was ihnen vor die gierigen Flammen kam, und sie machten auch nicht vor denen halt, die es nicht mehr schnell genug schafften, sich zu retten. Innerhalb weniger Stunden hatte Barmen sein vertrautes Gesicht verloren.

Um nachzusehen, ob Gretes Wohnung noch intakt geblieben ist oder ob aus ihr im anderen Falle noch etwas zu holen sei, streunte Meta bald darauf orientierungslos durch die verbrannten Straßen, die man ja eigentlich nicht mehr als Straßen bezeichnen konnte. Beim Anblick der vielen Toten jeglichen Alters, die wie weggeworfene Zelluloidpuppen in den Trümmern herumlagen, litt Meta beinahe bis zur Besinnungslosigkeit.

Bloß nicht in ihre Gesichter schauen, sagte sie sich, falls sie noch zu erkennen waren. Bloß nicht in ihre Gesichter schauen!

Als sich Meta mit dem zubereiteten Tee zu Grete an die Couch setzt, sagt sie lakonisch:

»Deine Wohnung steht noch. Und nach einer Weile wiederholt sie: »Hörst du, Grete, deine Wohnung ist unversehrt.«

Grete nickt stumm. Das Haus, in dem Grete hauptsächlich wegen ihrer zum Teil kostbaren Möbel und dem sonstigen Hausrat noch ihre Wohnung unterhält, liegt im Grenzgebiet zwischen Barmen und Elberfeld, das bei dem Bombenangriff, wie mit dem Lineal gezogen, verschont geblieben ist.

»Wer weiß, wofür es gut ist, dass du sie behalten hast.«

Nun schweigen beide. Sie schweigen und sehen den welligen Schwaden nach, die von der Oberfläche der dampfenden Flüssigkeit aus den Tassen aufsteigen und sich vor ihren Augen ins Nichts auflösen. Meta sieht schlecht aus. Blass, fahl, mit dunklen Rändern unter den Augen. Um Jahre gealtert wirkt sie, und in ihrem immer noch erschrockenen Gesicht befinden sich schmierige Spuren von Ruß.

Zaghaft fragt Grete plötzlich in die Schweigsamkeit hinein: »Willst du nicht darüber sprechen, Meta? Rede es dir doch von der Seele!«

»Ach, Gretelein, hätte mich doch bloß nicht meine Neugier getrieben«, beginnt Meta schließlich. »Mein Verstand will jetzt noch nicht wahrhaben, was meine Augen sehen mussten.« Doch dann fängt sie zu reden an. »Nachdem ich deine Wohnung inspiziert habe, bin ich noch in das verwüstete Stadtgebiet gegangen, um nachzusehen, ob ich irgendwie helfen kann. Furchtbar, es ist furchtbar, was ich gesehen habe. In etlichen Straßenzügen steht kein Stein mehr auf dem anderen, und noch immer glühen an vielen Orten Brandherde. Es muss entsetzlich viele Tote gegeben haben. Junge Männer, dem Aussehen nach fast noch Kinder, sind auf der Suche nach Leichen oder Leichenteilen mit nassen Tüchern vor dem Mund durch die schwelende Trümmerlandschaft gezogen. Überall haben sie Stapel aus Leichen errichtet.« Meta stockt, es dauert Augenblicke, bis sie weitersprechen kann. »Frauen, Männer, Kinder, sogar Säuglinge in ihren angesengten Strampelanzügen habe ich gesehen. Alles liegt dort unter- und übereinander. Viele der Toten sind aber dermaßen verkohlt, dass man nicht einmal mehr vermuten kann, dass es Menschen waren. Immer wieder rollten Lastkraftwagen zu den Sammelstellen, auf deren offenen Ladeflächen sich rasch zusammengezimmerte Särge türmten. Darauf fuhren junge Burschen oder Soldaten mit, die sich auf Heimaturlaub befinden. Die hatten alle so gleichgültige Gesichter, Gretelein, wie ich sie noch nie gesehen habe. Danach bin ich wie in Trance umhergeirrt. Im Fischertal bot sich mir dann ein noch grausigeres Bild.« Meta schießen Tränen in die Augen und ihre Stimme wird ganz leise und brüchig. »Schon von Weitem musste ich stutzen, weil auf den Bürgersteigen so viele Eimer und Zinkwannen standen. Als ich es dann sah, bin ich vor Entsetzen zurückgeprallt. Darin befanden sich die körperlichen Überreste von Menschen. Rümpfe, Köpfe und Glieder, geradeso, wie es kam, wie man sie vorgefunden hatte. O Gretelein, ich sage es dir, nicht nur ihr Anblick stank zum Himmel! *Weg! Bloß weg! Bloß weg!* Immer schneller rannte ich. Ich lief und lief.« Erneut macht sie eine Pause. »Am liebsten wäre ich in die Vergangenheit zurückgelaufen. Und als ich das Denkmal an der Ruhmeshalle sah, ist mir der ganze Wahnsinn so richtig bewusst geworden. Mitten in Schutt und Trümmern saß das bronzene Ebenbild Bismarcks wohlbehalten mit stolz gewölbter Brust auf hohem Ross, als ließe er sich vom Chaos ringsherum nicht beirren.«

Meta ist der Mund trocken geworden. Einen kleinen Schluck Tee trinkt sie und Grete schaut sie mitleidig an. »Erzähle nicht weiter«, bittet sie. »Ich sehe es dir doch an, wie schwer es dir fällt.« Meta seufzt auf. »Doch, doch, ich muss es loswerden, sonst ersticke ich noch an dem Ungesagten. Am zerstörten Stadttheater bin ich dann unachtsam auf einen losen Stein getreten. Mein Fuß ist dermaßen heftig umgeknickt, dass es geknackt hat. Zuerst glaubte ich schon, dass ich ihn mir gebrochen hätte. Panik befiel mich, wie sollte ich dann weiterkommen. Also setzte ich mich abwartend auf einen Steinbrocken. Da fiel mein Blick auf ein Plakat, das die Vorstellung für den kommenden Sonntag ankündigte. »Land des Lächelns«, las ich. In dem Moment spürte ich kaum noch Schmerzen. Wütend bin ich aufgestanden und habe das Plakat, das mich zu verhöhnen schien, zerrissen. Kannst du das verstehen, Grete? Kannst du meine Wut verstehen?«

»Grete, Grete … ach Grete«, stöhnt sie von Kummer beseelt auf. »Es ist grausam – abseits jeglicher Vernunft! Womit haben wir das verdient? Haben wir uns denn alle dermaßen schuldig gemacht? Alle ohne Ausnahme an Gott und die Welt versündigt?« Nun beginnt sie zu weinen. Grete nestelt derweil unruhig mit ihren dürren Fingern an der leichten Wolldecke herum, die ihr Meta immer überwirft, weil sie selbst im Hochsommer schnell friert. Und im gleichen Maße, wie sich ihre Finger zitternd bewegen, beben ihre Lippen nach Worten suchend. Was mag ihr als fromme Christin wohl durch den Kopf gehen? »Das Leid, liebe Meta«, stammelt sie in ihrer Schwäche schließlich hervor. »Du hast das Leid der Welt mit eigenen Augen gesehen. Ein Leid aber, das der Mensch sich selbst zufügt. Nur bedenke, wir sind nicht die Einzigen, die in diesem Krieg leiden müssen. Das Leid, das man nicht sieht, ist ebenso groß wie das Leid, dessen man ansichtig wird. Das wird leider allzu oft vergessen. Wenn es anders wäre, brauchte man nur die Augen vor dem Leid verschließen – und alles wäre gut. Aber das lässt unser Herrgott nicht zu. Alle, du, ich, wir, alle, alle, sollen das Leid, das der Mensch dem Menschen anrichtet sehen, heute, morgen oder später. Oh ja, Meta, Gottes Mühlen mahlen langsam, aber er ist gerecht! Und nur durch die Ungerechtigkeiten der Welt offenbart sich der Gerechte im Himmel, an dem Tag, an dem wir nicht damit rechnen!«

Fragenden Blickes studiert Meta ihre Schwester. Sie wundert sich jedoch schon lange nicht mehr über Gretes eigenartige, verdrehte Gedankengänge. War sie überhaupt noch ernst zunehmen?

Der Tee ist inzwischen abgekühlt, und Meta trinkt den Rest. Dann reicht sie Grete ebenfalls zu trinken. Grete streichelt Metas Hand.

Tief bewegt fragt Meta abermals: »Warum lässt Gott all dies zu?«

Von Metas Schilderungen sichtlich ermattet, sucht Grete nach einer wohlgefälligen Antwort, denn auch sie ist im Herzen zutiefst angerührt. »Ich weiß, dass du eine Christin bist und du dir diese Frage stellen darfst«, beginnt sie zögerlich. »Aber wer, wer von den meisten Menschen, fragt ansonsten nach Gott? Sie fragen nur immer dann nach Gott, wenn es ihnen schlecht geht! Ich habe doch recht, Meta, oder? Fragt jemand, warum ist Gott so gut zu ihm, wenn es ihm gut geht? Oh nein!« Das Reden strengt sie sehr an, aber sie müht sich. Vielleicht will sie sich selbst eine Antwort geben, die sie im Inneren befriedigt? Und mit belegter Stimme fährt sie fort, dass der Mensch sein ganzes Leben lang im Kampf steht. In einem schweren Kampf zwischen Gut und Böse. Und dass der Mensch, ohne den Beistand von Jesus Christus, dabei immer auf der falschen Seite kämpft. Gleichwohl aber übersieht der Mensch in seiner Blindheit, dass, je gewaltiger das Böse in den Herzen Einzug hält, desto größer die Herrlichkeit Jesu Christi wird. Es ist Gottes liebevolle Gnade, die durch seinen menschgewordenen Sohn wirkt, den wir, wir mit unserem Ungehorsam alle, aber wirklich alle ans Kreuz gebracht haben.

Tränen machen ihre vom grauen Star getrübten Pupillen glänzen, und Meta hört ihr weiter zu, wie sie mit bebender Stimme sagt: »Bis zum heutigen Tage wollen wir nicht wahrhaben, dass Gott uns mit ihm und durch ihn, und das für alle Weltenzeiten, seine nicht ergründbare, übergroße Liebe anbietet, die wir schmählich mit der uns eigenen Gewalt nicht nur ablehnen, sondern mit der Kraft unseres freien Willens gänzlich vernichten wollen.« Wiederum stöhnt sie auf. »Aber da irren wir Menschen gewaltig, der angeblich freie Wille wird zu einer hässlichen Finte des Bösen, wodurch das Böse mit all seinen teuflischen Mitteln regieren kann. Nein und nochmals nein, Gott führt keine Kriege, meine Liebe, die führt immer nur der Mensch im Auftrag des Bösen.« Sie überlegt kurz. »Wie steht es im Römerbrief geschrieben: *Da ist kein Gerechter, auch nicht einer.*« Nun fällt ihr mit gleichem Atemzug noch ein anderer Psalm ein, den sie beinahe beschwörend hervorbringt. »*Sie erkennen nichts und verstehen nichts, im Dunkeln laufen sie umher. Es wanken alle Grundfesten der Erde.*«

Meta, die aufmerksam lauscht, befallen Zweifel über das Gesagte, und es klingt vorwurfsvoll, als sie bemerkt: »Wenn du schon darauf hinweist, dass nicht Gott es ist, der für Kriege und Ungerechtigkeiten verantwortlich zu machen ist, und du zudem die Bibel zitierst, liebe Schwester, dann möchte ich dir auch mit einem Vers aus der Bibel antworten, wo geschrieben steht: *Herr, wie lange willst du so sehr zürnen und deinen Eifer brennen lassen wie Feuer?*« Dabei zeigt sie mit zittrigem Finger zum Fenster hin, in die Richtung, wo das eifernde Feuer in jener Nacht gewütet hat. »War das etwa nicht Gottes Eifer, der über uns gekommen ist?«, triumphiert sie geradezu.

Grübelnd legt sich Gretes Stirn in Falten. Schließlich hellt sich ihr Gesicht auf. »Auch ich möchte dir wiederum mit der Schrift antworten, Liebste. Und zwar steht geschrieben: *Aber ihr Schwert wird in ihr eigenes Herz dringen und ihr Bogen wird zerbrechen.* Daran glaube ich, darauf hoffe ich, dass der Bogen für alle Zeiten zerbrechen wird, wenn der Mensch sich seiner Sündhaftigkeit vor Gott bewusstwird. Aber bitte, Meta, lass mich noch einmal trinken.«

»Ach«, sagt Meta schließlich, als sie ihr den Tee reicht, »das ist mir alles zu theologisch. Man könnte ja auch einfach fragen, wie kommt der Mensch in seiner Überheblichkeit eigentlich dazu, in seinem kurzen Leben all das zu vernichten, was im Grunde gar nicht sein Eigentum ist. Der Mensch ist doch nur für eine bestimmte Zeit Gast auf Erden, der mit nichts gekommen ist und mit nichts gehen muss. Habe ich recht, Gretelein?« Ohne jeden Übergang steht Meta auf. Dabei hat sie fast ihren verletzten Fuß vergessen. »Oh weh!«, entfährt es ihr. Dann begibt sie sich wieder humpelnd ans Fenster. Schweigend gleitet ihr Blick über die Dächer hinweg, und wehmütig schaut sie auf die Straße, auf der sich gebührliches Leben regt, als wäre zuvor nichts geschehen. Mit einem Male sagt sie: »Und wenn nun Elberfeld auch noch bombardiert wird? Was sollen wir dann tun, Grete? Was sollen wir tun?«

Ohne lange zu überlegen gibt ihr Grete die passende Antwort. »Na, was sollen wir schon tun! Dann musst du zusehen, dass du so schnell wie möglich in den sicheren Keller kommst.« Und nach einer kurzen Pause meint sie noch: »Aber mache dir bitte keine allzu großen Sorgen, liebe Meta, wir hatten doch schon öfters Fliegeralarm und sind verschont geblieben. Außerdem haben die Engländer, wie du mir berichtet hast, ihr Werk hier schon gründlich erledigt. Warum also sollten sie noch einmal wiederkommen? Es gibt woanders sicherlich noch reichlich Arbeit für sie.«

Meta schüttelt den Kopf. »Deine Zuversicht möchte ich haben. Wirklich, nur ein bisschen deiner Zuversicht möchte ich haben.« Erwartungsvoll sieht sie zu ihrer Schwester hinüber.

»Wenn es so weit kommen sollte«, sie zögert, »ich kann dich doch hier oben nicht alleine lassen. Um Himmels willen!« Meta ist plötzlich vollkommen verzagt. »Ach Grete, was wird es am Ende noch alles geben? Werde ich jemals meine Schwiegertochter und vor allem mein Enkelkind zu Gesicht bekommen? Wie lange noch wird diese tägliche Angst anhalten?«

Darauf kann Grete natürlich keine Antworten geben.

Meta wendet sich vom Fenster ab, um zum Büffet zu gehen, wo sie einen Brief aus der Schublade hervorholt, der zuoberst liegt. Mit diesem Brief setzt sie sich wieder zu Grete.

»Du musst ihn doch auswendig kennen«, schmunzelt diese.

Meta hält ihn lächelnd an ihre Brust. »Wo mag mein Purzel jetzt sein«, klagt sie. »Ich weiß doch, dass er lebt!«

Es waren die letzten Zeilen, die Gottfried ihr vor anderthalb Jahren geschrieben hatte. Grete blickt sie prüfend an. »Bete, Meta, bete«, flüstert sie ihr zu. »Bete, dass dein Purzel die Gnade Gottes erfährt.« Vermutlich war es der fragende Blick Metas, der sie dazu veranlasst hinzuzufügen, dass im Krieg nicht nur die anderen zu Mördern werden.

Meta verschlägt es fast den Atem. »Grete!«, fährt sie empört hoch. »Willst du damit sagen, dass mein Purzel ein Mörder ist?«

Aber Grete lässt sich nicht beirren. »Ist nicht jeder, der einen Menschen tötet, ein Mörder?«, hakt sie beharrlich nach.

»Es ist Krieg, Grete, Krieg. Hörst du, es ist Krieg!«

»Ein Krieg rechtfertigt doch nicht das Töten, Liebes, nur weil es eine irdische Macht erlaubt, die überdies nur für eine bestimmte Zeit das Sagen hat, ja mehr noch, die es sogar befiehlt. Wenn du das akzeptierst, tja, dann allerdings sind auch all die Toten der Nacht, die du eben noch beklagt hast, gerechtfertigt.«

Auch an höchster Stelle war man bemüht, weiterhin Zuversicht zu verbreiten. Die Partei und deren Funktionäre, und vor allen der Führer, würden das Volk, in den Griff des Feindes geraten, schon nicht alleine lassen! Goebbels selbst kam bald nach dem Angriff auf Barmen in die Stadt, um in der Stadthalle eine Trauerrede für die Opfer zu halten, aus der anschließend in der Zeitung wie folgt zitiert wurde: »*Der Feind weiß ganz genau, dass die Schädigungen, die er uns unter anderen in Rüstungs- und Kriegsindustrie zufügen kann, nur von ganz relativen Wert sind. Darum geht es ihm auch gar nicht.*

Es geht ihm vor allem darum, die wehrlose Zivilbevölkerung zu quälen, den Tod in ihre Häuser und Wohnungen hineinzutragen und damit den Versuch zu machen, die deutsche Kriegsmoral zu brechen. Hierin sieht er den letzten Ausweg seiner sonst ausweglosen Kriegsführung. Zahlreiche hingemordete Frauen, Greise und Kinder zeugen wider die angloamerikanischen Plutokratien. Sie erheben mit mir Anklage gegen eine Kriegsführung, die jeder Menschlichkeit Hohn spricht. (...) Es nützt dem Feind gar nichts, wenn er heute in der altbewährten Methode seiner jüdischen Hintermänner den Spieß umzudrehen und aus dem Angeklagten Ankläger sowie aus Ankläger Angeklagte zu machen versucht. Die Schuld am Luftkrieg gegen die zivile Bevölkerung liegt eindeutig bei den westlichen Plutokraten. Davon kann die feindliche Kriegsführung sich niemals mehr reinwaschen.«

Fast vier Wochen nach dem verheerenden Bombenangriff der Royal Air Force auf Barmen sieht es vom 24. auf den 25. Juni 1943 ganz danach aus, als würde in den wenigen Stunden einer turbulenten Nacht die Zukunft auch für Elberfeld für immer in Flammen aufgehen.

Nach einem, dem Wetter nach zu urteilen, mittelprächtigen Tag sitzt Meta am frühen Abend über ihr Strickzeug vertieft, während Grete ihr auf der Couch liegend dabei zusieht. In dieses Schweigen hinein fragt sie: »Was soll es denn werden?«

»Eine Stola für dich, liebe Grete ... für den Winter.« Meta antwortet in der Weise, als habe sie die Frage aus den Tiefen der Gedankenwelt gerissen.

»Das ist sehr lieb von dir«, freut sich Grete. »Es ist aber auch schlimm geworden mit diesem ständigen Gliederreißen.«

»Soll ich dir von deinen Tropfen geben?«

»Ach, lass nur, im Augenblick nicht. Vielleicht kurz bevor du zu Bett gehst, dann kannst du mir welche für die Nacht geben.«

Meta schaut zur Uhr. »Alt werde ich heute nicht. Halb neun, ich stricke nur noch diese Maschen zu Ende. Ich glaube, dann werde ich mich hinlegen.«

»Ja, geh nur. Du brauchst deinen Schlaf, es war unruhig genug in der letzten Zeit. Schlafen ist wohl der beste Ausweg, um nichts von der Dummheit der Menschen mitzubekommen.«

»Ich widerspreche dir ja nur ungern«, lenkt Meta ein, »aber leider ist es gerade dumm zu schlafen, wenn man stattdessen hellwach sein sollte, denn das Böse schläft nie.«

»Wie du meinst, Liebe, wie du meinst. Ich aber bin eine alte Frau, die ihren Schlaf verdient hat!«

»Also gut.« Meta legt das Strickzeug beiseite. »Gehen wir schlafen!«

Sie erhebt sich schwerfällig, löscht das Licht und macht sich daran, die Fenstervorhänge zurückzuziehen. Bei geöffnetem Fenster saugt sie tief die Abendluft ein. »Es riecht immer noch verbrannt«, stellt sie fest. »Aber diese Ruhe, diese Stille da draußen. Wenn man es nicht genau wüsste, könnte man glatt meinen, es wäre Frieden in der Welt. Frieden, ach Gretilein, was wäre das schön.« Sie schließt das Fenster und zieht die Vorhänge wieder gewissenhaft vor. Danach räumt sie noch etwas auf, rückt Stühle und Sessel zurecht, damit alles ordentlich ausschaut, wenn sie am nächsten Morgen den neuen Tag beginnen wird. Und nachdem sie sich für das Zubettgehen hergerichtet hat, versorgt sie ihre Schwester, die ihr voller Dankbarkeit einen Kuss auf die Wange drückt.

Obwohl Meta, wenn sie müde und abgespannt im Bett liegt, gewohnheitsgemäß noch lange an vergangene Zeiten denken muss, in denen sie mit ihrem Mann Gerhard und ihrem lieben Purzel glücklich war, und obgleich sich seit dem Bombenangriff auf Barmen neuerdings die schrecklichen Bilder der Verstümmelten als grausige Störenfriede dazwischen drängen, schläft sie an diesem Abend rasch und einigermaßen wohlig gestimmt ein. Kurz nach Mitternacht jedoch wird sie durch das alles durchdringende Jaulen der Sirenen aus dem Schlaf gerissen. Es ist noch nicht lange her, da hätte sie sich wegen der vielen Fehlalarme wieder auf die Seite gedreht. Inzwischen aber ist sie vorgewarnt.

Ohne Rücksicht auf ihren verletzten Fuß zu nehmen, hastet sie mit zusammengepressten Lippen aus dem Bett, und ohne das Licht anzuknipsen, eilt sie zum Fenster. Beim Anblick in die Nacht verschlägt es ihr den Atem. Lichterkegel, die wie Christbäume aussehen, hängen zuhauf am tiefschwarzen Himmel, durch den hier und da Flakgeschosse in die Finsternis zischen. Obendrein spürt sie, begleitet von einem infernalischen Brummen, das von überall herzukommen scheint, wie nun auch das ganze Haus zu beben beginnt. Jetzt weiß sie, dass es ernst wird. Ihre Kleider liegen seit den ersten

Alarmübungen vor Jahren stets bereit. Der Koffer mit dem Nötigsten befindet sich ebenfalls gepackt im Flur. Sogar Gerhards Tapferkeitsorden hat sie darin aufbewahrt.

Grete! Wie soll sie ihre hilflose Schwester in den Keller bekommen? Diesen Gedanken hat sie bisher immer mit Gleichmut beiseitegeschoben. Nun aber ist tatsächlich der Augenblick gekommen, in dem es eigentlich nichts zu entscheiden gilt. Sie würde es nicht schaffen, die gehbehinderte Frau auch nur aus dem Zimmer zu bekommen, geschweige die Treppe hinunter zu tragen.

Lieber Herrgott im Himmel so helfe doch!

Grete liegt indes mit angstvoll geweiteten Augen auf ihrem Nachtlager, als Meta ins Zimmer gestürzt kommt und das kleine Nachtlicht anknipst, das auf dem Schränkchen neben der Couch steht und bereits bedenklich flackert.

»Hast du auch ordentlich die Fenster verdunkelt?«, fragt Grete erschrocken. Doch Meta geht nicht auf die Frage ein, stattdessen fleht sie: »Grete, Grete, was sollen wir jetzt tun?«

»Geh, geh!«, quetscht sie ihr Flehen mit bebendem Mund hervor. »Geh!«

»Gretilein, mein liebes Gretilein, ich kann dich hier doch nicht alleine zurücklassen!« Auch Meta ringt nach Worten und hält sich dabei die Ohren zu, weil sie das Jaulen der Sirenen und das bereits direkt über dem Haus befindliche donnernde Dröhnen der Flugzeuge nicht mehr ertragen kann. Als das Krachen der ersten Detonationen ganz in der Nähe ihr durch die verschlossenen Ohren dringt, schreit sie hysterisch. Grete hingegen zeigt sich auf einmal friedlich mit gefalteten Händen. Sie betet. Das Bild der alten, betenden Frau, aus deren Gesicht die Angst völlig gewichen ist, lässt eine unfassbare Ruhe in Meta strömen. Eine Ruhe, die sie nicht als von dieser Welt empfindet. Mechanisch, wie fremd bestimmt, setzt sie sich neben Grete. Hier will sie sitzen bleiben, bis alles vorüber ist, was auch kommen würde, und wenn sie beide sterben.

Erst als Grete sagt: »Willst du, dass ich mich wieder aufrege?«, kommt Meta in die Realität zurück. »Ich will, dass du auf der Stelle in den Keller gehst! Und wenn alles vorbei ist, kommst du wieder hoch!« Grete lächelt, als sie es ihrer Schwester regelrecht befiehlt. Mit solch einer Vertrauensseligkeit lächelt sie, dass Meta nichts weiter übrig bleibt, als zu nicken. Von

Abschiedsschmerz aufgewühlt wirft sie sich über ihre Schwester, um sie noch einmal innig an sich zu drücken. Und mit den Worten »Bis gleich« lässt sie herzzerreißend weinend von Grete ab. Im Türrahmen bleibt sie noch einmal stehen und wirft einen wehmütigen Blick in die Stube, wo Grete ohne aufzuschauen wieder betet. Plötzlich gerät Meta in hektische Eile. Im Flur zieht sie schnell die festen Schuhe an, reißt den breiten Hut vom Garderobenhaken und auch den schweren Mantel, der dort für Notfälle hängt, umfasst den Griff des Koffers mit der Linken, und mit der Rechten schnappt sie sich den Stock, den ihr Mann einst für Gottfried in einer Kampfpause geschnitzt hat, aus dem Schirmständer, um damit ihren geschwollenen Knöchel zu entlasten. Als sie die Türe hinter sich schließt, überkommt sie ein zwiespältiges Gefühl in der Brust. Doch ungeachtet dessen flüstert sie: »Bis gleich.«

Auf halber Treppe angelangt, gibt es einen derartig lauten Donnerschlag, dass sie befürchtet, das Haus stürze über ihr ein. Wie paralysiert verharrt sie. Kommt jetzt mein Ende?

Als es ihre Gedanken wieder zulassen, fühlt sie sich schäbig, weil sie, ohne ihrer Schwester in der Stunde der Not beizustehen, allein ihre Haut zu retten versucht. Aber sie will doch ihren Sohn wiedersehen! Sie darf doch jetzt noch nicht sterben! All diese Gedankengänge spielen sich in Sekundenschnelle ab, die dann von einer inneren Stimme übertönt wird, die ihr dringlich verdeutlicht, dass der Keller dieses Hauses kein geeigneter Ort ist, der ihr bei diesem Höllentanz da draußen Schutz bieten kann. Nun ist es die Angst, die sie aus dem Hause treibt, die pure Angst. Draußen angekommen bleibt sie kurz stehen. Der Boden bebt unter ihren Füßen. Bangend schaut sie zum Fenster hoch, hinter dem Grete jetzt ihr Schicksal abwarten muss. Das Dach brennt bereits, und die ersten glühenden Dachpfannen stürzen dicht neben Meta auf den Gehweg. Mit allen Sinnen wird ihr klar, in welches Inferno sie geraten ist. Von überall her pfeifen Luftminen heran, deren zynisches Rauschen in den heftigsten Detonationen enden. Gigantische Vorhänge aus gleißendem Feuer fallen vom Himmel herab, und in das monotone Brummen der stählernen Todesengel zischt vom Boden aus nur ein wenig Flakabwehr. Von oben kommt die apokalyptische Übermacht.

Der sichtbar gewordene Weltuntergang lähmt Meta. Erst als ihr vorbeihuschende Schattenstimmen zurufen: »Nun kommen Sie doch schon, was stehen Sie da noch herum!« Da erst besinnt sie sich. Nicht nur sie ist auf die

Straße geflüchtet. Viele Menschen rennen panisch in alle Richtungen, als könnten sie mit schnellem Lauf der Himmelstrafe einigermaßen sicher entgehen. Ein junger Mann, der dicht an ihr vorüberhastet, fordert sie eindringlich auf, sich geradewegs zum Thalia-Theater zu begeben. Der Keller darunter wäre sicher und bietet vielen Menschen Platz. Oh ja, sie muss fort, wenn ihr das Leben noch lieb und wert ist. Und doch spürt sie das unsichtbare Band zu Grete, die dort oben mutterseelenallein den apokalyptischen Reitern ausgeliefert ist.

»Nun laufen Sie doch endlich los!« Dann verhallt die Stimme des jungen Mannes im Feuersturm, und ihr ist zumute, als habe Gott ihr persönlich zugerufen.

Da zerreißt ihr Egoismus das lichte Band des Blutes endgültig. Trotz der beinahe unerträglichen Hitze schlägt sie den Kragen des schweren Mantels hoch, zieht den breitkrempigen Hut tief in die Stirn, damit sich ihre Haare nicht am stiebenden Funkenflug entzünden. Unweit von ihr stürzen inzwischen Funken sprühende Häuserfassaden ein. Rauch, Flammen, Zischen, Krachen, Donnern, Schreie – und durch alles hindurch fegt ein von der Hitze entfesselter Sturm, der aus dem Schlund des Teufels zu kommen scheint.

»Lieber Gott, stehe mir bei!«, beschwört sie alle guten Geister.

Wenn sie nur wüsste, wo sie sich bei all dem Chaos befindet. Es ist schwer, im nächtlichen Flackerschein, im Rot der Glut, vom Brandrauch vernebelt und von Trümmern versperrt, den kürzesten Weg zum Thalia-Theater zu finden. So läuft sie zunächst blindlings voran, wobei ihr der Fuß auf wundersame Weise keinerlei Schmerz mehr bereitet. Ihr Körper fühlt sich wie abgestorben an. Auch ihr Denken scheint eingestellt, unfähig, für sich oder irgendwen Leid, Mitleid zu empfinden. Bewusst hört sie die Hilfe- und Schmerzensschreie der Menschen nicht mehr. Ihr wird auch die Tragik derer nicht bewusst, die vom Phosphor überschüttet im aufgeweichten Asphalt stecken bleiben und qualvoll zu kleinen Monumenten menschlichen Wahnsinns verkohlen. Sie empfindet in diesem Augenblick ihrer Flucht auch keinerlei Gefühl für den Jungen, der schemenhaft gespenstig aus dem schwarzen Rauch vor ihr aufgetaucht ist. Die Kleider sind ihm bis auf die Haut verbrannt. Sein Kopf kahl versengt, und in seiner rechten Hand trägt er einen Vogelbauer, auf dessen Boden etwas ganz kleines Schwarzes liegt, das wohl einmal ein Kanarienvogel gewesen sein mochte. Dieser Junge läuft nicht, er geht ganz langsam, als müsse er einen ihm vorbestimmten Weg gehen, dorthin, wo vielleicht seine Seele längst angekommen ist. Obwohl Meta nicht imstande ist, angemessen zu reagieren, spürt sie dennoch, dass sie das Gesicht des Kleinen, das auf unwirkliche Weise von Hautfetzen verunstaltet ist, nie mehr in ihrem Leben vergessen wird.

Endlich, durch ihre tränenverschmierten Augen sieht sie von Weitem das glühende Stahlskelett, das als sichtbares Fanal von der Kuppel des Thalia-Theaters übrig geblieben ist. Ohne Zweifel ist das Gebäude von einer oder sogar mehreren Bomben getroffen worden. Hier soll sie Sicherheit finden? Egal, sie muss es versuchen! Sie braucht einen Ort, an dem Sie sich verstecken, verkriechen kann. Wo sie das Böse nicht mehr findet. Das Böse ist so mächtig, übermächtig. Es schafft sogar, dass das Wasser der Wupper brennt, in dem sich die Menschen vor den Flammen retten wollten.

Der Fürst der Finsternis offenbart sich ihr in lichter Gestalt!

In höchster Not gelangt Meta schließlich doch noch und wie durch ein Wunder unbeschadet unter die meterdicke Betondecke des Schutzraumes. Staunend sieht sie, was für eine Menge an Menschen sich dort mittlerweile versammelt haben. Sind es tausend, zweitausend? Aber was bedeuten schon Zahlen? In Angst um das eigene Leben kommt es Meta so vor, als habe sich die Masse zu einem einzigen Menschen gewandelt. Ein armseliger Mensch, der betet und fleht, der weint oder irre lacht. Der flucht und beschwört und immer dann mucksmäuschenstill wird, wenn das Gebäude über ihm unter dem Dröhnen der Bomber, dem Krachen der Sprengbomben und dem Zischen der Brandbomben zusammenzubrechen droht. Das Licht flackert und verlöscht dann gänzlich. Kurz darauf kriechen Brandgeruch und Hitze durch die vorsorglich verrammelte Metalltüre, als verberge sich dahinter der Ort der Verdammnis. Und als eine gewaltige Detonation das massive Fundament des Theaters erbeben lässt, schreit dieser eine Mensch aus vielfacher Kehle. Nur eine alte Frau, es war Metas Nachbarin Frau Weinberger, wie sich später herausstellt, betet mit einem *Vater unser* laut gegen das Getöse an.

Da gibt es außerdem doch tatsächlich einen Greis, der seiner hinfällig klagenden Frau zuflüstert, wie Meta mithört, dass es gut ist, dass dieser böse Staat endlich eins aufs Dach bekommt. Seine Frau versucht ihm energisch Einhalt zu gebieten, damit seine Worte keine falschen Ohren finden.

»Das ist doch jetzt auch egal«, lacht er bloß, »wer und womit will man uns jetzt noch bestrafen, Lotte?«

Daraufhin legt ihm die Alte ihre zerfurchte, zittrige Hand auf die seinige, und in gleichem Flüsterton vernimmt Meta, was sie zu ihm sagt. »Was du bloß wieder erzählst, August, meinst du denn, danach kämen die Guten? Wird der Feind denn automatisch gut, August, wenn er das Böse mit dem Bösen vernichtet?«

Da mischt sich die Frau Weinberger ein, die links von ihnen direkt daneben sitzt. An den Greis gerichtet unterbricht sie ihr Gebet mit den Worten: »Das Gute kommt nur von Gott, und warum sollte der Teufel an Gott glauben?«

Dann als man schon gehofft hat, es wäre endlich vorüber, das fürchterliche Bombardement endlich überstanden, da durchschlägt ein alles überbietender Treffer die Bunkerdecke bis auf wenige Zentimeter, wie man sogleich an den bedrohlich aufgebrochenen Rissen deutlich erkennen kann. Mit den funzeligen Handlampen wird der fragliche Schutz über den Köpfen fassungslos begutachtet. Dessen aber sind sich alle einig, keiner hätte überlebt, wäre die drei Meter dicke Betondecke vollends zerbrochen.

Wie lange der Angriff insgesamt andauert, ist in der entsetzlichen Angst nebensächlich geworden, weil Angst der Zeit die Zeit nimmt. Aber sicherlich wird es einem jeden wie die Ewigkeit vorgekommen sein. Vor allem, weil auch der Rauch und die Hitze inzwischen immer unerträglicher sind. Als dann endlich die wahrnehmbaren Einschläge draußen seltener werden und der Lärm erst ein wenig und dann mehr und mehr abklingt und man das Gefühl hat, die Flugzeuge hätten ihre Bombenlast abgeworfen und wären inzwischen erleichtert weitergeflogen, da ist ein erlöstes Raunen durch den stickig gewordenen Keller gegangen, und diesmal fängt Frau Weinberger an, *Nun lobet alle Gott* zu singen. Selbst die, die das Lied nicht kennen, lassen sich mitreißen und stimmen mit ein.

Zäh will der Morgen anbrechen. Im Schwadendunst der Katastrophe verlangen die Augen zu sehen, doch die Herzen wollen sich aus Furcht vor dem, was sie draußen erwartet, für immer verschließen. Nun ist es nämlich die Furcht vor den eigenen Gefühlen, die immer dann unkontrollierbar werden, wenn die Seele vom Gräuel erschüttert wird. Da stehen sie nun staunend und mit offenen Mündern, die Geretteten. Noch vor wenigen Stunden war die

Schicksalsgemeinschaft tief unter der Erde von gemeinsamer Not zusammengeschweißt worden. Unter dem Umstand der geöffneten Türe allerdings muss jetzt jeder für sich alleine das viele Leid und den beißenden Kummer bewältigen. Alte und Säuglinge sind nun dazu verdammt, den Gang in die Zerstörung anzutreten. Einer irrwitzigen Zerstörung die Stirn zu bieten, die in ihren Ausmaßen so gut wie keinen Raum für Hoffnung zulässt. Einzig der unerschütterliche Glaube an das Fortbestehen des unverwüstlichen Lebenskeimes lässt der Vermutung nach bei dem einen oder anderen jetzt schon das erste zaghafte Grün aus den zerborstenen Mauern sprießen. Wie auch anders kann man den Anblick, der sich ihnen bietet, zukunftsträchtig bewältigen, wenn es nicht die Gewissheit gäbe, dass die Welt nicht zum Stillstand verdammt ist.

Oh, wie gerne hätte Meta jetzt eine Uhr dabeigehabt, nur um zu überprüfen, ob der Zeiger gemächlich weiterrückte oder eisern stand. Sie jedenfalls hat den Eindruck, als wären alle Uhren stehen geblieben, als stünde die Zeit, als wäre die Zeit ebenfalls verstorben. Schließlich ist es doch der Tod, der den Stillstand atmet.

Ist das, was da vor ihren Augen und Ohren geschehen ist, ein erneuter Urknall gewesen, welcher einst die Zeit in Gang setzte, nun wiederum alles beendet hat?

Meta beschaut sich erschüttert die ruinösen Steinstelen, die von den zuvor bewohnten und liebevoll eingerichteten Wohnstätten der Menschen übrig geblieben sind. Sie besieht sich die vom Krieg geschaffenen Skulpturen, als wanderten ihre Augen durch ein Museum, das einen fragwürdigen Künstler ausstellt, der den Besuchern mit seinem Werk die Dringlichkeit eines Geisteswandels vor Augen führen will. Sie bestaunt zudem die entlaubten Bäume am Ufer der Wupper, die sich wie angerußte Gerippe zeigen, deren dürren, knorrigen Äste wie fleischlose Finger warnend die Unvernunft beklagen, und an ihren Wurzeln treibt das Wasser die Leichen hinweg.

Vor Schwindel schwankend dreht und wendet sie sich, als dürfe ihr nichts von dem entgehen, was sie wie das Ende ihres vertrauten Lebens bedroht. An einem vom Feuer verschont gebliebenen Filmplakat bleibt ihr Blick haften. Wie schon am Theater in Barmen, so zeigt auch hier dieses Plakat die Ironie, die Diskrepanz zwischen Sein und Schein. Darauf zu sehen ist die verlockende Ankündigung der operettenseligen Mozartbiografie mit dem Titel: »*Wen die Götter lieben.*«

Hohn springt ihr in die Augen. Dann aber kommt ihr der aberwitzige Gedanke, dass vielleicht wirklich erst alles Irdische vernichtet werden muss, damit auch die Götter den Menschen und die Menschen die Götter ohne jeden materiellen Schnörkel lieben können. Und während sie versucht zu verstehen, was nicht zu verstehen ist, erfasst sie wie aus der Ferne die Liebe, die Liebe zu ihrer Schwester. Grete! O Gott Grete, meine liebe Grete!

Konnte es wahrhaftig so gewesen sein, dass sie bis zu diesem Moment alle Gedanken an ihre schutzlose Schwester verdrängt hat? War es wirklich möglich, so mit sich selbst beschäftigt gewesen zu sein, dass man um sich herum alles vergisst?

Ja, sagt sie sich, es gibt einen Selbstschutz, um wieder ganz bei sich zu sein, um somit die Kräfte zu sammeln, die man benötigt, damit man wieder rationell funktionieren kann.

Gleich und auf der Stelle muss sie zu ihr. Muss sie nachsehen, wie es ihr ergangen ist. O je, in welche Richtung aber muss sie gehen? Bei dieser Verwüstung konnte man glatt die Orientierung verlieren. An der Turmspitze des Rathauses muss sie sich halten.

Dass der überhaupt stehen geblieben ist, denkt sie sich verwundert.

Aber ansonsten ... wo noch vor wenigen Stunden Leben herrschte, wo die Menschen Obhut und Geborgenheit in ihren Mauern gefunden hatten, da ist es ihr unter diesen Umständen so, als habe man den Häusern das *Gedärm* gewaltsam nach außen gewendet.

An einer teilweise unversehrten Fassade zum Beispiel baumelt oben im dritten Stockwerk an einem aus der Wand kommenden Rohr noch die Badewanne in der Luft. Anderswo kann man da, wo möglicherweise vor Kurzem noch die Betten standen, staunend sehen, wie sich an dieser Stelle ein Loch auftut. Und überall zwischen den noch rauchenden Trümmern eilen Ersthelfer auf der Suche nach Verschütteten herum. An Barmen musst sie denken, ach, wie sich die Bilder doch ähneln.

Die Royal Air Force hat genau da weiter gemacht, wo sie seinerzeit aufhörte. Sie hat gezielt und vorsätzlich ihr *Battle oft the Ruhr*, also die Vernichtung der Kriegsindustrie auf die dafür infrage kommenden Städte des Ruhrgebiets, und die Umsetzung insofern ausgeweitet, dass die Engländer nunmehr auch den deutschen Menschen als ein äußerst gefährliches Objekt ansehen, das ähnlich wie all die Waffenschmieden ebenfalls rigoros und für immer vernichtet werden muss. Tote Menschen bauen keine Waffen, aber sie gebären Rache! Rache wiederum ist für die Überlebenden wie ein nötiges Schmiermittel für die Herstellung von neuen Waffen.

Die Reste eines schmiedeeisernen Zaunes, die abgeknickt zwischen herumliegenden Ziegelsteinen in den Bürgersteig hineinragen, weisen Meta in fast bösartiger Manier darauf hin, auf dem richtigen Weg zu sein. Sie erkennt sogleich die prächtige, diffizile Schmiedearbeit. Sie bleibt stehen, und schwer atmend streift sie den Mantel ab. Der schwere Mantel und der wuchtige Koffer bringen sie zum schwitzen. Dazu weht ein seltsam glühender Wind durch die Reste der Straße, wie es ihn wohl nur in der heißesten Wüste gibt. Außerdem pocht ihr Fuß. Sie überlegt einen Moment, ob sie den schon abgetragenen Wintermantel behalten soll, dann aber wirft sie ihn mit Verachtung in den Schutt. Sie will ihn wie die lästige Schale einer Puppe zurücklassen, aus der etwas Neues geschlüpft ist. Dieser Mantel jedenfalls sollte sie nicht mehr, nie mehr an die vergangene, schreckliche Nacht erinnern. Ihr ist zudem klar geworden, dass es nie mehr ein zurück ins Gestern geben wird. Vor ihr liegt das kaputte Alte, das Vergangene. Zwischen rauchgeschwängerter Luft, einem äußerst widerlichen Gemisch aus allem, was brennen kann, unter das sich zudem der Gestank von verschmortem Fleisch mischt und ihre Augen triefäugig macht, späht sie bar jedes Verstehens in ein Loch, wo vor dem Angriff das Haus der alten Frau Hirsch stand. Und dann stockt ihr der Atem, weil sie ein leises Fiepen hört. Auf der Schutthalde entdeckt sie das geliebte Hündchen der alten Frau Hirsch, das aufgeregt mit den Pfoten zwischen dem eingestürzten Mauerwerk herum kratzt. Ob der Hund aus den Ritzen die Spur seines Frauchens aufgenommen hat? Meta weiß gar nicht, wie sie sich verhalten soll. »Jockel!«, ruft sie dem Hund zu. »Jockel!« Und Jockel, sichtlich verdutzt, hört sofort mit dem Kratzen auf. Er setzt sich brav und beginnt herzzerreißend zu jaulen.

Meta muss sich abwenden. Ein Kloß drückt ihr im Hals. Sie weint und weint. Weinend sinkt sie auf einen großen Stein nieder. Es ist, als öffne sich eine innere Schleuse in ihr, die bis zu dieser Sekunde von der Angst versperrt, ihre Trauer und Verzweiflung zurückgehalten hat. Sie weint um die alte Frau Hirsch, sei weint um alle tote Menschen der Nacht, sie weint sogar wegen des Jockels, sie weint über den Untergang ihrer Stadt, sie weint über sich und ihr Schicksal. Nur um Grete weint sie nicht. Sie nimmt sie aus. Keinen trauernden Gedanken an ihre Schwester lässt sie zu, aus Beklemmung, sie würde, gleich wie die Steine um sie herum zerbrechen.

Dann, als ihre Tränen von ganz alleine versiegen, als die Seele keine einzige Träne mehr bluten kann, weil irgendwann einmal der Zeitpunkt kommt, wo auch der Schmerz vertrocknet, stürzt sie hastig davon. Sie schöpft neue Hoffnung, weil es immer noch Gebäude in der Umgebung gibt, die von außen so gut wie unversehrt geblieben sind. Am Turmhof zum Beispiel, gleich neben dem teilweise demolierten städtischen Museum, steht noch die Konditorei, und im Stockwerk darüber hängen saubere, ordentlich in Falten gelegte Gardinen hinter den heilen Fenstern. Hier verschnauft sie gedankenverloren. Ach was waren das noch Zeiten gewesen! Und sie ertappt sich dabei, wie sie der Situation völlig unangemessen ein Lied summt. »In einer kleinen Konditorei, da saßen wir zwei, bei Kuchen und Tee ...«

Diese Konditorei war für geraume Zeit ein gut gehütetes Geheimnis geblieben. Erst sehr viel später hatte Gottfried davon erfahren, dass es in den 30er Jahren einen Ferdinand Frohwein gab, mit dem Meta, nach einem zufälligen Treffen, des Öfteren in diesem Kaffee beisammensaß. Wenn sie ehrlich zu sich war, dann hatte sie sich damals mehr als nur eine kurze Bekanntschaft von jenem gut aussehenden, eleganten, seriös wirkenden Herrn versprochen, dessen Schläfen bereits ein wenig angegraut waren. Wie dem auch gewesen sein mochte, zum einen drängte sich damals stets ihr Mann Gerhard als unerklärliches Geistwesen dazwischen und zum anderen störte sie sich mehr und mehr an der roten Nelke, die in befremdender Regelmäßigkeit bei dem weltmännisch tuenden Galan im Knopfloch steckte. Hatte er nicht einmal sogar Lippenstift am Hemdkragen gehabt? Sie aber schminkte ihre Lippen nie! »Und das elektrische Klavier das klimpert leise, eine Weise von dir und mir im Glück ...« Mit ihren sie schamvoll neckenden Gedanken beschäftigt geht sie schließlich weiter, als wäre sie mutterseelenallein auf der Welt. Nachbarn, die verstört herumlaufen und sie beifällig grüßen, oder jene, die vom Ziegelsteine wegräumen kurz aufgucken, um ihr ebenso erstaunt nachzusehen, wundern sich, weil sie keinerlei Reaktion auf ihre Ansprache erkennen lässt. Den Kopf vom Leid weit vornübergebeugt, sich behäbig auf den Stock abstützend, als hätte die Zeit sie im Eiltempo rücksichtslos ins Alter gezerrt, bleibt sie einem inneren Befehl folgend genau dort stehen, wo sie ihre Wohnstatt über dem einstigen Fotoatelier hatte. Wo sie sich etwa vor zehn Stunden mit einem furchtsamen Kuss von ihrer kranken, alten Schwester Grete verabschiedet hat. Da mag sie noch so lange suchen, das vertraute Bild, das es noch am Tag zuvor an dieser Stelle gab, ist verschwunden, ist verbrannt. Das, was Herr Bergmann vor Jahren für sich und seine Familie mit der Hoffnung erbauen ließ, dem gemeinsamen Leben auf Dauer Schutz und Geborgenheit zu schenken, und was dann vom Schicksal aufgezwungen in die Hände von Gottfried übergegangen war, existiert nicht mehr. Futsch! Weg! Unbeholfen dreht Meta sich in alle Richtungen, als erwarte sie von irgendwoher Hilfe. Doch die kommt nicht, ein jeder hat seinen Unsegen selbst zu tragen.

Aber was soll sie denn auch tun? Was soll sie machen? Soll sie wie Jockel im Schutt nach ihrer Schwester graben? Für Grete gibt es keine Rettung mehr, das hämmert ihr der Verstand unnachgiebig ein. Wer sich bei dem Angriff in diesem Haus aufgehalten hat, der ist unweigerlich unter den Gesteinsbrocken begraben. Übelkeit steigt in ihr hoch. Schwankend hat sie Mühe, sich auf den Beinen zu halten. Der Schrei, den sie aus ihrem weit geöffneten Mund herauslassen will, dringt ihr stattdessen tief schneidend in die Eingeweide. Und anstelle der Bomben treffen sie jetzt Schuld und Anklage vom Himmel. Sie hat sich feige davon gemacht, während ihre Schwester hilflos auf der Couch lag. Wie kann sie mit dieser Schuld weiterleben? Grausam tanzt ihr die Gewissheit vor Augen, ein schlechter Mensch zu sein. Auch hier werden bald Wannen und Kübel stehen, in denen die Reste von denen liegen, die einem im Herzen so nah waren. »Was bist du, Mensch?«, flüstert ihr die innere Stimme vorwurfsvoll zu. Ach was, bald wird alles wieder organisiert sein und mit rechten Dingen laufen. Nur mutig in die Hände spucken, dann wird es schon wieder aufwärtsgehen! Die Behörden legen Akten und Verzeichnisse an. Die Opfer und Hinterbliebenen kommen in den Genuss staatlicher Versorgung, die Maurer bauen fleißig auf, was sich die schlauen Architekten ausdenken, und die Politiker werden, wie schon zu allen Zeiten, um die besseren Argumente für die Zukunft werben. Bloß nicht den Kopf hängen lassen. Der letzte Krieg, der wurde doch auch überstanden!

Meta bückt sich mechanisch nach einem Foto, das vorwitzig aus dem zersplitterten Holzspalt der ehemaligen Theke steckt. Das Abbild eines Menschen starrt sie an. Sie hebt es auf. Es ist unbeschadet, ohne jeden Brandfleck davongekommen. Seltsam! Ohne Zweifel stammt es aus dem Archiv des Fotoateliers. Auf dem Bild ist das Konterfei eines SS-Mannes zu erkennen. Ein freundliches Gesicht, das wegen der mit Totenköpfen bestückten Uniform eine entgegengesetzte Bedeutsamkeit erhält. Vielleicht ist es vor dem Feldzug aufgenommen worden. Jedenfalls hat es keiner abgeholt.

»Hier ist nichts mehr zu holen, junge Frau!«, ruft ihr ein Mann zu, der sich mit einigen anderen darangemacht hat, Schutt wegzuräumen. Nein, wahrhaftig, hier ist nichts mehr zu holen. Es wurde einst gesät, es wuchs heran, und als es reifte, wurde es vernichtet, und nun weiß keiner mehr, ob es gute Ernte oder schlechtes Unkraut ist. Und es ist ihr, als spräche Grete aus den Steinen, als ihr ein Psalm in den Sinn kommt, den diese noch vor Tagen zitierte und der in etwa lautete, dass, wer Tränen säe, Lachen ernten würde. O Gott, hier hat sie nichts mehr verloren, ihre Augen sehen das Unheil, und ihre Seele fleht nach dem verlorenen Glück. Den Koffer fest umklammert und mit niedergedrückter Seele auf den Stock gestützt eilt sie ziellos davon. Weg, nur weg aus dieser Trümmerwüste! Auf dieser Welt muss es doch noch irgendwo ein Fleckchen geben, wo ihr bisheriges Leben zumindest ein Stück weit heil geblieben ist?

Als sie wieder einigermaßen zu sich kommt, steht sie vor jenem Haus, aus dem sie seinerzeit mit ihrem lieben Purzel die Stadt verlassen hat, nachdem die Last des ersten großen Krieges sie daraus vertrieb. Um diese Straße hatte der Krieg einen Bogen gemacht. Sie stellt den Koffer ab und schaut gedankenversunken zu jenen Fenstern hoch, hinter deren Scheiben sich tatsächlich noch ein Fitzelchen gehabten Glücks versteckt. Die Erinnerung an die schönen Tage von einst erwärmen ihr wie linde Sonnenstrahlen das gemarterte Herz. Kraft schöpft sie daraus. Was hat sie nicht schon alles durchgestanden!

Es muss weitergehen! Der Mensch ist zum Leben geboren und verurteilt! Sie darf sich nicht gegen das Leben stellen, zum Feind des Lebens werden! Denn ansonsten würde sie freiwillig eine zweifelhafte Allianz mit dem Tod eingehen. Sie ist doch noch keine alte Frau!

Auf Umwegen, kreuz und quer immer am Rande der Stadt entlang, gelangt Meta schließlich zu dem Haus, in der sich immer noch Gretes Wohnung befindet. Hier hat das Bombardement so gut wie keine Schäden angerichtet. Den Schlüssel trägt Meta stets an ihrem eigenen Schlüsselbund, weil sie in Gretes Wohnung regelmäßig nach dem rechten schaute und die Wohnung sauber hielt. Als sie die Türe zu den Räumen aufschließt, fühlt sie sich plötzlich reich. Sie ist ausgebombt und doch besitzt sie alles, was sie benötigt. Sogar Gretes Kleider werden ihr passen. Ein Gefühl von Zuhause in der Fremde macht sich in ihr breit, als sie den Flur betritt. Nun konnte es ja nur noch aufwärtsgehen!

Völlig erschöpft, hungrig und durstig lässt sie sich in einen Sessel fallen, während sich die Erde im unaufhörlichen Laufe der Zeiten dreht. Als sie nach einer gefühlten Ewigkeit wieder spürt, wie das Blut durch ihre Adern pulsiert, weiß sie nicht, wie lange sie geschlafen hat. Sie war von allem entrückt gewesen, als habe ihr die Not eine Narkose verpasst.

Sie öffnet die Augen, und das Erste, was sie sieht, sind die guten Eltern, die ihr von der Wand gegenüber einen lachenden, hinter Glas gerahmten Gruß schicken. Daneben stehen sie und Grete als fröhliche Kinder. »Grete, meine liebe, gute Grete«, flüstert sie. »Du warst immer so ein frommer, gläubiger Mensch, was hast du getan, dass Gott dich so hart bestrafen musste?« Meta hadert entsetzlich mit dem, was man in der Kindheit auch ihr über Gott und die christliche Religion eingebläut hatte. Nämlich, dass Gott, der Vater, ein liebender, ein gütiger und vor allem ein gerechter Gott wäre. Nun grollt und verzweifelt sie daran. Zu viele Unschuldige, sogar Kinder und Säuglinge, die nie jemandem etwas zuleide taten, wurden von Gottes Gerechtigkeit hinweggerafft. Und sie erkennt es jetzt schon, dass die wirklich Schuldigen eines Tages wieder das Sagen im Lande haben werden.

Während sie in Bitternis verfallen so denkt, ist es ihr auf sonderbare Weise, als spräche der strafende Gott Worte des Trostes in ihr Ohr, denn unvermittelt kommt ihr die Geschichte von Hiob in den Sinn. Gerade über diese biblische Geschichte, einer beispielhaften Prüfung zwischen Gott, dem Teufel und dem Menschen, haben sie und Grete in der letzten Zeit viel gesprochen. Gleichzeitig wird ihr Blick auf einen ebenfalls gerahmten Vers gezogen, der in diesem Augenblick wie ein Menetekel an der Wand hängt. Mühsam erhebt sie sich, um ihn besser lesen zu können, denn ihm hat sie bisher nie Beachtung geschenkt. Und sie liest, was von Jesaja stammt: »Fürchte dich nicht, denn ich bin mit dir. Schau nicht ängstlich umher, denn ich bin dein Gott, ich stärke dich, ja ich helfe dir.« Und ihr wird klar, dass die Toten keine menschliche Liebe, keinen irdischen Trost mehr brauchen, aber die Lebenden, die brauchten beides, und all das werden sie bei Gott finden.

Der Anfang vom Ende

Bibel:
»Gnade und Treue sollen dich nicht verlassen. Hänge meine Gebote an deinen Hals und schreibe sie auf die Tafel deines Herzen.«
Sprüche 2/3

Adolf Hitler:
»Gerade unser deutsches Volk, das heute zusammengebrochen den Fußtritten der anderen Welt preisgegeben daliegt, braucht jene suggestive Kraft, die im Selbstvertrauen liegt. Dieses Selbstvertrauen aber muss schon von Kindheit auf dem jungen Volksgenossen anerzogen werden. Seine gesamte Erziehung und Ausbildung muss darauf angelegt werden, ihm die Überzeugung zu geben, anderen unbedingt überlegen zu sein. Er muss in seiner körperlichen Kraft und Gewandtheit den Glauben an die Unbesiegbarkeit seines ganzen Volkstums wiedergewinnen. Denn was die deutsche Armee einst zum Siege führte, war die Summe des Vertrauens, das jeder einzelne zu sich und alle gemeinsam zu ihrer Führung besaßen. Was das deutsche Volk wieder emporrichten wird, ist die Überzeugung von der Möglichkeit der Wiedererringung der Freiheit. Diese Überzeugung aber kann nur das Schlussprodukt der gleichen Empfindung von Millionen einzelner darstellen.«
Aus *Mein Kampf*, Seite 456, Kapitel: *Suggestive Kraft des Selbstvertrauens.*

†

Befeuert von der angewachsenen Offensive der zahlreichen Gegner in aller Welt, ist das von den Nationalsozialisten angestrebte, *tausendjährige Deutsche Reich* nach bereits zwölf Jahren im Begriff, wie seinerzeit Atlantis im unendlich tiefen Meer der Zeitgeschichte zu versinken und alle diejenigen mit in die Tiefe zu reißen, die sich zum einen Wohlstand, Sicherheit und Stärke erhofft haben. Auch die werden mitgerissen, die durch Blockade und Sabotage eine völlig andere Welt erzwingen wollen. Einst zugeneigte politische Mitstreiter im Ausland, die für das Gedeihen und Gelingen eines nie da gewesenen Weltreiches eifrig mitgeholfen haben, ihre militärische Macht einzusetzen, baumeln nun, vor den begeisterten Augen der Massen bestaunt und auf das Grausamste gemeuchelt, auf den öffentlichen Plätzen der Konterrevolution mit den Köpfen nach unten.

Hass erzeugt Hass! Und Hass trifft in seiner Vollendung und in der Überlegenheit der Widerstreiter immer den Schwächeren in wechselnden Rollen aufs Härteste. Jetzt sind auf einmal die bis dahin Unterlegen in ihrer gewonnenen Überzahl an der Reihe, dem verhassten Gegner aus Deutschland mal ordentlich das Fell über die Ohren zu ziehen. Folglich schlägt den größenwahnsinnigen deutschen Besetzern der Hass mit aller Strenge entgegen. Und während sich eine bereits geschlagene deutsche Nation mit dem Mut der Verzweiflung gegen die Niederlage aufbäumt, haben die Alliierten längst den Schlüssel geschmiedet, der das Tor zur Festung Europa schon bald sperrangelweit aufschließen wird.

Mit der Bezeichnung *Unternehmen Overlord*, das mit der Invasion in der Normandie beginnt, wird am Morgen des 6. Juni 1944 im Verbund der zu allem entschlossenen Alliierten das Tor zum widerwärtigen Feind gewaltsam aufgestoßen. Die durch Mehrfrontenkämpfe ohnehin geschwächten deutschen Abwehrstellungen haben dem angloamerikanischen Angriff wenig entgegenzusetzen, auch nicht, als unter höchstem Druck vom Oberkommando der Wehrmacht schnelle, gepanzerte Angriffsverbände aus Südfrankreich, aus Polen und Ungarn, aus dem Reich und aus den Niederlanden herangeführt werden.

Der Anfang vom Ende ist besiegelt!

Auch die deutsche Widerstandsbewegung im Inneren gewinnt zunächst an Unterstützung aus dem Volk, die dann allerdings doch in ihrer Auswirkung an Schlagkraft verliert, weil die Motivation zum Ungehorsam gegenüber dem nationalsozialistischen Staat nicht gebündelt werden kann. Sie zerfällt in zu viele Einzelaktionen, die sich im Endeffekt im eigentlichen Sinn der Sache zu sehr widersprechen. Die einzelnen Widerstandsgruppen, denen zum Beispiel Christen, Sozialisten, Gewerkschaftler, aber auch eingeschleuste Kommunisten angehören, erschöpfen sich von vornherein in Diskussionen über Weltanschauungsfragen, während mutige Einzelaktionen wie die der Geschwister Scholl dem System als solches kaum zu schaffen machen. Selbst das Attentat auf Hitler am 20. Juli 1943, ausgeführt vom Oberstleutnant Graf Schenk von Stauffenberg, hat die Wirkung einer Randnotiz. Genauso wie die vierzig verbrieften Attentatsversuche auf den Führer, die alle fehlgeschlagen sind. Diesen Mann umgibt anscheinend die Aura des

Unantastbaren. Weniger unantastbar sind diejenigen, die der »größte Feldherr aller Zeiten« im Zuge des Aufbäumens als Volkssturm zu einer Art Himmelfahrtkommando an die Front und zum Verteidigungskampf ins eigene Land beordert, denn Deutschland ist längst zum Kampfgebiet geworden.

Am 16. Oktober 1944 lässt Hitler den Erlass über die Bildung des deutschen Volkssturms verkünden. Kaum ausgebildet und minderwertig bewaffnet, aber mit einem eindeutigen Durchhaltebefehl bis zum letzten Mann zu kämpfen, werden 16- bis 60-jährige männliche Zivilisten in ein für sie aussichtsloses Gemetzel gejagt. Und das nach Frieden hungernde Volk wird mit Durchhalteparolen gefüttert, die man überall zu lesen und zu hören bekommt:

»*Unser unbeugsamer Wille: niemals Sklaven des angloamerikanischen Kapitalismus, niemals als bolschewistische Zwangsarbeiter nach Sibirien.*«

»*Auf zum heiligen Volkskrieg, für die deutsche Heimat und unsere Zukunft. Der Führer erwartet Dein Opfer für Wehrmacht und Volkssturm.*«

»*Damit Dein Stolz, Dein Volkssturmmann, in Uniform sich zeigen kann, räumst Du jetzt Schrank und Truhe leer und bringst uns bitte alles her.*«

Scheißhausparolen als unnützes Volksopfer getarnt. Während Hitler und seine Vasallen noch an Wunder glauben, treten zig Tausende der deutschen siegesgewohnten Landser ihren schweren Gang in die Gefangenenlager an. Sie sind der noch lebende Beweis für die absolute Niederlage eines Größenwahntraumes, der in Wahrheit mehr als ein Albtraum ist.

Trotz der schweren Arbeit und der weiterhin schlechten Ernährung, wenn man in dem Zusammenhang überhaupt von Nahrung sprechen kann, hat sich Gottfried so weit wieder von seiner Krankheit erholt, dass er den harten täglichen Anforderungen der Gefangenschaft irgendwie gerecht wird. Er weiß es auch nicht genau zu benennen, warum er sich augenblicklich ein klein wenig als Glückspilz fühlt. Ob es daran liegt, weil nach dem strengen Winter die Natur üppig blüht? Der beginnende Sommer hat dem schrecklichen russischen Winter, in dem massenweise seine Kameraden erfroren oder wegen Schwäche und Krankheit gestorben sind, nun eine mildtätige Wandlung bereitet, die mit Sonne, Licht und Wärme die Lebensgeister wieder aufweckt. Ein weiterer Punkt für sein augenblickliches Stimmungshoch ist die Tatsache, dass er, für ihn völlig überraschend, als Hilfsposten eingesetzt wird, der tagsüber die Arbeiten einer Gefangenenkolonne überwachen muss, die in der nahen Stadt die verschiedensten Arbeiten auszuführen haben. Am Morgen bringt sie die russische Wachmannschaft zum Einsatzort und am Abend werden sie im Gleichschritt zurück ins Lager geholt.

Mit der Zeit versteht Gottfried es immer cleverer, die kurzfristige Freiheit am Tage in dem Maße auszunutzen, um in der Umgebung der Arbeitsstelle Lebensmittel, Tabak und die Prawda aufzutreiben, aus deren Blättern er sich Zigaretten dreht. Natürlich schlägt ihm vonseiten der Bevölkerung nicht selten purer Hass entgegen, der sich aber hauptsächlich in üblen Beschimpfungen entlädt, die er sowieso nur zu einem geringen Teil verstehen kann. Wenn sie allerdings aufgebracht und erzürnt »Hitler kaputt!« rufen, dann weiß er, dass man damit ihn, den deutschen Gefangenen, beleidigen und in der Ehre treffen will. Wesentlich zugeneigter war ihm da eine rothaarige Russin mit weichen Hüften, die um etliches älter gewesen sein mag als er. Die lud ihn nach längerem Beobachten zu sich zum Mittagessen in ihr Haus ein, wenn er in der Nähe zu tun hatte. Dort verführte sie ihn mit fettigen Bratkartoffeln und einem großen Schluck purem Wodka, und er gab ihr dafür das, was sie als Witwe – ihr Mann Igor war im Gefecht mit den Deutschen gefallen – schon zu lange Zeit zwischen ihren warmen, festen Schenkeln vermisste. Holprig ging es dabei zu. Erst wollte er nicht, dann konnte er nicht, daraufhin waren es ihre sanften, vollen Lippen, die ihm die nötige Kraft dazu gaben, alles Zurückliegende zu vergessen, was seine Lenden durch Schmerz und Entbehrung schwach geworden ermatten ließ. Und plötzlich gab es nur noch ihn und diese fremde Frau mit der zerzausten Mähne, wegen der sie einer verruchten Hexe glich.

Als er sich wieder einmal erschöpft auf den Rücken gleiten ließ, den Blick auf den fetten, schnurrenden Kater gerichtet, der zu seinen Füßen schnurrte, wäre Gottfried sogar bereitgewesen, auf der Stelle zu sterben. Nicht mehr zurückzukehren in die Wirklichkeit der grausamen Welt. Ein glühender Funke von Wehmut hatte ihn heiß im Herz berührt. Ein Funke, der nicht nur für eine einzige Frau glüht. Es war ihm, als wäre es ein zauberhafter Funke, der zu anfangs seines Lebens entzündet, stets voller Sehnsucht nach Augenblicken wie diesem für jedwede Frau brennt, die bereit ist, ohne Liebe, ohne Verpflichtung seine Sehnsucht nach dem ewig verführerischen Weib zu stillen. Vielleicht gab es auch in Olga solch einen Funken? Auch wenn Tränen diesen Funken nicht löschen können, sondern nur der Tod, so würde Olga in der Hoffnung, ihn zu löschen, sicher manche Träne um den Deutschen geweint haben, der bald darauf nicht mehr zu ihr kam.

Die geschälten Kartoffeln wurden allmählich braun und unansehnlich, und der neugierige Kater lag von nun an nicht mehr am Fußende, sondern auf dem Kopfkissen neben ihr.

Mit Gottfrieds Abschied von Olga hat sich auch das Laub an den Bäumen verfärbt, als gewönne ebenfalls die Trostlosigkeit wieder Oberhand über ihn und über die Natur, und mit ihr weht erneut die Kälte heran. Im Oktober 1944 geht ein Gerücht von Mund zu Mund, das für allerhand Aufregung sorgt. »Der Krieg ist zu Ende! Hitler ist davongejagt worden! Deutschland wird jetzt von der Wehrmacht regiert!«

Jetzt kommen wir endlich bald nach Hause, das ist folglich die einhellige Meinung der Lagerinsassen. Die Drangsal hat ein Ende! Und dazu passt, dass die Kommandantur völlig überstürzt Befehl gibt, Hunderte von Gefangenen auszusuchen, um diese für einen Abtransport zusammenzustellen. Gottfried kann sein Glück kaum fassen, als er sich unter den Auserwählten befindet, und er sieht mit einem gewissen Mitleid die tiefe Enttäuschung in den ausgemergelten Gesichtern seiner Kameraden, die zurückbleiben müssen. Schwüre werden ausgetauscht, den Lieben in der Heimat Grüße auszurichten und ihnen auf Ehrenwort zu bestellen, dass es ihnen gut geht und dass sie auch recht bald nachkommen werden. Und Namen der Kinder werden genannt, denen man im Auftrag liebevoll über das Haar streichen soll, der Bärbel, dem Hans, der Lotte und dem Fritz und wie sie alle heißen.

Gottfried und die anderen Berufenen erhalten dankbar warme Winterbekleidung, dicke, wattierte Steppanzüge. Dann geht es tatsächlich los! Von bellenden Hunden bewacht und von einer stattlichen Schar von schwer bewaffneten Posten angetrieben zieht eine Kolonne Strafgefangener kilometerweit zum Bahnhof. Obwohl Gottfried einigermaßen guter Laune ist, wundert er sich dennoch, warum man sie so streng bewacht, wenn es doch nach Hause geht? Seine Besorgnis steigert sich noch um ein Vielfaches, als er bald darauf dicht gedrängt im fast dunklen Waggon kauert und von außen schwere Eisenriegel vor die Einstiege geschoben werden. Barsche Rufe ertönen, dazwischen das Geifern der Hunde. Eine beklemmende Angst überfällt ihn, die ihn an den schrecklichen Transport erinnert, der ihn seinerzeit hergeführt hat. Nur gut, dass es für die Notdurft diesmal ein Loch in den Bodenplanken gibt. Schließlich tröstet er sich mit dem Gedanken, warum die Russen freundlich zu ihnen sein sollen, nur weil es für ihn zurück in die Heimat geht. Er ist froh, einen Platz direkt an den Holzplanken der Waggonwand gefunden zu haben, so kann er, wann immer er möchte durch die Ritzen nach draußen schauen. Auch die anderen Männer scheinen mit ihrer Situation zufrieden zu sein. Allgemeines Aufatmen! Die Männer singen, doch je länger die Fahrt andauert, desto stiller werden sie. Immer wieder blickt Gottfried prüfend durch einen besonders breiten Spalt in die vorbeiziehende russische Weite, wobei ihn das Gefühl nicht mehr loslässt, in Richtung Osten zu fahren und nicht nach Westen? Ach, was soll es! Die unbedarften Kameraden sind es, die ihm mit ihrem Gesang die Zweifel rauben. Schließlich stimmt er in die vertrauten Lieder der Heimat ein, die schon in der Schule und später im Gleichmarsch bei der Hitlerjugend gesungen wurden. Aber darüber macht er sich keine weiteren Gedanken. Warum soll er sie nicht singen? Darf man den Liedern deshalb Schuld geben, nur weil man auf ihrem Takt marschieren konnte?

Vom Gesang rauer Männerstimmen begleitet, rattert der Zug durch unbekanntes Land. Doch nach Tagen gleichmütiger Fahrt schlägt die Stimmung allmählich um. Hinter den Ritzen tauchen nun hohe Berge auf. Diejenigen, die vor Sprachlosigkeit kein Wort hervorbringen, müssen von den anderen hören, wie sie beinahe ehrfurchtsvoll das Wort »Ural« flüstern. Aber was soll das? Das kann doch nur heißen, dass sie geradewegs in Richtung Sibirien fahren. Wie ein Keulenschlag trifft sie diese Vermutung. Wenn das stimmt, dann erwartet sie am Ende der Fahrt nicht die Freiheit, sondern weiteres Leid und vermutlich den sicheren Tod. Alleine diese Vorstellung reicht aus, dass nicht nur die Lieder verstummen, sondern dass so manch ohnehin Geschwächter vollends an Kummer zerbricht und mit gebrochenem Herzen in den Armen eines Mitleidigen verstirbt. Etliche Kameraden stehen die Strapazen nicht durch. Auf engstem Raum ist man nun mit den Verstorbenen zusammengesperrt. Ihre steif gewordenen Körper werden für die Lebenden zu einem Mahnmal der Unmenschlichkeit. Und es ist, als würden ihre stummen Münder jetzt noch die Lebenden warnen wollen, während ihre leeren Augen ins Vergessen blicken.

Je länger der unmenschliche Transport dauert, desto öfter fragt sich jeder, wann er dran sein wird. Wann er zu Füßen derer liegt, denen das Schicksal im Moment noch gnädig ist. Aber wenn man sich in diesem stinkenden Käfig umsieht, dann gibt es da kaum jemanden, dem man zutraut, zu überleben. Das Essen ist knapp und der Durst grausam. Alle vegetieren stumpfsinnig und am Fleisch aufgedunsen vor sich hin. Trotz des wenigen Trinkwassers sind Herz und Lunge kurz davor, im körpereigenen Wasser zu ertrinken, auch wenn blutige, wässrige Durchfälle ein wenig Erleichterung schaffen. Zudem zieht wieder eisige Kälte durch die Spalten der Planken, und als der Zug nach wochenlanger Fahrt endlich am Ziel zum Stehen kommt, kann sich keiner mehr auf den Beinen halten. Viele fallen kraftlos aus den Waggons in den steinhart gefrorenen Schnee.

Vor den Männern nur Weite, endlose Weite. Gräuliche Weite, die sich im Nirgendwo mit dem Himmel zu einem einheitlichen Grau verbindet. Der beißende Begrüßungskuss Sibiriens, der sie mit dem frostigen Wind erfasst, lässt jedem das Blut in den Adern gefrieren. Sie sind am Ende der Welt angekommen!

Als sich die Augen schließlich einigermaßen an das unwirtliche Weißgrau gewöhnt haben, erkennt Gottfried in der Ferne Baracken, die sich wie Fremdkörper in den Schnee ducken. Ein Stück davon entfernt, strecken sich Schornsteine in den rauchgeschwängerten Winterhimmel. Besiedelte Einsamkeit.

Dann nimmt er schwarze Punkte wahr, die sich rasch als galoppierende Pferdchen entpuppen, die Schlitten hinter sich herziehen, auf denen, wie es zunächst wirkt, peitschenknallende Bären sitzen. Kurz darauf werden sie von den Pelzmännern rüde in Empfang genommen. Dawai, dawai! Mit letzter Kraft schleppen sich die Ankömmlinge zu den Baracken hin. Gottfried kommt es so vor, als wichen sie bei jedem seiner Schritte vor ihm zurück. Schon nach wenigen Metern, glaubt er nicht mehr dort anzukommen. Längst haben sich vom Hauch seines Atems Eiskristalle in seinem struppigen Bart gebildet, die bei angestrengtem Mienenspiel wie Nadeln in seine spröde Haut stechen. Ein Einzelschicksal, das alle mit ihm betrifft. Wenn er in die vor Kraftlosigkeit verzerrten Gesichter der neben ihm Gehenden schielt, dann sieht er, dass deren Nasen und Ohren frostweiß sind. Hoffentlich werden die nicht schwarz, wenn sie später auftauen. Zudem kann es durchaus passieren, dass bei den kleinsten Berührungen Stücke davon abbrechen.

Die Sterne funkeln bereits, als sie die schäbigen, aus dicken Bohlenholz erbauten Hütten erreichen, die vor Zeiten tief ins Erdreich eingegraben wurden, wo stets Feuchtigkeit und Kälte vorherrschen.

Der nächste Tag beginnt in zeitiger Frühe damit, dass alle Männer, die auf Befehl nackt antreten müssen, auf ihre Arbeitsfähigkeit untersucht werden. Im Grunde gibt es in der Masse der Deportierten nur sehr wenige, die dazu fähig sind, schwere Lagerarbeit zu verrichten, die zunächst darin besteht, Wasser für die Küche zu holen, Holz zum Heizen heranzuschaffen und vor allem Löcher in den knochenhart gefrorenen Boden zu buddeln, um darauf die Latrinen zusammenzunageln. Obwohl sich Gottfried kräftemäßig nicht in der Lage dazu sieht, solch eine Anstrengung zu bewältigen, wird er für tauglich befunden. So ergeht es auch all den anderen aus seinem Block. Kurze Zeit später ist er sogar froh darüber nicht im Lazarett gelandet zu sein, denn dort sterben zu viele. Nie wieder werden diese Kameraden die Heimat, Frau, Kinder und Eltern wiedersehen. *Lieb Vaterland, magst ruhig sein …*

Wieder einmal ist Weihnachten vorübergegangen, ohne dass das Fest der Liebe jene vertraute Stimmung der Vergangenheit in den Herzen der Gefangenen nur ansatzweise geweckt hätte. Wie auch, abseits der Zivilisation? Auf einem fremden Kontinent, Tausende Kilometer vom alten Leben entfernt, kommt es den Männern bei ihren Gesprächen darüber so vor, als würden sie wieder ganz am Anfang der Menschheit stehen! Urzeitmenschen, die schon einmal die Zukunft gelebt haben. Kein Friedensengel ist in der bitterkalten Weihnachtsnacht vom Himmel hernieder gekommen, um ihnen die gute Botschaft zu verkünden. Stattdessen johlen und brüllen jetzt, Anfang Januar, die Russen, wobei sie die Wodkaflaschen klirrend aneinanderstoßen. Für sie beginnt das neue Jahr, vielleicht auch eine neue Zeit. Doch auch sie sind auf gewisse Weise Inhaftierte. Der einzige Unterschied zu ihren Gefangenen ist, dass sie sich als Sieger fühlen, obwohl sie ebenfalls dazu verdammt sind, in dieser Einsamkeit auszuharren. Wenn sie bei eisiger Luft vor die Hütten treten, dann unterscheiden sie sich kaum von den Deutschen. Bei 60 bis 70 Grad Minus, haben alle, bis auf die kleinen Löcher für Augen, Nase und Mund, die Gesichter mit Tüchern umwickelt. Das Äußere macht somit aus

Siegern und Besiegten einen einzigen Menschen. Einen frierenden, einsamen Menschen. Das ändert sich, sobald sich zeigt, wer die Macht besitzt. Und Macht besitzt der, wer Herr über die Toten ist. Und das geschieht, wenn der vom Tod aussortierte Mensch, von den Siegern als Abfall angesehen wird.

Zunächst sammelt man die nackten Leichname in einer etwas abseitsgelegenen Bretterbude. Bis fast unter das Dach stapelt man sie. Passt kein Toter mehr hinein, werden Lastwägen geordert, die sie abholen. Sondertrupps haben dann die Aufgabe, die entblößten, starren Körper, an Händen und Füßen gepackt, auf die Ladefläche zu werfen. Gibt der Zigaretten qualmende Fahrer das Zeichen, dass es genug ist, denn sicherlich will er während der Fahrt nichts von seiner Fracht verlieren, dann braust er davon, und hinter ihm staken knochige Arme und Beine über die Ladefläche hinaus. Und so manches leere Auge glotzt während der Fahrt verständnislos in die Gegend.

Beinahe täglich fragt sich Gottfried wie lange dieses Leid noch andauern wird, auch diese mörderische Kälte? Er sehnt sich so sehr nach Wärme, nach äußerer und innerer. Aber selbst für diese Sehnsucht wird man aufs Barbarischste bestraft, wenn man sich dabei erwischen lässt. Ganz in der Nähe von Gottfrieds Unterkunft gibt es einen gut gewärmten Raum nur für die Russen, ist dieser frei und glaubt man sich unbeobachtet, dann ist die Versuchung sehr groß, sich wenigstens für einen Augenblick darin aufzuwärmen. Dafür nimmt man sogar schier unerträgliche Strafen in Kauf. Denn wird man dabei erwischt, dann muss man sich die Stiefel ausziehen, und begleitet von den Knüppelschlägen der Wachposten findet man sich anschließend barfuß im Schnee wieder. Erfrierungen bleiben da natürlich nicht aus. Dem langen Julius zum Beispiel, dem hat man nach solch einer Aktion die Füße amputieren müssen. Da haben die Aufseher dann gut lachen. Am schlimmsten aber verhalten sich die zu den Russen übergelaufenen deutschen Kameraden, die sich gegenüber dem Feind mit nie vermuteter Härte profilieren wollen. Ist es da nicht nur verständlich, dass so manch ein Verzweifelter die gefährliche Flucht aus dem Lager wagt, auch wenn sie völlig aussichtslos ist. Wie auch konnten die Waghalsigen anfangs wissen, dass das Lager in einem weiten Umkreis nochmals gesichert und abgesperrt ist. Wird der Flüchtling somit dingfest gemacht, sind die Ahndungen brutal, und diese nicht nur für die Geschnappten. Zunächst wird derjenige, der den Fluchtversuch unternommen hat, erbarmungslos geschlagen, und obendrein bekommen die übrigen Insassen ihre Strafe insofern, dass man ihnen die ohnehin karge Essensration auf ein Mindestmaß kürzt.

Gottfried hat es schon selbst beobachtet, dass vollkommen Ausgehungerte in den Abortgruben nach unverdauten Hülsenfrüchten gesucht haben, sie abwuschen und diese in ihrer bitteren Not, ohne den geringsten Ekel zu zeigen, nochmals aßen. Aber dennoch gibt es eine Fluchtmöglichkeit die wirklich klappt. Wer es auf eine sichere Flucht anlegt, der läuft direkt in die Sperrzone des Lagers, wo ihn die Posten auf der Stelle erschießen. Nur dabei findet der Flüchtige endlich die Freiheit, die er sucht und die ihn antreibt.

Die Wochen vergehen, in denen die Lebensgeister der Männer Funzeln gleichen, die bereit sind, beim nächsten Schneesturm gänzlich zu verlöschen. Da macht unverhofft eine freudige Nachricht die Runde, die längst verloren geglaubte Gefühle in den Gefangenen aufrührt. Sind die Iwans etwa doch Menschen? Kann man tatsächlich glauben, was man zu hören bekommt? Was aber ist geschehen? Unter den Insassen hat sich nach längerem Hin und Her eine Varietégruppe zusammengefunden, und die Kommandantur hat sogar genehmigt, dass die Akteure im großen Rahmen auftreten dürfen. Sicherlich, so jedenfalls wird allgemein vermutet, ist der Lagerleitung wohl daran gelegen, die Moral der lebenden Toten wieder ein wenig anzuheben. Die schaffen ja kaum noch ihr Soll, aber dafür sterben sie weg wie Wespen beim ersten Frost, mögen sie vielleicht untereinander gesagt haben. Schließlich sollen sie für Nahrung und Unterkunft auch ordentlich arbeiten! Gottfried findet für sich eine andere Erklärung für den Umstand, dass nun eine Erleichterung im Gefangenenalltag vorgesehen ist. Für ihn kann es auch ein Hinweis darauf sein, dass die Entlassung unmittelbar bevorsteht.

Im großen Saal der Kantinenbaracke ist mit den zur Verfügung gestellten Mitteln rasch ein Podest als Bühne zusammengezimmert, und alle zur Verfügung stehenden Stühle werden ordentlich in langen Reihen hintereinander aufgestellt. Die Deutschen und ihre Ordnungsliebe, wird gesagt. Erstaunlich ist die Vielzahl der brauchbaren Requisiten, die sich angesammelt haben und die zum Teil aus Spenden der Bevölkerung stammen. Ein ansehnlicher, brauchbarer Fundus steht den Akteuren somit zur Verfügung.

Und dann ist es soweit, der Tag der Vorstellung, ein bunter Abend, der den Attraktionen des *Berliner Wintergartens* in nichts nachstehen soll, wie vorab großspurig angekündet wurde. Allerdings weiß wohl keiner der Gefangenen, dass der *Berliner Wintergarten* vor Kurzem den Bomben zum Opfer gefallen war. In kürzester Zeit ist der Saal bis auf den letzten Platz gefüllt. Die Männer lechzen förmlich nach Ablenkung und ein wenig Vergnügen. Erwartungsvolle Gesichter allenthalben, in denen sich vorab schon ein Lächeln abzeichnet, das rasch den gesamten Raum erfüllt. Es ist, als hätte sich an diesem Abend, tief in der Eiswüste am Ende der Welt, die Zivilisation das dreckige Gesicht des Abschaums gewaschen und sich artig die Äugelein blank geputzt. Seitlich an den Wänden entlang sitzen die deutschen Hiwis und russische Posten, in Bühnennähe der stattliche Kommandant, den alle nur *Stalin* nennen, weil er dem glorreichen Führer des großen vaterländischen Krieges bis auf das letzte Barthaar gleicht. Natürlich ist auch der Ärztestab erschienen. Alle, aber wirklich alle wollen wissen und sich selbst davon überzeugen, ob »der Deutsche« noch etwas anderes kann, als unschuldige Menschen totzuschießen.

Gottfried ist genauso aufgeregt wie alle anderen, von denen er die meisten noch nie gesehen hat. Wer ihm allerdings schon des Öfteren auffiel, ist Tatjana, die bildhübsche Ärztin mit den schwarzen, asiatisch geformten Mandelaugen, die beim Sprechen immer so das R rollt, als schnurre eine Katze. Tatjana hat zwei Meter von ihm entfernt ihren Platz eingenommen, und wenn er sich darauf konzentriert, dann ist es ihm, als rieche er aus dem strengen Geruch vieler ungewaschener Kerle heraus einen verführerischen Mandelduft, der nur aus den Poren ihrer alabastermäßigen Haut ausströmen kann. Um sich von ihr untersuchen zu lassen, nur um von ihr berührt zu werden, wäre ihm keine Krankheit zu schlimm. Die Krankheit selbst würde vor ihrer Schönheit auf die Knie gehen. Sogar in ihren Armen zu sterben, wäre wie ein göttlicher Kuss.

Derartig verwegene Gedanken gehen Gottfried durch den Kopf, während er zu ihr hinüber schielt. Wer kann es den Männern verdenken, in ihrer Nähe solch lustvolle Fantasien zu entwickeln, da sie schon lange keine Frau mehr berührt haben. Durch diese fremdartige Schönheit angeregt, bleibt ihnen aber nichts weiter übrig, als dass sich ihr Verlangen in schlaflosen Nächten ins schmutzige Strohlager ergießt. Diese bildschöne Frau ist an diesem Abend wohl für viele Männer zum Abbild einer Lustgöttin geworden. Doch angehimmelt von all den vielen Augenpaaren bleibt ihr Blick eisig wie das Land, das sie geboren hat.

Wie lange dauert es noch, bis die Vorstellung endlich anfängt? Die Männer werden unruhig, und die ersten zaghaften Pfiffe werden laut, die andere dazu ermutigten, lauthals Pöbeleien vom Stapel zu lassen. Jetzt werden auch die Posten unruhig. Einige springen sogar wütend auf und recken krakeelend ihre Fäuste zur Decke. »Germanski nix Kultura!«

Schlagartig beruhigt sich die Situation, als ein langer, hagerer Kerl die fünf Holzstufen zur Bühne hochstolpert. Sofort ist alles still. Aber nicht lange. Das Publikum gibt Ruhe, bis sich das ausgemergelte Bürschlein dort oben im feinsten schwäbischen Akzent als Schorsch Röslein vorstellt, der, wie er breit und behäbig versichert, die größte Freude hat, an diesem Abend durch das Programm zu führen. Insbesondere deswegen, weil es der Programmdirektion noch gerade im letzten Augenblick gelungen sei, für alle die einmalige, die göttliche Zarah Leander zu verpflichten, hier und heute aufzutreten.

Peng! Ein endloser Jubel bricht los. Zum einen amüsiert man sich köstlich über den ulkigen Dialekt des Schorsch Röslein, der dem Aussehen nach mehr wie eine vertrocknete Primel daherkommt, und zum anderen freut man sich königlich über die angesagte Zarah Leander. Und nicht wenige glauben, dass die Berühmtheit wirklich erscheinen wird! Und dann tritt ein Mannweib in Verkleidung der Leander in den schrillen Lichtstrahl eines Suchscheinwerfers. Die Inhaftierten trampeln mit nie zugetrauter Energie voller Begeisterung mit den Füßen auf den widerhallenden Bretterboden. Dazu gibt es gellende Pfiffe, als habe der Schiedsrichter eines aus dem Ruder gelaufenen Fußballspiels die falsche Entscheidung getroffen. Die Posten, erneut über so viel Krawall verunsichert, rücken nervös an den Riemen ihrer Gewehre, und Stalin lächelt. Unglaublich, er lächelt!

Die Leander trägt das abgelegte Kleid irgendeiner russischen Magda. Aber zu aller Verwunderung ziert den ansonsten geschorenen Kopf der Bühnenfigur jetzt schwarzes, schulterlanges Haar, das bei näherem Hinsehen dem Schweif eines Pferdes doch sehr ähnelt. Fehlt einem Gaul nun der Schwanz? Vielleicht wird großzügig darüber hinweggesehen. Sollen die Deutschen doch ruhig ihren Spaß haben, und überhaupt, wer zuletzt lacht …

Mit gekonntem Augenaufschlag und rauchiger Stimme beginnt die Leander endlich zu singen. Sofort ist es im Saal mucksmäuschenstill. Das kann doch nicht sein! Der verkleidete Kerl mutiert augenblicklich zu der allseits beliebten Diva. Die Stimme? Das ist doch die Leander! Gleich darauf, wie aus dem Nichts, tauchen hinter dem Vorhang sechs Sänger auf, die mit den Fingern schnippend im Stile der Comedian Harmonists den Vortrag der Künstlerin klangvoll untermalen, indem sie mit ihren Stimmen täuschend echt Instrumente nachahmen.

Vollkommen aus ihrem tristen Dasein entführt lauschen die Männer, wie der zur Frau gewandelte Kamerad in Begleitung der mit den Stimmen imitierten Balalaikas herzzerreißend die *Rose von Nowgorod* besingt.

Ja, da werden, wenn man genau hinsieht, auch einige Augen der Wachposten feucht. Ganz zu schweigen von den Deutschen. Sie lassen es schamlos zu, dass ihnen die Tränen an den bärtigen Wangen hinunterlaufen. Keiner der Männer schämt sich. Sie sitzen weltvergessen auf ihren Stühlen. Und meint man, es gäbe keine Steigerung der Rührung, dann soll man eines Besseren belehrt werden, als auf vielseitigen Zurufen *Der Wind hat mir ein Lied erzählt* in ebensolch herzzerreißender Manier vorgetragen wird.

Mögen sich die russischen Wachposten über die Rührseligkeit der abgewrackten Kerle im Saal wundern. Das etwa soll die furchterregende deutsche Bestie sein, vor der Stalin und das Zentralkomitee gewarnt hat?

Am Ende des Liedes herrscht wiederum Totenstille, dann aber wird nach Leibeskräften um Zugabe gebrüllt. Ein Lied hat es geschafft, all das Leid, all das Sterben für wenige Minuten vergessen zu machen. Die Gedanken der Männer hinauszuführen in eine friedliche Scheinwelt, in der sie einst lebten und die nun zu einem Ideal, zu einem Wunschbild, zu einer beispielhaften Zukunftsutopie auferstanden ist. Dermaßen eingestimmt wird jeder nachfolgende Programmteil begeistert aufgenommen. Sogar wenn Röslein die nächste Darbietung ansagt, zeigt man ihm gegenüber offenherzig die frisch gewonnene Fröhlichkeit. Akrobaten treten auf, ein Jongleur, von dem palavert wird, dass er vor dem Krieg mit viel Erfolg im Zirkus Sarasani aufgetreten ist. Ihm folgt ein Clown, der so perfekt einen Betrunkenen spielt, dass sogar Stalin skeptisch guckt. Und dann, nach einem viel belachten, schwülstigen Männerballett, das einen äußerst vulgären Tanz aufführt, bei dem sich Tatjanas lange, dunkle Wimpern immer wieder schamvoll senken, was die Männer in ihrer Nähe zu noch tollerem Beifallklatschen animiert, da hat Röslein wieder einmal die besondere Ehre, einen außergewöhnlichen Künstler ansagen zu dürfen, der nicht nur Deutschland weit bekannt ist, sondern der bereits auch in verschiedenen Nachbarländern grandiose Erfolge für sich verbuchen kann.

Jetzt schließt Röslein seinen Vortrag in überschwänglichem Tonfall mit den Worten: »Sehen Sie selbst, verehrte Herrschaften, lassen Sie sich im wahrsten Sinne des Wortes verzaubern und empfangen Sie mit viel Applaus den großartigen, den einmaligen Magier: Alfredo Raxelli!«

Die Vorschusslorbeeren, die dem angesagten Künstler gelten, werden im Saal dankbar angenommen. Aber was soll das? Der Scheinwerfer geht aus. Auf der Bühne tritt völlige Dunkelheit ein. Man wartet gespannt. Nichts geschieht! Der Beifall wird leiser und verebbt schließlich gänzlich. Fragende Gesichter. Bei den Wachleuten entsteht eine gewisse Unruhe, und Stalin streicht sich pausenlos den Schnurrbart. Füße scharren. Und dann ... dann gibt es einen gewaltigen Knall! Und mit dem Knall erstrahlt auch der Scheinwerfer wieder. Im gleißenden Lichtkegel steht der Magier, dessen Gesicht weiß und die Augenpartie rabenschwarz geschminkt ist.

Gottfried stutzt. Er kneift die Augen zusammen, um besser sehen zu können. Wird er getäuscht? Nein! Tatsächlich! Mit vor Überraschung angehaltenem Atem springt er wie von allen guten Geistern verlassen auf und ruft: »Fred! Mensch Fred!«

Aller Augenmerk richtet sich auf Gottfried, der zunächst ziemlich konsterniert in der dritten Stuhlreihe steht und sich kurz darauf auch nicht von den nach ihm greifenden Händen davon abhalten lässt, nach vorne auf die Bühne zu stürmen. Fred Bergmann alias Raxelli hat die Situation geistesgegenwärtig erfasst, und indem er Gottfried seine Hand entgegenstreckt, teilt er den ebenfalls aufgesprungenen Wachposten in stammelndem Russisch mit, dass dieser angebliche Zwischenfall zur Darbietung gehört. Halbwegs deplatziert im Scheinwerferlicht stehend erkennt Gottfried seine Dummheit. Hier gehört er nicht hin. Doch Fred begrüßt ihn mit einer Umarmung, wobei er Gottfried zuflüstert, sich nichts anmerken zu lassen, sondern einfach mitzuspielen, er werde das Ding schon deichseln. Im gleichen Augenblick zieht Fred ihm eine brennende Zigarette aus dem Ohr.

Gottfried schaut dermaßen verdutzt drein, dass im Publikum tosendes Gelächter entsteht. Aber damit nicht genug. Fred tut einen tiefen Zug an der Zigarette, steckt diese in Gottfrieds linke Jackentasche, zeigt seine leere Hand vor, und während Gottfried im Glauben, dass jeden Moment seine Jacke brennen wird, wie wild mit der Hand auf die Tasche schlägt, bläst Fred den Rauch aus, und augenblicklich greift seine leere Hand in den ausgepusteten Rauch, aus dem er eine neue, ebenfalls brennende Zigarette hervor zaubert. Das wiederholt Fred an die sechs, sieben Mal, bis dem Zauberer aus den verschiedensten Ecken zugerufen wird, die Glimmstängel endlich unter den Zuschauern zu verteilen.

Was für eine Freude, was für eine Ausgelassenheit. Einfach unglaublich, wie der das macht, und dazu das verblüfft dumme Gesicht von Gottfried. Ein Höhepunkt jagt den anderen. Zum Schluss erweist sich Raxelli nicht nur als ein durchaus perfekter Zauberkünstler, sondern auch als ein Hypnotiseur erster Güte. Ein starrer Blick in die Augen seines Gegenübers genügt, um den Kriegsgefangenen Gottfried Krahwinkel, genannt Krähe, stante pede in einen Frosch zu verwandeln, der vor den staunenden Augen der Versammlung in Hockstellung laut quakend auf der Bühne herumhüpft. Was für ein Gejohle! So was hat man ja noch nie gesehen! Was für ein Spektakel! Doch was ist das? Aus dem Gehüpfe heraus entpuppt sich der Frosch nun als ein gackerndes Huhn, das auf dem Bühnenboden vergeblich nach einem Korn sucht. Bald darauf weint und quakt Gottfried wie ein Säugling, der nicht mehr zu beruhigen ist. Beruhigen wollen sich auch nicht die Zuschauer, sie schlagen sich auf die Schenkel und wischen sich diesmal die Tränen der Freude fort. Vergessen, alles Schlechte ist vergessen, denn wo gelacht wird, kann nicht gleichzeitig geweint werden.

Und die Russen? Ja, die Russen geben sich alle Mühe ihre kaum zu verbergende Heiterkeit zu unterdrücken. Vielleicht lachen sie später herzhaft, wenn sie wieder unter sich sind?

Nachdem sich der überragende Magier Raxelli mit einem Handschlag offiziell bei Gottfried für dessen Mitwirkung bedankt und ihn auch noch bis zu seinem Platz begleitet, geht er anschließend direkt auf Stalin zu, bleibt vor ihm stehen und reicht ihm ebenfalls die Hand. Sichtlich unentschlossen zögert dieser, darauf einzugehen. Aber dennoch, womöglich ist er von dem gelungenen Abend angetan, vielleicht spielt auch das Quantum Wodka eine Rolle, das er zwischendurch zu sich genommen hat, denn es kommt zu einem kräftigen Händeschütteln zwischen Feind und Feind.

Daraufhin macht der Magier eine höfliche Verbeugung, und würdevoll schreitet er zurück auf die Bühne, worauf er die Veranstaltung mit nonchalanten Abschiedsworten, die eigentlich Röslein zugedacht waren, beendet.

Nach mehrmaligen Verbeugungen, die von Zugabe-Rufen begleitet werden, bittet er plötzlich um Einhalt, um Ruhe, was ihm auch auf Anhieb gelingt.

Was hat er vor? Was soll noch kommen?

Tja, und dann sind wirklich alle baff! An seiner Hand, die er weit über den Kopf streckt, baumelt eine Armbanduhr! Wie kann das sein, wie ist er an eine Armbanduhr gekommen? Kein deutscher Soldat, der sich in russischer Gefangenschaft befindet, besitzt eine Uhr! Die Antwort auf die Frage, woher diese Uhr stammt, sollte nicht lange auf sich warten lassen! Polternd fällt Stalins Stuhl um. Den Ärmel seiner Jacke bis zum Ellenbogen hochgeschoben, tippt er laut brüllend mit dem Finger der anderen Hand immer auf die gleiche Stelle, wo sich noch vor wenigen Minuten seine Armbanduhr befunden hat. Auch wenn all die Deutschen ihn wörtlich nicht verstehen können, so weiß doch jeder, dass Stalin wie ein Berserker flucht.

Mutig, mutig Herr Magier! Aber nein, es kam nichts nach, und alles löste sich in Wohlgefallen auf. Im Gegenteil, den Russen, allen voran der Lagerleitung, war natürlich aufgefallen, dass sich nach dem gelungenen bunten Abend die allgemeine Stimmung unter den Gefangenen erheblich gesteigert hatte, was sich zudem, zumindest kurzfristig, in deren gesteigerter Arbeitsmoral niederschlug. Also wurde diese und ähnliche Veranstaltungen zu einer festen Einrichtung.

Fred, der anscheinend einen starken Eindruck bei Stalin hinterlassen hatte, schaffte es sogar, Gottfried in die Künstlertruppe zu holen, was diesem besseres Essen und eine nicht zu unterschätzende Sonderstellung gegenüber den anderen Kameraden einbrachte. Gottfried zeigte rasch eine ungekünstelte Begabung, sich als humorvoller Assistent des Zauberers zu präsentieren. Darüber hinaus lernte er willig dessen umfangreiches Repertoire an zum Teil recht zotigen Witzen, mit denen er den bedauernswerten Schorsch Röslein schon nach kurzer Zeit zurück in die anonyme Meute zurückschickte.

Zum zweiten Mal also war es ein Bergmann gewesen, der in Gottfrieds Leben zum Besseren wirkte und es erträglicher machte. War denn der Zufall wirklich nur ein Zufall?

Von nun an stecken Fred und Gottfried die Köpfe zusammen, wann immer sich die Gelegenheit für sie ergibt, und sie besprechen Dinge, die sonst jeder für sich hätte bewältigen müssen. So bietet sich für sie wieder einmal die Gelegenheit, dass sie am frühen, bereits in Dämmerung versinkenden Abend eines anstrengenden Tages im Gespräch vertieft beisammen sind. Der Schlafsaal, in dem geschnarcht, gefurzt, gestöhnt, geflucht und geweint wird und in dem es fürchterlich nach ungewaschenen Menschen stinkt, ist eigentlich kein passender Ort für tiefsinnige Gespräche. Aber was bleibt ihnen anderes übrig, wenn ansonsten kein geeigneter Raum vorhanden ist und das Herz so voll ist, dass der Mund überquillt. Außerdem ist wegen des allseits quälenden Ungeziefers an einen ruhigen Schlaf ohnehin nicht zu denken. Da hilft auch die wöchentliche Entlausung mit der Giftspritze nicht und auch nicht das monatliche Haarescheren. Ganz abgesehen von den fiependen Ratten, vor denen die Männer besonders wachsam sein müssen, weil sie manchmal sogar die anfressen, die vor lauter Entkräftung und Müdigkeit nichts mehr mitbekommen.

Während Gottfried und Fred sich angeregt unterhalten, liegen die meisten Kameraden auf ihren Strohunterlagen und lassen hilflos und kraftlos geschehen, was geschieht. Den Blick durch die matten Scheiben der Baracke in die endlos erscheinende Schneewüste gerichtet, in der es im weiten Umkreis nur Stacheldraht und Wachtürme gibt, an denen das Auge des Betrachters bei schwindender Sicht nur mühsam Halt finden kann, sagt Gottfried mit ehrlichem Erstaunen in der Stimme: »Wie hast du das eigentlich gemacht, das mit dem Hypnotisieren? Ich war ja tatsächlich wie von Sinnen!« Doch dann schaut er argwöhnisch. »Vielleicht hast du Libsche damals ja auch hypnotisiert?«

»Quatschkopf«, erwidert Fred verärgert, »wenn in Deutschland jemals jemand hypnotisiert wurde, dann nicht Libsche allein, sondern dann wurden Millionen von Deutschen von einem viel größeren Magier willenlos gemacht.« Und nach einer knappen Pause fügt er noch trotzig an: »Aber nicht von mir, aber nicht von mir, dessen sei dir sicher!«

Einige Kameraden in ihrer Nähe murren auf ihren Pritschen, weil sie sich anscheinend von dem Gespräch gestört fühlen. Aber das hindert die beiden nicht, ihre Unterhaltung fortzuführen.

»Du hast wirklich geglaubt, ich hätte dir damals die Braut ausgespannt?«, tönt Fred los.

Gottfried kontert ebenso aufgeregt: »Meinst du, ich hätte nicht bemerkt, wie ihr euch schöne Blicke zugeworfen habt?« Doch dann zögert er, bis er eine Spur ruhiger sagt: »Als du plötzlich fort warst, ist auch Libsche verschwunden!«

Schweigend sieht Fred seinen Freund an. »Sie war eine Jüdin, stimmt's?« Gottfried nickt stumm.

Fred zeigt aufrichtige Betroffenheit. »Und du hast nie mehr etwas von ihr gehört?«

»Nein.«

Fred presst die Lippen aufeinander und schaut wieder in die frostige Landschaft. Ohne sich vom Fenster abzuwenden, sagt er schließlich: »Nach einem Auftritt in Düsseldorf, kurz nachdem ich damals von euch weggegangen bin, hat man mich verhaftet, und nach einer Farce von Verhandlung wurde ich in ein Strafbataillon geschickt.«

»Ach! Was hast du angestellt?«, fragt Gottfried völlig überrascht.

»Ich habe einen Witz auf der Bühne erzählt«, antwortet Fred gleichmütig lächelnd.

»Einen Witz?«

»Ja, einen Witz!« Nun lacht er laut. »Also hör zu! Ich bin damals mit zwei dressierten Schweinen aufgetreten, die ich von einem plötzlich verstorbenen Artistenkollegen übernommen hatte. Die Schweine hießen Eva und Adolf.« Mit dem Zeigefinger zieht Fred grinsend das Unterlid seines rechten Auges herunter. »Gleich zu Beginn meiner Vorstellung hatte ich dem Publikum gesagt: Verehrte Damen und Herren, darf ich vorstellen, das ist Eva! Und mit einem Hinweis auf die andere Sau meinte ich nur, dass ich den Namen nicht nennen möchte, denn wegen dieses Schweines habe ich nach meinem letzten Auftritt Ärger bekommen.«

Jetzt lacht auch Gottfried.

»Tja, du lachst«, meint Fred lakonisch. Die Parteileute, die in der ersten Reihe saßen, die hatten das allerdings in den falschen Hals bekommen und fanden das gar nicht lustig.« Wieder Schweigen. Dann dreht sich Fred zu Gottfried um. »Und du, was hast du so getrieben?«

»Oje, das ist eine lange Geschichte«, beginnt Gottfried. »Wenn ich mir recht überlege, dann habe ich ebenfalls viele Schweinereien erlebt, die mich letztendlich in diesen Saustall hier geführt haben.«

Und nach all den abenteuerlichen Erlebnissen, die ihm in den vergangenen Jahren widerfahren sind, berichtet Gottfried abschließend schwärmend von Königsberg und von seiner lieben, wunderschönen Frau, die ihm ein

Kind geschenkt hat, das er leider noch nie gesehen hat. Als er seine Erzählung abrupt beendet, fragt er übergangslos: »Du Fred, glaubst du, dass der Krieg bald zu Ende ist?«

Fred zuckt mit den Schultern.

Gottfried bohrt weiter. »Was meinst du, haben wir den Krieg gewonnen oder haben wir ihn verloren?«

Fred blickt nachdenklich und sagt: »Ich weiß es nicht! Aber eigentlich ist es ganz gleichgültig. Ich weiß nur, wer unterdrückt wird, verliert die Freiheit. Wer aber unterdrückt, hat sie schon längst verloren. Außerdem bin ich davon überzeugt, dass wir, wenn wir ihn gewinnen, sehr viel mehr verlieren als die Freiheit. Und damit meine ich nicht nur materielle Werte oder all die vielen Menschen, die uns nahegestanden haben, es ist in erster Linie der Respekt vor uns selbst, der dabei vor die Hunde geht. Und was genau so schlimm ist, der Sieger verliert die Angst. Aber die Angst lehrt uns, Respekt voreinander zu haben. Also gehören die Angst und der Respekt wie Geschwister zusammen. Und wenn die Angst und der Respekt vor uns selbst verloren geht, dann Gnade uns Gott!«

Gottfried überlegt einen Moment, schließlich fragt er: »Glaubst du denn an Gott?«

Wieder lacht Fred. »Wie kann ich als Zauberer an einen Gott glauben, wenn ich selbst mit ein paar Taschenspielertricks das Geheimnis des Unverständlichen entlarve. Nein, nein, das mit Gott ist nur so eine Floskel, die den Menschen von klein auf gefügig machen soll, um die Sehnsucht nach dem ewigen Geheimnis des Lebens zu stillen. Glaub mir, für alles gibt es eine schnöde, weltliche Erklärung, die aus sich selbst heraus einen Sinn ergibt, genauer gesagt, die Erklärung ist bereits der Sinn des Lebens. Dennoch stehen wir Menschen staunend davor, können es nicht begreifen und sagen dann, wie bei einem Zaubertrick, vom Wunder der Schöpfung überwältigt, das ist Gotteswerk!«

Gottfried staunt über sich selbst, dass er sich wegen Freds lästerlichem Argument plötzlich persönlich angegriffen fühlt. Tante Grete hatte wohl über die Jahre hinweg, in denen sie ihn mit ihren frommen Sprüchen und Redensarten beinahe kirre gemacht hatte, einen irrealen Widerstand gegen Gotteslästerung in sein Seelenleben eingepflanzt. Und ohne lange zu überlegen, kontert Gottfried: »Und was wäre, wenn Gott auch ein Zauberer ist, also ein besonders großer Magier, was dann?«

»Du meinst so einen, der auch mit einer Art Taschenspielertrick kaltblütig Tausende Menschen auf einmal von der Erde verschwinden lässt, wie es in einem Krieg geschieht? Abrakadabra, was gerade da war, ist nun nicht mehr da?« Fred rudert wie ein Hexer mit den Armen durch die Luft. »Ha, ha, ha, warum sollte er das tun? Ein Scheißtrick!«

Gottfried zaudert: »Na, vielleicht, damit uns die Angst erhalten bleibt und wir nicht gänzlich den Respekt voreinander und vor allem vor ihm verlieren?« Dabei zeigt er mit dem Finger zur Barackendecke.

»Mensch, komm mir doch nicht so«, ärgert sich Fred, »dann wäre Gott ja nicht der liebe Gott, wie ihn die Christen nennen, sondern dann wäre er der Teufel!«

Gottfried spürt, wie ihm das Blut in den Schläfen zu pochen beginnt. Nun ist er tatsächlich dazu bereit, den Gott, an dem er selbst immer wieder zweifelt, zu verteidigen. »O nein, dagegen wehre ich mich, anzunehmen, dass Gott Böses tut. Der Mensch ist es, der Kriege führt! Wenn überhaupt, dann benutzt Gott das Böse, damit daraus das Gute geschehen kann! Mir bleibt jedenfalls die Erkenntnis, dass der Mensch nur erntet, was er sät, und das ist, wenn man es genau betrachtet, nur gerecht.«

»Ach, jetzt komm mir nicht noch mit Gerechtigkeit!«, empört sich Fred. »Schau dich doch um, ist das etwa gerecht?« Er zupft an seinem jämmerlichen Gewand herum, und dann weist er mit der Hand kreisend in jeden Winkel der Baracke. »Ist das etwa gerecht? Ist das gerecht, dass wir wie die Tiere hier herumlungern müssen? Ist es gerecht, dass draußen hinter dem Stacheldraht unschuldige Menschen wegen dem Irrsinn einiger Halunken von Gewehrkugeln und von Bomben zerrissen werden? Dass sie in Flammen verbrennen oder vor Hunger und an Seuchen krepieren? Die hohen Herren, denen wir diesen Schlamassel zu verdanken haben, hauen sich derweil die Bäuche voll und verkriechen sich bei Sekt und Kaviar mit ihren nackten Weibern in frisch bezogene Betten. Pfui Deibel, danke für die Gerechtigkeit!«

Gottfried streicht sich ratlos über seine kurz geschorenen Haarstoppel. »Aber Fred«, klagt er, »wir dürfen doch nicht an der Gerechtigkeit zweifeln. Das wäre ja furchtbar. Die Gerechtigkeit gibt uns letztendlich die Hoffnung, dass sich doch noch alles zum Guten wenden wird! Ich will dir ganz klar sagen, dass ich nicht irgendeine vom Menschen formulierte Gerechtigkeit meine. Nein, ich meine die Gerechtigkeit, die uns von Gott gegeben ist. Die er uns durch die Schrift vorgegeben hat, damit sie sich in uns zur Moral wandelt.« Gottfried gerät so richtig in Fahrt. »Und damit das funktioniert, muss die Gerechtigkeit in jedem Augenblick des Lebens wie eine Geliebte hofiert werden!«

»Nein, mein Freund«, mischt sich Fred ein, »so einfach darfst du es dir nicht machen. Die Gerechtigkeit ist kein himmlischer Selbstläufer, auf die man hoffen kann, wenn man bereits in der Scheiße sitzt. Die Gerechtigkeit ist keine Geliebte, sie ist eine Hure. Und wer zur Hure geht, der muss sich nicht wundern, wenn er eines Tages für sein schändliches Verhalten bezahlen muss.« Völlig desillusioniert meint er noch: »Aber nicht nur die Gerechtigkeit ist eine Hure, auch die Moral, von der du sprichst. Auch die Moral hebt hitzig ihre Röcke, wenn es der Lust nach dem Leben guttut! Da macht auch kein Gott, vor allem nicht deiner, etwas dagegen!«

Gottfried beginnt seine verschlissene Arbeitskleidung auszuziehen, um sich schlaffertig zu machen. Mit ausgemergeltem Körper, an dem die Rippen wie die Gräten eines abgenagten Fisches hervorstechen, steht er Fred gegenüber und sagt: »Wenn es keine Gerechtigkeit gibt, wie du sagst, und keine Moral, na du lieber Himmel, das hieße ja, dass es auch keine Hoffnung mehr geben würde, aber dafür immer wieder Diktatoren, die die Lust nach dem Leben ausnutzen. Nein, das kann und will ich nicht hinnehmen! Es darf doch nicht sein, dass es immer wieder Führer wie den ollen Wilhelm oder Hitler geben wird, die das Volk unter Androhung von harten Strafen wie ungehorsame Kinder erziehen wollen, damit sie so dressiert in deren Wahnsinn einen Sinn finden mögen.« Er überlegt einen Augenblick, dann sagt er im Brustton der Überzeugung: »Ich weiß, was den Menschen fehlt, Fred. Den Menschen fehlt die Weisheit. Leider verwechseln sie ihre Intelligenz mit Weisheit.« Indem er drei, vier Kniebeugen vollführt, spricht er außer Atem gekommen: »Ich bin sogar der festen Überzeugung, dass Intelligenz die höchste Stufe der Dummheit ist. Der Punkt aber ist, dass es außer der allgemeinen Dummheit nur die Weisheit gibt, die das Leben lebenswert machen würde. Weisheit aber ist nicht Menschendenken. Weisheit bekommt man geschenkt, für die Dummheit muss man allerdings oft teuer bezahlen. Ja, Fred, ich sag es dir, Weisheit ist ein Geschenk Gottes, das leider nur sehr selten ausgepackt wird. Und hier liegt der Knackpunkt, warum es keine wirkliche Gerechtigkeit auf Erden gibt. Weil die Weisheit nämlich auch die Mutter der Gerechtigkeit ist und nicht der charakterschwache Verstand des

Menschen!« In sein Keuchen mischt sich ein zynisches Lachen. Nachdem er Hemd und Hose gewechselt hat, befeuert er Freds Nachdenklichkeit noch mit der Einsicht, dass die Intelligenz der eigentliche Diktator ist, denn der angebliche Fortschritt einer Gesellschaft, der am Ende nur der Intelligenz dient, entstammt immer dem Genius Einzelner und ist nie den Köpfen der Mehrheiten zuzurechnen. Und als habe er tatsächlich Weisheit empfangen, legt Gottfried bedeutungsvoll seine Stirn in Falten. »Aber gerade darin verbirgt sich die nicht zu unterschätzende Gefahr«, doziert er weiter. »Die Gefahr, die von der Intelligenz ausgeht, besteht darin, weil das Volk immer und alles schluckt, was ihnen die Intelligenten vorkauen. Sie schlucken und schlucken, ganz gleich, ob ihnen der Fraß anschließend Magenschmerzen bereitet. Dabei ist es ganz nebensächlich, ob ihnen der ungenießbare Brei eines Diktators aus dem Halse würgt oder ihnen die Demokratie ihr ungenießbares Süppchen gekocht hat. Denn auch die Demokratie ist eine Art von Diktatur, die sich nur als volksnah tarnt, wie uns der Reinfall von Weimar gezeigt hat. Die Demokratie ist zwar die humanste Form der Diktatur, aber dennoch: Beim Feilschen um Mehrheiten bleibt am Ende auch da das Gesamtwohl der Gesellschaft auf der Strecke, weil doch wieder nur wenige das Sagen haben. Dementsprechend ist es äußerst wichtig und richtig, aus den Fehlern der Vergangenheit zu lernen, damit die erstrebte Freiheit nicht immer und immer wieder uniformiert daherkommt.«

Gottfried schaut breit grinsend an sich herunter. »Und am Ende wird man dann doch wieder Streifen tragen!«

»Mensch Kerle, haltet doch endlich die Schnauze! Legt euch hin, macht eure Augen zu und gebt Ruhe! Morgen früh ist die Nacht um«, raunzt es vom obersten Matratzenlager herunter.

Lieber Heiland, lass uns sterben

Bibel:
»*Und hatten Panzer wie eiserne Panzer, und das Rasseln ihrer Flügel wie das Rasseln an den Wagen vieler Rosse, die in den Krieg laufen; und hatten Schwänze gleich den Skorpionen, und es waren Stacheln an ihren Schwänzen; und ihre Macht war, zu beschädigen die Menschen fünf Monate lang.*«
Offenbarung 9/9-10

Adolf Hitler:
»*Also kann umgekehrt ein Staat als schlecht bezeichnet werden, wenn er, bei aller kulturellen Höhe, den Träger dieser Kultur in seiner rassischen Zusammensetzung dem Untergang weiht.*«
Aus *Mein Kampf*, Seite 435, Kapitel: *Gesichtspunkte für Bewertung eines Staates.*

Joseph Goebbels:
»*Im Übrigen leisten die Sowjets sich den schaurigen Scherz, ihre von uns festgestellten Gräueltaten in Ostpreußen als deutsche Erfindung zu bezeichnen und darüber hinaus zu behaupten, dass wir Zivilisten (...) selbst erschießen lassen, um Tote für die Wochenschau zu haben.*« Veröffentlicher Tagebucheintrag, den Joseph Goebbels am 3. November 1944 anlässlich der Vorkommnisse in Nemmersdorf notierte.

Hetty Krahwinkel:
Ostpreußen, du fruchtbares Land. Gottes Kornkammer du, Urheimat der Germanen vor unserer Zeitrechnung an. Land der weiten Ebenen auf der sich der Himmel in all deinen klaren Seen widerspiegelt. Wo Störche über sattgrüne Wiesen schreiten und Elche mit ihren mächtigen Geweihschaufeln stille, dunkle Wälder durchschweifen und wo in den langen, kalten Winter der wehmütige Ruf der Wölfe bis in die einsamen Dörfer dringt. Du gabst den Menschen, was sie suchten, und sie schmückten dich mit ihrer Kultur. Sie gaben dir in Königsberg eine Universität, aus dir entsprossen Bibliotheken, Museen, Theater und Kunstschulen, doch das Bodenständige hast du dir trotz allem bewahrt, weil man dankbar annahm, was der ertragreiche Boden reichlich schenkte: Nahrung, Glück und Zufriedenheit.

Seit Anfang des 13. Jahrhunderts von Christen besiedelte Heimat, wer dich zerstört, zerstört alles, wofür du gekämpft, geliebt und gelebt hast. Eisige Jahreszeiten und kurze heiße Sommer konnten dir nichts anhaben, sie prägten nur dein natürliches, dein freundliches Gesicht, in das man vor Wonneschauer und Ergriffenheit schaute. Gottesfürchtig und naturverbunden wechselten sich die Generationen auf dir ab. Sie besorgten in Ehrfurcht ihre Höfe und das Vieh … bis das Böse im Menschen alles zunichtemachte. In Wirklichkeit ist der Mensch der Wolf, stets auf der Lauer, um zu reißen, was ihm vor das gierige Maul kommt. 700 Jahre deutsche Geschichte ausgelöscht. Es darf nie mehr sein, was einmal war! Lebewohl Heimat.
Tagebucheintrag meiner Mutter Hetty Krahwinkel, am 8. Mai 1945.

†

Für einige der einheimischen Bevölkerung ist Ostpreußen zum Sommeranfang 1944 immer noch wie eine friedliche Insel in den aufbrausenden Wogen eines ringsum entfesselten Krieges. Aber als bereits im Frühjahr all die vielen Evakuierten, darunter meist Kinder aus den bombengefährdeten Großstädten des Reiches, und da vor allem aus Berlin, nach Ostpreußen gekommen sind, da ahnten wohl schon die meisten, dass auch bei ihnen der Frieden recht brüchig ist. Dennoch hofften sie zu dieser Zeit weiterhin, dass es so schlimm nicht kommen wird. Allerdings bringt solch eine angespannte Lage emotional eine große Unruhe mit sich, die immer dann entsteht, wenn Ahnen und Hoffen im Kampf um die Vormachtstellung ringen.

Und diese Unruhe packt nun in verstärktem Maße zuallererst jene Grenzbevölkerung, die den russischen Einzugsgebieten nahe wohnen. Jetzt hört man plötzlich, wie schon zu Beginn des Russland-Feldzuges, wieder den Kanonendonner grummeln. Wenn auch fern, jenseits der ostpreußischen Grenze. Allerdings schreckten vor kurzem bereits vereinzelte feindliche Flugzeuge die Einwohner auf. Den verstörten Bauern auf den Feldern ist da nichts weiteres übrig geblieben, als Deckung in den Ackerfurchen zu suchen, und die eingespannten Pferde haben wiehernd die Flucht ergriffen. Das ist aber nur ein Geplänkel gewesen, die Vorboten eines noch ausstehenden, alles vernichtenden Schlages.

Die erste Wucht dieses Unheils bekommt Königsberg zu spüren. In den Nächten vom 26./27. und 29./30. August 1944 wirft ein Großaufgebot der britischen Luftwaffe Brandstrahlbomben mit verheerender Wirkung auf das altehrwürdige Königsberg. Die nachfolgende Staffel ist dazu auserwählt worden, das, was noch an sichtbarem Kulturgut übrig geblieben ist, restlos zu vernichten. Dass dabei auch viele, viele Menschen ihr Leben verlieren, ist natürlich beabsichtigt. Auch Gumbinnen, Insterburg und insbesondere Tilsit bleiben von wiederholten Angriffen ebenfalls nicht verschont. Aber nicht nur aus der Luft wird zum Todesstoß gegen ein zu mächtig gewordenes Volk angesetzt. Bereits am 22. Juni 1944 hat die Rote Armee ihre Großoffensive eingeleitet, indem sie die deutsche Armee, die Heeresgruppe Mitte, teilweise aufrieb und damit die Ostfront ein Stück weit öffnete. Die Folge davon war, dass sich aus dem Memelland die ersten Flüchtlingstrecks in Bewegung gesetzt haben. Schließlich gelingt es der deutschen Wehrmacht doch noch, die Türe nach Ostpreußen wieder ein wenig zu schließen. Dennoch drängt General Friedrich Hoßbach, Oberbefehlshaber der 4. Armee, dringend darauf, die Bevölkerung aus den östlichen Abschnitten des Landes zu evakuieren. Dieses Ansinnen ist allerdings auf heftige Ablehnung des zuständigen Gauleiters Erich Koch gestoßen, der alles daransetzt, jegliches Handeln, das irgendwie den Verdacht nährt, Deutschland wäre verloren und besiegt, mit allen Mitteln und Verlusten zu verhindern. Das, was nach erfolgter Lage jetzt jeder im Lande weiß, soll nach Auffassung von Koch mit sinnlosem Aktionismus widerlegt werden. Jeder, der einen Spaten in der Hand halten kann, muss dabei helfen tiefe, breite Gräben zu graben, die den Feind aufhalten sollen, aber, wie sich bald herausstellt, nicht aufhalten kann. Stattdessen präsentiert dies alles den Irrsinn, den Wahnsinn, den unfähige Menschen ausbrüten, denen man einen Posten überlässt. Landleute und Bauern, die man dringend zur Ernte benötigt, stehen nun in den Gräben und werfen mit Schaufel und Spaten den Dreck über ihre Köpfe, während die Soldaten aus Mangel an Erntehelfer auf den Feldern Dienst tun müssen. Nutzlos das eine, nutzlos das andere! Ja, die letzte Ernte ist herangereift. Für den, der gewissenhaft darauf achtet, scheint das Getreide goldener als sonst zu leuchten. Doch kein Erntedanksegen wird darüber gesprochen werden. Der Himmel strahlt blauer und sein gläsern schimmerndes Gewölbe breitet sich vor den Augen des Betrachters mächtiger am schier endlosen Firmament aus als üblich. Gott zeigt in seiner himmlischen Gnade einen bildhaften Friedenssommer, der auf Erden keiner mehr ist. Beinahe wirkt alles so, als zeigten sich der Himmel und die Erde prächtiger denn je, um all denen, die bald Abschied nehmen müssen, das schönste Geschenk zu hinterlassen, das man einem Fliehenden mit auf den beschwerlichen Weg mitgeben kann, nämlich die tröstliche Erinnerung an das, was man auf ewig liebt, die Heimat, das Vaterland!

»Wo ist Vater?« Hetty sieht besorgt die Mutter an.

»Ich glaube, er ist im Stall, aber warum fragst du, Kind?«

»Weil ich mir Sorgen um ihn mache, Mutter. Er sieht in letzter Zeit so elend aus.«

Hettys Mutter stöhnt mitfühlend auf und sagt: »Ach Kind, es ist einfach alles zu viel für Vati. Der sinnlose Volkssturmeinsatz zehrt an seinen Nerven und dazu die schwere Arbeit mit dem blöden Graben.« Wieder stöhnt sie auf, wobei sie sich die Hände vors Gesicht hält. »Und über den Verlust seiner geliebten Pferde wird er nie drüber wegkommen ...« Sie stockt, ihr steigen die Tränen in die Augen. »Auch Tiere stehen in der Pflicht, ihren Teil zum Endsieg beizutragen, hat man ihm gesagt, und er hat den Soldaten, die mit den Transportern auf den Hof gefahren kamen, zornig mit der Faust gedroht. Ja, so ist Vater, ihm geht nichts über seine Tiere. Nur gut, dass sie uns Hänsel und Gretel gelassen haben. Aber dennoch, ich weiß nicht, wie er es verkraften wird, wenn wir vielleicht sogar den Hof für immer verlassen müssen. Viele aus dem Ort sind ja schon im Herbst fortgegangen.« Liebevoll nimmt sie ihre Tochter in die Arme. Mit tränenerstickter Stimme sagt sie, um Beherrschung bemüht: »Aber wir haben alle unser Schicksal zu tragen, jeder für sich.«

Hetty sieht ihre Mutter mit großen Augen an. »Beruhige dich, Mutter«, bittet sie.

Daraufhin küsst Hilde Hallmann sie innig auf die Wange. »Wie tapfer du bist, Kind! Gott wird schon seine schützende Hand über uns halten, daran müssen wir fest glauben. Hörst du, glaube auch du fest daran!« Sie streicht Hetty sachte über den Kopf, als wäre sie noch ein kleines Mädchen. »Gott war ja auch in Königsberg mit dir gewesen.« Mit dem Zipfel ihrer Schürze wischt sie sich nun übers Gesicht. Sicherlich soll ihr Mann nicht sehen, dass sie geweint hat, wenn er kommt.

Hetty ist gerührt, aufgewühlt von Mutters Worten, und kopfschüttelnd meint sie: »Ich kann es bis heute nicht begreifen, wie es dazu kommen konnte. Alles ist in Schutt und Asche gelegt worden. Warum … warum nur, Mutter?«

»Ich weiß es nicht Kind, ich weiß es nicht … Ich weiß es wirklich nicht!«

»Der Oberregierungsrat, seine liebe kranke Frau, der alte Doktor Kaluweit, alle …« Hetty kann es kaum aussprechen. »Sie alle sind tot.« Bei ihren letzten Worten stiert sie, in sich versunken, zum Küchenfenster hinaus.

»Komm Kind«, sagt Hilde Hallmann plötzlich entschlossen, »wir werden jetzt den Abendbrottisch eindecken.«

Ihre Bestimmtheit reißt Hetty schlagartig aus ihrer Versonnenheit. »Wie rot der Himmel aussieht!«, wundert sie sich. »Weißt du noch, früher, als ich ein kleines Mädchen war, da hast du zu mir gesagt, dass die Engel das Weihnachtsgebäck backen, wenn der Himmel dermaßen rot leuchtete. Ist das nicht eine schöne Vorstellung? Warum bloß können wir Erwachsenen nicht unser kindliches Gemüt bis ins hohe Alter bewahren?« Zynisch klingen ihre Worte, als sie selbst verbittert feststellt: »Heute würde kein Engel diesen Beschuss überleben!«

Hilde stellt ohne einen Kommentar die Teller und Tassen auf den Tisch. Mühselig lächelnd schaut sie ihre Tochter an. »Wir hätten im August mit den anderen fortgehen sollen«, bemerkt sie leise.

»Hätten wir Vater alleine zurücklassen sollen?« Hetty ist wirklich erstaunt über Mutters Gedanken. »Du weißt doch auch, dass nur Frauen, Kinder und Alte evakuiert wurden. Und? Weit sind sie auch nicht gekommen.« Hetty sagt es beinahe vorwurfsvoll, während sie das Brot abstellt.

Unschlüssig steht Mutter vor ihr. Nervös gleiten ihre Hände über die Schürze. »Aber jetzt, jetzt ziehen wieder viele los, seit der Russe bei Schirwindt eingedrungen ist. Sie fliehen von überall aus den Grenzgebieten. Ich habe von endlosen Trecks gehört.« Sie macht eine kurze Pause. »Meinst du nicht, es wäre besser, wir würden auch …«

Hetty, die damit beschäftigt ist, den Kamillentee aufzubrühen, dreht sich erstaunt vom Ofen um. »Aber wo sollen wir denn hin? Mutter, ich frage dich allen Ernstes, wo sollen wir hin? Im Westen tobt doch auch der Krieg! Deutschland ist eingekesselt, Deutschland ist verloren!«

»Kind!« Hilde Hallmann hält sich erschrocken die Hand vor dem Mund. »Das darfst du doch nicht laut sagen.« Unwillkürlich blickt sie zum Fenster hinaus und sagt viel leiser: »Das darfst du noch nicht einmal denken!«

Hetty beendet abrupt die Unterhaltung. »Ich hole jetzt Vati.« Sie ist im Begriff, zur Tür zu gehen, da wird sie von ihrer Mutter zurückgehalten. »Schneide bitte die Wurst auf und stell schon die Kanne auf den Tisch, ich werde Vater Bescheid sagen. Bei dir wird er doch wieder eine Ausrede finden, nicht sofort mitzugehen.« Indem sie zur Wanduhr schaut, meint sie noch lächelnd: »Mich wimmelt er nicht so schnell ab!« Kurz darauf schlägt die Türe hinter ihr zu.

Rasch schneidet Hetty die Wurst in Scheiben, um gleich darauf den dampfenden Tee zum liebevoll gedeckten Tisch zu tragen. Sie geht schließlich zum Fenster und öffnet es weit. Die Kälte nimmt ihr fast den Atem. Wieder beeindruckt sie der Himmel, der bei geöffnetem Fenster aber nicht mehr friedlich wirkt. Dumpfes Grollen rollt drohend am Himmelsgewölbe entlang. Sie atmet tief ein. Nein, es ist auch nicht mehr der vertraute Geruch, der sich ihr nun wie ein Makel in der Nase festsetzt. Das Land hat seine Sinnlichkeit, seine Fruchtbarkeit verloren. Die Ernte des vergangenen Jahres hat nicht die Scheunen gefüllt. Statt nach fruchtig würzigem Erntedank riecht sie nun Pech und Schwefel. Eine neue, gänzlich andere Saat ist aufgegangen. Eine Saat, die in der Hölle gereift war, wollte nun eingefahren werden.

Wie lange sie am Fenster steht, ist ihr nicht bewusst. Es ist der gellende Schrei der Mutter, der sie aus ihren Gedanken reißt. Schnell rennt sie zum Stall.

Zunächst kann Hetty nichts Genaues erkennen. Die Stalltüre steht halb offen, und von außen dringt nur wenig Licht nach innen. Was sie hört, ist bloß das vertraute Schnauben der beiden Pferde. Ansonsten ist alles still. Als hätte sie eine unsichtbare Hand an der Schulter festgehalten, bleibt sie zögerlich im Eingang stehen.

»Mutter«, flüstert sie bange. »Mutter!« Ihre Augen gewöhnen sich allmählich an das Zwielicht. Es kommt ihr so vor, als hätte sie eine Kirche betreten. Es ist die Stille, die nach dem Schrei etwas Feierliches angenommen hat. Etwa zehn Meter von ihr entfernt befindet sich ein menschlicher Schatten. Jetzt, in diese Stille hinein vernimmt sie das Gebet der Mutter, sie ist der Schatten. Behutsam schreitet Hetty voran. Seitlich neben der Mutter angekommen will sie ohne Zögern weitergehen, um zu erkennen, was der Grund des Gebetes sein mag, doch sie wird von ihr am Arm festgehalten. Der Griff ist fest. Er ist nicht nur zurückhaltend, er fühlt sich zudem an, als würde er nach Halt suchen. »Geh nicht weiter, Kind!« Mutters Stimme ist verändert, fremd, kratzig. Der Schrei hat ihr den warmen Tonfall geraubt, weil ihre Augen den kalten Tod sahen. Mochte sich der grausige Geselle längst fortgeschlichen haben, aber die Aura seiner Anwesenheit hat er zurückgelassen. Sie hängt nun an einem langen Strick als lebloser Körper des Vaters vom Heuboden herab.

Es ist ein kühler, trüb nebeliger Tag etwa um die Mittagsstunde, als Tage später eine Gestalt auf Hallmanns Hof wankt. Hetty ist es, die sie als Erste vom Küchenfenster aus bemerkt. Sie kann aber nicht genau erkennen, ob es sich dabei um eine Frau handelt oder um einen Mann. Der lange Mantel und der durch ein Tuch vermummte Kopf der sich nahenden Kontur gestalten dieses Geheimnis. Zunächst vermutet Hetty, einen Betrunkenen vor sich zu haben.

»Mutter, Mutter komm rasch!«, ruft Hetty.

Frau Hallmann, die gerade in der guten Stube beschäftigt ist, eilt vom dringlichen Ruf der Tochter erschrocken herbei. »Was ist denn, warum bist du so aufgeregt?«

Mit dem Finger deutet Hetty zum Fenster. »Schau nur, wer mag das sein? Was will er?«

Ratlos kneift Mutter die Augen zusammen, um besser erkennen zu können.

»Ich weiß es auch nicht, aber wir werden mucksmäuschenstill sein! Wer weiß, was diese Person im Schilde führt? Es streifen genug undurchsichtige Gestalten umher!«

»Du hast ja Angst, Mutter!«

Von der Feststellung ihrer Tochter bedrängt, dreht sich Hilde Hallmann um. »Wem kann man denn heutzutage noch trauen? Jetzt, wo die Zeit aus den Fugen geraten ist. Ist es da ein Wunder, wenn man sich ängstigt?«

»Und wenn er unsere Hilfe braucht? Es sind so viele armselige Flüchtlinge unterwegs, die alles verloren haben.«

Mutters Augenbrauen ziehen sich ernst zusammen. Ihre Worte klingen energisch. »Sicher, da hast du recht, aber was besitzen *wir* denn noch? Was ist *uns* geblieben? Die Pferde hat man uns genommen. Wir haben, Gott sei seiner Seele gnädig, Vater verloren, und sicherlich wird man uns auch bald Land und Hof rauben.« Mit brüchiger Stimme weist sie daraufhin, dass sie vielleicht auch noch das Leben hergeben müssen.

Hetty kommt nicht mehr dazu, ihr darauf zu antworten, weil es in diesem Augenblick fordernd an der Tür schlägt. Erst als das Klopfen schwächer und schwächer wird, besinnen sich die Frauen und öffnen dann doch vorsichtig die Tür. Herrje, was für ein Erschrecken packt sie in der Brust, als sie feststellen, wer da Einlass fordert. Zu ihren Füßen liegt jemand, den sie gut kennen. Die Schwägerin, die Tante ist es, die schwer verletzt und am Rande der völligen Erschöpfung und blutverschmiert vor ihnen liegt. Es braucht eine Weile, bis man aus der Wirrnis ihrer Worte herausbekommt, dass sie sich in der Hoffnung, ihre Schwägerin noch daheim anzutreffen, mit letzter Kraft hergeschleppt hat. Stückweise und abgehackt sprechend deutet sie solch unglaubliche Grausamkeiten an, die sich dort, wo sie herkommt, abgespielt haben, dass Hetty und Frau Hallmann bar jeder emotionalen Regung sprachlos lauschen. Ihre Seelen scheinen sich schützend tot zu stellen. Was auch kann man darauf sagen? Wie kann man nach dem ungeheuerlichen Wüten Trost spenden? Der menschliche Trost ist viel zu milde dazu, wenn die Hölle tobt.

Also erfahren sie, dass der Russe und dessen ungezügelte Rache auf alles, was Deutsch ist, in ihrem Heimatort eingefallen ist.

Frau Hallmann lässt es dann nicht weiter zu, dass sich die Schwägerin mit ihren Schilderungen selbst quält. Zudem müssen zuallererst ihre schlimmen Wunden, wenn auch zunächst notdürftig, versorgt werden.

Bald darauf wäscht man sie und legt ihr ein Nachthemd an. Von den beiden Frauen gestützt gelangt sie schließlich in ein frisch zurechtgemachtes Bett. Der Arzt ist leider nicht mehr zu erreichen, denn auch der hat sich inzwischen wer weiß wohin abgesetzt.

Nach einigen Tagen intensivster und hingebungsvollster Pflege beginnt der bis dahin nur noch schwach glimmende Lebensfunke der Geschändeten wieder ein wenig heller aufzulodern. Was zur Folge hat, dass sich die Schwägerin an einem Morgen, der, dem ungetrübten Himmel nach, klares Wetter für den Tag verspricht, für Hilde und Hetty völlig überraschend mit an den Frühstückstisch setzt. Verhalten ruhig geht es anfangs dabei zu. Keine der Frauen spricht über das Nötigste hinaus. Es fühlt sich fast so an, als müsse ein Geheimnis, das längst kein Geheimnis mehr ist, streng bewahrt werden. Nur ab und zu sehen Hetty und Hilde mitleidig zu ihrem Pflegling hin. Die Verletzte hat noch große Schmerzen, das ist ihr anzusehen. Sie hat sogar

Schwierigkeiten, das in den Tee getunkte Stück Brot hinunterzuschlucken. Wie viel Hass muss auf diese einst schöne, junge Frau geprallt sein. Abgesehen davon, dass ihr gesamter Körper mit blutunterlaufenen Striemen und blaulila Flecken übersät ist, man ihre Brustwarzen zerbissen hat und die Blutung in ihrem Unterleib nur langsam nachlässt, zeigen sich ihre Augen immer noch von Faustschlägen zugeschwollen. Dazu die aus der Form geratene Nase, die wie die Wangenknochen mehrmals gebrochen ist. Und wenn sie ihre aufgeplatzten Lippen öffnet, fehlen ihr die oberen und unteren Schneidezähne.

Hetty und Hilde machen keinen Hehl daraus, dass es für sie nur schwer erträglich ist, dies mit anzusehen, mitfühlen zu müssen. Aber noch haben sie sich nicht getraut, nachzufragen, wie es überhaupt dazu kommen konnte. Umso verwunderter sind sie, was sie an diesem Morgen völlig unerwartet zu hören bekommen.

»Die Russen!«

Entgeistert sehen sich Hilde und Hetty an. Dann hören sie es wieder.

»Die Russen!« Liesbeth Hallmann beginnt zu zittern. »Tot gestellt, ich habe mich totgestellt, sonst hätten sie sicher nicht von mir abgelassen!« Augenblicklich gibt sie auch ihren Seelenschmerz preis. Sie weint und weint. Sie jammert und schreit. Hetty und Hilde halten sich schützend die Ohren zu, als würden sie befürchten, vom Kummer der anderen irrezuwerden. Als Liesbeth gänzlich die Worte versagen, liegen sich die drei Frauen weinend in den Armen. Aber der erste Schritt ist getan. Im Laufe des Tages drängt es Liesbeth, sich vollends von der Seelenlast befreien zu wollen. Denn die Frage muss man sich stellen, wie viel ein Mensch ertragen kann, bevor er endgültig am Seelenschmerz zerbricht. Immer neue, immer schrecklichere Details kommen ans Tageslicht. Was Liesbeth stoßweise schluchzend und äußerlich bebend hervorsprudelt, ist an unvorstellbaren Grausamkeiten nicht zu überbieten.

Fassungslos sitzen Hilde und Hetty mit aufgeregt glühenden Wangen neben Liesbeth am Küchentisch, auf dem eine fast geleerte Flasche Holunderbeer-Wein steht.

»Auf einmal waren die Russen im Ort. Es gab auch für die vielen Flüchtlinge, die sich dort aufhielten kein Entrinnen mehr. Die Russen haben nicht nur den Einheimischen alles zerstört, nein, auch sind sie noch über die ankommenden Trecks hergefallen. Das ohnehin wenige Gepäck, das die Vertriebenen bei sich hatten, wurde geplündert, zerrissen oder einfach weggeworfen, um anschließend von den nachrückenden Panzern überrollt zu werden. Dass sich unter den Fliehenden auch Hochschwangere oder Wöchnerinnen befanden, wen interessierte es, die jedenfalls nicht. Wie die Vandalen haben sich die Russen auf den Straßen und in den Häusern aufgeführt. *Plündert, raubt, schändet ... euch gehört Deutschland!*, so haben die russischen Offiziere den Soldaten zugerufen und sie damit noch mehr zu all dem Frevel angestachelt.«

Liesbeth trinkt zügig den Rest Wein aus ihrem Glas. Sie kann über das, was sie erlebt hat, im Moment nicht weitersprechen. Aber das Schweigen dauert nicht lange an. Zu viel Unausgesprochenes drängt, erzählt zu werden. In schwachem Tonfall spricht sie plötzlich wie eine Unbeteiligte darüber, dass sich bei einem Gehöft unweit der Stadt ein Leiterwagen befand, an dem vier nackte Frauen in gekreuzigter Stellung angenagelt hingen.

Ja, es kling tatsächlich gleichgültig, beiläufig. Auch der folgende Satz, dass sie das gleiche Bild auch an weiteren Scheunentoren gesehen hat, wo ebenfalls malträtierte Frauen an Nägeln befestigt waren, trifft diesen teilnahmslosen Tonfall. Überall lagen tote Zivilisten jeglichen Alters und Geschlechts, ebenfalls bestialisch ermordet. Alte Frauen, denen durch einen Axthieb oder Spatenhieb der halbe Kopf fehlte. Auch waren Säuglinge mit durchgeschossenen Köpfchen zu sehen. Andere wiederum hatte man, wie erzählt wurde, mit ihren Köpfchen an die Wohnstubenwände geschmettert. Die Mädchen, die meisten noch Kinder, aber auch Greisinnen rannten blutig, vergewaltigt und geschändet hilflos umher. Auch alte Männer, Greise, blieben nicht verschont. Einem Alten hatten sie eine Mistgabel durch die Brust gestoßen und auf den Misthaufen geworfen. Einen anderer fand man in seiner Küche, die Zunge auf dem Tisch festgenagelt.

Als Liesbeth es ausgesprochen hat, beißt sie sich dermaßen heftig auf ihre ohnehin lädierten Lippen, dass diese wieder zu bluten anfangen. Die Worte quälen sie so sehr, dass sie wohl ihren Mund bestrafen muss. Dennoch, ihre Seele will sich von den scheußlichen Erlebnissen befreien. »Ich lüge nicht, ich fantasiere nicht!«, schluchzt sie fast entschuldigend. »Die deutschen Soldaten haben von all dem Gräuel Fotos gemacht, nachdem die deutsche Wehrmacht die Russen nach kurzer Zeit wieder zurückdrängen konnte.« Prüfend sieht Liesbeth in die fassungslosen Gesichter, die sie regungslos anstarren. »Ihr glaubt mir doch, oder?«

Natürlich glauben ihr Hetty und Hilde, sie ist doch der beste Beweis, dass sie dem Teufel in die Hände gefallen war. Außerdem sind sie sich darüber im Klaren, dass jedes Leid noch größer wird, wenn man es der Lüge bezichtigt.

»Es war grausam, grausam, grausam!«, schreit Liesbeth heraus. »Unzählige Male haben mich die Bestien vergewaltigt. Anfangs habe ich ja noch versucht, mich zu wehren. Aber sie haben mich umso heftiger geschlagen und getreten. Schließlich hat mir jeder der Kerle, bevor er in mich eingedrungen ist, seinen Pistolenlauf in den Mund gesteckt und er und die Wartenden haben gelacht, so höhnisch gelacht, dass ich wirklich dachte, der Teufel selber wäre es, der seinen Spaß mit mir gehabt hätte. Als ich schließlich die Besinnung verloren habe, mussten sie wohl gedacht haben, dass ich tot bin. Als ich wieder zu mir kam, waren sie zum nächsten Haus weitergezogen, denn nun hörte ich von dort die verzweifelten Schreie der Frauen und die der Kinder.«

Liesbeth hatte tatsächlich unsägliches Unheil erlebt. Sie wusste viel, aber sie wusste noch nicht alles. Wie konnte sie wissen, dass viele der Frauen, die noch einigermaßen auf ihren Füßen stehen konnten, anschließend auf Nimmerwiedersehen verschleppt wurden. Freundinnen, Bekannte, Nachbarn, weg, wie vom Erdboden verschwunden.

Nachdem Hetty und Hilde all die brutalen Einzelheiten vernommen haben, die Liesbeth ihnen so ungeschminkt offenbart hat, sind alle drei Frauen stundenlang wie gelähmt. Jede geht grüblerisch den eigenen Gedanken nach, als müsse jede für sich das bittere Schicksal bändigen. Und als sie kurz nach der Mittagszeit bei einer Tasse Tee müde und abgespannt zusammenkommen, sagt Liesbeth unvermittelt fest und bestimmend: »Ihr müsst weg! Ihr müsst weg von hier, auf der Stelle!«

Jedoch ebenso entschlossen antwortet ihr Hilde: »Ich bleibe!« Sie tätschelt Liesbeth die Hand. »Für Hetty kann und darf ich nicht sprechen«, betont sie sanft an Liesbeth gerichtet, »aber ich, ich werde nicht gehen.« Nun rüttelt sie ihre Tochter an der Schulter. »Was ist mit dir, Kind, wirst du bei mir bleiben? Ich jedenfalls werde nie, nie, nie, nie meine Heimaterde verlassen!« Bohrend sieht sie Hetty an, die mit ratlosem Gesicht neben ihr sitzt.

Bevor sie antwortet, widerspricht Liesbeth ihrer Schwägerin heftig. »Das geht nicht, Hilde, ihr müsst weg, ihr könnt nicht hierbleiben. Soll es euch etwa so ergehen wie mir? Flieht, macht, dass ihr fortkommt! Alle fliehen, um den wütenden Gottesgeißeln zu entkommen. Das Land, unser geliebtes Ostpreußen blutet aus. Sogar das Vieh irrt umher. Rinder, Schweine, Hühner, Gänse, Hunde und Katzen, alles Viehzeug rennt davon, weil es auch die Angst gepackt hat vor den brennenden Höfen und der Mörderbande. Dieser Krieg ist die Apokalypse … dieser verdammte Krieg!« Klagend wirft sie ihren Kopf auf die Tischplatte.

Jetzt steht Hetty auf und sie beugt sich tröstend über Liesbeth. »Mutter und auch ich, wir werden bei dir bleiben, Tante. In deinem Zustand wirst du die Flucht nicht schaffen. Wir stehen dir bei. Hier in unserem Haus werden wir gemeinsam abwarten, was geschehen wird. Und überhaupt, wo soll dein Gustav dich denn finden, wenn er aus dem Krieg zurückkehrt?« Über den Kopf von Liesbeth hinweg sucht Hetty lächelnd, bei der Mutter Zustimmung, die ihr zufrieden zunickt.

Die nachfolgenden Wochen sind im Hause Hallmann einigermaßen ruhig vergangen, wenn man die katastrophale Gesamtlage berücksichtigt. Liesbeth hat sich inzwischen recht gut erholt, auch wenn ihr die Verletzungen immer noch Schwierigkeiten bereiten. Aber allein durch ihren ehemaligen Dienst in Königsberg und die dort erworbenen Fähigkeiten, die ihr Doktor Kaluweit stets ruhig und besonnen vermittelt hat, erweist sich Hetty als eine passable Krankenschwester, wie sie es seinerzeit schon bei der Frau Oberregierungsrat gewesen war. Sie versteht es auch Liesbeth gegenüber auf liebevolle Weise, Schmerzen zu lindern und eitrig entzündete Wunden zu heilen. Letztendlich sind die Frauen von Herzen froh, dass sie immer noch im Schutze der eigenen Behausung leben. Vor allem auch, weil inzwischen ungastlicher Frost und außergewöhnlich hoher Schnee das Land fest im Griff hat. Doch nicht nur die Nächte sind eisig geworden, auch am Tage ist es lausigkalt draußen. Der ostpreußische Winter herrscht, wie ihn alle Generationen vorher kennengelernt haben. Da ist man froh, wenn man in der Stube am bullernden Ofen kauert und es den Wölfen überlässt, durch die einsame, schneebedeckte Landschaft zu streifen. Die armen Menschen allerdings, die jetzt kein Dach über dem Kopf haben und stattdessen von der Angst getrieben in die frostklirrende Ungewissheit stolpern, die sind zu bedauern. Sie werden sich recht wundern, dass man in der Hölle frieren kann!

An Weihnachten kommt sogar ein wenig festliche Stimmung auf, obwohl es das erste Weihnachten ohne Vater Adalbert ist, dessen absurder Tod an jedem neuen Tag eine hässliche Erinnerung hinterlässt. Jedoch allein der feierliche Gedanke an die Geburt des Heilands gibt Hilde und Hetty trotz all dem Chaos, das um sie herumtobt, das unergründliche Gefühl von himmlischer Seelenwärme. Ja, das tiefe Empfinden, nicht von Gott und der Welt vollends verlassen zu sein. *Der Tröster ist geboren und er wird am Jüngsten Tag alle Ungerechtigkeiten richten,* das sagen die Frauen mit lächelnden Gesichtern, während sie sich unter dem strahlenden Lichterbaum gegenseitig Kraft gebend an die Hände fassen. Dabei stimmen sie sich zu, dass es auf der Welt die wahre Liebe unter den Menschen nur dann geben kann, wenn die Menschen zuallererst Gott lieben, weil Gott die Menschen in dem Maße liebt, das er seinen Sohn für die Sündenschuld der Menschheit am Kreuz sterben ließ, auch wenn im weltlichen Leben jeder sein Kreuz immer noch selber tragen muss. Und der mannigfaltige Sternenhimmel, der sich still und beherrscht über das traute Dach der selig Verlorenen wölbt, zeigt sich so klar und rein wie selten.

»Ihr werdet sehen«, freut sich Hilde, »Hitler wird den Russen rechtzeitig ein Angebot machen, damit sich der Feind im letzten Moment doch noch zurückzieht, und im Frühjahr beginnt für uns alle ein neues Leben!«

Am 13. Januar 1945 setzt der ultimative russische Großangriff auf Ostpreußen ein, wobei zuerst die russischen Flugzeuge mit verheerender Wirkung die deutschen Stellungen angreifen. Eine gnadenlose Abwehrschlacht beginnt, die sich zwei, drei Tage später besonders heftig mit starken Panzerverbänden und Mann gegen Mann auf ostpreußischen Boden ausweitet. Die scheinbar frisch eingesetzten russischen Truppen kämpfen zudem mit zahlenmäßig vielfacher Überlegenheit. Aber noch gibt sich die deutsche Wehrmacht nicht gänzlich geschlagen. Vor allem das II. Füsilier Regiment 22 tut sich im Raum Schlossberg durch zähe und erbitterten Widerstand besonders hervor. Jetzt gibt es auch vonseiten des verblendeten Gauleiters Koch kein Halten mehr. Also geschieht es, dass man den 21. Januar 1945 mit Feder und blutiger Tinte als ein einschneidendes Datum in die Analen der Geschichte schreibt. Es ist der Zeitpunkt, als die Flüchtlingstrecks, die einer Völkerwanderung gleichen, offiziell im Osten in Marsch gesetzt werden. Ziel der Vertriebenen ist es, über Elbing auf den kürzesten Weg in den Westen zu gelangen. Dieser Plan aber erweist sich wegen der gleichzeitigen Besetzung dieses Gebietes durch die Sowjetarmee als undurchführbar. Also weicht man gezwungenermaßen nach Heiligenbeil oder in Richtung Samland aus, wo sich noch eine geringe Möglichkeit auftut, mit dem Schiff nach Dänemark zu gelangen. Gedanklich bietet sich zunächst auch das zugefrorene Haff an, über das Eis die *Frische Nehrung* zu erreichen, um von dort auf der schmalen Landzunge, die das Haff von der Ostsee trennt, nach Gdingen zu gelangen, von wo aus ebenfalls Schiffe im nahe gelegenen Gotenhaven vor Anker gehen, um Tausende von Flüchtlingen aufzunehmen. Zudem hält die Frische Nehrung den Weg nach Danzig frei. Und von Danzig fahren immer noch Züge in den Westen. Doch so oder so ist die Gefahr nicht gebannt. Auch die Menschen, die in der Hoffnung auf Rettung an Bord eines Schiffes gelangen, sind noch nicht in Sicherheit und noch weniger in Freiheit. Die Flucht mit dem Schiff ist deswegen ein sehr gefährliches Unterfangen, weil jedes Schiff ohne Rücksicht auf die vielen Passagiere von feindlichen Unterwassertorpedos beschossen wird. Aber der von Furcht getriebene Mensch greift sogar inmitten eines brodelnden, tosenden Gewässers nach einem Strohhalm. Auch die schätzungsweise über 10.000 Flüchtlinge jeglichen Alters und Geschlechts, die nach langem, strapaziösem und überaus riskantem Marsch endlich erschöpft die in Gotenhaven festgemachte *Wilhelm Gustloff* erreichen, die sinnigerweise einst als Vergnügungsdampfer über das Meer geschippert ist, haben ahnungslos ihren schwimmenden Sarg bestiegen. Am 30. Januar wird das mit Menschen vollgestopfte Schiff gezielt und vorsätzlich von Torpedos beschossen und getroffen. Die meisten Frauen, Kinder und Männer ertrinken daraufhin qualvoll im eisigen Wasser der aufgewühlten winterlichen See, und nur einigen Hunderten, die unter dramatischen Umständen aufgefischt werden, gelingt es, zu überleben. Diejenigen die es nicht in den Westen schaffen, oder aus welchen Gründen auch immer zurückgeblieben sind, ergeht es nicht weniger unmenschlich. Entweder müssen sie die schlimmsten Repressalien fürchten oder sie werden auf Nimmerwiedersehen verschleppt. Etliche von ihnen sind nie irgendwo angekommen, weil sie unter anderem aus niederen Gründen während der Fahrt einfach aus dem Zug geworfen wurden. Wer hat die Tränen all derer getrocknet? Das Leid kennt nicht Gut und Böse, das Leid durchdringt alles schmerzvoll, was lebt, und es fragt grundsätzlich nicht nach Schuld! Ja, es schweigen auf ewig auch die, die unterwegs erschlagen, erschossen oder wegen Entkräftung, wie wertloses Getier in einem verdreckten Straßengraben verreckt sind.

Endsieg

Bibel:
»*Denn Gottes Zorn wird vom Himmel her offenbart über alles gottlose Wesen und alle Ungerechtigkeit der Menschen, die die Wahrheit durch Ungerechtigkeit niederhalten. Denn was man von Gott erkennen kann, ist unter ihnen offenbar; denn Gott hat es ihnen offenbart.*«
Römer 1/18-19

Hitler:
»*Wenn die nationalsozialistische Bewegung wirklich die Weihe einer großen Mission für unser Volk vor der Geschichte erhalten will, muss sie, durchdrungen von der Erkenntnis und erfüllt vom Schmerz über seine wirkliche Lage auf dieser Erde, kühn und zielbewusst den Kampf aufnehmen gegen die Ziellosigkeit und Unfähigkeit, die bisher unser deutsches Volk auf seinen außenpolitischen Wegen leiteten. Sie muss dann ohne Rücksicht auf »Traditionen« und Vorurteile, den Mut finden, unser Volk und seine Kraft zu sammeln zum Vormarsch auf jener Straße, die aus der heutigen Beengtheit des Lebensraumes dieses Volk hinausführt zu neuem Grund und Boden und damit auch für immer von der Gefahr befreit, auf dieser Erde zu vergehen oder als Sklavenvolk die Dienste anderer besorgen zu müssen.*«
Aus *Mein Kampf*, Seite 731/732, Kapitel: *Geschichtliche Mission des Nationalsozialismus.*

†

»Macht bloß, dass ihr wegkommt!«, drängt der deutsche Landser atemlos die Frauen. Am frühen Vormittag steht dieser plötzlich unbewaffnet und ohne Dienstgradabzeichen in der Küche. »Hört ihr denn nicht die Knallerei? Der Russe ist uns auf den Fersen!«

Und so gehetzt, wie der Soldat ins Haus der Hallmanns eingedrungen ist, so rasch ist er nach seiner wohlgemeinten Warnung auch wieder verschwunden.

Am ganzen Körper zitternd sehen sich die Frauen ratlos an, bis Hetty ebenso impulsiv sagt: »Er hat recht, lasst uns sofort aufbrechen! Ihr habt es ja selbst gesehen, jetzt flüchten sogar unsere Verteidiger. Er hat wohl schon sein Gewehr weggeschmissen.«

Was die deutlich hörbaren Detonationen betrifft, haben die Frauen bis zu diesem Zwischenfall geglaubt, das es sich dabei um das Abwehrfeuer der Deutschen gehandelt hat. Aber jetzt ist ihnen klar geworden, dass sich die Frontlinie ungeordnet auflöst.

»Ich werde bleiben«, sagt Hilde immer noch entschlossen. »Ich lasse Vater nicht im Stich.«

»Vater ist tot!« Hetty packt ihre Mutter energisch am Arm, als müsse sie aufgeweckt werden.

»Geh Kind«, winkt Hilde ab. »Geht ihr beide alleine, ohne mich!«

Trotzig setzt sich Hetty an den Küchentisch. »Nun gut«, tönt sie triumphierend, »dann bleibe ich auch.«

Da ist es Liesbeth, die Vernunft walten zu lässt. Mit Nachdruck weist sie auf ihre Verletzungen hin, zeigt demonstrativ ihre üblen Narben und schrundigen Wunden.

»Ihr wisst, was der Russe mit euch macht, wenn ihr bleibt.« Sie zögert. »Wenn wir bleiben, sind wir verloren, der Russe wird uns töten. Und überhaupt, alles ist doch kaputt. Nichts ist mehr so, wie es einmal war. Was hält uns noch? Was lassen wir schon großartig zurück? Nichts!«

Hilde ist fassungslos über das, was Liesbeth zu sagen hat. »Was wir zurücklassen, fragst du? Du fragst allen Ernstes, was wir zurücklassen?« Von Kummer überwältigt schreit sie hysterisch: »Die Heimat lassen wir zurück! Unser gelebtes Leben!« Sie schluchzt auf, dann fällt sie auf die Knie, und mit den gefalteten Händen hoch über ihren Kopf gereckt fleht sie laut: »Lieber Heiland lass uns sterben!«

In diesem Moment springt Hetty auf und eilt zur Tür.

»Wo willst du hin?«, ruft ihr die Mutter zu.

»Hänsel und Gretel werde ich auf der Stelle vor den Leiterwagen einspannen. Der wird besser sein als der Landauer.«

Ohne einen Widerspruch vonseiten der beiden Frauen verlässt Hetty die Küche.

Bald darauf sind sie marschfertig. Hetty hat rigoros darüber bestimmt, dass Mutter und Liesbeth auf dem vollgepackten Wagen mitfahren, während sie die beiden Pferdchen am Zügel von Gretel führt. Es gestaltet sich als ein tränenreicher Abschied, als sie endlich den tief verschneiten Hof verlassen und neben einigem Gepäck nur die Erinnerungen an wunderbare Jahre mitnehmen, die bestimmt zeitlebens von dem schauerlichen Bild getrübt werden, wie Vater mit verrenktem Hals am Balken hing.

Rasch zeigt sich, dass die Flucht ein beschwerlicher Abschied werden wird. Obwohl sich die Frauen dick angezogen haben, kriecht ihnen die lausige Kälte bis tief in die Knochen. Die Temperatur ist weit unter Minus gefallen, sodass Stein und Bein gefrieren. Hinzu kommt, dass es für sie an einer Weggabelung, die vom Hof aus auf die Hauptstraße führt, nicht gleich voran geht. Seit fast drei Stunden schon versucht Hetty, das Gespann in den endlos erscheinenden Tross der Flüchtlinge einzulenken, doch bisher hat sich keine ausreichende Lücke gefunden. Keiner der Dahinziehenden macht ihnen Platz. Einzig die beiden Pferde zeigen Gemütsruhe, indem sie mit gesenkten Köpfen auf der Stelle geduldig von einem Huf auf den anderen treten. Dann aber, als zwei oder drei Tiefflieger, allerdings ohne anzugreifen, heranbrausen, geraten Mensch und Tier in Unruhe. Wobei jenes Fuhrwerk, aus der Kolonne, das sich unmittelbar vor Hetty befindet, im Graben landet. Diesen Augenblick nutzt Hetty aus, mit den eigenen Pferden und dem Wagen aufzuschließen. Und weiter geht es.

Doch immer wieder gerät der Treck ins Stocken, weil von Zeit zu Zeit für die Fahrzeuge der deutschen Wehrmacht Platz gemacht werden muss. Im Eiltempo befinden sich diese auf dem Rückzug. Reiter und Motorräder preschen durch die Menge, dass Gespanne, Mensch und Tier ungewollt vom Weg geraten. Die beladenen Schlitten mit ihren schmalen Kufen kommen dabei besser weg, sie können die Spur halten.

Es ist schon ein rechtes Elend, was sich auf der Flucht an Schicksalen abspielt. Gespenstige Szenen rauben den trostlos dahin Trottenden oft genug jeglichen Mut und Willen. Hier und da liegt ein Alter, Kranker oder Entkräfteter, nicht mehr fähig, weiter zu laufen im Schnee, um geduldig darauf zu warten, dass er erfriert. Das Unheil hat eine hässliche Gestalt angenommen. Als verelendeter Mensch und als aufgescheuchtes Vieh zieht das sichtbar gewordene Unglück frierend und hungernd durch die eisige Trostlosigkeit. Stumm und jammernd die einen, brüllend und schreiend die anderen, und dazwischen im verwegenen Ritt die apokalyptischen Reiter. Dann verdunkelt schließlich gnädig die Nacht die Schreckensbilder, auch wenn sich die Ohren dabei nicht verschließen. Jetzt brüllt das panische Vieh aus der Finsternis heraus. Wahnsinnig vor Schmerzen, treiben die prallen, nicht gemolkenen Euter die Kühe voran ins schwarze Nirgendwo. Die Menschen reden nicht viel, nur die Kinder weinen schlaflos vor Angst und Kälte. Wenn die Kolonne wieder einmal länger anhalten muss, legt sich Hetty zu den beiden Frauen auf den Wagen. Dicht aneinander schmiegen sie sich, um die milde Wärme der jeweils anderen zu spüren. Solange sie sich wärmen, leben sie noch.

Am Morgen, nach dürftigem Schlaf, wachen sie zeitig auf. Erst einmal muss man sich gedanklich zurechtfinden. Sie wissen überhaupt nicht, wer weit vorne an der Zugspitze das Kommando hat, wer sie führt und wohin es eigentlich geht. Aber eines sagen sie sich, jeder Meter, der sie vom Feind wegführt, ist ein guter Meter. Doch als der helle Tag die Sicht freigibt, zeigt sich nichts Heilsames. Der neue Tag ist der alte, der vergangene. Die Tragödie ist nicht mit der Nacht verschwunden. Der hämische Popanz, dem es immer wieder gelingt und dabei Freude bereitet, die Welt ins Chaos zu stürzen, weidet sich auch an diesem Morgen im Spiegelbild der Grausamkeiten.

Doch es soll noch schlimmer kommen, sehr viel schlimmer kommen.

Eine Wolldecke über sich geworfen, das Gesicht mit einem flauschigen Schal vermummt, die klammen Finger im Handschuh vor Kälte gekrümmt, lenkt Hetty die Stute stumpfsinnig im Gemüt am Zügel. Auch die Pferde kämpfen tapfer gegen die Schneeverwehungen und den eisigen Wind an, der wie mit scharfer Klinge ins bloße Fleisch schneidet. Nach vorne und hinten stellt sich der Treck unüberschaubar dar. Immer neue Fuhrwerke und Vertriebene schließen sich dem Exodus an. Woher sie kommen, das wissen sie, das Ziel aber bleibt im verschneiten Grau der Welt verschwommen. Und viele werden es nicht erreichen. Jene nicht, die nunmehr ohne Hoffnung kraftlos am Wegesrand sitzen oder liegen und darauf warten, dass der Schnee ihren letzten Hauch gefriert. Und auch nicht die starr gefrorenen Säuglinge in ihren zurückgelassenen Kinderwagen, auch ihnen wird es von Stunde an versagt bleiben, in eine schönere, bessere Zukunft hineinzugehen. Mögen all diese bedauernswerten Geschöpfe endlich ihren Frieden dort finden, wo jedes gottesfürchtige Herz in großer Sehnsucht einst ewige Heimat finden wird.

Hetty spricht inständig ein Gebet vor sich hin. Sie dankt Gott dafür, dass er ihr Kind, das mit Schmerz auf die Welt gekommen, dennoch nicht leben durfte. Dass Gott ihr Fleisch und Blut vor all dem von Menschen herbeigeführten Elend bewahrt hat. Sie fragt sich, wie viel Drangsal dürfen Kinderaugen sehen, bis sie am Leben zerbrechen? Blau gefroren sitzen die noch lebenden Kindlein apathisch auf dem Gepäck und verstehen nicht, was um sie herum geschieht. Wie viel Verachtung gegenüber der herrlichen Schöpfung darf man ihnen zumuten? Nie mehr wird die Angst aus ihnen weichen, weil sie diesen grauenvollen Tod als steten Begleiter erleben müssen. Ein unmenschlicher Tod, der keinerlei Rücksicht auf die Gefühle jedes einzelnen nimmt. Wo versteckt sich jetzt die innere Freude, das Glück, wenn dem Menschen, dem Nächsten, auf diese rohe Weise Leid geschieht? Wenn vor aller Augen ebenfalls die dem Menschen innig verbundenen Tiere jammervoll krepieren? Auch wenn man wegschaut, nicht hinhören will, so sind sie doch da, die herumstreunenden, herrenlosen Hunde, die in ihrer hündischen Treue jaulend und auf der Suche nach Schutz zwischen all den müden und erschöpften Beinen und den groben Holzrädern umher rennen. Das verstörte Vieh, das einzeln oder in Herden in gebührender Entfernung aus tiefster Not brüllend die Kümmernis begleitet. Das Nötigste, ein Büschel Gras einen verdorrten Halm werden sie nicht finden, weil die Welt erfroren ist.

Über all das denkt Hetty nach, aber dann bricht das Chaos vollends los. Zunächst vibriert nur die Luft. Worauf ein tiefes Brummen zu hören ist, das schnell lauter wird. Und da kommen sie auch schon mit markerschüttertem Kreischen herangeflogen, die stählernen Vögel. Gleich werden sie ihre Krallen ausfahren. In jenem Augenblick liest sich der Himmel wie die Offenbarung für die Schutzlosen. Die Prophetie der Apokalypse ist also doch kein Ammenmärchen!

»Fliegerangriff!«, schreien die Menschen, und kurz darauf prasseln auch schon die Geschosse aus den ratternden Bordgeschützen hernieder. Wahllos schlagen sie ein. Der Bordschütze über ihnen braucht nicht zu zielen, er hat die freie Auswahl. Er trifft immer. Die Masse ist das Ziel, sie bietet sich ihm an. Er braucht das Feuerrohr nur grob in Richtung der Menschenmenge ausrichten und abdrücken. Für ihn muss es da oben in der Kanzel ein munteres Spiel sein, eine helle Freude, wenn bei jeder abgefeuerten Salve die

Menschen unter ihm niedersacken und den weißen Schnee blutrot einfärben. Die Schreie der Verletzten, die Todesschreie der Sterbenden, die Angstschreie, die Flüche und das Stöhnen, all das hört er nicht. Auch die Qual in ihren vor Schreck verzerrten Gesichtern sieht er nicht, es geht ihn nichts an. Er wird mit jedem Treffer zum Sieger. Vielleicht erfüllt Stolz seine Brust, und dieser Stolz wird, so ist es anzunehmen, bald schon mit einem Orden geschmückt werden, damit er ihn in Ehren für alle sichtbar tragen kann. Vielleicht wird man ihm auch eines Tages ein Denkmal setzen und es wird ihm völlig gleichgültig sein, wenn die Tauben auf sein Haupt scheißen.

Als Hetty, noch von Aufregung benommen, unter dem Wagen hervorgekrochen kommt, glaubt sie, sich in einem Angsttraum zu befinden. Nein, sie glaubt es nicht, sie hofft es inständig. Denn dann würde sie irgendwann aufwachen und alles wäre wieder wie vor der Katastrophe, die sich gerade abgespielt hat. Ihr erster Blick fällt auf Gretel. Das geliebte Pferdchen liegt regungslos vor ihren Füßen. Aus den Nüstern schäumt es rot, und aus dem schweißigen Fell dampft der Rest Leben hinaus.

Ein kleines Mädchen, das plötzlich neben Hetty steht und am Kopf stark blutet, zeigt mit seinem nackten Fingerlein wortlos auf Hänsel, der ein wenig abseits auch im Schnee liegt, aber noch wild mit den Hinterläufen strampelt, als gelänge ihm dadurch die Flucht. Weg, weg, nur weitgenug weg von den Menschen! Jetzt erst erkennt Hetty, dass Hänsels Bauch längs der Flanke ein Stück weit aufgerissen ist. Bei ihm dampft das Gedärm.

Bis ins Mark bestürzt hält sich Hetty die vereisten Handschuhe vor den Mund. Ihr Blick wandert außer Kontrolle geraten im Kreis umher. Überall liegen tote oder verletzte Pferde. Liegen Menschen, die sich krümmen oder wild gebärdend hin und her wälzen. Viele, die regungslos sind. Und in der Ferne brummen die Flugzeuge leiser und leiser werdend. Weiter vorne gibt es noch viel für die Schützen zu tun, den Rest übernehmen mit Sicherheit die nachfolgenden Kettenfahrzeuge, die auf dem befohlenen Weg nach Berlin alles niederwalzen werden, was sich ihrem kolossalen Stahl in den Weg stellt. Ihre alles überrollenden Ketten werden eine tragische Hinterlassenschaft zurücklassen, dessen darf man sich sicher sein. Es bedarf nur wenig Fantasie, was von Mensch, Tier und Bagage übrig bleibt, wenn tonnenschwere Ketten alles Weiche unter sich zermalmen.

»Nein, nein, oh Gott im Himmel, nein!«, stöhnt Hetty auf und die Augen des noch lebenden Pferdes treffen sie vorwurfsvoll. Sie befürchtet, jeden Moment den Verstand zu verlieren. Sie weiß nicht, was sie tun soll. Auch das Mädchen ist verletzt, sie muss ihm sofort helfen. Aber wo ist es denn hin? Da, wo es eben stand, ist nur noch eine Blutlache von ihr zurückgeblieben.

Die Ersten, die sich von ihrem Schrecken, von ihrer Fassungslosigkeit einigermaßen erholt haben, beginnen damit, den Verletzten notdürftig beizustehen. Die Toten am Wegesrand abzulegen und das überall verstreute Gepäck einzusammeln, um es wieder auf die noch fahrbereiten Gefährte zu laden.

Hetty schaut ihnen teilnahmslos zu. *Mutter*, dieser Gedanke schießt ihr plötzlich in den Kopf. In ihrer Ratlosigkeit kommt ihr der Augenblick wie eine Ewigkeit vor. Sie macht sich Vorwürfe, wie unfähig sie nach diesem verheerenden Überfall war, zu handeln oder rationell zu denken. Blitzartig wendet sie ihren Kopf dorthin, wo Mutter und Liesbeth bis zum Angriff saßen. Erleichtert stellt sie fest, dass beide Frauen, in ihrer Angst verschlungen, immer noch auf gleicher Stelle in den scheinbar unversehrten Habseligkeiten sitzen.

»Wir werden zu Fuß weitergehen müssen«, ruft Hetty ihnen klagevoll zu. »Die Pferde ...« Sie stockt, sie kann nicht aussprechen, was sie zuvor gesehen hat.

Vom Wagen kommt keine Reaktion.

»Mutter!«, ruft Hetty erneut, »der Angriff ist vorbei, ihr braucht keine Angst mehr zu haben!« Noch immer liegen sich die Frauen in den Armen. Als Hetty Anstalten macht, zu ihnen auf den Wagen zu klettern, prallt sie vor Entsetzen zurück. Die Mäntel der Frauen sind blutdurchtränkt. Dann schwinden ihr die Sinne.

Barsche Worte reißen Hetty aus ihrer kurzen Ohnmacht. »Mensch, halten Sie hier den Betrieb nicht auf. Es geht weiter!« Genau diese Worte hört sie und ist nicht dazu fähig zu antworten, zu handeln.

»Los, los, wir müssen weiter!« Wiederum drängt die Stimme.

Jetzt erst wird sie aus ihrer Lethargie erlöst. »Meine Mutter und meine Tante sind tot!«, schreit sie dem alten, weißbärtigen Mann in dessen verblüfftes Gesicht, der sich mit den Händen in die Hüften gestemmt vor sie aufgebaut hat.

Doch dann packt der Alte sie ungerührt am Ärmel. »Wenn Sie nicht sofort weitergehen mit Ihrem Gelump, werden auch Sie bald tot sein. Der Russe ist uns mit seinen Panzern auf den Fersen. Sie wollen doch leben, oder?« Der Mann packt fester zu. »Wollen Sie?«

Mechanisch nickt Hetty, aber tief im Herzen weiß sie nicht, warum sie noch weiterleben will. Gottfried, schießt es ihr durch den Kopf. O ja, Gottfried möchte sie wiedersehen. Sie sehnt sich danach, jetzt, jetzt in diesem Augenblick in seinen Armen zu liegen. Sein Trost würde ein Segen für sie sein. Aber damit dieser Tag kommt, muss sie jetzt stark sein, sie darf sich nicht aufgeben. Wie in Trance tut sie das, was der Alte ihr handfest vorgibt, tun zu müssen. Zu zweit zerren sie die leblosen Frauen vom Wagen herunter und legen sie im Schnee ab. Noch einmal küsst Hetty das bleiche Gesicht der Mutter, schließt ihr und der Tante die Augen und dann überlässt sie es dem Fremden, das geschehene Leid mit den Decken und einigen Zentimetern Schnee zu begraben. Als Hetty wieder einigermaßen zur Besinnung kommt, marschiert sie in der Schar der gewaltsam Entrechteten brav neben dem Alten her, der sie von Zeit zu Zeit mit gütigem Blick aus dem Augenwinkel beobachtet. Einen Koffer trägt sie an der Hand, ihren Koffer. Es ist der Koffer, den sie, ausgestattet mit großen Zielen für die Zukunft, beim Abschied aus Königsberg mitgenommen hat. Jetzt erst wird ihr bewusst, dass sie mutterseelenalleine ist. Dass die ihr anvertrauten Menschen, wie von Zauberhand von dieser Welt verschwunden sind. Sie bleibt einen Moment erschüttert stehen. Sie dreht sich um.

In der Ferne steht der Wagen, von ihr zurückgelassen. Mutter, Tante, Vater, ihr bisheriges Leben, von jetzt auf gleich zurückgelassen. Die Pferde, der Hof, die fröhlichen Sommertage, die Klapperstörche auf den saftigen Wiesen, das goldene Korn, verflossen sind die klaren, glücklichen Jahre, die geliebte Heimat ist mit ihrem Fortgehen ebenfalls verstorben, für sie ist der Mutterboden unfruchtbar geworden. Wer wird von nun an die Felder, die Kornkammer Deutschlands bestellen, den Hof bewirtschaften? All das denkt sie in diesem Moment mit kneifendem Herzen, und die Trauer legt sich wie ein dunkles, furchterregendes Gespenst über sie.

Der Alte scheint ihre Gedanken lesen zu können. Er nimmt sie geradezu zärtlich an die Hand und beginnt mit tiefer, vibrierender Stimme zu singen, dass es Hetty in den Gliedern schauert. Erst ganz leise, dann voller Inbrunst vorgetragen, verlieren sich Text und Melodie, auf immer Abschied nehmend, in der heimischen Weite. Ergriffen lauscht sie dem Lied des Alten.

Sie kennt die Melodie und den Text. Es ist das Lied der Dichterin Johanna Ambrosius. Gerührt beobachtet Hetty, wie dem alten, bärbeißigen Kerl die Tränen in den vereisten Bart rinnen.

Am achten Tag ihrer Flucht, während der Hetty persönlich noch keinem Russen begegnet ist, geraten sie und ihr großväterlicher Begleiter dann doch noch in ein unschönes Scharmützel zwischen Volkssturmleuten und einem kleinen Trupp von Rotarmisten.

Mit einigen anderen, vor allem Frauen und Kindern jeglichen Alters, hatten sie sich Stunden zuvor vom Treck abgesondert, um, wie sie es meist taten, wenn sich die Gelegenheit bot, die Nacht in einem kleineren Ort im Schutze einer der vielen verlassenen Behausungen zu überdauern. Zunächst sieht es ganz danach aus, als hätten sie richtig gehandelt, in der Deckung eines leer stehenden Kellers zu übernachten. Obwohl es in den ungastlichen Räumen muffig riecht und das Haus bereits arg zerschossen ist, geben ihnen die Mauern rundherum doch ein wenig Geborgenheit. Und wenn sie alle eng zusammenrücken, auch ein wenig menschliche Wärme. Als sie in einer verwinkelten Ecke des Kellers einen Rest Kohlen vorfinden, ergibt sich sogar die Gelegenheit, diese in einem ebenfalls dort abgestellten gusseisernen Ofen zu verbrennen, sodass Schnee zu einem heißen Trank geschmolzen werden kann. Außerdem reicht die vom Eisen abgegebene Hitze allemal, um die kalten, feuchten Kleider notdürftig zu trocknen. Und wie froh ist man, als sich hinter einem Verschlag noch einige Vorräte an Eingemachten finden.

Eigentlich hätte man die knappen Stunden der Ruhe genießen können, wäre da nicht ein junger Eiferer, der plötzlich in den Keller gestürmt kommt. Beinahe ein Knabe noch, der in einer für ihn viel zu großen Uniform steckt. Ungeachtet der Anwesenden, die ihn staunend gewahren, läuft er gehetzt von einer Fensterluke zu anderen. Es scheint, als würde er den Feind herbeibeschwören wollen. Und tatsächlich kann man bald darauf ein deutliches, in schneller Folge ratterndes tack-tack-tack-tack vernehmen, dass unzweifelhaft einem Maschinengewehr entstammt. Dieses Geräusch ist es, das den Burschen in noch tollere Panik treibt, während die Gruppe ihn äußerlich abgestumpft beobachtet. Sogar die Kinder schlafen von den Anstrengungen überwältigt tief und fest. Aber da gibt es noch ein Kleinstes mit Namen Frank, der wahrscheinlich von der inneren Verwirrung seiner Mutter, die ihn krampfhaft in den Armen hält, oder aber vom Radau des Schusswechsels aufgeweckt wird. Jedenfalls dieses munter gewordene Knäblein findet großes Interesse an dem jungen Soldaten, der inzwischen vor sich hin schluchzend den Lauf seines Gewehres in Anschlag nimmt und aus dem Kellerfenster richtet. Möglicherweise hat er trotz der beginnenden Dunkelheit ein Ziel entdeckt. Dann gibt er rasch hintereinander mehrere Schüsse ab.

In diesem Moment ruft Frank freudig: »Papa!«

Völlig überrascht wendet der Angerufene seinen Kopf vom Fenster weg in Richtung der Stimme, und im gleichen Augenblick fällt wieder ein Schuss, diesmal von außerhalb, woraufhin der junge Soldat lautlos in sich zusammensackt. In Franks Gesicht zeigt sich Unverständnis, Unerklärliches. Dann reißt er sich von seiner verdutzten Mutter los und rennt voran. Bei dem Burschen in Uniform angekommen starrt er mit weit aufgerissenen Augen auf das an den Rändern verbrannte Loch in der Schläfe des am Boden Liegenden, aus dem hellrotes Blut fließt. Frank rüttelt mit seinem Händchen an der Schulter des Leblosen. »Aufstehen Papa, aufstehen, nicht schlafen!«

Die Mutter des Kleinen, eine sehr hübsche, liebreizend aussehende Frau mit krausem blondlockigem Haar, vielleicht gerade Anfang zwanzig, löst sich aus ihrer Starre und eilt zu ihrem Kind. Reißt es gewaltsam zurück. »Es ist nicht dein Papa«, raunzt sie. Sie zerrt an dem Jungen herum, der bockigen Widerstand leistet. Von seinem aufsässigen Geschrei begleitet, verschwindet sie mit ihm zurück in die dunkle Ecke. Jetzt weint er, und mit ihm all die anderen Kinder.

Der Alte, Hettys treuer Begleiter, ist indes dabei, den toten Soldaten, der keinerlei Hilfe mehr benötigt, an den Beinen fassend in einen Nebenraum zu schleifen. Nur eine Blutspur bleibt von ihm übrig. Das wettergegerbte, runzelige Gesicht des Alten, das nur stellenweise vom dichten Bart freigegeben wird, zeigt sich verfinstert. Zorn und Ohnmacht stehen darin geschrieben. Er kennt den Krieg. Sein ganzes bisheriges Leben ist vom Krieg bestimmt worden. Aber Krieg ist nicht gleich Krieg, das wird er sich vermutlich denken, das muss er anscheinend noch lernen. Wenige Minuten, nachdem er sich wieder schwerfällig und geräuschvoll atmend neben Hetty gesetzt hat, sind von der Kellertreppe herkommend rasche und schwere Stiefelschritte zu hören. Die nagelbesohlten Tritte werden lauter. Die Mütter reißen ihre Kinder ängstlich an sich und halten ihnen die Münder zu. Sie selbst verstummen auch, wie alle, die erwartungsvoll auf die Tür mit den groben

Holzlatten starren, hinter der es augenblicklich nichts als Dunkelheit zu sehen gibt. Ohne lange zu überlegen, versteckt sich Hetty hinter dem Alten, der zusätzlich die Schöße seines weiten Mantels über sie wirft. Und schon fliegt mit einem kräftigen Fußtritt krachend die kümmerliche Absperrung gegen die Wand. Noch gibt das im Raum vorherrschende Dämmerlicht einigermaßen Schutz. Doch dann gleißt der grelle Lichtstrahl einer Handlampe suchend durch das vom glimmenden Feuer erzeugte Zwielicht. Nachdem diejenigen, die sich an der Wand drängen, auf der Stelle entlarvt werden, verweilt der Lichtkegel in den Ecken etwas länger. Da, wo das Licht trifft, hinterlässt es Masken. Weiße, entsetzte Menschenmasken, die wie porträtierte Fotos an der Wand kleben.

Der Alte redet den Eindringling auf Russisch an, und schon ist es sein Antlitz, das hell erleuchtet wird. Davon geblendet hält er sich die Augen zu. Wieder spricht er russisch und sagt wohl seinem Gegenüber, dass er die Lampe runterhalten solle, denn so geschieht es. Der Uniform nach zu urteilen wird in der Lohe des Ofens ein Russe sichtbar, dessen Gewehr, nur vom Schulterriemen gehalten, waagerecht baumelt. Sein Gesicht, das im schwachen Flackerschein einem Mongolen ähnelt, ziert ein langer, dürftiger Oberlippenbart, dessen dünne Härchen vom Zucken des Mundes vibrieren. So jedenfalls sieht es aus. Sein rundes Vollmondgesicht mit den verschlagen wirkenden Schlitzaugen hat einerseits etwas freundliches, aber auch unberechenbares, da ihm die Mimik fehlt. Jetzt schleudert er dem Alten barsch klingende Worte entgegen, als würde er ihm ein paar Brocken verdorbenen Fleisches vor die Füße werfen, woraufhin der Alte sich mühsam aufrappelt und den Raum verlässt. Der Russe folgt ihm mit vorgehaltener Waffe dorthin, wo er in wenigen Augenblicken den toten Volkssturmjungen finden wird. Als beide wieder zurückkehren, trägt der Russe sein Gewehr auf dem Rücken und ist dabei, sich eine Armbanduhr um das Handgelenk zu binden, derweil sich der Alte wieder neben Hetty niederlässt. Vom Mantel und der Dunkelheit verborgen, ist sie vor den Augen des Feindes unentdeckt geblieben. Nachdem sich der Russe einen Augenblick an dem phosphoreszierenden Zifferblatt seiner gerade erst in Besitz genommenen Uhr erfreut hat, wird er von einem penetranten Quäken gestört, das von Frank stammt. Er zögert. Dann wendet sich sein Körper ruckartig in die Richtung, von wo der Störenfried seine Nerven zu kitzeln scheint. Erneut bringt die Handlampe Klarheit. Als habe er einen besonderen Fund gemacht, ruht der Schein der

Lampe ausgiebig auf Mutter und Kind. Das Vollmondgesicht scheint befriedigt. Kurz darauf lässt der Steinboden die Nägel unter seinen Stiefelsohlen drei, vier Mal metallisch widerhallen, dann ist er schon bei dem Knäblein. Unbeholfen greift er nach ihm, zieht ihn ebenso umständlich aus den Armen der Mutter, die vor Furcht wehrlos ist. Frank verstummt schlagartig. Am Handgelenk wird er bis zu einer abseits befindlichen Kiste gezerrt, die der Russe mit dem Fuß in die Mitte der Versammlung stößt. Von den Anwesenden aufmerksam beobachtet, setzt er sich mit seinem dauerhaften Grinsen auf die Kiste, den Jungen auf den Knien bugsierend. Die Mutter, die aufspringen will, wird von einigen Frauen festgehalten. Man will sie vor einer Torheit bewahren. Alles geschieht lautlos, keiner spricht ein Wort, nur eine greifbare Anspannung liegt in der Luft. Die Russen sind doch Bestien, das weiß jeder hier im Keller. Sie alle haben es bereits am eigenen Leibe erleben müssen. Der Russe kramt einen Keks aus seiner verdreckten Steppjacke und reicht ihn dem Jungen, der ihn auf seinen Knien sitzend anlächelt. Der beißt begierig hinein. Mit der anderen Hand streift er prüfend über die grannige Pelzmütze des fremden Mannes, der ihn hält. Nun kann man es ganz deutlich sehen, der Barbar lächelt auch.

Ein Raunen und Murmeln macht sich unter den unfreiwilligen Zuschauern breit.

Tief hinter seiner gelben Haut, noch weiter hinter den Knochen, muss sich trotz allem ein Mensch versteckt halten, denkt sich Hetty, die es vorsichtig wagt, über den Mantelkragen zu blinzeln. Ein Mensch wie ich, wie wir alle!

Nachdem Frank den Keks aufgegessen hat, lässt ihn der Russe immer noch breit grinsend von seinen Knien rutschen. Sogleich läuft der Junge zu seiner Mutter. Der Russe rückt seine Pelzmütze zurecht. Wird er jetzt gehen? Nein, seine Mission war noch nicht beendet. Bevor er den Keller verlässt, untersucht er noch jeden der Verängstigten nach Wertgegenständen. Aber außer der einen oder anderen *Uri* ist da nicht mehr viel Beute zu machen. Trotzdem verabschiedet er sich mit schallendem Gelächter.

Aufatmen in der Runde. Hatte man nun für den Rest der Nacht Ruhe?

Doch die Vorfreude auf ein wenig Schlaf, die der Russe verheißungsvoll mit seinem Lachen hinterließ, ist kein wirklicher Friede gewesen. Der hauchzarte Zustand einer hoffnungsvollen Sorglosigkeit dauert nicht lange an. Das, was sich soeben vollzogen hat, ist vielmehr eine Art von groteskem

Vorspiel für das, was noch kommen soll. Im Glauben, dass die Stunden bis zum nächsten beschwerlichen Tag nun ruhig verlaufen werden, vor allem auch, weil die Knallerei da draußen fast aufgehört hat, versuchen die Gepeinigten dort unten in dem tristen Zufluchtskeller zu schlafen, um auf diesem Wege der verfluchten Welt zu entrücken. Doch jäh werden sie bald schon aus ihrem Schlaf gerissen!

Die Tür fliegt auf. Diesmal kein Lichtstrahl. Hetty bleibt keine Gelegenheit, sich wieder den Mantel über den Kopf zu ziehen. Ihre Augen, die sich an das trübe Licht längst gewöhnt haben, sehen als Erstes einen in den Keller gerichteten Gewehrlauf. Hinter dem Gewehr, darin besteht kein Irrtum, wieder ein Iwan. Er wirkt in seiner Körpersprache sehr aggressiv. Jetzt bleibt er prüfend stehen. Grimmig schaut er sich um. Vielleicht hat er einen zweiten Volkssturmschützen erwartet, aber er sieht nur in erstarrte, verängstigte Gesichter. Einzig Frank macht aus seiner Freude, den Eindringling zu sehen, keinen Hehl. Wohl in Erwartung, wieder einen Keks zu bekommen, läuft er unversehens auf den Bewaffneten zu. Aber noch ehe er den Russen anfassen kann, schlägt dieser ihn mit dem Gewehrlauf heftig gegen den Kopf. Hart getroffen schwankt der Junge beiseite, und mit einem eigenartigen Röcheln stürzt er zu Boden. Regungslos liegt er da. Das ist der Augenblick, indem die Mutter ihrem Kind aufschreiend zu Hilfe eilt.

Die Visage des Russen hellt sich auf, als das hübsche Ding ihm entgegentritt. Das Gewehr, das an einem Riemen befestigt ist, fliegt mit Schwung hinter seinen Rücken. Jetzt hat er beide Hände frei. Lauernd steht er vor der Frau. Sie atmet schwer, wie ein wehrloses Tier wittert sie die Gefahr. Das blonde Haar kräuselt sich wirr in ihre schweißnasse Stirn. Ihre Wangen glühen, die Augen glänzen. Aber hinter der Maske des unschuldigen Mädchens kann man dennoch eine Wildheit erahnen, die nicht nur ihr eigenes Leben verteidigen wird. Allerdings ist ihr Gegner überstark. Seine schmutzigen Pranken reißen ihr hastig den Mantel auseinander, dass dessen Knöpfe in alle Richtungen davon kullern. Er packt sie grob an ihre Löckchen und zieht ihren Kopf dicht vor seine Augen. Was er zu sehen bekommt, scheint ihn zufriedenzustellen.

Sie weiß, was kommt. Jeder im Raum weiß, was kommt. Man hat davon gehört, man hat es gesehen, man hat es selbst erfahren. Wer will, wer kann da noch eingreifen? Hauptsache ich werde verschont, das werden sie sich da unten im Keller denken.

Jetzt beginnt ihr Kind zu wimmern. Vor dem Haus, es ist deutlich zu vernehmen, halten Lkws, und kurz darauf trampeln viele Stiefel auf gefrorenem Schnee. Dazwischen das metallene Klacken von Gewehren und auf Russisch erteilte Befehle. Der Feind hat auch draußen, oben in der Welt die Oberhand erzielt.

Hetty empfindet eine ohnmächtige Leere. Die Gefühllosigkeit hat Besitz von ihr ergriffen. In ihr ist ein Vakuum aus Zeit entstanden.

Frank ist es schließlich, der das Standbild des Augenblicks belebt, indem er durch seine fordernde Angst die Geister der Ratlosigkeit verscheucht. An den Beinen der Mutter krabbelt er immer noch vom Schlag benommen hoch. Er sucht die Geborgenheit. In dem Moment, wo die Mutter sich nach ihm bücken will, trifft sie ein derber Faustschlag mitten ins Gesicht. Blut rinnt ihr aus der Nase und aus den aufgeplatzten Lippen. Ihr Stöhnen verstummt auf der Stelle, als sich der breite Mund des Russen auf den wunden Lippen der Frau festsaugt. Der Junge, endlich auf die Beine gekommen, tritt dem Unhold vor das Bein. Seine Mutter will er beschützen, worauf der mutige kleine Kerl von einem heftigen Kniestoß erneut getroffen wird. Wie eine unliebsame Puppe, die man einfach so wegschmeißt, fliegt Frank zurück. Doch es ist keine Puppe, er brüllt, man hat ihm wehgetan.

Hettys Bewusstsein ist vom Brüllen jäh geweckt worden. Sie will wegschauen, ihre Seele soll nicht teilhaben an dieser Quälerei, aber sie schafft es nicht. Vielleicht ist sie dazu verdammt worden, für spätere Zeiten Zeugin zu sein. Das, was hier geschieht, vor ihren Augen, was der Mensch dem Menschen antut, darf nie, nie, nie vergessen werden.

Auch seine Mutter schreit. Hysterisch schreiend kämpft sie um ihr Kind. Sie tritt, sie schlägt, sie kratzt dem Scheusal mit den langen Nägeln ihrer Finger blutige Spuren in die grinsende Grimasse.

Solange tut sie es, bis ihr die Kräfte versagen. Der Widerstand erlischt. Wehrlos geworden sinkt sie neben ihrem Kind zu Boden. Alle im Raum haben zugeschaut, alle mussten hinnehmen, was nicht hinzunehmen ist. Denn da, wo es nur das Böse gibt, hat das Böse freie Hand. Die Macht des Bösen hält das Gute in Schach, auch wenn das Gute guten Willens ist. Der Barbar weiß um die Mächtigkeit des Bösen, willfährig wird er dem Bösen zum Handlanger. Er zerrt sein Gewehr von der Schulter und lehnt es laut schnaubend an die Kiste. Danach schmeißt er achtlos seine Steppjacke neben sich zu Boden. Als er dabei ist, seinen Hosengürtel mit dem Pistolenhalfter zu lösen, regt sich der verletzte Junge erneut. Taumelnd richtet er sich auf. Fast sieht es so aus, als wolle er sich, wie Kinder es manchmal tun, mit seinem schwankenden Oberkörper in den Schlaf wiegen. Die Mutter will nach ihm fassen, doch sie wird an ihren Haaren zurückgerissen. Sie fleht: »Lass mich zu meinem Jungen!« Sie erfleht es inständig, auch wenn es der Barbar nicht versteht. Aber der Junge hat es verstanden, er reckt die Ärmchen nach vorne und schreit aus Leibeskräften nach seiner Mutter. Sichtlich genervt greift der Barbar zu seinem Gewehr. Es braucht für ihn nur eine halbe Drehung, um dem Jungen den Kolben der Waffe mit der ganzen Wucht seines in ihm lodernden Hasses auf alles, was Deutsch ist, vor den kleinen Schädel zu schleudern. Es kracht, als zerteile man eine Kokosnuss. Frank verstummt für immer. Nie mehr wird ein Lachen über seine Lippen kommen, nie mehr ein Wort.

Fassungslosigkeit, Bestürzung, Beklemmung, welcher Name wird diesem grauenvollen Geschehen gerecht? Sicherlich gibt es für so ein Verbrechen keine einzige Bezeichnung, die ausdrückt, was in den Köpfen der Anwesenden vor sich gegangen ist. Aus Hettys Herzen jedenfalls drängt sich ein Gebet, es bäumte sich geradezu in ihr auf. »Lieber Heiland«, spricht ihre innere Stimme, »du warst es, der gesagt hat, lasst die Kindlein zu mir kommen. Lieber Heiland mach es bitte, dass auch dieses Kindlein, wie all die anderen, sich nicht in der jenseitigen Dunkelheit verirrt und ohne Schmerzen und ohne Angst in deine ewig liebenden Arme finden wird!«

Derweil glotzt die Frau mit zugeschwollenen Augen auf den zerschmetterten Kopf ihres Kindes, ihrem lieben, kleinen Frank, aus dem sein eben noch munteres Leben jetzt als ein grießiger Brei herausgequollen ist. Ihre Miene drückt Unglauben aus. Ihr Gesichtsausdruck ist gezeichnet von etwas, das, niemals vermutet, nun doch als dämonische Spukgestalt aus den Untiefen geistiger Gegenwart ans Licht der Welt heraufgestiegen ist.

Unbeeindruckt von allem zieht der Barbar seine Hose herunter, wobei sein steif gewordenes Glied unternehmungslustig aus dem Haltegummi seiner verdreckten Unterhose wippt. Jetzt hat sich neben dem Wahnsinn auch die Lust freie Bahn gebrochen. Vor Geilheit stöhnend wirft er sich über die Frau. Unter seinen ungezügelten Stößen zerbricht die Frau an Leib und Seele, das ist anzunehmen. Sein animalischer Trieb befriedigt sich wie an einer Toten. Kein Laut kommt über ihre Lippen, nichts regt sich zur Gegenwehr. Vielleicht hat sie dabei an ihr Kind gedacht, dem sie immer eine gute

Mutter sein wollte? Vielleicht kommt ihr auch die glückliche Zeit in den Sinn, die sie mit dem Knäblein in einem kleinen Häuschen mit Garten beim fröhlichen Spiel verbrachte. Weit entfernt von Unheil und Not, fern ab in der Idylle ihres Heimatdorfes, wo Hitler und die Partei nur ein hinzunehmendes Phantom gewesen war. Möglicherweise denkt sie auch an ihren Mann, der irgendwo in Russland vielleicht gerade in diesem Moment, wo sie ein Fremder brutal schändet, auch an sie denken muss. In Liebe an sie denken muss, einer Liebe, die durch ihn zu Fleisch und Blut geworden ist. Auch vorstellbar ist, dass sie sich fragt, welches Verbrechen sie auf sich geladen hat, um dermaßen abgestraft zu werden. Ist das eventuell die Frage aller Opfer eines Krieges? Müssen sie dafür büßen, dass sich die Macht gewaltsam ihrer bemächtigt? Dass sie nun von den Fäden stranguliert werden, welche die Macht hinter ihrem Rücken gezogen hat?

Hetty sieht ihren Augenblick gekommen. Blitzschnell ist sie auf den Beinen. Ihr flüchtiger Kuss streift die bärtige Wange des Alten, der ihr verständnisvoll nachsieht. Bevor sie den Keller fluchtartig verlässt, gewahrt sie noch aus dem Augenwinkel, wie auch er sich erhebt und sich beherzt auf den Barbaren stürzt. In ihr rührt sich das schlechte Gewissen, den väterlichen Freund mit seinem Schicksal alleine zurückzulassen. Sie hat ihm viel zu verdanken.

Man muss nicht mit einer allzu großen Fantasie ausgestattet sein, um in seiner Ahnung bestätigt zu werden, dass es dem Alten schlecht ergehen wird. Aber sie will weg. Sie muss weg! Sie will der Schande, sie will dem Tod entfliehen. Auf dieser Welt muss es doch noch ein Fleckchen Erde geben, wo man in Ruhe und Frieden leben kann, denkt sie sich. Sie setzt alles daran, dieses Fleckchen zu finden. Vorsichtig späht sie aus der Haustüre ins Freie. Im eiskalten, schmierigen Dämmerlicht vernimmt sie aus den Ruinen der zerschossenen Häuser enthemmte Männerstimmen, die Lieder zur Balalaika grölen. Etwa fünfzig Meter von ihr entfernt rennt ein Russe torkelnd in eines dieser schadhaften Gebäude.

Schwer atmend wartet sie ab. Als sich auf der Straße nichts mehr regt, rennt sie los. Alles lässt sie hinter sich, alles! Jetzt besitzt sie nur noch ihr Leben und das, was sie auf dem Leibe trägt. Sie ist nicht weit vorangekommen, mögen es zehn Meter gewesen sein, da hört sie zwei Schüsse, die kurz hintereinander abgeschossen werden, und sie weiß sofort, dass die Schüsse aus dem Haus dringen, aus dem sie gerade entkommen ist. Aber für drei arme Menschenkinder, die für eine Nacht Unterschlupf und ein wenig Wärme in einem muffigen Keller gesucht haben, ist die Flucht für immer zu Ende gegangen.

Fluch und Segen

Bibel:
»*Der Herr ist geduldig und von großer Barmherzigkeit; er vergibt Missetat und Übertretungen, obgleich er keineswegs ungestraft lässt, sondern heimsucht der Väter Missetat an den Kindern, bis in das dritte und vierte Glied.*«
4. Mose 14/18

Hitler:
»*Auch wir sind nicht so einfältig, zu glauben, dass es gelingen könnte, jemals ein fehlerloses Zeitalter herbeizuführen. Allein dies entbindet nicht von der Verpflichtung, erkannte Fehler zu bekämpfen, Schwächen zu überwinden und dem Ideal zuzustreben. Die herbe Wirklichkeit wird von sich aus nur zu viele Einschränkungen herbeiführen.*«
Aus *Mein Kampf*, Seite 487, Kapitel: *Ideal und Wirklichkeit*.

†

Im Frühjahr 1945 zurren die Alliierten die letzten Fäden ihres Netzes um Deutschland herum fest, aus dem nun kein Entrinnen mehr möglich ist. Haben die Menschen, und nicht nur die fanatischen, noch vor Kurzem bei jeder sich bietenden Gelegenheit begeistert den rechten Arm hochgereckt, dann flehen sie nun mit beiden Armen um Gnade, um Verschonung.

Ende März überqueren die Briten bei Wesel den Rhein. Somit beginnt der alliierte Vormarsch aus dieser Richtung auf breiter Front. Vom Süden her stoßen die Franzosen vor. Die Befreier, die in den Augen vieler immer noch der Feind ist, gehen dabei nicht gerade zimperlich vor. Trotz der weißen Fahnen, die zur Begrüßung aus den Fenstern wehen, trotz der erhobenen Arme hinterlassenen auch sie Verwüstung. Feuer, Schüsse und Explosionen, das alles ist eben das Geschäft aller Soldaten. Vergewaltigung und Totschlag, das aber ist das Werk von Verbrechern zu allen Zeiten auf der Welt. Auch unter den Befreiern tun sich solche Verbrecher hervor! Als sich Amerikaner und Sowjets bei Torgau an der Elbe begegnen, ist Deutschland längst besiegt, auch wenn in Berlin die Schlacht noch tobt. Die letzte Schlacht!

Am 25. April 1945 schließen starke sowjetische Streitkräfte Berlin bereits von allen Seiten ein. Und inmitten des Weltuntergangs kauern Hitler und seine Getreuen im Bunker unterhalb der völlig kaputten Stadt. Insgeheim setzt Hitler wohl darauf, dass es womöglich im allerletzten Moment noch zu einem Bruch zwischen der westlich-sowjetischen Allianz kommt. Außerdem wartet er verbissen darauf, dass General Walther Wenck unverzüglich den Befehl ausführt, mit dem er persönlich Generalfeldmarschall Wilhelm Keitel beauftragt hat, ihn an Wenck weiterzuleiten, der da lautet, den russischen Eroberungsring zu zerbrechen: Koste es, was es wolle! Doch Hitler wartet vergeblich, denn die militärische Lage macht anscheinend auch für den erfahrenen Wenck ein Eingreifen sinnlos.

Als die sowjetischen Angriffsspitzen am 30. April 1945 bis zum Regierungsviertel vordringen, entzieht sich der Führer des deutschen Volkes, Adolf Hitler, der größte Feldherr aller Zeiten, seiner Verantwortung vor einem irdischen Gericht, indem er sich durch einen Schuss in den Mund selbst das Leben nimmt. Gleichzeitig mit ihm stirbt seine langjährige Begleiterin Eva Braun, mit der er noch am Tag zuvor die Ehe geschlossen hat.

Hitler ist tot! Und mit ihm erlischt die von ihm an das deutsche Volk verkündete Parole: Wir kapitulieren nie! Sein Fleisch wird vom Erdboden verschwinden, weil Fleisch vergänglich ist, aber das eigentliche Ich, der Geist des Unerklärlichen, sein Geist, ist damit nicht ausgelöscht! Dennoch, mit seinem leiblichen Tod gibt Hitler endlich den Weg zur Beendigung des Krieges frei und folglich die lang erhoffte Rechtfertigung zur bedingungslosen Kapitulation.

Nachdem Hetty in letzter Minute aus dem Keller entkommen konnte, hat sie sich bereits nach wenigen Stunden einem weiteren Treck angeschlossen, der auch über das zugefrorene Haff ziehen will. Wieder Luftangriffe, wieder Panzerverbände, die alles überrollen, was sich ihnen in den Weg stellt, wieder die bekannte Hölle! Und doch erreicht sie unbeschadet das Eis. Neue Hoffnung schenkt ihr die Kraft, daran zu glauben, es jetzt auch noch bis auf ein Schiff zu schaffen. Doch was sie dann auf dem Eis erlebt, geht über ihren Verstand. Sie muss mit ansehen, wie die schweren Fuhrwerke, auf denen zum Teil Hütten zum Schutz vor Kälte und Wind gezimmert wurden, entweder wegen Bombenbeschuss oder weil an bestimmten Stellen das Eis zu dünn ist, ins eiskalte Wasser einbrechen. Unglaubliche Szenen spielen sich vor ihren Augen ab, wenn Menschen, Pferde und Wagen in den eisigen Fluten untergehen. Die Kälte lässt den in ihrer Not um Hilfe Schreienden nur noch kurze Zeit, sich über Wasser zu halten, dann werden sie für immer still. So wird das Haff für viele nicht Rettung, sondern nasses, eisiges Grab. Verschwunden auf den Grund der See, als hätte es sie nie gegeben. Und in ihren einst verlassenen warmen Stuben sitzen nun fremde Menschen, und vielleicht fragt sich der eine oder andere in schlafloser Nacht, wenn das Gebälk aus allen Ecken aufstöhnt, wer einmal vor ihnen darin gewohnt hat.

Hetty will nicht ertrinken. Umgekehrt ist sie, dem nicht enden wollenden Treck entgegengelaufen. Als ihr eine junge, weinende Frau begegnet, die mutterseelenallein umherirrt, bleibt Hetty im Herzen angerührt vor ihr stehen. Es muss so etwas wie Intuition sein, als sie der Fremden tief in ihre traurigen Augen blickt und sie flehend bittet, nicht weiter zu gehen. Nicht auf das Eis zu gehen! Und ebenso intuitiv nimmt die Frau Hettys Rat an.

Auf diese Weise lernt Hetty Charlotte kennen. Und auf eigene Faust schlagen sich die Frauen nun gemeinsam durch. Aufs Geratewohl, beinahe immer der Nase nach in Richtung Süden. Ein äußerst gefährliches Unterfangen, weil sie überall und an jeder Stelle Russen in die Hände fallen können. Aber sie haben schnell ausbaldowert, wo man des Nachts Unterschlupf findet oder wo etwas Essbares aufzutreiben ist. Schließlich, nach endlos erscheinendem Marsch und ohne direktes Ziel, kommen sie erschöpft in Dresden an. Jetzt erst einmal tief durchatmen. In Dresden wimmelt es von Flüchtlingen, und in der Gemeinschaft der Angst fühlen sie sich seltsamerweise sicher, obwohl die Stadt keineswegs sicher ist, denn es gab dort bereits vereinzelte Bombenangriffe der alliierten Mächte. Von dem langen Fußmarsch völlig ermattet, hungrig und durchgefroren wanken Hetty und Charlotte körperlich und seelisch entkräftet neben den Eisenbahngleisen. Dresden, eine unbekannte Welt liegt vor ihnen. »Schau nur«, hatte Hetty vor Minuten begeistert zu Charlotte gesagt, als die Stadt wie eine mächtige Kulisse vor ihnen auftauchte, »dort werden wir uns erst einmal ausruhen können!« Inzwischen hat es zu dämmern begonnen. Jetzt sind sie ein wenig ratlos. An wen sollen sie sich in der Dunkelheit wenden, wer kann ihnen weiterhelfen? Unweit des Bahnhofs stehen Güterwaggons auf Abstellgleisen hintereinander aufgereiht. Umso erfreuter sind sie, dass sie noch einen Schlafplatz in einem der ohnehin überfüllten Waggons entdecken. Demgemäß geschützt finden sie sogar noch Muße, den anmutigen, wolkenlosen Winterhimmel zu genießen, der sich sternenklar über Dresden wölbt. Schließlich schlafen sie bald darauf eng umschlungen ein. Sie schlafen tief und fest, bis sie von einem hässlichen Geräusch geweckt werden. Sie kennen das Geräusch, das für sie längst zu einer unüberhörbaren Angst geworden ist. Da! Sie ist ganz deutlich zu hören, die brummende, dröhnende Angst! Mit einem Male, von der unterbewussten Furcht aus dem Schlaf gerissen, stehen Hetty und Charlotte sogleich mit all den anderen auf dem Gleisschotter, um wie gebannt auf das zu warten, was die leuchtenden *Christbäume* über der nächtlich ruhenden Stadt feierlich ankündigen. Und dieses ahnungsvolle Inferno lässt tatsächlich nicht lange auf sich warten. Wie Posaunen blasende Todesengel klinken amerikanische Bomberverbände ihre schwere, alles vernichtende Bombenlast aus ihren stählernen Bäuchen, als würde das gesamte Universum zusammenstürzen. Wie Sterne mit brennendem Schweif sausen Feuer und Sprengstoff kometengleich in die vor Schreck erwachte Stadt.

In der Nacht vom 13. auf den 14. Februar 1945, ausgerechnet an einem Faschingsdienstag, an dem das Leben für gewöhnlich als ausgelassener Narr durch die Gassen herumspringt, bekommen die Menschen in Dresden einen glühend heißen Vorgeschmack auf die himmlische Offenbarung des Weltuntergangs. Die ganze Nacht hindurch und noch den nächsten Tag fallen Brand und Sprengbomben, sodass der Tod als ein übel riechender Schwaden aus den Trümmern aufsteigt, während Hetty und Charlotte auf dem Schotter unter dem Güterwaggon in Deckung liegen. Doch plötzlich verspüren sie keine Angst mehr, denn irgendwann, wenn alles kaputt ist, dann gibt es keine Zerstörung mehr, sagen sie sich zum Trost. Was kann dann noch zerstört werden? Irgendwann, dessen sind sie sich unter dem Waggon liegend sicher, wird sich das Böse gegenseitig aufgefressen haben!

Geradeso, wie bei dieser totalen Vernichtung der Stadt alles Beständige im Rauch vergangen ist, so auch Churchills Worte, die zuvor als ein zynisches Menetekel aus den Sendemasten der BBC geflogen waren, indem sie heuchlerisch verkündeten, dass die deutsche Bevölkerung nur ihre Städte verlassen brauche, die Arbeitsstelle aufgeben solle, dann auf die Felder zu flüchten, damit sie aus der Ferne ihre brennenden Häuser beobachten können.

Hetty und viele mit ihr haben beobachtet, ja, das haben sie, aber Tausende und Abertausende hatten keine Chance, diesem Bombardement zu entgehen. Dresden ist für sie zur Hölle auf Erden geworden. In der noch tagelang die Leichname der ungezählten Opfer auf einen eigens dafür errichteten Rost brieten, damit man Herr über das verwesende Fleisch wurde.

Nur weg, weg, weg, nur weit genug weg von dieser brennenden Stadt, denken sich die beiden Frauen. Bei der nächsten Gelegenheit ziehen wir weiter. Und so gelangen sie nach einem kurzen Aufenthalt in Mittweida schließlich und endlich in die Obhut eines bescheidenen Dorfes nahe der thüringischen Grenze, ins Land der Franken. Doch die erhoffte Obhut erweist sich bald schon als sehr brüchig. Das können sie bei ihrer Ankunft noch nicht wissen, auch wenn Hetty zunächst den Eindruck bekommt, dass sich die einfachen und genügsamen Landleute nur schwer an den Anblick der vielen umherziehenden Brüder und Schwestern aus dem Osten gewöhnen wollen. Außerdem müssen diese Fremdlinge ja auch leben, essen und wohnen! Das heißt doch nichts anderes, als selbst abgeben zu müssen von dem Wenigen, das man selbst besitzt. Und überhaupt, tragen einige von denen ihre Nasen nicht höher als man selbst, nur weil sie einmal im Osten ein Gut besessen haben? Aber so denken nicht alle, viele geben ab.

Ja, es rührt sie geradezu im Herzen, wenn die von der langen Flucht versehrten Planwagen und Handkarren über ihre unebenen Wege rumpeln, stetig auf der Suche nach einer Bleibe. Ebenfalls werden sie von den ausgemergelten, apathisch dahin trottenden Pferden angerührt, schließlich sind sie auch Bauern und wissen um den eigentlichen Wert der Tiere. Ganz zu schweigen von den hinfälligen Menschen, die schon wochenlang der Kälte und dem Feind ausgeliefert gewesen waren. Und manch gute Seele gibt ihnen heißen Tee zu trinken und ein Stück Brot zu essen und Futter und Wasser für das Vieh.

Obwohl Hetty froh ist, vielleicht sogar auf Dauer untergekommen zu sein, ist es dennoch eine große Umstellung für sie, sich für den Augenblick mit dem zugigen Dachboden in dem kleinen Häuschen der alten Frau Lauterbach abzufinden. Da bleibt es nicht aus, das sie in dieser armseligen Umgebung oft an Königsberg und an die liebenswerten Frickelheims, an die kranke Frau, den Oberregierungsrat, an den stets zerstreuten Doktor Kaluweit und natürlich an Fritz denkt. Ach, stöhnt sie dann jedes Mal, hätte nicht alles so schön bleiben können? Dann steigt sogar der Gedanke in ihr hoch, was eventuell mit ihr und Fritz geworden wäre, wenn, ja, wenn er ihr nicht Gottfried vorgestellt hätte. Charlotte hingegen, die sich in Ostpreußen als einfache Magd auf einen Bauernhof ihr Einkommen und Auskommen verdingte, fügt sich rasch in das neue, dürftige Umfeld ein. Sie lernt bei der schrulligen Frau Lauterbach gelehrig die Kunst des Flechtens, und schon bald stellt sie sehr geschickt allerhand Nützliches aus Weidenruten für den Hausgebrauch her, das sie anschließend für ein paar Groschen verkauft oder gegen dies und das eintauscht.

Eigentlich könnte am Ende alles gut sein, gäbe es da am Abend oder des Nachts bei Dunkelheit nicht immer wieder dieses beängstigende Leuchten am Himmel, das mit seinem feurigen Rot immer noch an den Krieg mahnt, der unablässig seine weiten Kreise um das Dorf zieht. Wenn es hinter dem Wald aufglüht, dann beten sie für die Leidgeprüften in Nürnberg, und schimmert es im Westen Karmin, geradeso wie das Abendrot im Herbst, dann weiß man, das die Menschen in Schweinfurt leiden müssen, das hat sich mittlerweile herumgesprochen.

Mit dem Krieg ist es wie mit einem unbewachten Feuer, wenn man es nicht konsequent löscht, brennt, lodert und glimmt es weiter, weiter und weiter, solange wie die Flammen Nahrung finden!

Als Hetty und Charlotte bereits eine Zeit lang im Lauterbach'schen Haus einquartiert sind, zeichnet sich am frühen Morgen etwas ab, was Hetty später als Omen bezeichnen wird. Es sind die vielen Krähen, die in dunklen Schwärmen von überall herangeflogen kommen. Wie gerne hätte sie es gehabt, wenn es Tauben wären. Friedenstauben!

Am Karsamstag, den 31. März 1945, hat Hetty es sich nicht nehmen lassen, für Frau Lauterbach, die sie, genau wie Charlotte, inzwischen Rosl nennen darf, ein Blech Streuselkuchen zu backen, derweil Charlotte das selbst geschlachtete Huhn für die Bratröhre zubereitet. Wie überall in den Häusern freut man sich auf ein friedliches Osterfest in unruhiger Zeit, aber irgendwann muss ja die Auferstehungsbotschaft des Heilands seinen irdischen Sinn erfüllen, wie Hetty hofft. Am Abend hat sie sich schon frühzeitig hingelegt, aber noch lange liegt sie wach auf dem stacheligen Strohsack, während Charlotte tagesmüde neben ihr schnarcht. Geistesabwesend stiert Hetty in die flackernde Flamme der stetig niederbrennenden Kerze, die auf einem Schemel neben ihrem Nachtlager steht. Sie bemerkt sogar noch, wie die Glut des Dochtes im Rest des flüssigen Talgs ertrinkt und schließlich verlischt. Zu viel geistert ihr durch den Kopf, als dass die Müdigkeit sie in den Schlaf entführen kann. Wieder einmal steigt Ostpreußen als ein nie vergehendes Fantasiegebilde in ihr auf. An die schönen Ostertage als Kind in der Heimat muss sie denken. An den Festgottesdienst mit den Eltern. An den Festbraten ebenfalls, der besonders gut schmeckte, weil er mit kindlicher Unbeschwertheit gewürzt war. Auch Molly springt in ihrer Fantasie munter umher. Sogar an Lieselotte, ihre innig geliebte Puppe, erinnert sie sich nun, deren Bakelit, je länger sie es an ihr Herz drückte, sich weich, wie ein echtes Menschenkind anfühlte. Eines Tages, so träumte sie es sich damals, würde ein richtiger Prinz daher geritten kommen, der sie zur Frau nahm, und sie und Lieselotte lebten dann ein Leben lang glücklich und zufrieden auf des Prinzen Schloss. Nein, ein Prinz mit einem Schloss kam nicht, aber Gottfried, der auf Gretel saß und mit ihr, dem armen Aschenputtel, zu einem wunderschönen Märchensee geritten war, wo sie in seinen Armen zur glücklichsten Prinzessin aller Märchen wurde. Und kurz bevor sie dann doch noch einschläft, ist sie sich gewiss, dass man nur in einem Märchen wirklich glücklich sein kann und darf.

Am Ostermorgen gibt es völlig überraschend Fliegeralarm! Hetty und Charlotte schlafen noch tief und fest, als Rosl sie mit dem Ruf weckt: »Jetzt kommen sie auch zu uns!«

Es ist der schrille Klang ihrer Stimme, die wie eine Brandglocke läutet. Im Nu springen die Frauen von ihren Matratzen hoch. Unschlüssig schauen sie sich an. Wohin? Charlotte hält sich die Ohren zu. Man hört schon das Dröhnen am Himmel. Jetzt geht es den Bäuerlein und dem Vieh an den Kragen. Alle müssen bestraft werden, alle ohne Ausnahme! Einen Keller gibt es nicht in dem Häuschen, wo soll man sich jetzt verstecken?

Im Nachthemd bekleidet rennen sie die Stiege herunter. Am Fenster bleiben sie stehen. Auch Rosl ist schon dort, sie sieht zum Himmel hinauf, als erwarte sie ein schlimmes Unwetter. Doch anstatt Blitz und Donner kommen die Tiefflieger. Als es zu Rattern beginnt, werfen sich alle drei auf den Dielenboden und legen ihre Hände schützend auf die Hinterköpfe. Von nah und fern hören sie die Explosionen. Sie riechen Rauch, der durch alle Ritzen zieht. Rosl murmelt ein Gebet. Hetty will nicht mehr beten. Warum soll Gott ausgerechnet ihr Gebet erhören, wo ihn doch so viele, viele Gepeinigte unaufhörlich anrufen. Charlotte weint. Vielleicht sind es Charlottes Tränen, die Gott anrühren? Jedenfalls wird es von einem Augenblick auf den anderen ruhig, keine Detonationen mehr. Dafür vernehmen sie nun vom Nachbarhof aufgeregte Stimmen. Hetty ist zuerst am Fenster. Bauer Scherbel und seine Frau treiben das Vieh aus dem brennenden Stall. Überall schwarzer Rauch, in dem die Funken tanzen. Die Kühe brüllen in ihrer Panik, und die Schweine, die noch immer im lichterloh brennenden Verschlag umeinander springen schreien, als schneide man ihnen die Kehlen durch. Jetzt schreit auch Hetty, sie kann ihre Nerven nicht mehr zügeln. Charlotte bemüht sich sie zu beruhigen, da geht es wieder von vorne los. Der Flieger hat nur eine Schleife gedreht. Und schon rumst und bumst es wieder. Der vierte oder fünfte Schlag ist dermaßen heftig, dass die Frauen darauf warten, dass ihnen das Dach auf den Kopf fällt. Sie ergeben sich ihrem Schicksal! Doch das Schicksal ist gnädig mit ihnen. Zuerst verstehen sie nicht, warum die Knallerei wieder aufhört. Aber sie hat aufgehört, und das Dach ist nicht heruntergekommen. Nur das Geschirr ist aus dem Schrank gefallen und die Türe der Stube von alleine aufgeflogen. Kein Knistern, kein Feuer im Haus. Sie sind verschont geblieben.

Jetzt ist es die Stille, die ihnen Angst macht. Die plötzliche Stille ist beinahe so beklemmend wie noch eben der Lärm. Auch von den Schweinen kommt kein Laut mehr. Nur in der Ferne grollt es wie bei einem abziehenden Gewitter. Jetzt erst bemerken sie, dass sie sich diesmal nicht hingelegt haben, wie gelähmt stehen sie immer noch am Fenster. Einzig der Verstand hat sich wohl in Sicherheit gebracht. Es kommt ihnen so vor, als wären sie Minuten ohne Verstand gewesen. Nun kehrt er ganz gemächlich zurück in ihre Köpfe. Allmählich regen sich auch die Bewohner des Dorfes. Hilferufe erschallen. Wer laufen kann, rennt zum Löschteich. Eimer klatschen ins Wasser. Aufgeregte Kommandos. Die gefüllten Eimer fliegen in einer Stafette von Hand zu Hand zu den Brandherden. Die Wasserschläuche sind leider zerstört worden. Um Himmels willen, auch das noch!

Jetzt, wo Ruhe vor dem Feind eingekehrt ist, bekommt Rosl eine Herzattacke. Charlotte kümmert sich um sie. In der Absicht, beim Löschen zu helfen, sucht Hetty zwei Eimer zusammen, da aber gibt es eine heftige Explosion, die alles Vorangegangene in den Schatten stellt. Das Knacken des

Gebälks, das Scheppern der Dachschindeln und das Bersten der Fensterscheiben, ausgelöst von der Druckwelle, das alles ertönt wie ein schmetternder Schlussakkord eines tollkühn aufgeführten Höllentanzes.

Jetzt ist alles aus, schießt es Hetty sofort durch den Kopf. Die Eimer sind ihr aus den Händen gefallen. Mit starrem Blick beobachtet sie, wie die Kübel scheppernd hin und her kullern, so lange starrt sie darauf, bis sie sich nicht mehr rühren. Dann jagt sie los. »Ich schau draußen nach!«, ruft sie wie gehetzt. Keiner da draußen wird sich wundern, weil sie nur ihr Nachthemd am Leibe trägt. Charlotte hat keine Gelegenheit mehr ihr zu antworten, sie ist über Rosl gebeugt, streichelt ihr das lange graue Haar.

Von den Wasserträgern sind einige mehr oder weniger schwer verletzt, andere rennen wie blind umher. Der Jüngste von ihnen, das Heinzla, liegt regungslos unter einem großen, schweren Gedenkstein, den man vor Jahren für die gefallenen Söhne des vergangenen Krieges unmittelbar am Dorfteich neben der uralten Dorflinde aufgestellt hat. An diesem Tag, zu dieser Stunde, wurde das Ehrenmal mit Heinzlas jungem Zivilistenblut getauft. Sein Vater kann ihn leider nicht unter die Erde bringen, er ist zu dieser Zeit beim Volkssturm. Die Feste Coburg muss verteidigt werden, aber nicht mit Mistgabeln wie früher. Dafür aber haben die Amis den Bewohnern des kleinen fränkischen Dorfes *die Harke* gezeigt, was Krieg wirklich bedeutet. Überall liegen scharfkantige Metallteile in der Gegend herum, und es ist ein Wunder, dass nicht mehr Menschen zu Tode gekommen sind. Ungewöhnlich für alle die es sehen, sind die Tuchfetzen, die nach dem Angriff durch die Luft schweben und zudem wie Geister in den laublosen Bäumen im Wind tanzen. Fast hat es den Anschein, als wollten die Stoffgeister das panisch gewordene Vieh in die Irre treiben. Viele der meist blutenden Tiere springen, bocken oder jagen wie angestochen durchs Dorf. Das Federvieh flattert rastlos. Und dazwischen alte und junge Dorfbewohner, die nicht wissen, wo sie zuerst anpacken sollen.

Was aber ist gerade geschehen? Bei dem amerikanischen Beschuss ist ein Munitionszug getroffen worden, der mit weiteren Waggons, die mit Stoffballen beladen waren, auf den Gleisen des nahegelegenen Bahnhofs stand. Auf diese Weise haben die Hinterwäldler wenigstens einen kleinen Geschmack davon bekommen, dass es Freiheit nicht umsonst gibt, dass man Freiheit manchmal auch mit dem Leben bezahlen muss. Doch wer weiß schon etwas von Freiheit, wenn man ihm das Dach über den Kopf anzündet oder wenn Kinder wie das arme unschuldige Heinzla umgebracht werden?

Morgendämmerung

Bibel:
»*Wer böse ist, der sei fernerhin böse, und wer unrein ist, der sei fernerhin unrein; aber wer fromm ist, der sei fernerhin fromm, und wer heilig ist, der sei fernerhin heilig. Siehe, ich komme bald und mein Lohn mit mir, zu geben einem jeglichen, wie seine Werke sein werden. Ich bin das A und das O, der Anfang und das Ende, der Erste und der Letzte.*«
Offenbarung 22/11-13

Adolf Hitler:
»*Die grausamsten Waffen waren dann human, wenn sie dem schnelleren Sieg bedingten, und schön waren nur die Methoden allein, die der Nation die Würde der Freiheit sichern halfen.*«
Aus *Mein Kampf*, Seite 196, Kapitel: *Propaganda nur für die Masse*

Joseph Goebbels:
»*Er (Adolf Hitler) ist der Kern des Widerstandes gegen den Weltverfall. Er ist Deutschlands tapferstes Herz und unseres Volkes glühendster Wille. Ich darf mir ein Urteil darüber erlauben, und es muss gerade heute gesagt werden: Wenn die Nation noch atmet, wenn vor ihr noch die Chance des Sieges liegt, wenn es noch einen Ausweg aus der tödlich ernsten Gefahr gibt – wir haben es ihm zu verdanken. Er ist die Standhaftigkeit selbst. Nie sah ich ihn schwankend oder verzagend, schwach oder müde werden. Er wird seinen Weg bis zu Ende gehen, und dort wartet auf ihn nicht der Untergang seines Volkes, sondern ein neuer, glücklicher Anfang zu einer Blütezeit des Deutschtums ohnegleichen.*

Hört es, Ihr Deutschen! Auf diesen Mann schauen heute schon in allen Ländern der Erde Millionen Menschen, noch zweifelnd und fragend, ob er einen Ausweg aus dem großen Unglück wisse, das die Welt betroffen hat. Er wird ihn den Völkern zeigen, wir aber schauen auf ihn voll Hoffnung und in einer tiefen, unerschütterlichen Gläubigkeit. Trotzig und kampfesmutig stehen wir hinter ihm: Soldat und Zivilist, Mann und Frau und Kind – ein Volk, zum Letzten entschlossen, da es um Leben und Ehre geht. Er soll seine Feinde im Auge behalten; darum versprechen wir ihm, dass er nicht hinter sich zu blicken braucht. Wir werden nicht wanken und nicht weichen, wir werden ihn in keiner Stunde, und sei es die atemberaubendste und gefährlichste, im Stich lassen. Wir stehen zu ihm, wie er uns – in germanischer Gefolgstreue, wie wir es geschworen haben und wie wir es halten wollen. Wir rufen es ihm nicht zu, weil er es auch so weiß und wissen muss: Führer befiehl - wir folgen!

Wir fühlen ihn in uns und um uns. Gott gebe ihm Kraft und Gesundheit und schütze ihn vor jeder Gefahr. Das Übrige wollen wir schon tun.

Unser Unglück hat uns reif, aber nicht charakterlos gemacht. Deutschland ist immer noch das Land der Treue. Sie soll in der Gefahr ihren schönsten Triumph feiern. Niemals wird die Geschichte über diese Zeit berichten können, dass ein Volk seinen Führer oder dass ein Führer sein Volk verließ. Das aber ist der Sieg. Worum wir so oft im Glück an diesem Abend den Führer baten, das ist heute im Leid und in der Gefahr für uns all eine tiefere und innigere Bitte an ihn geworden: Er soll uns bleiben, was er uns ist und immer war – unser Hitler!«

Rundfunkansprache, Freitag, 20. April 1945.

Hetty Krahwinkel

Im Mai 1945 wurde der Krieg in Europa offiziell beendet. Hitler und Goebbels hatten mittels ihrer Selbsttötung den Krieg zeitgleich auf ihre Weise beendet. Es bedurfte wohl der nächtlichen konspirativen Dunkelheit, um daraufhin hinter verschlossenen Türen einen Friedensvertrag zu unterzeichnen, der den vorläufigen Schlusspunkt hinter eine Welttragödie setzte. Scheute der Frieden etwa das Licht des Tages?

Nachdem Generaloberst Alfred Jodl bereits am 7. Mai 1945 die bedingungslose Kapitulation aller deutschen Truppen unterzeichnete, war es am darauffolgenden Tag später Abend geworden, als Generalfeldmarschall Keitel, Generaloberst Stumpff und Generaladmiral von Friedeburg in Stellvertretung der einzelnen Waffengattungen die teuer bezahlte Urkunde der Kapitulation ihrerseits rechtskräftig ratifizierten. So besiegelte ein harmloses Stück Papier, das in solchen Fällen als ein wichtiges Dokument bezeichnet wird, das Leid und Elend unzähliger Menschen auf der Welt, die durch Kriegsverbrechen, Holocaust, Völkermord, Bombardements, Handfeuerwaffen oder den schändlichen Einsatz von Atombomben ums Leben gekommen waren. Wie viel zig Millionen es wirklich waren, wird nie genau festzustellen sein. Das alles wäre in diesen Ausmaßen sicherlich nie geschehen, wäre der absolute Friedenswille der Völker größer gewesen als der jeweilige Wille zur Macht, die sich in der Menschheitsgeschichte schon allzu oft mit dem Wunschmäntelchen nach Freiheit geschmückt hat!

Da standen sie nun, die verantwortlichen Verlierer, nackt standen sie da, ohne Dienstgrad, ohne Parteiabzeichen, ohne Anerkennung, aber mit nach außen demonstriertem schlechtem Gewissen. Die weit geöffneten Tore der Konzentrationslager offenbarten nun auf perfide Weise, wozu der Mensch fähig war, wenn geistige Entartung Oberhand gewann. Dass bleiche Knochengesicht der Schande war zum Schreckgespenst für jedermann geworden. Jetzt schauten alle gespannt auf Justitia, nach welcher Seite würden die Waagschalen der Gerechtigkeit ausschlagen? Die Opfer verlangten ihr Recht, das wog schwer. Dagegen wurden die toten Frauen, Kinder und Männer der kollektiven Täter als zu leicht empfunden. Auch das Recht hatte eine empfindsame Seele!

Tagebucheintrag meiner Mutter am 18. Januar 1969. Teil eines schriftlichen Konglomerats, das von ihr ausdrücklich als ein schriftlicher Nachlass für mich vermerkt wurde.

†

Aus den Fenstern hängen weiße Fahnen. Hetty ertappt sich dabei, dass sie das Hakenkreuz darauf vermisst. Die Augen der Deutschen waren es gewohnt, das Hakenkreuz. Der neue Wind, der nun in Deutschland weht, hat es hinweggefegt. Jetzt zeigen sich die Fahnen nur noch weiß, *wir ergeben uns!*

Weiß, das Emblem des Friedens, denkt sich Hetty, als sie ein paar Tage später mit Charlotte die letzten Häuser des Dorfes erreicht. Auf der Landstraße gehen sie weiter, sie sind unterwegs zum nahegelegenen Fluss, um von den Uferrändern Weiden für die Körbe zu schneiden.

»Eigentlich schade, gerade jetzt die Weiden zu schneiden, wo zurzeit die Kätzchen hervorbrechen«, unterbricht Hetty das schweigsame Nebeneinander. »Demonstrieren die Weiden nicht auch Frieden? Ihren Frieden mit dem Winter?«

Charlotte bleibt ihr eine Antwort schuldig.

Als die beiden Freundinnen das Kruzifix erreichen, das seit vielen Jahren im Feldrain angebracht ist, bleiben sie verwundert stehen. Dem Herrn Jesus hat vermutlich ein Querschläger den linken Arm fortgerissen. Nun sieht das

Bildnis wie ein Wegweiser aus, der in eine unbestimmte Weite zeigt. Sie schauen sich an und gehen wortlos weiter. Kurz bevor sie in einen Feldweg abbiegen müssen, sehen sie aus dem Nachbarort, der etwa einen halben Kilometer von ihnen entfernt liegt, einige Militärfahrzeuge näherkommen. Bald darauf erkennen sie, dass es Amerikaner sind. Hetty und Charlotte halten sich verängstigt an den Händen fest. Sie haben beide davon gehört, dass es auch bei den Amerikanern Vergewaltigungen gibt. Doch, um sich zu verstecken, ist es nun zu spät. Schon braust das erste Fahrzeug, ein offener Jeep, an ihnen vorbei. Zwei Soldaten sitzen vorne. Anscheinend ein Offizier mit seinem Fahrer. Dann folgen fünf Lastkraftwagen. Auf dem Letzten steht ein uniformierter GI mit einem Maschinengewehr, das auf der Ladefläche aufgebaut ist. Die Haut des Mannes ist kohlrabenschwarz, nur das Weiß seiner Augen leuchtet unter dem Stahlhelm hervor. Mit einer Hand wirft er den Schönen am Wegesrand einen Kussmund zu und mit der anderen einen kleinen Gegenstand, der ihnen kurz darauf trudelnd vor die Füße fliegt. Ihm scheint es egal zu sein, welche Frau seine großzügigen Gaben auffängt. Er dreht sich noch nicht einmal um. Ganz klar, er hat einen Auftrag, er muss die Kolonne vor Übergriffen schützen. Den Nazis ist ja nicht zu trauen!

»Ein Neger!«, bringt Charlotte beinahe ehrfurchtsvoll über ihre Lippen, und dabei richtet sie ihr Haar ordentlich. Als aber der Gegenstand herangeflogen kam, waren die Frauen vor Schreck zusammengezuckt.

Charlotte ist es, die sich danach bückt. »Oh«, stöhnt sie auf, »Schokolade! Er hat uns tatsächlich Schokolade zugeworfen.«

Verächtlich besieht sich Hetty die Verpackung. Zynisch klingen ihre Worte. »In Dresden haben sie mit Bomben geschmissen.«

Die Kolonne verschwindet im Dorf. Schokolade schleckend wollen die Frauen in den Feldweg einbiegen, da hören sie erneut Motorengeräusch. Neugierig geworden drehen sie sich um. Der Jeep mit besagtem Offizier an Bord ist es, der kehrtgemacht hat. Der Fahrer stellt den Motor ab, und schon springt sein Vorgesetzter lässig über die Beifahrertüre. Bei jedem Schritt, den er auf die Frauen zugeht, wiegt er sich tänzelnd in den Hüften. Hetty und Charlotte stehen eng beieinander, somit taxiert er beide gleichzeitig. Doch er sagt nur: »Hello Frollein.«

Lächelnd sagt er es, und dabei schiebt er sich mit dem Zeigefinger das Schiffchen neckisch in den kurz geschorenen Nacken. Sein Lächeln ist strahlend. Seine makellosen Zähne blinken förmlich aus dem rötlich braunen Gesicht, das einen exotischen Charme versprüht.

So also sieht der andere Feind aus, der aus dem weiten Amerika, fährt es Hetty in den Sinn, und sie spürt, verlegen geworden, wie ihr die Hitze in die Wangen steigt. Ein wenig schämt sie sich auch dafür, dass sie dem gut aussehenden Kerl in einem abgelegten Kittel der Rosl gegenübersteht. Sie wünscht sich, dass er denkt, dass es die warme Frühlingssonne ist, die ihr die Wangen verräterisch rötet.

Charlotte zupft Hetty am Ärmel, sie solle doch einfach weitergehen. Jetzt pfeift der ungehörige Kerl sogar frech durch seine blendend weißen Zähne.

»Your nix Nazi, Frollein?« Er lacht und lacht, dass man befürchten muss, dass er sich nicht mehr einkriegt. Immer noch lachend geht er wie ein Filmsheriff, der gerade einen gefürchteten Gangster zur Strecke gebracht hat, im Wiegeschritt zum Fahrzeug zurück.

»Have a nice day, Frollein!«, ruft er, als der Wagen bereits wendet, und sie hören ihn immer noch lachen, als der Jeep von einer Qualmwolke eingehüllt davonfährt.

»Was war das denn? Was wollte der?« Verwundert schaut Hetty Charlotte an.

Nun muss auch Charlotte lachen. »Da fragst du noch. Der hat dir anstatt Schokolade ein Auge zugeworfen!«

»Auf mich?«

»Och, tu doch nicht so, Hetty. Du wirst doch nicht vergessen haben, wie Männer schöne Augen machen. Du hast ihm gefallen, das war nun wirklich nicht zu übersehen.«

Hetty zieht empört die Augenbrauen hoch. »Was du bloß redest!« Halb verärgert, halb geschmeichelt stupst sie ihre Freundin in die Rippen. »Und wenn er dich gemeint hat?«

»Dann schielt er«, kontert Charlotte wieder lachend.

Wenige Tage nach diesem Zwischenfall mit dem schneidigen GI sieht Hetty ihn mehr oder weniger zufällig wieder. Kein guter Moment, wie sie wiederum verschämt denkt, denn sie verlässt, sich noch geschwind den Kittel zuknöpfend, gerade das Plumpsklo, das vor aller Blicke ungeschützt zwischen dem Haus der alten Frau Lauterbach und dem des Bürgermeisters Meusel als Abort für die Bewohner beider Häuser dient. Diesmal ruft er nicht *Hello Frollein*, diesmal grüßt er militärisch, als er mit seinem Fahrer direkt neben ihr die Treppe zur Eingangstüre des Bürgermeisters hoch eilt, der ihn schon mit ausgestreckter Hand in ehrfürchtiger Haltung erwartet. Sein unwiderstehliches Lächeln allerdings, das hat er dabei, das gehört zu ihm.

Nein, Hetty lächelt nicht zurück, rasch verschwindet sie ins Haus. Doch hinter der Gardine stehend beobachtet sie, wie der draufgängerisch wirkende Offizier bei offenem Fenster mit Meusel spricht. Warum sie da steht, weiß sie sich selbst nicht zu beantworten, aber irgendetwas verlangt danach, ihn zu sehen. Seine energischen Bewegungen, seine stolze Haltung und auch seine tiefe, warme Stimme, die zu ihr herüberklingt, faszinieren sie. Was er sagt, versteht sie zwar nicht, genauso wenig wie Meusel, dem das Gesagte vom Begleiter des Offiziers radebrechend übersetzt wird, aber wie er es sagt, das kommt ihr wie ein einschmeichelnder Gesang vor, der sie im Herzen berührt.

Ist sie denn verrückt geworden, dass ihr solche Gedanken kommen?

Nachdem Meusel zum Abschied auf der Treppe steht, geht Hetty mit sich selbst scharf ins Gericht. Wieso beobachtet sie diesen fremden Mann? Er ist so aufdringlich und frech! Und während sie mit sich hadert, flüstert ihr eine vorlaute Stimme im Kopf zu, dass er aber verdammt gut aussieht.

Als ihr klirrend der Teller aus der Hand fällt, den sie dabei war abzutrocknen, und auf den Boden in kleine Stücke zerspringt, kommt sie wieder zu sich. Zurück bleibt ein bedrückendes Gefühl in der Magengegend. Sie weiß, warum ihr der Magen kneift. Alleine mit ihren Gedanken hat sie Gottfried betrogen. Um Himmels willen, das darf nicht sein! Sie wünscht sich, diesen Ami, diesen Feind nie mehr vor die Augen zu bekommen.

Dieser Wunsch soll nicht in Erfüllung gehen. Eines schönen Tages betritt Charlotte die Küche mit den Worten: »Schau mal, wen ich mitgebracht habe!« Scheinheiligkeit schwingt in ihrer Stimme mit, doch das Lachen des Amerikaners, der sich ihr als Gary vorstellt, wiegt alles auf. Hetty ist hin und her gerissen von dieser Bekanntschaft. Freilich, Charlotte und vor allem sie bekommen Nylonstrümpfe, Kaffee, Schokolade, Dosenfleisch und weiteres von ihm geschenkt, was auch der Rosl zugutekommt. Anderseits beginnt ihr Herz bei jedem seiner Besuche heftiger zu schlagen, und bald schon spürt sie, wie traurig sie wird, wenn er nicht wie gewohnt erscheint. Charlotte, die

Hetty inzwischen gut kennt, hat eine einfache Erklärung für ihre Veränderung. »Du bist verliebt!«

Hat Charlotte wirklich recht? Je weiter die Monate voranschreiten, je vertrauter sich Hetty und Gary werden, und je vertrauter sie sich auch körperlich nähern, desto weiter entfernt sich Gottfried von ihr. So weit entfernt er sich, dass ihr Herz nur noch ein ganz klein wenig schneller schlägt, wenn sie an ihn denkt. Das Schicksal will sie wohl rigoros auf einen nicht vorhersehbaren Lebensweg zerren. Sie geht ihn brav. Sie geht ihn gehorsam. Sie geht ihn sogar mit ein wenig Glück im Herzen, bis diese verzwickte Abzweigung in Form eines Briefes aus Wuppertal eintrifft.

»Sie schreibt, dass ich zu ihr kommen soll.« Hettys Augen fliegen immer wieder nervös über die Zeilen des Briefes, den sie soeben erhalten hat. *Meta Krahwinkel Wuppertal* steht als Absender auf der Rückseite des Umschlages.

Charlotte sieht Hetty aufmerksam an, wie sie den Bogen Papier gedankenvoll auf ihren Schoß sinken lässt.

»Ach«, stöhnt sie auf, »vielleicht war es nicht gut, dass ich mich bei ihr gemeldet habe?«

Charlotte hält in ihrer Flechtarbeit inne. »Aber es ist die Mutter deines Mannes, sie ist deine Schwiegermutter!«, gibt sie zu bedenken. Als von Hetty keine weitere Regung ausgeht, sagt sie noch: »Oder ist es wegen Gary, dass dir ihr Wunsch, sie zu besuchen, Kummer bereitet?«

Jetzt schaut Hetty ihre Freundin mit großen erstaunten Augen an, als habe sie etwas Kostbares fallen gelassen, das gerade mit Geklirr zu Bruch gegangen ist. Empört schaut sie nicht, sie ist nur erschrocken darüber, weil durch ihre Frage Gary und Gottfried gedanklich und emotional plötzlich so dicht nebeneinanderstehen. Dürfen die beiden Männer denn überhaupt eine gleichwertige Rolle für sie einnehmen? Da ist auf der einen Seite Gottfried, ihr Mann, den sie vor Jahren mit Sehnsucht beladen in den Krieg ziehen lassen musste. Der Vater ihres toten Kindes, von dem sie keinerlei Lebenszeichen erhalten hat. Und da ist plötzlich Gary aufgetaucht. Gary ist ihr nah, präsent. An dessen Brust sie sich lehnen kann und dessen Küsse sie trösten.

Ach, warum nur ist ihr junges Leben schon so durcheinandergeraten? Was wird ihr bleiben? Gary wird wieder wegmüssen, weit weg nach Oklahoma! Aber würde sie dafür Gottfried wiederbekommen? Vielleicht lebt er schon nicht mehr? Gary hat ihr geschworen, sie mitzunehmen nach

Oklahoma. Wenn sie daran denkt, muss sie lächeln ... Oklahoma. Was weiß sie schon von Oklahoma? Sie kennt Königsberg und ihr kleines Dorf. Sie kennt ja noch nicht einmal Gary richtig.

Ach, es ist schon ein Elend, wie sie empfindet, alles lastet immer nur auf den Frauen. Männer wollen erobern, aber Frauen müssen danach Entscheidungen treffen. Ob sie Gary liebt, das weiß sie auch nicht mit Bestimmtheit zu sagen, aber er ist da, ist ihr nah! Insgeheim wundert sie sich darüber sich mit ihm eingelassen zu haben, obwohl er ein amerikanischer Besatzer ist. Dass man sie deswegen abschätzig Amiliebchen, Dollarflitscherl oder sogar Schokoladenmädchen nennen könnte, nun, das wäre ihr egal. Gary hat es ja auch hingenommen, dass er wegen des Fraternisierungsgesetzes vonseiten seiner Vorgesetzten nicht geringe Schwierigkeiten bekommen kann. Möglich, dass es das Exotische ist, was sie zueinander getrieben hat. Sie, das schöne, blonde deutsche Fräulein, und er, der dunkelhäutige Indianer aus Oklahoma. Er, der Held, der, wenn man es bildlich ausdrücken will, die Jungfrau aus den Klauen des Drachen befreit hat. Oder war sie selbst ein böser, Feuer speiender Drache?

Man hat es Gary doch eingeschärft, dass alle Deutschen keine Menschen, sondern Untiere sind, die man mit ihren eigenen Waffen, den Waffen des Krieges ausrotten muss!

Hetty jedenfalls hat in Gary nicht ihren Befreier gesehen, als am 1. April 1945 amerikanische Verbände bis zu dem Dorf vorstießen, in dem sie sich nach ihrer strapaziösen Flucht aus Ostpreußen vor den Russen gerettet hat. Große Angst überfiel sie seinerzeit, dass es ihr bei dem Ami wie bei den Russen ergehen wird. Aber sie hatte einfach keine Kraft mehr, wiederum davonzulaufen. Die Erlebnisse nach der Flucht aus dem Keller waren ihr noch zu präsent.

Aufmerksam beobachtet Charlotte ihre Freundin, während die gedankenverloren auf dem Schemel hockt. Schließlich steckt Hetty behutsam den Brief in das Kuvert zurück. »Es ist ein Wunder, dass die Nachricht, die ich ihr geschrieben habe, überhaupt angekommen ist«, sagt sie immer noch gedankenverloren. »Gottfried hatte mir damals zwar die Adresse seiner Mutter genannt, aber auch in seiner Stadt hat es große Zerstörung gegeben, wie sie hier schreibt. Sie lebt, das ist die Hauptsache, und sie bittet mich, zu ihr zu kommen.«

»Und … wirst du hinfahren?« Charlotte schaut wieder auf ihre Flechtarbeit, als sie fragt. Hetty hingegen lässt ihren Blick nicht von der Freundin abschweifen. Beide schweigen. Als Charlotte schließlich auf Antwort wartend hochschaut, sitzt Hetty weinend vor ihr. Charlotte wirft ihre Arbeit vom Schoß, springt vom Schemel auf und drückt Hetty feste an sich heran. »Was ist, Liebes, warum weinst du?«

Hetty sieht zum Stein erweichen aus. Dicke Tränen rollen ihr über die Wangen.

Und da scheint Charlotte eine Eingebung zu bekommen. Wie vom Blitz getroffen erstarrt sie. Sie schüttelt Hetty an beiden Schultern, worauf Hetty laut aufschluchzt. »Nein, oh nein, oh nein.« Charlotte wirkt plötzlich kraftlos. »Nein«, stöhnt sie, »sag, dass es nicht wahr ist!«

Hetty kann nicht sprechen, sie nickt nur. Innerlich tief berührt schleicht Charlotte zu ihrem Schemel zurück. Wie jemand, dem nach großer Anstrengung die Luft ausgegangen ist, setzt sie sich. Wieder schweigen beide. Dann will sich Charlotte vergewissern. »Du … bist schwanger?«

Hetty erneutes Aufschluchzen bestätigt ihre Vermutung. Sie sehen sich lange an, als warten beide darauf, von irgendeinem starken Gefühl überwältigt zu werden, sei es Freude oder Entsetzen.

»Nein!«, schreit Charlotte schließlich heraus. »Ausgerechnet du musst einen Bastard bekommen!«

Jetzt ist Hetty hellwach. »Sag nie wieder Bastard, nie wieder!« Auch sie schreit es heraus.

Erschrocken über ihre eigenen Worte und gleichfalls über Hettys lautstarke Reaktion, bittet Charlotte sie um Verzeihung. Dennoch gibt sie zu bedenken: »Hier in Deutschland wirst du es mit einem farbigen Kind nicht leicht haben. Man wird euch noch mit ganz anderen Beschimpfungen beleidigen.«

»Gary ist kein Neger!«, empört sich Hetty.

»Nein, da hast du recht, ein Neger ist er nicht. Aber man sieht ihm seine indianische Abstammung an. Da ist es besser, du ziehst mit ihm nach Oklahoma, wenn er wieder in seine Heimat zurückmuss.« Und nach einer kurzen Pause fragt sie vorwurfsvoll: »Was hat er hier überhaupt verloren?«

Charlotte hat mit ihren unschönen Bemerkungen Trotz in Hetty geweckt. »Warum er hier ist?«, tönt sie verbittert los. »Weil Hitler diesen scheiß Krieg angefangen hat!«

»Ach so«, widerspricht ihr Charlotte, »deswegen. Hitler hat also 1941 Pearl Harbor angegriffen, und deswegen schlägt der Ami nun in Deutschland zurück. O nein, Liebes, so einfach darf man es sich auch nicht machen. Die meisten, denen in Deutschland die amerikanischen Bomben auf den Kopf gefallen sind, wissen noch nicht einmal, wo Pearl Harbor liegt, das geht nur die Japaner etwas an.« Charlotte ist aufgebracht, ihre Wangen glühen. Sie steht auf, um sich etwas zu trinken einzuschütten. Nachdem sie einen großen Schluck frisches Brunnenwasser getrunken hat, fragt sie: »Wenn du von Gary ein Kind erwartest, dann liebst du ihn, ich aber frage dich, kann man seine Feinde lieben? Darf man die lieben, die vorsätzlich und hinterhältig Kinder und Frauen auf gräulichste Weise töten?«

Doch Hetty ist um eine Antwort nicht verlegen, mit den Achseln zuckend sagt sie: »Das ist Krieg! Im Krieg tötet eben jeder jeden. Wenn wir nicht töten, töten sie uns, und andersherum ist es genauso. Aber nicht die, die töten, sind die Schuldigen, sondern die, die die Befehle dazu geben! Und von den Befehlshabern ist einer so gut oder so schlecht wie der andere.«

Hetty ist hart geworden, hart gegen sich selbst. Der Krieg und die Umstände haben sie hart gemacht, und sie will Gary gegenüber Charlotte verteidigen, aber ob sie ihn wirklich liebt, ihn wirklich aus reinem Herzen heraus liebt, wie sie Gottfried einst liebte, das weiß sie nicht zu beantworten. Nie hätte sie es für möglich gehalten, zwei Männern gleichzeitig einen Platz in ihrem Herzen einzuräumen. Wie unterschiedlich sie sind und wie unterschiedlich sich die Zuneigung zu ihnen anfühlt, das verunsichert sie denn doch. Mit dem Kind von Gary in ihrem Bauch fühlt sich die Liebe lebendig an. Man kann sie quasi anfassen, sie spüren, sie beweist sich in zärtlichen Worten, in einem Lächeln, in einem innigen Kuss. Er ist da!

Die andere Liebe, die zu Gottfried, sitzt zwar tief in ihrem Herzen versunken, aber es kommt ihr mehr und mehr so vor, als wären die Erinnerungen an ihn wie ein schöner Grabschmuck, der langsam zu welken beginnt. Das romantische Licht, das einst von ihm ausgegangen ist, das sie wohlig wärmte und ihr Geborgenheit gab, ist noch nicht erloschen, aber es ist nicht mehr das brennende Licht der heißblütigen Sonne, es ist durch die lange Trennung zum kalten Schein des Mondes gewandelt. So stellt sie sich in diesem Augenblick ihre Liebe zu Gottfried vor. Guter, alter Mond, unter dem die Zeiten unaufhörlich wie ein monströses Bilderbuch dahinziehen, wie magst du dich über die Menschen unter dir wundern. Und doch ist es der Mond ihrer Liebe, der Mond ihrer Kindheit, der unbeirrt all ihre verflossenen Kinderträume nun als ein tröstliches Licht der Nacht erstrahlen lässt.

Soll sie der alten Frau Lauterbach noch dankbar dafür sein, dass sie jetzt bei der Hexe auf dieser abgewetzten Pritsche liegt? Sie friert. Ihr Unterleib ist schamlos entblößt. Als sie ihn für Gary entblößte, hat sie sich nicht geschämt. Eigentlich will sie weinen, aber sie kann es nicht. Der ostpreußische Winter mit all den Toten hat ihre Seele erfroren. Außer ein wenig Angst verspürt sie nichts. Und diese Angst richtet sich gegen sie, gegen sie persönlich.

Wie hässlich die Angst sein kann! Um ihr junges Leben hat sie Angst. Sie lauscht. Nebenan hört sie die Hexe mit Charlotte tuscheln. Wann kommt sie endlich zu ihr, die Engelmacherin. Völlig ergeben blickt sie durch das einzige Fenster im Raum. Drinnen ist es schummrig und draußen sieht es trostlos aus. Alles ist trostlos. Sogar die kahlen Bäume mit ihrem schmucklosen Nebelkleid tragen Trauer. Ein Bild der Trauer. Nur ein täuschend echtes Gemälde, das man sich interessiert ansieht, ohne dass die Landschaft dabei zum eigenen Leben gehört. Ja, sie ist erfroren! Wie gerne würde sie die Krähe auf dem Ast verscheuchen. Der Ast, auf dem der Vogel sitzt, berührt fast die Fensterscheibe. Seitdem sie auf der Pritsche liegt, schielt sie die Krähe mit schief gelegtem Kopf an. Hau ab! Für das, was gleich geschehen wird, braucht sie keine Zuschauer, noch nicht einmal so ein dämliches Vieh.

Wenn es doch wenigstens eine Taube wäre! Gleich wird alles vorbei sein. Sicher wird es wehtun. Die Hexe hat gefragt, ob sie Seifenlauge oder eine Nadel nehmen solle und sie hat geantwortet, was sicher und schnell ist. Mit hämischem Grinsen hat ihr die Hexe eine lange Nadel gezeigt. An Gary will sie nicht denken. Sie will überhaupt nie wieder an ihn denken! Und weil sie nicht mehr an ihn denken will, denkt sie ständig an ihn. Das Kind, das sie in wenigen Minuten verlieren wird, ist doch ein Teil von ihm. Sie verflucht den Tag, an dem sie mit Charlotte zum Weiden holen gegangen ist. Jetzt gleich opfert sie ihm ihr Kind, und nichts wird ihr von der Liebe zu ihm bleiben, außer einem kleinen, bunten Bildchen, damit sie sein bezauberndes Lächeln nie mehr vergisst. Gary ist fort. Fort, ohne sie! Oklahoma ist weit. Weiter als der liebe Mond und mindestens doppelt so weit entfernt wie ein russisches Kriegsgefangenenlager.

Abgesang

Das Ostpreußenlied

Land der dunklen Wälder und kristallenen Seen;
über weite Felder
lichte Wunder geh'n.
Starke Bauern schreiten hinter Pferd und Pflug;
über Ackerbreiten streicht der Vogelzug.
Und die Meere rauschen den Choral der Zeit;
Elche steh'n und Lauschen in die Ewigkeit.
Tag hat angefangen über Haff und Moor;
Licht ist aufgegangen, steigt im Ost empor.
Heimat wohlgeborgen zwischen Strand und Strom,
blühe heut' und morgen unterm Friedensdom.
Text: Herbert Brust, Melodie: Erich Hannighofer

»Der Glauben, dass Frieden wünschenswert ist, reicht kaum, um ihn zu erreichen. Frieden erfordert Verantwortung. Frieden erfordert Opfer ... Ich bin verantwortlich für die Stationierung Tausender junger Amerikaner, die in einem fernen Land kämpfen. Einige werden töten. Andere werden getötet. Krieg ist manchmal notwendig.«

Barack Hussein Obama, 44. Präsident der Vereinigten Staaten, anlässlich seiner Rede zum Friedensnobelpreis am 10.12.2009.

ENDE

Ausklang

Heute, am frühen Morgen eines zauberhaften Frühlingstages, habe ich ziemlich erschöpft und innerlich aufgewühlt hinter meiner Familiengeschichte einen Punkt gesetzt. Es war der Schlusspunkt einer ganz persönlichen Chronik, die in meinen Augen auch als Synonym für unzählige menschliche Tragödien und gleichzeitiger Mahnung gelten kann, dass sich das Versagen von internationaler Politik und gesellschaftlicher Verblendung nie, nie mehr in diesem Maße wiederholen darf. Aber leider, leider kann man die Vergangenheit nicht wie einen alten, aufgebrauchten Rock ausziehen und völlig neu gewandet in die veränderte Zeit hineinmarschieren. Demnach wird es immer *ewig Gestrige* geben, die Gesellschaft muss nur Obacht geben, dass die Unbelehrbaren in der absoluten Minderheit bleiben, damit nicht aus deren asozialem Willen wieder ungezügelte Gewalt wird. Auch aus diesem Grund musste ich die Scheußlichkeiten in aller Deutlichkeit aufschreiben, die den Krieg immer wieder zu einem teuflischen Barbaren machen. Wenn nach diesen verabscheuungswürdigen Verbrechen beider Weltkriege die Scham größer ist als die Lust, die Lust an der ungezügelten Macht, dann ist die Menschheit einen großen Schritt weiter in Richtung Zivilisation. Zudem soll meine Erzählung auch Verpflichtung sein, allen Opfern in Anstand und Würde zu gedenken, auch wenn es nicht der heute allgemeingültigen Meinung entspricht!

Doch der Schlusspunkt, den ich gesetzt habe, kennzeichnet nicht nur den Schluss eines Familienschicksals, sondern auch das Ende des Deutschen Reiches, das sich mit der Gründung der Bundesrepublik Deutschland 1949 unehrenhaft in die Analen der Zeitgeschichte verabschiedet hat. Ich bin meiner Mutter heute sehr dankbar dafür, dass sie mir, neben all ihren schriftlichen Nachlässen, die größtenteils noch von Vater stammten, vor allem in den letzten Jahren in vielen ausführlichen und sehr persönlichen Details das geschildert hat, was ich nun in langen Tagen und Nächten niedergeschrieben und mit *Lieb Vaterland ... Gottfried Krahwinkels Erbe* betitelt habe. Hat Mutter mir bei allem, was sie mir anvertraute die Wahrheit gesagt? Ich weiß es nicht, aber was ist Wahrheit? Wahrheit ist das, was geglaubt wird. Da der Glaube aber auch von Zweifel beherrscht wird, kann oder muss man auch stets die Wahrheit anzweifeln, wenn sie nicht auf der Grundlage der einzigartigen und liebenden Gerechtigkeit unseres Schöpfers basiert. Denn die von

Gott gegebene Gerechtigkeit, in der die Würde des Menschen seine wahrhaftige Bedeutung findet, ist die reine Wahrheit, sie ist ohne Lüge! Sie ist die sittlich moralische Instanz in uns. Somit wird die profane Wahrheit immer nur eine ganz individuelle Sichtweise bleiben, weil sie mit wechselnden, rein menschlichen Gefühlen verbunden ist.

Der Vollständigkeit halber möchte ich berichten, wie sich meine Eltern trotz der Wirren der Nachkriegszeit doch noch wiedergefunden haben.

Nachdem meine Mutter 1948 wiederum einen langen Brief von Meta erhalten hatte, in dem sie ausführlich darüber berichtete, dass circa zwei Wochen vorher völlig unerwartet und dem Aussehen nach ein ziemlich heruntergekommener Mann an ihre Türe geklopft hatte und sie im ersten Moment des Öffnens dachte, dass es sich dabei um ihren vermissten *Purzel* handelte, weil sie ihn wegen des langen Bartes, der das Gesicht fast vollständig verbarg, nicht sofort erkannte. Doch schnell stellte sich heraus, dass es Fred war, der um Einlass bat. Welch eine Freude, ihn wiederzusehen, das hatte sie rot unterstrichen. Freude auch darüber, dass Fred ihr berichtete, dass es ihrem Sohn zuletzt den Umständen entsprechend recht gut gegangen sei und er sicher auch bald heimkäme, da in Russland schon etliche Lager aufgelöst worden waren.

Mit dieser hoffnungsvollen Aussicht, ihren Mann bald wiederzusehen, hatte meine Mutter sich alsbald darauf in den Zug gesetzt und fuhr zu ihrer Schwiegermutter nach Wuppertal.

Der Abschied von Charlotte und vor allem von dem schlichten und geheim gehaltenen Wiesengrab, in das sie und Charlotte bei Nacht und Nebel den männlichen Abort vergraben hatten, war mit vielen Tränen verbunden. Doch von Charlotte sollte es kein Abschied für immer gewesen sein. Noch viele, viele Jahre danach haben sich Mutter und Tante Charlotte, wie ich sie immer genannt habe, so gut wie jedes Jahr im Sommer gesehen. Tante Charlotte hatte bereits, kurz nachdem Mutter sie zurückließ, in den Gasthof Engel eingeheiratet und mit dem Gastwirtssohn Johann bis ins hohe Alter die *Landhaus Pension Engel* geführt, in der wir, Mutter, Vater und später ich, stets gern gesehene Gäste sein durften.

Als Mutter ärmer als eine Kirchenmaus in Wuppertal eintraf, gab es auf Anhieb keinerlei Berührungsängste mit Großmutter Meta. Schon alleine deshalb nicht, weil sie bei ihr herzlich und liebevoll aufgenommen wurde.

Schließlich verband sie die gemeinsame Liebe zu Vater! Aber welche Enttäuschung, Vater kam nicht wie erwartet. Monate und Jahre gingen ins Land. Inzwischen war Fred längst weitergezogen. Fred, der nach seiner Entlassung nichts mehr besaß außer einigen Zauberrequisiten, die er noch vor seiner damaligen Strafversetzung in Düsseldorf in einem meterdicken Keller eines kleinen Theaters gut und sicher, wie sich dann herausstellte, deponiert hatte, begann unverzüglich damit, wieder als Zauberkünstler aufzutreten. Schon in kürzester Zeit erzielte er mit seiner Zaubershow große Erfolge in der neu gegründeten Bundesrepublik, in der alles nur noch aufwärtsgehen konnte. Das beginnende Wirtschaftswunder suchte nach dem Schrecken des Krieges förmlich nach Freude und Ablenkung, und die bot Fred den Menschen, als der große Alfredo Frackelli.

Wo aber blieb sein Kamerad und Freund Gottfried Krahwinkel?

Vater blieb verschollen. Frau und Mutter wussten natürlich, dass viele, zu viele Männer niemals mehr aus Krieg und Gefangenschaft zurückkehren würden, aber sie gaben sich gegenseitig nicht zu, dass ihr Gottfried tot sein könnte.

»Du wirst sehen, Hettylein«, sagte Großmutter oft, wenn die Suchmeldungen vom Deutschen Roten Kreuz im Radio gesendet wurden, »eines Tages steht auch mein Purzel wieder vor der Türe.«

Und tatsächlich: 1955 lauerten die beiden Frauen voller unruhiger Erwartung im Lager Friedland inmitten einer großen Anzahl Wartender, die, wenn sie Glück hatten, nach all den Jahren der schmerzlich empfundenen Trennung endlich ihre Söhne, Männer und Väter in Empfang nehmen konnten. Und dann sahen und hörten sie ihn mit schrillem Pfeifton heran dampfen, den heiß ersehnten Zug, in dem die letzten ausgezehrten Männer ihrer Generation saßen, die dank des ersten Bundeskanzlers der Bundesrepublik Deutschland, Konrad Adenauer, lebend die russische Gefangenschaft verlassen durften. Ihr schweres und blutiges Gepäck war die Vergangenheit. Was wussten sie denn schon von der neuen Zeit, die sie in Kürze am Bahnsteig mit winkenden Armen überschwänglich begrüßen würde?

Behutsam müsste man mit ihnen umgehen, wenn man sie liebte und ihnen aus Rücksicht für all das Erlebte nichts mehr vorwerfen wollte. Durch Nachsicht würde auch der letzte Funke Rache in ihnen erlöschen, der im Gefangenenlager vom hart bestrafenden Feind stets am Glimmen gehalten wurde. Wirklich frei ist der Mensch, wenn er verzeihen kann!

Siegesgewohnt und stolz hatten sie einst Kinder und Frauen zurückgelassen, und von Kindern und Frauen wurden die Verlierer der Geschichte an diesem gedenkwürdigen Tag erwartet. Aber auch die Frauen hatten sich verändert. Es waren nicht mehr die gleichen Lebenspartnerinnen, von denen sie als Helden Abschied genommen hatten. Während die Männer bedingungslos siegen wollten, mussten die couragierten Frauen der Heimat zum Ende der Weltenschlacht die schwere Niederlage auf ihren schmalen Schultern alleine tragen. Trümmerfrauen!

Doch wie nah liegen Freude und Verzweiflung beisammen! Endlich zu Hause angekommen, erkannten die gedemütigten Verlierer nichts wirklich wieder. Ihre einstmalige Vertrautheit war ausgebombt und verjagt worden. Sogar in ihren Städten fanden sie sich nicht mehr zurecht, weil die ihnen bekannten Häuser und Straßen verschwunden waren. Ein noch größerer Zauber, als es Fred einer war, hatte sie Hokuspokus über Nacht verschwinden lassen und dafür etwas Neuartiges aus dem Hut gezaubert. Es gab sogar nicht wenige Heimkehrer, die von einem ihnen fremden Mann die Türe geöffnet bekamen, und die eigenen Kinder rannten weinend weg vor Angst, wenn sie der unbekannte Vater zur Begrüßung auf die Stirne küssen wollte. Während die müden Krieger in der Vergangenheit festgehalten worden waren, hatte sich die neue Zeit Bahn gebrochen, und anstatt dem Hakenkreuz wehten bei besonderen Anlässen nun die schwarz-rot-goldenen Fahnen.

Schamvoll schwieg man die Namen der Nazigrößen beharrlich tot. Wer aber waren Fritz Walter, Helmuth Rahn oder Jupp Posispal? Der Krieg ging verloren, und doch war Deutschland Weltmeister!

Nach Vaters Heimkehr gab es viel zu erzählen. Unter innerer Drangsal berichtete Mutter ihm, warum sein Kind nicht auf ihn wartete. Vater war vor Schmerz zusammengebrochen, weil das totgeborene Kind, von der er geglaubt hatte, dass es lebte, ihm in der Gefangenschaft die Kraft gegeben hatte, durchzuhalten. Und als Mutter mit ihm weinte, konnte er natürlich nicht wissen, dass es da noch ein Kind gab, um das seine Frau insgeheim ebenfalls trauerte. Wer kann Tränen schon ansehen, wem sie gelten?

Vater erfuhr ebenso, welches Leid Mutter in der Zeit der Trennung ertragen musste, und im gegenseitig ertragenen Schmerz waren sie von Herzen dennoch froh, dass sie endlich wieder zueinandergefunden hatten, auch wenn der harte Alltag des Neuanfangs ihrer beider Liebe oft auf eine schwere Probe stellte. Dennoch, trotz allem hatten meine lieben Eltern noch schöne

Jahre miteinander. Dazu zähle ich auch die Zeit, als Vater mit seiner Krankheit leben musste. Bei aller eigenen Bescheidenheit war auch ich es, der zu einem großen Teil ihres Glückes beitrug. Mit meiner Geburt empfand Mutter damals den eigentlichen Neubeginn in der neuen Heimat. Sie hat es mir gegenüber einmal als Wunder bezeichnet, dass ich auf die Welt gekommen bin. Die Ärzte hatten immer nur den Kopf geschüttelt, wenn Mutter sie daraufhin ansprach, dass sie so gerne ein Kind bekommen möchte. Leider, leider, Frau Krahwinkel, sagten sie dann bedauernd, bei all dem was sie durchgemacht haben, da ist leider nichts mehr zu machen. Vielleicht wussten sie auch, dass es Hexen mit langen Nadeln gab? Heute macht es mich stolz, dass ich das Glück meiner Eltern auf wundersame Weise perfekt gemacht habe. Ich war ihr menschgewordener Trost für all das Gewesene.

Mitte der 60er Jahre traf Vater Fred wieder. Alfredo Frackelli trat im wieder hergerichteten Thalia Theater auf. Anschließend besuchte er uns zu Hause. Ein breiter, überlanger taubenblauer amerikanischer Straßenkreuzer hielt vor unserer Tür, und ich wäre vor meinen Freunden fast vor Stolz geplatzt. Der bekannte Alfredo Frackelli kam zu uns mit diesem tollen Ami-Schlitten! Ein unvergesslicher Abend in unserem bescheidenen Heim. Bei falschem Hasen, Klößen und Rotkohl lauschte ich als Sechsjähriger mit heißen Ohren, was sicherlich nicht für meine Ohren bestimmt war. Aber Vater und Fred hatten sich viel zu erzählen, und sicher spielte dabei auch der konsumierte Alkohol eine wesentliche Rolle, um die Zungen der beiden für all den aufgestauten Seelenmüll zu lösen.

Auch wenn man nicht selten das Gefühl hat, die Zeit würde davonrennen, so brauchen manche Dinge ihre Zeit, damit sie mit jeder weiteren Stunde eine lebenserträgliche Einheit bilden. Und auf diese Weise begannen sich für uns Krahwinkels, Gegenwart und Vergangenheit peu a peu zu vermischen, und je mehr Normalität des Augenblicks in die Waagschale der Gegenwart hinzugefügt wurde, desto mehr trat das Gestern im Alltag zurück.

Zu dieser Normalität gehörte wiederum ein unerwartetes Wiedersehen. Fast in gleicher Weise, wie sich Vater über das Wiedersehen mit Fred gefreut hatte, wurde Mutter ebenfalls reich mit Freude beschenkt, als Onkel Wilhelm und Onkel Gustav ihre Zelte in Wuppertal aufschlugen.

Auf verschlungenen Wegen, die nur das Schicksal kennt, gelangten die Brüder auf vielen Umwegen schließlich in jene Stadt, in der, wie sie nach langer Suche erfuhren, auch Mutter wohnte. Mit Ostpreußen im Herzen und Eisbein im Bauch würde die Zukunft ein Klacks mit der Wichsbürste werden, dessen waren sie sich sicher.

»Ach, wenn das unsere Eltern noch erleben könnten«, hatte Onkel Gustav tief berührt zu Mutter gesagt, und nachdem Onkel Wilhelm, der neben ihm stand, kräftig ins Taschentuch geschnäuzt hatte, drehte er gedankenverloren seinen Kaiserbart.

Ja, so war das damals nach dem Krieg, beinahe sah es im allgemeinen Wohlstand ganz danach aus, als könne man die zurückliegenden schlimmen Jahre einfach so wie Dreck aus dem Gedächtnis wischen, damit das Gewissen rein wird. Aber wenn die Seele einmal beschmutzt ist, wird es kaum mehr möglich sein alle, wirklich alle dunklen Flecken zu beseitigen. Sie werden höchstens als ein lebenslanges Geheimnis im tiefsten Keller seiner selbst versteckt werden können. Manchmal aber, wenn es am Ende des Lebens ans Klar-Schiff-Machen geht, möchte man sich doch noch kurz vor seinem Tod davon bereinigen. So erging es auch Mutter.

Als sie auf dem Sterbebett lag, war es ihr wohl danach, mich zu ihrem Geheimnisträger zu machen, mir kurzerhand aufzuladen, was sie loswerden wollte. Mit zittriger Stimme gestand sie mir, dass sie an einem Julitag im Jahre 1967 einen an Vater adressierten Brief abfing, dessen Kuvert durch seine Briefmarke verriet, dass er aus den USA abgeschickt wurde. Mit Tränen in den Augen entschuldigte sie sich bei mir dafür. Du liebe Güte, was für eine anrührende Szene war das für mich gewesen. Nein, so etwas habe sie noch nie getan, gestand sie, weil ihre Ehe stets von gegenseitigem Vertrauen geprägt war. Natürlich hatte sie sofort an Gary gedacht, wie auch könnte sie Gary vergessen haben. Wer dieser Gary war, hatte sie mir ebenfalls offenherzig erzählt. Sie war im ersten Moment nur darüber verwundert gewesen, warum die Anschrift *Gottfried Krahwinkel Wuppertal* lautete. Woher sollte Gary wissen, dass sie inzwischen in Wuppertal wohnte? Neugierig geworden hatte sie den Umschlag vorsichtig unter Wasserdampf geöffnet. Eigentlich handelte es sich gar nicht um einen Brief, wie sie überrascht feststellte. Nur ein Foto zog sie aus dem Umschlag. Und was für ein Foto! Eine atemberaubende, schöne junge Frau mit dunklem Haar und schwermütig blickenden Augen bekam sie zu sehen, die sich splitterfasernackt auf einem Fell rekelte. Was sollte das?, hatte sie sich daraufhin mit wild pochendem

Herzen gefragt. Hin und her gerissen habe sie das Foto hin und her gewendet. Bei dem, was sie auf der Rückseite zu lesen bekam, verschlug es ihr den Atem. Immer wieder wiederholte sie die Worte, ohne dafür eine Erklärung zu finden. »Eva im Paradies. Die liebsten Grüße, Libsche!« Und unter dem offensichtlich nur allzu vertrauten Gruß an ihren Frido hatte das verruchte, freche Weibsbild mit Lippenstift noch einen roten Kussmund auf das Papier gedrückt! Wie Mutter mir weiterhin gestand, wäre sie am Abend Vater am liebsten entgegengerannt, um ihm diese Schmach unter die Nase zu reiben, aber dann fiel ihr ein, dass auch sie ein Foto besaß, das sie ihm verschweigen musste und deshalb sorgsam in ihrem Nähkästchen unterm Zwirn hütete, in dem zur Abwehr stets Nadeln steckten.

Was für ein Tag! An diesem Tag wollte Mutter mit allem ins Reine kommen. Und kurz darauf sind die Bilder von Libsche und Gary, von Flammen gefressen, in Rauch aufgegangen. Mutter hatte für sich beschlossen, dass diese beiden Menschen in ihrem und in Vaters Leben keinen Platz mehr haben sollten. Sie entschied an diesem Mittag im Juli 1967, welche Liebe größer zu sein hatte.

Anhang

I. Erklärung. Kapitel: Aus großer Zeit

Auf den Tag einen Monat später, nachdem das feige Attentat Europa in Unruhe versetzte, erklärte Österreich-Ungarn um 11 Uhr Mitteleuropäischer Zeit Serbien tatsächlich den Krieg. Dann überschlugen sich die Ereignisse. Was aber war dem vorausgegangen? Da Österreich den Affront des Attentats in Sarajevo nicht auf sich sitzen lassen konnte oder wollte, stellte die österreichische Regierung Serbien ein Ultimatum, alle an dem Attentat beteiligten Personen hart zu bestrafen. Des Weiteren wurde nachdrücklich auf Unterlassung aller weiteren Widerstände gegen Österreich gedrängt. In welch maßgeblichem Umfang auch immer den einzelnen Forderungen Österreichs vonseiten Serbiens nachgekommen wurde oder nicht, Österreich nahm die aus ihrem Standpunkt betrachtete Nichterfüllung einzelner Punkte schließlich zum Anlass, Serbien den Krieg zu erklären, was Russland als selbst ernannten Beschützer und Behüter der slawischen Völker dazu bewog, unverzüglich seine Streitkräfte zu mobilisieren und wiederum Österreich-Ungarn den Krieg zu erklären. Deutschland gelangte als Bündnispartner Österreichs somit in eine missliche Lage. Denn wegen der geografisch ungünstigen Einkreisung der miteinander verbündeten Mächte Frankreich, Russland und Großbritannien brauchte Deutschland bei einem etwaigen Ernstfall hinsichtlich militärischer Bedrängnisse neben Ungarn, Türkei, Bulgarien und Italien eben auch Österreich als wichtigen Bündnispartner. Und um Letzteren nicht zu verlieren, war der Deutsche Kaiser nach einigem Drängen seiner engsten Berater schließlich dazu bereit, treu und mit allen politischen und militärischen Mitteln an der Seite Österreich-Ungarns zu stehen, was in gewisser Weise einem Blankoscheck für deren Handeln gleichkam. Die Lage Kaiser Wilhelms wurde dadurch erschwert, dass sein Ultimatum an Russland – wegen dessen Mobilmachung – in provozierender Weise unbeantwortet blieb und er sich nicht nur deswegen zum raschen Eingreifen genötigt sah, sondern weil er auch davon ausgehen musste, das Frankreich als Bündnispartner Russlands unmittelbar und unabdingbar in eine militärische Auseinandersetzung eingreifen würde. Diese klare Sicht auf die Lage der Dinge sollte sich schlagartig bewahrheiten. Nachdem Frankreich bereits am 1. August 1914 um 16 Uhr die Mobilmachung angeordnet hatte, befahl der Deutsche Kaiser schlussfolgernd schon gegen 17 Uhr des selbigen Tages die Mobilmachung im eigenen Land. Hatte es auch bis zu diesem Zeitpunkt vermehrt innerpolitische Querelen mit den verschiedenen Parteien im Parlament gegeben, so ließ der Kaiser mit seinen Äußerungen keinen Zweifel daran, das es für ihn von nun ab keine Parteien mehr gab, sondern nur noch Deutsche, womit er auch die in seinen Augen vaterlandslosen Gesellen der Sozialdemokratie meinte, um das gesamte deutsche Volk für die große vaterländische Sache hinter sich zu vereinen, die, wie sich herausstellte, unausweichlich und für jeden Schweiß, Blut und Tränen bringen würde. Mit seiner offen zur Schau gestellten Gesinnung zu Beginn des Krieges hielt Kaiser Wilhelm II. es frei nach dem Wahlspruch Kaisers Franz Joseph I. von Österreich-Ungarn, der den Ausspruch *Viribus Unitis*, prägte, was *mit vereinten Kräften* heißt und in seiner daraus folgenden Konsequenz auch bedeutete. Nun, der Kaiser ging in persona sogar so weit, seinen Soldaten in strikter Manier zu verkünden: »Wenn ich es befehle, müsst ihr auf Vater und Mutter schießen!«

Und bald schon sangen die jungen Krieger: *Es braust ein Ruf wie Donnerhall! Heil Dir im Siegerkranz – Heil Kaiser Dir!*

II. Erklärung. Kapitel: Aus großer Zeit

Dass es seit dem Sieg über den Erzfeind Frankreich und dem darauf folgenden Friedensvertrag im Spiegelsaal von Versailles am 18. Januar 1871 bis hin zum August 1914 über vierzig Jahre lang so friedlich im Lande gewesen war, obwohl ringsherum in der Welt immer wieder Kriege angezettelt wurden und die Engländer im fernen Afrika sogar das erste Konzentrationslager gebaut hatten, in denen sie selbst Frauen und Kinder einsperrten, verdankte man auf absurde Weise eben bis zum genannten Datum auch in der Abschreckung des stets lauernden Krieges. Aber die Geschichte zeigt, dass es trotz verheerender Kriegsereignisse nie eine wirkliche Abschreckung gegeben hat und nie geben wird. Es wäre zu einfach, an eine menschliche Naivität zu glauben, die verheißt, dass *das gebrannte Kind* einmal endgültig das Feuer scheuen wird. Natürlich hatte auch der Staatenbund zwischen Preußen, Bayern, Württemberg und Sachsen zu dieser außergewöhnlich langen Friedensphase beigetragen, der nach dem Friedensvertrag letztendlich zum angestrebten Deutschen Kaiserreich führte, aus dessen stabiler Grundlage die preußischen Tugenden auferstehen konnten, die mit Bismarcks Sozialgesetzen den staatstreuen Beamten und nicht zuletzt dem schneidigen Militär zu einer geordneten Gemeinschaft in Frieden und Sicherheit geführt haben, was den Bürgern das Gefühl vermittelte, auf einer abgeschotteten Insel der Glückseligkeit zu leben, an dessen Ufern gelegentlich die Nachrichten der unruhigen Welt da draußen als kaum wahrnehmbare Wellen schwappten, die dann aber, an jenem Sonntag, am 28. Juni 1914, bedrohlich zu schäumen begannen. *In Sarajevo gab es ein Attentat!* Dabei handelte es sich, so jedenfalls lauteten die aufgebrachten Kommentare allenthalben, um ein hinterhältiges Attentat, ausgeführt von serbischen Verschwörern, hinter dem man den russischen Geheimdienst vermutete. Man erinnerte sich nur zu gut an den unlängst entbrannten Balkankrieg, wo Russland die treibende Kraft war, das Osmanische Reich zu schwächen. Durch die militärische Vorherrschaft auf dem Balkan gewannen sie schließlich bei den Dardanellen die Zufahrt zum strategisch wichtigen Mittelmeer. Ein Kompromiss mit Österreich war bereits an Großbritannien gescheitert.

War es also das Kalkül der Russen, das die Schüsse von Sarajevo unabdingbar eine größere Auseinandersetzung zwischen den Staaten in Europa provozieren würden? Mit dem fragwürdigen Vorwand der eigenen Sicherheit wären sie mittels einer kriegerischen Auseinandersetzung in die strategisch günstige Position gelangt, in weiteren Ostgebieten, und hier vor allem in Ostpreußen, fruchtbares Land zu gewinnen. Demnach schlug dieses Attentat hohe Wellen. Und plötzlich begannen auch an den Grenzen des Deutschen Reiches die Wogen zu tosen, und die Angst der Einkreisung des Feindes aus Ost und West war damit zur spürbaren Schlinge zugezogen worden.

III. Erklärung. Kapitel: Aus großer Zeit
Kurz darauf wurden die ersten Siegesnachrichten vermeldet. Lüttich, Namur, Antwerpen, Tannenberg. Der Name Tannenberg, hervorgehoben durch die *Schlacht bei Tannenberg*, war eng verbunden mit dem Namen Hindenburg. Generaloberst Paul von Hindenburg. Genau genommen müsste es *Schlacht bei Allenstein* heißen, aber auf Wunsch von Hindenburg wurde sie als *Schlacht bei Tannenberg* deklariert, um damit die Niederlage der Ritter des Deutschen Ordens gegen die Litauisch-Polnische Union im Jahre 1410 überstrahlen zu lassen. Was aber war hoch oben im Osten geschehen? Während sich die deutschen Truppen im Westen noch auf dem Vormarsch befanden, hatten die Russen, früher als erwartet, mit zwei Armeen ihren Aufmarsch gegen Deutschlands Grenze im Osten begonnen. Als

General Prittwitz, Führer der 8. und einzigen deutschen Armee in Ostpreußen, vor dieser russischen Übermacht weichen wollte, wurde er durch Generaloberst Paul von Hindenburg ersetzt. Zusammen mit seinem Generalstabschef Generalmajor Erich Ludendorff stellte er sich mutig dem Feind. Alle verfügbaren Kräfte wurden zunächst der russischen Narew-Armee entgegengeworfen. Bei Tannenberg gelang es, die Russen zu umzingeln und demzufolge vernichtend zu schlagen. Nur einen Tagesmarsch entfernt stand eine zweite russische Armee. Dass Hindenburg und Ludendorff die Schlacht bei Tannenberg dennoch schlugen und gewannen, war ein Beweis ihrer Kühnheit und der meisterhaften Beherrschung des modernen Bewegungskrieges. Unmittelbar nach diesem glänzenden Sieg versuchte man, die zweite russische Armee ebenso vernichtend zu treffen. Bei der Schlacht an den Masurischen Seen gelang zwar nicht die Umzingelung, doch mussten sich die Russen geschlagen aus Ostpreußen zurückziehen.

Dass der Vormarsch weitab an der Marne misslang und den deutschen Truppen der Rückzug befohlen wurde und damit der Feldzugplan im Westen zumindest vorerst gescheitert war, wurde geflissentlich nicht propagiert. *Majestät, wir haben den Krieg verloren*, meldete ein völlig verzweifelter Moltke, der bis dahin Chef des großen Generalstabes war. Er wurde für das Debakel verantwortlich gemacht und musste weichen. Zwar gelang es seinem direkten Nachfolger Erich von Falkenhayn, die Front wieder zu stabilisieren, doch sein Versuch, durch einen großen Angriff gegen Flanke und Rücken des Gegners den Krieg noch im Herbst zu entscheiden, scheiterte ebenso wie sein Plan, die Kanalküste als Basis für eine wirksame Seekriegführung gegen England zu besetzen.

Bereits am 3. Mai 1915 kündigte Italien den Bund der Mittelmächte, zu denen auch Deutschland gehörte, und kämpfte nun auf der Seite Frankreichs und Russlands gegen die Donaumonarchie, da ihm bei einem Sieg der Entente-Mächte Südtirol versprochen wurde.

Als hätten böse, stets wachsam lauernde Geister die inzwischen gut geölte Mechanik eines nicht mehr aufzuhaltenden Räderwerks der Vernichtung mit einem Schlag der Verwirrung in Gang gesetzt, nahm der »große, vaterländische Krieg« seinen verheerenden Lauf. Wohl unter dem Motto, das der Angriff die beste Verteidigung war, hatte der Deutsche Kaiser dem durchaus clever ausgeklügelten Plan des Generalfeldmarschalls Alfred Graf von Schlieffen vertraut, der vorsah, gleichzeitig mit der eigenen Mobilmachung Russland den Krieg zu erklären. Der *Schlieffenplan* sollte demgemäß aufgehen, dass die deutsche Armee überfallartig und mit aller Stärke in den Westen vordrang, um Frankreich sozusagen im Handstreich zu besiegen, um danach so rasch als möglich mit verstärkten Kräften einem Vordringen russischer Streitkräfte in ostpreußische Gebiete zuvorzukommen. Da man aber an höchster Stelle Schwierigkeiten darin sah, die beinahe unüberwindbare Befestigung der französischen Ostgrenze, der sogenannten Magienot-Linie, schnell einzunehmen, wurden die deutschen Soldaten über das neutrale Belgien beordert, um von dort, auf geringeren Widerstand hoffend, in Frankreich einzumarschieren. Was allerdings dazu führte, das Großbritannien sich wegen der Verletzung neutraler Grenzen veranlasst sah, wiederum Deutschland den Krieg zu erklären. Und mit der verhängten Seeblockade am 2. November des gleichen Jahres setzte Großbritannien eine starke Waffe ein, um den Gegner dort empfindlich zu treffen, wo Rohstoffe und Nahrungsmittel von wesentlicher Bedeutung waren, um über längere Zeit wehrhaft und Krieg führend zu sein.

Nach den großen Herbstschlachten in Flandern erstarrte die ganze Westfront im Stellungskrieg. Doch wie zum Trotz, und wie zu einem Opfergang junger Soldaten an die Front, sang man in der Heimat bei passender und unpassender Gelegenheit, umso lauter die erste Zeile des Deutschlandliedes: »*Wenn es stets zu Schutz und Trutze brüderlich zusammenhält.*«

Ein nie da gewesener und unvorstellbar grausamer Krieg unter den Völkern war entfesselt worden, und fast konnte man den Eindruck gewinnen, als hätten die Führer der betroffenen Nationen nur darauf gelauert, dass einer dieser längst bis zum Stehkragen aufgerüsteten Staaten dumm genug war, aus strategischen Gründen der eigenen Machterhaltung oder Erweiterung wen auch immer anzugreifen, damit die wachsam lauernden Nachbarn unter der falschen Fahne der Gerechtigkeit losschlagen konnten, um selbst einzunehmen, was einzunehmen war.

Nun, und dafür muss man, wenn man ein verantwortungsvoller Regent ist, zu Land, Wasser und Luft vorbereitet sein. Keine Frage, auch die Luft gehörte zum territorialen Herrschaftsgebiet, dessen Vorrecht mit allen Mitteln von denen gewahrt sein wollte, die es ausschließlich mittels ihrer Machtausübung beanspruchten. Und im Kampf um Lüttich hatte das deutsche

Luftschiff Zeppelin, die Zigarre des Grafen Zeppelin, die ersten Bomben abgeworfen.

Am 12. Oktober 1916 überflog ein feindliches Flugzeug Gottfrieds Heimatstadt. Bei Sichtung eines feindlichen Fliegers galt grundsätzlich die amtliche Anordnung, bei dem Ruf *Flieger in Sicht!* auf dem schnellsten Wege die schützenden Kellerräume aufzusuchen, die gerade in der Nähe zur Verfügung standen. Aber an diesem 12. Oktober rief niemand diese Warnung. Und so blieb ein jeder, wo er gerade war. Ein Angriff schien zu diesem Zeitpunkt einfach zu absurd, weil man sich unter dem Schutz der heimischen Truppen absolut sicher fühlte. Es flößte niemanden einen größeren Schrecken ein, als der mechanische Vogel wie die Büchse der Pandora am friedlichen Himmel auftauchte. Aber es hatte nicht lange gebraucht zu erkennen, dass es eine trügerische Sicherheit war, die im aufpolierten Schein der Unbesiegbarkeit glänzte und bald sehr, sehr matt wurde.

IV. Erklärung. Kapitel: Im Westen nichts neues

Die Kartoffelknappheit war besonders gravierend, da die Kartoffel als Grundnahrungsmittel eine unverzichtbare Bedeutung hatte. Und die Schmähverse »*im Elberfeiler Dörfken, do es ne Ärpelsnot, do schlöen sick dä Wiewer um eenen Ärpel dot. O du min Waldemar, wat sind dä Ärpel rar! O du min Waldemar, do kömmt dä Ärpelskaa!*«, die von den Jungs mittlerweile ungeniert auf der Straße als Spottlied gegröhlt wurden, fanden eines Tages tatsächlich Erhörung. Denn kurz darauf bekam wirklich jede Familie eine Ration Einkellerungskartoffeln zugeteilt. Gottfried hatte es in Bezug auf Essen insofern ein wenig erträglicher gehabt, da es ab dem September 1916 eine Schulspeisung gab, wenn der Unterricht eben nicht aus bekannten Gründen ausfiel. Öffentliche Notküchen, zu denen sich die ausgemergelten Hungerhaken mit einem Eimerchen oder sonst einem brauchbaren Gefäß schleppten, sollten die Bevölkerung vor dem Schlimmsten bewahren. Vor kneifendem Hunger zu schwach, um gegen ihr aufgebürdetes Schicksal aufzubegehren, standen sie geduldig an.

Um die unter Feuer stehenden Kessel lagerten sich die verzweifelten Menschen, in denen eine eigentlich ungenießbare Fischsuppe brodelte. Ach je, was wissen die bedauernswerten Menschlein schon von Bündnispartnern und hoher Politik? Was wissen sie von den Führern des Staates, die derweil ihrerseits bei reichlich Gesottenem an fein gedeckten Tischen sitzen, bei Zigarre und einem guten Glas in der Hand ohne Rücksicht auf Verluste das Leben genießen? Sie, die Untertanen, waren doch nur verfügbares Material in den Sandkästen der forschen Strategen, in denen man menschliche Attrappen spielerisch mit dem Finger umstieß, um an diesen Sandkastenspielen beispielhaft denkbare Verluste anzudeuten.

Auch das Hamstern auf dem Land verbreitete sich immer mehr. Leider wurde dieses teilweise überlebensnotwendige Tauschen und Betteln von den Landjägern streng kontrolliert und gnadenlos überwacht, weil es *von oben* verordnet verboten war. Oft kam es zu unschönen Szenen, wenn man den verzagten Frauen, die einzig um das Wohl ihrer Kinder bemühten Mütter, jene kostbaren Lebensmittel rabiat und unnachgiebig beschlagnahmte. Da kam es auch vor, dass ein rigoroser Gendarm von einem erwischten und bis aufs Blut zornigem Weib eine volle Kanne Milch über den Kopf geschüttet bekam. Aber egal welche Not einem auch vom Schicksal oder von wem auch immer auferlegt wurde, man hielt eisern zusammen. Letztlich vertrauten die braven Bürger doch auf Hindenburg. Die patriotische Überzeugung gegenüber Hindenburg erreichte bei der Bevölkerung Heldenverehrung, die Blüten trieb. Neben dem Reichstaggebäude in Berlin stellte man sogar eine große, aus Holz gefertigte Hindenburg-Statue auf, in die Passanten gegen ein großzügiges Entgelt Eisennägel einschlagen durften, das für Wohlfahrtszwecke verwendet wurde. Dermaßen mit blankem Eisen bestückt, strotzte die hölzerne Gestalt Hindenburgs in unmittelbarer Nähe zu dem Reichstagsgebäude, dem Zentrum der Macht, wie ein anbetungswürdiger Ersatzkaiser, während der heroische Glanz des echten Kaisers mittlerweile ein wenig matter geworden war. Denn in der Meinung der kritischer gewordenen Zeitgenossen gab es einen eklatanten Zusammenhang zwischen dem vom Kaiser propagierten Heldentod und der allgemeinen Lebensmittelknappheit. Wegen der wirtschaftlichen Notlage, die durch die totale Seeblockade Großbritanniens dramatische Ausmaße für das Leben von Abermillionen Menschen in Deutschland angenommen hatte, sah sich der Kaiser trotz aller Verluste gezwungen, den uneingeschränkten U-Boot-Krieg in der Nordsee aufzunehmen, bei dem, den tragischen Umständen gezollt, im April 1917 ein englisches Passagierschiff torpediert und versenkt wurde, auf dem, wie es hieß, amerikanische Passagiere waren, die dabei den Tod fanden. Unmittelbar darauf, griff die USA mit Waffengewalt in das Kriegsgeschehen ein. Was die

Lage im Lande noch weiter verschlechterte.

Auch in Elberfeld hatte man inzwischen an den öffentlichen Gebäuden Holzgestelle aufgerichtet, doch im Gegensatz zum hölzernen Hindenburg in Berlin handelte es sich dabei um primitive Kreuze aus Holz und Draht, die mit versteifter Leinwand versehen waren, in die für den gleichen Zweck gegen Bezahlung von fünf, zehn und mehr Pfennige Nägel eingeschlagen werden durften. Des Weiteren stellten die Schüler in den Schulklassen Spardosen auf oder sammelten das dringend benötigte Geld für den Krieg direkt auf den Straßen oder an den Haustüren. Für die gesammelten Münzen stellte man unter anderem Päckchen zusammen, mit deren Inhalt die kämpfenden Landser an der Front eine Freude gemacht werden sollte. Das Lehrpersonal kümmerte sich darum, an die Anschriften der Frontsoldaten zu kommen, und dann schickten sie die freudig erwarteten Päckchen in die provisorischen Camps der jeweiligen Etappen irgendwohin in Europa. So bekam jeder Schüler seinen eignen *Feldgrauen*. Doch damit nicht genug, jeder half, wo er nur konnte und mit seinen Möglichkeiten, um das Räderwerk der Vernichtung einigermaßen geschmiert am Laufen zu halten. Wie schon 1915, als es bereits eine Reichswollwoche gab, wo das große Sammeln von Materialien für das Heer anfing, wurden diesmal Sammelstellen eingerichtet, bei denen man sogar goldene Armbanduhren und goldene Uhrketten abgeben konnte, für die man dann einen eisernen Ersatz mit der Aufschrift *Gold gab ich für Eisen* bekam. Und so manches kupferne Vordach verschwand beinahe über Nacht und wurde durch ein blechernes ersetzt. Die Hoffnung auf eine bessere Zukunft machte blind für den Augenblick.

Allerdings kamen auch die Feinde nicht ungeschoren davon. Durch die schwerwiegenden Folgen des Krieges herrschte auch in Russland eine Hungersnot. Eine Revolution führte dazu, dass der Zar abdanken musste, worauf Russland 1917 mit den Mittelmächten Frieden schloss. Daraufhin beabsichtige Österreich, an der Westfront ebenfalls Frieden zu schließen, doch Deutschland wollte sich gegenüber Frankreich, dem alten Erzfeind, nicht geschlagen geben. Erst im Februar 1918 kam so etwas wie eine am Horizont schwach leuchtende Zuversicht auf. Nachdem Russland sich aus erwähnten innerpolitischen Gründen gezwungen sah, mit Deutschland Frieden zu schließen, überstürzten sich wenige Monate später die Ereignisse.

»Wir geben Elsass-Lothringen ab – unser Heer geht an die Grenzen zurück – der Krieg ist verloren.« So hießen die Nachrichten, die sich in Windeseile verbreiteten.

Aber was sollte man davon halten? Würde es nach all dem vergeblichen Hoffen und den vagen Aussichten auf Waffenstillstand diesen nun tatsächlich geben? Denn schon zwei Jahre zuvor keimte in einigen verwegenen Köpfen zaghaft der Same der Zuversicht, der leider sehr rasch in der Realität verdorren sollte.

Sich seiner schier aussichtslosen Lage bewusst, hatte der Deutsche Kaiser durch die Vermittlung der USA den Entente-Mächten Großbritannien und Frankreich bereits im Dezember 1916 ein Friedensangebot unterbreitet, das schließlich im Januar 1917 vonseiten der Gegner abgelehnt wurde. Vielleicht zeichnete sich durch diese fadenscheinige Ablehnung ab, was die kriegsführenden Widersacher insgeheim wirklich wollten, nämlich die deutsche Präsenz an geistiger Kultur, geistigem Erfinderreichtum und militärischer Stärke in Europa ein für allemal in die Knie zu zwingen. Leider hatten die USA ihre starke intellektuelle Präsenz nicht in der gleichen Unnachgiebigkeit für die Friedensverhandlungen vorangetrieben, wie sie es dann militärisch taten.

V. Erklärung. Kapitel: Ende gut alles gut?
Wie aber kam es zu diesem Umsturz?

Das Kalenderblatt zeigt den 9. November 1918 an, den ganzen Tag schon zeichnet sich eine unklare Unruhe im Reichstagsgebäude ab. Bewaffnetes Volk geht im Hohen Haus ein und aus. Auch im nicht weit entfernten Schloss entsteht Hektik. Sozialisten und Kommunisten wittern ihre jeweilige Chance, die demoralisierte Volksgemeinschaft für sich und ihre Gesinnungen zu gewinnen.

»Zerschlagt die Macht der Fürsten und Ausbeuter, lasst euch nicht mehr vom Adel bevormunden. Ihr seht doch selbst, wo das hinführt!«, wird im Gleichklang von beiden Lagern skandiert. Aufgeregt wird Scheidemann im Reichstagsgebäude aufgefordert, dringend etwas zu tun. Er muss handeln. Er soll gleich und sofort eine Rede an die aufgebrachte Bevölkerung halten, die sich, von der latent aufgeheizten Stimmung in der Reichshauptstadt aufgeschaukelt, wie hungriges Getier, das jeden Brocken frisst, den man ihm zuwirft, auf den Plätzen zusammengerottet hat. Ein regelrechter Wettstreit

um die Machtgewinnung ist ausgebrochen. Denn die Sozialisten hatten gerade eben erst von konspirativer Seite erfahren, dass Karl Liebknecht sich vorgenommen hat, zur gleichen Stunde vom Balkon des Schlosses die Sowjetrepublik auszurufen! Jener Karl Liebknecht, der früher den linksrevolutionären Flügel der SPD vertrat, aus der dann die USPD hervorging und nun als Spartakusbund von sich Reden machte. In dieser Minute insistierte man händeringend auf Scheidemann ein, endlich zu handeln. »*Liebknecht wird die Massen zu einer internationalen Revolution des Proletariats anstacheln*«, beschwört man ihn. Den Informationen nach ist Liebknecht tatsächlich fest dazu entschlossen, sein marxistisch-sozialistisch geprägtes Gedankengut auch mit Gewalt durchzusetzen. Scheidemann reagiert. Er kommt Liebknecht faktisch zuvor. Vom Fenster des Reichstagsgebäudes hält er mit den bereits zitierten Worten jene flammende Rede, in der er kurzentschlossen die Räterepublik ausruft, was, wie inzwischen auch bekannt, zu den gewaltsamen Spannungen zwischen den unterschiedlichen Lagern der unterschiedlichen, politischen Auffassungen geführt hat.

Folgend aus der Novemberrevolution 1918 wurde der Sozialdemokrat Friedrich Ebert am 11. Februar 1919 von der in Weimar tagenden Nationalversammlung zum Reichspräsidenten gewählt, und die Stadt Weimar stand von da ab für den Namen *Weimarer Republik*, die gleichzeitig zum Sinnbild der Demokratie in Deutschland wurde. Um die gewaltsamen Auseinandersetzungen zügig in den Griff zu bekommen, die sich logischerweise als eine große Gefahr für die junge Demokratie in Deutschland darstellte, holte Ebert sich zwielichtige Männer des *Freikorps* zur Hilfe, der militärisch organisierten und bürgerkriegsähnlichen Truppe aus ehemaligen Soldaten, Söldnern und Verbrechern. Ein Auffangbecken von am Leben gescheiterten Kreaturen, die froh genug waren, wenn sie das ausüben konnten, was sie von der Pike auf gelernt hatten und wofür sie einmal ausgezeichnet wurden, nämlich zu töten. Immer wieder kam es in Berlin zu heftigen Zusammenstößen zwischen kommunistischen Glaubensbrüdern der einzelnen Bewegungen, die nicht zuletzt in großer Einigkeit und mit allen Mitteln die unliebsame Regierung stürzen wollten. Natürlich machte man zuallererst auf die führenden Köpfe der andersdenkenden Aufrührer Jagd. Dazu gehörten in erster Linie Karl Liebknecht, inzwischen zum Führer der kommunistischen Partei Deutschland erkoren, sowie Rosa Luxemburg, seine enge Vertraute und Sinnesgenossin, Mitbegründerin der *Gruppe Internationale*, der zuvor auch Liebknecht beigetreten war, aus der wiederum die *Spartakusgruppe* erwuchs. Auch sie fielen diesem Wahn um die Macht zum Opfer. Die Bürgerwehr entdeckte das Paar am 10. Januar 1919 in einer Wohnung in Berlin Wilmersdorf und übergab sie mitleidslos Mitgliedern des berüchtigten Freikorps, der die Aufgabe hatte, die Ordnung im Staat einigermaßen aufrechtzuerhalten.

Nachdem die Gefangenen schwer misshandelt wurden, hatte man sie schließlich und endlich am 15. Januar ermordet, was des Weiteren dazu führte, dass sich unter dem Motto *Schlagt die Führer der Spartakustruppe tot! Dann werdet ihr Frieden, Arbeit und Brot haben!* die Unruhen in vielen Städten des Landes ausweiteten.

Bei allen offenen Fragen, die in Bezug auf die Zukunft Deutschlands unbeantwortet blieben, konnte den Worten Scheidemanns – »*Das alte Morsche ist zusammengebrochen!*« – jedenfalls nicht widersprochen werden. Man hätte es fast als symbolisch ansehen können, was um 11 Uhr am 21. Juni 1919 geschah. Mit dem intern verabredeten Code »*Es wird fort gesoffen!*« wurde die von den Engländern internierte deutsche Flotte, die sich eingeschlossen in der Bucht von Scapa Flow befand, auf Befehl von Konteradmiral Ludwig von Reuter von den deutschen Marinesoldaten selbst versenkt und mit ihr, im übertragenen Sinne, letztendlich auch das stolze Schiff *Deutschland*. Der Kapitän, der Deutsche Kaiser, den Gottfried auf dem Bild in der Schule so bewundert hatte, auf dem der Kaiser sich als unfehlbarer Steuermann präsentierte, der hatte sich längst von Bord gestohlen. Vielleicht tat er es in der Hoffnung, irgendwann einmal, wenn das *Schiff Vaterland* auch ohne ihn der rauen See getrotzt haben würde, dann als sagenumwobene Galionsfigur wieder an Deck zu gehen.

VI. Erklärung. Kapitel: Andere Zeiten andere Sitten

O ja, auch Gottfried hatte den Kaiser von ganzem Herzen geliebt. Der Kaiser, so hatte er es gelernt, war wie jeder Herrscher auf der Welt von Gottes Gnaden auserwählt, sein Volk, also Gottes Volk, in seinem Namen und nach seinem Willen zu führen und zu lenken. Wenn man sich des Kaisers Bilder betrachtete, die damals an jeder Ecke im Reich ausgestellt wurden, konnte man schon in seinem Gesichtsausdruck sehr gut erkennen, dass er sich seiner ungeheuer großen Aufgabe bis tief ins Mark bewusst war. Gottfried hatte besonders eine Ablichtung ihm genau studiert. Direkt am Eingang der Schule hatte das Foto vom Monarchen gehangen, auf das in der Zeit, als die Verwundeten dort untergebracht waren, ein unbekannter Missetäter spuckte. Rektor Mademann hatte die bereits festgeklebte Rotze nicht gleich entfernen lassen, sondern er ließ in seiner Eigenschaft als Leiter dieses Staatsgebäudes umgehend die Schüler sämtlicher Klassen sowie die gehfähigen Soldaten in korrekter Reihe daran vorbeidefilieren und achtete penibel darauf, dass auch ja keinem diese ungeheuerliche Untat verborgen blieb. Mit zornesrotem Gesicht, die geballten Fäuste in die Flanken gestemmt, brüllte er oberhalb der Treppe stehend, sodass er auch den letzten Winkel des Flurs überblicken konnte: »Untertanen, hört her! Das Vaterland ist dem Untergang nahe. Rettet es! Rettet es! Rettet es!« Das brüllte er dreimal hintereinander mit der ganzen Kraft seiner Autorität. Und mit dem Wehklang der Verzweiflung rief er nach einer kurzen Pause, die er benötigte, um nach Luft zu ringen: »Das Vaterland wird nicht nur von außen bedroht, sondern auch von innen!«

Nachdem der Hausmeister den Flecken der Schande entfernen durfte, musste von da an, in abwechselnder Folge, ein Schüler der höheren Klassen am Bild des Kaisers Wache stehen. Genau dieses Bild war es, das sich Gottfried in allen Einzelheiten eingeprägt hatte.

Festen Blickes in die Zeit – Fried gesinnt, doch kriegsbereit, stand in eindrucksvollen Lettern darüber. Darunter der Kaiser bekleidet mit dem Ölzeug der Seeleute. Dicht über ihm fliegt ein Aeroplan, und auf dem aufgewühlten Meer im Hintergrund überholt ein Kriegsschiff einen Segler mit mehreren Masten. Die Rauchfahne des Dampfers trotzt dem Fahrtwind, indem sie sich quer zur Fahrtrichtung stellt. Verlorenen Blickes, sinnend in die Ferne schweifend, fußt der Kaiser am Ruder Deutschland, die Augen quasi visionär in die Zukunft gerichtet. *1888-1913* steht unter dem Bild geschrieben, und dazwischen rankt sich eine lorbeerbekränzte 25. Daran wiederum schließen sich Noten und ein Liedtext an.

»*Im Herzen Europas, da thront ein Kaiser mit Fürsten in einem tapferen Volk, das reich ist an Stämmen und reich an Reisern, daher gelagert wie Wolke an Wolk´. Das ist Kaiser Wilhelm mit seinen Germanen, die einig sich scharen um Deutschlands Fahnen! Kaiser Wilhelm, Kaiser Wilhelm, hurra!*«

Dass des Kaisers linker Arm nach einer Geburtslähmung in seiner Funktion stark eingeschränkt war und er dadurch als behindert galt, das konnte man wahrlich nicht erkennen, denn Bilder sind Fassade und nicht das Leben. Ebenso haben sich die Worte des Rektors in Gottfrieds Ohren eingenistet, welche die aufmerksam lauschenden Buben zu jeder Unterrichtsstunde vor einer unberechenbaren Zukunft warnten. Mademann sah alles glasklar vor Augen, und darum insistierte er die Schüler umso mehr, dass Tradition und Liebe für die mit Blut und Weitblick geschaffenen Werte der Väter ein Lebensgerüst sei, an dem jeder Einzelne seinen sicheren Halt findet, wenn einmal der Sturm eines hinterhältigen Geistes übers Vaterland hinwegfegen wird, um nicht nur Stein und Bein zu zerstören, sondern um vor allem die Sinne für das zu verwirren, was man hinlänglich die *Kultur des abendländischen Vaterlandes* nennt. Und dass der Mensch ohne dieses Lebensgerüst nicht mehr ist als ein räudig streunender Straßenköter, der frisst, was man ihm vorwirft. Außerdem wies er mit drohendem Finger daraufhin, dass ein Weltkrieg nicht dadurch entsteht, weil zwei verfeindete Gegner in einen Krieg verwickelt werden, sondern weil plötzlich auch die eingreifen, die nicht unmittelbar bedroht werden, in der Hoffnung, ihren eigenen Vorteil daraus zu ziehen. War der Rektor ein Visionär? Im April 1917 überraschte die USA mit ihrer Kriegserklärung an Deutschland. Vorausgegangen war, das Deutschland, wegen seiner wirtschaftlichen Notlage, die durch die totale Seeblockade Großbritanniens dramatischen Ausmaße für das Leben von Abermillionen Menschen angenommen hatte, wieder den uneingeschränkten U-Boot-Krieg in der Nordsee aufgenommen hatte, bei dem im April 1917 ein englisches Passagierschiff torpediert und versenkt wurde, auf dem amerikanische Passagiere waren, die dabei den Tod fanden. Man munkelte tatsächlich, dass dies der Grund für die USA war, in den Krieg einzugreifen.

VII. Erklärung. Kapitel: Es ist nicht alles Gold was glänzt

Nach der Novemberrevolution 1918 war Deutschland laut Friedensvertrag von Versailles 1919 dazu verpflichtet worden, an die Siegermächte, die sie nach dem Papier waren, Reparationskosten in nahezu unbezahlbarer Höhe zu leisten. Insbesondere Frankreich beharrte strikt auf Einhaltung dieser Leistungen, die unabhängig von der Hyperinflation, die maßgeblich durch die Ausweitung der nachgedruckten Geldmenge im Lande gefördert wurde, nun in Goldmark, Devisen und Sachgütern geleistet werden mussten.

In den Jahren 1921 und 1922 kam es zudem, den internationalen Finanzspekulationen geschuldet, zu einem weltweiten Konjunktureinbruch. In eben dieser Zeit kam es auf deutscher Seite unabdingbar zu Verzögerungen der zugesagten Lieferungen an Frankreich. Dem Erzfeind, der seit der Schmach von 1870/71, wo Frankreich wegen einer läppischen Emser-Depeschenangelegenheit den Preußen gegenüber eine Kriegserklärung abgegeben hatte, die schließlich, dem kapriziösen Zeitgeist geschuldet, zu einer kriegerischen Auseinandersetzung zwischen beiden Nationen führte, die für Frankreich ein unrühmliches Ende fand. Jetzt, nach dem großen Krieg, und wohl auch in Hinblick seiner eminenten Verluste, war für Frankreich endlich die Gelegenheit gekommen, mithilfe der Belgier dem deutschen Fritz die Harke zu zeigen. Diese Harke zeigten sie dem Fritz gewaltsam, indem Frankreich sich die Freiheit nahm, ins Ruhrgebiet und in Teile der entmilitarisierten Zonen innerhalb des Deutschen Reiches einzumarschieren. Hier besetzten sie vor allem den Duisburger Ruhrorter-Hafen, den Umschlagplatz von Kohle, Stahl und anderweitigen Fertigprodukten. Man wollte in diesem Falle unbedingt Kontrolle über die Verschiffung der Güter haben, da, wie behauptet wurde, die Weimarer Regierung absichtlich die zugesagten Güter zurückhalten würde. So blieb es nicht aus, das französische und belgische Truppen zwischen dem 11. und dem 16. Januar 1923 das Ruhrgebiet besetzten. Vorübergehend wurde sogar Barmen im Tal der Wupper eingenommen, das nur wenige Kilometer von Gottfrieds Unterkunft entfernt lag. Neben der so geschürten Unruhe, die alleine schon wegen der anhaltenden Klassenkämpfe zwischen den Gruppierungen von linker und rechter Ideologie seit der Novemberrevolution ohnehin im Lande vorherrschten, löste dieser militärische Affront der Nachbarstaaten eine nationale Empörung aus. Daraufhin rief die Reichsregierung unter dem parteilosen Kanzler Wilhelm Cuno die Bevölkerung am 13. Januar 1923 unverhohlen zum passiven Widerstand auf. Dieser Aufruf vereinigte sogar die sich streitenden Parteien in dem Maße, dass die Anhänger jeglicher Couleur diesem Ansinnen wutentbrannt nachkamen. Dementsprechend reagierten sie mit Sabotageakten, Anschlägen gegen die Besatzungstruppen und Einstellung der Reparationen. Sogar der Emscher Durchlass des Rhein-Herne-Kanals bei Henrichenburg wurde mittels einer vorsätzlich herbeigeführten Sprengung zerstört. Die heikle Situation eskalierte, denn die Besatzungsmacht reagierte wiederum mit Sühnemaßnahmen, die in der Folge viele Tote forderten.

Hatte man das gewollt? War das der Erfolg der Demokratie, weitere Not, Hunger, Arbeitslosigkeit, Armut?

Um den etwa zwei Millionen Arbeitern während ihres Streiks Löhne zahlen zu können, wurden die Gelddruckmaschinen angeworfen, womit nicht nur die ohnedies schleichende Inflation zusätzlich angeheizt wurde, sondern die Arbeitsniederlegung zog natürlich einen erheblichen Produktionsausfall für das Reich nach sich, was unausweichlich mit Steuerausfällen einherging. Auf Druck der USA und Großbritanniens lenkte Frankreich schließlich ein, worauf der inzwischen zu Amt und Würde gekommene neue Reichskanzler Gustav Stresemann am 26. September 1923 den Abbruch des passiven Widerstandes verkündete. Mit der Niederlegung des Ruhrkampfes und einer nachfolgenden Währungsreform endete zunächst auch die Inflationsphase, die ja bereits 1914 ihren Anfang genommen hatte.

Wenn man in der Phase der so genannten Weimarer Republik im Nachhinein dennoch von den goldenen Zwanzigern spricht, dann bezieht sich diese Art von Bewertung weniger auf die wirtschaftlichen Verhältnisse, sondern, wenn überhaupt gerechtfertigt, auf ein neues Lebensgefühl der damaligen Zeit, das sich neben einer veränderten Lebensweise vor allem in Kunst und Kultur ausdrückte, die den Drang hatten, sich aus dem Korsett der preußisch-kaiserlichen Enge zu befreien. In der Vielfalt von Kubismus, Futurismus, Dadaismus zum Beispiel versuchten die zeitgenössischen Künstler sich geradezu, sich in ihrer Experimentierfreudigkeit zu überbieten. Die verstaubten Schnörkel der Vergangenheit, die sich über eine lange Zeit hinweg auch als Denkmuster in den Köpfen verewigt hatten, die wollte man auch an den Bauwerken der Städte mit einem Schlag in sachlicher Nüchternheit verwandeln. Diese Nüchternheit drückte sich allenthalben in den dazu verwendeten Materialien aus. Stahl, Beton und Glas wurden nun bevorzugt, und Weiß unterstrich als Leitfarbe die sichtbare Form der inneren Einstellung. Fast konnte man den Eindruck gewinnen, dass sich darin eine gewisse Sehnsucht nach Stabilität und Verlässlichkeit ablesen ließe. Aber bei allem Wollen, Wunsch war das eine und Tatsache das andere. Von Stabilität und Verlässlichkeit war man noch weit entfernt.

Weiterhin stießen in der jungen Republik extreme rechte und linke Politikbanden aufeinander. Die Linken warfen sogar denen Verrat an der Arbeiterbewegung vor, die ihnen in der Gesinnung nahestanden, den Sozialdemokraten, weil sie ungeniert mit den alten Eliten paktierten. Die Rechten hingegen machten die Anhänger der Republik für die feige Kapitulation des großen Krieges verantwortlich und verunglimpften sie als Novemberverbrecher. Lauthals proklamierten sie, sie wären es gewesen, die mit ihrer Revolution, mit ihrer feigen Abtrünnigkeit vom Kaiser das im Felde noch unbesiegte Heer verräterisch von hinten erdolcht hätten. Hinzu kam, dass die unleugbaren anfänglichen sozialen Errungenschaften, die nach der Revolution doch schon spürbar in Kraft getreten waren, inzwischen wenig Bestand hatten. Die guten Willens gemachten sozialstaatlichen Garantieerklärungen in der Weimarer Verfassung zeigten den sozialen Abstieg nur umso deutlicher. Die Labilität der politischen Lage fand auch darin seine Zerrissenheit, dass es im Laufe der Zwanzigerjahre sieben Regierungen gab, von denen nur drei über eine absolute Mehrheit verfügten. Dennoch, bei all diesen umwälzenden Ereignissen, von denen man meinen musste, dass es für die Demokratie keinerlei Chance gäbe, hatte der Same des Parlamentarismus seinen fruchtbaren Boden gefunden, um abseits jeglicher nicht eingehaltener Versprechen, abseits von Gewalt, Finesse, Not und Leid still heranzureifen, um irgendwann, in noch unbestimmbarer Zeit, kräftig und prächtig aus der Krume von Unterdrückung und Bevormundung hervorzustoßen. Was man nach der kaiserlichen Zeit von absolutem Gehorsam, Erniedrigung und Pflichterfüllung als eine Art Demokratisierung des Geistes bezeichnen könnte. Denn in den Köpfen einiger Zeitgenossen hatte sich längst das vollzogen, was die Politik mit ihren Gesetzen und Vorschriften nicht oder nur zögerlich zustande brachte, nämlich der absolute Wille nach individueller Freiheit, die ebenda von den Künstlern, wie von einer metaphorischen Stimmgabel angestimmt, im Lebensstil der Volksseele nicht nur Anklang, sondern mit Unterstützung von den Erfindern und den daraus resultierenden Modernisierungen auch Ausdruck fand. Ausdruck insofern fand, als dass es vor allem in den Jahren von 1924 bis 1929 zumindest eine subjektiv empfundene Stabilisierung der Verhältnisse gab. Die Herrschaft des Staatsvolkes erwies sich, ähnlich wie bei der neu aufgelebten Leitkultur, als ein Drängen nach beinahe ungezügelter Lebensweise, die sich im Konsum und in Vergnügungen, ja man kann sagen in einer *Kultur des Proletariats* widerspiegelte. Vor allem die neuen Medien erwiesen sich dabei als Triebfeder, als Motor der Zerstreuung. Schallplatte, Film und Rundfunk brachten Ablenkung und ließen für Stunden leichter vergessen, dass das Leben im Grunde kein flotter Tanz war und entgegen der Zelluloidromantik oft oder meist ohne Happy End ausgehen musste. Auch wenn diejenigen, die in ihrer Geisteshaltung unbeirrt konservativ eingestellt waren, im Falle des ausfernden Wertewandels, wie sie proklamierten, vor geistiger Verflachung warnten, ein Großteil der Menschen ließ sich nicht sonderlich von diesen moralinsauren Predigern beeinflussen. Sie hatten nachzuholen, sich wiederzuholen, was der Krieg ihnen nicht nur an Leib und Leben geraubt hatte, sondern auch an Idealen.

VIII. Erklärung. Kapitel: Der Verführer

Am 30. Januar 1933 ernannte Reichspräsident Hindenburg Hitler zum Reichskanzler. Hitler sah sich am Ziel angekommen, den Weimarer Parteienstaat in seinem Sinne ein Ende zu bereiten. Bereits in dem zuvor von ihm verfassten Buch *Mein Kampf* hatte er klar, deutlich und unmissverständlich niedergeschrieben, was er vom Parlamentarismus im Allgemeinen hält. Nämlich nichts. In seinen Augen hatte das deutsche Volk nur einen starken, visionären Führer verdient, der den Deutschen das Ansehen in der Welt gab, das ihnen ihren Fähigkeiten und ihrer auserwählten Stellung nach gebührte. Und dieser Führer war er selber. Ein von Gott berufener Herrscher, dem es der Vorsehung nach zustand, auf der evolutionären Grundlage von der Macht des Stärkeren wohlwollend darüber zu entscheiden, wer aus dem Volk das Recht verdiente, das Überleben der auserwählten Rasse zu sichern. Für den Schwachen gab es dabei keinen Platz mehr. Und wer als schwach angesehen wurde, das bestimmte auch wiederum er, der Führer.

Kann man Menschen dermaßen verführen, dass sie dem zustimmen? Ja! Wie war wohl einem Volk zumute, das gedemütigt am Boden lag? Es klammerte sich mit vielfältigen Hoffnungen an den Verkünder der Verheißungen. Und wenn der Verkünder auch noch hält, was er verspricht, dann wird aus Hoffnung Zuversicht. Einer Zuversicht allerdings, die blind macht und sich einzig auf sich selbst fokussiert. Somit wurde das Individuum mehrheitlich zum Täter oder zum Dulder und die Volksseele bekam ihren Körper.

Wie hatte Herr Bergmann einmal treffend gesagt? Soll man den Herrn beißen, der das Futter gibt? So wird aus Stärke Macht. Und dieser Macht war sich Hitler zusehends sicherer geworden, sie wurde ihm zum Triumph. Also löste er den Reichstag kurzerhand auf und berief für den 5. März 1933 Neuwahlen, die ihm als Ergebnis all das zubilligen sollten, was er zuvor an Ideologie ausgesät hatte. Der Same fiel auf fruchtbaren Boden, die Ernte stand bereit. Aber nicht nur das alltägliche wirtschaftliche Vorankommen gedieh, im Sinne des Volkes, auch keimte zunehmend Gewalt gegen die auf, die Hitlers Diktatur kritisch gegenüberstanden. Aber nicht nur der, der wie auch immer Widerstand leistete, bekam die Herrschaftsgewalt zu spüren, bald reichte es einfach schon aus, andersartig zu sein. Andersgeartet zu sein bedeutete, neben vielem anderen bereits nicht dem arischen Typus zu entsprechen, der schon nach außen hin deutlich werden ließ, wer dazugehörte und wer nicht. Kurz, es wurde von maßgeblicher Stelle eine Art genealogische Schablone erstellt, in die man passen musste und aus der man heraus die Vervielfältigung der deutschen Rasse plante und rigoros forderte.

Die Auflehnung derjenigen, die sich nicht aussortieren lassen wollten, war vor allem am 30. Januar deutlich geworden, als um 14 Uhr über den Rundfunk Hitlers Berufung zum Reichskanzler verbreitet wurde. Zu diesem Zeitpunkt gab es noch Menschen, die sich gegen Hitlers Machtstreben nicht nur verbal widersetzten, sondern die sich auch mit körperlichen Einsatz wehren wollten. So auch in Gottfrieds Heimatstadt Wuppertal. Spontan versammelten sich nach der Rundfunkmeldung mehrere Tausend Gegner in der Nachbargemeinde Barmen. Von da aus zogen die Demonstranten in aufgeteilten Zügen nach Elberfeld, dabei schrien sie: Nieder mit Hitler! Dieser Aufstand währte jedoch nicht lange. Bereits am nächsten Tag gelang es der SA, jeglichen Widerstand niederzuknüppeln. Zum Widerstand im großen Stil war es bereits zu spät. Der Geist der Verblendung war aus der Flasche befreit. Allerdings war es nicht nur ein Geist, es waren Geister, die man gerufen hatte, und man musste sich die Frage gefallen lassen, wer wem befiehlt: der Geist dem Menschen oder der Mensch dem Geist? Jedenfalls waren es Menschen, die, entfesselt losgelassen, wiederum Menschen die Würde und oft genug das Leben raubten. Ein Brudermord, der einst bei Kain und Abel seinen Anfang nahm, weil des Menschen Neid immer mit dem Hass gepaart ist. Und besonders gefährlich wird der Hass immer dann, wenn er sich vervielfältigt, denn in einer starken Gemeinschaft fühlt sich auch der Schwächste stark. Nie wird das enden, nie! Wer das Gute im Menschen sucht, wird es nur finden, wenn er selber frei ist von jeglichem Unrechtswillen im Denken und Tun. Was für eine Diskrepanz, obwohl der rücksichtslose Egoismus zum Leben zum Überleben dazugehört, so ist es auch der gleiche Egoismus, der das Leben tötet!

IX. Erklärung, Kapitel: Nach der Angst ist vor der Angst

Aber was war geschehen?

Wie überall im Deutschen Reich, wurden zwischen dem 9. und 11. November 1938 auch in Wuppertal jüdische Einrichtungen wie Synagogen und Betsäle zerstört. Wieder einmal war es nach Sarajevo ein Pistolenschuss gewesen, der der nationalsozialistischen Führung als Alibifunktion den Anlass dazu gab, einen Terror auszuüben, der diesmal die Juden mit aller Härte traf, obwohl dieser barbarische Akt in Wirklichkeit die Folge längst vorsätzlich gehegter Ressentiments gegen sie war. Der in Paris lebende siebzehnjährige polnische Jude Herschel Grynszpan schoss am 7. November 1938 in der deutschen Botschaft auf den NSDAP angehörenden Legationssekretär Ernst Eduard vom Rath. Dieser erlag am 9. November seinen schweren Verletzungen. Als Grund für seine Tat gab Herschel Grynszpan an, Rache ausgeübt zu haben, weil seine ganze Familie nach Zbąszyń vertrieben worden war. Die Nationalsozialisten sahen darin eine Verschwörung des internationalen Judentums. Daraufhin zogen SA-Männer auf höchsten Befehl los, um den verhassten Juden zu zeigen, wo deren Grenzen waren. Bald schon entlud sich der Hass auf sie nicht nur auf deren Institutionen, er traf in Folge auch jüdische Geschäfte und Wohnungen. Was dabei aber das Schlimmste war: Der jüdische Mitbürger wurde dem Mobiliar gleichgestellt, das man einfach so zerschlagen konnte und vor allem durfte. Der Rechtlose wurde zum Wertlosen. Die Nationalsozialisten machten keinen Unterschied, wer ihnen in ihrer Besessenheit in die Hände fiel. Egal ob alt, ob jung, gleichgültig ob Mann, Frau oder Kind. Noch nicht einmal den Schutz der Nacht suchten die Täter. Da, wo nicht mit der blanken Gewalt der Faust zerstört oder verwüstet wurde, sondern wo man Feuer legte, kamen die Horden sogar mehrere Male, wenn die Flammen nicht gleich beim ersten Mal alles vernichtet hatten. Natürlich gehörte auch Diebstahl zur Tagesordnung. Was zu gebrauchen war, schaffte man natürlich vorher auf die Seite. Fast sah es lächerlich aus, wie marodierende Gewalttäter in Wuppertal mit Daunendecken und Kissenbezügen und Ähnlichem beladen aus dem Bettengeschäft Alsberg gerannt kamen. Ganz nach der Parole *Heil dir im Siegerkranz, klau, was du kriegen kannst* zogen sie wie mutierte *Sandmännchen* johlend durch die Straßen. Viele der Geschäfte, die geplündert wurden, darunter auch die Textilhandlung *Wolf & Heimann*, lagen unweit von Gottfrieds Wohnung. So bot sich ihm bei einem Rundgang durch die Stadt ein Meer der Verwüstung auf den Straßen. Komplette Wohnungseinrichtungen wurden einfach aus den Fenstern geworfen. Nein, solch einen Hass hätte Gottfried nicht für möglich gehalten. Er musste zudem mit Schaudern ansehen, wie man vermeintliche Juden unter den Augen der Polizei auf offener Straße misshandelte.

Als das Pogrom am 10. November sein offizielles Ende fand, blieb eine erschreckende Bilanz für die Akten zurück. Abgebrannte Synagogen, zahllose zerstörte Geschäfte und Wohnungen, und etliche Juden waren erschlagen worden oder sonstwie an Leib, Leben und Seele ruiniert. Darüber hinaus wurden im Zuge der Übergriffe alleine in Wuppertal über hundert Menschen jüdischer Abstammung in die Konzentrationslager Dachau und Sachsenhausen verschleppt.

Für Gottfried waren das bisher alles nur Zahlen gewesen, kalte, anonyme Zahlen. Als Parteimitglied wusste er natürlich, dass es bereits seit Jahren eine regelrechte Judenverfolgung gab, aber diese wurde nach dem Motto »nichts Genaues weiß man nicht, und was ich nicht weiß, macht mich nicht heiß« abgetan. Dennoch, die Boykottaktionen gegen jüdische Geschäftsleute waren schließlich schon vorher der sichtbare Ausdruck vom pervertierten Gedankengut des Führers und seiner willfährigen Gefolgsleute. Gottfried hatte außerdem gelegentlich im staatspolizeilichen Dienstbüro der Gestapo zu tun gehabt. Da hatten nicht nur die Wände Ohren. Dort war ihm hin und wieder auch August Puppe begegnet, der Anführer der *Mordsturmtruppe*. So blieb es nicht aus, dass er auf diesem Wege ebenso aus sicherer Quelle vom Konzentrationslager Kemna erfuhr, das in Wuppertal-Beyenburg zur Hölle für jegliche Feinde der Partei umfunktioniert worden war. Auch das war schon lange kein Geheimnis mehr, weil die nächtlichen Prügelorgien, die dort stattfanden, in der Nachbarschaft nicht unbemerkt geblieben waren.

Wegen all dieser Vorfälle ahnte Gottfried im Nachhinein, welchen Sinn die Datenerhebung vom 16. Juni 1933 gehabt haben musste, deren Auswertung letztendlich bis 1936 andauerte. Alles war somit aufs Beste vorbereitet worden, um die ausfindig zu machen, die man finden wollte. Eine sogenannte Judenkartei war angelegt worden, in der auch jüdisch versippte Personen auftauchten. Nun wussten die Behörden unter anderem genau, wer

Volljude war oder als ein Mischling 1. und 2. Grades durchging, wo sich die von ihnen Verfolgten aufhielten und wo man sie zwecks Abstrafung dingfest machen konnte.

X. Erklärung. Kapitel: Vom Willen und vom Wollen
In diese schier aussichtslose und politisch fragwürdige Konstellation trat Adolf Hitler! Mit dem Umsturz der innerpolitischen Verhältnisse, mit einem frischen Wind der Weltkonjunktur im Rücken, einer deutschen Wirtschaft, die der Diktatur nicht abgeneigt war, gelang es ihm in kürzester Zeit, den verhassten Versailler Vertrag der Siegermächte zunächst nur ideologisch zu zerreißen. Mit Hitler wurde das als gezähmt angesehene Deutschland beinahe über Nacht zu einem starken nationalistischen Staat, wie es ihn in ähnlicher Weise, also in seinem autoritären Großmut, bereits vor dem 1. Weltkrieg gegeben hatte. Würde es mit Hitler wirklich wieder werden, wie es einst war? Nein!

Glaubte man zum Beispiel das Hitler darauf aus war, Deutschland in die Grenzen von vor dem Krieg zurückbringen zu wollen, so sollte sich das als Irrtum herausstellen. Nein, dafür hatte Hitler seine Revolution nicht angezettelt. Hitlers Ziel war es von Anfang an, Deutschland als einen reinrassigen, unüberwindbaren Machtfaktor von weltgeschichtlicher Bedeutung aufzurichten, der seinem Volk den Raumerwerb garantierte, um diesem bei stetigem Anwachsen Ernährung, Land und Boden zu sichern. Und für dieses Vorhaben verlangte er von seinem auserwählten Volk einen bedingungslosen Blutzoll. Vielleicht sah Hitler sich der Bestimmung nach als Gott auf Erden, der in Parallelität zum himmlischen Gott und dessen auserwähltem Volk Israel mit seinem auserwählten Volk auf Erden das weltliche Abbild schaffen sollte? Außerdem sah Hitler in der parlamentarischen Demokratie der USA und in Russlands Verbreitung des Bolschewismus direkt die Vernichtung der alten Werte und eine nach sich ziehende Überfremdung Deutschlands, dem er, einig im Sinne des Vaterlandes, als autoritärer Bewahrer und Beschützer mit allen Mitteln Einhalt gebieten wollte. Vordergründig war es Hitlers Vorstellung, nach dem Vorbild Napoleons in Deutschland einen Nationalstaat zu sehen, der aus einer starken Mitte heraus eine deutsche Ordnung in Europa verbreitet. Solch ein geschichtlich weitreichendes Gedankengut war aber zunächst nicht aus dem Volk geboren worden, solch ein Wahnwitz beruhte in erster Linie auf die selbsternannte, beinahe göttliche Berufung Hitlers. Zudem trieb ihn der Irrglauben an, dass sich der Wert des deutschen Volkes allein an der Umsetzung seiner Weltanschauung messen lassen musste.

Also lag seine Aufgabe zunächst und vorrangig darin, jeden einzelnen Menschen im Lande mit allen Mitteln von der Bedeutung seiner Vorsehung zu überzeugen. Nur mit der absoluten Treue und einem widerspruchslosen Gehorsam der Menschen zu ihm und seiner Politik, konnte er seiner Meinung nach seine außenpolitischen Bestrebungen mit Nachdruck durchsetzen. Er hatte sozusagen das Volk für sich benutzt, damit es am Erfolg seiner Persönlichkeit ebenfalls nur gewinnen konnte. Selbst das Ausland benutzte, und hier vor allem England – kalkuliert oder nicht berechnend – Hitlers durchschaubare Expansionen zum eigenen Vorteil im Spiel der Großmächte. Warum sonst hatte England zugesehen, wie sich der deutsche Führer neben Österreich auch die sudetendeutschen Gebiete einverleibte? Im Falle Polens wiederum hatte England bewusst seine neutrale Haltung aufgegeben. Denn mit dem Einmarsch Hitlers in Polen sah sich England in einer politisch wesentlich effektiveren Ausgangsposition, zu handeln, um Hitlers Hegemonie-Politik in die Schranken zu weisen. Endlich gäbe es eine vertretbare Legitimität, gegen die Machtexpansion Deutschlands einzuschreiten. Mit der damals einmaligen Einführung der Wehrpflicht in Friedenszeiten und einem internationalen Bündnispaket, in das vor allem Frankreich mit eingebunden wurde, unterstrich England auch im eigenen Interesse seine Entschlossenheit, gegen das Ungleichgewicht der Machtverhältnisse in Europa vorgehen zu wollen.

In Bezug auf Hitler und dessen Polenpolitik hatte sich Chamberlain bereits am 17. März 1939 in seiner Rede in Birmingham öffentlich die Frage gestellt: »Ist dies das Ende eines alten Abenteuers, oder ist es der Anfang eines neuen? Ist dies der letzte Angriff auf einen kleinen Staat, oder sollen ihm noch weitere folgen? Ist dies sogar ein Schritt in der Richtung auf den Versuch, die Welt durch Gewalt zu beherrschen?« Folglich warnte Chamberlain: »... dass kein größerer Fehler begangen werden könnte als der, zu glauben, unsere Nation habe, weil sie den Krieg für eine sinnlose und grausame Sache hält, so sehr ihr Mark verloren, dass sie nicht bis zur Erschöpfung ihrer Kraft einer solchen Herausforderung entgegentreten werde, sollte sie jemals erfolgen.« Nur eines gäbe es, das er nicht für den Frieden opfern würde, nämlich die Freiheit, der sich die Engländer seit Jahrhunderten erfreuten. In einem solchen Kampf würden sie niemals kapitulieren.

Die Einigkeit unter den kritisch eingestellten europäischen Nationen gegenüber Deutschland und dessen nationalsozialistischer Dominanz wurde natürlich von den USA unterstützt und gestärkt, denn Roosevelts eigenes Streben nach der Weltmacht verlangte grundsätzlich danach, den Egoismus totalitärer Staaten zu unterdrücken. Auch mit Gewalt? Jedenfalls entlastete Roosevelt scheinbar in Vorbereitung eines neuen größeren Krieges England und Frankreich vorausschauend damit, als er die Manöver der amerikanischen Hochseeflotte vom Atlantik in den Pazifischen Ozean verlegte, weil die Schiffsverbände der Engländer und Franzosen wegen der Albanienkrise im Mittelmeer gebunden waren und somit ihre Besitze in Ostasien bei einem internationalen kriegerischen Ernstfall nur mangelhaft geschützt werden konnten. Zusammenfassend und im Nachhinein betrachtet, muss festgestellt werden, dass die weltpolitische Lage nach dem 1. Weltkrieg unabdingbar zu einem erneuten noch verheerenden Krieg führen musste, weil sich auf der Weltbühne nun Ideologien und Machtansprüche gegenüberstanden, die auch bei allem diplomatischen Eifer nicht miteinander vereinbar waren. Hinzu kam, dass sich innerhalb der politischen Lager Persönlichkeiten hervorgetan hatten, die nach außen hin zwar willens waren, den Weltfrieden auf taktischem Wege und vor allem den Frieden in Europa zu bewahren, aber gleichzeitig, um ihre eigene Interessenslage einzuhalten oder durchzusetzen, eben die Fehler begangen haben, die letztendlich die Katastrophe auslösten, die man später namentlich als den 2. Weltkrieg zu beklagen hatte. Hierbei wurde die Rolle Polens zum Schlüssel jener verantwortlichen Staatsmänner, die mit ihrer verfehlten Diplomatie Hitler das Tor zum Osten aufgeschlossen hatten.

Zum Beispiel war es ein großer diplomatischer Irrtum gewesen, dass die Weltmächte es 1938 geradezu vorsätzlich unterließen, Russland zu der Münchner Konferenz hinzuzuziehen, was verständlicherweise zu einer Verstimmung Russlands führte. Nur so lässt es sich verstehen, dass in der Nacht vom 23. zum 24. August 1939 der deutsche Außenminister Joachim von Ribbentrop in Moskau gemeinsam mit dem Volkskommissar für auswärtige Angelegenheiten, Wjatscheslaw Molotow, und in Anwesenheit Josef Stalins, dem Führer der Sowjetunion, einen deutsch-sowjetischen Nichtangriffspakt- und Wirtschaftsvertrag unterzeichnete, der aus deutscher Sicht zugleich die Rohstoffversorgung und Ernährung des deutschen Volkes bei einer erneuten Blockade sichern sollte. Diesem Vertrag war allerdings ein bis dahin geheimes Zusatzprotokoll angefügt, das verklausuliert die Aufteilung Polens zwischen Deutschland und der Sowjetunion beinhaltete.

Wegen der verstärkten Bündnispolitik Englands zu Polen erkannte Hitler natürlich, dass bei einem von ihm durchgeführten Einmarsch in Polen die Gefahr eines Zweifrontenkrieges bestehen würde. Demgemäß erhoffte er sich, mit dem geschlossenen Vertrag mit der Sowjetunion die Westmächte zu einer passiven Duldung zu zwingen. Stalin hingegen handelte auch nicht uneigennützig. In der Hoffnung auf den Erhalt strategisch wichtiger Teile Polens oder die Wiedergewinnung der verlorenen Gebiete im Westen setzte er darauf, gegen einen Angriff Hitlers abgesichert zu sein. Überdies versprach sich Hitler von seinem Coup nicht weniger als den Sturz der Regierungen in London und Paris!

Doch der sensationelle Pakt verfehlte seine gewünschte Wirkung. England reagierte stur und bekräftigte sein Bündnis mit Polen umso mehr. Hitler taktierte, indem er nach den Regeln der Diplomatie immer noch, und vor allem zu dieser Zeit, einen Krieg vermeiden wollte. Also bot er London an, er wolle für seine Handlungsfreiheit im Osten auf jede Grenzkorrektur im Westen verzichten und sei prinzipiell dazu bereit, das britische Weltreich, wenn es bedroht werde, mit der deutschen Armee zu verteidigen. Dieses Ansinnen blieb vonseiten Londons allerdings ohne Resonanz. War England auf Konfrontation aus?

Quasi in allerletzten Moment, es war der 29. August 1939, schienen Englands diplomatische Bemühungen zwischen Polen und Deutschland einen Teilerfolg aufweisen zu können. Am Abend dieses Tages erklärte Hitler sich bereit, bis zum 30. August einen bevollmächtigten polnischen Unterhändler in Berlin zu empfangen. Polen zögerte. Auf Drängen Englands zeigte sich Polen schließlich für mittags, den 31. August, zu einem direkten Meinungsaustausch in Berlin bereit. Abberufen dazu wurde der polnische Botschafter in Berlin Józef Lipski, der aber nicht mit einer Vollmacht seiner Regierung erschien, sondern er erhielt lediglich die Anweisung mitzuteilen, dass seine Regierung bereit dazu wäre, die englische Anregung zu überprüfen und dass es vermutlich noch einige Stunden dauern würde, bis ihm eine förmliche Antwort erteilt werde. Ribbentrop zeigte sich ungehalten, da er erwartet hatte, dass ihm Lipski mit Verhandlungsvollmachten gegenübertreten werde.

Am nächsten Morgen, man schrieb den 1. September 1939, eröffnete um 4:45 Uhr das Linienschiff Schleswig-Holstein vor Danzig das Feuer auf die Westernplatte.

Im Gegensatz zu Hitlers Befürchtung, dass Frankreich alleine schon wegen seiner militärischen Überlegenheit, was die Überzahl der Divisionen betraf, noch während des Polen-Feldzuges angreifen würde, da sich Deutschland ja in einer zusätzlich geschwächten Lage befand, blieb dieser Angriff aus. Das verschaffte der deutschen Wehrmacht genügend Luft, um nach dem Niederzwingen Polens mit geballter Kraft den Westfeldzug vorzubereiten. Und diese Vorbereitung endete für die deutschen Soldaten zunächst an deren Verteidigungslinie, dem hochgepriesenen, aber instabilen und löchrigen Westwall, der im Ernstfall die alliierten Truppen unwesentlich aufgehalten hätte. Auch die Franzosen waren inzwischen bis zu ihrer beinahe uneinnehmbaren Befestigung, der sogenannten Maginot-Linie, vorgerückt. Abwarten hieß die Parole. Ohne Zweifel beherrschten Ungewissheit und eine gewisse Furcht vor dem Erstschlag die angespannte Situation. Das Pulver der Entschlossenheit war rappeltrocken, und es genügte wahrhaftig nur ein Fünkchen des Übermuts, bis es in allen Ecken krachte. Demnach hatten die Franzosen auch die bereits geplanten Angriffe der englischen Royal Air Force auf Ziele in Deutschland wegen möglicher Gegenangriffe untersagt. Erklärter Nutznießer der brandgefährlichen Lage war unbestreitbar die Sowjetunion. Es war Josef Stalin, der am 8.September 1939 unter anderem gegenüber Wjatscheslaw Molotow sinngemäß verlauten ließ, dass er nichts dagegen hatte, wenn die kapitalistischen Nationen kräftig aufeinander einschlagen und sich gleichzeitig dabei selbst schwächen. Dass es nicht schlecht wäre, wenn Deutschland die Position der reichsten kapitalistischen Länder, hier vor allem die von England, gehörig ins Wanken brächte.

XI. Erklärung. Kapitel: Götterdämmerung

Ein Krieg, der Böses ahnen ließ und Anlass genug war, dass Großbritannien und Frankreich bereits am 3. September Deutschland den Krieg erklärten. Wie sollte das alles noch werden? Würde dieser neue Krieg auch ihren Sohn verschlingen? War der Krieg denn so hungrig, dass er Vater und Sohn fressen musste? Vor ein paar Tagen noch hatte sie sich mit den Worten des

Reichskanzlers und obersten Befehlshabers der Wehrmacht, Adolf Hitler, getröstet, als er im Verlauf seiner im Radio übertragenen Rede davon sprach, dass er dafür sorgen wolle, dass im Osten der Friede an der Grenze kein anderer werden würde, als wir ihn an unseren anderen Grenzen kennen. Wörtlich sagte er: »*Ich will nicht den Kampf gegen Frauen und Kinder führen! Ich habe meiner Luftwaffe den Auftrag gegeben, sich auf militärische Objekte bei ihren Angriffen zu beschränken.*« Allerdings fügte Hitler auch an: »*Wenn aber der Gegner daraus einen Freibrief ablesen zu können glaubt, seinerseits mit umgekehrten Methoden kämpfen zu können, dann wird er eine Antwort erhalten, dass ihm Hören und Sehen vergeht!*« Das war eine klare und deutliche Drohung, und Meta hatte sich damals auch gefragt, ob die Drohung allgemein nicht auch eine Waffe war, eine humane zwar, aber trotzdem eine druckvolle Waffe. Da war ihr die verrückte Idee von einem humanen Krieg gekommen, bei dem nicht die Soldatenehre marschierte, sondern die Taktik des Genius. Sie verwarf den Gedanken schnell, weil es eben immer wieder die Zündler gab. Wenn dieser Krieg jedoch nicht vermeidbar war, wer würde ihn dann gewinnen? Der Sieg würde über vieles entscheiden, auch darüber, wer am Ende die Schuld trug, denn der Sieger wird nie der Aggressor sein. Zum Schluss war der Verlierer immer auch der Aggressor! Erneut rief sie sich Hitlers Rede ins Gedächtnis, und trotz ihrer allgemeinen Bedenken musste sie sich eingestehen, dass sie dem Führer in vielem zustimmen musste, aber nur, wenn er wirklich die Wahrheit sprach. Doch mit der Wahrheit war es eben so eine Sache, wie sie längst festgestellt hatte. Gottfrieds Schwärmereien von den Erfolgen, die der Führer den Deutschen quasi auf einem silbernen Tablett präsentierte, bestärkten sie dennoch. Die Wirtschaft florierte und alles, was damit zusammenhing, grässliche Scharten, die der Versailler Vertrag dem Land zugefügt hatte, wurden zum Teil ausgemerzt. Das war doch nicht zu leugnen. War das die Taktik des Genius? Die Taktik funktionierte allerdings nur so lange, wie es der zuließ, der auf die Taktik des anderen eingehen sollte. Die Polen jedenfalls hatten sich der Strategie Hitlers verweigert. Noch im März hatten sie auf Hitlers Vorschläge zum Guten mit der Generalmobilmachung geantwortet. Hitler hingegen sah sein Angebot und die Annullierung alter Verträge als berechtigt an. Denn die Weimarer Republik gab es nicht mehr, sie war gescheitert, und damit war für ihn auch der aufgezwungene Vertrag der Siegermächte hinfällig. Seit

1933 gab es ein neues Deutschland! Wie hatte Hitler gesagt? »*Das Diktat von Versailles ist für uns Deutsche kein Gesetz!*«

Nun war wieder Krieg und ganz Europa war zu einem Pulverfass geworden. Somit wurde der Grundsatz, dass Angriff die beste Verteidigung war, unkontrollierbar. Zu einem geradezu höchst gefährlichen Unterfangen. Unter diesem Aspekt wurde auch Hitlers Aussage, dass sich ein November wie 1918 nie mehr wiederholen würde, zu einem prophetischen Katastrophenszenario.

XII. Erklärung. Kapitel: Was für einen Wert hat der Wert?

Natürlich konnte Gottfried in jener Nacht nicht wissen, dass nach Polen auch dieser Feldzug bald sein Ende haben würde. Nur zehn Tage nach dem Überfall auf Frankreich hatte die deutsche Wehrmacht die Kanalküste erreicht, worauf sich die alliierten Truppen in den Raum Dünnkirchen zurückgezogen. Gottfried wusste zu diesem Zeitpunkt auch nicht, dass sein größter Feldherr aller Zeiten allmählich begann, trotz seiner raschen Erfolge an sich selbst und der deutschen Wehrmacht insgesamt zu zweifeln, dass er also Angst vor der eigenen Courage bekam. Wie kam man zu dieser Feststellung? Hitler wirke nervös, geradezu unentschlossen, das wurde von denen gesagt, die sich in seinem Dunstkreis aufhielten. Wie anders konnte man es sich aus diesem Grund nachträglich erklären, dass er den Befehl des Oberbefehlshabers der Heeresgruppe A, Gerd von Rundstedt, unverständlicherweise bestätigte, die Panzer sofort anhalten zu lassen, bis die Infanterie Anschluss an das Kampfgeschehen gefunden hatte? Und genau dieser unbedachte Aufschub zum alles entscheidenden Angriff der verfügbaren Panzer nutzte der britische Admiral Sir Bertram Ramsay dazu aus, in einer spektakulären Rettungsaktion namens *Operation Dynamo* 338.000 Briten und Franzosen nach England entkommen zu lassen. Dazu diente alles, was sich nur einigermaßen auf dem Wasser hielt. Selbst die schäbigsten Fischkutter wurden zur Fluchtmöglichkeit umfunktioniert. Zudem bot das schlechte Wetter die geeignete Voraussetzung dafür, dass die deutsche Luftwaffe nur wenige Angriffe auf die Fliehenden fliegen konnte.

Das Wunder von Dünkirchen ließ dennoch zigtausend Fahrzeuge und hunderte Geschütze am Strand zurück. Und entgegen aller Bemühungen, den Deutschen zu entkommen, gerieten zudem viele Tausend Franzosen in Kriegsgefangenschaft.

Frankreich war allem Anschein nach so gut wie geschlagen. Was aber keineswegs zur Folge hatte, dass der Westfeldzug damit schon beendet gewesen wäre. Nun galt es für England erst recht, auch ohne die Franzosen an ihrer Seite, den Krieg zu allem entschlossen alleine weiterzuführen. O nein, das alles konnte Gottfried natürlich nicht wissen. Er und die 6. Panzerdivision waren demnach weiterhin darauf fokussiert, den Befehlen Gehorsam zu leisten und das Land einzunehmen, das ihnen vor die Stiefel kam. Tag für Tag und unerbittlich. Dabei wurden geschichtsträchtige Orte wie Verdun eingenommen, auch wenn es in vielen Bereichen Frankreichs weiterhin noch harte Gegenwehr gab. Auch in der Champagne, auf den Schlachtfeldern des vergangenen Krieges, gab es gefechtsmäßig erbitterte Auseinandersetzungen. Dort konnten sich die Franzosen mit starker Artillerieunterstützung tagsüber halten. Erst in der Nacht setzten sie sich ab und bezogen neue Verteidigungsstellungen. Der Feind gab sich nicht geschlagen. Auch nach der Überquerung des Rhein-Marne-Kanals wurde Gottfrieds Formation erst einmal von französischen Kolonialtruppen gestoppt. Ein Richtungswechsel führte sie nach einem langen nächtlichen Gewaltmarsch schließlich nach Jussey via Langres, wo sie den Auftrag erhielten, die Festung Epinal einzunehmen.

Dieses Unterfangen, das am 21. Juni endete, stellte sich ebenfalls als äußerst verlustreich heraus. Obwohl sich die Lage für Frankreich längst als aussichtslos darstellte, mussten auf beiden Seiten immer noch viele Väter, Ehemänner und Söhne sterben. Mit welchem Idealismus hätten die Männer wohl weitergekämpft, wenn sie gewusst hätten, dass die französische Regierung bereits am 17. Juni 1940 um Waffenstillstandsverhandlungen gebeten hatte? Also kam es letztendlich dazu, das Wilhelm Keitel, Chef des Oberkommandos der Wehrmacht, und der französische General Charles Huntziger fünf Tage später den Waffenstillstandsvertrag unterzeichneten! Der Unterzeichnungsort war von deutscher Seite her wohlweislich gewählt. Es handelte sich dabei um den inzwischen historisch gewordenen Eisenbahn-Salonwagen, in dem das Schicksal Deutschlands nach dem verlorenen großen Krieg ebenfalls mit einer Unterschrift besiegelt wurde. Dieser geschichtsträchtige Waggon war Hitler dermaßen wichtig, dass er ihn extra aus einem Museum heraus in die Nähe von Compiegne schaffen ließ. Was Kaiser Wilhelm II. binnen vier Jahren nicht gelungen war, schaffte Hitlers Wehrmacht, von den Gegnern bestaunt, innerhalb von nur vier Wochen!

Was als umso erstaunlicher einzuordnen galt, da Deutschland Frankreich gegenüber weder militärisch überlegen war, noch kam der Angriff wirklich überraschend. Was schließlich dazu führte, dass der deutschen Wehrmacht mit dem *größten Feldherrn aller Zeiten* an der Spitze von da ab der Nimbus der Unbesiegbarkeit anhaftete.

XIII. Erklärung. Kapitel: Die Geister, die man rief
Ja, er denke, dass nun alles vorbei wäre, log er sie an. Insgeheim legte er sich die Schlussfolgerung zurecht, dass der Einmarsch in Polen wie ein Stein des Anstoßes war, den man in ein ruhiges Gewässer geworfen hatte und der nun seine Kreise zog und mit dem breiter werdenden Wellenschlag die Ränder Europas veränderte. Außerdem wusste er auch, weil es vom Stab aus längst bis in die untersten Offiziersränge durchgesickert war, dass Deutschland und Russland trotz des kürzlich geschlossenen Bündnisvertrages an ihren Grenzen erheblich aufrüsteten. Hinzu kam, dass die Geheimdienste in der Lage waren, in die Hirne der Kriegsstrategen zu schauen. Demgemäß blieb auch der UDSSR nicht verborgen, dass Hitler weitergehende Pläne im Schilde führte, die sich auf die Raumgewinnung in den Osten richteten. Gestützt auf ein intaktes Spionagenetz hatten Churchill, der seinen Worten nach für einen totalen Krieg durchaus bereit war, und die Regierung der USA Stalin ebenfalls darüber aufgeklärt, was Hitler vorhatte. Stalin träfe also eine militärische Auseinandersetzung mit Deutschland nicht überraschend. Das belegte unter vielem anderen die Rede des sowjetischen Staatsoberhauptes Mihail J. Kalinin vor Kommissaren der militärpolitischen Akademie in Moskau. Er sagte am 5. Juni 1941: »*Die Deutschen stellen sich bereit, uns anzugreifen. Wir warten darauf ... denn wir wollen ihnen die Hälse umdrehen.*«
Die politische Lage in Europa war hochexplosiv, und diplomatische Tricksereien waren an der Tagesordnung. Öffentlich ausgetragene Provokationen trugen ebenfalls nicht dazu bei, den Zündkopf allgemeiner Kriegsanspannungen zu entschärfen. Aber noch herrschten Glaube und Hoffnung bei Gottfried vor. Der Glaube daran, dass letztendlich die Vernunft siegte, und die Hoffnung darauf, dass ein Wunder geschehen werde. Eines jedoch bedrückte ihn mächtig, nämlich das Wissen darum, das Glaube und Hoffnung meist oder fast immer im Gegensatz zur Realität standen. Und eines konnte man ihm nicht absprechen: Die Realität hatte er hautnah kennengelernt.

XIV. Erklärung. Kapitel: Die Geister, die man rief

Trotz gegenseitiger Versicherungen, den Frieden wahren zu wollen, was mit dem Nichtangriffspakt zwischen der UDSSR und Deutschland offiziell am 23. August 1939 eine vertragliche Vereinbarung fand, waren die Spannungen zwischen den Nationen inzwischen bis zum Bersten gestrafft. Hitler hatte mit der Vertragsunterzeichnung zunächst strategisch wieder einmal mehr ein nicht unbedeutendes Ziel erreicht: Nach dem damaligen Platzen der Dreimächteverhandlungen hatte er sich mit diesem Kontrakt die Neutralität der UDSSR versichert, so glaubte er jedenfalls. Hitler brauchte diese vordergründige Versicherung, um in Wirklichkeit seine eigene militärische und politische Schlagfähigkeit zu stärken, um zu gegebener Zeit auch und gezielt gegen den jüdischen Bolschewismus vorgehen zu können, bevor dieser Europa überrannte, wie er meinte, glaubte und vielleicht auch erhoffte. *Lag er mit seinen Visionen gänzlich falsch?* Es gab durchaus nicht zu übersehende Anzeichen für eine zumindest in Vorbereitung stehende Invasion vonseiten der Sowjetunion. Natürlich kann man argumentieren, wenn der eine aufrüstet, kann der andere nicht untätig zuschauen. Ausschlaggebend ist, wer gibt den ersten Schuss ab? Wer kann in die Köpfe der Strategen schauen? Alleine die Führer der jeweils gegnerischen Parteien wissen, wie lange sie dem Gegner gemäß ihrer Taktik zurückhaltend, aber bereits angriffslustig in die Augen schauen. So war auch dem deutschen Oberkommando nicht verborgen geblieben, dass Stalin zusätzliche Streitkräfte an die Westgrenze verlegt hatte. Weltpolitik als Schachspiel, wo einzig die List über Verlieren und Gewinnen entscheiden sollte. Wer opferte mit dem ersten Zug die meisten Bauern, um den König zu stürzen? Aus sowjetischer Sicht wäre es für Stalin die günstigste Gelegenheit gewesen, von seiner Seite aus einen Überraschungsangriff zu wagen, um die stärkste Macht Europas, Deutschland, zu vernichten und die jahrhundertelange Bedrohung aus dem Westen zu bannen. Hitler, der sich im Krieg mit England befand, würde somit in einen Zweifrontenkrieg verwickelt. Für dieses Vorhaben wäre Stalin vermutlich zumindest die wohlwollende Neutralität Londons und Washingtons zugesichert worden. Anderseits musste Stalin einen Kuhhandel zwischen London und Berlin befürchten, was dann wiederum seine Position entschieden geschwächt hätte. Wie man es auch drehen und wenden mochte, sowohl Deutschland als auch die UDSSR hatten sich sorgfältig auf einen Krieg vorbereitet.

XV. Erklärung. Kapitel: Menetekel

Für Gottfried, vom Feind außer Gefecht gesetzt, war der Krieg in gewisser Hinsicht so gut wie beendet. Anderseits, um die Kriegsmoral und die offensichtliche Treue zu ihrem Führer ins Wanken zu bringen, gingen, wegen der intensiver werdenden Luftangriffe der Alliierten Verbände auf deutsche Städte, für die deutsche Bevölkerung das massenhafte Sterben allerdings erst richtig los. Dieses in seinen apokalyptischen Ausmaßen menschenverachtende Bombardement, vor allem der Royal Air Force, war, wenn man es so beurteilen möchte, nicht als Antwort, quasi als Vergeltung auf den Beschuss englischer Städte durch die deutsche Luftwaffe zu tolerieren, und obwohl Hitler in seiner Rede im Berliner Sportpalast am 4. September 1940 großspurig ankündigte, sie auszuradieren, war es dennoch nicht dazu gekommen. Die deutsche Luftwaffe hatte sich nämlich hauptsächlich auf die Zerstörung von militärischen Anlagen konzentriert. Vonseiten der englischen Regierung aber muss vor allem der deutsche Angriff auf Coventry als ein Wendepunkt für die darauffolgenden englischen Vergeltungsschläge angesehen werden. Denn trotz der gezielten Abwürfe auf vorwiegend strategisch wichtige Punkte der Rüstungsindustrie gab es im Umkreis von Coventry über fünfhundert Tote unter der englischen Bevölkerung.

Vom Erfolg dieser Aktion begeistert, feierte Goebbels die militärische Ausschaltung zahlreicher Motorenfabriken und Anlagen der englischen Flugzeugzubehörindustrie in der deutschen Presse wiederum als eine gewaltige Antwort auf die englischen Luftangriffe, die zuvor da und dort gezielt den deutschen Städten galten, ohne aber allzu große Schäden angerichtet zu haben. Darüber hinaus wollte Goebbels mit seiner zur Schau gestellten Euphorie der deutschen Bevölkerung weismachen, es hätte in Coventry Tausende von Toten gegeben, um damit Stärke und Durchschlagskraft des Führers und des Militärs zu verdeutlichen. Churchill sah in dieser Propaganda endlich seine Chance gekommen, die zunächst noch zurückhaltenden Kabinettsmitglieder davon zu überzeugen, dass seine Strategie des Krieges gegen Frauen und Kinder, mit Großangriffen auf die Wohnviertel der deutschen Städte, die richtige sei. Auch die englische Presse fand nach den Worten Churchills, der den Angriff auf Coventry als eine schreckliche Dezimierung der Bevölkerung bezeichnete, den gleichen Tenor in dem Sie vom Opfer unmenschlicher Grausamkeiten schrieb.

Was dann aber, aus der Luft herniederkommend, auf deutschen Boden geschehen sollte, sprengte bereits in der Planung alle Vorstellungskraft. Um sein Vorhaben diesbezüglich gewissenhaft umzusetzen, gewann Churchill den Geschäftsmann Arthur Harris für seine, wie sich herausstellen sollte, ebenfalls unmenschlichen Zwecke. Von Harris, dem die Methoden des wirtschaftlichen Managements aufs Beste bekannt waren, erwartete Churchill in ähnlicher Weise die präzise Umsetzung einer disziplinierten, bis ins kleinste Detail geplanten Taktik für die reibungslose Durchsetzung der geplanten Massentötung. Somit übernahm der Geschäftsmann und vom König ernannte Luftmarschall Arthur Harris das britische Bomberkommando, der aus Gründen der besseren Zerstörungseffektivität dazu überging, anstatt wie bisher kleinere Verbände fliegen zu lassen, die jeweiligen Ziele mit einer nie da gewesenen Massierung von Bombern zu belegen, was die verheerende Wirkung schließlich eindrucksvoller und nachhaltiger machte.

Die Richtigkeit seiner perfiden Überlegung sollte bald auf grauenvolle Weise unterstrichen werden! Am 30./31. Mai 1942 stiegen von britischen Flughäfen aus 1047 Bomber mit Ziel auf Köln in die Luft. 1459 Bomben zerstörten die Domstadt fast vollständig. Dies war der absolute Beginn zur Austilgung altehrwürdiger Städte im gesamten Deutschen Reich, in dessen geschichtsträchtigen Mauern die Menschen den grauenhaftesten Tod finden sollten, den man später in den Betrachtungen der Historiker als Bestrafung, aber auch als gerechtfertigtes Schicksal derer bezeichnen wird, die nach entbehrungsreichen Zeiten dem Überlebenswillen gezeugt, einem Mann gutgläubig das Jawort gaben, der sie im Auswuchs seines Machtstrebens schändlich getäuscht und missbraucht hatte, und die in der ganzen Tragik der Geschehnisse und in den meisten Fällen überdies einfach das Pech hatten, zu dieser Zeit Deutsche gewesen zu sein. Man müsste sich auch die Fragen stellen, wer ist schon dazu in der Lage oder dazu berufen und berechtigt seinem Gewissen nach beantworten zu können, ob es gute und böse Tote gibt? Hier würde sich der Mensch anmaßen ein Gottesurteil zu sprechen. Aber nur Gott steht es zu, darüber zu richten!

In der Rechnung Churchills und Harris' gab es allerdings einen nicht unerheblichen Kalkulationsfehler. Dachte man zunächst, die deutsche Bevölkerung mittels des gewaltigen Bombardements mürbemachen zu können, dann bezweckten die Luftangriffe zumindest noch eine ganze Weile genau das Gegenteil. Je mehr ringsum alles in die Brüche ging, desto fester stand das Volk in seiner Einigkeit, das schwere Los als eine Art Prüfung durchzustehen, zusammen. Masse denkt nicht, die Masse fühlt! Und sie fühlte, dass man ihren Stolz, ihre Daseinsberechtigung in Europa aus den Geschichtsbüchern ausradieren wollte. Selbst Harris würde später feststellen und resümieren: »Unsere Auffassung, wir könnten mit unseren Bombardements die Moral des Feindes brechen, erwies sich als unsinnig.«

Nach dem Fall von Stalingrad rief Goebbels in seiner Rede vom 18. Februar 1942 das deutsche Volk einmal mehr zum Widerstandswillen auf, indem er nicht nur den totalen Krieg beschwor, sondern er proklamierte ebenso wortgewaltig, dass der totale Krieg auch der kürzeste sei. Und tatsächlich, zunächst sollte seine Vorstellung vom Einheitssinn des Volkes in Erfüllung gehen. In all den strategisch wichtigen Bereichen der Heimatfront, also in der Rüstungsindustrie, in der Landwirtschaft, in den Fabriken und im öffentlichen Dienst bäumten sich die vielen Frauen und die wenigen Männer mit Kraft und Willen gegen den drohenden Untergang auf.

Totenlied

Der Schnitter holt die Ernte ein, Gebein für Gebein.
Kein Klagen dringt an sein taubes Ohr,
nur drüben schallt gar tausendfach ein Wehgeschrei zu einem Totenchor.
Die Leichtigkeit des Lebens verliert sich, wenn man schaut,
was Kriege den Menschen nur allzu oft gegeben,
dass jeder, der begriffen hat, nie, nie mehr einer Zukunft traut.
    Rainer Mauelshagen

Der Autor

Rainer Mauelshagen wurde am 5. März 1949 geboren. Seine Kindheit und Jugendzeit verbrachte er in Wuppertal. Seit 1984 wohnt der Autor in Vettelschoß, einer ländlichen Gemeinde im äußersten Norden von Rheinland-Pfalz. Rainer Mauelshagen ist verheiratet und hat zwei erwachsene Kinder und vier Enkelkinder. Nach Ausübung verschiedener Berufe widmet sich der Autor seit einigen Jahren intensiv dem kreativen Schreiben. Mit »Lieb Vaterland ... Gottfried Krahwinkels Erbe« hat der Autor seine kritische Trilogie über die gesellschaftlichen Verhältnisse in beiden Weltkriegen bis in die Nachkriegszeit abgeschlossen, die mit den beiden Romanen »Das Kastanienherz« und »Herr Jonas erwartet Besuch« begonnen hat.
Vom Autor erschien außerdem 2017 der Thriller »Grab 47«, ein weiterer Spannungsroman ist im Entstehungsprozess.

Buchvorstellung

ISBN: 978-3845912752

Das Kastanienherz

Was hat er hier verloren? Nach so langer Zeit? Was hat ihn gedrängt, gerade jetzt die Stätte einer längst vergangenen Lebensepisode aufzusuchen, die allerdings so entscheidend für alle Beteiligten gewesen war? Sind es nicht die schlimmen Träume, die ihn all die Jahre aufforderten zurückzukommen, um die Fratze der Vergangenheit mit der Gegenwart zu beschwichtigen? O ja, in der Rüstung des unverwundbar erscheinenden Alters will und muss er sich dem stellen! Felix Liebtreu, ein inzwischen an Jahren und Erfahrungen gereifter Mann, kehrt an einem heißen Sommertag zurück zum Ort seiner Kindheit. Allem Anschein nach hat er dort etwas aufzuarbeiten. Der inzwischen stillgelegte Bahnhof von Leitheim ist es, den er als erstes aufsucht. Denn hier hatte damals alles begonnen.

ISBN: 978-3746000121

Her Jonas erwartet Besuch

Was ist Zeit? Zeit ist im Grunde lediglich die Vermischung von Vergangenheit, Gegenwart und Zukunft. Doch über allem steht als Grenzwächter das Alter. Herr Jonas, ein hochbetagter Herr, muss an einem besonders herrlichen Sommertag feststellen, dass er zwar auf eine lange Vergangenheit zurückblicken kann, ihm aber die Neugier auf die Zukunft fehlt, denn schon die Gegenwart ist ihm fremd geworden. Allein gelassen mit Erinnerungen, Verzweiflung und Hoffnungslosigkeit lebt er zurückgezogen hoch unterm Dach in einer schäbigen Mansardenwohnung. Wäre er in der Vergangenheit nicht so ein Pedant und Querulant gewesen, niemand in seiner Umgebung hätte von der Existenz eines Friedbert Jonas gewusst. Deshalb trifft er eine wohlbedachte Entscheidung. Es gibt da jemanden, dem er alle seine Nöte aufbürden will. Er zieht den guten Anzug an und kocht ein opulentes Mahl, denn: Herr Jonas erwartet Besuch! Rainer Mauelshagen ist es gelungen, die Unaussprechlichkeit der Einsamkeit in Worte zu fassen und damit ein Mahnmal für die moderne Gesellschaft zu erschaffen.

ISBN: 978-3744836302

Grab 47

Ein Autounfall beendet das alte Leben von Marc Levante auf dramatische Weise, aber damit beginnt für ihn auch eine neue Existenz als Albert Mertin, der wegen seiner schrecklichen Brandnarben schon rein äußerlich keine Ähnlichkeit mehr mit dem Menschen hatte, der er vorher gewesen war. Doch damit nicht genug, Mertin hat auch keinerlei Erinnerung an den Unfall, sein neues Leben in Südfrankreich wird zu einem unlösbaren Rätsel. Aber er ahnt, dass in seiner Vergangenheit etwas Grausames geschehen sein muss.

In Deutschland ist derweil Hauptkommissar Hartmut Schnapp mit einem Vermisstenfall beschäftigt. Eine gewisse Constanze Cramer rückt dabei in den Fokus der Ermittlungen, denn ein ominöser Brillantring wird dabei zu einem roten Faden, der die Schicksale mehrerer Menschen verknüpft.